Rendezvous

Danielle STEEL

Rendezvous

Roman

Aus dem Amerikanischen
von Michélle Pyka

Weltbild

Die amerikanische Originalausgabe erschien 2003 unter dem Titel
Dating Game bei Delacorte Press, New York

Besuchen Sie uns im Internet:
www.weltbild.de

Übersetzung: Michélle Pyka
Umschlaggestaltung: ZERO Werbeagentur, München
Umschlagmotiv: ZERO Werbeagentur, München
Gesamtherstellung: GGP Media GmbH,
Karl-Marx-Straße 24, 07381 Pößneck
Printed in Germany
ISBN 3-8289-8636-6

2009 2008 2007 2006
Die letzte Jahreszahl gibt die aktuelle Ausgabe an.

On ne voit bien qu'avec le cœur.
L'essentiel est invisible pour les yeux.

Man sieht nur mit dem Herzen gut.
Das Wesentliche ist für die Augen unsichtbar.

Le Petit Prince
Antoine de Saint-Exupéry

Für all jene, die suchen, jene, die gesucht haben, und jene, die gefunden haben – die Glücklichen! Und voller Zuneigung und Respekt für diejenigen, die ihre Rendezvous nicht nur mit unversehrten Herzen überlebt haben, sondern denen es sogar gelungen ist, die Nadel im Heuhaufen zu entdecken! Es ist leichter, ungefährlicher und aussichtsreicher, den Mount Everest zu erklimmen.
Und für alle meine Freunde, die sich geschickt oder weniger geschickt bemüht haben, den perfekten Mann für mich aufzutreiben. Mit anderen Worten: jemanden, der mindestens ebenso eigenartig ist wie ich.
Für jene von euch, die mich zu Blinddates geschickt haben, über die ich noch im hohen Alter werde lachen können: Ich vergebe euch (teilweise!).
Und insbesondere für meine wundervollen Kinder, die mich mit Humor und unendlicher Geduld unterstützt haben. Für ihre Liebe und ihren Beistand bin ich zutiefst dankbar.

Mit all meiner Liebe
d.s.

Was ist ein Rendezvous? Bei einem Rendezvous treffen sich zwei Menschen, die einander kaum kennen, zum Abendessen in einem Restaurant und schieben nervös das Gemüse auf ihren Tellern hin und her, während sie versuchen, in kürzester Zeit so viele Fragen wie möglich zu stellen. Zum Beispiel: Fahren Sie Ski? Spielen Sie Tennis? Mögen Sie Hunde? Was glauben Sie, warum Ihre Ehe gescheitert ist? Warum hat Ihre Exfrau Sie Ihrer Meinung nach als Kontrollfreak bezeichnet? Mögen Sie Schokolade? Und Schnecken? Sind Sie schon jemals rechtskräftig für eine Straftat verurteilt worden? Wie stehen Sie zu Drogen? Wie viele Ihrer Familienmitglieder sind Alkoholiker? Welche Medikamente nehmen Sie? Haben Sie eine Schönheitsoperation hinter sich, oder ist das Ihre richtige Nase? Was haben Sie alles richten lassen? Kinn? Oberlippe? Brüste? Hintern? Mögen Sie Kinder? Haben Sie schon jemals mit einem Kind etwas unternommen? Welche Sprachen sprechen Sie? Wie stellen Sie sich Ihre Flitterwochen vor? Zwei Wochen im Himalaja?? Waren Sie schon einmal auf Safari? In Paris? In Des Moines? Sind Sie religiös? Wann haben Sie zuletzt Ihre Mutter besucht? Wie lange sind Sie schon in Therapie? Ach, Sie machen gar keine! Warum nicht? Wie oft haben Sie sich schon betrunken ans Steuer gesetzt?

Was glaubt Ihre Frau, wo Sie heute Abend sind? Seit wann sind Sie verheiratet? Geschieden? Verwitwet? Arbeitslos? Wie sieht Ihre weitere Karriere aus? Gewiss bietet der Zirkus fabelhafte Reisemöglichkeiten, aber was ist mit dem Hochseil? Sind Sie schon seit Ihrer Jugend bulimisch? Bei wie vielen Selbsthilfegruppen sind Sie Mitglied? Wann werden Sie mich anrufen? Was heißt später?
Was ist ein Blinddate? Wohl meinende Freunde suchen für ein Blinddate zwei Menschen aus, die so wenig gemeinsam haben wie irgend möglich, und wollen ihnen weismachen, wie toll, interessant, normal, ausgeglichen, intelligent und attraktiv der jeweils andere sei. Sobald der Auserwählte das Restaurant betritt, holt einen die Realität ein. Ab dann folgt das Programm eines regulären Rendezvous, und am Ende hofft man, dass der andere die eigene Telefonnummer falsch notiert hat. Danach geht man nach Hause und heult, nach einer Weile bricht man in hysterisches Gelächter aus, und fortan spricht man kein Wort mehr mit den Freunden, die das Blinddate arrangiert haben. Und wenn man vergessen hat, wie furchtbar es wirklich war, lässt man sich von denselben Freunden oder anderen dazu überreden, es noch einmal zu versuchen.

Mit Liebe und Mitgefühl
d.s.

1. Kapitel

Es war ein herrlicher Maiabend. Nur wenige Tage zuvor hatte der Frühling die Ostküste mit seinem unwiderstehlichen Charme in Beschlag genommen. Das schöne Wetter hatte den Winter beinahe über Nacht zu einer fernen Erinnerung werden lassen. Die Vögel zwitscherten, die Sonne schien, und der Garten der Armstrongs stand in voller Blüte. Selbst im hektischen New York schienen es die Menschen plötzlich weniger eilig zu haben. Verliebte Pärchen schlenderten durch die Parks, die Mittagspausen wurden ins Freie verlegt und ausgedehnt, solange es ging, und wildfremde Passanten lächelten einander zu. In Greenwich beschloss Paris Armstrong, das Essen auf der gepflasterten Terrasse servieren zu lassen, die sie neben dem Pool neu hatten anlegen lassen. Sie und Peter gaben an diesem Abend eine Dinnerparty. Das war eine Ausnahme, denn für gewöhnlich luden sie nur samstags Gäste ein, damit Peter nicht am Freitagabend von der Arbeit in der City nach Hause hetzen musste. Doch bei dem Partyservice, der ihnen meistens das Essen lieferte, waren bis weit in den Juli hinein alle Samstagstermine ausgebucht, denn in den nächsten Wochen jagte eine Hochzeitsfeier die andere. Für Peter bedeutete das Fest am Freitagabend zusätzlichen Stress, aber als Paris ihm von ihren Plänen erzählte, erhob er keinen Einspruch. Er ließ ihr in diesen Dingen seit jeher freie Hand. Dass Peter ihr das Leben leicht machte, gehörte zu den unzähligen Dingen, die Paris an ihm liebte. Im März hatten sie ihren vierundzwanzigsten Hochzeitstag gefeiert. Unglaublich, wie schnell die Zeit verging und wie erfüllt die gemeinsamen Jahre gewesen waren. Megan, ihre Älteste, hatte im letzten Jahr das Vassar College abgeschlossen und mit dreiundzwanzig Jahren in Los Angeles ihre erste Stelle angetreten. Sie war schon seit ihrer Kindheit eine leidenschaftliche Kinogängerin und hatte einen Job als Produktionsassistentin in einem Hollywoodstudio ergattert. Zwar gab Meg offen zu, dass sie dort kaum mehr als eine billige Hilfskraft war, aber immerhin lernte sie auf diese Art alles über das Filmgeschäft von der Pike auf. Eines Tages wollte sie selbst Produzentin sein. Ihre derzeitige Tätigkeit betrachtete sie als ersten Schritt auf dem Weg zur Erfüllung dieses Traums.

Paris' und Peters Sohn William war gerade achtzehn geworden und würde im Juni seinen Highschoolabschluss machen. Im Herbst wollte er ein Studium an der University of California in Berkeley beginnen. Paris staunte immer wieder darüber, wie schnell die Kinder groß geworden waren. Manchmal kam es ihr so vor, als habe sie gerade noch Windeln gewechselt, eine Autoladung voller Grundschulkinder durch die Gegend chauffiert, Meg zum Ballett und Wim zum Hockey gefahren. Und nun waren es nur noch drei Monate, bis Wim aus dem Haus ging. Er musste in der Woche vor dem Labor Day in Berkeley sein.

Paris sah nach, ob der Tisch richtig gedeckt war. Das war eigentlich überflüssig, denn die Leute vom Partyservice waren zuverlässig und hatten ein gutes Auge. Außerdem kannten sie sich in ihrer Küche mittlerweile bestens aus.

Sie und Peter hatten gern Besuch. Die Armstrongs waren sehr gesellig, über die Jahre hinweg hatten sie sich einen großen Freundeskreis mit vielen interessanten Menschen aufgebaut. Paris stellte das Blumenbouquet, das sie selbst kreiert hatte, auf den Tisch. Es bestand aus üppigen verschiedenfarbigen Pfingstrosen. Das Tischtuch schimmerte in makellosem Weiß, das Silberbesteck glänzte mit den Kristallgläsern um die Wette. Wenn Peter gleich abgespannt von der Arbeit nach Hause kam, würde er es wahrscheinlich gar nicht wahrnehmen. Aber Paris wusste, dass er es zu schätzen wusste, was sie für ihn und die Familie tat. Sie hatte ein untrügliches Gespür für Details, und es war ihr gelungen, ihrem Zuhause eine Atmosphäre voller Wärme zu geben, gepaart mit Eleganz. Hier musste man sich einfach wohl fühlen. Doch Paris' Bemühungen waren keineswegs uneigennützig, sie selbst genoss ihr geschmackvolles Umfeld womöglich am meisten.

Peter war ein großzügiger Ehemann, Paris und den Kindern hatte es nie an etwas gefehlt. Schon vor langer Zeit war er als Partner in eine renommierte, auf Wirtschaftsrecht spezialisierte Kanzlei eingestiegen. Jetzt, mit einundfünfzig, war er Geschäftsführer. Das schöne geräumige Haus in Greenwich hatte er vor zehn Jahren gekauft. Anfangs hatten sie erwogen, einen Innenarchitekten mit der Ausstattung zu beauftragen, doch dann hatte sich Paris dafür entschieden, das Haus selbst einzurichten, und dieser Aufgabe hatte sie sich mit Leib und Seele verschrieben. Peter war mit dem Ergebnis sehr zufrieden. Auch der Garten war eine wahre Pracht und gehörte längst zu den schönsten von ganz Greenwich. Paris hatte das Haus samt Grundstück in ein echtes Kleinod verwandelt. Peter sagte

oft im Scherz, sie solle dieses Hobby zum Beruf machen, und wer ihr Heim einmal gesehen hatte, konnte seinen Vorschlag verstehen.
Obwohl Paris zweifellos eine künstlerische Ader hatte, waren ihre eigentlichen Interessen denjenigen Peters recht ähnlich. Sie beschäftigte sich gern mit komplizierten ökonomischen Zusammenhängen. Nach ihrer Hochzeit – gleich nach dem College – hatte sie Wirtschaftswissenschaften studiert und mit einem Master in Arbeitsorganisation abgeschlossen. Eigentlich wollte sie damals selbst ein kleines Unternehmen gründen, aber sie wurde schwanger und entschied sich dafür, nach der Geburt ausschließlich für ihr Kind da zu sein. Peter unterstützte sie darin, außerdem verdiente er so gut, dass sie nicht gezwungen war zu arbeiten. Sie hatte den Entschluss nie bereut und vierundzwanzig Jahre lang ein zufriedenes Leben geführt, das sich um ihren Mann und die Kinder drehte. Sie wurde Weltmeisterin im Kochen und Backen, engagierte sich in der Schule, schneiderte eigenhändig Halloweenkostüme für die Kinder und verbrachte endlose Stunden mit ihnen beim Kieferorthopäden. Sie ging ganz in ihrer Rolle als Hausfrau und Mutter auf. Dazu hätte sie zwar kein abgeschlossenes Studium gebraucht, aber ihr Verständnis für Wirtschaftsfragen hatte den Vorteil, dass Peter spätabends seine Fälle mit ihr besprechen konnte. Durch diese nächtlichen Diskussionen waren sie noch näher zusammengerückt. Für Peter war Paris die perfekte Ehefrau, und er bewunderte sie vor allem dafür, wie sie die Kinder großgezogen hatte. Sie war seinen Erwartungen voll und ganz gerecht geworden. Umgekehrt erging es Paris mit ihm ebenso.
Im Winter gönnten sie sich sonntagmorgens noch immer

eine halbe Stunde länger im warmen Bett, dann alberten sie wie Teenager unter der Decke herum. An jedem Wochentag stand Paris in aller Herrgottsfrühe mit Peter auf, machte ihm Frühstück und brachte ihn zum Bahnhof. Bis vor ein paar Jahren hatte sie danach die Kinder zur Schule kutschiert, doch schließlich waren sie – zu Paris' Leidwesen – alt genug gewesen, selbst zu fahren. Und nun musste sie sich überlegen, was sie mit sich anfangen sollte, wenn Wim Ende August nach Berkeley ging. Ein Leben ohne Jugendliche, die draußen im Pool herumtollten und das Haus auf den Kopf stellten, die unten im Hobbyraum Partys feierten, konnte sie sich kaum noch vorstellen. Wehmütig stellte Paris wieder einmal fest, dass diese Zeit nun bald unwiederbringlich vorbei war.
Hin und wieder würde Wim sie sicher am Wochenende besuchen, und natürlich an den Feiertagen, so wie Meg während ihrer Zeit am Vassar College. Doch da er an der Westküste studieren wollte, kriegten sie ihn darüber hinaus wohl nicht allzu oft zu Gesicht. Seit Meg ihr Studium abgeschlossen hatte, war sie kaum noch in Connecticut gewesen, lediglich zu Thanksgiving und zu Weihnachten. Sechs Monate lang hatte sie gemeinsam mit drei Freundinnen in einem Apartment in New York gewohnt, dann hatte sie in L.A. den erhofften Job gefunden. Manchmal fragte sich Paris, wie es erst sein würde, wenn Meg einmal verheiratet war. Fest stand: Mit Wims Abreise im August würde sich Paris' Leben grundlegend ändern.
Nach vierundzwanzig Jahren als Hausfrau und Mutter konnte Paris nicht einfach nach New York fahren und sich in einer Firma vorstellen. Sie hatte zu lange ausschließlich Plätzchen gebacken und den Chauffeur für

ihre Familie gespielt. Doch sie hatte bereits vage Pläne: Zunächst würde sie sich ehrenamtlich in Stamford bei einer Hilfsorganisation für misshandelte Kinder engagieren oder bei einem Leseförderprogramm für Kids mitarbeiten, die aus sozial schwachen Schichten stammten. Offenbar gab es erschreckend viele Jugendliche, die sich mit äußerst mangelhaften Kenntnissen beinahe durch die gesamte Highschoolzeit mogelten. Andere Ideen hatte Paris bisher nicht. Früher hatte Peter oft versichert, wenn die Kinder erst aus dem Haus seien, könnten sie zusammen reisen und andere Hobbys pflegen, die zuvor nicht möglich gewesen seien. Doch seit einem Jahr waren seine Arbeitstage noch länger als zuvor, und Paris gab sich keinerlei Illusionen hin: Er würde es wohl kaum einrichten können, sich mehr als ein paar Tage am Stück freizunehmen. Er kam ja meist nicht einmal mehr rechtzeitig zum Abendessen nach Hause. Widerwillig gestand sich Paris ein, dass ihr Mann und ihre Kinder im Augenblick ein sehr spannendes Leben führten – im Gegensatz zu ihr. Das musste sich ändern, und zwar bald. Der Gedanke an die unausgefüllte Zeit, die vor ihr lag, beunruhigte sie. Sie hatte schon ein paar Mal mit Peter darüber gesprochen, aber nützliche Vorschläge konnte er ihr nicht unterbreiten. Er war davon überzeugt, dass ihr noch etwas einfallen würde, und wahrscheinlich hatte er Recht. Mit sechsundvierzig Jahren war sie nicht zu alt für eine – wenn auch bescheidene – Karriere. Sie musste nur zuerst herausfinden, was sie überhaupt tun wollte. Dabei hätte Paris am liebsten so weitergemacht wie bisher, hätte sich um ihren Mann und die Kinder gekümmert und ihren Lieben – vor allem Peter – jeden Wunsch von den Augen abgelesen. Viele ihrer Freundinnen waren vom Eheleben längst restlos frustriert, wenn nicht gar geschieden. Aber Paris liebte ihren Mann noch immer. Peter war nun tatsächlich aufgeschlossener, liebevoller und aufmerksamer und zudem erfahrener als zu Anfang ihrer Beziehung. Er sah jetzt sogar besser aus als damals, fand Paris. Lustigerweise sagte er dasselbe über sie.

Paris war eine schlanke, sportliche Frau. Seit die Kinder etwas älter waren und sie mehr Zeit für sich hatte, spielte sie fast täglich Tennis und war bestens in Form. Ihr glattes blondes Haar trug sie meist zu einem Zopf geflochten. Sie war eine klassische Schönheit mit grünen Augen und hatte Ähnlichkeit mit Grace Kelly. Ihre Figur erregte bei Männern Bewunderung und bei Frauen oftmals Neid. Sie hatte einen ausgeprägten Sinn für Humor, und ab und zu heckte sie kleine Streiche aus, die die Kinder immer sehr amüsierten. Peter galt als weitaus zurückhaltender. Wenn er abends nach einem anstrengenden Arbeitstag und der langen Bahnfahrt nach Hause kam, war er meist müde. Er ließ Paris' Redeschwall stets geduldig über sich ergehen und machte lediglich hin und wieder eine kurze Bemerkung. Am Wochenende war er ein wenig lebhafter, aber selbst an seinen freien Tagen wirkte er ruhig, vielleicht sogar ein wenig reserviert. Während des ganzen letzten Jahres hatte ihn die Arbeit fast aufgefressen, deshalb hatten sie über drei Monate lang keine Dinnerparty mehr gegeben. In letzter Zeit hatte Peter freitags mehrfach länger gearbeitet und war auch am Samstag oft noch einmal in die Stadt gefahren, um Unterlagen durchzuarbeiten oder sich mit Klienten zu treffen. Paris hatte Verständnis dafür. Sie setzte ihn niemals unter Druck, schließlich schätzte sie an Peter seinen Ehrgeiz und sein Pflichtbewusstsein. Diese Eigenschaften waren entscheidende Voraussetzungen für seinen beruflichen Erfolg, und nicht zuletzt deshalb genoss er in der Geschäftswelt hohes Ansehen. Obwohl Paris gern mehr Zeit mit ihm verbracht hätte, wollte und konnte sie ihm nicht vorwerfen, dass er seinen Job ernst nahm. Umso wichtiger war es für Paris, bald eine sinnvolle Beschäftigung zu finden. Bekannte hatten angeregt, dass sie eine kleine Gärtnerei eröffnen solle, denn sie war bekannt für ihren grünen Daumen. Sie selbst hatte schon einmal damit geliebäugelt, einen Partyservice aufzuziehen, aber in dem Fall würde sie an den Wochenenden ständig unterwegs sein, also genau dann, wenn Peter zu Hause war. Daher hatte sie dieses Vorhaben rasch wieder aufgegeben.

Paris warf einen Blick in die Küche. Die Leute vom Cateringservice kamen offenbar gut zurecht. Zufrieden stellte sie sich unter die Dusche und schlüpfte danach in ihre Kleider. Sie erwarteten fünf befreundete Paare zum Dinner, und Paris freute sich sehr auf den Abend. Sie hoffte, dass Peter früh genug heimkehrte, damit er noch ein wenig ausspannen konnte, bevor die Gäste vor der Tür standen. Sie war noch nicht ganz fertig, da steckte Wim den Kopf in ihr Schlafzimmer. Er wollte ihr sagen, wohin er an diesem Abend ging. Obwohl er inzwischen erwachsen war, hatten sie diese Regel beibehalten. Paris wollte am liebsten stets wissen, wo sich ihre Kinder aufhielten und mit wem sie sich trafen. Sie war eben eine verantwortungsbewusste Mutter und hatte gern den Überblick.

»Ich fahre mit Matt zu den Johnsons«, erklärte Wim, während er ihr dabei zusah, wie sie den Reißverschluss seitlich an ihrem weißen Spitzenrock zumachte. Sie trug bereits

ein trägerloses weißes Top und silberfarbene Sandalen mit hohen Absätzen.
Paris lächelte ihrem Sohn zu. Er war ein attraktiver Junge. Schon mit fünfzehn war er über eins achtzig groß gewesen und seither noch ein ordentliches Stück gewachsen. Wim hatte Peters dunkelbraunes Haar und auch dessen strahlend blaue Augen geerbt.
Wim erwiderte ihr Lächeln. Er fand, dass seine Mutter toll aussah, wenn sie sich so zurechtmachte, und schaute ihr bewundernd dabei zu, wie sie ihr langes blondes Haar zu einem Dutt aufsteckte. Wim gefiel ihre schlichte Eleganz, und er war mindestens ebenso stolz auf sie wie sie auf ihn.
»Bleibt ihr dort, oder wollt ihr später noch auf eine Party?«, wollte Paris aus gutem Grund wissen. Seit ein, zwei Monaten feierte der Abschlussjahrgang nun schon eine Fete nach der anderen, und Wim war immer dabei. Die Mädchen flogen auf ihn, er zog sie geradezu magisch an. Aber seit Weihnachten fiel immer derselbe Name: Linda. Paris mochte das Mädchen. Sie stammte aus einer angesehenen Greenwicher Familie, ihre Mutter war Lehrerin, ihr Vater Arzt.
»Kann sein, dass wir später noch woandershin gehen.« Wim grinste verlegen. Seine Mutter kannte ihn einfach zu gut. Eigentlich hatte er ihr nichts von der Fete sagen wollen, aber sie verstand es, mit geschickten Fragen alles aus ihm herauszuholen. Er und seine Schwester beklagten sich regelmäßig darüber, aber im Grunde vermittelte ihre Mutter ihnen damit nur ihr Interesse.
»Bei wem feiert ihr denn diesmal?«, erkundigte sich Paris, während sie einen Hauch Rouge auflegte und sich die Lippen nachzog.
»Bei den Steins«, antwortete Wim grinsend. Er hatte diese

Frage bereits erwartet und wusste auch, wie es nun weiterging.

»Sind die Eltern zu Hause?« Sie hatte es nicht so gern, wenn die Halbwüchsigen sturmfreie Bude hatten, und mochte sich gar nicht ausmalen, was dann alles passieren konnte. Früher hatte Paris immer selbst bei den Eltern des Gastgebers angerufen, um sich zu vergewissern, dass die jungen Leute nicht völlig unbeaufsichtigt sein würden. Aber seit etwa einem Jahr verließ sie sich auf Wims Wort – obwohl sie das einige Überwindung kostete. Hin und wieder versuchte ihr Sohn, ihr etwas zu verheimlichen. Sie fand das normal für sein Alter und betrachtete es als ihre Aufgabe, ihm auf die Schliche zu kommen. Meist merkte sie sofort, wenn er ihr etwas verschwieg. Doch meist war er ehrlich, und darum machte sie sich auch nicht allzu viele Sorgen, wenn er abends wegging.

»Ja, die Eltern sind zu Hause.« Wim verdrehte die Augen.

»Das ist auch besser so.« Paris warf ihrem Sohn einen mahnenden Blick zu. Dann grinste sie. »Wenn du mich anlügst, William Armstrong, werfe ich deinen Autoschlüssel in den Müllschlucker.«

»Ja, ja, Mom. Ich weiß. Aber ich lüge nicht. Ehrenwort.«

»Okay. Und wann bist du wieder da?« Noch immer verlangte sie von ihrem Sohn, dass er um eine bestimmte Zeit zurückkam. Sie beharrte darauf, dass er sich bis zu seinem Auszug an die Regeln hielt, die sie aufgestellt hatte, und Peter befürwortete das ebenfalls. Er fand es gut, dass sie den Kindern Grenzen setzte. In Erziehungsfragen hatten sie so gut wie nie Meinungsverschiedenheiten gehabt, und auch sonst vertraten sie meist dieselbe Linie. Sie führten durchweg eine harmonische Ehe, und gelegentliche kleine Streitereien entzündeten sich meist an Nichtigkeiten wie einem offen stehenden Garagentor oder daran, dass Paris vergessen hatte, das Auto voll zu tanken oder Peters Hemd, das zu seinem Abendanzug gehörte, rechtzeitig für eine Veranstaltung aus der Reinigung zu holen. Aber das geschah selten, normalerweise hatte sie alles im Griff. Peter konnte sich voll und ganz auf sie verlassen.

»Um drei?« Wims Vorschlag klang nicht sehr hoffnungsvoll, und seine Mutter schüttelte bereits den Kopf.

»Vergiss es. Bis zu eurem Abschlussfest sind es noch ein paar Wochen. Heute ist ein Freitag wie jeder andere.« Wenn sie ihm nun erlaubte, bis drei Uhr wegzubleiben, würde er in der letzten Schulwoche regelmäßig bis vier oder fünf Uhr feiern wollen, und das kam gar nicht infrage. Um diese Zeit noch durch die Gegend zu fahren, hielt Paris für ziemlich gefährlich. »Um zwei bist du zu Hause, keine Minute später. Das ist mein letztes Wort. Betrachte das als großes Entgegenkommen, und überspann den Bogen nicht!«, sagte Paris streng. Zu ihrer Erleichterung nickte Wim, dann wandte er sich um. »Warte ... lass dich mal drücken«, sagte Paris schnell.

Wim machte kehrt und lächelte. Er glich dabei eher einem großen, unbeholfenen Kind als einem jungen Mann. Bereitwillig legte er die Arme um seine Mutter und ließ sich einen Kuss auf die Wange geben.

»Viel Spaß heute Abend. Und fahr bitte vorsichtig!« Wim war ein umsichtiger Autofahrer, doch Sorgen machte sich Paris natürlich trotzdem. Bis jetzt hatte er sich, soweit sie wusste, noch nie nach ein paar Drinks ans Steuer gesetzt. In solchen Fällen ließ er den Wagen stehen und sich von Freunden mitnehmen. Außerdem hatten sie schon vor

Jahren eine Abmachung getroffen: Wenn er je betrunken sein sollte, durfte er seine Eltern anrufen, die ihn unverzüglich abholen würden. Denn Paris und Peter wollten unbedingt verhindern, dass ihr Sohn in einem solchen Zustand in den Wagen stieg.

Kurz darauf hörte Paris, wie Wim das Haus verließ. Als sie die Treppe hinunterstieg, schloss Peter gerade die Eingangstür auf. Er wirkte ziemlich erschöpft. Wieder einmal fiel Paris die enorme Ähnlichkeit zwischen ihm und Wim auf. Dies ließ das Lächeln, das Paris ihrem Mann zur Begrüßung schenkte, noch etwas wärmer ausfallen als sonst.

»Hallo Darling«, sagte sie, ging zu Peter hinüber und umarmte und küsste ihn. Aber er war offenbar so müde, dass er ihre Liebkosungen kaum erwiderte. Paris verkniff sich eine Bemerkung darüber, wie abgespannt er aussah. Seit einem Monat arbeitete er nun an den Verträgen für die Fusion zweier Firmen und hatte mehr zu tun als je zuvor. Für seinen Klienten drohte die Sache nicht sehr gut auszugehen, und Peter setzte alles daran, das Beste für ihn herauszuholen.

»Wie war dein Tag?«, fragte Paris. Sie nahm Peter den Aktenkoffer ab und stellte ihn auf einen Stuhl neben der Garderobe. Plötzlich bereute sie es, dass sie die Dinnerparty auf den Freitagabend gelegt hatte. Doch bei der Planung vor zwei Monaten hatte sie noch nicht wissen können, wie hart diese Woche für Peter werden würde, und um diese Jahreszeit musste man den Partyservice nun einmal so früh wie möglich beauftragen.

»Vor allem lang.« Peter lächelte sie an. »So wie die ganze Woche. Ich bin total erledigt. Wann kommen denn die Gäste?« Es war schon fast sieben Uhr.

»In einer Stunde. Leg dich doch noch ein bisschen hin. Es ist schon alles vorbereitet.«
»Lieber nicht. Wenn ich jetzt einschlafe, wache ich vor morgen früh nicht wieder auf.«
Ohne ihn zu fragen eilte Paris in die Speisekammer, schenkte Peter ein Glas Weißwein ein und brachte es ihm. Dankbar nahm er es entgegen. Er trank nicht oft Alkohol, aber nach Tagen wie diesem, auf die auch noch ein langer Abend folgte, half ein Glas Wein ihm, den beruflichen Stress schneller abzuschütteln.
»Danke«, sagte er, trank einen Schluck, ging ins Wohnzimmer und ließ sich dort auf der Couch nieder.
Der Raum war wie immer tadellos aufgeräumt und makellos sauber. Die antiken englischen Möbel hatten sie nach und nach in London und New York erstanden. Sie hatten beide ihre Eltern früh verloren, und Paris hatte einen Teil ihres bescheidenen Erbes in die Inneneinrichtung des Hauses gesteckt. Manches Teil hatte auch Peter beigesteuert. Sie besaßen einige sehr erlesene Stücke, die stets viele bewundernde Blicke auf sich zogen. Neben dem geräumigen Wohnzimmer lag das große, helle Speisezimmer. Außerdem gab es einen kleinen Arbeitsraum mit einer Bibliothek, wo Peter an den Wochenenden häufig noch für ein paar Stunden über seinen Unterlagen brütete. Im Obergeschoss befanden sich vier schöne Schlafzimmer. Eines davon wurde inzwischen als Gästezimmer genutzt. Über lange Zeit hatten Paris und Peter auf ein drittes Kind gehofft, aber offenbar hatte es nicht sein sollen. Paris war nach Wims Geburt nicht mehr schwanger geworden. Sie hatten oft darüber gesprochen, sich dann aber gegen eine aufwändige Behandlung oder gar eine

künstliche Befruchtung entschieden. Immerhin hatten sie zwei gesunde Kinder, damit konnten sie zufrieden sein.
Paris setzte sich neben Peter auf die Couch und kuschelte sich an ihn. Sonst legte er wenigstens den Arm um sie, aber heute war er anscheinend selbst dazu zu müde. Paris musterte ihn besorgt. So matt wie in diesem Augenblick hatte er noch selten gewirkt. Wenn die Fusion über die Bühne war, würde sie für ihn einen Termin beim Arzt vereinbaren. Es war höchste Zeit, dass er sich einmal gründlich durchchecken ließ. In den letzten Jahren hatten einige ihrer Bekannten tödliche Herzattacken erlitten. Peter war für seine einundfünfzig zwar ziemlich fit und gehörte sicher nicht zu einer Risikogruppe, aber etwas Vorsicht konnte nicht schaden. Paris wollte schließlich noch mindestens vierzig Jahre an seiner Seite verbringen.
»Die Vorbereitungen für die Fusion sind wohl ziemlich kompliziert«, sagte Paris mitfühlend. Sie spürte, dass Peter sogar körperlich angespannt war.
Er nickte, nahm noch einen Schluck Wein, blieb jedoch stumm. Paris vermutete, dass er einfach zu erledigt war, um ihr die Einzelheiten zu erklären. Sie wollte nicht nachhaken, ob ihn noch etwas anderes belastete. Sicher beschäftigte ihn nur die schwierige geschäftliche Transaktion. Wenn er erst einmal mit den Gästen beim Essen saß, so hoffte sie, würde er die Arbeit vergessen und sich entspannen. Das war ihm bis jetzt immer gelungen. Obwohl Peter niemals anregte, ihre Bekannten einzuladen, genoss er die geselligen Abende immer sehr. Längst fragte Paris ihn nicht mehr, wen er dabeihaben wollte, denn sie wusste genau, wen er mochte und wen nicht. Ihm war es mehr als recht, dass Paris alles organisierte. Scherzhaft nannte er

sie oft seine Managerin für Freizeitaktivitäten und Geselligkeit.

Eine Weile lang saß Peter schweigend auf der Couch. Paris verharrte ebenfalls stumm neben ihm und freute sich einfach, dass er bei ihr war. Sie hätte gern gewusst, ob er auch an diesem Wochenende so wie an den letzten wieder arbeiten oder sich sogar in der Stadt mit Klienten zusammensetzen musste, aber sie wollte ihn jetzt nicht löchern. Falls er noch einmal ins Büro fuhr, würde ihr schon etwas einfallen, womit sie sich beschäftigen konnte. Als Peter nun aufstand, sah er schon ein wenig besser aus. Er lächelte sie an und steuerte auf die Treppe zu. Paris folgte ihm hinauf ins Schlafzimmer.

»Alles in Ordnung, Liebling?«, erkundigte sie sich, als er sich aufs Bett legte. Das Weinglas stellte er auf den Nachttisch. Offenbar war er so schachmatt, dass er vor dem Essen doch noch ein Nickerchen machen wollte.

»Ja. Ich ruhe mich nur noch ein bisschen aus«, sagte Peter. Dann schloss er die Augen.

Paris verließ das Zimmer und ging hinunter in die Küche. Dort lief alles nach Plan. Für einen Augenblick setzte sie sich hinaus auf die Terrasse. Sie lächelte zufrieden vor sich hin. Sie liebte ihren Mann und die Kinder, das Haus war einfach wunderschön, und sie freute sich auf den Abend mit ihren Freunden. Alles war so, wie sie es haben wollte – einfach perfekt.

Eine halbe Stunde später lief sie hinauf ins Schlafzimmer, um Peter zu wecken, doch er stand bereits unter der Dusche. Sie setzte sich aufs Bett und wartete. In zwanzig Minuten würden die Gäste eintreffen. Noch während sich Peter rasierte, klingelte es an der Haustür. Sie drängte ihren Mann nicht zur Eile, im Gegenteil, sie sagte ihm, er solle sich Zeit lassen. Sie hoffte, dass er sich ein wenig erholt hatte und den Abend genießen konnte. Die Wangen voller Rasierschaum nickte er ihr im Spiegel zu. Paris hastete hinunter, um die Gäste zu begrüßen.

»Ich bin gleich bei euch«, rief Peter ihr nach.

»Mach dich nur in Ruhe fertig.«

Als Peter wenig später auf die Terrasse kam, saßen schon zwei Paare am Tisch. Ein drittes gesellte sich gerade dazu. Es war ein traumhafter Abend. Die Sonne war gerade untergegangen, und die warme Luft erinnerte an das Klima in Mexiko oder auf Hawaii – ideal für ein Dinner im Garten. Alle waren bestens gelaunt.

Paris hatte zwei ihrer besten Freundinnen eingeladen. Der Mann der einen arbeitete in Peters Firma, auf diese Weise hatten die Paare einander auch vor fünfzehn Jahren kennen gelernt. Peters Kollege und seine Frau Virginia hatten einen Sohn in Wims Alter, der dieselbe Schule besuchte und ebenfalls im Juni den Abschluss machen würde. Paris' andere Freundin hatte eine Tochter, die so alt war wie Meg, und nur wenig ältere Zwillingssöhne. Jahrelang waren sich die Frauen bei Schulveranstaltungen und Sportwettbewerben über den Weg gelaufen und hatten sich schließlich angefreundet. Paris und Natalie hatten abwechselnd ihre Töchter zum Ballett gefahren. Natalies Tochter tanzte inzwischen professionell im Ensemble von Cleveland, sie hatte ihr Hobby zum Beruf gemacht. Alle drei Frauen mussten sich nun, da ihre Kinder flügge geworden waren, überlegen, wie es weitergehen sollte. Das Gefühl, am Ende einer Lebensphase angekommen zu sein, deprimierte sie, gleichzeitig jagte es ihnen auch Angst ein. Virginia machte

sich mindestens ebenso viele Gedanken wie Paris, was nun aus ihr werden sollte. Ihr Sprössling wollte in Princeton studieren. Er war dann zwar nicht ganz so weit weg wie Wim, aber trotzdem empfand Virginia angesichts der Veränderung eine ähnliche Unsicherheit wie Paris.
Als Peter nun zu ihnen stieß, redeten sie gerade über ihre Situation. Natalie raunte Paris leise zu, ihr Mann sehe heute furchtbar müde aus. Virginia war derselben Meinung.
»Er bereitet gerade eine Fusion vor. Die Sache ist ziemlich kompliziert«, erklärte Paris.
Virginia nickte. Auch ihr Mann arbeitete an diesem Projekt, aber er schien nicht halb so abgespannt zu sein wie Peter. Andererseits war er auch nicht Geschäftsführer der Kanzlei und trug keine so große Verantwortung. Insgeheim musste sich Paris dennoch eingestehen, dass sie Peter noch nie in einem solchen Zustand erlebt hatte.
Innerhalb der nächsten Minuten trafen die letzten Gäste ein. Bald saßen alle am Tisch und unterhielten sich angeregt. Paris hatte überall Kerzen aufgestellt, und in deren weichem Licht wirkte Peter ein wenig frischer. Er plauderte mit den beiden Frauen, die Paris neben ihn gesetzt hatte. Peter kannte beide gut, dennoch kam er Paris während des Essens stiller vor als sonst.
Gegen Mitternacht verabschiedeten sich die Gäste. Sobald sie fort waren, zog Peter das Jackett aus, lockerte seine Krawatte und atmete tief durch.
»Hast du dich gut unterhalten, Liebling?«, fragte Paris. Er hatte an dem einen Ende der Tafel gesessen und sie am anderen. Deshalb hatte sie nicht mitbekommen, worüber er mit seinen Tischnachbarinnen gesprochen hatte.
»Ja«, war alles, was er antwortete.

Paris selbst hatte mit ihren beiden Tischnachbarn über Wirtschaftsfragen diskutiert. Sie war eine intelligente, gut informierte Frau, mit der man auch über andere Dinge als ihre Kinder und den Haushalt reden konnte. Das gefiel den Männern an ihr. Auch Virginia und Natalie galten als anregende Gesprächspartnerinnen. Natalie war Künstlerin und schuf seit einigen Jahren vor allem großformatige Skulpturen. Bevor Virginia ihre Karriere aufgegeben hatte, um sich ganz der Familie zu widmen, war sie Anwältin gewesen.

»Du warst heute Abend sehr still«, bemerkte Paris, während sie gemeinsam die Treppe hochstiegen. Um den Abwasch kümmerten sich die Leute vom Partyservice. Paris hatte den ganzen Abend über immer wieder zu Peter hinübergeschaut. Er hatte hauptsächlich zugehört, was selbst für ihn ungewöhnlich war.

»Ich bin nur ziemlich müde«, sagte er ein wenig geistesabwesend.

Sie gingen an Wims Zimmer vorbei. Er war noch nicht zu Hause, feierte höchstwahrscheinlich gerade ausgelassen und würde sicher keine Minute vor der vereinbarten Zeit zurück sein.

»Fehlt dir auch wirklich nichts?«, erkundigte sich Paris besorgt. Peter hatte schon oft große Fusionen abgewickelt, aber so sehr wie diesmal hatte ihn das noch nie gestresst. Bestand womöglich die Gefahr, dass das Geschäft platzte?

»Nein. Mir geht's …« Er wollte »blendend« sagen, doch dann schaute er Paris an und schüttelte den Kopf. Er sah auch alles andere als blendend aus, das war ihm bewusst. Eigentlich hatte er nicht mitten in der Nacht mit ihr reden wollen, er hätte das Gespräch lieber in aller Ruhe am nächsten Morgen geführt. Er wollte Paris nicht den

Abend verderben, außerdem hatte er noch nie gern vor dem Schlafengehen ernste Themen angeschnitten. Aber er konnte und wollte sie nicht länger anlügen. Es war einfach nicht fair. Paris war ihm keineswegs gleichgültig, und es gab weder einen günstigen Zeitpunkt noch die richtigen Worte für das, was er ihr nun sagen musste. Der Gedanke, neben ihr zu liegen und die ganze Nacht lang darüber nachzugrübeln, wie er es ihr beibringen sollte, war mindestens so unerträglich wie die Angst vor dem, was nun folgen würde.

»Stimmt irgendetwas nicht?«, wollte Paris wissen. Langsam machte sie sich wirklich ernsthafte Sorgen. Sie spürte, dass Peter irgendetwas bedrückte, und war noch immer davon überzeugt, dass es mit seiner Arbeit zu tun hatte. Jedenfalls hoffte sie, dass ihr Mann keine gesundheitlichen Probleme hatte. Beklommen dachte Paris an ein befreundetes Ehepaar. Bei dem Mann hatte man im letzten Jahr einen Gehirntumor entdeckt, und schon vier Monate später war er tot gewesen. Der Schock steckte seinen Freunden noch immer in den Knochen. Sie hatten inzwischen ein Alter erreicht, in dem Gesundheit keine Selbstverständlichkeit mehr war. Paris konnte nur beten, dass Peter nichts Ernsthaftes fehlte.

Er ließ sich nun mit versteinerter Miene in einem der Sessel im Schlafzimmer nieder, in denen sie es sich gelegentlich mit einem Buch bequem machten. Wortlos deutete er auf den Sessel gegenüber. »Setz dich bitte.«

»Fehlt dir etwas?«, fragte Paris ängstlich. Sie sank in den Sessel und wollte nach Peters Händen greifen, aber er lehnte sich zurück, schloss die Augen und atmete tief durch. Als er sie wieder öffnete, lag ein solch tiefer Schmerz in seinem

Blick, dass Paris erschrak. So hatte er sie noch nie zuvor angesehen.
»Ich weiß nicht, wie ich anfangen soll ... und ob ich die richtigen Worte finde ...« Wie rammt man einem Menschen, der einem fast ein Vierteljahrhundert lang das Liebste auf der Welt war, ein Messer ins Herz? Wo platziert man die Klinge, und wann stößt man zu? Peter wusste, dass er kurz davor war, die Tat auszuführen. Danach würde nichts mehr so sein wie zuvor. Nicht nur Paris' Leben, auch sein eigenes hob er damit aus den Angeln. »Ich ... Paris ... ich habe letztes Jahr etwas getan ... Es hat mich selbst überrumpelt. Ich wollte nicht, dass es so kommt. Ich weiß nicht einmal genau, wie es passieren konnte, es hat sich irgendwie ... ergeben. Das soll keine Entschuldigung sein. Ich hatte kein Recht dazu, aber ich habe es nun mal getan ...«
Peter konnte ihr nicht in die Augen schauen, und Paris saß wie versteinert da. Sie fühlte, dass gerade etwas Schreckliches auf sie zurollte. In ihrem Kopf begannen Alarmglocken zu schrillen, und das Herz schlug ihr bis zum Hals. Währenddessen wartete sie darauf, dass Peter fortfuhr. Er sprach nicht von irgendeiner Fusion, das war ihr längst klar. Hier ging es um viel mehr als das.
»Es geschah während der drei Wochen, die ich in Boston verbringen musste. Du erinnerst dich vielleicht an den Fall, an dem ich damals arbeitete.«
Paris konnte nur stumm nicken. Wie durch eine Nebelwand registrierte sie den gequälten Ausdruck in Peters Gesicht.
Am liebsten hätte er nach ihrer Hand gegriffen, aber er verkniff sich diese Geste. Er hatte das dringende Bedürfnis, die brutale Endgültigkeit seiner Worte abzumildern,

doch er besaß den Anstand, es gar nicht erst zu versuchen. »Ich will nicht lange darüber reden, wie, warum und wann. Tatsache ist: Ich habe mich verliebt. Ich wollte das nicht und habe immer geglaubt, mir könnte so etwas nie passieren. Ich frage mich selbst, wie es dazu kommen konnte. In mir war so eine seltsame Leere ... Und *sie* ist interessant, geistreich und jung. Wenn ich mit ihr zusammen war, hatte ich endlich wieder das Gefühl, lebendig zu sein. Und ich gebe zu, ich fühlte mich einfach jünger. Es war, als würde man die Uhr um ein paar Minuten zurückdrehen. Aber dann blieben die Zeiger hängen. Als ich zurückkehrte, merkte ich, dass ich die Sache nicht beenden wollte. Ich habe mir den Kopf zerbrochen, habe hin und her überlegt und auch ein paar Mal probiert, mit ihr Schluss zu machen. Aber ich konnte es nicht ... ich wollte es nicht! Ich möchte mit ihr zusammen sein. Ich empfinde noch etwas für dich, aber ich kann so nicht mehr leben, nicht zwischen den Stühlen. Es bringt mich um den Verstand. Ich weiß nicht, wie ich es dir erklären soll, und ich kann nur ahnen, wie du dich jetzt fühlst. O Gott, Paris ... es tut mir so Leid! Es tut mir so furchtbar Leid ...«
Peter hatte Tränen in den Augen. Paris schlug die Hände vor den Mund. Ihr schien es, als müsse sie tatenlos zusehen, wie sich ein Unfall ereignete, wie ein Wagen gegen eine Wand raste und alle Insassen mit in den Tod riss. Sie hatte das Gefühl, selbst auf der Stelle sterben zu müssen.
»Paris, ich weiß nicht, wie ich es sagen soll.« Nun liefen ihm Tränen über die Wangen. »Für uns beide ... für uns alle ist es besser, wenn wir uns trennen. Ich will die Scheidung.«
Er hatte Rachel versprochen, Paris an diesem Wochenende reinen Wein einzuschenken. Er hatte es tun müssen,

denn das Doppelleben, das er schon viel zu lange führte, zerrte an ihrer beider Nerven. Aber es war noch viel schwerer, als er geglaubt hatte. Paris dabei in die Augen schauen zu müssen und die Erschütterung zu ertragen, die in ihren Zügen lag, ließ ihn wünschen, es gäbe doch eine andere Möglichkeit. Dabei war die Entscheidung längst gefallen. Peter hatte nicht gelogen, er empfand tatsächlich noch immer etwas für Paris, aber verliebt war er nun in eine andere Frau. Und mit ihr wollte er zusammen sein. Schon seit Jahren fühlte er sich, als sei er lebendig begraben. Erst durch Rachel war ihm klar geworden, was ihm wirklich fehlte. Für ihn war sie die zweite Chance, ein Geschenk geradezu. Er wollte, er *musste* diese Chance nutzen! Sosehr er Paris schätzte, sosehr er sie jetzt bedauerte und allen Schuldgefühlen zum Trotz – er wusste, dass er nun Rachel gehörte. Sie war seine Zukunft, die Zeit mit Paris gehörte der Vergangenheit an.

Endlose Minuten lang saß Paris still in ihrem Sessel. Unfähig zu glauben, was sie gerade gehört hatte, starrte sie Peter an. An seinen Augen konnte sie ablesen, dass er es ernst meinte. »Ich verstehe das nicht«, stieß sie schließlich hervor. Nun liefen auch ihr Tränen über die Wangen. Das konnte doch nicht wahr sein! So etwas passierte nur anderen Leuten, deren Ehen gingen in die Brüche, sie stritten sich die ganze Zeit über und hatten einander nie so geliebt wie Peter und sie. Aber so sehr sie sich auch sträubte – die Wahrheit ließ sich nicht verleugnen. Dabei war ihr die ganzen vierundzwanzig Jahre über kein einziges Mal in den Sinn gekommen, dass Peter sie eines Tages verlassen könnte. Paris hatte immer geglaubt, nur der Tod könne ihn ihr entreißen. »Was ist denn bloß los mit dir? …

Warum tust du mir das an? ... Warum willst du sie nicht aufgeben?« In diesem Moment dachte Paris gar nicht daran, ihn zu fragen, wer sie war. Das tat auch nichts zur Sache. Nur ein Satz hallte in ihren Ohren wider: »Ich will die Scheidung.«

»Paris, das habe ich versucht«, sagte er und blickte sie eindringlich an. Der verwundete Ausdruck in ihren Augen zerriss ihm fast das Herz. Aber nun gab es kein Zurück mehr. In gewisser Weise war Peter froh, dass es nun endlich heraus war. Wie hoch der Preis auch sein mochte – er wollte endlich frei sein. »Ich kann nicht mehr ohne sie leben. Ich kann es einfach nicht! Ich weiß, das ist rücksichtslos von mir. Aber ich will die Beziehung zu ihr auf keinen Fall beenden. Du warst mir eine gute Ehefrau und bist ein wunderbarer Mensch. Aber ich brauche noch etwas anderes ... Mit ihr ist alles so aufregend, und ich freue mich endlich wieder auf die Zukunft. Seit Jahren hatte ich das Gefühl, dass ich ein alter Mann bin. Bestimmt wirst du eines Tages begreifen, dass das auch eine Chance für *dich* ist. Wir saßen doch längst fest.«

Seine Worte verletzten sie tief. »Eine Chance?«

Paris' Stimme klang plötzlich schrill. Sie sah aus, als bekäme sie gleich einen hysterischen Anfall. Davor hatte sich Peter gefürchtet.

»Das ist eine Tragödie, nichts anderes! Wie kannst du von einer Chance für mich sprechen? Du hast mich betrogen, lässt deine Familie im Stich! Das kann alles nicht dein Ernst sein. Was hast du dir bloß dabei gedacht? Wer ist diese Frau überhaupt? Und was hat sie mit dir angestellt?«

Nun wollte Paris doch wissen, wer ihre Gegnerin war. Wer die Frau war, die die Schlacht schon gewonnen hatte, während Paris noch nicht einmal geahnt hatte, dass eine Schlacht im Gange war. Paris war dabei, alles zu verlieren, dabei hatte bislang absolut nichts darauf hingedeutet, dass ihre Ehe in Gefahr war. Paris hatte das Gefühl, an einem gähnenden Abgrund zu stehen.

Peter fuhr sich mit der Hand durchs Haar. Sein erster Impuls war, ihr den Namen seiner Freundin nicht zu verraten. Er fürchtete, Paris könne in ihrem augenblicklichen Zustand irgendetwas Verrücktes tun. Aber im Grunde wusste er, dass sie eine vernünftige Frau war. Und früher oder später würde sie die Identität seiner Geliebten ohnehin erfahren. Wenn die Kinder seine neue Partnerin kennen lernten, würden sie ihrer Mutter zweifellos davon erzählen. Er wollte Rachel heiraten. Aber das würde er Paris nun nicht auch noch unterbreiten. Der Schock war für sie auch so schon schlimm genug. »Sie ist Anwältin in der Kanzlei«, erklärte er. »Sie hat zwar versucht, sich von dir fern zu halten, aber du hast sie bei der Weihnachtsfeier gesehen. Sie heißt Rachel Norman. Bei dem Fall in Boston war sie meine Assistentin. Sie ist geschieden und hat zwei Söhne.«

Paris hatte Peter längst durchschaut: Er versuchte, seine Geliebte als respektable Person darzustellen, wollte nicht, dass Paris sie als billiges Flittchen betrachtete. Aber diese Mühe konnte er sich sparen, denn das tat sie ohnehin. Paris starrte ihn an. Unablässig rannen ihr Tränen über die Wangen und tropften von ihrem Kinn auf den weißen Spitzenrock.

Peters Gewissensbisse wurden übermächtig. Und ihm war klar, dass sie ihn noch lange verfolgen würden. Aber es gab nun einmal keinen anderen Weg. Die Trennung war für alle das Beste. Außerdem war er das Rachel schuldig, sie hatte sich schließlich ein Jahr lang geduldet. Mehr konnte er von ihr nicht verlangen. Er wollte sie nicht verlieren, koste es, was es wolle.

»Wie alt ist sie?«, fragte Paris mit tonloser Stimme.

»Einunddreißig«, antwortete Peter leise.

»Großer Gott, sie ist zwanzig Jahre jünger als du! Hast du etwa vor, sie zu heiraten?« Paris fühlte eine neue Welle der Panik heranrollen. Solange er die andere nicht zu seiner Frau machen wollte, bestand noch eine gewisse Hoffnung.

»Das weiß ich noch nicht«, log er. »Eins nach dem anderen. Du solltest dich nicht mit solchen Fragen quälen.« Das Gespräch mit Paris saugte Peter jegliche Energie aus, und erneut fühlte er sich steinalt. Doch schon der Gedanke an Rachel wirkte erfrischend. Sie war sein Jungbrunnen, und auf sie gründete er all seine Hoffnung auf ein glücklicheres Leben. Rachel war so unglaublich aufregend! Schon wenn er ihr beim Essen gegenübersaß, fühlte er sich wie ein Teenager, und wenn sie miteinander schliefen, löste das Emotionen in ihm aus, die er nie für möglich gehalten hatte. So war es ihm noch niemals mit einer Frau ergangen, nicht einmal mit Paris. Ihr Liebesleben war erfüllt, wenn auch nicht besonders ausschweifend gewesen. Doch mit Rachel erfuhr er eine ganz neue Art der Leidenschaft. Er hatte nicht einmal geahnt, dass er dazu fähig war. Was sie in ihm auslöste, war einfach unglaublich.

»Sie ist fünfzehn Jahre jünger als ich.« Paris begann, unkontrolliert zu schluchzen. Nun wollte sie alles wissen, auch wenn sie sich damit nur selbst marterte. »Wie alt sind ihre Kinder?«

»Fünf und sieben, also noch ziemlich klein. Sie hat während des Studiums geheiratet und die Kinder bekommen. Danach hat sie ihren Abschluss gemacht, obwohl ihr Mann sie nach dem zweiten Kind sitzen ließ. Sie hatte es nicht leicht.« Hin und wieder hatte er samstags auf die Jungs aufgepasst, damit Rachel ungestört ein paar Dinge erledigen konnte. Paris hatte er erzählt, er müsse noch einmal in die Stadt, um mit einem Klienten etwas zu klären. Doch jetzt hatte er den Grundstein für ein Leben ohne Heimlichkeiten gelegt. Er würde mit Rachel zusammenziehen. Sie war ebenso verliebt wie er, und lange war sie im Zweifel gewesen, ob ihre Beziehung wirklich eine Zukunft hatte. Rachel hatte es zunächst nicht für möglich gehalten, dass Peter seine Frau verlassen würde, denn sie wusste, dass ihm seine Familie sehr wichtig war. Außerdem betonte er andauernd, dass Paris es nicht verdiente, einfach abserviert zu werden. Aber dann sagte Rachel klipp und klar, sie ertrage das Versteckspiel nicht länger und wolle ihn nicht mehr sehen. Peter musste sich entscheiden. Kurz darauf machte er ihr einen Heiratsantrag. Nun hatte er keine andere Wahl mehr, als sich von Paris zu trennen. Dies war der Preis für sein neues Glück.
»Könntest du dir vorstellen, gemeinsam mit mir zu einer Eheberatung zu gehen?«, fragte Paris nun zaghaft.
Peter zögerte. Er wollte ihr keine falschen Hoffnungen machen, denn sein Entschluss stand fest. »Ich würde mit dir hingehen«, antwortete er schließlich. »Vielleicht wird es dann ein bisschen leichter für dich. Aber ich werde meine Meinung nicht ändern. Ich habe mir die Entscheidung nicht leicht gemacht, und jetzt kann mich nichts mehr davon abbringen.«
»Warum hast du mir nie etwas gesagt? Warum hast du mir

nicht wenigstens eine Chance gegeben? Ich wusste doch von nichts ...« Paris fühlte sich verraten und verkauft.
»Paris, seit einem Dreivierteljahr bin ich kaum noch zu Hause. Ich komme abends spät aus der Stadt zurück und fahre fast jedes Wochenende noch einmal ins Büro. Ich dachte, du hättest längst etwas gemerkt. Hast du denn nie Verdacht geschöpft?«
»Ich habe dir vertraut«, entgegnete sie, und zum ersten Mal mischte sich Wut in ihre Stimme. »Ich dachte, du hättest einfach ungeheuer viel zu tun, und wäre nie darauf gekommen, dass du mich hintergehst.« Nach diesen Sätzen weinte sie bitterlich.
Peter wollte sie gern in den Arm nehmen und sie trösten, aber er hatte das Gefühl, dass ihm das nun nicht mehr zustand. Stattdessen erhob er sich, ging zum Fenster hinüber und starrte hinunter in den Garten. Er überlegte, was nun aus Paris werden würde. Sie war noch immer attraktiv und würde sicher bald einen neuen Partner finden. Sorgen machte er sich dennoch um sie. Das tat er schon seit Monaten. Aber das bedeutete nicht, dass er bei ihr bleiben und Rachel aus seinem Leben verbannen wollte. Zum ersten Mal seit vielen Jahren dachte er nicht in erster Linie an Paris und an seine Kinder, sondern an sich selbst.
»Was sollen wir den Kindern sagen?« Paris blickte auf. Es gab so viel zu bedenken. Wie sollte ihre Zukunft ohne ihn aussehen? Was sollte sie den Leuten erzählen? Sie hatte eben erst ihren Job als Mutter verloren, und nun wurde sie auch noch als Ehefrau gefeuert. Paris hatte keine Ahnung, was sie mit dem Rest ihres Lebens anfangen sollte. In diesem Moment stürzten unzählige Fragen auf sie ein, auf die sie noch keine Antwort wusste.

»Am besten die Wahrheit«, antwortete Peter leise. »Ich liebe die beiden über alles, daran hat sich nichts geändert. Aber sie sind nun erwachsen. Wim zieht in ein paar Wochen aus. Sicher wäre es schlimmer für Meg und ihn, wenn sie noch kleiner wären.«

Paris schüttelte den Kopf über so viel Gedankenlosigkeit. Peter hatte ja keine Ahnung, was er Meg und Wim antat. Sicher würden sich die beiden beinahe ebenso betrogen fühlen wie sie. »Du solltest nicht unterschätzen, was eine Trennung für die Kinder bedeutet. Ich bin sicher, es wird sie schwer treffen. Es wird ein riesiger Schock für sie sein, dass sich ihre Familie plötzlich auflöst.«

»Das kommt ganz darauf an, wie du es ihnen erklärst, und nicht zuletzt darauf, wie du damit umgehst.«

Verblüfft und gleichzeitig wütend stellte Paris fest, was Peter anscheinend von ihr erwartete, nämlich dass sie mit den Kindern redete. Aber da spielte sie nicht mit. Er hatte die Situation heraufbeschworen, dann sollte er die Sache auch ausbaden. Sie würde von nun an keine Rücksicht mehr auf ihn nehmen – nur fehlte ihr darin die Übung.

»Ich möchte, dass du das Haus behältst«, sagte Peter unvermittelt. Das hatte für ihn sofort festgestanden. Rachel und er würden sich ein Apartment in New York kaufen und hatten sich sogar schon einige angesehen.

»Und wo wirst du wohnen?«, fragte Paris mit Panik in der Stimme.

»Ich weiß es noch nicht.« Peter wich ihrem Blick aus. »Morgen ziehe ich erst einmal in ein Hotel.«

In diesem Moment wurde Paris endgültig bewusst, dass dies alles kein böser Traum war, aus dem sie morgen früh aufwachen würde. Nein, dies war bittere Realität.

»Ich schlafe heute Nacht im Gästezimmer«, verkündete er und wollte ins Badezimmer gehen, um seine Sachen zu holen.
Paris griff nach seinem Arm. »Das möchte ich nicht«, erwiderte sie laut. »Ich will nicht, dass Wim etwas mitbekommt und gleich merkt, was los ist.« Aber das war nicht alles. Sie wollte ihren Mann noch ein letztes Mal neben sich spüren. Als sie sich am Abend für das Dinner umgezogen hatte, wäre sie nicht im Traum darauf gekommen, dass dies der letzte Tag und die letzte Nacht ihrer Ehe sein könnte. Paris fragte sich, ob Peter geplant hatte, es ihr heute zu sagen. Wenn sie sich entsann, wie sehr sie sich bei seiner Heimkehr um ihn gesorgt hatte, kam sie sich wie ein naives Dummchen vor. Offenbar hatte ihn nur der Gedanke an das Gespräch belastet und nicht die Fusion, an der er arbeitete.
»Macht es dir wirklich nichts aus, wenn ich hier schlafe?«, fragte Peter unsicher. Ihm schoss ein schrecklicher Gedanke durch den Kopf: War sie in der Lage, sich selbst oder ihm im Affekt etwas anzutun? Doch an ihren Augen konnte er ablesen, dass diese Angst unbegründet war. Sie mochte verzweifelt sein, aber sie war niemand, der sich zu etwas Unüberlegtem hinreißen ließ. »Ich kann auch gleich in die Stadt fahren, wenn dir das lieber ist.«
Zu Rachel. Fort von ihr, und zwar endgültig. Das war das Letzte, was Paris nun wollte. Sie sah ihn an und schüttelte den Kopf. »Ich will, dass du bleibst.« *Für immer. In guten wie in schlechten Tagen, bis der Tod uns scheidet. So wie du es vor vierundzwanzig Jahren versprochen hast.* Paris hätte ihm am liebsten entgegengeschleudert, wie er eigentlich dazu komme, ihr gemeinsames Leben wegzuwerfen

und diesen Schwur zu brechen. Offenbar fiel ihm das nicht schwer. Und das alles für eine Liebschaft mit einer Einunddreißigjährigen. Für ihn schien es ihre gemeinsamen Jahre nie gegeben zu haben.
Peter nickte, ging ins Bad und zog seinen Pyjama an. Paris blieb im Sessel sitzen und stierte vor sich hin. Dann kehrte Peter zurück und stieg ins Bett. Eine Weile lang lag er stocksteif da, schließlich knipste er seine Nachttischlampe aus. Nach endlosen Minuten sagte er noch etwas, aber ohne Paris dabei anzusehen. Sie konnte ihn fast nicht hören, weil sie sich gerade die Nase putzte.
»Es tut mir Leid, Paris ... Ich hätte wirklich nie gedacht, dass mir einmal so etwas passiert ... Ich werde tun, was ich kann, um dir das Ganze ein wenig leichter zu machen. Aber es geht nicht anders, glaub mir.« Er klang hilflos.
»Du kannst die Sache mit ihr immer noch beenden. Willst du nicht wenigstens noch einmal darüber nachdenken?« Paris liebte ihren Mann so sehr, dass es ihr nichts ausmachte zu betteln.
Peter schwieg zunächst, dann antwortete er: »Nein. Dafür ist es nun zu spät. Es gibt kein Zurück mehr.«
»Ist sie etwa schwanger?«, fragte Paris entsetzt. Der Gedanke war ihr eben erst gekommen. Aber selbst das würde sie in Kauf nehmen, wenn Peter sie nur nicht verließe. Sie wäre nicht die erste Frau, die damit leben müsste, und längst nicht alle Ehen scheiterten daran. Wenn Peter es wollte, gab es auch für sie einen Weg. Aber anscheinend dachte er gar nicht daran, um ihre Beziehung zu kämpfen. So viel hatte Paris inzwischen begriffen.
»Nein, ist sie nicht. Versteh doch, ich habe mich für Rachel entschieden. Ich empfinde einfach nicht mehr dasselbe für

dich wie früher. Und du hast mehr verdient als das. Du brauchst jemanden, der dich so liebt, wie ich es einmal getan habe.«

»Weißt du eigentlich, was du da sagst? Wie stellst du dir das vor? Soll ich etwa eine Anzeige aufgeben? Ich war über die Hälfte meines Lebens mit dir verheiratet, und ich liebe dich. Von mir aus hätte es ewig so weitergehen können! Und nun soll ich einfach nach einem neuen Mann Ausschau halten?«

Was Peter angedeutet hatte, erfüllte Paris mit Verzweiflung. Nie zuvor hatte sie solche Angst verspürt. Das Leben, das sie kannte, war mit einem Schlag zu Ende. Vor ihr lag eine Zukunft voller Unwägbarkeiten, voller Einsamkeit. Sie wollte keinen neuen Mann, sie wollte Peter. Für Paris war die Ehe ein heiliger Bund – für ihn jedoch offenbar nicht.

»Du bist eine schöne, intelligente Frau – du hast Persönlichkeit. Der Mann, der dich bekommt, kann sich glücklich schätzen. Ich bin nicht mehr der Richtige für dich, Paris. So vieles hat sich geändert ... Ich weiß nicht, was eigentlich geschehen ist oder warum es sich so entwickelt hat. Aber ich kann nicht bei dir bleiben.«

Lange Zeit starrte sie ihn an. Dann stand sie auf, ging zu seiner Seite des Bettes hinüber, sank auf die Knie und legte den Kopf neben ihn. Peter richtete den Blick zur Decke hinauf. Er wagte es nicht, sie anzusehen. Aus seinen Augenwinkeln rannen Tränen und fielen auf das Kopfkissen. Schließlich strich er ihr sanft übers Haar. Es war eine zärtliche Geste, in der unendlich viel Schmerz und Bedauern lag, und sie beschwor sowohl in ihm als auch in ihr vertraute Gefühle herauf. Gleichzeitig wussten sie beide, dass dies der letzte intime Moment war, den sie miteinander teilen würden.

2. *Kapitel*

Auch am nächsten Morgen war der Himmel strahlend blau, und die Sonne schien. Paris erschien es wie blanker Hohn. An einem solchen Tag durfte es nur Regen und tief hängende, graue Wolken geben. Schon bevor sie richtig wach war, fiel ihr wieder ein, wie der gestrige Abend geendet hatte. Sofort kamen ihr die Tränen, und sie drehte sich zu Peter um, doch er stand bereits im Bad und rasierte sich. Paris stieg aus dem Bett und warf sich einen Morgenmantel über. Sie hatte das Gefühl, seit Mitternacht unfreiwillig in einem absurden Theaterstück mitzuspielen. Doch vielleicht konnte sie Peter zur Vernunft bringen, indem sie noch einmal in aller Ruhe mit ihm redete. Jetzt am Morgen betrachtete er womöglich alles mit anderen Augen. Aber zuerst brauchte sie eine Tasse Kaffee. Paris' Körper fühlte sich an, als wäre er verprügelt worden. Ihre Muskeln waren verspannt und schmerzten, und ihre Beine waren schwer wie Blei. Ungekämmt und mit ungeputzten Zähnen schleppte sie sich in die Küche. In der Nacht hatte sie sich nicht mehr abgeschminkt, und die verwischte Wimperntusche machte die Ringe um ihre Augen noch dunkler.

Wim saß mit einem Glas Orangensaft und frischem Toast am Küchentisch. Er blickte überrascht auf. So hatte er seine Mutter noch nie gesehen. War sie bei der Dinnerparty etwa betrunken gewesen und hatte jetzt einen Kater? Oder war sie krank? »Alles klar, Mom?«

»Ja, alles bestens. Ich bin bloß müde«, murmelte Paris. Sie goss für Peter ein Glas Orangensaft ein – vielleicht zum letzten Mal. Noch immer kam ihr alles unwirklich vor. Vielleicht steckten sie ja nur in einer Krise. Ja, so musste es sein. Peter konnte unmöglich die Scheidung wollen. Paris' Gedanken wanderten plötzlich zu einer Freundin, deren Mann vor einem Jahr auf dem Tennisplatz tot zusammengebrochen war. Noch ein halbes Jahr lang hatte diese das Gefühl gehabt, er würde jeden Moment zur Tür hereinkommen und sagen, alles sei nur ein dummer Scherz gewesen. Wahrscheinlich würde auch Peter gleich alles für Unsinn erklären, was er in der Nacht von sich gegeben hatte. Rachel und ihre Söhne würden sich in Luft auflösen, und alles konnte so weitergehen wie zuvor.

Doch als er wenig später fertig angezogen und mit versteinerter Miene die Küche betrat, wusste Paris, dass er jedes Wort ernst gemeint hatte.

Auch Wim fiel auf, wie finster sein Vater dreinblickte. »Gehst du ins Büro, Dad?«, fragte er.

Peter nickte.

Paris reichte ihm das Glas Orangensaft. Er nahm es schweigend entgegen und versuchte, sich gegen die Szene zu wappnen, die Paris ihm sicher machen würde, sobald Wim den Raum verließ. Und mit dieser Einschätzung lag er vollkommen richtig.

Paris wollte ihn bitten, ihn anflehen, Rachel aufzugeben und bei ihr zu bleiben. Dass sie sich dadurch selbst demütigte, war ihr egal, schließlich ging es um ihre Ehe.

Wim spürte, dass irgendetwas nicht stimmte. Er überlegte, ob sich seine Eltern gestritten hatten. Aber das kam ziem-

lich selten vor. Nach ein paar Minuten zuckte er die Achseln, schnappte sich seinen Teller und das Glas und verschwand.
Peter hatte den Orangensaft ausgetrunken und auch die Tasse Kaffee schon halb geleert, die Paris ihm eingeschenkt hatte. Er würde nun nach oben gehen, um noch ein paar Sachen einzupacken. Viel würde er nicht mitnehmen. Er konnte im Laufe der Woche noch einmal zurückkommen und den Rest holen. Im Augenblick wollte er nur so schnell wie möglich weg von hier. Außerdem hoffte er zu verhindern, dass Paris in seinem Beisein noch einmal in Tränen ausbrach und er vielleicht etwas äußerte, das er später bereute.
»Lass uns noch einmal miteinander reden«, bat Paris. Sie folgte Peter ins Schlafzimmer und sah zu, wie er ein paar Kleidungsstücke in eine Tasche warf.
Er schaute sie unverwandt an. »Es ist alles gesagt. Seit gestern Abend hat sich nichts geändert. Ich fahre jetzt.«
»Bitte bleib noch einen Moment! Wenigstens zuhören musst du mir, das bist du mir schuldig. Denk doch noch einmal in Ruhe über alles nach. Vielleicht machst du ja einen schrecklichen Fehler. Ich bin sicher, dass du dich verrennst, und Meg und Wim sind bestimmt meiner Meinung. Lass uns noch einen Versuch unternehmen und zur Eheberatung gehen. Du kannst doch nicht einfach für irgendein Mädchen vierundzwanzig Jahre deines Lebens auf den Müll schmeißen!«
Aber genau das wollte Peter tun. Er klammerte sich an die Beziehung zu Rachel wie ein Ertrinkender an ein Rettungsfloß. Er war auf der Flucht vor Paris, auf der Flucht aus ihrer gemeinsamen Welt. Paris stand zwischen

ihm und der Zukunft, die er sich erträumte – mit einer anderen Frau.
»Ich habe mir das überlegt. Ich möchte nicht zur Eheberatung«, sagte Peter schlicht. »Ich will die Scheidung. Das wäre auch nicht anders, wenn ich mich von Rachel trennen würde. Ich will mehr vom Leben als das hier. Viel mehr. Und du solltest auch einmal über uns nachdenken. Wir haben uns doch längst auseinander gelebt, unsere Ehe ist so tot wie ein alter Baum, den man fällen muss, damit er nicht umstürzt und jemanden erschlägt. Und im Augenblick bin ich derjenige, den es treffen würde. Paris, ich kann so nicht weitermachen.« Er verlieh seiner Stimme einen entschlossenen Klang. Er hatte nur noch seine Zukunft im Blick, und die würde er sich von Paris nicht verbauen lassen. Sie liebte ihn, das wusste er, aber sein Herz gehörte Rachel. Er würde jetzt nach New York fahren und den Rest seiner Tage mit ihr verbringen. Nichts, was Paris sagte oder tat, würde ihn davon abhalten.
Paris realisierte in diesem Moment, dass sich Peter nicht mehr umstimmen lassen würde. Für ihn war es vorbei, ihre Ehe gescheitert. Und er verlangte, dass sie das akzeptierte. Doch Paris hatte keine Ahnung, wie sie ohne ihn weiterleben sollte. »Ich will jetzt alles wissen.« Sie schrie beinahe. »Wann genau hast du dieses Mädchen kennen gelernt? Hat sie dich verhext? Sicher ist sie im Bett eine Wucht, sonst wärst du nicht so verrückt nach ihr.« Paris schämte sich für den letzten Satz, aber sie hatte ihn sich nicht verkneifen können.
Wortlos griff Peter nach seiner Tasche, verließ das Zimmer und eilte die Treppe hinunter. Paris folgte ihm bis zum Kopf der Treppe und sah ihm nach. Unten an der Haustür

blieb Peter noch einmal stehen. Paris' Magen krampfte sich zusammen, als hätte sie jemand in den Bauch getreten.
»Ich rufe dich an. Dann besprechen wir die Einzelheiten. Du kannst dir einen Anwalt aus der Firma nehmen, wenn du willst, suche ich mir einen anderen. Sprichst du mit den Kindern?«
Peter tat gerade so, als handle es sich um eine geschäftliche Transaktion. Derart kalt hatten seine Augen sie noch nie angeblickt. Die Schuldgefühle und das Aufflackern zärtlicher Verbundenheit in der vergangenen Nacht schienen wie weggeblasen. Er war im Begriff, die Tür zwischen ihnen für immer zu schließen. Paris schaute ihn an und wusste, dass sie diesen Moment nie vergessen würde. In einer khakifarbenen Hose und einem gestärkten blauen Hemd stand Peter im Eingang. Das Sonnenlicht umhüllte ihn. Paris kam es vor, als präge sie sich die Züge eines Toten ein. Sie wollte die Treppe hinunterstürzen, die Arme um ihn schlingen und sich an ihn klammern – aber sie tat es nicht. Sie sah ihn nur an und nickte. Wortlos wandte er sich um und verließ das Haus. Paris stand mit zitternden Knien oben an der Treppe. Wenige Augenblicke später hörte sie, wie sein Wagen wegfuhr.
Sie verharrte noch immer wie versteinert am Geländer, da kam Wim in Shorts und T-Shirt mit einer Baseballmütze auf dem Kopf aus seinem Zimmer. Überrascht betrachtete er seine Mutter.
»Alles in Ordnung, Mom?«
Sie nickte. Sprechen konnte sie nicht. Sie wollte auf keinen Fall vor ihm weinen oder die Beherrschung verlieren. Sie brachte es in diesem Moment nicht fertig, ihm alles zu sagen. Paris konnte sich nicht vorstellen, woher sie jemals

die Kraft dafür nehmen sollte. Doch das blieb ihr nicht erspart. Auch Meg musste es irgendwann erfahren.

»Musste Dad unbedingt noch mal ins Büro?«

Wieder nickte Paris. Sie tätschelte Wims Arm. Dabei verzogen sich ihre Lippen zu einem gequälten Lächeln. Dann ging sie zurück ins Schlafzimmer.

Paris legte sich aufs Bett. Peters Kopfkissen roch noch nach seinem Aftershave. Von der Freundin, deren Mann gestorben war, wusste sie, dass jene das Bett wochenlang nicht mehr abgezogen hatte. Paris überlegte, ob sie es nun auch so halten würde. Verwundert stellte sie fest, dass sie nicht wirklich wütend auf Peter war. Im Augenblick beherrschte sie nur ein einziges Gefühl – eine lähmende Angst. Es kam ihr so vor, als wäre etwas Schreckliches geschehen und als hätte sie nichts als eine dumpfe Ahnung. Nein, sie durfte sich nichts vormachen. Im Grunde hatte sie längst begriffen, was passiert war, und jede Faser ihres Körpers schien es laut hinauszuschreien: Sie hatte den Mann verloren, den sie liebte, den einzigen Mann, der ihr je etwas bedeutet hatte. Als Paris hörte, wie Wim die Haustür hinter sich schloss, rollte sie sich auf Peters Seite des Bettes. Sie vergrub das Gesicht in seinem Kopfkissen und begann, laut zu schluchzen. Die Welt, in der sie vierundzwanzig Jahre lang gelebt und die sie für absolut sicher gehalten hatte, war untergegangen, und sie wünschte sich nichts sehnlicher, als mit ihr zu sterben.

3. Kapitel

Ein paar Mal klingelte an diesem Wochenende das Telefon, aber Paris nahm nicht ab. Der Anrufbeantworter blinkte, doch als Paris ihn abhörte, vernahm sie nur die Stimmen von Virginia, Natalie und Meg. Noch immer hoffte Paris, dass sich Peter melden und sagen würde, er sei verrückt gewesen und wolle zu ihr zurückkommen. Aber er rief nicht an. Wim kam einige Male ins Schlafzimmer, um seiner Mutter mitzuteilen, wohin er ging. Paris schützte eine Erkältung vor und blieb im Bett.
Am Sonntagabend zwang sie sich aufzustehen, um für Wim das Abendessen zuzubereiten. Er hatte den ganzen Nachmittag lang in seinem Zimmer über seinen Schularbeiten gebrütet. Als er die Töpfe klappern hörte, kam er herunter in die Küche. Paris stand am Fenster und schaute gedankenverloren hinaus.

»Mom?«

Erschrocken fuhr sie zusammen und blickte Wim an. Dann merkte sie, dass sie eine Pfanne in der Hand hielt. Angestrengt überlegte sie, was sie überhaupt hatte kochen wollen.

Wim wunderte sich über ihren verstörten Gesichtsausdruck. »Geht es dir immer noch nicht besser? Du siehst ziemlich fertig aus. Wenn du willst, mache ich uns was zu essen.« Besorgt sah er seine Mutter an. Er registrierte, dass sie sich nicht gut fühlte, nur den Grund dafür kannte er nicht. Plötzlich fiel ihm etwas ein. »Wo ist eigentlich Dad?« Wim war um ein Uhr morgens nach Hause gekommen und hatte sich gewundert, dass der Wagen seines Vaters nicht in der Garage stand. »In letzter Zeit ist er fast nur noch im Büro.«

Paris erstarrte. Dann ließ sie sich auf einen Stuhl am Küchentisch sinken. Sie trug noch immer ihren Schlafanzug, hatte seit zwei Tagen nicht geduscht und auch nicht ihr Haar gekämmt. Das kam sonst nie vor. Normalerweise achtete sie sehr auf ihr Äußeres. Sogar wenn sie krank war, zog sie sich meist für ein paar Stunden an.

»Mom, stimmt irgendetwas nicht?«, fragte Wim.

Sie konnte ihn nur ansehen und nicken. Noch immer wusste sie nicht, wie sie ihm sagen sollte, was passiert war.

»Dein Vater und ich hatten ein sehr ernstes Gespräch«, begann sie. Wim setzte sich zu ihr an den Tisch, und sie griff nach seinen Händen. »Mit so etwas hätte ich nie gerechnet! Ich war wohl ziemlich naiv«, fuhr sie fort. Dabei kämpfte sie gegen dic Tränen, die ihr schon wieder in die Augen schossen. Sie wollte nun unbedingt alles richtig machen, denn Wim würde sich sein Leben lang an diesen Moment erinnern.

»Dein Vater ist seit einiger Zeit sehr unglücklich. Unsere Beziehung hatte keinen Reiz mehr für ihn. Vielleicht hätte ich doch wieder arbeiten gehen sollen, als du aus dem Gröbsten heraus warst. Sich abends immer nur anzuhören, wen von euch beiden ich um welche Zeit wohin gefahren habe und was gerade im Garten wächst, war auf die Dauer für ihn wohl nicht besonders unterhaltsam. Wie dem auch sei, dein Vater möchte sich ...«

Paris machte eine Pause und atmete tief durch. Wim

zuliebe musste sie die Fassung bewahren. »... sich von mir trennen«, beendete sie den Satz. »Das ist bestimmt ein Schock für dich – für mich übrigens auch. Auf jeden Fall bleiben wir – oder besser, ich bleibe hier wohnen. Für dich und Meg wird die Tür immer offen stehen, hier ist schließlich euer Zuhause. Nur Dad wird nicht mehr bei uns sein.«
Fassungslos starrte Wim sie an. »Das gibt's doch nicht! Er zieht aus? Aber warum denn? Hattet ihr Streit?« Wim konnte sich nicht erinnern, dass es zwischen seinen Eltern je größere Meinungsverschiedenheiten gegeben hatte. Auch eine Ehekrise hatten sie, soweit er das beurteilen konnte, nie durchgemacht. Selbst wenn einmal nicht eitel Sonnenschein herrschte, fiel zwischen ihnen kaum je ein böses Wort.
»Glaub mir, es hat rein gar nichts mit dir oder deiner Schwester zu tun«, versicherte Paris schnell. »Dein Vater hat das Leben mit mir einfach satt und will neu anfangen.« Ihre Unterlippe begann zu zittern, und sie konnte die Tränen nicht länger zurückhalten.
Wim rückte näher an seine Mutter heran und nahm sie in den Arm. Als sie aufblickte, sah sie, dass auch er weinte.
»Mom, es tut mir so Leid! Was hat er denn plötzlich? Meinst du, er überlegt es sich noch mal?«
Paris zögerte. Sie wünschte, sie könnte ihrem Sohn sagen, dass alles wieder gut würde. Aber sie wollte nichts beschönigen, denn wenn nicht ein Wunder geschah, würde Peter nicht zu ihr zurückkehren. »Das wäre wunderbar, aber ich glaube nicht, dass damit zu rechnen ist«, antwortete sie. »Anscheinend steht sein Entschluss schon seit längerem fest.«

»Lasst ihr euch scheiden?«, fragte Wim erschrocken.
Paris sah plötzlich wieder den kleinen Jungen vor sich, der er einst gewesen war. »Ja. Dein Vater will es so.« Sie erstickte fast an den Worten.
Wim wischte sich über die Augen und schaute sie an. »Das ist absolut ätzend. Warum macht er das?«
Wim schien nicht auf den Idee zu kommen, dass sein Vater eine Geliebte haben könnte, und Paris wollte ihn nicht darauf stoßen. Wenn Rachel in Peters Leben weiterhin eine Rolle spielte – und das war zu erwarten –, würde Wim es bald genug erfahren. Sollte Peter doch seinem Sohn erklären, dass er sich eine Jüngere gesucht hatte. Wie er es schaffte, dass Wim ihn dann nicht für einen charakterlosen Schuft hielt, war sein Problem.
»Ach Wim, die Menschen verändern sich im Laufe der Zeit, manchmal merkt man es gar nicht. Dass dein Vater nicht glücklich war, hätte mir auffallen müssen. Aber ich habe es nicht gemerkt.«
»Wann hat er es dir denn gesagt?«, wollte Wim wissen. Er verstand noch immer nicht, was in seinen Vater gefahren war. Wie konnte er ohne jede Vorwarnung einfach ausziehen?
»Am Freitag, direkt nach der Dinnerparty.«
»Ach deshalb wart ihr beide gestern Morgen so seltsam. Ich dachte, ihr hättet einen Kater.« Wim grinste verlegen, und Paris war fast ein wenig beleidigt.
»Hast du das schon jemals erlebt?«
»Nein, aber irgendwann erwischt es jeden mal. Du hast echt schlimm ausgesehen.« Plötzlich schoss Wim ein ganz anderer Gedanke durch den Kopf. »Weiß Meg es schon?«
Paris schüttelte den Kopf. Das Gespräch mit ihrer Tochter

stand ihr noch bevor. Eigentlich wollte sie ihr nicht am Telefon sagen, dass Peter sie verlassen hatte, aber Meg würde den ganzen Sommer über nicht nach Hause kommen. Paris blieb also nichts anderes übrig, als sie anzurufen und ihr die Nachricht zu überbringen. »Ich spreche heute noch mit ihr.« Sie durfte es nicht länger aufschieben.

»Soll ich es ihr sagen?«, fragte Wim. Es ärgerte ihn, dass sein Vater ihm nicht reinen Wein eingeschenkt hatte. Dass er sich einfach so davongestohlen hatte, fand er ziemlich mies. Aber das behielt er für sich.

»Danke, aber das musst du nicht.« Paris war ihrem Sohn dankbar für das Angebot. »Das ist wohl meine Aufgabe.«

»Okay, dann mache ich uns wenigstens etwas zu essen.« Wim wurde plötzlich bewusst, dass sich bald niemand mehr um seine Mutter kümmern würde. Wenn er an die Westküste zog, blieb sie allein in Greenwich zurück. Wie konnte sein Vater sie gerade jetzt im Stich lassen? Bislang hatte Wim immer zu ihm aufgeblickt, doch nun sah er ihn zum ersten Mal mit anderen Augen. Nachdenklich nahm er etwas Salat, Tomaten und kaltes Hähnchenfleisch aus dem Kühlschrank. »Wäre es dir lieber, wenn ich nicht nach Berkeley ginge, Mom?«, fragte er schließlich. Die Zusage der Universität war erst vor ein paar Tagen eingetroffen. Und an einigen Colleges an der Ostküste hatte er ebenfalls Studienplätze erhalten. Die Absagen musste er noch schreiben.

»Ich möchte, dass du genau das tust, was du vorhattest. Wenn sich dein Vater wirklich von mir scheiden lassen will, muss ich mich früher oder später damit abfinden. Ich kann nicht verlangen, dass du für immer bei mir bleibst.« Paris versuchte, sich nicht anmerken zu lassen, wie viel Angst sie vor dem Alleinsein hatte. In den langen, quälenden Stunden in ihrem Bett hatte sie sich bemüht, den Gedanken daran zu verdrängen. Wenn Wim in ein paar Wochen nach Berkeley zog, würde sie so einsam sein wie nie zuvor in ihrem Leben. Allein die Tatsache, dass in den vergangenen zwei Tagen immer wieder der Kopf ihres Sohnes im Türspalt erschienen war, hatte sie getröstet. Aber wer würde in Zukunft nach ihr sehen, wenn es ihr nicht gut ging? Wer würde da sein, wenn irgendetwas passierte? Mit wem sollte sie sich unterhalten, bei wem ausweinen? Paris konnte das ganze Ausmaß ihres Unglücks noch immer nicht fassen, und selbst Wim schien zu spüren, wie beängstigend die Zukunft war, der sie nun entgegenblickte. Nur Peter war das offenbar gleichgültig.

Während Wim das Essen zubereitete, lenkte Paris das Gespräch auf andere Themen. Doch als das Hähnchen und der Salat auf ihren Tellern lagen, stocherte sie schweigsam darin herum. »Tut mir Leid, Süßer«, sagte sie nach einer Weile. »Ich habe einfach keinen Appetit.«

»Schon gut, Mom. Rufst du jetzt Meg an?« Wim konnte es kaum abwarten, sich mit seiner Schwester auszutauschen. Sie hatten sich immer gut verstanden, und ihn interessierte brennend, wie sie über die ganze Sache dachte und ob sie es für möglich hielt, dass ihr Vater doch noch zur Vernunft kam. Vielleicht wusste Meg ja, wie es nun weitergehen sollte. Wim setzte große Hoffnungen in seine Schwester, denn der augenblickliche Zustand seiner Mutter beunruhigte ihn.

»Das muss ich wohl«, antwortete Paris traurig. Während Wim die Essensreste entsorgte und die Teller in der Spülmaschine verstaute, schleppte sie sich schwerfällig die

Treppe hinauf. Sie wollte allein sein, wenn sie mit ihrer Tochter redete.

Meg nahm schon beim zweiten Klingeln ab. Sie schien bester Dinge zu sein, hatte das Wochenende offenbar in Santa Barbara verbracht und erzählte Paris von ihrem neuen Freund, einem Schauspieler.

»Bist du gerade allein, meine Süße, oder soll ich lieber später noch mal anrufen?« Paris versuchte, nicht ganz so niedergeschlagen zu klingen.

»Ich bin allein, Mom. Weshalb fragst du? Worum geht es denn?«

Paris hörte Meg an, dass sie sich wunderte. Offenbar konnte sie sich nicht vorstellen, dass ihre Mutter etwas Ernstes mit ihr zu besprechen hatte.

Doch schon wenige Augenblicke später verstand Meg die Welt nicht mehr. »Soll das ein Witz sein?«, entgegnete sie mit schriller Stimme. »Was denkt er sich dabei, Mom?« Meg hatte das Gefühl, als würde ihr der Boden unter den Füßen weggezogen. Megs Wut überwog bei weitem ihre Angst. Hätte sie jedoch das Gesicht ihrer Mutter gesehen, wäre sie mindestens ebenso alarmiert gewesen wie Wim.

»Ich weiß es nicht. Aber sein Entschluss steht fest«, antwortete Paris.

»Aber warum tut er das?« Es folgte eine längere Pause, dann fragte Meg: »Hat er eine andere?« Seit sie in Hollywood lebte, hatten sich schon mehrere verheiratete Männer an sie herangemacht, und auch früher war das hin und wieder vorgekommen. Gleichzeitig konnte sie sich nicht vorstellen, dass ihr Vater ihre Mutter betrog.

Paris wollte die Existenz einer Geliebten weder bestätigen noch abstreiten. »Dein Vater hat seine Gründe. Er will

mehr, als ich ihm bieten kann. Sehr anregend ist es ja wirklich nicht, abends heimzukommen und seine Ehefrau über die Blumen im Garten reden zu hören«, sagte Paris traurig. Sie war eine Versagerin. Hätte sie sich doch bloß frühzeitig einen Job gesucht! Sie hätte etwas aus ihrem Leben machen müssen – so wie Rachel. Diese Frau hatte Peter für sich gewonnen, weil sie interessanter war. Und jünger. Viel jünger. Dieser Gedanke brachte Paris fast um den Verstand. Sie kam sich alt, unattraktiv und langweilig vor.
»Sei nicht albern, Mom. Du bist doch viel aufgeschlossener und lustiger als Dad. Ich verstehe nicht, was mit ihm los ist! Hat er denn nie etwas angedeutet?«
Meg suchte verständlicherweise nach Erklärungen, aber sie wusste ja noch nichts von der anderen Frau.
»Nein. Er hat am Freitag nach der Dinnerparty die Katze aus dem Sack gelassen«, berichtete Paris. Es tat gut, ihrer Tochter das Herz auszuschütten. Und ihr Entsetzen verschaffte ihr einen gewissen Trost. Die Furcht, Wim oder Meg könnten die Schuld bei ihr suchen, erwies sich als unbegründet. Besonders Meg machte keinen Hehl aus ihrer Wut auf Peter.
»Für mich hört sich das so an, als hätte er ein Problem. Ist er wenigstens bereit, mit dir eine Eheberatung aufzusuchen?«
»Nein. Erst versprach er, er würde mit mir hingehen, wenn es mir helfen würde, mit der Situation besser zurechtzukommen. Aber dann hat er einen Rückzieher gemacht. Für ihn ist unsere Ehe tot.«
»Und für mich hat er einen Sprung in der Schüssel«, erwiderte Meg barsch. Sie wäre jetzt gern zu Hause bei ihrer Mutter und ihrem Bruder gewesen. In Krisenzeiten

mussten schließlich alle zusammenhalten. »Wo ist Dad eigentlich? Hat er eine Adresse hinterlassen?«
»Er sagte, er würde in ein Hotel in der Stadt ziehen. Ich soll mich an einen Anwalt aus seiner Firma wenden. Vermutlich wohnt er im Regency. Dort übernachtet er öfter, wenn es sich nicht lohnt, nach Hause zu fahren.«
»Ich rufe ihn an. Wollte er es Wim und mir eigentlich selbst sagen, oder solltest du das für ihn erledigen?« Meg war zutiefst verletzt, doch der Ärger war noch immer stärker als alle anderen Gefühle.
»Er ging davon aus, dass ich es euch sagen würde,« erklärte Paris traurig.
»Wie hat Wim es denn aufgenommen?«, erkundigte sich Meg besorgt.
»Soweit ganz gut. Er hat uns gerade Abendessen gemacht.«
»Mom«, sagte Meg streng, »lass dich bloß nicht unterkriegen! Dass Dad einfach abhaut, ist schlimm, und es muss ein furchtbarer Schock für dich sein. Aber so was kommt leider öfter vor. Bestimmt hat Dad gerade eine Art Aussetzer, denn eigentlich passt so etwas doch gar nicht zu ihm. Ich dachte immer, ihr beide würdet bis ans Ende eurer Tage zusammenbleiben.«
»Das dachte ich auch«, gestand Paris. Wieder stiegen ihr Tränen in die Augen. »Ich weiß nicht, was jetzt werden soll. Wie soll es denn ohne ihn weitergehen?« Paris begann zu schluchzen.
Meg bemühte sich, ihre Mutter zu trösten. Erst eine halbe Stunde später bat sie sie, Wim an den Apparat zu holen.
Die Geschwister redeten eine ganze Stunde lang miteinander und kamen zu dem Schluss, dass ihr Vater im Augen-

blick wohl nicht zurechnungsfähig sei. Wim hoffte auf einen Sinneswandel, Meg war skeptischer, denn sie hatte den Verdacht, dass eine andere Frau im Spiel war.
Nach dem Gespräch mit ihrem Bruder rief sie im Regency an, aber dort war Peter nicht abgestiegen. Auch die anderen Hotels, bei denen sie es versuchte, hatten seinen Namen nicht auf der Gästeliste. Das bestätigte ihren Verdacht.

Am nächsten Morgen stand Meg um sechs Uhr auf. In New York war es nun schon neun. Sie wählte die Geschäftsnummer ihres Vaters. »Was ist los, Dad?«, fragte sie ohne Umschweife. Sie hoffte, dass er ihr eine ehrliche Antwort geben würde. »Ich wusste gar nicht, dass Mom und du Probleme habt.« Meg versuchte, ruhig und sachlich und nicht etwa vorwurfsvoll zu klingen.
Ihr Vater zeigte sich unerwartet offen.
»Das ist auch nicht der Fall«, antwortete er. »Probleme hatte nur ich. Wie geht es deiner Mutter? Hast du mit ihr gesprochen?« Natürlich hatte sie das, sonst würde sie ihn nicht gleich am Montagmorgen bei der Arbeit anrufen und ihm solche Fragen stellen.
»Ja. Sie hörte sich schrecklich an. Sie ist völlig fertig«, berichtete Meg. Wenn ihr Vater deshalb Schuldgefühle bekam, so gönnte sie ihm das von Herzen. »Hattet ihr Krach, oder gab es sonst einen Anlass für deine Kurzschlussreaktion?«
Peter seufzte. Dann sagte er: »Von einer Kurzschlussreaktion kann nicht die Rede sein. Ich habe mir die Entscheidung nicht leicht gemacht, Meg. Wahrscheinlich war es falsch, nicht früher mit deiner Mutter darüber zu sprechen. Aber

ich war mir lange nicht sicher, was ich wollte. Doch jetzt weiß ich, dass es nicht anders geht. Dieses Nest bedrückt mich. Ich kann so nicht weiterleben.«

»Dann sucht euch eine Wohnung in New York und zieht in die Stadt. Ihr müsst euch doch nicht gleich scheiden lassen.« In Meg keimte wieder ein wenig Hoffnung auf. Vielleicht gab es ja eine Lösung. Sie war es ihrer Mutter schuldig, wenigstens danach zu suchen. Vielleicht hörte ihr Vater ja auf sie.

»Ich kann nicht bei ihr bleiben, Meg. Ich liebe sie nicht mehr. Für dich klingt das sicher schrecklich, aber es ist die Wahrheit.«

Megs Zuversicht verflog. »Hast du ihr das auch so gesagt?« Sie hielt den Atem an. Erst jetzt wurde ihr richtig bewusst, wie schwer der Schlag für ihre Mutter sein musste.

»Nicht ganz. Ich habe versucht, mich ein wenig taktvoller auszudrücken. Aber ich musste ehrlich zu ihr sein. Ich habe kein Interesse daran, unsere Ehe zu retten, und ich wollte nicht, dass sie sich falsche Hoffnungen macht.«

»Aha. Aber wie soll es nun weitergehen?« Für eine direktere Frage fehlte ihr im Augenblick noch der Mut. Ihre Mutter tat ihr unendlich Leid. Nach vierundzwanzig Ehejahren hatte sie es nicht verdient, einfach abserviert zu werden.

»Ich weiß es nicht, Meg. Deine Mutter findet bestimmt bald einen neuen Partner. Sie ist eine schöne Frau, lange bleibt sie sicher nicht allein.«

Das klang so unsensibel und gönnerhaft, dass Meg ihren Vater am liebsten geohrfeigt hätte. »Aber sie liebt *dich*, Dad!«, sagte sie empört.

»Ich weiß, mein Schatz. Und ich wünschte, ich empfände

noch genauso für sie. Aber so etwas lässt sich nun mal nicht erzwingen.«

»Gibt es eine andere Frau?«

Megan war alt genug für eine ehrliche Antwort, aber Peter zögerte dennoch. »Erst einmal muss ich mit deiner Mutter alles regeln«, sagte er ausweichend.

Für Megan war die Sache klar. »Weißt du eigentlich, wie gemein du bist?« Genau wie Wim stand Megan klar auf der Seite ihrer Mutter. Ihr Vater war schuld an dem ganzen Schlamassel und hatte sich einfach davongemacht. Er hatte die ganze Familie vor vollendete Tatsachen gestellt. Nun davon auszugehen, Paris würde sich mir nichts, dir nichts einen anderen Mann zulegen, so wie man sich neue Schuhe kaufte, war geschmacklos – und für ihren Vater natürlich äußerst bequem. Vielleicht fand ihre Mutter nie wieder jemanden, der zu ihr passte, oder sie wollte gar keinen anderen und würde ihrer Ehe ihr ganzes Leben lang nachtrauern.

»Es tut mir wirklich Leid«, sagte Peter traurig. »Deine Mutter ist mir alles andere als gleichgültig, und das wird sich auch niemals ändern. Ich werde versuchen, ihr das Leben nicht unnötig zu erschweren.« Peter musste auf irgendeine Weise sein Gewissen beruhigen. Das ganze Wochenende über hatten ihm die Schuldgefühle zu schaffen gemacht. Aber seine Leidenschaft für Rachel war ungebrochen. Seit er Paris die Wahrheit gesagt hatte, war sie sogar noch stärker geworden.

»Schwerer kann es im Augenblick wohl kaum werden. Mom hat gerade den Mann, den sie liebt, verloren und damit alles, was ihr wichtig ist. Wenn Wim in ein paar Wochen aufs College geht, ist sie ganz allein. Was soll dann aus ihr werden, Dad?« Meg war den Tränen nahe. Die Sorge um ihre Mutter machte sie schier verrückt.

»Ich weiß es nicht. Sie muss selbst herausbekommen, was am besten für sie ist, Liebes. Eine Scheidung ist schmerzlich für alle Beteiligten, aber heutzutage leider nichts Ungewöhnliches. Die Menschen verändern sich und merken plötzlich, dass sie einander nicht mehr lieben. Das ist der Lauf der Welt, und es hätte deiner Mutter genauso passieren können wie mir.«

»Es ist ihr aber nicht passiert«, beharrte Meg. »Sie hätte dich niemals verlassen! Das hätte sie gar nicht fertig gebracht«, sagte sie vorwurfsvoll. Meg konnte nicht nachvollziehen, was in ihrem Vater vorging. Was er tat, war kindisch und egoistisch, und er kam ihr vor wie ein Fremder.

»Wahrscheinlich hast du Recht«, musste Peter zugeben. »Sie war mir immer treu und ist ein durch und durch anständiger Mensch. Wahrscheinlich ist sie zu gut für mich.«

»Vielleicht«, presste Megan hervor. Sie gab sich keine Mühe, ihre Enttäuschung zu verbergen. »Aber das mit der Scheidung hat doch sicher noch Zeit?« Wenn er diesen endgültigen Schritt noch ein wenig aufschob, bestand die Hoffnung, dass er es sich noch einmal überlegte.

»Ich würde die Formalitäten gern so bald wie möglich hinter mich bringen. Es hat keinen Sinn, die Sache in die Länge zu ziehen. Das würde alles nur noch viel schmerzhafter machen, als es ohnehin schon ist. Ich halte einen schnellen, klaren Schnitt für die beste Lösung.« Er verschwieg Meg, dass er an diesem Morgen gleich nach seiner Ankunft im Büro einen Anwalt mit der Vorbereitung der Scheidungsunterlagen beauftragt hatte. Peter hoffte, dass bis Weihnachten alles über die Bühne war, denn er hatte Rachel versprochen, sie noch vor Ablauf des Jahres zu heiraten. Er wusste, dass sich Rachel noch ein Kind wünschte und nicht wollte, dass der Abstand zu den beiden anderen zu groß war.

»Ich finde das alles sehr traurig, Dad. Für Mom und dich, aber auch für mich und Wim. Ich verstehe dich nicht.« Meg hatte nicht weinen wollen, aber nun konnte sie die Tränen nicht mehr zurückhalten. Rasch verabschiedete sie sich von ihrem Vater. Ihr erschien es, als hätte sie über Nacht nicht nur ihre intakte Familie, sondern auch all ihre Illusionen verloren. Sie erkannte ihren Vater nicht wieder. Außerdem hatte sie Angst, dass ihre Mutter in einer Depression versinken könnte, denn im Augenblick fehlte ihr jegliche Zukunftsperspektive. Sie hatte weder einen Job noch Kinder, die sie brauchten. Und nun war ihr auch noch der Mann davongelaufen. Paris blieben nur das leere Haus in Greenwich und ein paar Freundinnen. Doch die konnten sie gewiss nicht auffangen und die Einsamkeit vertreiben.

Den ganzen Tag über dachte Meg beinahe an nichts anderes. Abends rief sie ihren Bruder an, um ihm von dem Gespräch mit ihrem Vater zu berichten.

»Es scheint ihm ernst zu sein«, sagte sie seufzend. »Er hat nicht vor, zurückzukommen.« Nach einer kurzen Pause fügte Meg hinzu: »Ich glaube, er hat eine Freundin.«

»Wie kommst du denn darauf? Hat er dir das erzählt?« Wim war entsetzt, er fand den Gedanken ungeheuerlich. Ihr Vater war ein so korrekter, geradliniger Mensch. Eine Geliebte zu haben passte nicht zu ihm. Aber dass er sich von ihrer Mutter scheiden lassen wollte, hätte Wim auch nie für möglich gehalten.

»Nein, aber ich hatte irgendwie den Eindruck. Wir werden ja sehen.« Wenn ihr Vater tatsächlich eine andere hatte und es ihm ernst war, würden sie diese Frau früher oder später kennen lernen.

»Meinst du, Mom weiß davon?«, fragte Wim.

»Keine Ahnung. Aber sprich sie nicht darauf an. Wenn sie nichts ahnt, soll das auch so bleiben. Ich will nicht, dass sie noch mehr leidet. Die ganze Sache ist auch so schon schlimm genug für sie. Wir müssen Mom jetzt unterstützen, so gut wir können. Vielleicht sollte ich nächstes Wochenende nach Hause kommen.« Doch eigentlich hatte Meg bereits etwas vor, was sich nur schwer verschieben ließ. »Ich überleg's mir. Zu deiner Abschlussfeier komme ich auf jeden Fall. Was hast du denn für den Sommer geplant?«

»Ich mache mit vier Leuten aus meiner Klasse eine große Europatour«, antwortete Wim bedrückt. Er wollte ungern auf die Reise verzichten, auf die er sich schon seit einem Jahr freute. Andererseits hatte er kein gutes Gefühl dabei, seine Mutter gerade jetzt allein zu lassen.

»Bis dahin geht es Mom vielleicht schon besser. Absagen solltest du jedenfalls noch nichts. Sie kann gern für ein paar Wochen zu mir ziehen.« Meg hatte Paris am Morgen von der Arbeit aus angerufen. Ihre Mutter war sehr deprimiert gewesen und hatte das Telefonat recht schnell beendet. Und sie weigerte sich strikt, einen Arzt aufzusuchen.

»Ruf mich auf jeden Fall an, wenn sich Moms Zustand verschlechtert«, forderte Meg ihren Bruder auf. Er tat ihr Leid. So hatte er sich die letzten Wochen zu Hause sicher nicht vorgestellt. Von diesem Schock würde sich keiner von ihnen so schnell erholen.

»Ich glaube, sie war heute die meiste Zeit im Bett«, sagte Wim niedergeschlagen.

»Ich melde mich morgen wieder bei ihr«, kündigte Meg an. Gerade hatte es an ihrer Tür geklingelt. Das war wahrscheinlich ihr Freund. Sie versprach Wim, ihn am nächsten Tag wieder anzurufen. Für alle Fälle hatte er ihre Handynummer.

Meg legte nachdenklich auf. Die heile Welt ihrer Kindheit war endgültig zusammengebrochen.

4. Kapitel

Virginia und Natalie hatten unzählige Male Paris' Nummer gewählt – ohne Erfolg. Bei einem gemeinsamen Lunch am Donnerstag zückte Virginia erneut ihr Handy. Vielleicht hatte sie ja nun Glück. Diesmal nahm Paris tatsächlich ab. Ihre Stimme klang so rau, als habe sie gerade tief geschlafen. Virginia wusste schon seit Montagabend, was passiert war. Ihr Mann Jim hatte es ihr erzählt. Peter hatte ihn im Büro beiseite genommen und ihm mitgeteilt, er und Paris hätten sich am Wochenende getrennt und würden sich scheiden lassen. Er hoffte, die Trennung würde sich bald herumsprechen, damit er sich nach einer gewissen Zeit offen mit Rachel zeigen konnte. Doch ganz so geheim, wie Peter glaubte, war seine Affäre längst nicht mehr. Jim berichtete Virginia am Montag beim Abendessen von Peters Liebschaft, und sie gab die Information unverzüglich an Natalie weiter. Innerhalb kürzester Zeit war Paris das geworden, was sie am meisten gefürchtet hatte: eine bemitleidenswerte, sitzen gelassene Ehefrau. Ihre Freundinnen waren bestürzt. Was Paris geschehen war, führte ihnen wieder einmal vor Augen, dass es keine Sicherheit gab. Man wusste nie, was kommen würde. Und oft geschahen die schlimmsten Dinge gerade dann, wenn man sich unverletzbar fühlte.

»Hi Süße«, sagte Virginia voller Mitgefühl. Am liebsten

hätte sie ihre Freundin nur wortlos in die Arme genommen und an sich gedrückt. »Wie geht es dir?«
An Virginias Tonfall hörte Paris, dass sie Bescheid wusste. Sie hatte bislang nicht die Kraft gefunden, ihre Freundinnen anzurufen und sie in Kenntnis zu setzen. Das Ganze war einfach zu schrecklich. Stattdessen hatte Paris sich in ihrem Bett vergraben und versucht, so viel wie möglich zu schlafen. Meistens wachte sie erst auf, wenn Wim von der Schule nach Hause kam und im Kühlschrank nach etwas Essbarem suchte. Seit Peter am Sonntagmorgen das Haus verlassen hatte, fühlte sie sich wie eine Schwerstkranke. Wim gegenüber beteuerte sie zwar immer wieder, dass es ihr sicher bald besser gehen würde, aber langsam zweifelte sie selbst daran.
»Hat Jim es dir erzählt?«, fragte Paris unumwunden. Sie drehte sich im Bett auf den Rücken und starrte zur Decke hinauf.
»Ja.« Virginia hatte keine Ahnung, ob Paris von Peters Affäre wusste, deshalb vermied sie es, das Thema anzuschneiden. »Sollen wir zu dir kommen? Nat und ich sitzen gerade beim Lunch und machen uns schreckliche Sorgen um dich.«
»Im Augenblick möchte ich lieber allein sein«, antwortete Paris wahrheitsgetreu. »Ich sehe schrecklich aus.«
»Das ist uns doch egal. Wir wollen uns nur davon überzeugen, dass alles in Ordnung ist.«
»Nichts ist in Ordnung. Es kommt mir so vor, als ob mein Leben am Freitag beendet worden wäre. Zumindest das Leben, das ich kenne. Ich wünschte, er hätte mich einfach umgebracht. Dann wäre wenigstens alles vorbei!«
»Red nicht so einen Unsinn! Weiß Meg schon Bescheid?«

»Ja. Die Kinder sind mir eine große Hilfe. Der arme Wim muss sich langsam vorkommen wie in einer Irrenanstalt. Andauernd verspreche ich ihm, dass ich bald aufstehen werde, aber dann finde ich einfach nicht die Kraft.«
»Wir kommen jetzt zu dir«, sagte Virginia entschlossen. Sie sah Natalie an, zog eine Grimasse und schüttelte den Kopf, um ihrer Freundin zu signalisieren, dass es Paris gar nicht gut ging.
»Nein, bitte nicht! Ich möchte jetzt noch keinen Besuch.« Paris fühlte sich zutiefst gedemütigt. Sie war eine gebrochene Frau, daran konnten selbst ihre besten Freundinnen nichts ändern.
Am Dienstag hatte der Anwalt, den Peter für sie ausgesucht hatte, eine Nachricht auf dem Anrufbeantworter hinterlassen. Als sie ihn zurückrief, teilte er ihr mit, dass Peter die Formalitäten so schnell wie möglich abwickeln wolle, und Paris spürte eine neue Welle von Panik heranrollen. Nach dem Telefonat hatte sie sich übergeben müssen. Offenbar hatte sie nun gar nichts mehr im Griff.
Inzwischen fühlte sie sich, als sei sie ohne Fallschirm aus einem Flugzeug gestoßen worden. Sie wurde von einer abgrundtiefen Angst vor der Zukunft beherrscht. »Ich rufe euch an, wenn es mir ein bisschen besser geht.«
Virginia und Natalie stellten ihr schließlich einen Blumenstrauß vor die Tür und legten ein paar Zeitschriften und einen Brief dazu. Die beiden wollten sich keinesfalls aufdrängen, aber sie sorgten sich nun mal um Paris. Noch nie zuvor hatten sie erlebt, dass eine nach außen hin so mustergültige Ehe wie die der Armstrongs innerhalb so kurzer Zeit zerbrach. Natalie und Virginia waren sich einig, dass sich Peter wie ein Schuft benahm, und schworen, dass sie

seine Neue vorerst nicht kennen lernen wollten. In den Kreisen, in denen er und Paris seit Jahren verkehrten, war er jedenfalls bis auf weiteres abgemeldet.

Es dauerte einen ganzen Monat, bis sich Paris wieder unter Leute wagte. Vor Wims Abschlussfeier konnte sie sich schließlich nicht drücken. Als Virginia sie dort entdeckte, traten ihr die Tränen in die Augen. Paris war furchtbar dünn geworden und sah sehr blass aus. Sie war wie immer sorgfältig zurechtgemacht, trug ein weißes Leinenkleid mit passendem Mantel, hatte sich das Haar aufgesteckt und Perlenohrringe sowie eine Perlenkette angelegt. Die dunklen Ringe und die Sorgenfalten, die sich in den letzten vier Wochen rings um ihre Augen gebildet hatten, verbarg sie unter einer Sonnenbrille.
Der Gedanke, dass sie Peter hier zum ersten Mal wieder begegnen würde, brachte Paris fast um den Verstand. Vor drei Wochen hatte er ihr die Scheidungsunterlagen zustellen lassen. Sie hatte im Nachthemd mit den Papieren in der Hand dagestanden und hemmungslos geschluchzt. Doch jetzt hielt sie sich aufrecht, hob stolz das Kinn, begrüßte ihn kurz und ging dann zu ein paar Leuten hinüber, die sie kannte. Peter wirkte gut gelaunt, was Paris keineswegs überraschte. Für ihn war das Schlimmste schon vorbei. Sie selbst gab sich die größte Mühe, nach außen hin nicht zu zeigen, wie schlecht es ihr ging. Ihre Bekannten nahmen sie fürsorglich in die Mitte, und irgendwie schaffte sie es auch, das Dinner im Restaurant durchzustehen. Wim hatte etwa ein Dutzend Leute dazu eingeladen. Meg war ebenfalls zu der Abschlussfeier gekommen und aß nun mit ihrem Vater in der Stadt. Wenigstens hatte Peter den

Anstand, nicht auch noch zu dem Dinner zu erscheinen. Nach dem Essen war Paris völlig erledigt. Wieder zu Hause ließ sie sich erschöpft aufs Bett sinken und hatte das Gefühl, sie sei ohne Betäubung am offenen Herzen operiert worden.

Meg stand unschlüssig in der Schlafzimmertür. Ihr Bruder feierte noch mit seinen Freunden, und sie hatte angeboten, währenddessen bei ihrer Mutter zu bleiben. Paris wirkte so zerbrechlich wie nie zuvor. Natalie hatte sie gemustert, als fürchte sie, ihre Freundin könne jeden Moment einen Schwächeanfall erleiden.

»Wie geht es dir, Mom?«, fragte Meg leise. Besorgt ließ sie sich auf der Bettkante nieder.

»Ich komme schon klar, meine Süße. Ich bin nur so furchtbar müde.« Ihr erster Auftritt in der Öffentlichkeit hatte sie fast alle noch verbliebene Kraft gekostet, und sie hatte die Minuten gezählt, die sie noch durchhalten musste. Peter war ihr wie ein Fremder erschienen. Höflich, aber distanziert hatte er lediglich ein paar belanglose Worte mit ihr gewechselt. Während der ganzen Veranstaltung hatte sich Paris gefühlt wie ein Gespenst, das die Lebenden heimsucht, mit denen es einst so viel verbunden hatte. Sogar sich selbst war sie fremd geworden. Kein Wunder, schließlich war Peter ein Teil von ihr gewesen. Fast ein Vierteljahrhundert lang hatte sie ihre ganze Energie darauf verwendet, die perfekte Frau von Peter Armstrong zu sein, und nun war sie ein Niemand. Sie gehörte zu dem Heer der gesichtslosen, verlassenen Ehefrauen. Ihr schlimmster Albtraum war Wirklichkeit geworden.

»Welchen Eindruck hattest du von Dad?«, wollte Meg

wissen. Ihr war der kurze Wortwechsel zwischen ihren Eltern nicht entgangen.
»Es scheint ihm ganz gut zu gehen, aber wir haben nicht viel geredet. Ich habe mich so schnell wie möglich davongestohlen. Ich glaube nicht, dass Peter Lust hatte, mit mir zu plauschen. Die ganze Situation war ziemlich seltsam.«
Peter schickte ihr andauernd irgendwelche Unterlagen, die sie unterschreiben musste. Auch was ihr an Unterhalt zustand, wurde darin geregelt, und dass das Haus in ihren alleinigen Besitz übergehen würde. Doch schon ein Blick auf die Papiere deprimierte Paris. Sie las sie nur widerstrebend durch und manchmal auch gar nicht.
»Das tut mir Leid, Mom«, sagte Meg traurig. Es erschreckte sie, dass ihre Mutter dermaßen abgemagert war, und sie versuchte es mit ein paar lahmen Witzen über Wims Kochkünste.
Wim war erleichtert, dass seine Schwester gekommen war und er ohne schlechtes Gewissen mit seinen Freunden um die Häuser ziehen konnte. Am Wochenende würde er zu seiner Europareise aufbrechen. Paris hatte darauf bestanden. Sie war der Meinung, dass sie sich daran gewöhnen sollte, allein zu sein. Sie musste ihr Leben wieder in den Griff kriegen, sonst würde sie vor die Hunde gehen.
»Schon gut, meine Süße«, antwortete Paris. »Möchtest du nicht deine Freundinnen besuchen? Ich lege mich sowieso gleich ins Bett.« Das war in den letzten Wochen zu ihrer Zufluchtsstätte geworden.
»Bist du sicher, dass dir das nichts ausmacht?« Ganz wohl war Meg nicht bei dem Gedanken, aber ab Montag würde ihre Mutter ohnehin allein zurechtkommen müssen. Meg kehrte zurück nach L.A., und Wim würde dann schon in

England sein. Er wollte bis Mitte August wegbleiben, dann noch einmal kurz nach Hause kommen, seine Sachen packen und nach Berkeley fliegen. Wehmütig dachte Meg daran, dass dies wohl die letzten Nächte waren, die sie gemeinsam unter einem Dach verbrachten.

Als Paris Wim am Sonntag zum Flughafen fuhr, hatte sie das Gefühl, die Nabelschnur würde nun erst endgültig durchtrennt. Wim versprach, sich in Europa ein Handy zu kaufen, damit sie ihn erreichen konnte. Sie musste ihn wohl oder übel ziehen lassen und hoffen, dass er keine Dummheiten machte. Auf dem Weg zurück nach Greenwich wurde Paris schmerzlich bewusst, dass mit Wims Abflug abermals eine Phase ihres Lebens zu Ende gegangen war.
Früh am nächsten Morgen reiste auch Meg ab. Paris versuchte, ihrer Tochter nicht zu zeigen, wie verlassen sie sich schon jetzt fühlte. Doch als Meg fort war, strich sie durchs Haus wie ein Geist und erschrak fast zu Tode, als die Türglocke schrillte. Es war Virginia. Ihr Sohn war gemeinsam mit Wim nach Europa geflogen. Sie wirkte ein wenig verlegen und entschuldigte sich, weil sie einfach so hereinschneite.
»Ich dachte, du bist wahrscheinlich genauso besorgt wie ich. Hat sich Wim schon bei dir gemeldet?«
»Nein.« Paris lächelte und bat Virginia herein. Sie war fertig angezogen, hatte sich das Haar gekämmt und für Meg sogar ein wenig Make-up aufgelegt. Trotzdem sah sie noch immer aus, als wäre sie gerade erst von einer schweren Grippe genesen. »Ich glaube, es wird noch ein paar Tage dauern, bis wir etwas von ihnen hören. Wim will sich

auf jeden Fall ein Handy besorgen.« Sie ging voraus in die Küche.
»Das habe ich Robert auch nahe gelegt.« Virginia lachte und sah Paris dabei zu, wie sie die Kaffeemaschine in Gang setzte. »Wo ist Meg eigentlich?«
»Sie ist vor einer halben Stunde abgedüst. Sie konnte es kaum erwarten, ihren neuen Freund wiederzusehen. Er ist Schauspieler und hatte schon zwei Rollen in irgendwelchen obskuren Horrorstreifen. Hin und wieder dreht er auch Werbespots.«
»Wenigstens arbeitet er.« Virginia war froh, dass ihre Freundin aufgestanden war und sich zurechtgemacht hatte. Doch aus Paris' Zügen sprach tiefe Verzweiflung, und ihr Blick war seltsam leer. Sie hatte offenbar den Glauben an alles verloren, worauf sie gebaut hatte, und diese Veränderung war nicht zu übersehen.
Eine Weile plauderten die beiden Frauen bei einer Tasse Kaffee. Dann kramte Virginia in ihrer Handtasche und zog schließlich einen Zettel mit einem Namen, einer Telefonnummer und einer Adresse im Stadtzentrum von Greenwich hervor.
»Wer ist das?«, erkundigte sich Paris. Mit dem Namen Anne Smythe konnte sie nichts anfangen.
»Meine Seelenklempnerin. Ohne sie wäre ich verloren.«
Paris wusste, dass Jim und Virginia harte Zeiten hinter sich hatten. Jim war ein komplizierter Mensch und litt unter Depressionen. Inzwischen ging es ihm dank neuer Medikamente deutlich besser. Aber seine Ehe hatte unter seinen langen dunklen Phasen gelitten. Paris wusste, dass Virginia zu einer Therapeutin ging, hatte sich jedoch nie ausführlich mit ihr darüber unterhalten.

»Fürchtest du etwa um meinen Verstand?«, fragte Paris mit einem bitteren Lächeln. Sie faltete den Zettel zusammen und steckte ihn ein. »Ehrlich gesagt habe ich manchmal selbst das Gefühl, dass ich nicht mehr ganz bei Trost bin.« Es tat gut, diesen Gedanken einmal laut auszusprechen.

»Nun mach mal halblang«, mahnte Virginia. »Wenn ich dich für verrückt hielte, hätte ich gleich die Jungs mit der Zwangsjacke mitgebracht. Aber ich finde, du musst dringend hier raus und mit jemandem über alles reden. Seit Peters Auszug stehst du unter Schock. Dass er ohne Vorwarnung einfach abgedampft ist, muss dir fast vorkommen, als wäre er plötzlich gestorben. Vierundzwanzig Jahre lang glaubst du, du seiest glücklich verheiratet, dann lässt dich dein Mann aus heiterem Himmel sitzen und will sich scheiden lassen. Und nicht genug damit – er lebt von nun an kaum eine Stunde entfernt mit einer deutlich jüngeren Frau zusammen. Wenn dir das nicht auf die Psyche schlägt und dein Selbstwertgefühl auf null reduziert, *dann* bist du nicht ganz normal. Himmel, Paris, die meisten Frauen an deiner Stelle würden in einer Ecke kauern, vor sich hinstieren und ihre Bluse besabbern.«

»Genau danach ist mir zumute«, sagte Paris grinsend, »wenn es nur nicht so widerlich wäre.«

»Ich wäre wahrscheinlich längst in der Klapse gelandet«, erklärte Virginia mit aufrichtiger Bewunderung. Selbst ihr Mann hatte zugegeben, dass er einen solchen Schlag nur mithilfe starker Medikamente verkraften könnte. Auch die Gefahr, dass eine Frau in Paris' Situation Selbstmord beging, war nicht zu unterschätzen. Außer den Kindern, die nun bald beide aus dem Haus waren, hatte sie im

Augenblick nicht viel, wofür es sich zu leben lohnte. Paris brauchte unbedingt jemanden, dem sie ihr Herz ausschütten konnte, und Virginia hielt Anne Smythe für die Richtige. Sie war warmherzig und kompetent. Anne besaß Mitgefühl und gleichzeitig die Gabe, ihren Klientinnen und Klienten einen Weg aus scheinbar ausweglosen Situationen zu weisen. Ihr war es gelungen, Virginia durch die schwersten Zeiten mit Jim zu lotsen und sie hinterher wieder aufzubauen. Denn nachdem es ihrem Mann besser gegangen war, hatte Virginia selbst Depressionen bekommen. Ihr Leben hatte sich so lange um seine Krankheit gedreht, dass sie sich plötzlich ausgebrannt und nutzlos vorkam. »Anne hat nicht nur mich gerettet, sondern auch einigen meiner Bekannten geholfen, die ich zu ihr geschickt habe. Sie ist einfach großartig!«

»Ich wüsste nicht, was es in meinem Fall noch zu retten gäbe«, wandte Paris ein.

»Genau deshalb musst du unbedingt zu ihr. Peter hat dich verlassen, und du suchst die Schuld bei dir. Dabei sollte *er* für das, was er dir angetan hat, durch die Hölle gehen, nicht du.« Virginia hoffte, dass Paris endlich einmal zornig auf Peter wurde, aber bis jetzt sah es nicht danach aus. Offenbar liebte sie ihn noch immer, und es würde noch eine ganze Weile dauern, bis ihre Gefühle für ihn abebbten. Mit den Unterschriften auf den Scheidungspapieren war die Sache für Paris noch lange nicht erledigt. Das Ende ihrer Ehe bedeutete nicht das Ende ihrer Liebe zu Peter.

»Rufst du sie an?«

»Vielleicht«, antwortete Paris zögernd. »Ich weiß nicht, ob ich über mein Dilemma reden kann, noch dazu mit einer Fremden. Außerdem würde ich das Haus am liebsten gar

nicht mehr verlassen. Alle gucken mich immer so mitleidig an. Gott, Virginia, das ist so furchtbar demütigend!«
»Dieser Zustand darf nicht ewig anhalten! Du weißt doch gar nicht, was das Leben dir noch alles zu bieten hat. Vielleicht läuft dir sogar eines Tages ein Mann über den Weg, der viel besser zu dir passt als Peter.«
»Ich wollte aber immer nur ihn! Nie habe ich einen anderen auch nur angesehen. Für mich war er immer der Beste von allen, und ich hielt mich für die glücklichste Frau der Welt.«
»Das war offenbar ein Trugschluss. Was er getan hat, war niederträchtig, und man sollte ihn dafür vierteilen. Zum Teufel mit ihm, Paris! Ich will, dass du wieder glücklich bist.«
Paris wusste, dass Virginia es nur gut meinte. »Aber was ist, wenn ich gar nicht mehr glücklich sein kann?«, gab sie besorgt zurück. »Vielleicht werde ich ihn mein ganzes Leben lang lieben.«
»Dann bekommst du von mir den Gnadenschuss«, sagte Virginia grinsend. »Aber zuerst gehst du zu Anne. Wenn sie dir nicht helfen kann, suche ich einen Exorzisten für dich. Du musst dich von deinen Gefühlen befreien und mit der Zeit über die Enttäuschung hinwegkommen. Sonst gehst du zugrunde. Oder willst du etwa bis ans Ende deiner Tage wie ein Häufchen Elend hier herumhängen?«
»Nein, natürlich nicht«, entgegnete Paris nachdenklich. »Aber ich weiß nicht, wie deine Frau Dr. Smythe mir helfen sollte. Egal, was ich ihr erzähle, sie wird mir Peter nicht zurückbringen und die Scheidung nicht verhindern. Er ist mit einer Frau zusammen, die fünfzehn Jahre jünger ist als ich. Daran gibt es nichts zu rütteln.«

»Stimmt. Aber was du jetzt durchmachst, haben schon viele Frauen hinter sich, und irgendwie haben sie es alle überlebt. Ich meine es ernst. Vielleicht wartet da draußen wirklich ein Mann auf dich, der zehnmal netter ist als Peter. Viele Frauen verlieren ihre Ehemänner. Ihre Partner sterben oder lassen sich scheiden. Aber sehr viele heiraten danach wieder und sind wieder glücklich. Du bist erst sechsundvierzig, du darfst jetzt nicht einfach resignieren! Das wäre nicht nur dumm und falsch, es würde auch deine Kinder und die Menschen, die dich mögen, belasten. Peter hat schon ein neues Leben, und du hast auch eins verdient.«

»Ich will aber mein altes zurück!«

»Ruf Anne an. Sonst fessle und kneble ich dich und schleppe dich eigenhändig zu ihr. Versprich mir, wenigstens einen Termin mit ihr zu vereinbaren, nur einen einzigen! Wenn sie dir nicht sympathisch ist, musst du ja nicht noch mal hingehen. Aber versuch es wenigstens.«

»Schon gut. Ich gehe hin, aber nur dir zuliebe. Ein Mal. Aber verändern wird sich dadurch nichts«, sagte Paris trotzig.

»Vielen Dank für dein Vertrauen«, konterte Virginia.

Sie schenkte sich noch eine Tasse Kaffee ein. Als sie sich gegen vier Uhr nachmittags verabschiedete, wirkte Paris zwar noch immer matt, aber sie sah ein wenig besser aus. Virginia hatte ihr noch einmal das Versprechen abgenommen, dass sie Anne Smythe anrufen würde. Zwar glaubte Paris noch immer nicht daran, dass diese Frau ihr helfen konnte, aber sie wollte, dass Virginia endlich Ruhe gab.

5. Kapitel

Das Wartezimmer glich einer Bibliothek. Die Regale an den Wänden waren voller Bücher, und überall standen bequeme Ledersessel. Sogar einen kleinen offenen Kamin gab es, der im Winter sicher für mollige Wärme sorgte. Doch an diesem warmen Junitag standen die Fenster weit offen. Paris schaute in einen liebevoll gepflegten Garten hinaus. Die Adresse, die Virginia ihr gegeben hatte, gehörte zu einem hübschen kleinen Holzhaus mit weißen Außenwänden, gelb gestrichenen Balken und pittoresken blauen Fensterläden. Auch innen strahlte das Haus Behaglichkeit aus, was Paris überraschte. Die Frau, die sie begrüßte, nachdem Paris ein paar Minuten lang in einer Zeitschrift geblättert hatte, entsprach ebenfalls nicht dem Bild von einer Therapeutin, das ihr im Kopf herumspukte. Paris hatte mit einer Art Anna Freud gerechnet, einer resoluten, etwas verkniffenen Intellektuellen. Doch die Psychologin war eine attraktive, geschmackvoll gekleidete Frau Mitte fünfzig. Sie hatte eine flotte Frisur, trug dezentes Make-up und einen perfekt sitzenden khakifarbenen Hosenanzug, der mit Sicherheit nicht aus einer Wühlkiste stammte. Dr. Anne Smythe war eine gut situierte, gestandene Frau und hätte hervorragend an die Seite eines erfolgreichen Managers gepasst. Leute wie sie traf man gemeinhin auf Dinnerpartys. So hatte sich Paris eine Seelenklempnerin nicht vorgestellt.

»Stimmt etwas nicht?«, fragte Anne, während sie Paris in

das Sprechzimmer führte – einen luftigen Raum, der ganz in Beige und Weiß gehalten war. Paris staunte über die großen Fenster und die modernen Gemälde an den Wänden. »Sie sehen so verblüfft aus.«

»Ich hatte mir Ihre Praxis anders vorgestellt«, gab Paris zu.

»Inwiefern?« Dr. Smythe lächelte amüsiert.

»Irgendwie strenger und nüchterner. Ihre Räumlichkeiten sind so freundlich und einladend.«

Die Psychologin lachte. »Vielen Dank. Während des Studiums habe ich bei einem Innenausstatter gejobbt. Wenn es mit der Praxis nichts geworden wäre, hätte ich mich wohl damit über Wasser halten müssen. Die Arbeit gefiel mir eigentlich ganz gut.«

Fast gegen ihren Willen fand Paris die Frau sympathisch. Sie war offen und hatte eine natürliche Ausstrahlung, die sehr anziehend wirkte. Unter anderen Umständen hätte sich Paris vorstellen können, sich mit ihr anzufreunden.

»Aber genug davon. Was kann ich für Sie tun?«

»Mein Sohn ist vor ein paar Tagen zu einer Europareise aufgebrochen.« Paris wunderte sich selbst, dass sie damit begann. Sie hatte einfach, ohne lange abzuwägen, den nächstliegenden Gedanken ausgesprochen.

»Wie alt ist er denn? Und bleibt er länger weg?« Anne schätzte Paris auf Anfang vierzig. Abgesehen von dem etwas glanzlosen Äußeren war sie eine äußerst hübsche Frau. Sie sah sehr traurig aus, und Anne tippte auf eine depressive Phase.

»Er ist achtzehn und wird zwei Monate lang unterwegs sein. Aber er fehlt mir jetzt schon.« Paris stiegen Tränen in die Augen. Erleichtert bemerkte sie die Schachtel mit Papiertaschentüchern, die griffbereit auf Annes Schreibtisch

stand. Gefühlsausbrüche waren in dieser Praxis offensichtlich an der Tagesordnung.
»Ist er Ihr einziges Kind?«
»Nein. Ich habe noch eine Tochter. Sie lebt in Kalifornien, in Los Angeles, und arbeitet dort als Produktionsassistentin in einem Filmstudio. Sie ist dreiundzwanzig.«
»Geht Ihr Sohn aufs College, Paris?«, fragte Anne. Sie versuchte, sich ein Bild von den Lebensumständen ihrer Klientin zu machen, und war es gewohnt, sich die Puzzleteile selbst zusammenzusuchen.
»Wim fängt im September in Berkeley an.«
»Und dann werden Sie … allein zu Hause sein. Sind Sie verheiratet?«
»Ich … nein … ja … Also, mein Mann hat mich vor fünf Wochen wegen einer anderen verlassen.«
Anne Smythe sah Paris verständnisvoll an. Als die Tränen zu fließen begannen, schob sie ihr die Schachtel mit den Taschentüchern hin. »Das tut mir Leid. Wussten Sie denn schon vorher von der anderen Frau?«
»Nein.«
»Das muss ein schwerer Schock für Sie gewesen sein. Gab es in Ihrer Ehe Probleme?«
»Nein, sie war perfekt – jedenfalls glaubte ich das immer. Aber als mein Mann mitten in der Nacht die Karten auf den Tisch legte, sagte er, er fühle eine innere Leere. Am nächsten Morgen zog er aus. Für mich kam das alles völlig überraschend.« Paris putzte sich die Nase. Dann hörte sie sich jedes Wort wiederholen, das Peter in jener Nacht gesagt hatte. Sie erzählte von ihrem Studium und dem Abschluss, den sie nie genutzt hatte, und von den Panikattacken, die sie überfielen, wenn sie an ihre Zukunft dachte.

Auch das wenige, was sie über Rachel wusste, berichtete Paris der Psychologin.
Aus der verabredeten Stunde wurden zwei, aber Dr. Smythe war darauf vorbereitet. Sie fing gern mit einer etwas längeren Sitzung an, dann fiel es ihr leichter, das weitere Vorgehen zu planen. Als Anne Paris schließlich fragte, ob sie einen neuen Termin haben wolle, stellte diese erschrocken fest, wie schnell die Zeit verflogen war.
»Ich weiß nicht. Meinen Sie, das bringt etwas? Daran, was passiert ist, ändert sich ja doch nichts mehr.« In den letzten zwei Stunden hatte Paris viel geweint, aber anders als sonst fühlte sie sich nicht völlig ausgelaugt, sondern eher erleichtert. Es hatte gut getan, dieser Frau ihr Herz auszuschütten. Zwar waren ihre Probleme damit nicht gelöst, aber es schien, als seien die Schleusen ein Stückchen geöffnet worden und als könnten die aufgestauten Fluten nun allmählich abfließen.
»Sie haben Recht. An den Tatsachen lässt sich nicht rütteln. Aber ich hoffe, dass Sie im Laufe der Zeit zu einer anderen Sicht der Dinge kommen werden. Das ist sehr wichtig für Sie, denn Sie müssen nun die Weichen für Ihr weiteres Leben stellen. Vielleicht können wir zusammen daran arbeiten.«
Paris hatte keine Ahnung, wovon Dr. Smythe sprach. Bis jetzt hatte sie sich Peters Entscheidung hilflos ausgeliefert gefühlt. »Also gut. Einen Versuch ist es wert. Wann soll ich wieder kommen?«
»Wie wär's am Dienstag?«
Das war schon in vier Tagen, doch Paris wollte die Sache ohnehin gern so bald wie möglich hinter sich bringen. Je eher sie jene neuen Perspektiven entdeckte, von denen die

Psychologin gesprochen hatte, desto schneller war sie aus diesem ganzen Schlamassel raus.

Dr. Smythe schrieb Paris den Termin auf ein kleines Kärtchen und notierte außerdem ihre Handynummer. »Falls es Ihnen am Wochenende sehr schlecht geht, können Sie mich anrufen, Paris.«

»Ich möchte Sie aber nicht stören«, antwortete Paris verlegen.

»Das gehört zu meinem Beruf. Sonst hätte ich doch Innenausstatterin werden müssen. Melden Sie sich einfach, wenn Sie mich brauchen«, entgegnete Anne.

Paris lächelte. »Danke.«

Auf der Heimfahrt fühlte sie sich deutlich besser als in den Wochen zuvor, wusste aber nicht recht, warum. Ihre Probleme waren noch dieselben, dennoch war ihr ein wenig leichter ums Herz. Zu Hause angekommen rief sie Virginia an, um ihr für den Tipp zu danken.

»Ich bin froh, dass du sie sympathisch findest«, sagte Virginia erleichtert. Im Grunde konnte sie sich nicht vorstellen, dass jemand Anne nicht mochte. Paris zu ihr zu schicken, war das Beste, was sie für sie hatte tun können. »Gehst du noch mal hin?«

»Ja, das habe ich vor.« Paris war selbst überrascht, eigentlich hatte sie das gar nicht gewollt. »Einmal noch, nächste Woche.«

Virginia grinste über diese Antwort. Das kam ihr bekannt vor. Anne hatte auch ihr immer nur einen neuen Termin gegeben, und darüber war ein Jahr vergangen. Und auch wenn sie jetzt ein wenig Hilfestellung brauchte, wandte sie sich noch gelegentlich an die Therapeutin. Schon oft hatten die Gespräche mit Anne ihr einen Weg aus einer Krise gewiesen.

Mitten in der nächsten Sitzung überrumpelte Anne Paris mit einer Frage. »Haben Sie schon einmal daran gedacht, selbst nach Kalifornien zu ziehen?«
Aus Annes Mund hörte sich das an, als wäre das der einzig logische Schritt. »Nein, warum sollte ich?« Im ersten Moment reagierte Paris verwirrt. Sie wohnte seit Megs Geburt in Greenwich und hatte nie den Wunsch verspürt, von dort wegzugehen. Sie fühlte sich dort verwurzelt – jedenfalls bis vor ein paar Wochen. Deshalb war sie auch so froh, dass Peter ihr das Haus überlassen wollte. Nie wäre sie auf die Idee gekommen, es zu verkaufen.
»Zum Beispiel weil Ihre beiden Kinder dort leben. Vielleicht würden Sie gern in ihrer Nähe wohnen, damit Sie sie öfter sehen können.«
Paris schüttelte den Kopf. Das kam gar nicht infrage, und sie hatte zudem keine Ahnung, was Wim und Meg davon halten würden.
Am Abend rief Meg an, und Paris erzählte ihr von der Idee.
»Kannst du dir denn wirklich vorstellen, nach L.A. zu ziehen, Mom?«
»Darüber muss ich erst noch nachdenken. Im Augenblick geht es schon fast über meine Kräfte, überhaupt das Haus zu verlassen. Aber Dr. Smythe brachte mich heute darauf.«
»Dr. Smythe? Bist du krank?«, fragte Meg besorgt.
»Dr. Smythe ist Psychologin. Ich war heute zum zweiten Mal bei ihr«, erwiderte Paris. Das war ihr zwar peinlich, aber sie wollte vor Meg keine Geheimnisse haben. Sie hatten ein sehr vertrautes Verhältnis zueinander, und Paris wusste das zu schätzen. Ihr fiel es leichter, mit Meg zu reden als mit

Wim. Wahrscheinlich lag es daran, dass Meg eine Frau und ferner ein paar Jahre älter war. »Virginia hat sie mir empfohlen. In ein paar Tagen gehe ich noch mal hin.«

»Prima, Mom. Das ist ein guter Entschluss.« Am liebsten hätte Meg ihren Vater auch zu einem Therapeuten geschickt. Immerhin hatte er ohne jede Vorwarnung das Leben der ganzen Familie komplett durcheinander gebracht und schwieg sich noch immer über seine eigentlichen Beweggründe aus.

»An den Tatsachen kann sie natürlich auch nichts ändern«, sagte Paris. Wieder einmal fragte sie sich, ob die Besuche bei Anne sie wirklich weiterbrachten.

»Nein, aber du kannst etwas für dich tun, Mom«, entgegnete Meg ernst. »Du musst nun an dich denken. Ich fänd es übrigens schön, wenn du in meiner Nähe wärst. Vielleicht täte dir ein solcher Tapetenwechsel wirklich gut.«

»Was glaubst du, wie würde Wim darauf reagieren? Sieht das nicht so aus, als wollte ich ihn nicht fortlassen? Er soll nicht das Gefühl haben, dass ich mich mit aller Macht an ihn klammere.«

»Ach was. Er fände es wahrscheinlich gut, wenn er dich öfter mal besuchen könnte, vor allem wenn er seine Freunde mitbringen darf. Als ich noch auf dem College war, bin ich immer gern zu dir gekommen.« Megan lachte bei dem Gedanken an die Säcke voller Schmutzwäsche, die sie ihrer Mutter jedes Mal abgeliefert hatte. »Wenn du dann noch seine Klamotten wäschst, kennt seine Freude sicher keine Grenzen. Frag ihn doch einfach, wenn er sich mal meldet.«

»Ehrlich gesagt übersteigt es meine Vorstellungskraft, nicht mehr in Greenwich zu wohnen. Und in Kalifornien kenne ich doch keinen Menschen.«

»Das ändert sich schnell. Vielleicht wäre San Francisco die passende Stadt für dich. Dann hätte Wim es nicht weit zu dir, und ich könnte ab und zu am Wochenende zu dir fliegen. Vielleicht ist es gar nicht schlecht, wenn du mal aus Greenwich rauskommst. Es muss ja nicht gleich für immer sein. Allein das gute Wetter und die milden Winter an der Westküste sind ein guter Grund, eine Zeit lang hier zu leben. Aber der größte Vorteil wäre wirklich, dass wir uns dann öfter sehen könnten. Überleg es dir, Mom.«
»Ich kann doch nicht einfach das Haus aufgeben«, hielt Paris dagegen.
»Warum nicht?«
Paris schwieg. Sie musste sich das alles noch einmal durch den Kopf gehen lassen.

In der nächsten Sitzung bei Dr. Smythe erzählte sie, was Meg gesagt hatte. »Ich wollte es kaum glauben, aber meine Tochter würde sich freuen, wenn ich in ihre Nähe zöge. Nur – was soll ich denn da? Ich kenne keine Menschenseele in Kalifornien. Alle Leute, die mir wichtig sind, leben hier.«
»Mit Ausnahme von Wim und Meg«, konstatierte Anne Smythe. Sie hatte den Samen gesät und wartete nun darauf, dass er aufging. Paris' Kinder mussten dann das zarte Pflänzchen hätscheln. Und wenn ein Umzug wirklich das Richtige war, würde Paris selbst den Dünger liefern. Falls nicht, so gab es immer noch andere Möglichkeiten, ihr einen Weg aus dem Tal der Tränen zu weisen. Anne wollte Paris helfen, die verschiedenen Türen zu finden, die ihr nun offen standen.
Sie redeten über viele Dinge: über Paris' Kindheit, die

ersten Jahre mit Peter, die schöne Zeit, als die Kinder noch klein gewesen waren und über Paris' Freundeskreis. Ende Juli beschäftigten sie sich schließlich damit, wie Paris' berufliche Zukunft aussehen könnte. Paris vertraute Anne und war dankbar für ihre Fragen und Anregungen. Daheim in ihrem stillen Haus ließ sie die Gespräche stets Revue passieren.

In ihrem Freundeskreis machte sich Paris nach wie vor rar. Sie war noch zu befangen, um die Gesellschaft ihrer Bekannten wirklich genießen zu können, und es wurde ein einsamer Sommer.

Peter und sie kamen schon bald zu einer Einigung, was ihren Unterhalt betraf. Sie durfte das Haus wie versprochen behalten und erhielt jeden Monat eine ausreichende Summe. Wohl auch um sein Gewissen zu beruhigen, zeigte sich Peter recht großzügig. Für Paris bedeutete das, dass sie sich nicht unbedingt eine Stelle suchen musste. Doch sie wollte etwas tun. Den Rest ihres Lebens müßig herumzusitzen, konnte sie sich nicht vorstellen – vor allem nicht, wenn sie allein bleiben würde. Und davon ging sie aus. Hin und wieder hakte Anne Smythe vorsichtig nach, ob sie nicht gern einmal mit einem Mann ausgehen würde, aber Paris wollte nichts davon hören. Mit diesem Thema biss Anne bei ihr auf Granit. Dennoch drängte sie von Zeit zu Zeit darauf, dass Paris wenigstens darüber nachdachte.

Die einzigen Menschen, mit denen Paris in Kontakt kam, waren Natalie und Virginia. Hin und wieder traf sie sich mit ihnen zum Lunch. Sie besuchte jedoch keine Dinnerparty und lehnte auch alle anderen Einladungen ab.

Im August ging es endlich ein wenig bergauf. Paris arbeitete viel im Garten und setzte sich oft mit einem Buch auf

die Terrasse. Sie schlief tagsüber weniger, dafür nachts bedeutend besser. Bald war sie braun gebrannt wie nach einem langen Urlaub, und wäre sie nicht so schrecklich dünn gewesen, hätte sie besser ausgesehen denn je.
Dann kehrte Wim von seiner Europareise zurück. Paris holte ihn vom Flughafen ab, und als sie auf ihn zulief, stellte er erleichtert fest, dass ihre Augen fast wieder wie früher blitzten. Er hatte sie regelmäßig angerufen und ihr von seinen Abenteuern in England, Frankreich, Italien und Spanien berichtet. Im nächsten Jahr wollte er unbedingt noch einmal eine Tour durch Europa machen.
»Dann komme ich aber mit«, erklärte Paris mit einem schelmischen Grinsen, das Wim befriedigt registrierte. Als Nächstes erzählte Paris Wim ohne Umschweife von ihrer Überlegung, nach Kalifornien zu ziehen. Sie war neugierig auf seine Reaktion.
»Denkst du wirklich ernsthaft darüber nach?«
Wim wirkte erstaunt und nicht ganz so begeistert, wie Paris gehofft hatte. Meg konnte der Idee offenbar mehr abgewinnen als er. Aber wahrscheinlich freute sich Wim auf sein freies Studentenleben und fürchtete, dass seine Mutter ihm die Batman-Vesperdose, die er zur Einschulung bekommen hatte, mit Pausenbroten gefüllt auf dem Campus hinterhertragen würde.
»Ja, das tue ich.«
»Und was ist mit unserem Haus? Willst du es etwa verkaufen?« Es war sein Leben lang sein Heim gewesen, und er hing sehr daran. In seiner Vorstellung empfing ihn seine Mutter auch zukünftig stets in der vertrauten Umgebung, und der Gedanke, dass er nicht mehr in sein Zuhause zurückkehren könnte, machte ihm schwer zu schaffen.

»Nein. Wenn überhaupt, dann vermiete ich es. Aber noch ist nichts entschieden.«

»Wie bist du eigentlich darauf gekommen?«, wollte Wim wissen.

»Meine Therapeutin hat mich neulich darauf gebracht«, antwortete Paris unumwunden.

Wim starrte sie an. »Du bist in Behandlung? Muss ich mir Sorgen um dich machen, Mom?«

»Im Augenblick sicher weniger als noch vor ein paar Wochen. Ich habe den Eindruck, die Sitzungen bei Anne tun mir gut.«

»Na ja, Hauptsache, es geht dir besser.« Wim wusste nicht, was er davon halten sollte.

Abends sprach er mit seiner Schwester am Telefon darüber. »Wusstest du, dass Mom zu einer Seelenklempnerin geht?«

»Ja, und offenbar war das eine gute Entscheidung«, antwortete Meg. Auf sie wirkte ihre Mutter inzwischen deutlich weniger deprimiert als im Mai oder Juni.

»Meinst du, Mom verliert den Verstand?«, fragte Wim besorgt.

Seine Schwester lachte. »Nein. Aber nach dem, was Dad ihr angetan hat, ist das ein kleines Wunder.« Meg war noch immer wütend auf ihren Vater, und auch Wim war nicht gut auf ihn zu sprechen. »Nach einem solchen Schock wären andere erst mal in der Klapse gelandet. Hast du dich eigentlich von unterwegs mal bei Dad gemeldet?«

Wim bejahte. Sein Vater war am Telefon sehr einsilbig gewesen, deshalb hatte er ihn auch nicht noch einmal angerufen. »Glaubst du, sie zieht wirklich nach Kalifornien?«

Wim wusste noch immer nicht recht, ob er sich darüber freuen sollte. Immerhin sah er inzwischen auch die Vorteile. Wichtig war nur, dass seine Mutter nicht andauernd bei ihm aufkreuzte.

»Kann schon sein. Für sie wäre das natürlich eine Riesenveränderung. Ich weiß nicht, ob sie wirklich dazu bereit ist, aber ich glaube, sie setzt sich damit auseinander. Was sagst du denn dazu?«

»Schlecht wäre es wahrscheinlich nicht für sie«, antwortete Wim vorsichtig.

»Es wäre jedenfalls besser für sie, als in Greenwich allein in einem leeren Haus zu hocken. Diesen Gedanken finde ich, ehrlich gesagt, ziemlich schauerlich.«

»Ich auch.« Wim versuchte, sich das Leben seiner Mutter nach seinem Auszug vorzustellen. »Vielleicht sollte sie sich einen Job suchen, um wieder mehr unter Leuten zu sein«, sagte er nachdenklich.

»Das hat sie ja vor. Sie weiß nur noch nicht, was sie tun könnte. Mom war schließlich nie berufstätig. Aber sicher fällt ihr bald etwas ein. Und die Psychologin wird ihr bei der Entscheidung behilflich sein.«

»Meinst du?« Wim hatte sich noch nicht an den Gedanken gewöhnt, dass seine Mutter Unterstützung brauchte, um ihr Leben wieder in den Griff zu kriegen.

Für ihn war es seltsam, nach Hause zu kommen und seinen Vater nicht anzutreffen. Zwei Tage nach seiner Rückkehr verabredeten Peter und er sich in der Stadt zum Lunch. Sein Vater stellte ihm ein paar Leute aus der Firma vor, darunter eine junge Frau, die kaum älter aussah als Meg. Sie begrüßte Wim herzlich und war auffallend freundlich zu ihm.

Später berichtete er seiner Mutter von dem Treffen und bemerkte erstaunt, wie sie geradezu in sich zusammenfiel. Daraufhin beschloss Wim, in Zukunft lieber nicht mehr mit ihr über seinen Vater zu sprechen.

Peter hatte seinem Sohn versprochen, mit nach San Francisco zu fliegen und ihm beim Umzug zu helfen. Paris war von der Idee nicht sehr angetan, aber sie sagte nichts. Eigentlich hatte sie Wim begleiten wollen. Peter dort anzutreffen, würde sie wahrscheinlich wieder tiefer in das Loch stürzen, aus dem sie sich gerade mühsam herausarbeitete. Aber sie wollte ihrem Sohn die Freude nicht verderben. Sie wollte Peter keinesfalls bitten, zu Hause zu bleiben. Bei der nächsten Sitzung beriet sie sich mit Anne darüber.

»Glauben Sie, Sie halten es aus, gemeinsam mit Peter Ihrem Sohn zu helfen?«, fragte Anne.

Paris grübelte einen Moment lang darüber nach, aber schon die Vorstellung bereitete ihr Unbehagen. »Ehrlich gesagt, ich bin mir nicht sicher. Eine seltsame Situation wird das auf jeden Fall sein. Meinen Sie, ich soll lieber nicht hinfliegen?« Paris war völlig verunsichert.

»Wie denkt denn Ihr Sohn darüber?«

»Ich glaube, er wäre enttäuscht, wenn ich nicht mitkäme.«

»Könnten Sie Peter bitten, darauf zu verzichten?«

Paris schüttelte den Kopf. Der Gedanke gefiel ihr überhaupt nicht. »Ich glaube, Wim zählt darauf, dass sein Vater auch da ist.«

»Sie und Peter könnten sich auch absprechen und auf gewisse Zeiten einigen, in denen sie abwechselnd bei Wim im Wohnheim sind.«

Das hielt Paris für eine gute Idee. Auf diese Weise konnten

sie einander vielleicht aus dem Weg gehen. »Ja, das würde klappen. Es wird schon nicht so schlimm werden«, sagte Paris zögernd. Sie versuchte, sich selbst Mut zuzusprechen.
»Ein Stück weit haben Sie das selbst in der Hand«, antwortete Anne. »Wenn es Ihnen zu viel wird, können Sie sich jederzeit davonmachen. Oder aber Sie verzichten ganz auf die Reise. Ihr Sohn würde das letztlich sicher verstehen. Er möchte bestimmt nicht, dass Sie sich quälen.«
Damit hatte Anne wohl Recht. Wim hatte in den ersten Tagen nach Peters Auszug hautnah erlebt, wie verzweifelt Paris gewesen war, und würde nicht wollen, dass sie wieder in eine tiefe Depression hineinrutschte. »Aber wenn ich schon mal dort bin, könnte ich mir ja gleich ein paar Häuser ansehen«, sagte Paris.
»Gute Idee.« Anne nickte ermutigend. Noch hatte sich Paris offenbar zu keiner Entscheidung durchringen können. Hin und wieder schnitt sie zwar das Thema Umzug an, aber sie hing sehr an ihrer vertrauten Umgebung. Dort fühlte sie sich sicher. Zudem fehlte Paris bislang jegliche berufliche Perspektive. Fürs Erste würde sie ab September ehrenamtlich bei einem Projekt für misshandelte Kinder mitarbeiten. Das war ein Anfang, alles andere würde sich finden. Anne wusste, dass Paris einen langwierigen Prozess durchmachte, bei dem das Ziel noch nicht feststand. Peter hatte sie drei Monate zuvor unvermittelt aus großer Höhe aus einem Flugzeug geschubst. Noch war unklar, wo sie landen würde, das hatte sie Paris immer wieder zu verstehen gegeben. Anne fand, dass Paris ihr Leben schon wieder ganz gut im Griff hatte. Sie stand morgens auf, zog sich an, traf sich gelegentlich mit ihren Freundinnen und

machte sich mit dem Gedanken vertraut, dass ihr Sohn nun bald auszog. Mehr konnte sie im Augenblick unmöglich bewältigen.

Bis zu Wims Abreise blieben nur noch drei Tage. Vorher ging Paris noch einmal zu Anne. Sie hatte sich darauf eingestellt, Peter in Berkeley zu begegnen, und glaubte, dass sie damit zurechtkommen würde. Auf jeden Fall wollte sie Meg in L.A. besuchen. Das war etwas, worauf sie sich freuen konnte. Unsicher war Paris dennoch. »Meinen Sie, ich schaffe das?« Sie blickte Anne an wie ein verängstigtes Kind.

Die Therapeutin lächelte. »Sie bekommen das schon hin. Und Sie wissen ja, dass Sie mich jederzeit anrufen dürfen«, sagte Anne.

Paris nickte und wiederholte auf dem Heimweg immer wieder Annes Worte: »Sie bekommen das schon hin … Sie bekommen das schon hin.« An diesen Satz klammerte sie sich. Sie würde tun, was sie konnte, und hoffen, dass sie eines Tages wieder ganz die Alte sein würde. Sie musste bloß sicher landen. Peter hatte sie tatsächlich ins Leere gestoßen, und wenn sie Glück hatte und das Schicksal ihr hold war, ging unterwegs der Fallschirm auf. Dabei wusste Paris nicht einmal, ob sie einen dabeihatte. Sie konnte nur beten, dass dem so war, auch wenn sie oft daran zweifelte. Im Augenblick war ihr freier Fall noch beinahe ungebrochen.

6. Kapitel

Mit einem ganzen Berg von Taschen, Koffern und Kisten, mit seinem Computer und seinem Fahrrad flogen Wim und Paris nach San Francisco. Peter hatte für den Abend einen anderen Flug gebucht. Sie nahmen ein Taxi zum Ritz-Carlton und bezogen ihre reservierten Zimmer. Während sich Wim einen Film ansah und anschließend ein Nickerchen machte, grübelte Paris darüber nach, wie das Zusammentreffen mit Peter verlaufen würde. Der Mann, an dessen Seite sie vierundzwanzig Jahre verbracht hatte, war inzwischen tatsächlich ein Fremder für sie. Gleichzeitig musste sie sich eingestehen, dass sie sich nichts sehnlicher wünschte, als ihn wiederzusehen. Paris kam sich vor wie eine Abhängige, die nach ihrem Stoff giert. Selbst jetzt liebte sie ihren Mann noch genauso wie vor der Trennung und hoffte noch immer auf das Wunder, das ihn ihr zurückgeben würde. Nur Anne Smythe gegenüber konnte sie das eingestehen. Anne meinte, das sei beileibe nicht ungewöhnlich. Eines Tages würde sie loslassen und ihr eigenes Leben führen können, aber offenbar sei sie noch nicht so weit.

Abends gingen sie zum Essen nach Chinatown, und wie immer hatten sie viel Spaß miteinander. Zurück im Hotel riefen sie Meg an. In zwei Tagen wollte Paris nach Los Angeles fliegen und sie besuchen. Aber erst einmal musste sie Wims Einzug ins Studentenwohnheim hinter sich bringen.

Am nächsten Morgen machten sie sich gegen zehn auf den Weg. Sie hatten einen Lieferwagen gemietet, um Wims Habseligkeiten über die Brücke auf die andere Seite der weiten Bucht zu transportieren, wo das College lag. In Berkeley musste sich Wim erst einmal in einem Büro anmelden und in diverse Listen eintragen. Er gab Paris einen Zettel mit seiner zukünftigen Adresse, und sie vereinbarten, sich dort in zwei Stunden zu treffen. Der Campus war riesig, und Paris brauchte eine geschlagene halbe Stunde, um das Wohnheim zu finden. Eine Weile spazierte sie auf dem Gelände umher, dann setzte sie sich auf einen sonnenerhitzten Felsblock vor dem Studentenwohnheim und wartete auf ihren Sohn. Hier war es deutlich wärmer als am Morgen in San Francisco. Paris wandte ihr Gesicht der Sonne zu, schloss die Lider und versuchte, sich zu entspannen. Doch plötzlich hörte sie Schritte. Sie öffnete die Augen und erblickte die Silhouette einer vertrauten Gestalt. Diesen gemächlichen, ein wenig schleppenden Gang hätte sie jederzeit und überall auf der Welt erkannt. Das Herz schlug ihr bis zum Hals. Peter kam direkt auf sie zu und blieb ein paar Schritte vor ihr stehen. Seine Miene wirkte entschlossen.

»Hallo, Paris«, begrüßte er sie distanziert.

Kein Mensch, der sie beobachtete, hätte geahnt, dass sie fast ein Vierteljahrhundert lang eng miteinander verbunden gewesen waren. Offenbar hatte sich Peter genau wie Paris innerlich für dieses Treffen gewappnet.

»Hi, Peter.«

»Wo ist Wim?«

»Er trägt sich in die Kurslisten ein und holt seinen Zimmerschlüssel. Er wollte in etwa einer Stunde hier sein.«

Peter nickte und verharrte unschlüssig. Was sollte er jetzt tun? Gemeinsam mit Paris warten oder später noch einmal wiederkommen? Er hatte keine Lust, auf dem weitläufigen Campus umherzustreunen, und wollte lieber in der Nähe bleiben. Aber sich hier neben Paris niederzulassen, erschien ihm ziemlich abwegig. Auch Peter hatte den gemeinsamen Stunden in Berkeley mit gemischten Gefühlen entgegengesehen. Er war nur Wim zuliebe hierher geflogen. Schließlich nahm er doch auf der Bank neben dem Felsen Platz.

Eine Weile saßen Peter und Paris stumm da und hingen ihren Gedanken nach. Peter versuchte, an Rachel zu denken, und Paris rief sich ihr letztes Gespräch mit Anne Smythe in Erinnerung.

Schließlich brach Peter das Schweigen. »Du siehst gut aus«, sagte er steif. Dass Paris erschreckend dünn war, erwähnte er natürlich mit keiner Silbe.

»Danke, du auch.« Paris hütete sich zu fragen, wie ihm das Leben in New York gefiel. Sicher wohnte er inzwischen längst bei dieser Frau und nicht im Hotel, wie er – wahrscheinlich aus Rücksicht auf sie und die Kinder sowie um Gerede vor der Scheidung zu vermeiden – behauptet hatte. Paris wollte auch nicht wissen, ob er froh war, nun bald ein freier Mann zu sein. Der Scheidungstermin zwischen Thanksgiving und Weihnachten sorgte dafür, dass sie den Feiertagen in diesem Jahr mit Grauen entgegenblickte.

»Es ist nett von dir, dass du gekommen bist«, sagte sie stattdessen höflich. Dabei brach es ihr fast das Herz, so nahe bei ihm zu sitzen und Smalltalk zu machen wie mit einem Fremden. »Wim bedeutet das sehr viel.«

»Ich weiß. Deshalb bin ich hier. Ich hoffe, es macht dir nichts aus.«

Paris musterte ihn aus den Augenwinkeln. Er sah besser aus denn je. Sein Anblick machte das Verlangen nach ihm noch stärker. Ihr wollte nicht in den Kopf, wie er sie so unvermittelt und so endgültig aus seinem Leben hatte verbannen können. Das war der bisher schwerste Schlag in ihrem Leben gewesen, und Paris wusste nicht, wie sie sich je davon erholen sollte, und schon gar nicht, ob sie noch einmal einem Menschen so blind vertrauen konnte. Wahrscheinlich würde sie für den Rest ihres Lebens dieser unglücklichen Liebe nachhängen und noch jahrelang Höllenqualen durchmachen wie in diesem Moment.

»An Treffen dieser Art müssen wir uns wohl gewöhnen«, sagte Paris sachlich. Sie versuchte, ganz gelassen zu klingen. »Es wird noch viele Anlässe geben, die für die Kinder wichtig sind. Ihnen zuliebe müssen wir uns dann eben zusammenraufen.« In Wahrheit graute Paris vor dem langen Tag in Peters Gegenwart. Erschwerend kam hinzu, dass sie sich anschließend nicht einmal in ihr vertrautes Zuhause flüchten und ihre Wunden lecken konnte, sondern in einem anonymen Hotelzimmer mit der Situation fertig werden musste. Peter nickte nur zustimmend, und Paris hatte das Gefühl, einen Eindruck von der endlosen Zukunft gewonnen zu haben, die vor ihr lag – einer Zukunft, in der ihr niemand zur Seite stand.

Danach sagten sie kein Wort mehr. Beide hofften, dass Wim bald auftauchte. Peter vermied es, Paris anzuschauen. Ihm war offenbar nicht wohl in seiner Haut, und Paris hatte fast den Eindruck, dass er sich unter ihren Blicken wand. Sie schloss daher die Augen und wandte ihr Gesicht wieder der Sonne zu.

»Wie geht es dir eigentlich?«, erkundigte sich Peter schließlich doch.
Sie schlug die Augen auf. Es war ihr nicht gelungen, den geringen räumlichen Abstand zwischen ihnen auszublenden. Am liebsten wäre sie aufgesprungen und hätte sich in seine Arme oder ihm zu Füßen geworfen. »Es geht so«, sagte sie stattdessen leise.
»Ich mache mir Sorgen um dich«, fuhr Peter fort. Dabei starrte er auf seine Schuhe. Es war zu schmerzhaft, Paris ins Gesicht zu sehen. Alles, was er ihr angetan hatte, war in ihren Augen zu lesen. Sie wirkten wie zwei Seen voller tiefgrüner Scherben. »Momentan ist es für uns beide nicht einfach«, bemerkte Peter nach einer kurzen Pause.
Paris fiel es schwer, das zu glauben. »Aber du wolltest es doch so.« Sie flüsterte beinahe und betete im Stillen, dass er dies nun verneinen würde.
»Ja, das stimmt.« Er sagte es mit Nachdruck. »Aber das heißt nicht, dass es mir leicht fällt. Und wie du dich jetzt fühlst, kann ich nicht einmal erahnen.« Es sprach für ihn, dass er dabei wenigstens zerknirscht aussah.
»Nein, das kannst du wirklich nicht. Einen solchen Zustand hätte ich nie für möglich gehalten. Es ist, als wärst du gestorben, nur schlimmer. Manchmal rede ich mir sogar ein, du seiest wirklich tot, damit ich nicht daran denken muss, wo du bist und warum du mich verlassen hast.« Paris war schonungslos ehrlich zu ihm. Warum auch nicht? Was hatte sie denn noch zu verlieren?
»Mit der Zeit wird es dir sicher besser gehen«, sagte Peter tonlos. Etwas anderes fiel ihm nicht ein. Erleichtert bemerkte er, dass sein Sohn angerannt kam.

»Hi, Dad!« Schwitzend und mit rotem Kopf blieb Wim vor seinen Eltern stehen. Er war völlig außer Atem.
»Hallo, mein Großer!«
Einen Augenblick lang bedauerte Paris fast, dass Wim gerade jetzt aufkreuzte, doch das Gefühl verflüchtigte sich rasch wieder. Sie hatte genug gehört. Peter stand zu seiner Entscheidung, er bedauerte sie lediglich. Aber sie wollte sein Mitleid nicht, sie wollte sein Herz. Das Gespräch wäre für sie sicher zunehmend schmerzhaft verlaufen, daher war es besser, sich nun mit Wim zu beschäftigen.
Erst einmal mussten sie seine Siebensachen die Treppe hinaufschleppen. In Wims Zimmer bezog Paris einen Posten in der Nähe des Bettes und machte sich daran, die Taschen und Kartons auszupacken, die Wim und Peter die drei Stockwerke hochtrugen. Auch der Computer musste angeschlossen werden. Vom College hatten sie einen kleinen Kühlschrank und eine Mikrowelle gemietet, Wim war also bestens ausgestattet. Gegen vier Uhr nachmittags sah seine Studentenbude schon ganz passabel aus. Inzwischen waren auch zwei von Wims Mitbewohnern aufgetaucht, und der dritte erschien, als Paris und Peter gerade gehen wollten. Die Jungs machten einen netten Eindruck. Zwei von ihnen stammten aus Kalifornien, der dritte aus Hongkong. Sicher würden sie gut miteinander auskommen.
Wim war an diesem Abend mit seinem Vater zum Essen verabredet, Peter wollte ihn um sechs Uhr abholen. Langsam stiegen er und Paris jetzt die Treppe hinab. Paris fühlte sich wie gerädert. Sie entließ nun nicht nur ihren Sohn hinaus ins Leben, sie versuchte zur gleichen Zeit, sich auch von ihrem Mann zu lösen. Wim spielte von nun an in

ihrem Alltag kaum noch eine Rolle, und Peter hatte sich völlig aus ihrem Leben verabschiedet. Für sie bedeutete dieser Tag einen zweifachen Verlust.

In der Eingangshalle hing eine riesige Tafel voller Plakate, Zettel und Poster, auf denen unter anderem Sportveranstaltungen und Konzerte angekündigt wurden. Wim würde hier sicher viel Spaß haben.

Peter blieb vor der Tafel stehen. »Möchtest du heute Abend mit uns essen gehen?«, fragte er. Einen Moment lang war er versucht, Paris eine blonde Haarsträhne aus dem Gesicht zu streichen. In ihrer Jeans, dem T-Shirt und den Sandalen sah sie aus wie ein junges Mädchen. Sie wirkte kaum älter als die Studentinnen, die gerade ihre Kisten und Koffer ins Wohnheim trugen. In Peter wurden Erinnerungen an alte Zeiten wach.

»Danke, aber ich bin total erledigt. Ich glaube, ich fahre direkt ins Hotel und gönne mir eine Massage.« Peter beim Abendessen gegenüberzusitzen und sich stundenlang anzusehen, was sie nun nicht mehr haben konnte, überstieg ihre Kräfte. So ausgelaugt, wie sie war, würde sie sicher irgendwann die Tränen nicht mehr zurückhalten können, und das wollte sie weder sich selbst noch Wim und Peter zumuten. »Ich sehe Wim ja morgen noch einmal. Bist du dann auch noch hier?«

Peter schüttelte den Kopf. »Ich muss morgen Abend in Chicago sein. Mein Flieger geht schon am frühen Vormittag. Ich denke, Wim hat jetzt alles, was er braucht. Morgen um diese Zeit wird er nicht einen Gedanken mehr an uns verschwenden. Er kann es kaum erwarten, endlich unabhängig zu sein.« Peter lächelte. Er war genauso stolz auf ihren Sohn wie Paris.

»Den Eindruck habe ich auch«, sagte sie mit einem traurigen Lächeln. Es war gut, dass Wim nun flügge wurde, aber es tat doch weh. »Danke, dass du das ganze schwere Zeug die Treppe raufgeschleppt hast. Zu Hause beim Packen sah es viel harmloser aus.« Das Gepäck schien sich während des Fluges auf mysteriöse Weise vermehrt zu haben.
»So ist das doch immer«, erwiderte Peter lächelnd. »Weißt du noch, als wir Meg ins Vassar College gebracht haben? Man hätte glauben können, eine ganze Großfamilie zöge in ihr Studentenzimmer.«
Sogar Tapeten, Gardinen und einen Teppich hatte Meg mitgeschleppt und darauf bestanden, dass ihr Vater als Erstes die Tapeten an die Wand klebte. Von ihrer Mutter wusste Meg, wie man einen Raum geschmackvoll ausstattete, und sie war mit einer klaren Vorstellung ihres zukünftigen Reiches ins College gefahren. Peter hatte geschuftet wie ein Pferd. Allein die Vorhänge nach Megs Anweisungen zu drapieren, hatte Stunden gedauert. Die Erinnerung daran brachte Paris zum Lachen.
»Was ist eigentlich aus dem ganzen Zeug geworden? Zu Hause ist es nicht mehr aufgetaucht. Hat sie es mit nach New York genommen?«
»Sie hat es nach ihrem Abschluss an ein paar Studienanfänger verkauft.« Aus derlei trivialen Kleinigkeiten bestand das Leben – das Leben, das sie und Peter geteilt hatten und das nun vorüber war.
Peter nickte.
Einen Augenblick lang schauten sie einander an. So vieles, was sie miteinander erlebt hatten, zählte nun nicht mehr. Ihre gemeinsamen Erinnerungen würden verstauben wie abgelegte Kleider auf einem Dachboden. Paris kam es vor,

als wäre ihre Vergangenheit plötzlich zu wertlosem Trödel geworden. Alles, was ihr lieb und teuer gewesen war, glich jetzt nutzlosem Gerümpel: Es war zu nichts mehr zu gebrauchen und verstellte nur Neuem den Platz. Dieser Gedanke deprimierte sie.

»Pass gut auf dich auf«, sagte Peter. Dann sprach er endlich aus, was ihm schon seit Stunden auf der Zunge lag. »Ich meine das ernst. Du bist furchtbar dünn geworden.«

Paris wusste nicht, was sie darauf antworten sollte. Sie nickte nur und wandte sich rasch ab, damit Peter die Tränen in ihren Augen nicht sah.

»Ich möchte dir dafür danken, dass ich heute dabei sein durfte. Ich hätte es verstanden, wenn du dagegen gewesen wärst.«

»Ich bin froh, dass du da warst«, sagte Paris. »Wim wäre sonst sicher sehr enttäuscht gewesen. Mach's gut.«

»Du auch.«

Paris eilte davon und stieg kurz darauf in den Lieferwagen, ohne sich noch einmal umzudrehen. Peter blickte ihr lange nach. Er war sicher, die richtige Entschcidung getroffen zu haben. Er hatte mit Rachel ein neues Glück gefunden. Aber es gab Momente, in denen Paris ihm fehlte, und er wusste, dass diese Momente immer wieder kommen würden. Paris war eine ganz besondere Frau, und er hoffte, dass sie eines Tages verwinden würde, was er ihr angetan hatte. Peter bewunderte Paris für ihre Courage und die Würde, mit der sie ihr Schicksal trug. Ihm gegenüber benahm sie sich überaus anständig und mehr als fair. Eigentlich hatte er das nicht verdient.

7. Kapitel

Als Paris am nächsten Morgen ins Studentenwohnheim kam, war Wim schon auf dem Sprung. Er hatte noch tausend Dinge zu erledigen, wollte seine Mitstudenten kennen lernen und den Campus entdecken. Paris merkte schnell, dass sie ihm nur im Weg war. Sie wurde hier nicht mehr gebraucht, es war Zeit, sich zu verabschieden.

»Sollen wir uns zum Abendessen noch einmal treffen?«, fragte sie.

Wim schüttelte verlegen den Kopf. »Das geht leider nicht, Mom. Heute Abend ist eine Versammlung für die Sportler.«

Paris wusste, dass Wim gern ins Schwimmteam aufgenommen werden wollte. Er hatte auch schon die Mannschaft seiner Highschool verstärkt. »Okay, mein Süßer. Dann mache ich mich jetzt auf den Weg nach L.A. Meinst du, du kommst zurecht?« Paris wünschte sich fast, dass er sich an ihr festklammern und sie anflehen würde, noch zu bleiben, so wie vor Jahren, als sie ihn ins Sommercamp gebracht hatte. Doch aus ihrem kleinen Jungen war ein junger Mann geworden, der die Welt erobern wollte. Also umarmte sie Wim noch einmal kurz und lächelte ihn ein wenig wehmütig an.

»Du bist die Beste, Mom«, flüsterte er. Seine neuen Freunde warteten schon in der Halle auf ihn. »Pass gut auf dich auf. Und danke für alles!« Er dachte dabei vor allem an den vergangenen Tag, den seine Mutter allein ihm zuliebe mit seinem Vater verbracht hatte. Er wusste nicht, wie er das ausdrücken sollte, daher verzichtete er auf weitere Ausführungen und hoffte, dass Paris wusste, was er meinte.

Peter hatte beim Dinner so respektvoll über Paris gesprochen, dass Wim ihn am liebsten gefragt hätte, warum er dann nicht einfach zu ihr zurückging. Er verstand seinen Vater noch immer nicht und wünschte sich nur von Herzen, dass seine Mutter wieder glücklich wurde. Manchmal kam sie ihm ungeheuer zerbrechlich vor.

»Ich ruf dich an«, versprach Wim nun.

»Ich hab dich lieb ... Mach's gut, mein Kleiner«, sagte Paris.

Wim spurtete zur Treppe, winkte ihr noch einmal zu und verschwand. Paris folgte ihm mit schweren Schritten. In diesem Augenblick wünschte sie sich, wieder so jung zu sein wie er und noch einmal ganz von vorn beginnen zu können. Aber was würde sie überhaupt anders machen? Sie würde Peter trotz allem noch einmal heiraten und auch Meg und Wim bekommen. Eigentlich bereute sie nichts.

Paris fuhr mit dem Lieferwagen zurück nach San Francisco zum Hotel und packte ihre Sachen. Die Sonne schien, und eigentlich hätte sie sich gut ein paar Häuser und Apartments ansehen können, doch dafür war sie nicht in der richtigen Stimmung. Sie buchte für den frühen Nachmittag einen Flug nach Los Angeles. Ein Fahrer des Hotels würde sie zum Flugplatz bringen, und die Rückgabe des Lieferwagens überließ sie ebenfalls dem Hotelpersonal. Um halb zwei war sie auf dem Weg zum Flughafen, und schon kurz nach vier würde sie in L.A. landen. Paris wollte Meg von der Arbeit abholen und bei ihr übernachten. Das war sicher netter, als wieder in irgendeinem anonymen Hotel abzusteigen.

Während des Fluges dachte Paris an Peter. Sie rief sich in Erinnerung, wie er ausgesehen hatte und was er alles gesagt hatte. Das Zusammentreffen war ohne Zwischenfälle verlaufen und hatte niemanden wirklich in Verlegenheit gebracht. Eigentlich konnte sie stolz auf sich sein. Paris hatte Anne Smythe viel zu erzählen. Sie schloss die Augen und nickte ein. Erst kurz vor der Landung in L.A. wachte sie wieder auf.

Schon bei der Ankunft spürte Paris, dass sie sich nun in einer boomenden Metropole befand. Gegen L.A. wirkte San Francisco geradezu wie ein Provinznest, von der Studentenstadt Berkeley ganz zu schweigen. Schon am Flughafen erinnerte L.A. sie an New York, nur dass die Kleidung hier legerer und das Wetter besser war. Sie fühlte sich gleich wohl.

Als Paris im Studio eintraf, verstand sie sofort, warum Meg ihr Job so gut gefiel. Hier ging es zu wie in einem Bienenkorb. Tausend Dinge passierten gleichzeitig: Perfekt frisierte und geschminkte Schauspielerinnen und Schauspieler eilten umher und kommandierten ihre Assistenten herum, überall werkelten Techniker an der Beleuchtung, oder sie schleppten gewaltige Kabelrollen von einer Ecke in die andere, Kameraleute gaben Anweisungen, wie eine Szene auszuleuchten war. Doch plötzlich rief der Regisseur, dass für heute Schluss sei. Meg konnte also gehen.

»Wow! Ist das hier immer so?«, fragte Paris ihre Tochter.

Die hektische Betriebsamkeit faszinierte sie. Meg wirkte erstaunlicherweise sehr entspannt.

»Nein«, sagte sie lachend. »Normalerweise geht es noch viel chaotischer zu. Heute war nur die Hälfte der Schauspieler im Einsatz.«

»Ich bin beeindruckt.« Paris fand, das Meg nie glücklicher ausgesehen hatte.

Sie glich ihrer Mutter aufs Haar, nur dass Paris im Augenblick schlanker war als ihre Tochter. Dadurch wirkte sie ungeheuer jugendlich.

»Ihr beide seht aus wie Schwestern!«, sagte ein Beleuchter, der gerade an ihnen vorbeiging. Er hatte gehört, dass Meg Paris »Mom« nannte.

Paris lächelte ihm zu. Sie war unversehens in eine vollkommen andere Welt gestolpert.

Megs Apartment gefiel ihr gut. Die kleine Wohnung mit Blick auf den Strand lag in Malibu. Meg war erst kürzlich von Venice Beach hierher gezogen, eine kleine Gehaltserhöhung und ein paar Extradollars, die ihre Eltern ihr jeden Monat schickten, hatten das möglich gemacht. Paris und Peter wollten nicht, dass ihre Tochter in einem gefährlichen Viertel wohnte, und Malibu war offenbar eine hervorragende Wahl. Paris fühlte sich hier sofort wie zu Hause. Vielleicht war die Idee, nach Kalifornien zu ziehen, doch nicht so übel.

»Hast du dir in San Francisco ein paar Häuser angesehen?«, fragte Meg. Sie goss Eistee in zwei hohe Gläser. Genau wie ihre Mutter hatte sie im Sommer immer einen ganzen Krug davon im Kühlschrank stehen. Sie lotste ihre Mutter nach draußen auf den kleinen Balkon.

»Ich hatte gar keine Zeit dazu«, antwortete Paris, aber

eigentlich hatte es daran nicht gelegen. Der Abschied von Wim, aber vor allem von Peter hatte sie deprimiert, und sie war regelrecht aus der Stadt geflüchtet. Nun hoffte sie, dass der Besuch bei Meg sie wieder ein wenig aufbauen würde.
Die beiden Frauen genossen die letzten Sonnenstrahlen.
»Wie ist es denn mit Dad gelaufen?«, erkundigte sich Meg besorgt. Sie zog das Haargummi aus ihrem Pferdeschwanz und ließ ihr Haar auf ihre Schultern und bis über den Rücken fallen. Es war länger als das ihrer Mutter und verlieh Meg, wenn sie es offen trug, eine kindliche Note. Sie war wirklich sehr attraktiv und konnte sich mit jeder Schauspielerin im Studio messen, aber daran hatte sie gar kein Interesse. Meg trug ein Top mit schmalen Trägern, eine Jeans und an den Füßen Flipflops. Das war ihre Arbeitsuniform. »Hat er sich anständig benommen?« Meg wusste, dass das Wiedersehen für ihre Mutter nicht einfach gewesen war – obwohl Wim ihr am Telefon versichert hatte, es habe keine Schwierigkeiten gegeben. Aber Wim war erst achtzehn, und manchmal fehlte ihm der Blick für die Kleinigkeiten, auf die es ankam.
»Ja, das auf jeden Fall«, sagte Paris. Plötzlich merkte sie wieder, wie müde sie war. »Peter war sehr nett, und Wim hat sich gefreut, dass er gekommen ist.«
»Und wie war es für dich?«
Paris seufzte. Mit Meg konnte sie offen reden. Sie waren zwar Mutter und Tochter, fühlten sich aber seit jeher wie Freundinnen. Anders als ihre Klassenkameradinnen hatte sich Meg selbst als Teenager nur selten mit ihrer Mutter gestritten. Paris war oft darum beneidet worden, und im Augenblick war sie über das gute Verhältnis zu ihrer

Tochter glücklicher denn je. Seit Peters Auszug empfand sie Meg als ihre größte Stütze. Aus der kleinen Megan war eine selbstbewusste junge Frau geworden, und Paris schätzte die Meinung ihrer Tochter.

»Ehrlich gesagt, es war nicht leicht. Er wirkte wie immer. Wenn ich ihn ansehe, ist es, als wären wir noch verheiratet – rein formell ist es ja auch so. Es geht mir nicht in den Kopf, dass er nun nicht mehr zu meinem Leben gehört. Für ihn ist es wohl auch nicht ganz einfach, aber er wollte es ja so. Das hat er mir auch noch einmal klipp und klar gesagt. Ich wünschte nur, ich wüsste, ab wann es mit unserer Ehe bergab ging, was ich falsch gemacht habe, was ich hätte anders machen sollen ... Ich hab's wohl vermasselt. Sonst hätte er mich nicht verlassen. Wahrscheinlich werde ich es nie begreifen und auch nie darüber hinwegkommen«, erklärte Paris traurig.

Die tief stehende Sonne ließ ihr goldenes Haar aufschimmern.

»So ein Unsinn! *Er* hat's doch vermasselt, schließlich hätte er dir längst sagen können, dass er unzufrieden ist. Aber nein, er macht sich einfach aus dem Staub! Außerdem bin ich sicher, dass du darüber hinwegkommen wirst. Und ich finde, es war sehr großzügig von dir, dass du ihm erlaubt hast, beim Umzug zu helfen.« Meg bewunderte ihre Mutter für die würdevolle Art, mit der sie ihre Situation bewältigte, und das gab sie ihr auch zu verstehen.

Aber Paris hatte das Gefühl, dass ihr gar nichts anderes übrig blieb. Sie musste diese Phase irgendwie überstehen, so schlimm sie auch war. Dafür brauchte sie nun ihre ganze Kraft.

»Ich bin froh, dass ich mich nicht quer gestellt habe. Wim

war sehr glücklich, dass sein Vater da war.« Paris erzählte Meg von Wims College, dem Studentenwohnheim und von Wims Mitbewohnern. »Als wir uns verabschiedeten, sah ich wieder den kleinen Jungen vor mir. Es fiel mir sehr schwer, ihn zurückzulassen, und ich habe inzwischen gar keine Lust mehr, nach Greenwich zurückzukehren. Na ja, wenigstens fange ich im September mit der ehrenamtlichen Arbeit an.«

»Vielleicht solltest du wirklich hierher an die Westküste ziehen.«

»Ja, vielleicht«, sagte Paris nachdenklich. »Aber jetzt zu dir. Wie ist denn dein neuer Freund? Süß, nehme ich an.«

Meg kicherte. »Ich finde schon. Aber ich weiß nicht, ob du das auch so siehst. Vielleicht ist er ein bisschen zu wild für deinen Geschmack. Er ist in einer Kommune in San Francisco zur Welt gekommen und hat seine Jugend auf Hawaii verbracht. Wir verstehen uns sehr gut. Er schaut übrigens später noch vorbei. Ich habe ihm gesagt, dass ich erst mal eine Weile mir dir allein sein möchte.« Meg wollte sich Zeit für ihre Mutter nehmen, denn Paris würde nicht lange in L.A. sein.

»Wie heißt er eigentlich? Ich glaube, das hast du mir noch gar nicht erzählt.« In letzter Zeit war so viel passiert, dass sie sich noch nicht einmal ausführlich über Megs neuen Freund unterhalten hatten.

»Peace«, antwortete Meg mit einem verschmitzten Lächeln.

»Peace?« Paris schüttelte erstaunt den Kopf, und Meg lachte.

»Ziemlich ungewöhnlich, was? Aber der Name passt zu ihm. Peace Jones. Und ideal für einen Schauspieler – ein

Name, den man nicht so schnell vergisst. Er möchte gern in Karatefilmen mitspielen, aber bis jetzt hatte er nur Rollen in Horrorschockern. Er sieht echt toll aus! Seine Mutter ist Eurasierin und sein Vater Schwarzer – eine ziemlich exotische Mischung.«

»Klingt interessant«, sagte Paris. Sie nahm sich vor, dem jungen Mann unvoreingenommen zu begegnen. Doch als er schließlich in Megs Apartment stürmte, blieb ihr fast der Mund offen stehen. Peace war genau so, wie Meg ihn beschrieben hatte, und doch ganz anders. Er sah wirklich exotisch aus und hatte einen perfekten Körper, den sein ärmelloses T-Shirt und die enge Jeans stark betonten. Sein Motorrad hatte man schon meilenweit gehört, und die schwarzen Harley-Davidson-Stiefel hinterließen auf Megs beigefarbenem Teppich tiefe Abdrücke, was sie aber nicht im Geringsten zu stören schien. Sie war offensichtlich ganz vernarrt in den jungen Mann.

Paris standen innerhalb kürzester Zeit die Haare zu Berge. Peace plauderte unbefangen über die diversen Drogen, die er als Teenager auf Hawaii ausprobiert hatte. Von einigen hatte Paris bis jetzt nicht einmal gewusst, dass es sie gab. Megs verzweifelte Bemühungen, das Thema zu wechseln, ignorierte Peace geflissentlich. Er erklärte, seit er dem Kampfsport verfallen sei, habe er mit den Dummheiten aufgehört. Er hatte den schwarzen Gürtel in Karate und trainierte zwischen vier und fünf Stunden täglich. Auf Paris' typisch mütterliche Frage, auf welches College er denn gegangen sei, blieb er die Antwort schuldig. Stattdessen dozierte er über makrobiotische Kost, mit der er sich fit hielt. Peace war offenbar ein Gesundheitsfanatiker, Drogen und Alkohol gehörten für ihn inzwischen wohl tatsächlich der Vergangenheit an, was Paris in gewissem Sinne beruhigte. Das einzige Thema, das den jungen Mann anscheinend wirklich interessierte, war seine körperliche Verfassung. Außerdem schwärmte er in Paris' Gegenwart in den höchsten Tönen von ihrer Tochter – wenigstens etwas. Er war völlig verrückt nach Meg, und Paris entging nicht, dass die beiden jungen Leute eine enorme Anziehungskraft aufeinander ausübten. Nachdem Peace Meg zum Abschied leidenschaftlich geküsst hatte, verschwanden die beiden Turteltauben im Flur. Paris kam es so vor, als sei gerade ein Orkan über sie hinweggefegt. Mit einem breiten Grinsen im Gesicht kehrte Meg ins Wohnzimmer zurück, wo sie sich inzwischen niedergelassen hatten, und schaute ihre Mutter erwartungsvoll an. Deren Schweigen sprach Bände.

»Kein Grund zur Panik, Mom.«

»Das sehe ich nicht so«, entgegnete Paris. »Mir fallen auf Anhieb dutzende ein.« Es tat ihr Leid, dass Megs Freund sie nicht zu Begeisterungsstürmen verleitete. Aber sie wollte ihrer Tochter nichts vormachen.

»Keine Angst, ich werde ihn nicht gleich heiraten«, sagte Meg beschwichtigend. »Aber es macht einfach Spaß, mit ihm zusammen zu sein.«

»Redet ihr auch mal über etwas anderes als Kräutertees und sein Trainingsprogramm?«

Meg kriegte sich angesichts der entsetzten Miene ihrer Mutter gar nicht mehr ein vor Lachen.

»Okay, ich gebe zu, das sind faszinierende Themen. Aber um Himmels willen, Meg, wo hast du diesen Typen bloß aufgegabelt?«

»Wir sind uns zufällig über den Weg gelaufen. Ob du's

glaubst oder nicht, Peace ist wirklich ein netter Kerl. Er ist unheimlich lieb, und meistens unterhalten wir uns über die Filmindustrie. Peace ist zuvorkommend, er nimmt keine Drogen und ist im Gegensatz zu den meisten Männern, die ich hier bisher kennen gelernt habe, kein angehender Alkoholiker. Du hast ja keine Ahnung, wie schwer es ist, im näheren Umfeld einen halbwegs normalen Mann zu finden. Die meisten Kerle sind ziemlich durchgeknallt – oder Loser.«

»Ich finde es nicht sehr beruhigend, dass jemand wie Peace hier als normal gilt. Zugegeben, er ist höflich und behandelt dich offenbar anständig, aber ...« Sie brach ab und blickte ihre Tochter ratlos an. »Was dein Vater von ihm halten würde, möchte ich mir lieber gar nicht ausmalen.«

»Ich offen gestanden auch nicht«, erklärte Meg. »Wir sind ja noch nicht lange zusammen, und es ist bestimmt nichts für die Ewigkeit. Ich möchte gern mehr unternehmen, aber bei Peace' Lebenswandel ist das gar nicht so einfach. Er hasst Bars und Clubs genauso wie Restaurants und liegt meistens schon um halb neun im Bett.«

»Klingt nicht sehr aufregend«, pflichtete Paris ihr bei. Einem Menschen wie Peace Jones war sie noch nie begegnet. Sie machte sich ernsthaft Sorgen, was auf diesem heißen Pflaster aus Meg werden sollte.

»Er ist übrigens sehr religiös. Er ist Buddhist.« Meg versuchte, die Einwände ihrer Mutter zu entkräften.

»Wie seine Mutter?«

»Nein, sie ist Jüdin. Sie ist konvertiert, als sie irgendeinen Typen aus New York geheiratet hat. – Der Grund ist Peace' Faible für Karate.«

»Ich weiß ehrlich nicht, was ich dazu sagen soll, Meg. Wenn so was hier normal ist, bleibe ich lieber in Greenwich.«

»Vielleicht solltest du nach San Francisco ziehen. Dort sind die Leute altmodischer – und fast alle Männer sind schwul«, bemerkte Meg grinsend. Eigentlich wollte sie ihre Mutter nur necken, aber ihre Äußerung hatte durchaus einen wahren Kern. San Francisco galt nach wie vor als Mekka für Homosexuelle. Die Mädchen, die Meg dort kannte, beklagten sich andauernd, dass sie nur schwule junge Männer kennen lernten, die auch noch besser aussahen als sie.

»Das ist tröstlich. Und du meinst tatsächlich, ich soll dorthin umsiedeln? Andererseits – vielleicht finde ich in San Francisco wenigstens einen guten Friseur, falls ich mir die Haare doch mal abschneiden lassen möchte«, sagte Paris.

Meg hob tadelnd den Zeigefinger. »Schäm dich, Mom! Mein Friseur ist ein Hetero. Die Schwulen haben Besseres zu tun, sie regieren die Welt. Aber im Ernst, ich glaube, San Francisco würde dir gefallen. Du könntest dir ein Haus im Marin County suchen. Dort lebt es sich fast wie in Greenwich, nur das Wetter ist besser.«

»Ich weiß nicht, Süße. Alle meine Bekannten wohnen nun mal in Connecticut, und ich lebe auch schon ewig dort.«

Paris fand es nach wie vor beängstigend, alle Brücken abzubrechen und viertausendfünfhundert Kilometer weit weg zu ziehen, nur weil ihr Mann sie verlassen hatte. Sie wollte zwar gern näher bei den Kindern sein, aber in Kalifornien schien alles komplett anders zu sein als an der Ostküste, und sie fühlte sich schon fast zu alt, um sich daran anzupassen. Meg mochte hier glücklich sein, doch Paris blieb skeptisch.

»Wie oft siehst du deine Bekannten denn jetzt noch?«, fragte Meg.
»Nur hin und wieder«, antwortete Paris kleinlaut. »Okay, ich geb's zu, eigentlich so gut wie nie – jedenfalls im Augenblick. Wenn ein bisschen Gras über die Sache gewachsen ist und ich mich an die neue Situation gewöhnt habe, werde ich auch wieder mehr unter Leute gehen. Bis jetzt war mir einfach nicht danach.«
»Ist irgendwer in deinem Bekanntenkreis Single?«, bohrte Meg weiter.
Paris dachte kurz nach. »Ich glaube nicht. Wer seinen Partner verliert, zieht meist ziemlich schnell nach New York. In Greenwich wohnen fast nur Paare und Familien.«
»Genau! Und wie willst du inmitten dieser Ehepaare, die du seit Ewigkeiten kennst, ein neues Leben anfangen? Wer kommt denn da für ein Date infrage, Mom?«
Das war eine berechtigte Frage, aber Paris wollte sie sich nicht stellen. »Daran habe ich gar kein Interesse. Außerdem bin ich ja immer noch verheiratet.«
»Ja, aber nicht mehr lange. Und was dann? Du kannst nicht für immer allein bleiben«, beschied Meg.
Paris wich ihrem Blick aus. »Doch, das kann ich«, erwiderte sie stur. »Wenn ich mir vorstelle, dass hier draußen eine ältere Ausgabe von Peace Jones auf mich wartet … nein, danke! Seit ich zwanzig war, bin ich nicht mehr mit Männern ausgegangen, und ich werde jetzt nicht damit anfangen. Das wäre viel zu deprimierend.«
»Du kannst mit sechsundvierzig nicht dein Liebesleben an den Nagel hängen, Mom. Das ist doch total verrückt!«
Aber das war eine Scheidung nach vierundzwanzig Ehe-

jahren auch, ihre gesamte Lage erschien Paris so. Und die Welt stand offensichtlich Kopf.

»Peace ist doch nur ein Vorwand. Es gibt unzählige respektable Männer in deinem Alter, die verwitwet oder geschieden sind und sich nichts sehnlicher wünschen als eine neue Partnerin. Diese Männer sind genauso einsam wie du.«

Paris setzte eine trotzige Miene auf. Sie war nicht nur einsam, sie litt unter einer Krankheit: ihrer unerwiderten Liebe zu Peter. Und davon würde sie niemals genesen.

»Aber ganz gleich, ob du nach einem Mann Ausschau hältst oder nicht, du solltest überlegen, in Kalifornien neu zu beginnen. Ich würde mich jedenfalls riesig freuen«, sagte Meg mit Nachdruck.

»Ich wäre auch gern in deiner Nähe, Süße.« Paris war gerührt, wie sehr sich ihre Tochter um sie sorgte. »Ich kann dich ja öfter mal besuchen.« Meg würde erst wieder im November zu Thanksgiving nach Hause kommen. Für Paris war die Zeit bis dahin viel zu lang. »Wie wär's, wenn ich einmal im Monat ein Wochenende bei dir verbringe?«

Die Idee war eigentlich nicht schlecht, aber im Gegensatz zu Paris hatte Meg an den Wochenenden immer etwas vor. Sie lebte ihr eigenes Leben, und das würde Paris früher oder später auch tun müssen. »Das können wir ja mal ins Auge fassen«, antwortete Meg ausweichend. »Also ich habe einen Riesenhunger. Lass uns mal sehen, was mein Kühlschrank so hergibt!«

Gemeinsam gingen sie in Megs gemütliche kleine Küche hinüber und kochten sich etwas. Beide waren recht müde, und schon kurz nach dem Essen legten sie sich ins Bett.

Am nächsten Tag machte Paris einen Schaufensterbummel über den Rodeo Drive in Beverly Hills. Dann fuhr sie zurück in Megs Apartment und wartete auf ihre Tochter. In der Abendsonne auf dem kleinen Balkon dachte sie darüber nach, was Meg gesagt hatte. Aber Paris wollte keinen anderen Mann, nicht einmal für einen Abend oder eine Nacht. Wenn sie Peter nicht haben konnte, blieb sie lieber Single und verbrachte ihre Freizeit mit ihren Kindern und Freundinnen.
Im Studio gab es Probleme, deshalb kam Meg erst gegen zehn Uhr nach Hause. Paris hatte etwas gekocht, und später war sie einfach nur dankbar, gemeinsam mit ihrer Tochter im Bett liegen zu können. Es war tröstlich, die Wärme eines anderen Menschen zu spüren. Paris schlief so gut wie schon seit Monaten nicht mehr.
Am nächsten Morgen frühstückten sie zusammen auf dem Balkon, aber Meg musste schon um neun wieder im Studio sein. Und Paris würde am Mittag zurück nach New York fliegen.
»Du wirst mir fehlen, Mom«, sagte Meg beim Abschied traurig. Sie hatte sich über den Besuch ihrer Mutter sehr gefreut. Kichernd erzählte sie Paris nun, dass Peace sie sehr nett finde. Sie sei ein »echt scharfes Babe«.
Paris lachte und verdrehte die Augen. Inzwischen hielt sie Megs Freund für ziemlich harmlos, so seltsam er auch sein mochte. Im Stillen hoffte Paris dennoch, dass die Beziehung mit Peace für Meg nur ein kurzes Intermezzo war.
»Komm bald wieder! Aber Wim solltest du vorerst in Ruhe lassen.« Meg wusste so gut wie ihre Mutter, dass ihr Bruder nun seine Freiheit auskosten wollte.
Nachdem Meg zur Arbeit gegangen war, senkte sich eine

tiefe Traurigkeit über Paris. So warmherzig ihre Tochter sie auch aufgenommen hatte – sie war eine erwachsene Frau mit einem anstrengenden Job und einer ausgefüllten Freizeit. Paris konnte Meg hin und wieder einen kurzen Besuch abstatten, mehr aber auch nicht. Je eher sie sich damit abfand, desto besser. Sie war nun ganz auf sich allein gestellt und musste das Beste daraus machen. Unter Tränen schrieb Paris Meg noch ein paar dankende Worte auf einen Zettel. Bedrückt saß sie wenig später in dem Taxi, das sie zum Flughafen brachte.

Auch im Flugzeug besserte sich ihre Stimmung nicht gerade. Als Paris schließlich das verlassene Haus in Greenwich betrat, traf sie die Leere wie ein Schlag. Niemand erwartete sie, das realisierte sie nun endgültig. Als sie vor dem Einschlafen an das Zusammentreffen mit Peter dachte, wurde ihr Schmerz übermächtig. Sie lag in dem Bett, das sie einst geteilt hatten, und ertrank fast in ihrer Verzweiflung. Wie sie die nächste Zeit überstehen sollte, wusste Paris noch immer nicht.

8. Kapitel

Nach Paris' Rückkehr aus Kalifornien wurden die Sitzungen bei Anne Smythe immer anstrengender. Die Therapeutin verlangte von ihr, tiefe Blicke in ihr Inneres zu wagen, und förderte dabei manches Schmerzhafte zutage. Paris brach bei den Gesprächen immer wieder in Tränen aus. Auch die Arbeit mit den misshandelten Kindern in Stamford fand sie einfach nur deprimierend. Den Kontakt mit ihren Bekannten hatte sie inzwischen fast völlig abgebrochen. Nur mit Natalie und Virginia verabredete sie sich noch immer gelegentlich zum Lunch. Aber selbst mit ihren beiden besten Freundinnen verband sie nur noch wenig. Zwar unterhielten sie sich viel über ihre Kinder, doch Natalie und Virginia hatten Ehemänner, mit denen sie viel unternahmen und um die sich ihr Leben drehte, und wann immer das Gespräch auf Beziehungsdinge kam, fühlte sich Paris ausgeschlossen. Dennoch versicherte sie Anne, dass sie unbedingt in Greenwich bleiben wolle. Sie gehöre hierher, nicht an die Westküste.

»Vielleicht ist es an der Zeit, dass Sie sich einen Job suchen«, sagte Anne eines Morgens zu einer besonders niedergeschlagenen Paris.

»Was soll ich denn tun? Blumensträuße binden? Dinnerpartys organisieren oder Kinder durch die Gegend chauffieren? Etwas anderes kann ich doch gar nicht.«

»Sie haben einen Master in Wirtschaftswissenschaften.

Sie könnten sogar eine Firma leiten«, entgegnete Anne sachlich.
Sie ließ nicht so schnell locker, und Paris wusste oft nicht, ob sie ihre Therapeutin dafür lieben oder hassen sollte. Zwischen den beiden Frauen hatte sich eine freundschaftliche Vertrautheit entwickelt, die von Woche zu Woche tiefer wurde.
»Nein, das könnte ich nicht – selbst wenn mein Leben davon abhinge«, widersprach Paris. »Im Studium habe ich doch nur die Theorie gelernt. Ich musste mein Wissen nie in die Praxis umsetzen. Ich war ausschließlich Hausfrau und Mutter.«
»Das ist auch ein anspruchsvoller Job. Aber nun ist es Zeit für einen Wechsel.«
»Ich will aber gar nichts anderes machen.« Paris sank in ihrem Stuhl zusammen, verschränkte jedoch gleichzeitig die Arme vor der Brust wie ein trotziges Kind.
»Gefällt Ihnen Ihr Leben, so, wie es jetzt ist, Paris?«, fragte Anne betont gelassen.
»Nein. Es ist schrecklich!« Und das würde sich auch nicht mehr ändern, davon war sie in diesem Moment felsenfest überzeugt.
»Dann bekommen Sie von mir jetzt eine Hausaufgabe auf. Bis zur nächsten Sitzung überlegen Sie sich, was Sie gern tun würden. Mir ist völlig egal, wofür Sie sich entscheiden. Es kann etwas sein, das Sie schon gemacht haben, oder auch etwas, womit Sie völliges Neuland betreten. Sie können handarbeiten, Eishockey spielen, kochen, fotografieren, Puppen basteln, malen, was immer Sie interessiert. Das mit dem Job vergessen wir erst mal. Packen Sie irgendetwas an, das Sie reizt!«

»Auf Anhieb fällt mir da gar nichts ein«, sagte Paris hilflos. »Ich habe mich vierundzwanzig Jahre lang um meine Familie gekümmert. Für Hobbys hatte ich überhaupt keine Zeit.«

»Genau darum geht es ja. Nun sind Sie mal dran! Sie müssen lernen, etwas für sich zu tun und es zu genießen. Suchen Sie sich ein oder zwei Dinge aus, so albern Ihnen das im Moment auch erscheinen mag.«

Ziemlich ratlos verließ Paris die Praxis. Auch zu Hause, als sie mit Stift und Papier am Tisch saß, kam ihr keine Idee. Dabei hatte irgendetwas von dem, was Anne gesagt hatte, eine Erinnerung in ihr geweckt. Doch erst nachts, als Paris schon im Bett lag und noch einmal darüber nachgrübelte, fiel der Groschen. Es war nicht Eishockey, es war Eislaufen. Das hatte ihr schon als Kind Spaß gemacht, und später hatte sie sich im Fernsehen oft Eistanzwettbewerbe angeschaut.

Voller Stolz traf Paris drei Tage später bei Anne ein. Sie hatte noch immer zwei Sitzungen pro Woche, und das vermittelte ihr ein Gefühl der Sicherheit.

»Mir ist etwas eingefallen«, verkündete sie. Sie lächelte verlegen. »Eislaufen. Als kleines Mädchen habe ich das geliebt. Später habe ich lediglich Meg und Wim manchmal zur Eishalle gefahren.«

»Prima, dann kriegen Sie gleich eine neue Hausaufgabe auf: Sie gehen so bald wie möglich aufs Eis. Wenn Sie nächste Woche hier sitzen, will ich hören, wie es war – und dass Sie sich amüsiert haben.«

Paris kam sich ziemlich albern vor, aber am Wochenende machte sie sich tatsächlich auf zur Dorothy-Hamill-Eishalle und verbrachte den Sonntagmorgen auf Schlittschuhen. So früh am Tag waren nur ein paar Jungs in Eishockeyschuhen und ein paar ältere Damen in der Halle, die überraschend elegant übers Eis glitten. Nach einer gewissen Eingewöhnungszeit entdeckte auch Paris ihr Gespür für das Eis wieder und sauste fast ungestüm über die glatte Fläche. Am Donnerstag darauf wagte sie sich erneut aufs Eis. Nach einigen Aufwärmrunden tat sie etwas, das sie selbst überraschte: Sie meldete sich für Einzelunterricht bei einem Trainer an, der ihr ein paar Figuren beibringen sollte. Die Stunden auf dem Eis wurden bald zum Höhepunkt jeder Woche, und als die Kinder zu Thanksgiving nach Hause kamen, gelangen Paris schon einige Drehungen und Sprünge.

Ihr gesellschaftliches Leben lag allerdings noch immer brach. Seit Peters Auszug war sie noch nicht ein einziges Mal abends weggegangen, weder in ein Restaurant noch ins Kino. Anne gestand sie, es sei ihr peinlich, sich irgendwo blicken zu lassen, weil doch jeder wusste, was ihr passiert war. Außerdem würde es sie nur deprimieren, allein irgendwo zu sitzen.

Entspannen konnte sie sich einzig und allein auf dem Eis. Das war immerhin etwas. Paris schleppte die Kinder am Morgen von Thanksgiving in die Eishalle. Meg und Wim zeigten sich beeindruckt von ihrem Können. Auf dem Eis fühlte sich Paris wie ein Teenager, und Wim sagte, er sei stolz, eine so sportliche Mutter zu haben.

»Du siehst aus wie Peggy Fleming, Mom«, stellte Meg bewundernd fest.

»Schön wär's, meine Süße. Aber danke für das Kompliment.«

Mittags fuhren sie nach Hause und holten den Truthahn

aus dem Ofen, der während ihrer Abwesenheit in der Bratröhre vor sich hin gebrutzelt hatte. Trotz des schönen Morgens auf der Eisbahn und trotz der Freude darüber, die Kinder um sich zu haben, wurde der Nachmittag für Paris zu einer Qual. Der Feiertag verlief nun völlig anders als früher und machte ihr umso schmerzlicher bewusst, was sie verloren hatte.

Am Abend des nächsten Tages waren Meg und Wim mit Peter zum Abendessen in der Stadt verabredet. Er bestand darauf, die Kinder zu sehen, hatte aber Verständnis dafür, dass Paris sie an Thanksgiving für sich haben wollte.
Wim und Meg fuhren mit dem Fünfuhrzug nach New York. Weil es schon den ganzen Tag lang schneite, ließen sie das Auto lieber stehen. Peter wollte sie ins Le Cirque ausführen, es würde also ein sehr festlicher, aber auch teurer Abend für ihn werden. Die Kinder freuten sich schon sehr darauf. Meg hatte sich von ihrer Mutter ein schwarzes Etuikleid geborgt, Wim trug einen Anzug, der ihn um Jahre älter machte. Die drei Monate auf dem College hatten ihm sichtlich gut getan. Schon nach dieser kurzen Zeit wirkte er deutlich reifer, und Paris war sehr stolz auf ihn. Als die beiden am Le Cirque eintrafen, stand Peter in einem Nadelstreifenanzug bereits am Eingang des Restaurants.
»Du siehst blendend aus, Dad!«, sagte Meg sofort.
Peter war sichtlich geschmeichelt. Er hatte es kaum abwarten können, endlich mal wieder einen Abend mit seinen Kindern zu verbringen. Für die Übernachtung hatte er drei Hotelzimmer gebucht.
Am Samstagvormittag würden Meg und Wim wieder nach

Greenwich fahren. Am Sonntag ging es auch schon wieder zurück nach Kalifornien. Vorher hatten die beiden noch einige Verabredungen mit ihren alten Freunden. Wenn die Eltern getrennt lebten, war es nicht leicht, sämtliche Termine unter einen Hut zu bekommen. Schon am Donnerstagabend hatten sich Meg und Wim nach dem Dinner noch mit einigen ehemaligen Schulkameraden getroffen. Paris hatte nichts dagegen, sie wollte die beiden nicht völlig in Beschlag nehmen.

Anfangs wirkte Peter ein wenig steif. Meg kam es fast so vor, als wisse er nicht, worüber er sich mit ihnen unterhalten sollte. Zu Wim schien er einen besseren Draht zu haben. Aber sehr gesprächig war ihr Vater ohnehin nie gewesen. Meist hatte er darauf vertraut, dass Paris die Konversation in Gang hielt. Das konnte sie ihm nun nicht mehr abnehmen. Doch nach einem Glas Wein wurde Peter sichtlich lockerer. Man musste bedenken, dass er die Kinder seit seinem Auszug kaum gesehen, sondern lediglich ab und zu mit ihnen telefoniert hatte. Als er nach dem Essen Champagner bestellte, war Meg überrascht und ein wenig gerührt.

»Gibt es etwas zu feiern?«, fragte sie. Wim durfte laut Gesetz in der Öffentlichkeit noch keinen Alkohol trinken, deshalb ließ sie ihn an ihrem Glas nippen.

»Ja, das könnte man so sagen«, antwortete Peter. Er schaute abwechselnd Meg und Wim an. »Ich habe eine Neuigkeit für euch.«

Meg konnte sich nicht im Entferntesten vorstellen, worum es sich handelte. Hatte er sich ein neues Haus oder ein Apartment gekauft? Oder plante er etwa, zu ihrer Mutter zurückzukehren? Aber in diesem Fall hätte er Paris wohl

ebenfalls eingeladen. Sie und Wim sahen ihn erwartungsvoll an. Peter stellte das Champagnerglas ab und schien auf einen Trommelwirbel zu warten.
Er wunderte sich, wie schwer es ihm fiel, den Kindern die Nachricht zu verkünden. Er konnte seine Nervosität nicht verbergen. »Ich werde wieder heiraten«, stieß er schließlich hervor.
Wim und Meg starrten ihn ungläubig an. In den Telefongesprächen hatte er nicht mit einer Silbe erwähnt, dass es eine andere Frau in seinem Leben gab.
Peter hatte den Kindern Zeit geben wollen, mit der neuen Situation zurechtzukommen. Außerdem hatte er gehofft, durch das Einhalten einer gewissen Frist Rachel schützen zu können. Meg und Wim sollten auf keinen Fall ihr die Schuld am Scheitern der Ehe ihrer Eltern geben. Dass er das Vertrauen seiner Kinder zu ihm aufs Spiel setzte, wenn er sie einfach vor vollendete Tatsachen stellte, war Peter nie in den Sinn gekommen.
»Das soll wohl ein Witz sein«, sagte Meg entrüstet. »Das ist doch nicht dein Ernst!« Sie war blass geworden.
Wim konnte nur an seine Mutter denken. Das würde ihr den Rest geben. »Weiß Mom schon davon?«
Die beiden waren sichtlich bestürzt, und Peter war ratlos. »Nein. Ich wollte, dass ihr es als Erste erfahrt.«
Wen, um Himmels willen, würde er denn heiraten? Warum hatte er sie nicht wenigstens zuerst mit der Frau bekannt gemacht? Diese Fragen stürzten auf Meg ein, aber im Grunde interessierte sie nur eines: War die neue Frau an seiner Seite der Grund dafür, dass er ihre Mutter verlassen hatte? Wie kam er überhaupt dazu, sich jetzt schon in eine neue Ehe zu stürzen? Er war doch noch nicht einmal

geschieden! Ihre Gedanken wanderten zu ihrer Mutter. Paris hockte seit Monaten wie ein Häufchen Elend in dem leeren Haus und dachte nicht einmal im Traum daran, sich mit einem anderen Mann auch nur zu verabreden.
»Wann hast du sie denn kennen gelernt?«, erkundigte sich Meg schließlich. Sie rang um Fassung. Am liebsten wäre sie aufgesprungen, hätte ihrem Vater eine Ohrfeige verpasst und wäre danach heulend aus dem Restaurant gerannt. Aber das wäre kindisch gewesen. Sie musste sich wenigstens anhören, was er zu sagen hatte. Vielleicht kannte er die Frau ja noch nicht lange. Aber sie schon nach ein paar Wochen heiraten zu wollen, wäre verrückt gewesen. Meg fragte sich tatsächlich langsam, ob ihr Vater noch ganz bei Trost war.
»Sie arbeitet seit zwei Jahren in der Kanzlei. Sie ist unheimlich nett und sehr klug. Sie hat in Stanford studiert«, antwortete Peter, als sei damit alles erklärt. »Und in Harvard.«
Meg und Wim schwiegen.
»Und sie hat zwei kleine Söhne, Jason und Thomas. Sie sind fünf und sieben Jahre alt. Ich glaube, ihr werdet sie mögen.«
Gütiger Himmel, schoss es Meg durch den Kopf, nun bekam sie auch noch zwei Stiefbrüder! Ihrem Vater schien es wirklich ernst zu sein. »Wie alt ist sie denn?«, fragte Meg mit tonloser Stimme. Für sie war dies schon jetzt einer der schlimmsten Augenblicke in ihrem Leben – nur knapp übertroffen von dem Moment, in dem sie von ihrer Mutter am Telefon erfahren hatte, dass sich ihre Eltern scheiden lassen würden.
»Im Dezember wird sie zweiunddreißig.«
»Was? Dad, dann ist sie ja zwanzig Jahre jünger als du!«

»Und gerade mal acht Jahre älter als du«, fügte Wim mit versteinerter Miene hinzu. Die Wendung, die dieser Abend genommen hatte, behagte ihm ganz und gar nicht. Er fühlte sich absolut überfordert und wäre am liebsten auf der Stelle hinausgestürmt.

»Warum kannst du nicht einfach so mit ihr zusammenleben? Warum musst du sie gleich heiraten? Du bist doch noch nicht einmal von Mom geschieden.« Meg war den Tränen nahe. Ihr Vater dachte offenbar gar nicht daran, diese Fragen zu beantworten. Sie bemerkte die Entschlossenheit in seinem Blick. Er würde sich nicht vor seinen Kindern rechtfertigen, so viel stand fest. In Meg erhärtete sich der Verdacht, dass er wirklich den Verstand verloren hatte.

»Wir heiraten an Silvester, und ich möchte euch beide dabeihaben.«

Peters Worten folgte eine lähmende Stille. In diesem Moment brachte der Kellner die Rechnung. Wim und Meg konnten ihren Vater nur ungläubig anstarren. Bis Silvester waren es gerade noch fünf Wochen, und sie hatten bis heute nicht einmal von einer anderen Frau gewusst. Aber es war alles längst geplant, was sie davon hielten, spielte offenbar keine Rolle.

»Ich hatte eigentlich vor, mit meinen Freunden zu feiern«, sagte Wim, als könne er damit ein Ereignis verhindern, das er lieber nicht miterleben wollte. Doch an Peters Miene konnte er ablesen, dass jener die lahme Ausrede seines Sohnes nicht gelten ließ.

»Ich fürchte, darauf wirst du diesmal verzichten müssen, Wim. Für mich ist das ein sehr wichtiger Tag, und ich möchte gern, dass du mein Trauzeuge bist.«

Mit Tränen in den Augen schüttelte Wim den Kopf. »Das kann ich Mom nicht antun, Dad. Es würde ihr das Herz brechen. Du kannst mich zwingen, dabei zu sein, aber als Trauzeugen musst du dir einen anderen suchen.«
Peter schwieg lange. Dann nickte er und sah Meg an. »Kann ich davon ausgehen, dass du auch kommst?«
Meg nickte, blickte aber genauso betrübt drein wie ihr Bruder. »Werden wir sie vorher noch kennen lernen, Dad?«, fragte Meg mit erstickter Stimme. Ihr Vater hatte ihnen noch nicht einmal den Namen seiner Zukünftigen verraten.
»Rachel und ich wollen morgen gemeinsam mit euch frühstücken. Sie möchte, dass ihr dann auch Jason und Tommy kennen lernt. Sie sind wirklich zwei süße kleine Racker.«
Ihr Vater hatte also eine neue Familie, und seine künftige Frau war jung genug für ein weiteres Kind. Schon bei dem Gedanken wurde Meg fast übel. Immerhin wollte er sie und ihren Bruder dabeihaben, wenn er dieser Rachel das Jawort gab. Noch schlimmer wäre es gewesen, wenn ihr Vater heimlich geheiratet und es ihnen erst hinterher mitgeteilt hätte.
»Wo soll die Hochzeit denn stattfinden?«
»Im Metropolitan Club. Es werden etwa hundert Leute da sein, wir wollen keine riesige Feier. Rachel ist Jüdin, aber eine religiöse Zeremonie kommt für uns nicht infrage. Ein Freund von ihr ist Richter, er wird uns trauen.«
Meg war völlig durcheinander. Genau wie Wim musste sie ununterbrochen daran denken, wie ihre Mutter auf diese Neuigkeit reagieren würde. Hoffentlich machte sie keine Dummheiten. Meg war froh, dass sie und ihr Bruder wenigstens noch einen Tag lang bei ihr in Greenwich waren und sie trösten konnten.

»Wann willst du es Mom denn sagen?«, fragte Megan vorsichtig. Wim hatte es offenbar die Sprache verschlagen. Er spielte mit der Serviette auf seinem Schoß.
»Das habe ich mir noch nicht überlegt«, antwortete Peter. »Ich wollte zuerst mit euch sprechen.«
Nun ging Meg langsam ein Licht auf. Er wollte, dass sie ihrer Mutter die Nachricht überbrachten. Sie sollten ihm die unangenehme Aufgabe abnehmen.
Peter beglich die Rechnung. Danach verließen sie das Restaurant und fuhren schweigend zum Hotel. Peter wünschte seinen Kindern noch eine gute Nacht und ließ sie dann in dem einen der miteinander verbundenen Zimmer, die er für sie gebucht hatte, allein.
Die Tür war kaum hinter Peter zugefallen, da warf sich Meg ihrem Bruder in die Arme und brach in hemmungsloses Schluchzen aus. Wim strich ihr beruhigend über den Rücken. Nach einer Weile lösten sie sich voneinander, Meg schnäuzte sich, und beide ließen sich auf das Bett sinken.
»Wie sollen wir das bloß Mom beibringen?«, fragte Wim niedergeschlagen.
»Keine Ahnung. Aber irgendwas wird uns schon einfallen.«
»Wahrscheinlich isst sie dann wieder nichts mehr«, sagte Wim grimmig.
»Vielleicht geht es ihr diesmal nicht so an die Nieren. Immerhin hat sie ihre Therapeutin. Aber wie kann Dad nur so blöd sein? Seine Neue ist kaum älter als ich und hat zwei kleine Kinder. Ich wette, dass er Mom ihretwegen verlassen hat!«
»Meinst du?«, fragte Wim perplex.

Offenbar hatte er noch immer nicht eins und eins zusammengezählt. Manchmal fand Meg ihren Bruder wirklich hoffnungslos naiv. »Würde er sonst so schnell wieder heiraten? Ich muss sagen, unser Vater verschwendet keine Zeit. Vielleicht ist diese Rachel sogar schwanger.« Der Gedanke ließ Meg erschauern.
Wim streckte sich auf dem Bett aus und schloss die Augen.
»Los, rufen wir Mom an!«, forderte Meg ihn auf.
Über die Pläne ihres Vaters ließen sie kein Wort verlauten. Wim und Meg berichteten nur, dass das Essen hervorragend gewesen sei und sie einen angenehmen Abend verbracht hätten.
In dieser Nacht schliefen die Geschwister zum ersten Mal seit vielen Jahren wieder gemeinsam in einem Bett. Das gab ihnen Trost. Meg wusste nicht, wann ihr je so elend zumute gewesen war.
Am Morgen klopfte ihr Vater an die Tür und erinnerte sie daran, dass sie um zehn Uhr mit Rachel und den Jungen im Speisesaal zum Frühstück verabredet waren.
»Ich kann es kaum erwarten«, murmelte Meg. Ihr brummte der Schädel, als hätte sie einen Kater. Wim sah noch schlimmer aus als sie. Man hätte meinen können, er sei krank.
»Müssen wir da wirklich hin?«, fragte er Meg noch im Fahrstuhl.
»Ich fürchte, ja.«
Sie hatten ihr Gepäck schon dabei und deponierten es an der Rezeption. Meg trug ihre braune Wildlederhose und einen Pullover ihrer Mutter. Wim bestach durch seine betont nachlässige Kleidung. Er hatte ein schlabberiges UCB-Sweatshirt und eine Jeans angezogen, etwas anderes

hatte er nicht eingepackt. Seine Hoffnung, dass man ihn in diesem Aufzug aus dem Speisesaal werfen würde, erfüllte sich nicht.
Ihr Vater und eine überaus attraktive junge Frau warteten bereits an einem großen runden Tisch auf sie. Zwei flachsblonde kleine Jungs rutschten auf ihren Stühlen hin und her. Meg fiel sofort auf, dass Rachel ziemlich sexy war und im Übrigen aussah wie eine größere, jüngere Ausgabe ihrer Mutter. Die Ähnlichkeit war wirklich frappierend. Es schien fast, als hätte ihr Vater die Zeit zurückdrehen wollen und versuchte nun, mit der jüngeren Version seiner Exfrau seine Jugend zurückzuerlangen. Genau genommen war das geradezu ein Kompliment für Paris, aber gleichzeitig lag in Peters Wahl – ob bewusst oder unbewusst – eine fast unerträgliche Ironie.
Wim erkannte in Rachel die junge Frau wieder, die sein Vater ihm vor ein paar Wochen im Büro vorgestellt hatte. Gern hätte er gewusst, ob die Affäre schon damals im Gang gewesen war und seit wann Rachel für seinen Vater überhaupt eine so wichtige Rolle spielte.
Peter machte seine Kinder zuerst mit Rachel, dann mit Jason und Tommy bekannt. Rachel gab sich im Folgenden große Mühe, das Eis zu brechen. Erst gegen Ende des Frühstücks kam sie auf die Hochzeit zu sprechen. Sie fand es nicht gut, dass Peter Meg und Wim erst jetzt etwas davon gesagt hatte, und glaubte sich vorstellen zu können, wie überrascht sie waren. Aber sie wollte den Termin nicht länger aufschieben. Sie war der Meinung, sie habe lange genug gewartet. Peters Idee, erst ein wenig Gras über die Trennung von ihrer Mutter wachsen zu lassen, hatte sie von vornherein abgelehnt.

»Sicher müsst ihr euch erst an den Gedanken gewöhnen, dass wir heiraten werden«, sagte Rachel. »Für euch hat sich in letzter Zeit viel verändert, und das ist nun ein zusätzlicher Schock. Aber ich liebe euren Vater sehr und will ihn glücklich machen. Ihr beide sollt wissen, dass ihr in unserem Heim immer willkommen seid. Ich würde mich freuen, wenn ihr es auch als euer Zuhause betrachtet.« Peter hatte an der Fifth Avenue eine schöne Maisonettewohnung mit Blick auf den Central Park gekauft. Die Jungs und das Kindermädchen hatten eigene Zimmer, und es gab zwei Gästezimmer für Meg und Wim. Wenn sie ein Baby bekamen, was Rachel hoffte, konnten sich Jason und Tommy ein Zimmer teilen.
»Danke«, war alles, was Meg nach Rachels kleiner Rede mit brüchiger Stimme herausbrachte.
Danach plauderten Peter und Rachel noch ein wenig über die Hochzeit. Gegen halb zwölf räusperte sich Wim, der während des ganzen Frühstücks kein Wort gesagt hatte. Er erinnerte seine Schwester daran, dass sie bald am Bahnhof sein mussten.
Sie umarmten ihren Vater zum Abschied, dann hatten sie es plötzlich sehr eilig. Peter forderte seinen Sohn auf, sich zur Hochzeit etwas Anständiges anzuziehen, was Wim lediglich mit einem knappen Nicken quittierte. Hastig verabschiedeten sie sich von Rachel und den Jungen, dann holten sie ihre Taschen, stürzten aus dem Hotel, sprangen in ein Taxi und ließen sich zum Bahnhof fahren. Wim starrte schweigend aus dem Fenster. Meg griff nach seiner Hand. Silvester würde dieses Jahr wohl tatsächlich ein echter Knaller werden – nicht nur für sie beide, sondern auch für ihre Mutter. Sie mussten ihr die Neuigkeit so

schonend wie möglich beibringen. Meg war inzwischen fast froh, dass ihr Vater das ihnen überließ. Er hätte bestimmt nicht die richtigen Worte gefunden.

»Wie fandest du es?«, fragte Peter Rachel beim Bezahlen. Sie half den Jungen in ihre Mäntel. Die beiden hatten sich vorbildlich benommen, obwohl Peters Kinder sie kaum beachtet hatten. »Sie waren ziemlich schockiert und haben nun einiges zu verdauen – mich, die Kinder und die Hochzeit. Ich wäre an ihrer Stelle auch ganz schön durcheinander.« Rachel erinnerte sich noch gut daran, wie sie sich gefühlt hatte, als ihr Vater die Familie verlassen hatte. In ihrem Abschlussjahr in Stanford hatte er eine ihrer Mitstudentinnen geheiratet. Drei Jahre lang hatte sie danach nicht mehr mit ihm gesprochen. Zwischen Vater und Tochter lag seither eine fast unüberbrückbare Kluft, die durch den Tod von Rachels Mutter fünf Jahre später noch tiefer geworden war. Offiziell war diese an Krebs gestorben, aber Rachel wusste, dass sie vor allem aus Gram nicht mehr auf die Beine gekommen war. Sie kannte Megs und Wims Situation also aus eigener Erfahrung, trotzdem war sie nicht bereit, auf Peter zu verzichten, denn sie liebte ihn.
»Wann sagst du es Paris?«, wollte sie wissen, während sie auf ein Taxi warteten, das sie zurück in das Apartment auf der Fifth Avenue bringen sollte.
»Gar nicht. Meg wird das schon machen. Wahrscheinlich ist es am besten so.« Peter war sehr wohl bewusst, wie feige er sich verhielt, aber die Erleichterung, nicht selbst mit Paris sprechen zu müssen, überwog dieses ungute Gefühl bei weitem.
»Ja, vielleicht hast du Recht«, stimmte Rachel zu. Das Taxi

fuhr vor, und die vier stiegen ein. Rachel nannte dem Fahrer die Adresse, und der Wagen setzte sich in Bewegung. Peter legte den Arm um sie, zerzauste den Jungen das Haar und atmete zum ersten Mal an diesem Morgen richtig durch. Er hatte anstrengende Stunden hinter sich. Nun musste er nur noch Paris aus dem Kopf bekommen. Wie schon so oft in den letzten sechs Monaten sagte er sich, dass das, was er tat, richtig war, und zwar für alle Beteiligten. An diesen Gedanken würde er sich nun – in guten und in schlechten Zeiten – für den Rest seines Lebens klammern müssen.

9. Kapitel

Völlig benommen schlich Paris in Anne Smythes Praxis. Sie wirkte wie ein Schatten ihrer selbst. So hatte Anne Paris seit der ersten Sitzung im Juni nicht mehr gesehen.

»Wie war's beim Eislaufen?«

»Ich bin nicht hingegangen«, antwortete Paris mit tonloser Stimme.

»Warum denn nicht? Waren Sie krank?« Die beiden Frauen hatten einander erst vor vier Tagen gegenübergesessen, aber in dieser Zeit konnte bekanntlich viel passieren.

»Peter heiratet wieder. An Silvester.«

Nach einer Weile sagte Anne: »Das ist sicher ein schwerer Schlag für Sie.«

»Ja.« Paris wirkte, als stünde sie unter Drogen. Sie machte keinerlei Anstalten zu erzählen, wie sie von der Hochzeit erfahren hatte. Mit starrer Miene hockte sie auf dem Stuhl und blickte ins Leere. Sie hatte das Gefühl, tot zu sein. Wie im Mai, als Peter sie verlassen hatte. Ihre letzte Hoffnung war gestorben. Peter war nicht zur Vernunft gekommen, er hatte seine Meinung keineswegs geändert. In fünf Wochen würde er erneut heiraten. Das hatten Meg und Wim ihr am Samstagmittag nach der Rückkehr aus der City mitgeteilt. In dieser Nacht hatte Meg bei Paris im Bett geschlafen, damit sie nicht so allein war, doch am Sonntag waren die Kinder nach Kalifornien zurückgeflogen, und Paris hatte sich so verloren gefühlt wie nie zuvor. Sie hatte die ganze Sonntagnacht lang geweint, um Peter, ihre intakte Familie und um sich selbst. Sie war dazu verdammt, ihr Leben einsam zu fristen, er hingegen hatte schon längst eine neue Freundin, die er in fünf Wochen zu seiner Frau machen würde.

»Wie fühlen Sie sich jetzt?«

»Wie ausgekotzt.«

Anne lächelte. »Das kann ich mir vorstellen. Das würde jedem so gehen. Sind Sie wütend, Paris?«

Paris schüttelte den Kopf und begann, leise zu weinen. Es dauerte lange, bis sie wieder etwas sagen konnte. »Ich bin nur traurig, unbeschreiblich traurig.«

Sie erinnerte Anne an eine zerbrochene Puppe. »Wollen Sie etwas einnehmen? Glauben Sie, das würde Ihnen helfen?«

Paris schüttelte den Kopf. »Ich will mich nicht betäuben. Ich muss ja lernen, damit klarzukommen. Er ist weg, ein für alle Mal.«

»Ja, das stimmt. Aber Sie haben noch einen Großteil Ihres Lebens vor sich, und irgendwann geht es wieder bergauf. So miserabel wie im Augenblick werden Sie sich vermutlich nie wieder fühlen.«

»Das will ich auch hoffen«, sagte Paris. Sie putzte sich die Nase. »Ich würde ihn ja gern hassen, aber ich kann es nicht. Sie hasse ich, diese Schlampe! Sie hat mein Leben ruiniert. Er natürlich auch – aber ich liebe ihn trotzdem.« Paris hörte sich reden wie ein kleines Kind, und so empfand sie auch. Man hatte sie verlassen, und sie würde nie wieder glücklich sein.

»Wie haben Wim und Meg es denn aufgenommen?«

»Sie waren ziemlich durcheinander. Aber sie haben sich

ganz rührend um mich gekümmert. Sie wollten wissen, ob ich von der Frau gewusst hätte. Ich habe gelogen und Nein gesagt. Ich wollte nicht, dass sie glauben, Peter hätte mich wegen *ihr* verlassen.«

»Warum schützen Sie ihn?«

»Weil er ihr Vater ist, und weil ich ihn liebe. Und weil es mir nicht zusteht, ihnen die Wahrheit zu sagen. Das muss er schon selbst tun.«

»Das ist sehr anständig von Ihnen.«

Paris nickte und schnäuzte sich noch einmal.

»Aber Sie sollten mehr an sich selbst denken, Paris. Irgendwie müssen Sie das alles verarbeiten. Ich fände es sinnvoll, wenn Sie wieder Eis laufen gehen.«

»Ich will aber nicht. Ich will gar nichts mehr tun.« Paris war erneut in eine tiefe Depression gesunken. Die Verzweiflung hatte die Oberhand gewonnen.

»Wollen Sie sich nicht mal wieder mit Ihren Bekannten treffen? Sie haben doch bestimmt Einladungen zu einigen Weihnachtsfeiern bekommen.«

Als ob das nun etwas zur Sache täte. »Ja, einen ganzen Stapel. Ich habe alle abgelehnt.«

»Aber warum denn? Sie sollten unbedingt bei der einen oder anderen Party zusagen.«

»Ich will aber nicht, dass mich alle bemitleiden.« Für Paris war dieser Satz in den vergangenen Monaten zu einer Art Mantra geworden.

»Sie ernten nur noch mehr Mitleid, wenn Sie zur Einsiedlerin werden. Warum gehen Sie nicht wenigstens zu einer kleinen Feier und testen, ob es Ihnen nicht doch gefällt?«

Paris schüttelte vehement den Kopf.

»Wenn Ihre Depression so schlimm ist, sollten wir uns vielleicht doch über ein passendes Medikament unterhalten, Paris«, befand Anne.
Paris warf ihr einen finsteren Blick zu, dann seufzte sie. »Okay, schon gut. Ich nehme eine der Einladungen an. Ich gehe zu einer einzigen Weihnachtsfeier, und dabei bleibt es.«
»Sehr schön«, sagte Anne zufrieden. »Sollen wir besprechen, auf welche?«
»Nein.« Paris sah noch immer düster drein. »Das überlege ich mir schon selbst.«
Den Rest der Sitzung verbrachten sie damit, über Peters bevorstehende Hochzeit und Paris' diesbezügliche Ängste zu reden. Am Ende fühlte sich Paris ein klein wenig besser.
Zu Beginn der nächsten Sitzung bei Anne erklärte Paris, sie habe sich für die Cocktailparty bei Virginia und ihrem Mann entschieden, die in der Woche vor Weihnachten steigen sollte. Am Tag danach wollten Wim und Meg für zwei Wochen nach Hause kommen. Wim hatte einen ganzen Monat lang Ferien, fuhr aber im neuen Jahr mit ein paar Freunden zum Skifahren nach Vermont. Paris ging es nun nur noch darum, die Feiertage irgendwie zu überstehen. Wenn sie am Neujahrstag noch bei halbwegs klarem Verstand war, würde sie weitersehen.
Sie musste Anne versprechen, sich in den nächsten Wochen nach Strich und Faden zu verwöhnen. Paris sollte sich vernünftig ernähren, viel schlafen, an die frische Luft gehen und sich hin und wieder eine Massage gönnen. Zufälligerweise traf sie zwei Tage später beim Einkaufen eine Frau, die sie noch aus der Schulzeit der Kinder kann-

te. Diese schwärmte Paris von ihrer Masseurin vor und gab ihr deren Visitenkarte. Sie wandte auch Aromatherapie an, die angeblich wahre Wunder wirkte. Mit gemischten Gefühlen steckte Paris die Karte ein. Ihr kamen Annes Worte in den Sinn. Diese hatte sicherlich Recht, sie musste etwas für sich tun, sonst war sie tatsächlich bald reif für die Klapsmühle. Massagen und Wellnessanwendungen waren immer noch besser als Psychopharmaka. Paris verurteilte es keineswegs, wenn andere Leute Medikamente nahmen, aber sie wollte es aus irgendeinem Grund ohne diese Hilfsmittel schaffen. Zu Hause wählte sie unverzüglich die Nummer auf der Visitenkarte.

Die Stimme am anderen Ende der Leitung klang seltsam benebelt. Im Hintergrund dudelte indische Musik, was Paris mit einer gewissen Skepsis erfüllte. Doch sie beschloss, vorurteilsfrei an diese Sache heranzugehen. Ihre Gesprächspartnerin nannte sich Karma Applebaum. Als sich Paris den Namen notierte, musste sie ein Kichern unterdrücken. Die Masseurin erklärte, sie mache Hausbesuche und bringe ihren eigenen Tisch sowie eine Auswahl von Aromaölen mit. Offenbar seien die Götter ihnen wohl gesinnt, denn gerade habe eine Kundin ihren Termin für den Abend abgesagt. Karma verkündete, sie könne um neun Uhr bei Paris sein. Paris fühlte sich ein wenig überrumpelt, doch sie willigte ein. Schließlich hatte sie nichts zu verlieren, und vielleicht schlief sie nach der Massage wenigstens ein bisschen besser. Für Paris hörte sich das Ganze allerdings irgendwie nach Voodoo an, und unter einer Aromatherapie konnte sie sich überhaupt nichts vorstellen. Staunend stellte sie wieder einmal fest, worauf sie sich dieser Tage einließ.

Bevor die Masseurin kam, bereitete sich Paris noch eine Fertigsuppe zu. Als Meg anrief, gestand sie ihr verlegen, was sie an diesem Abend vorhatte.
Meg war begeistert. »Peace steht auf Aromatherapie«, verkündete sie. »Wir machen so was öfter.«
Paris stöhnte und verdrehte die Augen. Das hätte sie sich denken können. »Ich lasse dich wissen, ob das mein neues Hobby wird«, sagte sie zum Abschied. Sie konnte sich einen leicht ironischen Unterton nicht verkneifen.
Karma Applebaum fuhr einen Pick-up, der über und über mit hinduistischen Symbolen bemalt war. Ihr blondes Haar trug sie zu unendlich vielen kleinen, mit Perlen geschmückten Zöpfchen geflochten. Gekleidet war sie ganz in Weiß. Paris musste sich trotz aller Skepsis eingestehen, dass die junge Frau ein sehr sanftes, friedvolles Gesicht hatte. Die Gute wirkte, als sei sie nicht von dieser Welt, und kaum dass sie im Haus war, streifte sie erst einmal die Schuhe ab. Sie ließ sich den Weg zum Schlafzimmer zeigen, stieg die Treppe hinauf und baute neben dem Bett ihren Tisch auf. Sie bedeckte ihn mit einer Heizdecke und einem Frotteetuch. Dann ließ sie aus einem tragbaren CD-Player sanfte Musik erklingen. Es waren dieselben indischen Weisen, die Paris schon am Telefon gehört hatte. Sie ging ins Bad und zog sich bis auf die Unterwäsche aus, und als sie in dem Kaschmirmorgenmantel, der inzwischen zu ihrem wichtigsten Kleidungsstück geworden war, wieder heraustrat, war das Zimmer abgedunkelt, und Karma erwartete sie bereits. Paris kam sich vor, als würde sie nun gleich einer Séance beiwohnen.
»Atmen Sie alle Dämonen aus, die von Ihnen Besitz ergriffen haben ... Schicken Sie sie dorthin zurück, wo sie

hergekommen sind«, flüsterte Karma, während sich Paris des Morgenmantels entledigte und auf dem Tisch ausstreckte.
Dass sie von Dämonen besessen war, hatte sie gar nicht gewusst.
Karma holte selbst tief Luft, dann führte sie ihre Hände in einigem Abstand über Paris' angespannten Körper. Paris fühlte sich unwohl in ihrer Haut. Karma schwang die Hände wie Zauberstäbe und sagte, sie erspüre nun ihre Chakren. Etwa auf der Höhe von Paris' Leber hielt sie plötzlich inne. Sie runzelte die Stirn, sah Paris besorgt an und sagte: »Ich fühle eine Blockade.«
»Wo denn?« Die Frau machte Paris nervös. Sie wollte eine Massage, keine Zustandsbeschreibung ihrer inneren Organe.
»Zwischen der Leber und den Nieren. Haben Sie Probleme mit Ihrer Mutter?«
»In letzter Zeit nicht mehr. Sie ist vor achtzehn Jahren gestorben. Aber früher hatten wir oft Streit.« Paris' Mutter war eine verbitterte, vom Leben enttäuschte Frau gewesen. Paris dachte kaum noch an sie, sie hatte andere Probleme.
»Dann muss es etwas anderes sein … Aber ich spüre Geister in diesem Haus. Hören Sie sie manchmal?«
Paris fühlte sich bestätigt: Dies war wirklich eine Séance.
»Nein, eigentlich nicht.« Paris gehörte zu den Menschen, die sich lieber mit harten Fakten anstatt mit fixen Ideen beschäftigten. Um übersinnlichen Hokuspokus scherte sie sich nicht. Sie wollte nur die Scheidung und Peters bevorstehende Hochzeit überleben – obwohl die Jagd auf Gespenster wahrscheinlich um einiges einfacher war.

Karma hatte ihre Hände weiterbewegt. Über Paris' Magen stockte sie erneut mit entsetztem Blick. »Da ist es. Ich habe es«, erklärte sie triumphierend. »Es sitzt in Ihrem Darm!«

Die Meldungen wurden immer beunruhigender. »Was denn?« Paris wusste nicht, ob sie lachen oder in Panik geraten sollte. Der Gedanke, dass diese Frau in ihrem Darm etwas entdeckt hatte, war ihr jedenfalls äußerst unangenehm.

»Ein ganzes Heer von Dämonen«, sagte Karma im Brustton der Überzeugung. »Sie müssen sehr wütend sein. Was Sie jetzt brauchen, ist eine Darmreinigung.«

Wer immer diese Frau war, sie stammte offenbar vom selben Planeten wie Peace, Megs abgedrehter Freund.

»Die Massage wird Ihnen erst helfen, wenn Ihr Körper und Ihr Geist wieder ganz rein sind. Die Gifte dürfen auf keinen Fall in Ihnen bleiben.«

Langsam bekam Paris es mit der Angst zu tun. »Könnten wir es fürs Erste nicht ohne die Darmreinigung versuchen?«

»Das geht notfalls schon, aber der Effekt wird nicht derselbe sein.«

Paris war bereit, dieses Risiko einzugehen, obwohl Karma ziemlich skeptisch dreinblickte.

»Ich tue, was ich kann.« Endlich griff Karma zu einer Ölflasche, beträufelte Paris' Körper großzügig mit dem Inhalt und begann dann, ihre Arme und Schultern zu bearbeiten. Anschließend widmete sie sich dem Brustkorb, dem Bauch und den Beinen. Jedes Mal, wenn sie sich Paris' Magengegend näherte, stieß sie besorgte Schnalzlaute aus. »Ich will es den Dämonen nicht auch noch gemütlich machen«, erklärte sie. »Sie müssen sie ausspülen.«

Inzwischen hatten das dunkle Zimmer, die leise Musik,

das duftende Öl und Karmas Hände den gewünschten Effekt auf Paris. Allen Dämonen, die angeblich in ihren Gedärmen hausten, zum Trotz entspannte sie sich. Genau so hatte sie sich das vorgestellt. Leise bat Karma Paris, sich auf den Bauch zu legen. Was die Masseurin dann mit ihren Schultern und ihrem Rücken machte, war einfach himmlisch. Paris hatte das Gefühl dahinzuschmelzen. Das war jetzt genau das Richtige. Mit geschlossenen Augen genoss sie das wohlige Gefühl, das sie durchrieselte. Doch plötzlich glaubte sie, ein Tennisball habe sie mit Affengeschwindigkeit zwischen den Schulterblättern getroffen. Es schien, als hätte Karma ihr gerade ein Stück Fleisch aus dem Rücken gerissen.

»Was tun Sie denn da?«, fragte Paris. Erschrocken riss sie die Augen auf.

»Man nennt es schröpfen. Es wird Ihnen gut tun. Das zieht die Gifte und mit ihnen alle Dämonen aus Ihrem Körper.«

Nicht schon wieder! Offenbar hatten die Dämonen inzwischen den Darm verlassen und sich in Paris' Schultergürtel eingenistet. Aber sie hatten die Rechnung ohne Karma gemacht. Immer wieder setzte sie eine heiße Tasse auf Paris' Rücken, die sich dort sofort festsaugte. Wenn Karma sie wieder abzog, ertönte ein lautes »Plopp«. Es tat höllisch weh. Paris wand sich und hätte die Masseurin am liebsten auf der Stelle hinausgeworfen.

»Ein großartiges Gefühl, finden Sie nicht?«

»Nein, ganz und gar nicht«, antwortete Paris wahrheitsgemäß. »Das andere hat mir besser gefallen.«

»Den Dämonen auch. Aber wie gesagt: Sie sollen es doch nicht zu bequem haben.«

Warum eigentlich nicht? Beinahe hätte Paris diese Frage

laut gestellt. Die Dämonen und sie hatten offenbar denselben Geschmack. Das Schröpfen dauerte eine Ewigkeit, und Paris konnte das Ende kaum abwarten. Anschließend knetete und klopfte Karma ihren Hintern. Paris ging davon aus, dass die Dämonen erneut ihren Aufenthaltsort gewechselt hatten. Karma schlug sie jedenfalls windelweich. Dann legte sie Paris ohne jede Vorwarnung plötzlich zwei heiße Steine auf die Schulterblätter, nahm zwei weitere aus ihrer Zauberkiste und bearbeitete damit die Fußsohlen ihrer Kundin, bis Paris fürchtete, die Haut würde aufplatzen.

»Das reinigt Ihren Darm und Ihren Kopf«, erläuterte Karma. Während sie noch Paris' Füße folterte, breitete sich plötzlich ein Geruch aus, der an eine Mischung aus verkohltem Fleisch und verbrannten Autoreifen erinnerte. Paris begann zu husten und konnte gar nicht mehr aufhören. »Das habe ich mir gedacht. Sie hassen dieses Zeug. Wir müssen alle dunklen Kräfte hier rauskriegen.«

Paris fürchtete, dass sich der Mief für alle Zeiten im Zimmer festsetzen würde. Sie hoffte nur, dass Karma nicht die Matratze angezündet hatte. Aber als sie nach links schaute, entdeckte sie lediglich eine Kerze in einem kleinen Gestell. Die Flamme erhitzte eine Schale mit Öl. »Was ist das denn nun wieder?«, fragte Paris. Sie rang noch immer nach Luft. Karma lächelte entrückt. Der Ausdruck auf ihrem Gesicht erinnerte Paris an Darstellungen der Jungfrau von Orleans, kurz bevor die Flammen auf dem Scheiterhaufen über ihr zusammenschlagen.

»Das ist eine ganz besondere Mischung. Ich stelle sie selbst her, und sie verfehlt nie ihre Wirkung.«

»Welche Wirkung denn?« Der Teppich und die Vorhänge

waren wahrscheinlich bereits ruiniert. Der beißende Gestank erfüllte inzwischen jeden Winkel des Raumes.
»Das Aroma ist gut für Ihre Lungen. Spüren Sie schon, wie Ihr Atem reiner wird?«
Paris merkte nur, dass ihr langsam übel wurde. Vielleicht hätte sie doch auf die Fertigsuppe verzichten sollen. Bevor sie Karma bitten konnte, das teuflische Gemisch von der Flamme zu nehmen, befestigte diese schon eine andere Schale über der Kerze. Binnen Sekunden entströmte jener ein solch scharfer Geruch, dass Paris Tränen in die Augen stiegen. Sie glaubte, Arsen und Gewürznelken ausmachen zu können. Wieder wurde ihr das Atmen schwer. »Und was soll dieses Aroma bewirken?« Paris betrachtete es inzwischen als Herausforderung, die Behandlung zu überleben. Sie lag noch immer auf dem Bauch, und ihr Rücken brannte von den heißen Steinen. So mussten sich angehende Fakire fühlen, die sich zum ersten Mal auf einem Nagelbett ausstreckten. Nur eines war positiv: Innerhalb kürzester Zeit traten Paris' eigentliche Sorgen in den Hintergrund, weil sie sich nur noch auf die schmerzenden Körperstellen konzentrieren konnte.
»Das reinigt Ihre Bronchien.«
Karma bat Paris, sich wieder auf den Rücken zu drehen. Dann kippte sie ihr kurzerhand einen Becher Salz auf den Bauch, sodass die Region rings um ihren Bauchnabel damit bedeckt war, und legte dann eine heiße Kugel darauf, die wiederum einen starken Duft absonderte. Paris beobachtete das Treiben fasziniert.
»Und was passiert jetzt?«
»Alle Gifte werden ausgesaugt, damit der innere Frieden endlich Raum bekommt.«

Das neue Aroma war deutlich angenehmer als seine Vorgänger, aber schon das nächste, das Karma über die Flamme hängte, gab Paris in negativer Hinsicht das Gefühl, der Frühling sei noch einmal mit aller Macht zurückgekehrt. Der Blumenduft war so überwältigend, dass Paris niesen musste. Die Kugel hüpfte von ihrem Bauch und fiel zu Boden.

»Das gefällt ihnen nicht.«

Karma sprach offenbar von den Dämonen, aber Paris konnte fünf Minuten lang nichts anderes tun, als ununterbrochen zu niesen. Sie war am Ende, die Öle hatten sie geschafft. »Mir auch nicht. Ich glaube, ich bin allergisch gegen das Zeug«, sagte sie.

Karma machte ein Gesicht, als sei sie geohrfeigt worden. »Auf Aromaöle kann man nicht allergisch reagieren«, erklärte sie resolut.

Doch Paris hatte nun endgültig die Nase voll – im wahrsten Sinne des Wortes. Einen Teil der Massage hatte sie genossen, aber siedend heiße Steine und beißender Gestank waren nicht gerade nach ihrem Geschmack. Überdies ging es schon auf elf Uhr zu. »Mir kommt es aber so vor«, beharrte Paris. »Außerdem ist es schon spät, ich möchte Sie nicht länger aufhalten.« Damit setzte sie sich auf, schwang die Beine über den Tischrand und griff nach dem Morgenmantel.

»Sie können jetzt nicht einfach aufstehen!«, rief Karma erschrocken. »Ich muss Ihre Chakren erst wieder in Einklang bringen. Legen Sie sich wieder hin. Sonst bleiben alle Schleusen geöffnet, und Sie verlieren in kürzester Zeit Ihre ganze Energie.«

Das wollte Paris auf keinen Fall riskieren. Ergeben ließ

sie sich wieder auf den Tisch sinken. Karma bewegte mit geschlossenen Lidern ihre Hände über sie hinweg. Dabei stimmte sie einen monotonen Singsang an. Nach schier endlosen Minuten nickte sie zufrieden und schlug die Augen auf. Die Gerüche im Zimmer waren nun so stark, dass sich Paris fragte, wie sie hier je wieder schlafen sollte.

»Ich danke Ihnen«, sagte sie. Damit hüpfte sie vom Tisch.

Karma wies sie darauf hin, dass sie erst am Morgen wieder baden oder duschen sollte, ansonsten wäre der Schock für sie und die Dämonen zu groß. Aber Paris konnte sich beim besten Willen nicht vorstellen, so ölig, wie sie jetzt war, ins Bett zu kriechen.

Zum Zusammenpacken brauchte Karma eine halbe Stunde. Sie verlangte hundert Dollar für die Behandlung, was Paris angesichts der Dauer und des Aufwandes, den die Frau betrieben hatte, im Grunde angemessen fand. Gegen Mitternacht war Paris wieder allein. Nachdem sie Karma zur Tür gebracht hatte, war sie zurück ins Schlafzimmer getrottet. Prustend ließ sie sich nun auf die Bettkante sinken. Manches, was die Masseurin mit ihr gemacht hatte, war angenehm gewesen, aber das meiste erschien ihr ziemlich bizarr. Zu Karmas abschließender Bemerkung, sie brauche wirklich eine gründliche Darmreinigung, sonst würde die Therapie nie anschlagen, hatte sie pflichtschuldig genickt.

Grinsend schlenderte Paris ins Bad. Sie drehte das Wasser in der Dusche auf und ließ den Morgenmantel zu Boden gleiten. Dann sah sie im Spiegel ihren Rücken. Er war mit kreisrunden, lilaroten Kringeln bedeckt, die nur von der Schröpftasse stammen konnten und am Morgen sicher blau sein würden. Der erschreckende Anblick bescheinigte ihr, dass sie sich die Schmerzen während der Behandlung keinesfalls eingebildet hatte. Was immer die Dämonen davon halten mochten, Paris' Rücken hatte sichtbar gelitten.

Am nächsten Morgen bestätigte ein erneuter Blick in den Spiegel ihre schlimmsten Befürchtungen. Sie sah aus, als wäre sie am Vorabend in eine Schlägerei geraten. Auf ihren Schultern entdeckte Paris außerdem rote Brandmale von den viel zu heißen Steinen. Das Schlafzimmer roch noch immer, als läge eine Leiche unter dem Bett, aber Paris nahm es mit Humor. Sie konnte über das Erlebte nur noch lachen, und das war wenigstens etwas. Ihren Rücken würde so schnell ohnehin niemand zu Gesicht bekommen.

»Wie ist es dir ergangen?«, fragte Meg ein paar Stunden später am Telefon.

»Na ja, es war … interessant. Ich glaube, ich habe eine neue Spielart von Sadomasochismus kennen gelernt. Und ich habe erfahren, dass in meinem Darm Dämonen hausen.«

»Das wundert mich nicht, Peace hat auch welche. Wegen seines Vaters.«

»Ich hoffe, du bist wenigstens verschont geblieben«, sagte Paris besorgt. »Meine verdanke ich angeblich meiner Mutter.«

»Ja, bei mir war kein einziger zu finden. Peace wird beeindruckt sein, Mom«, sagte Meg grinsend.

»Das wärst du auch, wenn du die blauen Flecken auf meinem Rücken sehen könntest.«

»Die sind in ein paar Tagen wieder verschwunden. Vielleicht solltest du es nächstes Mal mit Rolfing versuchen.«

Meg kicherte.

»Lieber nicht. Ich will meine Dämonen nicht überfordern.«

Am Tag nach der Cocktailparty bei den Morrisons spazierte Paris mit einem selbstzufriedenen Gesichtsausdruck in Annes Praxis.

»Ist es gut gelaufen?«, fragte Anne hoffnungsvoll. Für Paris war dies das erste gesellschaftliche Ereignis seit sieben Monaten gewesen.

»Nein, es war grässlich.« Paris machte ein trotziges Gesicht. Sie hatte es ja gleich gewusst. Von der Massage bis zu der Party – sie hatte alles getan, was Anne von ihr verlangte, und es war vollkommen in die Hose gegangen.

»Wie lange haben Sie es denn auf der Party ausgehalten?«

»Zwanzig Minuten.«

»Das gilt nicht. Sie müssen mindestens eine Stunde bleiben.«

»Die zwanzig Minuten reichten vollauf. In dieser kurzen Zeit sagten mir sieben Leute, wie Leid es ihnen tue, dass mein Mann mich sitzen gelassen hat. Zwei der anwesenden Ehemänner fragten mich heimlich, ob wir uns nicht mal auf einen Drink treffen sollten. Und fünf Gäste erzählten mir, sie seien zu Peters Hochzeit eingeladen. Das war meine allerletzte Party! Ich kam mir vor wie die Hauptattraktion einer Freakshow.«

»Sie werden weiterhin ausgehen, und ein Freak sind sie keineswegs. Sie sind eine Frau, deren Mann sich von ihr getrennt hat. Das ist hart, Paris, aber heutzutage leider ziemlich normal.«

»Aber ausgehen tue ich nicht mehr«, sagte Paris stur. »Das

ist aus und vorbei. Endgültig. Eine Masseurin habe ich mir übrigens auch ins Haus geholt, aber ich bin an eine Irre geraten. Danach hatte ich tagelang blaue Flecken. Immerhin erfuhr ich von ihr, dass meine Gedärme von Dämonen bevölkert sind. Von Wellness habe ich genug für alle Zeiten.«

»Sie müssen sich Leute suchen, die Peter nicht kennen und Sie als eigenständige Person wahrnehmen. Sie können sich nicht für den Rest Ihres Lebens zu Hause einschließen wie Greta Garbo. Ihre Kinder würden vor Sorge nicht mehr ruhig schlafen, und Sie würden vor Langeweile umkommen.«

»Okay, ich starte nach Peters Hochzeit einen neuen Versuch.« Zu diesem vagen Zugeständnis war Paris bereit.

»Und was soll danach anders sein?«, fragte Anne.

»Vielleicht reden die Leute dann nicht mehr andauernd über das bevorstehende Ereignis. Stellen Sie sich vor, eine Frau auf der Party war sogar naiv genug, mich zu fragen, ob ich eingeladen sei.«

»Und was haben Sie geantwortet?«

»Dass ich mich schon sehr darauf freue und extra nach New York fahren werde, um mir für die Feier ein neues Kleid zu kaufen. Was hätte ich denn antworten sollen? Nein, ich habe vor, an diesem Tag Selbstmord zu begehen?«

»Ist es denn so?«, wollte Anne wissen.

»Nein.« Paris seufzte. »Selbst wenn ich es wollte, meinen Kindern könnte ich das niemals antun.«

»Würden sie es sonst tatsächlich in Erwägung ziehen?«

»Nein«, erwiderte Paris niedergeschlagen. »Ich wäre manchmal gern tot, aber umbringen würde ich mich niemals. Abgesehen davon bin ich dazu viel zu feige.«

»Falls Sie es sich jemals anders überlegen sollten, rufen Sie mich sofort an!«, ordnete Anne an und bedachte Paris mit einem strengen Blick.
»Das mache ich«, versprach Paris, und sie meinte es ernst.
»Wie werden Sie denn Silvester verbringen?«
»Wahrscheinlich heulend in einer Ecke.«
»Und wen hätten Sie gern bei sich?«
»Die meisten Leute, die infrage kämen, sind zu der Hochzeit eingeladen. Das ist besonders bitter. Aber ich kriege den Abend schon irgendwie rum. Wahrscheinlich gehe ich einfach früh ins Bett.«
Beide Frauen wussten, dass Paris eine der schwersten Nächte ihres Lebens bevorstand, aber da musste sie nun durch.

Es wurde ein stilles Weihnachtsfest. Wim und Meg verbrachten Heiligabend bei Paris, den ersten Weihnachtstag mit Peter, Rachel und den beiden Jungen. Paris hatte einen Baum gekauft und ihn sorgfältig geschmückt, so wie sie es stets getan hatte. Fünf Tage vor Weihnachten hatte sie eine Ausfertigung der Scheidungsurkunde erhalten. Nachdem sie den Umschlag mit zitternden Fingern geöffnet hatte, starrte sie das Schriftstück lange an, dann verschloss sie es in einer Schublade. Nie hätte sie sich träumen lassen, dass sie einst ihren Namen auf einer solchen Urkunde lesen würde. Den Kindern sagte sie nicht, dass die Scheidung nun offiziell besiegelt war, sie brachte die Worte einfach nicht über die Lippen. Fast auf den Tag genau sieben Monate nachdem ihr Mann sie verlassen hatte, war die ganze Sache über die Bühne. Nun war es endgültig. Und in wenigen Tagen würde Rachel Peters Frau werden. Wieder einmal hatte Paris das Gefühl, eine Rolle in einem absurden Theaterstück zu spielen. Ihr ganzes Leben erschien ihr inzwischen grotesk.

Am letzten Tag des Jahres fuhren Wim und Meg mittags nach New York. Paris gab ihnen wortlos einen Abschiedskuss. Sie überlegte, ob sie Anne anrufen sollte, aber was hätte sie ihr sagen sollen? Dass die Verzweiflung sie gepackt hatte, war schließlich nichts Neues. Und eigentlich wollte mit niemandem reden. Paris kochte sich eine Suppe, dann setzte sie sich eine Zeit lang vor den Fernseher. Um neun ging sie ins Bett. Sie verbot sich, daran zu denken, was in diesem Augeblick in New York geschah. Das Fest hatte um acht Uhr begonnen, das wusste sie. Und die Trauung war längst vollzogen. Ihre Ehe hatte vierundzwanzig Jahre und neun Monate lang gehalten. Aus heiterem Himmel hatte sich Peter für eine andere Frau entschieden, für ihn war die Verbindung mit Paris Schnee von gestern. Alle Gemeinsamkeiten, alle lieb gewordenen Gewohnheiten hatte er auf den Müll geworfen. Schon morgen würden er und Rachel zu ihren Flitterwochen in die Karibik aufbrechen, ihre gemeinsame Zukunft hatte begonnen. Bevor Paris eindöste, sagte sie sich, dass Peter und Rachel ihr von nun an egal sein konnten. Sie wollte vergessen, dass sie ihn noch immer liebte, und einfach nur schlafen. Und ob sie es nun wollte oder nicht: Auch für sie brach eine neue Zeit an.

10. Kapitel

An die Woche nach Peters Hochzeit erinnerte sich Paris später kaum. Schon beim Erwachen am Neujahrsmorgen fühlte sie sich krank, und als die Kinder aus New York zurückkehrten, hatte sie hohes Fieber, sie hustete und nieste und wollte nichts als schlafen.

Wim brach am folgenden Tag mit seinen Freunden zum Skifahren auf, und Megan flog wenig später zurück nach Los Angeles zu Peace. Sie waren noch immer zusammen, aber Meg hatte ihrer Mutter gestanden, dass sie langsam die Geduld mit ihm verlor. Der Gesundheitswahn, die seltsamen Essgewohnheiten und nicht zuletzt das exzessive Karatetraining ihres Freundes bestimmten dessen Leben. Für Meg hatte er nur wenig Zeit, und wenn sie etwas zusammen unternahmen, richtete sich alles nach Peace' Vorlieben.

»Ich würde zu gern mal wieder einen richtig fettigen Hamburger essen, aber wir gehen immer nur in vegetarische Restaurants. Ich halte das bald nicht mehr aus.«

Als Paris das hörte, war sie insgeheim erleichtert. Vielleicht gab Meg ihrem seltsamen Freund ja bald schon den Laufpass und fand jemanden, der besser zu ihr passte.

Es dauerte eine ganze Woche, bis die Erkältung abklang. Am ersten Morgen, den Paris nicht im Bett verbrachte, rief Natalie an und berichtete, sie sei ebenfalls krank, plane jedoch für den kommenden Samstag eine Dinnerparty. Sie

wollte ein paar alte Freunde einladen und fragte Paris, ob sie Lust habe, zu kommen. Zuerst wollte Paris die Einladung schon ablehnen, aber dann dachte sie daran, was Anne Smythe ihr immer predigte. Sie hatte Natalie etwa seit Thanksgiving nicht mehr gesehen und wollte ihr nicht schon wieder einen Korb geben. Also sagte sie zu.
Als Paris Anne davon erzählte, war diese sichtlich erfreut. »Wunderbar, ich hoffe, es wird ein schöner Abend!«
Paris war weniger euphorisch. Aber als sie sich am Samstag zum ersten Mal seit Monaten Gedanken darüber machte, was sie anziehen sollte, merkte sie, wie sehr sie sich auf das Treffen mit ihren Freundinnen freute. Vielleicht hatte Anne Recht und es tat ihr gut, wieder mehr unter Leute zu gehen.
Natalie hatte nur etwa ein Dutzend Gäste eingeladen, das kam Paris sehr entgegen. Auch Jim und Virginia hatten sich angekündigt.
Paris zog eine Samthose und einen Kaschmirpullover an. Zur Feier des Tages steckte sie sich das Haar auf. Sie wollte gerade hochhackige Schuhe anziehen, da zeigte ihr ein Blick aus dem Fenster, dass es heftig schneite. Kurz entschlossen steckte sie die Schuhe in ihre Tasche und schlüpfte in dicke Winterstiefel.
Als sie den Kopf aus der Haustür steckte, bestätigte sich ihre Befürchtung, dass sie nun erst einmal die Einfahrt freischaufeln musste. Paris überlegte, ob sie die Morrisons anrufen und sie bitten sollte, sie mitzunehmen. Aber sie wollte niemandem zur Last fallen. Wenn sie sich schon dazu durchrang, allein auszugehen, wollte sie es auch schaffen, ohne Hilfe dorthin zu kommen. Paris warf sich einen warmen Mantel über, zog sich die Kapuze über den Kopf, schnappte sich ihre Handschuhe und machte sich

ans Werk. Sie brauchte zwanzig Minuten, bis sie die Einfahrt vom Schnee befreit und das Eis von der Windschutzscheibe ihres Wagens gekratzt hatte. Obwohl sie dadurch zu spät bei Natalie und Fred eintraf, waren erst vier Gäste da. Die anderen hatten offenbar ebenfalls Probleme, sich durch den Schnee zu kämpfen, der noch immer in dicken Flocken vom Himmel fiel. Als Fred hörte, dass Paris selbst gefahren war, sagte er, sie hätte anrufen und sich von ihm abholen lassen sollen. Doch Paris winkte lachend ab. In diesem Moment war sie richtig stolz auf ihre Selbstständigkeit.

Als schließlich die letzten Gäste eintrudelten, stellte Paris fest, dass sie die Einzige war, die keinen Begleiter hatte, aber das überraschte sie nicht. Zu ihrer Erleichterung kannte Paris alle Paare, und diese waren auch durchweg taktvoll genug, Peters Hochzeit nicht zu erwähnen.

»Wie geht es dir?«, fragte Virginia leise. Sie hatten sich in der vergangenen Woche zum Lunch getroffen, und auch Virginia kämpfte gerade mit einer Erkältung. Offenbar hatte im Augenblick fast jeder damit zu tun.

»Ich bin fast wieder auf der Höhe.«

Sie tauschten gerade bewährte Hausrezepte gegen Infekte aus, da klingelte es erneut an der Tür. Paris nahm an, dass nun noch ein Ehepaar käme, aber Natalie begrüßte nur einen einzelnen Mann, den Paris noch nie gesehen hatte. Er war groß, dunkelhaarig, und sie schätzte ihn auf Ende vierzig. Doch bei näherem Hinschauen stellte Paris fest, dass er etwas älter war und am Hinterkopf bereits eine erhebliche kahle Stelle hatte. Er wirkte auf Anhieb sympathisch.

»Wer ist denn das?«, erkundigte sich Paris bei Virginia.

Ihre Freundin zuckte mit den Schultern. »Ich habe ihn noch nie gesehen.« Das entsprach der Wahrheit. Dass sie dennoch einiges über ihn wusste, behielt sie geflissentlich für sich. Er war Freds neuer Finanzberater und seit einiger Zeit Single. Paris konnte nicht ahnen, dass die ganze Dinnerparty nur dem Zweck diente, sie und diesen Mann miteinander bekannt zu machen. Ihre Freundinnen fanden, es sei höchste Zeit, dass sie wieder einmal mit einem Mann ausging.

Der Neuankömmling spazierte nun ins Zimmer. Er hatte einen roten Rollkragenpullover an und darüber einen karierten Blazer. Fassungslos starrte Paris auf seine ebenfalls karierte Hose. Man hätte meinen können, er trüge ein Clownskostüm. Außerdem wurde ziemlich schnell deutlich, dass der große Unbekannte nicht ganz nüchtern war. Bevor Fred das Wort ergreifen konnte, stellte sich der Fremde selbst reihum allen Anwesenden vor. »Ich bin Ralph«, sagte er und schüttelte jedem kräftig die Hand. Als er schließlich vor Paris stand, ging ihr ein Licht auf. Nun war ihr klar, weshalb man ihn eingeladen hatte.

»Sie sind also die lustige frisch Geschiedene aus Greenwich«, sagte er grinsend. Paris' Hand schüttelte er nicht, er hielt sie nur fest. Es kostete Paris einige Anstrengung, sie ihm wieder zu entziehen. »Wie ich höre, ist Ihr Ex schon wieder unter der Haube«, bemerkte der Finanzberater plump.

Paris nickte stumm, dann flüchtete sie an Virginias Seite. »Wie charmant«, flüsterte sie.

Virginia war zusammengezuckt, und Natalie bedachte ihren Mann gerade mit einem vernichtenden Blick. Er hatte behauptet, dieser Kerl sei furchtbar nett. Aber Fred hatte

sich erst zwei Mal mit ihm getroffen und hatte dabei einen guten Eindruck von Ralph gehabt. Er wusste nicht viel über ihn, lediglich, dass er drei Kinder hatte, geschieden und nach eigenen Angaben ein begnadeter Skifahrer war. Fred fand das ausreichend fürs Erste. Er hatte Natalie glaubhaft versichert, sein Finanzberater sei intelligent, sehe passabel aus, kümmere sich gewissenhaft um ihre Geldanlagen und behaupte, momentan keine Freundin zu haben.
Noch bevor sich alle zum Essen hinsetzten, hatte Ralph einige ziemlich schlüpfrige Witze zum Besten gegeben. Ein paar waren sogar ganz lustig, und über einen konnte selbst Paris herzlich lachen. Doch kaum hatte sich Ralph auf dem Stuhl neben ihr niedergelassen, legte er erst richtig los. Inzwischen hatte er zwei Gläser Scotch intus. Als die Suppe aufgetragen wurde, lallte er bereits.
»Finden Sie Suppe zum Dinner nicht auch grässlich?«, fragte er Paris so laut, dass es jeder hörte. »Ich bekleckere mich jedes Mal. Früher tropfte mir immer die Hälfte auf die Krawatte, deshalb trage ich keine mehr.« Offenbar fürchtete er auch um seinen Pullover, jedenfalls stopfte er sich den Zipfel seiner Serviette in den Rollkragen. Dann erkundigte er sich bei Fred, wo denn der Wein bleibe. »Oder herrscht in diesem Staat immer noch Prohibition? Gehst du eigentlich noch zu den Anonymen Alkoholikern, Fred? Hast du die Weinflasche deshalb so gut versteckt, alter Junge?«
Hastig schenkte Fred seinem Gast das Glas voll. Währenddessen fixierte seine Frau ihn, als wolle sie ihn am liebsten erwürgen. Wie konnte er bloß dermaßen danebenliegen mit seiner Einschätzung? Natalie hatte vorgehabt, die beiden

Singles ganz unverfänglich zusammenzuführen, doch der Kerl benahm sich wie ein Elefant im Porzellanladen. Er hatte zudem die Angewohnheit, sich immer wieder die Brille von der Nase zu reißen, und darunter litt seine Frisur. Je mehr er trank, desto wilder sah er aus. Und seine Witze wurden auch immer zotiger. Es gelang ihm, schon während des ersten Gangs sämtliche Körperteile mindestens einmal zu erwähnen. Beim zweiten widmete er sich den diversen Stellungen beim Geschlechtsverkehr. Als schließlich das Dessert aufgetragen wurde, lösten seine eigenen Witze bei ihm wahre Lachsalven aus. Zur Bekräftigung schlug er immer wieder mit der Hand auf den Tisch. Paris wusste nicht, ob sie peinlich berührt tun oder einfach losprusten sollte. Kopfschüttelnd starrte sie Virginia an, die ihr am Tisch gegenübersaß.

Nach dem Dinner nahm Natalie Paris beiseite und entschuldigte sich überschwänglich bei ihr. »Es tut mir wirklich furchtbar Leid! Fred sagte, er sei ein netter Kerl, und ich dachte, ihr solltet euch kennen lernen.«

»Mach dir keine Gedanken«, entgegnete Paris großmütig. »Irgendwie ist er ja ganz … amüsant. Aber du musst wirklich keine Männer für mich einladen. Unter guten Freunden fühle ich mich auch allein sehr wohl. Außerdem habe ich gar keine Lust, mich zu verabreden.«

»Das solltest du aber«, sagte Natalie ernst. »Du kannst doch nicht zu Hause versauern. Wir müssen dir jemanden suchen.«

Der erste Anlauf war jedenfalls gründlich in die Hose gegangen. Der einsame Wolf saß inzwischen auf der Couch und kippte einen Brandy nach dem anderen. Er erweckte den Anschein, als würde er jeden Moment bewusstlos zur Seite sacken. Paris raunte Virginia zu, dass Natalie wohl das Gästezimmer bereitmachen oder jemanden bitten müsse, ihn nach Hause zu bringen. Fahren konnte der Mann in diesem Zustand jedenfalls nicht mehr, schon gar nicht in dem noch immer anhaltenden Schneegestöber. Paris betrachtete skeptisch die Schneemassen auf der Straße. Sie wollte nicht zugeben, dass sie der bevorstehenden Heimfahrt mit Sorge entgegenblickte. Sie war fest entschlossen, niemanden zu behelligen.

»Vielleicht solltest du ihn in deinem Gästezimmer unterbringen«, sagte Virginia grinsend zu Paris. Sie war froh, dass Paris so tapfer aushielt. Sie selbst wäre wahrscheinlich längst geflüchtet.

Als Paris kurz darauf in der Nähe der Couch stand, tätschelte Ralph ihr doch tatsächlich das Hinterteil. Das ging entschieden zu weit. Wütend fuhr sie herum. Die Bemühungen ihrer Freundinnen, sie zu verkuppeln, empfand sie nun fast als beleidigend. Sie kam sehr gut allein zurecht, niemand musste ihr einen Mann beschaffen.

»Hallo, Süße. Komm, setz dich zu mir. Wir wollen uns doch ein bisschen näher kennen lernen.« Ralph ließ seinen hungrigen Blick über Paris gleiten.

Paris sah ihn grimmig an, dann machte sie, dass sie fortkam. Sie eilte zu Natalie, um sich von ihr zu verabschieden. Sie wollte unauffällig verschwinden, um eine allgemeine Aufbruchsstimmung zu verhindern. Natalie musterte sie aufmerksam und verzichtete darauf, sie zurückzuhalten. Paris war wirklich unglaublich tapfer gewesen, Natalie konnte verstehen, dass sie nun das Weite suchte.

»Ich bin untröstlich. Wenn du willst, erschieße ich den Typen, bevor er sich mit unserem teuren Brandy endgültig ins Delirium befördert. Und wenn alle anderen weg sind, erschieße ich auch Fred. Beim nächsten Mal wird es kein solches Fiasko geben, das verspreche ich dir.«

»Beim nächsten Mal lädst du einfach keinen potenziellen Kandidaten ein. Das wäre mir am liebsten«, sagte Paris leise.

»In Ordnung.« Natalie umarmte sie, dann schaute sie ihrer Freundin dabei zu, wie sie ihre Stiefel anzog. Paris war so unglaublich schön und wirkte so furchtbar einsam. Natalie hätte sie am liebsten noch einmal in die Arme genommen. »Meinst du, du kommst heil nach Hause?«, fragte sie besorgt.

»Kein Problem.« Paris lächelte. Ihr war nun doch ziemlich mulmig zumute, aber sie versuchte, Gelassenheit auszustrahlen. Lieber wäre sie nach Hause gelaufen, als noch eine Minute mit Ralph dem Rüpel oder mit ihren mitleidigen Bekannten zu verbringen. Sicher wollten ihre Freundinnen nur ihr Bestes, aber Paris fühlte sich gedemütigt. Sah so nun ihre Zukunft aus? Würde man von nun an ständig versuchen, sie mit Männern wie Ralph zu verkuppeln, die schlüpfrige Witze erzählten und sich sinnlos besoffen?

»Ich rufe dich morgen an. Und danke für die Einladung!« Paris verließ geradezu fluchtartig das Haus. Sie konnte nur beten, dass ihr Auto anspringen würde. Notfalls fuhr sie per Anhalter heim. Sie sehnte sich geradezu danach, wieder allein zu sein. Der Abend war wirklich ein totaler Reinfall gewesen.

Niedergeschlagen kehrte Natalie ins Wohnzimmer zurück. Ralph blickte sich suchend um. »Wo ist denn London … oder Florence … oder war es Berlin? Wie war doch gleich ihr Name?«

Natalie verdrehte die Augen. »Sie heißt Paris, und sie ist nach Hause gefahren. Ihr war ziemlich übel«, antwortete Natalie spitz. Dabei warf sie ihrem Mann erneut einen verächtlichen Blick zu.
Fred schaute beschämt zu Boden.
»Schade eigentlich. Ich fand sie ganz nett. Jedenfalls nicht hässlich, die Kleine.« Ralph stürzte noch einen Brandy hinunter. »Dazu fällt mir eine Geschichte ein ...«
Als er sie zu Ende erzählt hatte, war Paris schon fast zu Hause. Trotz des Schneetreibens fuhr sie schnell, sie wollte nur noch die Haustür hinter sich zuwerfen und die vergangenen Stunden so schnell wie möglich vergessen. Was für ein Albtraum! Sie ließ gerade die Aneinanderreihung von Peinlichkeiten noch einmal Revue passieren, da kam das Auto ins Rutschen. Erschrocken trat Paris auf die Bremse, was alles noch schlimmer machte. Der Wagen drehte sich auf der vereisten Fahrbahn und rutschte von der Straße. Das Heck blieb prompt in einer Schneewehe stecken. Paris versuchte, wieder freizukommen, aber die Reifen gruben sich nur immer tiefer in den frischen Schnee. Nach einer Weile gab sie frustriert auf. Nicht einmal Winterreifen konnten diesen Bedingungen Paroli bieten. Sie musste den Abschleppdienst rufen.
»Mist«, sagte sie laut, lehnte sich zurück und überlegte, ob sie die Mitgliedskarte des Automobilclubs eingesteckt hatte. Sie sah in ihrer Handtasche nach, doch dort fand sie nur eine Fünfdollarnote, den Führerschein, die Haustürschlüssel, einen Lippenstift und ihr Handy. Blieb noch das Handschuhfach. Als sie die Karte entdeckte, stieß sie einen kleinen Freudenschrei aus. Wieder einmal zahlte sich Peters Umsicht aus, denn mit Sicherheit hatte er die

Karte ins Auto gelegt. Eigentlich hätte Paris ihm dankbar sein müssen, aber sie überkam plötzlich unbändiger Zorn. Diesen grässlichen Abend hatte *er* ihr eingebrockt. Ihm verdankte sie es, dass sie nun Freiwild für Männer wie Ralph war – während er in der Karibik mit Rachel flitterte. Auf der Karte stand die Notrufnummer, die Paris nun wählte. Sie erklärte der Dame vom Automobilclub, was passiert war, und diese versicherte ihr, dass sie so schnell wie möglich jemanden zu ihr hinausschicken würde. Trotzdem könne es bis zu einer Stunde dauern, bis Hilfe vor Ort sei. Paris musste sich wohl oder übel gedulden. Sie überlegte, ob sie Meg anrufen sollte, um sich die Zeit zu vertreiben. Aber sie wollte nicht, dass sich ihre Tochter um sie sorgte. Und das würde sie zweifellos, wenn sie erfuhr, dass Paris mitten in der Nacht mit dem Auto im Schneesturm festsaß. Also wartete sie zähneknirschend, bis nach einer Dreiviertelstunde der Abschleppwagen eintraf.

Paris stieg aus und sah zu, wie ein Mann den Wagen mit einer Winde zurück auf die Fahrbahn zog. Eineinhalb Stunden nachdem sie die Dinnerparty verlassen hatte, war sie endlich zu Hause. Sie stapfte hinein, warf die Tür hinter sich zu und lehnte sich von innen dagegen. Zum ersten Mal, seit Peter sie verlassen hatte, war sie wütend. Sie war so wütend, dass sie am liebsten auf jemanden losgegangen wäre. Auf Ralph vielleicht. Oder auf Natalie und Fred. Oder am besten auf Peter und Rachel. Auf jeden Einzelnen von ihnen oder auf alle gleichzeitig. Paris ließ ihren Mantel fallen, pfefferte die Stiefel in eine Ecke und polterte die Treppe hinauf. Die Kleider ließ sie da liegen, wo sie sie auszog. Es war ja niemand da, der sich daran stören konnte. Niemand, der den Schnee in der Einfahrt räumte oder sie irgendwohin fuhr. Niemand, der sie davor bewahrte, von der Fahrbahn abzukommen, oder ihr Typen wie Ralph, diesen Widerling, vom Hals hielt. Sie verfluchte sämtliche Menschen, von denen sie sich im Stich gelassen fühlte, aber am allermeisten Peter. Später lag sie im Bett und starrte zur Decke hinauf. In diesem Augenblick hasste sie Peter beinahe so sehr, wie sie ihn einst geliebt hatte. Aber Paris wusste bereits, was sie tun würde. Es war höchste Zeit.

11. Kapitel

Am Montag stürmte Paris in Annes Praxis. »Jetzt reicht es endgültig!«, verkündete sie.

»Wovon sprechen Sie? Von der Therapie?« Anne spürte sofort, wie erbost Paris war.

»Nein. Von Greenwich. Ich verschwinde von hier.«

»Woher der plötzliche Sinneswandel?«

»Am Samstag war ich bei der Dinnerparty bei Natalie, und meine Freundinnen wollten mich tatsächlich mit irgendeinem Idioten verkuppeln, ohne mich auch nur vorher zu fragen, ob ich das möchte. Sie glauben ja nicht, wie schrecklich das war! Erst musste ich die Einfahrt freischaufeln und im Schneegestöber mein Leben aufs Spiel setzen, dann kreuzte dieser Typ in dem geschmacklosen Outfit auf, erzählte obszöne Witze, betrank sich bis zur Besinnungslosigkeit und begrabschte nach dem Essen auch noch meinen Hintern!«

»Und deshalb wollen Sie nun weg?« Anne fragte sich, ob Paris es wirklich ernst meinte.

»Es geht noch weiter. Nach der Party rutschte mein Auto in einen Schneehaufen, weil ich keine Ahnung habe, wie man bei solchem Wetter fährt. Das hat sonst immer Peter gemacht. Ich musste den Pannendienst anrufen und mich mitten in der Nacht abschleppen lassen. Ich war um halb zwei zu Hause! Dieser Abend hat das Fass zum Überlaufen gebracht.«

»Ein Idiot und eine Schneewehe?« Anne zog spöttisch eine Augenbraue hoch. Sie fand, dass Paris besser aussah denn je. Ihre Wangen waren gerötet, und ihre Augen blitzten. Sie wirkte gesund und lebhaft. Offenbar war sie auf dem besten Weg, ihr Leben wieder unter Kontrolle zu bekommen.

»Nein. Wegen Peter. Ich hasse ihn! Es ist alles seine Schuld. Er hat mich wegen dieser kleinen Schlampe sitzen lassen, und ich soll mich nun mit einem Ekelpaket wie diesem Ralph zufrieden geben. Meine dusseligen Freundinnen meinen auch noch, sie täten mir einen Gefallen, wenn sie mir einen solchen Fiesling vorsetzen. Ich ziehe nach Kalifornien.«

»Aber warum genau?« Anne musterte Paris aus zusammengekniffenen Augen.

»Weil mich hier nichts mehr hält.«

»Und in Kalifornien wird alles besser?« Anne war es wichtig, dass Paris triftige Gründe für einen Umzug hatte und nicht einfach flüchtete. Sonst würde sie ihre Probleme mitnehmen. Ein Ortswechsel half nur, wenn die Voraussetzungen stimmten.

»Wenigstens werde ich dort nicht in einer Schneewehe landen, wenn ich von einer Dinnerparty nach Hause fahre.«

»Werden Sie dort denn zu irgendwelchen Dinnerpartys gehen?«

»Wahrscheinlich am Anfang nicht. Ich kenne ja noch niemanden dort.« Paris beruhigte sich allmählich. Aber für sie stand fest, dass ihre Tage in Greenwich gezählt waren. »Ich werde mir einen Job suchen und neue Leute kennen lernen. Wenn es nicht klappt, kann ich immer noch zurückkommen. Ich will nicht länger unter Menschen leben, die mich bemitleiden. Das macht alles nur noch schlimmer. Jeder hier weiß von meiner Misere. Es wäre so schön, endlich mal wieder mit jemandem zu reden, der keine Ahnung hat, was mir passiert ist.«

»Das klingt einleuchtend. Wie soll es denn nun konkret weitergehen?«

»Ich fliege morgen nach San Francisco. Das Ticket habe ich schon. Und vor zwei Stunden habe ich einen Makler dort angerufen. Ich kann mir sofort ein paar Häuser und Apartments anschauen. Wim hat nicht viel Zeit, aber wir treffen uns auf jeden Fall einmal zum Abendessen. Ich weiß nicht, wie lang ich dableiben werde. Das kommt darauf an, wie schnell ich eine passende Bleibe finde. Jedenfalls werde ich alles daran setzen.«

Es war also so weit. Anne hatte ein gutes Gefühl. Auf diesen Augenblick hatte sie seit Monaten hingearbeitet. Nun war Paris bereit für diese große Veränderung.

»Der Knoten ist also geplatzt.« Zufrieden musterte Anne ihre Klientin. Sie hatte erreicht, was sie wollte: Paris war wieder auf den Beinen und in der Lage, ihre Zukunft selbst in die Hand zu nehmen.

»Halten Sie mich jetzt für verrückt?«, fragte Paris nun doch ein wenig besorgt.

»Nein, ich halte Sie für extrem vernünftig. Ihre Entscheidung ist richtig. Hoffentlich finden Sie rasch eine schöne Wohnung.«

»Das hoffe ich auch«, sagte Paris. Plötzlich wurde sie doch ein wenig melancholisch. »Ich gehe nicht gern weg von hier. Ich habe eine glückliche Zeit hier in Greenwich verlebt.«

»Wollen Sie das Haus verkaufen?«

»Nein, ich möchte es nur vermieten.«
»Dann können Sie doch jederzeit zurückkehren. Sie brechen ja nicht alle Brücken ab. Aber stürzen Sie sich zunächst in das Abenteuer Kalifornien, Paris. Dort gibt es so viel zu entdecken. Sie können tun und lassen, was Sie wollen – die Tür steht sperrangelweit offen.«
»Das ist ziemlich beängstigend.«
»Ja, und sehr aufregend. Ich bin stolz auf Sie.«
Paris verkündete, dass sie ihre Freundinnen erst einweihen wollte, wenn sie ein Haus oder eine Wohnung gefunden hatte. Sie fürchtete, dass sie versuchen könnten, ihr den Umzug auszureden. Bis jetzt wussten nur Anne und die Kinder von ihren Plänen, und Wim und Meg freuten sich über die Entscheidung ihrer Mutter.
Eine halbe Stunde später verabschiedete sich Paris von Anne. Sie fuhr auf direktem Weg nach Hause und packte. Zwischendurch rief Natalie an, um sich noch einmal für das Desaster zu entschuldigen.
»Mach dir keine Gedanken«, beschwichtigte Paris sie. »Alles halb so wild.«
»Sollen wir uns diese Woche mal zum Lunch treffen?«
»Ich kann leider nicht. Ich fliege zu Wim nach San Francisco.«
»Ach, wie schön«, sagte Natalie. Sie fand es gut, dass Paris wieder mehr unternahm. Die letzten Monate waren kein Zuckerschlecken für sie gewesen. Natalie war noch immer der Meinung, Paris brauche dringend wieder einen Mann. Sie und Virginia hatten feierlich gelobt, jemanden für sie aufzutun. Nur mussten sie ihre Auswahl in Zukunft sorgfältiger treffen. Ein derart katastrophaler Fehlgriff wie mit Ralph durfte nie wieder passieren.

»Sobald ich zurück bin, rufe ich dich an«, versprach Paris. Dann machte sie sich wieder ans Packen.

Am nächsten Morgen bestieg sie den Flieger nach San Francisco. Sie hatte erste Klasse gebucht, und neben ihr saß ein recht attraktiver Mann. Er trug einen Anzug und arbeitete an einem Laptop, daraus schloss Paris, dass er sich auf Geschäftsreise befand. Sie schätzte ihn auf etwa fünfzig. Im Folgenden vertiefte sie sich in ein Buch, aß dann zu Mittag und schaute sich anschließend einen Film an. Als sie noch etwa eine Stunde von San Francisco entfernt waren, packte ihr Sitznachbar seinen Computer ein und lächelte sie an. In dem Moment erschien die Flugbegleiterin und bot ihnen Erfrischungen an. Paris nahm einen Fruchtsaft, der Geschäftsmann ließ sich einen Kaffee servieren. Die Flugbegleiterin schien ihn gut zu kennen.

»Fliegen Sie öfter nach San Francisco?«, fragte Paris freundlich. Ihr Nachbar sah wirklich nicht schlecht aus.

»Zwei- oder dreimal im Monat. Ich arbeite dort mit einer Firma zusammen an der Finanzierung von Biotechnologieunternehmen im Silicon Valley.«

Das klang beeindruckend. Der Mann wirkte gut situiert und äußerst seriös.

»Und Sie? Fliegen Sie auch geschäftlich an die Westküste? Oder machen Sie Urlaub?«, erkundigte er sich.

»Ich besuche meinen Sohn in Berkeley. Er studiert dort.«

Paris war nicht entgangen, dass ihr Sitznachbar einen Blick auf ihre Hände geworfen hatte. Inzwischen trug sie ihren Ehering nicht mehr. Am Tag der Scheidung hatte sie ihn abgelegt und geglaubt, sie müsse sterben. Und noch immer fühlte sich Paris ohne den schmalen Goldreif irgendwie nackt. Seit ihrer Hochzeit hatte sie ihn täglich angezogen, teils aus Zuneigung zu Peter, teils aus Aberglauben. Sie bemerkte, dass ihr Nebenmann ebenfalls keinen Ring trug. Vielleicht ein Zeichen.

»Wie lange bleiben Sie denn in Berkeley?«, fragte er nun.

»Ich weiß es noch nicht. Ich möchte mir ein paar Häuser und Apartments in San Francisco ansehen. Vielleicht ziehe ich demnächst dorthin.«

»Sie wollen New York den Rücken kehren?« Interessant. Sie war eine schöne Frau und sicher kaum älter als vierzig. Für einen Sohn, der aufs College ging, wirkte sie eigentlich zu jung.

»Nein, ich zeige nur Greenwich die kalte Schulter.«

»Dann sind Sie wohl frisch geschieden?«

»Ja«, antwortete Paris perplex. »Wie kommen Sie darauf?«

»Greenwich ist kein Ort für Singles, und wer von dort wegzieht, ist meist noch nicht lange allein.«

Paris nickte. Sie wollte ihn nicht ausfragen, denn er sollte nicht denken, sie sei auf der Jagd nach einem Mann. Als der Pilot durchsagte, dies sei die letzte Gelegenheit, vor der Landung noch einmal die Plätze zu verlassen, stand Paris auf und ging zur Toilette. Die war besetzt, und direkt vor der Bordküche musste Paris einen Augenblick lang warten.

Die Flugbegleiterin, die sie bedient hatte, schaute auf. Lächelnd kam sie näher und raunte: »Es geht mich eigentlich nichts an, aber … Vielleicht interessiert es Sie.« Sie wies mit dem Kinn in die Richtung, in der Paris' Sitzplatz lag. »Er ist verheiratet und hat vier Kinder, und seine Familie lebt in Stamford. Er fliegt regelmäßig auf dieser Route. Zwei meiner Kolleginnen waren schon mal mit ihm verabredet, aber er hat ihnen seine Situation wohlweislich verschwiegen. Ich habe gesehen, dass Sie sich mit ihm unterhalten haben. Ich finde, wir Mädels müssen zusammenhalten. Vielleicht ist Ihnen das auch gleichgültig, aber es schadet sicher nicht, Bescheid zu wissen. Von ihm werden Sie jedenfalls nicht erfahren, dass er verheiratet ist. Uns hat es ein anderer Stammgast erzählt, der seine Frau gut kennt.«

»Danke«, sagte Paris. Die Toilette wurde gerade frei. »Vielen Dank.« Sie trat in die kleine Kabine, wusch sich zunächst die Hände und kämmte sich dann das Haar. Dabei betrachtete sie sich im Spiegel. Es war erstaunlich, wie viele Betrüger und Idioten die Welt bevölkerten. Um unter all diesen Nieten einen anständigen Kerl zu entdecken, brauchte man offenbar mindestens so viel Glück wie bei der Suche nach der sprichwörtlichen Nadel im Heuhaufen. Sicher war es nicht völlig unmöglich, irgendwann einen netten, ehrlichen Mann kennen zu lernen, aber im Grunde hatte Paris daran ohnehin kein Interesse. Heiraten würde sie jedenfalls nie wieder, davon hatte Peter sie ein für alle Mal kuriert. Sie würde sich ganz einfach daran gewöhnen müssen, allein zu leben.

Paris flocht sich das Haar zu einem dicken Zopf und zog sich die Lippen nach. Als sie zu ihrem Platz zurückkehrte, streifte ihr Sitznachbar sie mit einem anerkennenden Blick. Dann reichte er ihr seine Visitenkarte.

»Ich habe ein Zimmer im Four Seasons. Melden Sie sich bei mir, wenn Sie Zeit für ein gemeinsames Abendessen haben. Wo werden Sie denn wohnen?«, fragte er lächelnd.

»Bei meinem Sohn«, log Paris. Nach allem, was sie gerade erfahren hatte, hielt sie sich lieber bedeckt. Über den Vielflieger wusste sie inzwischen schon mehr als genug. »Ich denke, ich werde sehr beschäftigt sein«, erklärte sie, während sie die Karte achtlos in ihre Handtasche fallen ließ.
»Sie können mich auch in New York anrufen, wenn Sie wieder zurück sind«, sagte er. In diesem Augenblick setzte das Flugzeug auf. »Soll ich Sie mit in die Stadt nehmen?«, fragte der Mann galant.
Paris lächelte und dachte an seine Frau. »Ich werde abgeholt. Trotzdem vielen Dank für das Angebot«, entgegnete sie.
Als er sie eine halbe Stunde später allein in ein Taxi steigen sah, hob er überrascht eine Augenbraue. Paris winkte ihm noch einmal zu, dann gab sie dem Taxifahrer die Adresse ihres Hotels. Dort angekommen warf sie als Erstes die Visitenkarte in den Papierkorb.

12. Kapitel

In den nächsten vier Tagen besichtigte Paris zahlreiche Immobilien in der Stadt. Nach dem vierten Apartment wusste sie, dass eine Wohnung für sie nicht infrage kam. Sie hatte jahrelang in einem großen Haus gelebt, ein Apartment erschien ihr nun zu beengt. Am Ende zog sie zwei Häuser in die engere Wahl – eines in Pacific Heights, das Paris an ihr Heim in Greenwich erinnerte, und ein hübsches kleines Stadthaus in viktorianischem Stil mit einer Einliegerwohnung im unteren Stockwerk. Das Haus lag in der Vallejo Street in Cow Hollow, und von dort war es nicht weit zum Meer. Außerdem hatte man von einigen Fenstern aus einen atemberaubenden Blick über die Bucht und auf die Golden Gate Bridge. Doch vor allem die Einliegerwohnung hatte es Paris angetan. Dort könnte Wim sich ein Nest einrichten und hin und wieder die Wochenenden verbringen. Dann war er in ihrer Nähe und doch unabhängig. Auch seine Freunde könnten dort übernachten. Paris fand das Haus für ihre Zwecke geradezu perfekt, und die Vermieter waren begeistert von ihr. Eine bessere Mieterin als eine zahlungskräftige Frau mittleren Alters konnten sie sich kaum wünschen. Das Haus war vor nicht allzu langer Zeit renoviert worden, es wirkte hell und wohnlich.

Paris bewunderte die schönen Holzböden, die im ganzen Haus verlegt waren. Die Hauptwohnung hatte drei

Schlafzimmer. Eines davon lag im Obergeschoss und bot eine fantastische Aussicht. Das zweite im Stockwerk darunter könnte Meg benutzen, das dritte würde als Gästezimmer dienen. Es gab eine schöne Küche im Landhausstil, und vom Wohnzimmer gelangte man in den kleinen, aber sehr gepflegten Garten. Im Vergleich zu ihrem Haus in Greenwich war das Stadthaus richtig klein und putzig, doch gerade das gefiel Paris. Sie würde einzelne Möbelstücke auswählen und den Rest erst einmal einlagern. Der Makler sagte, er könne das Haus vorübergehend möblieren, bis ihre eigenen Sachen kämen. Die Entscheidung fiel innerhalb eines einzigen Nachmittags. Paris unterzeichnete den Mietvertrag, und schon am Abend schickte ihr der Makler die Schlüssel ins Ritz-Carlton. Sie musste zwei Monatsmieten im Voraus bezahlen und eine saftige Kaution hinterlegen. Ab jetzt konnte sie nach Mietern für das Haus in Greenwich suchen. Selbst wenn das eine Weile dauern sollte, musste sie nicht unbedingt dort bleiben. Sie konnte jederzeit umziehen.

Am letzten Abend ihres Aufenthaltes an der Westküste traf sie sich mit Wim in Berkeley zum Essen. Anschließend fuhren sie nach San Francisco, denn Paris wollte ihm unbedingt das Haus zeigen. Sie hatte einen Wagen gemietet und war die steilen Straßen nun schon fast gewohnt. Wim fand die Einliegerwohnung einfach umwerfend. »Wow! Kann ich hin und wieder ein paar Freunde mitbringen, Mom?«

»Wann immer du willst, Süßer. Dafür ist das Apartment ja gedacht.« Es hatte zwei Schlafzimmer und ebenfalls einen Zugang zum Garten, einfach ideal.

»Wann ziehst du denn ein?«, fragte Wim aufgeregt.

Paris lachte. »Sobald ich in Greenwich alles zusammengepackt habe.« Zum ersten Mal seit Monaten hatte Paris etwas, worauf sie sich freuen konnte. Ihr neues Leben versprach, sehr aufregend zu werden. Plötzlich gab es für sie auch noch etwas anderes als Trauer und Katastrophen. Sie hatte acht Monate gebraucht, um sich zu berappeln, aber sie hatte es geschafft.

Am nächsten Morgen flog sie zurück nach Greenwich. Diesmal saß eine ältere Frau neben ihr, die vom Start bis zur Landung schlief. Als Paris die Haustür in Greenwich aufschloss, hatte sie das Gefühl, eine Ewigkeit weg gewesen zu sein. In den letzten Tagen war viel geschehen.

Sie rief Natalie und Virginia an und berichtete ihnen, was sie vorhatte. Die beiden waren vollkommen überrascht. Sie bedauerten es, dass ihre Freundin wegging, aber bewunderten sie gleichzeitig für ihren Mut. Wenn Paris einen Umzug für richtig halte, solle sie das auch in die Tat umsetzen. Paris sagte Natalie nicht, dass ihre Dinnerparty der Auslöser für die Entscheidung gewesen war.

Sie setzte sich unverzüglich mit einem Makler in Verbindung, und der arrangierte einige Besichtigungen für das Wochenende. Der Mann machte Paris wenig Hoffnung, dass sie sofort Mieter finden würde. Um diese Jahreszeit brach der Markt stets ein wenig ein. Die meisten Leute suchten im Frühjahr oder im Sommer nach neuen Häusern. Paris beauftragte eine Umzugsfirma, und sie wollte so bald wie möglich mit dem Packen beginnen. Vorher musste sie noch entscheiden, was sie mitnehmen und was sie einlagern sollte. Später meldete sich Virginia noch einmal. Sie hatte Jim von Paris' Plänen erzählt, und gemeinsam mit Natalie waren sie übereingekommen, für Paris eine Abschiedsparty zu organisieren. Bis zum Wochenende riefen noch vier weitere Bekannte an. Sie wollten Paris unbedingt noch einmal sehen und luden sie zum Essen ein. Plötzlich empfanden alle nicht mehr nur Mitleid mit ihr, sie nahmen Anteil an ihren Plänen und fanden es schade, dass sie wegziehen wollte. Paris fühlte sich schlagartig besser. Mit der Entscheidung, nach Kalifornien überzusiedeln, hatte sie das Ruder herumgerissen. Ihre gesamte seelische Verfassung hatte sich gewandelt.

Den Unkenrufen des Maklers zum Trotz hatte Paris bereits am Sonntagnachmittag Mieter für das Haus gefunden. Schon die zweiten Interessenten wollten es nehmen. Die ersten riefen eine Stunde später an, und als sie erfuhren, dass das Haus schon weg war, bereuten sie, nicht sofort zugegriffen zu haben. Die zukünftigen Bewohner wollten das Haus zunächst für ein Jahr mieten, baten sich aber die Option für ein zweites aus. Sie mussten aus beruflichen Gründen von Atlanta nach New York ziehen und hatten drei halbwüchsige Kinder. Das Haus entsprach voll und ganz ihren Vorstellungen, außerdem waren sie überglücklich, dass Paris nichts gegen Jugendliche hatte. Es freute diese sogar, dass die vielen Zimmer und der Garten nun bald wieder mit Leben erfüllt sein würden.

Über die Höhe der Miete, die sie laut Makler verlangen konnte, hatte sie nicht schlecht gestaunt. Wenn sie die Kosten für das Haus in San Francisco davon abzog, blieb ihr noch immer eine ordentliche Summe. Ganz nebenher erwies sich der Ortswechsel also auch noch als gutes Geschäft.

Die nächsten Tage verbrachte Paris mit Packen und Sortieren. Außerdem besuchte sie Freunde und Bekannte und verabschiedete sich von allen. Sie wollte Anfang Februar in San Francisco sein. Als schließlich die Umzugsfirma anrückte, war alles vorbereitet.

Für die letzte Nacht in Greenwich buchte Paris ein Zimmer im Homestead Inn. Mit Virginia und Natalie traf sie sich noch ein letztes Mal zum Lunch. Sie bedankte sich erneut für die schöne Abschiedsparty, die ihre Freundinnen für sie gegeben hatten. Es waren nur gute Bekannte eingeladen gewesen – keine fremden Männer, die ihr an die Wäsche wollten. Erst jetzt ging Paris auf, wie viele Leute sie in Greenwich kannte und wie sehr sie geschätzt wurde. Es tat ihr nun doch ein bisschen weh, dass sie dem Ort den Rücken kehren würde. Aber die letzte Sitzung bei Anne bestärkte sie noch einmal in ihrem Entschluss. Das gute Gefühl, das sie nun hatte, verdankte sie vor allem der Vorfreude auf die Zeit in San Francisco. Wenn sie in Greenwich bliebe, würde sich gar nichts ändern. Dann säße sie weiterhin verzagt in ihrem großen, leeren Haus. Aber auch an der Westküste würde sie erst einmal allein sein. Sie musste sich so bald wie möglich einen Job suchen und sich bemühen, neue Leute kennen zu lernen. Mit Anne vereinbarte sie für die erste Zeit zwei Telefonsitzungen pro Woche.

Am Freitagmorgen fuhr sie um acht Uhr zum Flughafen. Als sich die Maschine in die Lüfte erhob, versuchte sie, nicht an Peter zu denken. Meg und Wim hatten ihm von dem Umzug erzählt, aber er hatte nichts von sich hören lassen. Sie musste sich nun ihr eigenes Leben aufbauen. Falls sie irgendwann merkte, dass sie einen Fehler gemacht hatte, konnte sie immer noch nach Greenwich zurück, sagte sie sich wohl zum hundertsten Mal. Nun sprang sie aus freien Stücken aus dem Flugzeug, und sie hatte einen Fallschirm dabei. Paris wusste, was sie tat und weshalb sie es tat. Nach San Francisco zu ziehen, war ein mutiger Schritt, und sie war in diesem Moment richtig stolz auf sich. Bei der Landung huschte ein Lächeln über Paris' Gesicht.

Sie gab dem Taxifahrer die Adresse ihres neuen Heims und konnte sich bald davon überzeugen, dass der Makler Wort gehalten hatte. Im Haus standen ein Bett, ein paar Kommoden, ein Esstisch mit Stühlen, eine Couch und ein Couchtisch sowie ein paar Lampen für sie bereit. Paris schleppte den Koffer hinauf ins Schlafzimmer. Vom Fenster aus konnte sie die Golden Gate Bridge im Nachmittagslicht bewundern. Paris lächelte ihrem Spiegelbild über der Kommode zu. »Ich bin zu Hause!«, flüsterte sie. Zum ersten Mal seit langer Zeit war sie voller Zuversicht. Glücklich setzte sie sich aufs Bett. Ihr neues Leben hatte begonnen.

13. Kapitel

Solange ihre eigenen Möbel noch nicht da waren, gab es für Paris im Haus nicht viel zu tun. Die vorläufige Einrichtung war zweckmäßig, aber eher schlicht. Ohne Bilder und jegliche Dekoration wirkte die neue Bleibe noch ziemlich unpersönlich und steril. Fürs Erste würde Paris mit ein paar Krügen voller frischer Schnittblumen Abhilfe schaffen. Am Samstag setzte sie sich also nach einem längeren Telefongespräch mit Meg in ihren Mietwagen und fuhr in das Geschäftsviertel in der Nähe. Vielleicht ergatterte sie ja auch ein paar Kleinigkeiten, die das Haus wohnlicher machten. Wenn Wim am Sonntagabend der folgenden Woche mit einem Freund zum Essen kam, sollte es so einladend wie möglich aussehen.

Während sie auf der Fillmore Street Richtung Süden fuhr und dann nach rechts auf die Sacramento Street abbog, dachte Paris über das Gespräch mit Meg nach. Ihre Tochter hatte ihr erzählt, dass sie seit dem vergangenen Wochenende nicht mehr mit Peace zusammen sei. Sie war zwar geknickt, aber von tiefer Verzweiflung konnte nicht die Rede sein. Mutter und Tochter waren sich einig – wenn auch aus unterschiedlichen Gründen –, dass Peace schlichtweg nicht zu Meg passte. Er und sie hatten einfach zu unterschiedliche Interessen und Ziele. Trotzdem mochte Meg ihn nach wie vor und erinnerte sich gern an die Monate, die sie mit ihm verbracht hatte.

»Und wie geht es jetzt weiter?«, hatte Paris gefragt. »Ist dir schon ein anderer netter junger Mann über den Weg gelaufen?«

Meg lachte. »Mom! Peace und ich haben uns erst vor einer Woche getrennt! Wofür hältst du mich? Glaubst du, ich bin eine Schlampe?« Zwar hatte sie von Anfang an gewusst, dass die Beziehung zu Peace nicht für die Ewigkeit sein würde, doch nun brauchte sie erst einmal etwas Zeit, um über den Verlust hinwegzukommen. Peace war sehr zärtlich gewesen, und Meg vermisste ihn.

»Nein, ganz und gar nicht! Aber du bist jung und siehst umwerfend aus. Sicher stehen die Männer vor deiner Tür Schlange.«

»Ganz so einfach ist es leider nicht. Abgedrehte Typen gibt es hier natürlich wie Sand am Meer. Aber die Schauspieler zum Beispiel sind meistens so in sich selbst verliebt, dass sie andere Leute kaum wahrnehmen. Peace war eine Ausnahme, aber ihm ist der Kampfsport inzwischen auch wichtiger als das Filmgeschäft. Er möchte lieber Karate unterrichten, als weiterhin Nebenrollen in irgendwelchen obskuren Horrorstreifen zu übernehmen. Wie dem auch sei – die Hälfte der Männer in meiner Umgebung wirft andauernd irgendwelche Drogen ein, und die andere Hälfte verabredet sich vorzugsweise mit Filmsternchen oder Models. Hier denkt jeder nur an sich und seine Karriere. Und wenn ich doch mal jemanden kennen lerne, der nichts mit der Filmbranche zu tun hat – einen Anwalt zum Beispiel oder einen Börsenmakler –, ist er meist zum Gähnen. Kurz gesagt: Die Typen sind entweder total unreif oder sterbenslangweilig.« So lautete Megs vernichtendes Urteil.

»Du wirst schon noch den Richtigen finden, Süße. Es gibt schließlich massenhaft interessante, nette Männer in deinem Alter.«

»Fragt sich nur, wo. Aber was ist mir dir, Mom? Wie willst du eigentlich jemanden kennen lernen?« Meg sorgte sich um ihre Mutter. Sie sollte nicht schon wieder in einem leeren Haus hocken, noch dazu in einer Stadt, in der sie niemanden kannte. Am Ende würde sie erneut in eine Depression verfallen.

»Ich bin ja erst gestern angekommen. Immer schön eins nach dem anderen. Anne musste ich versprechen, mir bald einen Job zu suchen, und genau das habe ich vor. Ich weiß nur noch nicht, was ich eigentlich machen soll.«

»Du könntest Volkswirtschaft oder Betriebswirtschaft unterrichten. Immerhin hast du einen Master in Wirtschaftswissenschaften. Das dürfte für eine Stelle als Lektorin in einem College oder in einer Wirtschaftsschule mehr als ausreichend sein. Vielleicht solltest du dich mal in Stanford oder in Berkeley bewerben.«

Mit diesem Gedanken hatte Paris auch schon gespielt. Aber die Lektorenstellen, von denen Meg sprach, waren heiß umkämpft, und Paris glaubte nicht, dass sie eine Chance hatte. Bevor sie eine Bewerbung abschicken konnte, würde sie wohl erst noch einmal selbst die Schulbank drücken müssen, um ihre Kenntnisse aufzufrischen. Diese Vorstellung gefiel ihr ganz und gar nicht. Sie wünschte sich einen Job, der vor allem Spaß machte. Dank Peters schlechtem Gewissen und seiner Großzügigkeit musste sie nicht in erster Linie ans Geld denken. Außerdem hatte sie noch immer einen Teil ihres kleinen Erbes, das über die Jahre hinweg durch kluge Anlagestrategien auf eine hübsche Summe angewachsen war. »Wim würde es mir sicher übel nehmen, wenn ich mir eine Stelle in Berkeley beschaffe. Er würde glauben, ich spioniere ihm hinterher. Wenn ich als Lektorin arbeiten wollte, käme also nur Stanford infrage.« Zwar drängten sich auf dem Campus der Universität von Berkeley gegenwärtig über dreißigtausend Studenten, doch Paris wusste, wie wichtig Wim seine neu entdeckte Freiheit war.

»Ein Bürojob wäre auch nicht schlecht. Dabei hättest du jede Menge Männer in deinem Alter um dich«, sagte Meg.

»Das klingt ja, als wäre ich verzweifelt auf der Suche nach einem neuen Partner. Dabei möchte ich nur ein paar nette Menschen kennen lernen.«

Aber Meg schwebte für ihre Mutter etwas anderes vor. Sie wünschte sich für sie einen Ehemann, der sie liebte und achtete – oder wenigstens eine schöne Romanze. Die Überzeugung, dass Paris im Grunde sehr einsam war, machte ihr zu schaffen. »Männer sind auch Menschen«, erklärte sie nun.

Ihre Mutter lachte. »Bist du sicher?« Doch Peter war der lebende Beweis dafür. Er hatte Paris gezeigt, dass Männer Menschen und damit eben nicht perfekt waren, sondern Schwächen hatten. Das hatte sie schmerzlich erfahren müssen. Ob sie je wieder einem Mann trauen würde, konnte sie im Augenblick nicht sagen.

»Erst mal kümmere ich mich um einen Job. Vielleicht sollte ich einen Berufsfindungstest machen, damit ich sehe, wo meine verborgenen Talente schlummern. Wahrscheinlich kommt dabei heraus, dass ich als Sanitäterin zum Militär gehen, Fachfrau für Dentalhygiene oder Bildhauerin werden sollte. Soweit ich weiß, sind die Ergebnisse dieser Tests oft ziemlich abstrus. Meinst du, man muss eine Wahrheitsdroge nehmen, bevor man die Bogen ausfüllen darf?«

Meg kicherte. »Versuch es doch einfach mal«, schlug sie vor. »Was hast du denn zu verlieren?«

»Nur Zeit und Geld. Aber wahrscheinlich hast du Recht. Wann kommst du mich eigentlich mal besuchen?« Paris freute sich, dass sie sich nun kurzfristig miteinander verabreden konnten.

Doch Meg erklärte bedauernd, sie müsse die nächsten paar Wochenenden arbeiten. Der Film, der im Studio gerade gedreht wurde, stand kurz vor der Fertigstellung, was für alle Beteiligten immer jede Menge Überstunden bedeutete.

»Nicht schlimm, ich werde mich schon zu beschäftigen wissen. Bis bald, mein Schatz.«

»Ich melde mich. Tschüs, Mom.«

Paris parkte nun in der Nähe einiger kleiner Antiquitätenläden, in denen sie ein bisschen stöbern wollte, und schloss den Mietwagen ab. Ihr eigenes Auto wurde gerade per Lastwagen von Greenwich an die Westküste transportiert. Es sollte etwa um dieselbe Zeit ankommen wie ihre anderen Habseligkeiten. Sie spazierte in das erste Geschäft auf der Sacramento Street und erstand ein hübsches silbernes Kästchen. Eine Tür weiter erblickte sie zwei antike silberne Kerzenhalter, die ihr gut gefielen. Der Bummel durch die hübschen Läden machte ihr Freude. Neben dem letzten Antiquitätenhändler entdeckte sie in einem schmalen viktorianischen Gebäude ein kleines, aber sehr elegantes Blumengeschäft. Im Schaufenster standen drei absolut umwerfende Arrangements aus Frühlingsblumen. Nie zuvor hatte Paris etwas Vergleichbares gesehen. Die Farben waren schier überwältigend, und die unterschiedlichen Blumen waren auf ungewöhnliche, aber sehr effektvolle Weise in eleganten silberfarbenen Vasen kombiniert. Hinter der Ladentheke stand eine gut gekleidete junge Frau, die gerade eine telefonische Bestellung aufnahm. Nachdem sie das Gespräch beendet hatte, lächelte sie Paris zuvorkommend an. An ihrem Finger prangte ein gewaltiger Diamant. Ein gewöhnlicher Blumenladen war das mit Sicherheit nicht – so viel stand fest.

»Was kann ich für Sie tun?«, fragte die Frau freundlich.

Eigentlich wollte Paris lediglich ein paar Schnittblumen kaufen, aber sie konnte den Blick nicht von den Gebinden im Schaufenster abwenden. »Die Sträuße in der Auslage haben mich angelockt. Sie sind ein absoluter Traum«, sagte sie.

»Vielen Dank«, entgegnete die Frau erfreut. »Die sind für eine Party und werden heute Nachmittag noch ausgeliefert. Die Vasen gehören übrigens der Gastgeberin. Wir fertigen Ihnen gern individuelle Arrangements für Ihre eigenen Behältnisse an.«

»Das ist gut zu wissen«, erwiderte Paris. Sie besaß einen antiken silbernen Samowar, der fast genauso aussah wie eine der Vasen. Diesen hatte sie vor Jahren gemeinsam mit Peter auf einer Antiquitätenmesse in England gekauft. »Aber es wird noch eine Weile dauern, bis meine Sachen hier eintreffen. Ich bin gerade erst von der Ostküste hierher gezogen.«

»Aha. Kommen Sie doch einfach wieder, sobald Sie sich eingerichtet haben. Sie können jederzeit eine Schale oder ein anderes Gefäß vorbeibringen. Und falls Sie mal eine

Party geben wollen, vermitteln wir Ihnen jede Art von Service, die Sie sich nur wünschen können.«

Für ein Blumengeschäft war das eher ungewöhnlich. Oder war die Frau einfach nur besonders hilfsbereit?

»Genau genommen«, fuhr sie lächelnd fort, »ist Catering mein Metier. Ich habe einen Partyservice und arbeite oft mit dem Besitzer dieses Ladens zusammen. Für ihn halte ich heute hier die Stellung. Das Mädchen, das sonst hier arbeitet, ist krank, und Bixbys Assistentin musste zu einer Untersuchung. Sie bekommt demnächst ein Baby.«

Paris hatte wahrgenommen, dass auf dem Schild über der Ladentür *Bixby Mason* stand. »Was verkaufen Sie hier denn alles?«, erkundigte sich Paris ein wenig verwirrt. »Ich war auf der Suche nach einem Blumenladen.« Das Dekor des Raumes war exquisit. Im hinteren Bereich führte eine schmale Treppe aus Marmor ins Obergeschoss.

»Mit einem Blumenladen hat alles mal angefangen. Aber inzwischen hat Bixby expandiert. Er ist wirklich ein Genie. Er organisiert fast sämtliche herausragenden Festlichkeiten in der Stadt, kümmert sich um alles – von der Deko über die Suppe bis zum Knabberzeug. Bixby sorgt für die Musik, denkt sich auf Wunsch ein bestimmtes Motto aus und berät seine Kunden hinsichtlich der Atmosphäre. Kleine, intime Dinnerpartys plant er genauso minutiös wie rauschende Ballabende oder Empfänge mit achthundert Gästen. Sie werden weit und breit keinen besseren Eventplaner finden als ihn. Die Blumen sind längst nur noch die Spitze des Eisbergs. Schon seit Jahren führt Bixby in ganz Kalifornien, aber auch in anderen Staaten alle Arten von Veranstaltungen durch.«

»Das klingt beeindruckend«, sagte Paris.

Die Frau zog drei dicke ledergebundene Alben aus einem Regal, in dem noch etwa zwei Dutzend weitere standen. »Wollen Sie sich die mal ansehen? Die Bilder stammen von einigen der Feste, die Bixby im letzten Jahr gestaltet hat. Sie werden staunen.«

Paris setzte sich an einen kleinen Bistrotisch und blätterte in den dicken Büchern. Die Frau hatte nicht zu viel versprochen. Bixby Mason arbeitete offenbar vorzugsweise in den besten Häusern der Stadt. Fast ehrfurchtsvoll betrachtete Paris die Bilder der herrlichsten Villen inmitten von spektakulären, parkartigen Gärten. Anscheinend wurden für viele Feste eigens angefertigte Zelte aus den ungewöhnlichsten Materialien aufgestellt. Paris sah Fotos von geradezu märchenhaften Hochzeiten, und die Dinnerpartys, die Mason plante, waren der Traum aller Gastgeber. Für eine Halloweenfeier hatte er die Tische ganz und gar mit handbemalten Kürbisgefäßen decken lassen. Einen Speisesaal hatte er in einen lilafarbenen Orchideengarten verwandelt, die edlen Blüten standen zusammen mit wilden Kräutern in unzähligen zarten chinesischen Vasen. Die Tischdekorationen für einen fünfzigsten Geburtstag waren so originell, dass Paris laut lachen musste. Bewundernd studierte sie die Alben bis zur letzten Seite.

»Wirklich sehr beeindruckend«, sagte sie schließlich. Sie wünschte, sie hätte den Einfallsreichtum gehabt, bei ihren Partys in Greenwich etwas Vergleichbares aufzuziehen. Sie hatte stets gute Ideen gehabt, aber Masons Feste waren eine Klasse für sich. »Dieser Bixby Mason scheint ein äußerst kreativer Mann zu sein.«

»Ja, das ist er. Von Haus aus ist er Künstler. Früher malte er und schuf Skulpturen. Außerdem hat er ein abgeschlossenes

Architekturstudium, aber ich glaube, gearbeitet hat er in diesem Bereich nie. Er hat Fantasie und Ideen ohne Ende und ist trotzdem nicht arrogant oder abgehoben. Seine Kunden vergöttern ihn.«

Aus den Bildern in den Alben schloss Paris, dass jene ihm außerdem ein kleines Vermögen bezahlten. Aber er war zweifellos sein Geld wert. Was er für seine Kundschaft kreierte, war in jeder Beziehung einzigartig.

»Irgendjemand wagte es einmal, ihn einen Hochzeitsplaner zu nennen. Bixby wäre dem Kerl fast ins Gesicht gesprungen. Es stimmt schon, seine Hochzeiten sind ein Traum, aber er kann noch viel mehr. Ich arbeite sehr gern mit ihm zusammen, denn er plant bis ins Kleinste sehr sorgfältig. Auf seinen Festen greift alles ineinander wie die Zahnräder in einem Uhrwerk. Er ist ein Kontrollfreak – aber das muss er auch sein. Wenn er etwas in die Hand nimmt, wird es perfekt. Die Gastgeber müssen nur noch eins tun: ihr Fest genießen.«

Wenn dem tatsächlich so war, konnte sich der Mann in Gold aufwiegen lassen. »Und hinterher einen dicken Scheck ausstellen, nehme ich an«, konnte sich Paris nicht verkneifen.

»Aber es lohnt sich«, sagte die Frau ohne jede falsche Bescheidenheit. »Was Bixby auf die Beine stellt, ist unvergleichlich und unvergesslich. Das gilt sogar für die Beerdigungen. Sie sind immer sehr persönlich und pietätvoll. Bixby ist stets mit vollem Einsatz bei der Sache. Wenn es sein muss, fliegt er für ein Gartenfest sogar Bands oder Musiker aus Europa ein.«

»Wow.« Paris war der Gedanke, ihren silbernen Samowar in dieses Geschäft zu bringen und mit Blumen bestücken zu lassen, nun fast schon peinlich. Mason arbeitete auf einem so hohen Niveau, dass sie als Kundin für ihn eigentlich nicht infrage kam. Ob sie in San Francisco jemals eine Dinnerparty geben würde, stand ohnehin noch in den Sternen. »Ich bin froh, dass ich hereingeschaut habe«, sagte Paris. »Feste werde ich in nächster Zeit wohl noch nicht geben, ich kenne ja noch niemanden hier.«

Die Frau reichte ihr eine Visitenkarte und sagte, sie könne jederzeit anrufen, wenn sie doch einmal Gäste habe und etwas Besonderes wolle. »Bixby würde Ihnen gefallen. Er ist einfach umwerfend! Im Augenblick steht er allerdings kurz vorm Durchdrehen. Seine Assistentin ist hochschwanger, und an den nächsten Wochenenden können wir uns vor Hochzeiten fast nicht retten. Jane hat er angedroht, sie würde bis fünf Minuten vor der Geburt arbeiten müssen. Offenbar versteht er nicht viel vom Kinderkriegen.«

Beide Frauen lachten.

In diesem Augenblick schoss Paris ein verrückter Gedanke durch den Kopf, den sie kaum auszusprechen wagte. Doch während sie die Visitenkarte sorgfältig in ihrer Handtasche verstaute, beschloss sie, einfach mit der Tür ins Haus zu fallen. »Ich bin gerade auf Jobsuche. Dinnerpartys habe ich schon oft veranstaltet, aber natürlich nicht professionell. Was muss Mr Masons Assistentin denn können?« Paris kam sich albern vor. Sicher hatte dieser Bixby nicht ausgerechnet auf sie gewartet.

»Er braucht jemanden mit viel Zeit und Energie. Wir arbeiten oft abends und am Wochenende. Sind Sie verheiratet?« In ihren Augen hatte die Fremde das typische Auftreten einer respektablen, bestens versorgten Ehefrau aus den besseren Wohnvierteln der Vorstädte.

»Nein, ich bin geschieden«, antwortete Paris leise. Noch immer hatte sie das Gefühl, als würde sie damit eine Vorstrafe zuzugeben oder sich als Versagerin outen. Mit diesem Problem beschäftigte sie sich momentan in den Telefonsitzungen mit Anne.

»Haben Sie Kinder?«

»Ja, zwei. Meine Tochter lebt in Los Angeles, und mein Sohn studiert in Berkeley.«

»Ich rede mal mit Bixby, in ein paar Minuten muss ich ihn sowieso anrufen. Schreiben Sie mir Ihre Telefonnummer auf. Wenn er Interesse hat, ruft er Sie an. Jane ist bestimmt nicht mehr lange im Einsatz, das Baby kann jede Minute kommen, und ihr Mann möchte, dass sie endlich aufhört zu arbeiten. Schon bei unserer letzten Hochzeit hatte ich Angst, dass jeden Augenblick die Wehen einsetzen würden. Ich weiß nicht, wie Bixby die nächsten Wochen überstehen will, wenn er nicht bald Ersatz für Jane findet. Von den Leuten, die sich bisher vorgestellt haben, hat ihm niemand gefallen. Wissen Sie, er ist ein Perfektionist – und oftmals ein Tyrann. Aber er beherrscht sein Metier, und eigentlich ist er ein herzensguter Mensch. Wir mögen ihn alle sehr.«

Paris erschien das alles fast zu schön, um wahr zu sein.

»Ich kann ihm etwas über Ihre Qualitäten weiterleiten. Verfügen Sie über Berufserfahrung? Beherrschen Sie eine Fremdsprache? Haben Sie besondere Kenntnisse oder gute Verbindungen?«

Mit alledem konnte Paris nicht dienen. Aber wenn Mr Mason ihr eine Chance gab, würde sie alles daran setzen, ihn nicht zu enttäuschen. »Ich habe einen Master in Wirtschaftswissenschaften.« Noch bevor es heraus war, bereute

Paris bereits ihre Worte. Nun würde Mr Mason sie sicher für fantasielos oder für überqualifiziert halten. »Ich weiß, wie man einen Garten anlegt, und habe meine Blumengestecke bisher immer selbst gemacht.« Mit einem Blick in Richtung Schaufenster fügte Paris hinzu: »Aber mit Ihren kann ich natürlich nicht mithalten.«

»Keine Sorge, für die Sträuße und Gestecke ist eine Japanerin zuständig, Bix selbst könnte das gar nicht. Seine Stärke ist es, für jede Tätigkeit die richtige Person zu finden. Er hat alle Fäden in der Hand, er ist der Puppenspieler, wenn Sie so wollen. Ihre Aufgabe wäre es vor allem, den Überblick zu behalten, mit dem dicken Notizbuch hinter ihm herzulaufen und mit Kunden und Lieferanten zu telefonieren. Im Augenblick macht das noch Jane.«

»Telefonieren kann ich«, bemerkte Paris lächelnd. »Ich habe jede Menge Zeit und einen ganzen Schrank voller Kleider, mit denen ich ihn bei seiner Kundschaft sicher nicht blamieren würde. Außerdem habe ich vierundzwanzig Jahre lang meinen Haushalt ganz ordentlich geführt. Sonst fällt mir im Augenblick nichts ein – außer dass ich mich freuen würde, ihn kennen zu lernen.«

Die Frau schob ihr Zettel und Stift hin, und Paris notierte ihren Namen und ihre Telefonnummer.

»Wenn er Sie engagiert, werden Sie bald nicht nur einen Boss, sondern einen guten Freund haben. Bixby ist wirklich unglaublich sympathisch.« Die Frau lächelte Paris verständnisvoll an. »Ich weiß, wie Ihnen zumute ist. Als meine Ehe nach achtzehn Jahren in die Brüche ging, hatte ich auch keinerlei Berufserfahrung und keine verwertbaren Kenntnisse. Ich wusste nur, wie man Wäsche zusammenlegt, Kinder von A nach B kutschiert und abends ein anständiges Essen auf den Tisch bringt. Deshalb habe ich es mit dem Partyservice versucht. Das traute ich mir zu. Inzwischen habe ich Filialen in Los Angeles, Santa Barbara und Newport Beach. Ohne Bixby hätte ich es allerdings nie so weit gebracht. Sie müssen einfach irgendwo anfangen. Vielleicht ist dieser Job ja genau das Richtige für Sie.«

Die mitfühlenden Worte trieben Paris Tränen in die Augen. Sie hoffte, dass die Frau das nicht bemerkte.

»Mein Name ist übrigens Sydney Harrington. Ich hoffe, wir sehen uns wieder. Falls es mit dem Job hier nicht klappt, können Sie mich gern anrufen. Vielleicht fällt mir noch etwas anderes für Sie ein.« Sie reichte Paris ihre eigene Visitenkarte mit dem Namen und der Telefonnummer des Partyservices.

Paris bedankte sich herzlich und verließ den Laden. Wie auf Wolken schwebte sie über den Gehweg. Selbst wenn Mr Mason sie nicht vom Fleck weg engagierte – vielleicht hatte sie gerade eine neue Freundin gefunden. Sie konnte sich auch gut vorstellen, für Sydney Harringtons Partyservice zu arbeiten. Bixby Masons Assistentin zu sein, klang wie ein Traum und würde wohl auch einer bleiben. Aber immerhin hatte sie den Mut aufgebracht, ihr Interesse an dem Job zu bekunden. Paris war stolz auf sich.

Zwei Stunden lang bummelte sie noch durch die Geschäfte auf der Sacramento Street, kaufte sich einen Satz Salatteller sowie Stickzeug für ihre einsamen Abende. Um vier Uhr nachmittags war sie wieder zu Hause und kochte sich erst mal eine Kanne Tee. Dann setzte sie sich mit einer Tasse auf die Couch und genoss den Blick aus dem Fenster. Gerade ließ sie den ereignisreichen Nachmittag Revue passieren, da klingelte das Telefon. Sydney Harrington war am Apparat und hatte gute Nachrichten.

»Bixby lässt fragen, ob Sie am Montag um neun vorbeikommen können. Ich habe ihm gesagt, Sie seien genau die Person, die er sucht. Aber ich möchte Ihnen nicht zu große Hoffnungen machen, die Entscheidung trifft er immer noch selbst. Doch langsam wird es eng für ihn. An den Leuten, die die Personalagentur geschickt hat, hatte er immer etwas auszusetzen. Mal waren sie ihm zu langweilig, mal zu fantasielos, und mal fand er, sie seien nicht präsentabel genug. Sie müssten ihn zu sämtlichen Veranstaltungen begleiten und manchmal auch selbst die Regie übernehmen. Wenn er zwei Feste gleichzeitig hat, schaut er zwar auf beiden vorbei, aber er kann sich schließlich nicht zerreißen. Sie müssen also mit der Kundschaft und den Gästen klarkommen. Für Bix ist sehr wichtig, dass Sie ins Bild passen. Seine Assistentin ist so etwas wie sein verlängerter Arm, aber auch eine Visitenkarte für sein Unternehmen. Mit Jane arbeitet er schon seit sechs Jahren zusammen, und für ihn bedeutet eine neue Mitarbeiterin eine große Umstellung. Eigentlich hätte er schon vor Monaten jemanden einstellen sollen, aber ich glaube, er wollte einfach nicht wahrhaben, dass Jane bald ausfällt.«

»Hört sie denn ganz auf, oder macht sie nur eine Babypause?« Im Grunde war das einerlei. Paris war gern bereit, für ein paar Wochen oder Monate einzuspringen. Die Erfahrung konnte ihr nur nützen, und der Job klang vielversprechend.

»Sie kommt nicht mehr zurück. Bix hat ihre Hochzeitsfeier organisiert, und ihr Mann hat ihm gesagt, wenn sie jetzt nicht aufhöre, könne er auch gleich die Scheidung planen. Paul behauptet, er habe Jane in den letzten fünf Jahren selten länger als zehn Minuten am Stück zu Gesicht bekommen. Er will, dass sie zu Hause bleibt, und sie will es auch. Ich glaube, sie braucht dringend eine längere Pause. Sie ist fast in Arbeit erstickt in der letzten Zeit. Wenn Sie den Job wirklich kriegen, kommt einiges auf Sie zu.« Sydney wollte Paris nichts vormachen. Sie war ihr sympathisch und sollte wissen, worauf sie sich einließ.

»Das ist genau das Richtige für mich«, sagte Paris begeistert. Dann fragte sie nervös: »Was soll ich zu dem Vorstellungstermin denn anziehen? Hat Mr Mason besondere Vorlieben, oder gibt es etwas, das ihm gar nicht gefällt?« Sie wollte ihre Chancen auf die Stelle erhöhen und war dankbar für jede Information.

»Seien Sie einfach Sie selbst. Das kommt bei ihm am besten an. Er legt Wert auf Offenheit und eine natürliche Ausstrahlung. Und Sie müssen bereit sein, sich auf einen Achtzehnstundentag einzulassen, anders geht es nicht. Bix ist hart zu sich selbst und zu seinen Mitarbeitern.«

»Für mich ist das kein Problem«, sagte Paris. »Zu Hause warten weder kleine Kinder noch ein Mann auf mich, und die Arbeit in meinem Einpersonenhaushalt ist schnell erledigt.«

»Das wird ihm gefallen. Ich habe ihm von Ihrem Master in Wirtschaftswissenschaften erzählt und hatte das Gefühl, er findet das ganz interessant. Jedenfalls wünsche ich Ihnen viel Glück.« Sydney erinnerte sich noch sehr genau daran, wie ihr vor fünf Jahren zumute gewesen war. Bixby hatte sie gerettet, und sie würde ihm ewig dankbar sein. Sie freute sich, dass sie nun selbst einer Frau unter die Arme greifen konnte, die in derselben Lage war. »Ich frage am Montag mal nach, wie es gelaufen ist.«

»Ich weiß gar nicht, wie ich Ihnen danken soll«, sagte Paris. »Drücken Sie mir die Daumen.«

»Mache ich gern. Irgendwie habe ich ein gutes Gefühl bei der Sache. Wahrscheinlich hat Sie die Vorsehung heute in Bixbys Geschäft geführt. Eigentlich wollte er heute gar nicht aufmachen, aber ich hatte gerade nicht viel zu tun und konnte für ein paar Stunden einspringen.«

Paris bedankte sich noch einmal bei Sydney, dann legte sie auf. Versonnen lächelte sie vor sich hin. Völlig unverhofft hatte sich das Blatt für sie gewendet. Nie hätte sie sich träumen lassen, dass sie gleich an ihrem zweiten Tag in der neuen Stadt ein Bewerbungsgespräch für einen Traumjob an Land ziehen würde. Nun konnte sie nur hoffen, dass sie sich am Montag nicht blamierte. Viel zu bieten hatte sie Bixby Mason nicht. Aber wenn er ihr eine Chance gab, sollte er es nicht bereuen.

14. Kapitel

Am Montagmorgen um zehn vor neun parkte Paris den Wagen in der Sacramento Street. Sie ging zu der schwarzen Tür mit dem Messingklopfer, die Sydney ihr beschrieben hatte. Es war der Eingang direkt neben Bixby Masons Geschäft. Mit zitternder Hand drückte Paris auf den Klingelknopf. Sie trug ein schickes schwarzes Kostüm, dazu hochhackige schwarze Schuhe und kleine Diamantohrstecker. Das Haar hatte sie sich zu einem klassischen Dutt aufgesteckt. Vielleicht war sie für den Anlass ein wenig zu elegant gekleidet, aber sie wollte Bixby Mason zeigen, dass sie sich vor seinen Kunden nicht verstecken musste. Paris hatte ihre kleine, klassische Chanel-Handtasche dabei, die Peter ihr vor ein paar Jahren zu Weihnachten geschenkt hatte. Leider kam sie viel zu selten dazu, das teure Stück auszuführen. Die Tasche sah aus, als wäre sie nagelneu. Paris überlegte, ob eine Aktenmappe nicht besser gepasst hätte, aber so etwas besaß sie gar nicht, genauso wenig wie umfangreiche Referenzen. Sie konnte Mr Mason nur ihren Grips, ihre Tatkraft und ihr Organisationstalent anbieten und hoffen, dass ihm das genügte.

Der Türöffner summte. Drinnen erklomm Paris eine marmorne Treppe, die fast genauso aussah wie jene im Laden. Erneut fiel ihr auf, wie geschmackvoll das ganze Haus ausgestattet war. Paris folgte dem Klang der Stimmen, die aus dem oberen Stockwerk zu ihr drangen. Kurz darauf stand sie in einem eleganten Korridor. Seine Wände zierten etliche Originale bekannter moderner Künstler. Am Ende des Flurs lag ein großer, holzgetäfelter Raum voller Bücher. Dort saß hinter einem Schreibtisch ein blonder Mann, den Paris auf Mitte bis Ende dreißig schätzte. Er sah umwerfend aus und trug zu seiner schwarzen Hose einen ebenfalls schwarzen Rollkragenpullover. Neben ihm saß eine hochschwangere junge Frau, deren gewaltiger Bauch fast die Nähte ihrer Bluse sprengte. Mühsam wuchtete sie sich aus ihrem Schreibtischstuhl und ging Paris ein paar Schritte entgegen.

»Sie müssen Paris sein. Was für ein ungewöhnlicher Name! Ich bin Jane.«

»Guten Tag, Jane.«

Sie führte Paris in das Zimmer. »Und das hier ist Bixby Mason. Wir haben Sie schon erwartet.«

Bixby musterte Paris bereits mit einem aufmerksamen Blick. Angefangen von ihrem Haar, über die Ohrringe, die Chanel-Tasche bis zu den hochhackigen Schuhen schien ihm kein Detail zu entgehen. Offenbar gefiel ihm, was er sah. Lächelnd forderte er sie auf, sich zu setzen.

»Schickes Kostüm«, sagte er. Dabei griff er nach dem Telefon, das gerade klingelte. Er gab dem Anrufer eine ganze Serie kurzer Antworten, legte dann auf und fasste den Inhalt des Gesprächs für Jane zusammen.

»Die Orchideenlieferung kommt später. Der Wagen ist genau auf halber Strecke zwischen Los Angeles und hier, soll aber noch vor Mittag in der Stadt sein. Dann muss alles laufen wie am Schnürchen. Wegen der Verspätung bekommen wir einen ordentlichen Preisnachlass. Rein zeitlich dürfte es für uns keine Probleme geben. Die Party fängt um sieben an, wenn wir um drei in die Räume können, ist alles paletti.«

Jane machte sich ein paar Notizen, und Bixby wandte sich wieder Paris zu. Er fragte sie, wie lange sie schon in San Francisco sei und weshalb sie sich gerade für diese Stadt entschieden habe. Paris hatte sich die Antworten schon vorher überlegt. Sie wollte keinesfalls deprimiert wirken und den Eindruck erwecken, sie sei auf Bixbys Mitleid aus. Er musste ja nicht sämtliche traurigen Details erfahren – dass sie geschieden war und allein lebte, reichte völlig.

»Ich bin erst vor drei Tagen angekommen«, sagte sie. »Ich bin geschieden. Davor war ich vierundzwanzig Jahre lang verheiratet, habe den Haushalt geführt und mich um meine Kinder gekümmert. Ich habe unzählige Dinnerpartys organisiert, außerdem habe ich ein Faible für die Gestaltung von Räumen und liebe Gartenarbeit. Nach San Francisco bin ich gezogen, weil mein Sohn in Berkeley studiert und meine Tochter in Los Angeles arbeitet. Wie Mrs Harrington Ihnen ja schon gesagt hat, habe ich einen Master in Wirtschaftswissenschaften.« Bixby lächelte angesichts der knappen Aufzählung. Er wirkte sehr kultiviert, und seine Augen blickten sie freundlich und warm an.

»Seit wann sind Sie denn geschieden?«

Paris atmete tief durch. »Seit einem Monat, aber mein Exmann und ich leben schon seit Mai getrennt.«

»Es ist sicher nicht einfach, nach vierundzwanzig Jahren wieder allein zu leben«, sagte Bixby mitfühlend.

Er fragte nicht nach dem Grund für die Scheidung, und

dafür war Paris sehr dankbar. Wenn sich jemand voller Anteilnahme erkundigte, stiegen ihr noch immer schnell die Tränen in die Augen. Sie verbannte die sentimentalen Gefühle und richtete ihre Konzentration fest darauf, weshalb sie hier war. Sie nickte kurz und schaute ihm offen in die Augen. »Ja, das stimmt, aber ich komme ganz gut zurecht«, antwortete sie. »Es ist alles noch ziemlich ungewohnt, aber meine Kinder waren mir in der ersten Zeit eine große Hilfe. Meine Freundinnen natürlich auch. Trotzdem war die Zeit für einen Ortswechsel jetzt einfach reif.«

»Wo haben Sie denn bisher gewohnt? In New York?«

Paris deutete die Nachfrage als gutes Zeichen. »Nein, in Greenwich, in Connecticut. Das ist eine kleine Welt für sich.«

»Ich weiß. Ich bin ganz in der Nähe aufgewachsen, in Purchase. Purchase ist Greenwich zum Verwechseln ähnlich. Beides sind relativ überschaubare Gemeinden voller gut situierter Familien. Jeder kennt jeden, und alle wissen genauestens über ihre Nachbarn Bescheid. Ich konnte es kaum erwarten, von dort wegzukommen. Für mich war der Umzug an die Westküste eine der besten Entscheidungen meines Lebens.« Er lächelte Paris aufmunternd an.

»Ich habe auch ein gutes Gefühl dabei.« Sie erwiderte sein Lächeln. »Wenn ich nun noch den Job bei Ihnen bekommen würde, wäre ich wunschlos glücklich.« Paris zitterte bei ihrer mutigen kleinen Rede.

»Wir arbeiten sehr viel und sehr hart. Ich bin ein despotischer Boss und erwarte von meinen Mitarbeitern, dass sie alles geben. Vor allem abends und an den Wochenenden geht es bei uns hoch her. Das Schlafen habe ich mir inzwischen abgewöhnt. Eins sage ich Ihnen gleich: Ich werde Sie ab und zu mitten in der Nacht aus dem Bett klingeln, weil mir etwas Wichtiges eingefallen ist. Ein Liebesleben können Sie sich abschminken. Ihre Kinder werden Sie vielleicht noch zu Thanksgiving oder zu Weihnachten zu Gesicht bekommen, aber rechnen sollten Sie nicht damit, denn die Festtage sind für uns Hochsaison. Ich verspreche Ihnen, Sie komplett mit Arbeit zuzuschütten und Sie an den Rand des Wahnsinns zu treiben. Aber dafür verrate ich Ihnen auch alle meine Tricks. Sie werden sich jeden Tag zehnmal wünschen, mir nie begegnet zu sein. Aber wenn Sie das alles aushalten, können wir viel Spaß miteinander haben, Paris. Wie finden Sie das?«

»Einfach traumhaft«, entgegnete sie aufrichtig. Sie würde beschäftigt und abgelenkt sein und sich endlich wieder nützlich machen. Die Feste, die Bixby Mason plante und durchführte, reizten sie. Dabei würde sie viele neue Leute kennen lernen – zwar nur auf geschäftlicher Ebene, aber immerhin. Einen besseren Job konnte sie sich im Augenblick nicht wünschen. Sie war bereit, zu schuften wie ein Pferd, genau das brauchte sie jetzt. »Ich hoffe, Sie geben mir die Chance, meine Fähigkeiten unter Beweis zu stellen.«

»Versuchen wir's doch einfach«, sagte Bixby. »Diese Woche stehen nur vier Dinnerpartys auf dem Programm. Eine heute Abend, zwei morgen und ein ziemlich aufwändiger vierzigster Hochzeitstag am Samstag. Wenn Sie das alles überleben, sind Sie engagiert.« Nun wandte er sich mit strenger Miene an Jane. »Und wenn dein Kind eine Minute vorher zur Welt kommt, versohle ich ihm

gleich zur Begrüßung den Hintern. Dir drehe ich natürlich vorher noch den Hals um. Ist das klar, Mrs Winslow?« Er hob drohend den Zeigefinger.
Jane rieb sich lachend ihren Buddhabauch, der aussah, als würde er jeden Moment platzen. »Ich tue, was ich kann. Auf jeden Fall sage ich dem Kleinen, dass sein Patenonkel es gar nicht schätzen würde, wenn er sich vor dem Wochenende blicken lässt.«
»Ja, mach das. Von mir erbt er sonst keinen Cent, und seine Schulabschlussfeier, die Geburtstags- und Weihnachtsgeschenke kann er sich auch sofort abschminken. Er hat zu bleiben, wo er ist, bis Paris und ich wissen, ob wir miteinander klarkommen. In der Zwischenzeit bringst du ihr bitte alles bei, was sie wissen muss.«
Fünf Tage hatte Jane dafür Zeit. Das schien sie nicht zu schrecken. »Ja, Sir. Zu Befehl.« Sie salutierte.
Als Bixby nun grinsend aufstand, staunte Paris über seine Größe. Sie schätzte ihn auf eins neunzig. Er sah wirklich unglaublich gut aus – und war höchstwahrscheinlich schwul.
Fast liebevoll half er Jane, die sich ächzend aus ihrem Stuhl hochstemmte. Dann warf Bixby Paris einen strengen Blick zu und verkündete: »Sollten Sie je ein Kind bekommen – ob ehelich oder unehelich ist mir völlig egal –, sind Sie gefeuert. Noch einmal stehe ich das nicht durch.« Augenzwinkernd sagte er zu Jane: »Du ahnst ja nicht, wie ich leide. Du hast vielleicht ein paar Schwangerschaftsstreifen, aber so gespannt wie meine Nerven kann dein Bauch niemals werden.«
»Mein Mitleid mit dir kennt keine Grenzen, Bix«, erklärte Jane ungerührt. Sie freute sich unbändig auf das Baby und

wusste genau, dass Bixby ihr das Glück von Herzen gönnte. In den sechs Jahren, die sie nun für ihn arbeitete, war er nicht nur ihr Mentor gewesen, sondern auch ihr bester Freund geworden.
»Am besten, Sie lassen sich sterilisieren«, empfahl Bix Paris. »Wie alt sind Sie eigentlich?«
»Sechsundvierzig – fast siebenundvierzig.«
»Wirklich? Wenn Sie nicht erzählt hätten, dass Ihr Sohn in Berkeley auf dem College ist und Ihre Tochter in L.A. arbeitet, hätte ich Sie auf höchstens Ende dreißig geschätzt. Ich bin übrigens neununddreißig«, sagte er leichthin. »Aber ich habe mir letztes Jahr die Augenfältchen entfernen lassen. Das haben Sie natürlich nicht nötig, ich werde Ihnen also gar nicht sagen, bei welchem Chirurgen ich war.«
Paris war geschmeichelt.
Bixby nahm bereits den Berg auf seinem Schreibtisch ins Visier. Ordner, Fotos, Stoffproben und Skizzen stapelten sich zu beiden Seiten, und Janes Schreibtisch im Zimmer nebenan sah auch nicht leerer aus. An einer Wand hing eine riesenhafte Korktafel, an der unzählige Notizen und Zettel festgepinnt waren.
»Wann können Sie anfangen?«, wollte Bix nun von Paris wissen.
»Wann immer Sie wollen«, antwortete sie.
»Gut. Dann am besten jetzt gleich. Oder haben Sie heute schon etwas vor?«
»Nein, von mir aus kann es auf der Stelle losgehen«, sagte Paris und strahlte dabei über das ganze Gesicht.
Jane führte sie in ihr Büro und schloss die Tür hinter sich. »Sie gefallen ihm«, raunte sie Paris zu, als sie sich am Schreibtisch niederließen. »Alle anderen Bewerberinnen

waren schon nach zwei Minuten wieder draußen. ›Hallo und tschüs, verschonen Sie mich.‹ Er konnte nichts mit ihnen anfangen, aber Sie mochte er auf Anhieb. So jemanden wie Sie braucht er jetzt. Sie haben keinen Mann, keine kleinen Kinder und keine anderen Verpflichtungen. Er möchte bestimmt, dass Sie ihn gleich von Beginn an zu allen Terminen begleiten.«

Jane hatte offenbar vollstes Vertrauen in Paris' Fähigkeiten. »Klingt großartig«, fand Paris. »Dieser Job ist wirklich wie für mich gemacht. Ich hoffe nur, dass ich den Anforderungen auch gerecht werde. Ich finde Ihren Chef übrigens auch sympathisch, er macht einen sehr netten Eindruck.« Trotz seines distinguierten Auftretens wirkte Bixby äußerst geradlinig und bodenständig.

»Er ist fantastisch«, sagte Jane. »Ich weiß nicht, was ohne ihn aus mir geworden wäre. Kurz bevor ich bei ihm anfing, ließ mich mein Verlobter sitzen – und zwar am Tag unserer Hochzeit. Ich stand im Brautkleid in der Kirche, und er kam nicht. Meine Eltern waren außer sich, sie hatten für die Feier ein Vermögen ausgegeben. Ein ganzes Jahr lang war ich total belämmert. Aber es hat sich alles zum Guten gewendet. Die Ehe hätte wahrscheinlich sowieso nicht lange gehalten. Bix meinte sofort, mein Verlobter hätte mir einen Gefallen getan. Damals sah ich das natürlich keineswegs so. Dann lief mir Paul über den Weg, und schon vier Monate später beschlossen wir zu heiraten. Alle waren schockiert, am allermeisten meine Eltern. Sie glaubten, die schnelle Heirat sei eine Trotzreaktion, außerdem hätten sie schon einmal ihr Geld in den Sand gesetzt und wollten das kein zweites Mal riskieren. Bix fand das herzlos. Er richtete die wunderbarste Hochzeitsfeier für mich aus, die Sie sich nur vorstellen können. Er flog dafür sogar extra eine Band aus Europa ein, und wir feierten im Haus der Gettys. Es war unbeschreiblich, und wissen Sie was? Bix hat alles bezahlt! Meinen Eltern war das zwar furchtbar peinlich, aber gesagt haben sie nichts. Jetzt sind Paul und ich schon fünf Jahre verheiratet. Wir können es kaum erwarten, bis das Baby da ist. Ich habe das Kinderkriegen so lange wie möglich hinausgeschoben, weil ich Bix nicht im Stich lassen wollte, aber nun war es höchste Zeit. Bix wollte es lange nicht wahrhaben und hat nie ernsthaft nach einem Ersatz für mich gesucht. Ehrlich gesagt glaube ich nicht, dass das Baby noch bis zum Wochenende wartet. Sie werden ziemlich schnell lernen müssen. Ich helfe Ihnen natürlich, so gut ich kann.«

Und das Pensum, das Paris erwartete, war ziemlich groß. Paris erfuhr außerdem noch, dass Jane gerade zweiunddreißig geworden war – genauso alt wie Rachel. Die junge Frau kam Paris trotz ihrer Berufserfahrung noch wie ein Mädchen vor. Janes gewaltiger Bauch brachte sie plötzlich auf den Gedanken, dass sich Peter und Rachel vielleicht auch ein gemeinsames Kind wünschten. Eine Welle der Übelkeit brach über sie herein, doch da ihre volle Konzentration gefordert war, ließ das Unwohlsein bald wieder nach, und sie vergaß, was sie so aufgewühlt hatte.

Den ganzen Vormittag über blätterte sie gemeinsam mit Jane Ordner durch, erfuhr wichtige Details über die besten Kunden und wie das Lieferantensystem funktionierte. Sie lernte, auf wen man zählen konnte und auf wen nicht, wem man getrost schwierige Aufträge geben durfte und wen man besser nur im Notfall anrief. Dann sichteten sie die schier endlose Liste von Veranstaltungen, die in den nächsten Wochen und Monaten geplant waren. Paris konnte kaum fassen, wie viele Feste innerhalb so kurzer Zeit in einer einzigen Stadt über die Bühne gingen. Auch in Santa Barbara und L. A. hatte Bixby gute Kunden, und es gab schon einen vagen Entwurf für eine Hochzeit im Herbst in New York. Das Paar war zwar noch nicht einmal offiziell verlobt, doch die Brautmutter in spe hatte vorsichtshalber schon einen Termin reserviert.

Nach ein paar Stunden war Paris wie erschlagen. Bixby Mason hätte ohne weiteres ein ganzes Team von Assistenten beschäftigen können. Sie fragte sich, wie Jane die viele Arbeit bislang allein bewältigt hatte. »Und das behältst du alles im Kopf?« Längst hatten die beiden Frauen beschlossen, auf das förmliche Sie zu verzichten. Paris war nicht mehr ganz sicher, ob sie sich nicht doch zu viel zugetraut hatte. Sie konnte nur hoffen, dass sie in den nächsten Tagen keine größeren Katastrophen anrichtete. Ihr Respekt und ihre Bewunderung für Bixby und seine Assistentin waren inzwischen ins Unermessliche gewachsen.

»Man gewöhnt sich irgendwann daran, immer zig Dinge gleichzeitig im Blick zu behalten«, beruhigte Jane sie. »Das ist keine Zauberei. Am wichtigsten ist es, immer gute Leute parat zu haben, die einen nicht hängen lassen. Gelegentlich kommt das natürlich trotzdem vor, aber nicht oft. Bix gibt den Lieferanten nie eine zweite Chance, denn ein wiederholter Patzer spricht sich herum. Unsere Kundschaft ist sehr anspruchsvoll; die Leute erwarten eine einwandfreie Dienstleistung für ihr Geld, und das zu Recht. Falls mal etwas schief geht, dürfen sie es niemals merken. Wir improvisieren und bringen die Sache in Ordnung, selbst wenn wir dafür die Nacht durcharbeiten müssen.«

»Bix muss wirklich ein Genie sein«, bemerkte Paris fast ehrfürchtig.

»Ja.« Jane nickte. »Und er arbeitet wie ein Tier. Für ihn ist das ganz normal. Meinst du, dieser Job ist etwas für dich?«

»Ja«, sagte Paris, und sie meinte es auch so.

Sie gingen weitere Unterlagen durch. Vor dem Mittag trafen wie angekündigt die Orchideen für die Dinnerparty ein. Wenig später waren Jane und Paris auch schon vor Ort. Das Fest fand in einer riesigen Villa an der Jackson Street in Pacific Heights statt. Der Gastgeber gehörte zu den Topmanagern einer international tätigen Biotechnologiefirma im Silicon Valley, der für den Abend zwanzig Gäste erwartete. Die gesamte Innenausstattung des Hauses stammte von einem französischen Designer, und das Speisezimmer war ein Traum aus rotem Lack.

»Bix hat ein sagenhaftes Gespür für ungewöhnliche Dekors. Jeder andere hätte hier mit roten Rosen gearbeitet. Aber er wählte braune Orchideen.«

Sydney Harringtons Leute werkelten bereits in der Küche. Bix holte gerade eigenhändig die exquisiten kleinen Silberglöckchen ab, in die die Namen der Gäste eingraviert waren. Am Ende des Festes durfte jeder das kleine Präsent mit nach Hause nehmen. Diese liebevoll gestalteten Aufmerksamkeiten – von Miniaturteddys bis zu Kopien von Fabergé-Eiern – für jeden Gast waren Bixbys Markenzeichen. Die Leute rissen sich geradezu um Einladungen zu Partys, die er plante.

Nach dem Essen sollte eine Kapelle zum Tanz aufspielen. Dazu ließ Bixby einen Teil des Wohnzimmers ausräumen. Als ein Flügel ins Haus getragen wurde, weiteten sich

Paris' Augen. Halbe Sachen machte Bixby offenbar wirklich nicht.
Kurz darauf traf er selbst ein und ging erst wieder, nachdem er sich davon überzeugt hatte, dass auch wirklich alle Vorbereitungen getroffen waren. Selbst bei den Blumengestecken legte er noch Hand an und tauschte am Ende ein paar Schalen aus, die ihm nicht gefielen. Eines jedoch war schon jetzt gewiss – die Gäste würden diesen Abend in bester Erinnerung behalten.
Jane fuhr kurz nach Hause, um sich in ein Cocktailkleid zu zwängen. Bevor die Gäste kamen, wollte sie zurück sein. Normalerweise blieb sie, bis der erste Gang aufgetragen wurde, bei größeren Veranstaltungen sogar, bis die Gäste nach dem Essen auf die Tanzfläche strömten. Sie sagte Paris, sie könne nun Schluss machen, aber Paris wollte dabei sein und genau beobachten, wie Jane alles koordinierte.
Wenn ein Partyservice für das Essen zuständig war, behielt Jane die Leute im Auge. Sie begrüßte die Gäste in angemessener Weise und reichte ihnen die kleinen Kärtchen, auf denen ihr Tischnachbar verzeichnet war. Jane kümmerte sich darum, dass die Musiker rechtzeitig auf dem Posten waren und dass die Leute vom Parkdienst die Karossen der Gäste pfleglich behandelten. Bixby Masons Agentur war dafür bekannt, dass weder ihm noch seinen Angestellten je etwas entging. Wenn für bestimmte Festlichkeiten Pressemeldungen gewünscht wurden, schrieb Bixby diese sogar selbst.
Paris flitzte nach Hause, ließ sich ein Bad ein und holte ein kurzes, schwarzes Kleid aus dem Schrank. Sie löste ihr Haar und bürstete es sorgfältig. Seit neun Uhr morgens

hatte sie keine Pause gehabt – und das war erst der Anfang. In etwas weniger als einer Stunde musste sie schon wieder in der Jackson Street sein.

Während sie ihren Kühlschrank nach etwas Essbarem durchstöberte, wählte sie Megs Nummer. Ihre Tochter war noch im Studio, aber Paris erreichte sie auf dem Handy.

»Ich glaube, ich habe einen Job«, rief sie aufgeregt in den Hörer. Dann erzählte sie Meg von Bixby Mason.

»Klingt toll, Mom. Ich hoffe, er nimmt dich.«

»Ich auch, Süße. Ich wollte dir nur kurz sagen, dass ich nun eine Woche lang zur Probe arbeite. Es ist alles so aufregend!« Sie schilderte ihrer Tochter kurz, was sie an dem einen Tag schon alles erlebt hatte. Dann musste Meg zurück an die Arbeit, und Paris rief noch schnell bei Anne Smythe in Greenwich an.

»Ich habe einen absolut traumhaften Job gefunden und habe eine Woche Zeit, mich zu bewähren«, berichtete sie. Sie kam sich vor wie ein Kind, das gerade in die Schulmannschaft aufgenommen worden war oder zumindest einmal mitspielen durfte. »Es ist genial!«

»Ich bin stolz auf Sie, Paris«, entgegnete Anne. »Das ging aber schnell. Wie lange sind Sie denn jetzt schon in San Francisco? Drei Tage?«

Paris bejahte und erklärte in aller Kürze, wie sie zu dem Job gekommen war.

»Wenn der Mann wirklich so geschäftstüchtig ist, wie Sie sagen, wird er sich eine Mitarbeiterin wie Sie nicht durch die Lappen gehen lassen. Rufen Sie mich an, sobald Sie wissen, ob es klappt.«

»Das mache ich«, versprach Paris und verabschiedete sich

von Anne. Dann setzte sie sich in die Badewanne, schloss für fünf Minuten die Augen und ließ die letzten Stunden noch einmal an sich vorüberziehen. An der Tätigkeit gefiel ihr besonders, dass sie am Ende eines Tages die Früchte der vielen Arbeit sehen konnte. Es musste ein sehr befriedigendes Gefühl sein, immer wieder mitzuerleben, wie sich die minutiösen Vorbereitungen zu einem rauschenden Fest entfalteten.

Fünf Minuten vor Jane war Paris wieder zurück in der Villa an der Jackson Street. Erst um halb elf, als die Gäste anfingen zu tanzen, verabschiedeten sie sich. Alles war hervorragend gelaufen. Die Gastgeber waren mehr als zufrieden und hatten sich offenbar gefreut, Paris kennen zu lernen. Das schlichte, aber elegante Kleid war eine gute Wahl gewesen. In diesem Job kam es darauf an, präsentabel zu sein und sich gleichzeitig auf keinen Fall in den Vordergrund zu drängen.

Jane war begeistert von Paris. Ihre Nachfolgerin war eine reife, vernünftige Frau, die genau registrierte, wo eine helfende Hand oder ein klärendes Wort vonnöten waren. Gute Einfälle hatte sie außerdem. Zwischen einem Angestellten des Parkservices und einem Gast war es zu Reibereien gekommen. Ohne lange auf Anweisungen von Jane zu warten, hatte Paris den Teamleiter beiseite genommen und ihn aufgefordert, den Mann gegen einen höflicheren auszutauschen. Jane konnte indessen in der Küche ungestört die Zubereitung der Soufflees überwachen. Die Zubereitungszeit musste genau eingehalten werden, sonst fielen die luftigen Gebilde in sich zusammen, bevor die Gäste überhaupt am Tisch saßen. Dies war nur eine Dinnerparty mit zwanzig Gästen, die wahren Herausforderungen stellten große Hochzeitsfeiern dar. Paris hatte nun einen kleinen Einblick bekommen und durch ihr sicheres, kompetentes Auftreten überzeugt. In Janes Augen war sie genau die Frau, die Bixby jetzt benötigte.

»Du bist doch sicher fix und fertig.« Als sie das Fest verließen, musterte Paris Jane voller Mitgefühl. »Wann soll es denn so weit sein?« Paris fand Jane sehr sympathisch. Es war unglaublich, wie viel Energie diese junge Frau in Bixbys Unternehmen steckte.

»Morgen.« Jane grinste schief. Sie hatte gerade einen Vierzehnstundentag hinter sich gebracht. Ihr Arzt hätte das sicher ebenso ungern gesehen wie ihr Ehemann. »Ich tue so, als wäre mir das gar nicht bewusst. Aber er weiß offenbar Bescheid.« Sie rieb sich den Bauch. »Der Kleine war heute sehr lebhaft.« Außerdem hatte Jane schon seit zwei Wochen immer wieder leichte Wehen. Sicher dauerte es nicht mehr lange, bis es losging. »Bis morgen dann«, sagte sie, während sie sich mühsam hinters Steuer ihres Wagens zwängte.

Paris bedachte Jane mit einem bedauernden Blick. Eigentlich sollte sie sich schonen und höchstenfalls die Babyausstattung bügeln. Ein Arbeitstag wie ihrer wäre schon für die meisten Frauen, die gerade nicht schwanger waren, zu viel gewesen. Sie sollte ihren Job wirklich an den Nagel hängen und endlich einmal an sich denken – und an das Kleine.

»Du warst toll heute«, sagte Jane zu Paris. Dann winkte sie und fuhr davon.

Auch Paris machte sich auf den Heimweg. Erst als sie die Haustür aufschloss und die Handtasche abstellte, merkte sie, wie erschöpft sie war. Sie hatte einen langen, sehr interessanten Tag und einen erfolgreichen Abend hinter sich gebracht. Die meiste Zeit über war sie hochkonzentriert gewesen, weil sie sich so schnell wie möglich alles merken wollte, was sie wissen musste. Inzwischen war sie sicher, dass sie die vielen unterschiedlichen Aufgaben, die nun täglich auf sie zukamen, bewältigen konnte. Sie wünschte sich nichts sehnlicher, als am Ende der Woche Bixby Masons neue Assistentin zu sein. Mit ein bisschen Glück würde sie es schaffen.

15. Kapitel

In den folgenden zwei Tagen arbeitete sich Paris mit Janes Hilfe im Eiltempo ein. Am Dienstagabend fanden gleich zwei Partys statt. Während sich Bixby um die wichtigere der beiden kümmerte, übernahm Jane den weniger anspruchsvollen Kunden. Bei der ersten Feier handelte es sich um eine außergewöhnliche Veranstaltung in einer Kunstgalerie, die eine Lightshow, den Auftritt einer Technoband und viele komplizierte technische Einzelheiten umfasste. Die andere war eine formelle Abendgesellschaft mit Smokingzwang, die Bixby für alte Freunde ausrichtete. Paris fuhr zwischen beiden Veranstaltungsorten hin und her, half überall mit und saugte wie ein Schwamm alles auf, was es zu lernen gab. Die Arbeit in der Galerie fand sie äußerst interessant, doch genauso gern griff sie Jane bei der Vorbereitung für die Abendgesellschaft unter die Arme. Jane fühlte sich an diesem Tag nicht besonders wohl, daher schickte Paris sie nach einigen Stunden nach Hause und übernahm für den Rest des Abends die Leitung.

Am nächsten Morgen wirkte Jane noch immer erschöpft. Sie war bereits einen Tag überfällig, und es konnte nicht mehr lange dauern, bis die Wehen einsetzten.

»Wie geht es dir?«, erkundigte sich Paris, während die beiden Frauen einander gegenüber am Schreibtisch Platz nahmen.

»Ich bin bloß müde. Ich hatte gestern Nacht eine Kontraktion nach der anderen und habe kein Auge zugemacht. Und Paul ist sauer auf mich. Er meint, ich solle nicht mehr arbeiten. Er fürchtet, dass ich das Baby damit in Gefahr bringe.«
Paris fand, dass Paul nicht ganz Unrecht hatte. Auch sie war der Ansicht, dass sich Jane ausruhen sollte, anstatt sich weiterhin dermaßen anzustrengen. Doch Jane wollte ihr einen guten Start ermöglichen und Bix, wenn es ginge, bis zum Ende der Woche nicht im Stich lassen.
»Wenn du so weitermachst, bringst du dich selbst auch in Gefahr. Leg wenigstens die Beine hoch«, sagte Paris und schob ihr einen Stuhl hin.
»Danke, Paris.«
Dann gingen die beiden Frauen gemeinsam einige Kundenordner durch. Noch am selben Morgen wurden zwei weitere Hochzeitsfeiern gebucht. Paris beobachtete aufmerksam, in welcher Reihenfolge Jane die Details in Angriff nahm und wie sie ihre Anrufliste zusammenstellte. Die organisatorischen Abläufe der Agentur waren sorgfältig durchgeplant. Es gab eine Sekretärin, die zweimal in der Woche die Korrespondenz und die übrige Schreibarbeit erledigte, und eine Buchhalterin, die sich um kaufmännische Angelegenheiten kümmerte, doch die Verantwortung für alles andere ruhte auf den Schultern von Bixby und Jane – und bald auf den ihren, vorausgesetzt, er stellte sie ein. Falls nicht, würde ihr diese Arbeit sehr fehlen, das wusste Paris schon jetzt. Sie genoss jede Minute, und am Donnerstagnachmittag hatte sie das Gefühl, bereits seit einer Ewigkeit dabei zu sein.
Am Freitag trafen sie die letzten Vorbereitungen für den vierzigsten Hochzeitstag der Fleischmanns. Diese gaben

aus diesem Anlass am Samstag eine festliche Abendgesellschaft für hundert Gäste auf ihrem prunkvollen Anwesen in Hillsborough. Mrs Fleischmann erklärte, sie habe sich ihr Leben lang auf dieses Ereignis gefreut, daher wollte Bixby, dass alles perfekt war. Zu seinem Leidwesen hatte die Dame eine Schwäche für Rosarot, doch er konnte sie davon überzeugen, das Festzelt in einem dermaßen zarten Rosa zu bestellen, dass man es auf den ersten Blick für Weiß hielt. Dazu ließ er blassrosafarbene Tulpen aus Holland einfliegen. Es gelang ihm, die Feier vor dem Makel der Geschmacklosigkeit zu bewahren und sie in etwas Außergewöhnliches zu verwandeln. Mrs Fleischmann würde natürlich nichtsdestotrotz ein rosarotes Kleid tragen, außerdem hatte ihr Gatte ihr zur Feier des Tages einen Ring mit rosafarbenen Diamanten geschenkt.
Als Paris die Gastgeberin schließlich kennen lernte, stellte sich diese als eine bezaubernde, rundliche Dame in den späten Sechzigern heraus, die gut und gern zehn Jahre älter wirkte. Sie hatte drei Söhne und dreizehn Enkelkinder, die samt und sonders zu der Feier erschienen waren. Offensichtlich war sie völlig versessen auf Bixby. Er hatte im Jahr zuvor die Bar-Mizwa eines ihrer Enkelsöhne organisiert, und Jane verriet Paris, dass die Familie eine halbe Million Dollar für das Fest ausgegeben hatte.
»Wow!«, erwiderte Paris beeindruckt.
»In L.A. haben wir vor ein paar Jahren eine Bar-Mizwa für zwei Millionen ausgerichtet – für den Sohn eines berühmten Filmproduzenten. Er heuerte drei Zirkuskünstler an, ließ sie in einem riesigen Zelt auftreten und für die Kinder außerdem noch eine Eislaufbahn bauen. Das war ziemlich extravagant.«

Als die ersten Gäste der Fleischmanns eintrafen, hatte das Team um Bixby Mason wie üblich alles unter Kontrolle. Mrs Fleischmann strahlte über das ganze Gesicht, und ihr Gatte war nicht minder begeistert von der Atmosphäre, die Bixby geschaffen hatte. Und als Oscar Fleischmann seine Frau auf die Tanzfläche geleitete, um den ersten Walzer mit ihr zu tanzen, traten Paris Tränen der Rührung in die Augen.

»Die beiden sind süß, nicht wahr?«, flüsterte Bix ihr zu. »Ich hab sie richtig lieb gewonnen.« Er mochte die meisten seiner Kunden und schaffte es wahrscheinlich deshalb mühelos, ihren Feiern eine besondere Note zu verleihen. Natürlich gab es auch Kunden, die er nicht gerade sympathisch fand, worunter jedoch nie seine professionelle Arbeit litt. Wer seine Feiern kannte, konnte lediglich feststellen, dass der Zauber, das Tüpfelchen auf dem i bei diesen Veranstaltungen fehlte.

Paris stand in der Nähe des Büffets und beobachtete das Geschehen. Sie trug ein schlichtes, marineblaues Abendkleid aus Seide und hatte ihr Haar zu einem Dutt aufgesteckt. Sie achtete streng darauf, sich für die Arbeit nicht zu auffällig zu kleiden, und versuchte, mit dem Hintergrund zu verschmelzen wie Bix und Jane. Bixby trug beinahe immer Schwarz, wie ein Puppenspieler oder Pantomime, und strahlte darin eine zurückhaltende Eleganz aus. Jane hatte mittlerweile nicht mehr viel Auswahl, sie passte nur noch in ihr schwarzes Cocktailkleid und ein ebenfalls schwarzes Abendkleid, das jedoch an den Nähten spannte. Trotz ihres Zustands hatte sie den Tag gut gelaunt hinter sich gebracht und sogar ihren toten Punkt am frühen Abend überwunden. Ihr Bauch war wirklich mehr als gewaltig, und der Arzt rechnete mit einem Zehnpfundbaby.

»Eine fabelhafte Party, nicht wahr?«, bemerkte eine Männerstimme hinter Paris. Sie wandte sich um und erblickte einen grauhaarigen, attraktiven Mann Ende vierzig, der äußerst distinguiert wirkte.

»Ja, das stimmt.« Sie lächelte unverbindlich, um das Gespräch im Keim zu ersticken, ohne unhöflich zu erscheinen. Sie wollte ihn nicht zu einer Konversation ermutigen, schließlich arbeitete sie – auch wenn ihr Äußeres nicht darauf schließen ließ. Sie war ohne Zweifel die attraktivste Frau auf dem Fest. Die meisten Gäste befanden sich im Seniorenalter, abgesehen von den Söhnen der Fleischmanns und einer Hand voll ihrer Freunde. Paris vermutete, dass der grauhaarige Mann zu diesem Kreis gehörte.

»Hervorragendes Büffet.« Schon allein die verschiedenen Kaviarsorten nahmen einen ganzen Tisch ein. »Kennen Sie die Fleischmanns schon lange?«, erkundigte er sich im Plauderton.

Offenbar war er entschlossen, sie in eine Unterhaltung zu verwickeln. Er hatte strahlend blaue Augen wie Peter, doch Paris musste zugeben, dass er besser aussah. Er war schlank und wirkte sehr sportlich. Nach seinem Äußeren zu urteilen hätte er gut Schauspieler oder Model sein können. »Nein, ich bin ihnen heute zum ersten Mal begegnet«, antwortete sie leise.

»Tatsächlich?«, entgegnete er und warf einen Blick auf ihren Ringfinger. »Die beiden sind ein wunderbares Paar.« Dann fragte er mit einem strahlenden Lächeln: »Würden Sie mit mir tanzen? Mein Name ist übrigens

Chandler Freeman. Ich bin ein Geschäftsfreund von Oscar junior.«
Sie erwiderte das Lächeln. »Ich heiße Paris Armstrong und arbeite für Bixby Mason, den Organisator dieser Feier. Ich bin kein Gast.«
»Ich verstehe«, sagte er ohne zu zögern und lächelte noch breiter. »Nun, Cinderella, wenn Sie bis Schlag Mitternacht mit mir aufs Parkett kommen, verspreche ich, dass ich im ganzen Königreich nach Ihrem gläsernen Pantoffel suchen werde. Abgemacht?«
»Ich glaube nicht, dass ich das tun sollte«, erklärte sie amüsiert und verlegen zugleich. Er war wirklich äußerst anziehend und charmant.
»Ich schweige wie ein Grab. Sie sind viel zu schön, um hier allein am Rand zu stehen. Ein Tanz kann doch nicht schaden, oder?« Mit diesen Worten ergriff er ihren Ellbogen und führte sie zur Tanzfläche, ohne ihre Antwort abzuwarten.
Zu ihrem eigenen Erstaunen folgte sie ihm. Unterwegs kreuzten sich ihre und Bix' Blicke. Ihr Chef zwinkerte ihr grinsend zu, als wolle er sie zu dem Tanz ermuntern. Also ließ sie sich von Chandler Freeman mitreißen. Er war ein ausgezeichneter Tänzer, und Paris genoss es, an seiner Seite über das Parkett zu schweben.
Drei Tänze später brachte er sie zu seinem Tisch und fragte: »Möchten Sie uns nicht Gesellschaft leisten?« Er stellte sie seinen Freunden vor, darunter auch Oscar Fleischmann junior, der in Paris' Alter war, und seiner hübschen Frau, an deren Körper Diamant- und Smaragdschmuck funkelte. Die Familie hatte ihr Vermögen mit Öl erworben und war dann von Denver nach San Francisco gezogen.

Paris erfuhr später von Jane, dass es Oscar juniors Sohn gewesen war, für den die Agentur die Bar-Mizwa ausgerichtet hatte.

»Das würde ich sehr gern, aber ich muss leider zurück zu meinem Team.« Sie wollte sich den Gästen gegenüber keine unangebrachte Vertraulichkeit erlauben und dadurch womöglich bei ihren Kunden oder Bixby einen schlechten Eindruck machen. Sie würde gewisse Grenzen nicht übertreten und hatte nicht die Absicht, sich näher mit einem der Gäste einzulassen, wie attraktiv er auch immer sein mochte. Und Chandler Freeman war umwerfend, daran gab es keinen Zweifel. Sie fragte sich, wer seine Begleiterin war und was sie wohl davon hielt, dass er mit Paris getanzt hatte. Doch keine der Frauen an seinem Tisch wirkte in irgendeiner Weise verärgert. Wie sich herausstellte, hatte Chandlers Begleiterin in letzter Minute abgesagt.

»Es war mir ein Vergnügen, mit Ihnen zu tanzen, Paris«, flüsterte er ihr ins Ohr. »Und ich würde Sie sehr gern wiedersehen.«

»Dann schreibe ich meine Telefonnummer auf einen Zettel und stecke ihn in den gläsernen Pantoffel«, entgegnete sie und lachte. »Ich habe mich immer darüber gewundert, warum der Prinz nicht Cinderellas Namen in Erfahrung bringt.«

Chandler schmunzelte. »Ihren Namen kenne ich ja. Und ich weiß, dass Sie für Bixby Mason arbeiten. Ich glaube, beides kann ich mir merken«, sagte er.

Er war wirklich ein gewinnender Mann, dessen Aufmerksamkeit ihrem Ego gut tat. Hatte er tatsächlich vor, sie anzurufen? Paris rechnete nicht ernsthaft damit und hatte auch kein großes Interesse daran. »Ich wünsche Ihnen

allen noch einen schönen Abend«, verabschiedete sie sich von der Runde am Tisch und schlenderte davon.
Nach einigen Metern hörte sie Oscar juniors Frau laut und neugierig fragen: »Wer war das denn?« Chandler erwiderte: »Cinderella«, woraufhin der gesamte Tisch in Lachen ausbrach.
Paris kehrte lächelnd zu Bixby und Jane zurück. »Entschuldigung«, wandte sie sich an Bixby. »Ich habe nur mit ihm getanzt, weil ich ihn nicht beleidigen wollte. Ich habe mich so schnell wie möglich zurückgezogen.«
Bixby war in dem Moment jedoch mit anderen Dingen beschäftigt. Besorgt blickte er Jane an, die auf einen Stuhl gesunken war und aussah, als würde sie jeden Moment platzen. »Das Geheimnis unseres Erfolges besteht zum Teil darin, abschätzen zu können, wann man sich unter das Volk mischen sollte und wann man sich besser zurückhält«, sagte er dennoch. »Sie haben es genau richtig gemacht. Manche Leute mögen es, wenn wir uns für eine Weile mit ihnen unterhalten. Ich orientiere mich an den Bedürfnissen der Kunden und finde es völlig in Ordnung, wenn Sie das auch tun – solange Sie immer ein Auge auf den Ablauf der Veranstaltung haben. Bei vielen Partys, die wir ausrichten, stehe ich übrigens auf der Gästeliste«, erklärte er lächelnd. »Ach übrigens«, fuhr er mit verschmitzt funkelnden Augen fort, »Ihr Galan war eine gute Wahl. Sehr attraktiv. Wer ist er?«
»Der Märchenprinz«, erwiderte sie lässig. Dann bemerkte sie, dass sich Jane das Kreuz rieb, und fragte fürsorglich: »Ist alles in Ordnung?«
»Ja, ich glaube, das Baby ist einfach nur in eine seltsame Position gerutscht. Es drückt auf meine Nieren.«

»Wie angenehm«, kommentierte Bix und verdrehte in gespieltem Entsetzen die Augen. »Ich habe keine Ahnung, wie Frauen das schaffen. Es würde mich umbringen«, fügte er hinzu und zeigte auf Janes Bauch.

»Man gewöhnt sich daran«, entgegnete Paris schmunzelnd.

Während sich die ersten Gäste von den Fleischmanns verabschiedeten, sagte Bixby zu Jane: »Dein Sohn hat wirklich ausgezeichnete Manieren.« Jane hatte einen langen Abend hinter sich gebracht, ohne auch nur einmal zu klagen. Ihr stand nun noch die Rückfahrt in die Stadt bevor, die annähernd eine Stunde dauern würde. Bix hatte ein Team angeheuert, das den Festpavillon abbauen und die Aufräumarbeiten beaufsichtigen würde, daher bestand für ihn und seine beiden Mitarbeiterinnen keine Notwendigkeit, länger zu bleiben. »Ich habe ihn gebeten, erst nach dem Hochzeitstag der Fleischmanns auf die Welt zu kommen, und siehe da – noch keine Spur von ihm. Er ist äußerst gehorsam, Jane, mein Kompliment. Mein Patensohn ist ein kleiner Engel. Wenn er früher aufgekreuzt wäre, hätte ich ihm aber auch den Hintern versohlt.«

Alle drei lachten leise, dann ging Bix zu Mrs Fleischmann hinüber und verabschiedete mit ihr die letzten Gäste. Schließlich waren die Fleischmanns, Bix, Jane und Paris unter sich.

»Alles war so, wie ich es mir erträumt hatte«, rief Mrs Fleischmann und bedachte Bixby mit einem dankbaren Blick. »Vielen Dank, Bix! Das werde ich dir nie vergessen.«

»Es war wunderschön, Doris, genau wie Sie. Uns hat es auch viel Spaß gemacht.«

»Sie alle haben hervorragende Arbeit geleistet«, setzte sie herzlich hinzu.
Dann hakte sie sich bei ihrem Mann ein, und die beiden verschwanden in der oberen Etage. Bix eilte davon, um seine Tasche zu holen. Er hatte den ganzen Nachmittag lang auf dem Anwesen gearbeitet und sich auch dort umgezogen. Paris und Jane machten sich schon mal auf den Weg zum Wagen. Plötzlich hörte Paris, wie Jane leise aufstöhnte, und wandte sich ihrer Kollegin zu. Jane beugte sich vor und ein Schwall von Wasser ergoss sich auf den Rasen.
»O Gott!«, rief sie und starrte Paris mit weit aufgerissenen Augen an. »Ich glaube, die Fruchtblase ist gerade geplatzt.« Eine Sekunde später krümmte sie sich vor Schmerzen.
»Setz dich«, sagte Paris schnell und half ihr dabei, sich auf der Wiese niederzulassen. »Es ist alles in Ordnung, alles wird gut. Tja, es sieht so aus, als hätte dein Sohn genau das getan, was Bix von ihm verlangt hat: Er hat das Ende der Party abgewartet. Jetzt bringen wir dich wohl besser nach Hause.«
Jane nickte nur, denn eine starke Wehe raubte ihr den Atem. Nachdem sie vorüber war, blickte sie kläglich zu Paris empor. »Ich glaube, ich muss mich übergeben.«
Paris wusste, wie sich Jane fühlte, denn sie selbst hatte vor der Niederkunft ebenfalls heftige, schnell aufeinander folgende Wehen gehabt und sich immer wieder erbrochen. Ihrer Erfahrung nach bedeutete das, dass es bis zur Geburt nicht mehr lange dauern würde. Jane beugte sich vor und würgte. In dem Moment schloss Bixby zu ihnen auf.
»Du lieber Himmel, was ist denn mit dir los? Was hast du

gegessen? Hoffentlich liegt es nicht am Kaviar oder an den Austern, schließlich haben die Leute beides bis auf den letzten Rest verschlungen.«

Jane schaute ihn lediglich gequält an.

»Die Wehen haben eingesetzt«, erklärte Paris ihm leise. »Gibt es hier in der Nähe ein Krankenhaus?«

Bixby war wie vom Donner gerührt und brachte kein Wort heraus.

Jane warf sofort ein: »Ich will nicht ins Krankenhaus, ich will nach Hause. Ich fühle mich schon besser.«

»Darüber können wir im Wagen reden«, erwiderte Paris und half Jane auf die Beine. Während sie zum Auto gingen, stützte sie ihre Kollegin.

Jane ließ sich vorsichtig auf dem Rücksitz nieder. Im Kofferraum fand Paris ein Handtuch, legte es neben Jane und nahm auf dem Beifahrersitz Platz. Bix zog seine Smokingjacke aus, schwang sich hinter das Steuer und fuhr los. Jane rief über ihr Handy Paul an, erzählte kurz, was geschehen war, und versprach, sich in fünf Minuten noch einmal zu melden.

»Vielleicht solltest du auch deinen Arzt verständigen«, warf Paris ein. »Wann genau haben die Wehen denn angefangen?«

Jane tippte die Nummer ihres Gynäkologen ein. »Ich weiß nicht genau. Ich habe schon den ganzen Nachmittag so ein Ziehen gespürt.«

Ihr Arzt nahm ab und hörte ihr aufmerksam zu. Er riet ihr, direkt zum California Pacific Medical Center in der Stadt zu fahren. Wenn sich ihr Zustand allerdings unterwegs dramatisch verschlechtere, solle sie das nächstgelegene Krankenhaus aufsuchen oder als letzte Möglichkeit

einen Rettungswagen rufen. Er war erleichtert, dass sie nicht allein war und sich hinlegen konnte.
Nach dem Gespräch rief Jane noch einmal Paul an und sagte ihm, dass er zum Krankenhaus kommen und ihre Reisetasche mitbringen solle, die seit drei Wochen gepackt im Flur stand. Sobald Jane aufgelegt hatte, traf sie die nächste Wehe mit voller Wucht, sodass sie eine Weile lang nicht sprechen konnte. Paris wandte sich um und ergriff ihre Hand, und Jane umklammerte so fest ihre Finger, dass Paris am liebsten aufgeschrien hätte, doch sie riss sich zusammen. Jane kniff die Augen zu und stieß ein Stöhnen aus, das Bix zutiefst erschreckte.
»Bitte beeilen Sie sich«, raunte Paris Bix zu. »Ich glaube, dass sie schon weiter ist, als sie denkt.«
»O mein Gott!«, entfuhr es Bixby. Er wirkte regelrecht panisch. »Ich bin homosexuell, mit solchen Dingen habe ich überhaupt nichts am Hut!«
»Fahren Sie einfach so schnell wie möglich«, entgegnete Paris und konnte sich ein Lachen nicht verkneifen.
Auch vom Rücksitz drang ein schwaches Kichern. »Dein Patensohn möchte dich kennen lernen, Bix«, neckte Jane ihn, woraufhin er lauter ächzte als zuvor sie selbst.
»Dann sag ihm, dass ich ihn nicht sehen will. *Noch* nicht. Erst auf der Neugeborenenstation möchte ich ihn zu Gesicht bekommen, und zwar ordentlich in eine Decke gewickelt und mit gekämmten Haaren.« Er warf Jane im Rückspiegel einen bekümmerten Blick zu. »Bist du sicher, dass wir nicht am nächsten Krankenhaus anhalten sollten?«, fragte er, doch Jane beharrte auf dem California Pacific.
Dann kam wieder eine Wehe und wenig später die nächste. Paris begann, die Abstände zwischen ihnen zu messen.

Im Schnitt betrugen sie sieben Minuten, das hieß, dass ihnen noch ein wenig Zeit blieb, aber sputen mussten sie sich trotzdem.
Als sie am Flughafen vorbeirasten, hatte Jane eine dermaßen starke Wehe, dass sie aufschrie. »Ich glaube, ich muss mich wieder übergeben.« Aber diesmal war es falscher Alarm, und während Bixby den Wagen mit Höchstgeschwindigkeit durch die Außenbezirke der Stadt lenkte, erklärte sie, dass sie am liebsten pressen würde.
»Nein!«, erwiderte Paris energisch. »Wir sind gleich da. Nur noch ein paar Minuten.«
»O mein Gott!«, stieß Bix erneut hervor. »Das kann doch alles nicht wahr sein.« Er wandte sich nervös an Paris. »Können Sie auch Babys auf die Welt holen?«
»Gehört das zu meinem Job?«, fragte sie schmunzelnd.
»Möglicherweise ja. Und übrigens« – er flitzte auf der Franklin Street über eine rote Ampel und entging nur knapp einem Zusammenstoß mit einem anderen Wagen – »Sie sind eingestellt, Paris. Falls ich das noch nicht erwähnt habe: Sie haben in dieser Woche großartige Arbeit geleistet. Und du da hinten auf dem Rücksitz – du bist gefeuert!«, rief er Jane scherzhaft zu. »Ich will dich am Montag nicht im Büro sehen.«
Inzwischen brausten sie über die California Street, und Jane gab fürchterliche Geräusche von sich. Paris forderte sie auf zu hecheln, um dem Drang zu pressen entgegenzuwirken.
»Können wir nicht anhalten?«, bat Jane kläglich. Ihr wurde von den Erschütterungen der Fahrt übel.
»Nein!«, polterte Bixby. Das Krankenhaus war nur noch wenige Häuserblocks entfernt. »Ich halte auf keinen Fall

an, und du wirst dein Baby nicht in diesem Wagen bekommen! Hast du mich verstanden, Jane?«

»Du kannst mir gar nichts vorschreiben«, entgegnete sie und schloss die Augen. Sie war schweißüberströmt und ließ Paris' Hand los, um sich den Bauch zu halten.

Paris wusste, dass sie von Glück sagen konnten, wenn sie das Krankenhaus noch rechtzeitig erreichten. Das Baby wollte eindeutig hinaus. Kaum hatte sie dies gedacht, da brachte Bix den Wagen mit quietschenden Bremsen vor dem Eingang des Krankenhauses zum Stehen, auf einem der Parkplätze, die für Rettungswagen reserviert waren. Er sprang wortlos aus dem Auto und lief hinein.

»Ich glaube, das Baby kommt«, keuchte Jane und schnappte nach Luft.

»Schon gut, Liebes, wir sind da«, erwiderte Paris und stieg eilig aus. Gerade als sie die hintere Tür aufriss, hasteten zwei Sanitäter mit einer Rolltrage herbei, gefolgt von Paul. Während Jane auf die Trage gehoben wurde, streckte sie schluchzend die Hände nach ihrem Mann aus. Sie hatte sich tapfer gehalten, doch nun war ihr die Angst anzusehen.

»Ich habe mir solche Sorgen um dich gemacht«, sagte Paul und umklammerte ihre Hand, während die Sanitäter sie durch die Glastüren schoben.

Sie brachten Jane nicht in den Kreißsaal, sondern in den ersten freien Raum der Notaufnahme. Paris und Bixby blieben auf dem Gang stehen und atmeten tief durch. Dann hörten sie Jane schreien. Es war ein langer, entsetzlicher Schrei, der sich ihrer Brust entrang und ihnen durch Mark und Bein ging.

Bix starrte Paris erschüttert an und griff nach ihrer Hand.

»Mein Gott, sie wird doch nicht sterben, oder?« Er hatte Tränen in den Augen.
»Nein«, versicherte Paris ihm leise. »Sie hat nur gerade ein Kind geboren.«
»Wie grauenhaft! War das bei Ihnen auch so?«
»Bei einem meiner Kinder ja. Bei dem anderen hatte ich einen Kaiserschnitt.«
»Ihr Frauen seid wirklich eine bemerkenswerte Gattung. Ich würde so etwas niemals aushalten.«
»Aber es lohnt sich«, erklärte sie und wischte sich verstohlen eine Träne von der Wange.
Kurz darauf trat eine Krankenschwester aus dem Raum und teilte ihnen mit, dass das Baby wohlauf sei und viertausendsechshundert Gramm wiege. Eine halbe Stunde später schob die Schwester Jane in einem Krankenbett aus der Notaufnahme. Paul ging hinter ihnen her und hielt stolz den Säugling im Arm.
Paris beugte sich über das Bett und gab Jane einen Kuss auf die Wange. »Du hast dich hervorragend geschlagen!«
»Eigentlich war es ganz leicht«, sagte Jane und lächelte benommen. Sie hatte offenbar ein Schmerzmittel bekommen.
»Wir besuchen dich morgen«, versprach Paris, während sich Bix ebenfalls über das Bett neigte und Jane einen Kuss auf die Wange hauchte.
»Danke, dass du dein Kind nicht auf der Party der Fleischmanns bekommen hast«, verkündete er feierlich, und alle vier lachten. Dann betrachtete er das Baby. »Was für ein Prachtkerl! Das ist mein Patensohn«, erklärte er der Krankenschwester mit stolzgeschwellter Brust.
Dann machten sich Jane, Paul und ihr Sohn in Begleitung

der Schwester auf den Weg zur Neugeborenenstation. Bixby und Paris verließen das Krankenhaus.

»Was für ein Abend«, bemerkte Bix kurz darauf. Er und Paris standen mittlerweile draußen vor dem Krankenhaus und betrachteten den sternenklaren Himmel. Es war drei Uhr morgens.

Eine außergewöhnliche Woche lag hinter Paris. Sie hatte einen Job und zwei neue Freunde gefunden – und war beinahe als Hebamme eingesprungen.

»Danke, dass Sie mich eingestellt haben«, sagte sie auf dem Heimweg. Es kam ihr inzwischen so vor, als seien sie und Bix alte Freunde.

»Nach dem heutigen Tag können wir auch noch Geburtshilfe in unseren Leistungskatalog aufnehmen«, witzelte er. »Aber mal im Ernst – ich bin heilfroh, dass uns dieser Job erspart geblieben ist.«

»Ich auch«, pflichtete Paris ihm mit einem unterdrückten Gähnen bei. Sie wusste, dass diese Nacht eine Bindung zwischen ihnen geschaffen hatte, die andernfalls vielleicht nie entstanden wäre. Keiner von ihnen würde die vergangenen Stunden je vergessen.

»Darf ich Sie morgen zum Frühstück einladen?«, fragte Bix, als er Paris vor ihrem Haus absetzte. »Ich würde Ihnen gern meinen Partner vorstellen.«

»Ich wusste gar nicht, dass Sie einen Kompagnon haben«, antwortete sie überrascht.

»Habe ich auch nicht. Damit war mein Lebensgefährte gemeint«, klärte er sie lächelnd auf. »Sie haben bisher wirklich ein behütetes Leben geführt, nicht wahr?«

»Entschuldigen Sie, ich habe einfach nicht nachgedacht.« Sie kicherte. »Natürlich komme ich gern.«

»Wie wär's gegen elf? Dann können wir Steven von dieser verrückten Nacht erzählen und uns anschließend betrinken. Schade, dass er nicht dabei war. Er ist nämlich Arzt.«

»Ich freue mich schon darauf, ihn kennen zu lernen. Bis morgen«, sagte sie und stieg aus dem Wagen. Nachdem sie die Haustür aufgeschlossen hatte, drehte sie sich noch einmal um und winkte.

»Gute Nacht!«, rief Bixby und fuhr davon.

16. Kapitel

Nachdem Paris so lange wie möglich geschlafen hatte, sprang sie kurz unter die Dusche, zog eine khakifarbene Hose und einen Kaschmirpullover an, warf sich ihre Lieblingsjacke über und klingelte pünktlich um elf Uhr an der Tür neben der Agentur. Bixby bewohnte mit seinem Freund die beiden Etagen über dem Büro. Er hatte das Gebäude vor einigen Jahren gekauft, und seine privaten Räumlichkeiten waren gemütlich und zugleich geschmackvoll eingerichtet. Die Wände des Wohnzimmers zierten zahllose Bücherregale, und im Kamin prasselte ein Feuer. Die beiden Männer hatten offenbar auf dem Sofa davor gesessen und die Sonntagszeitung gelesen. Bix' Lebensgefährte war ein älterer Mann mit weißen Haaren, der dennoch jugendlich wirkte und darüber hinaus ein sehr markantes Gesicht hatte. Er trug ein blaues Hemd und darüber ein Tweedjackett, Bix hingegen hatte eine Jeans und ein Sweatshirt angezogen. Die beiden waren ein attraktives Paar.

»Das ist mein Freund Steven Ward, und das ist meine neue Mitarbeiterin Paris Armstrong«, machte Bix die beiden miteinander bekannt.

Sie schüttelten einander lächelnd die Hand. Paris schätzte Steven auf Anfang sechzig.

»Ich finde, es ist an der Zeit, das lästige Sie abzulegen, was meinen Sie?«, wandte sich Bix an Paris.

Paris nahm das Angebot erfreut an.

»Ich habe gehört, dass ihr beide eine ereignisreiche Nacht hinter euch habt«, ließ sich Steven vernehmen.
»Ja, das stimmt«, sagte Paris.
Bix reichte ihr einen Bellini.
Sie nippte daran und schmeckte Champagner mit einem Schuss Pfirsichsaft. »Ich habe nicht geglaubt, dass wir es rechtzeitig in die Klinik schaffen würden.«
»Ich auch nicht«, gab Bix ehrlich zu. »Ich dachte die ganze Zeit: Bau bloß keinen Unfall! Einige Situationen waren ziemlich brenzlig.«
»Sehr brenzlig«, verbesserte Paris ihn. Sie trank noch einen Schluck Bellini und wandte sich an Steven. »Bix hat mir erzählt, dass du Arzt bist.«
Er nickte. »Ja, ich bin Internist.«
»Und zwar der beste in der ganzen Stadt«, erklärte Bix voller Stolz. »Steven hat sich auf HIV spezialisiert.«
»Das muss manchmal sehr schwer sein«, bemerkte Paris mitfühlend.
»Ja, aber heutzutage können wir den Patienten dank der modernen Behandlungsmöglichkeiten und Medikamente viel besser helfen als früher.«
Bix verschwand in der Küche, um das Frühstück zuzubereiten. Paris unterhielt sich mit Steven und erfuhr, dass er zweiundsechzig und in den frühen Achtzigern aus dem Mittleren Westen nach San Francisco gekommen war, um sich HIV-Patienten zu widmen. Sein vorheriger Partner war vor zehn Jahren an den Folgen von Aids gestorben, und er und Bix lebten seit sieben Jahren glücklich zusammen.
Dann rief Bix sie ins Esszimmer, wo bereits Cappuccino, Croissants und Omelettes warteten. Bix bezeichnete sich ohne falsche Bescheidenheit als fabelhaften Koch und sag-

te, dies sei auch nötig, da Steven noch nicht einmal Tee aufbrühen könne. Er sei in der Lage, Leben zu retten, doch in der Küche sei er absolut nicht zu gebrauchen.

»Als ich einmal krank im Bett lag, hat er mich verköstigt und beinahe umgebracht. Ich hatte eine Magen-Darm-Grippe, und was brachte er mir? Erst einen Teller Tomatensuppe und später eine Portion Chili – beides aus der Dose. Ich lasse ihn nie wieder an den Herd«, sagte Bix energisch.

Er und Steven schienen eine interessante, lebendige Beziehung zu führen, die sich auf gegenseitige Achtung und tiefe Zuneigung gründete. Steven sprach offen darüber, wie traumatisch der Tod seines vorherigen Lebensgefährten für ihn gewesen war. Die beiden hatten siebenundzwanzig Jahre lang zusammengelebt.

»Ich konnte mich nur schwer daran gewöhnen, auf einmal ohne ihn auskommen zu müssen. Ich habe zwei Jahre lang fast nichts mehr unternommen, nur noch gearbeitet, mich mit meinen Büchern vergraben und geschlafen. Dann begegnete ich Bix. Als wir ein Jahr lang zusammen waren, sind wir in eine gemeinsame Wohnung gezogen. Ich habe sehr viel Glück gehabt«, schloss er und blickte voller Dankbarkeit zu Bix hinüber.

»Ja, das hast du«, pflichtete Paris ihm bei. »Ich war vierundzwanzig Jahre lang verheiratet und hätte nie gedacht, dass sich mein Mann eines Tages von mir trennen würde. Der Schock steckt mir tief in den Knochen. Manchmal kann ich immer noch nicht fassen, dass es tatsächlich passiert ist. Peter hat inzwischen wieder geheiratet.«

»Wie lange ist es denn her, dass er dich verlassen hat?«, erkundigte sich Steven in einfühlsamem Tonfall.

»Neun Monate«, erwiderte Paris bedrückt.

»Und er hat schon wieder geheiratet?« Bix wirkte erschüttert. »Hat er dich wegen dieser Frau verlassen?«

Paris nickte stumm, und diesmal kamen ihr nicht die Tränen – zumindest ein kleiner Fortschritt. Anscheinend ging es bergauf. »Sie ist zweiunddreißig. Mit ihr kann ich wohl kaum konkurrieren.«

»Als ob es allein aufs Alter ankäme«, entgegnete Bix unverblümt. »Hoffentlich hat sie noch andere Qualitäten. Hast du dich denn inzwischen nach etwas Neuem umgesehen?«, fragte er interessiert.

»Nein, und ich habe auch keinerlei Interesse daran. Ich habe nicht vor, mich lächerlich zu machen, indem ich mich mit Mädchen messe, die meine Töchter sein könnten. Und außerdem will ich sowieso niemand anderen. Ich habe meinen Mann wirklich geliebt.« Nun traten ihr doch Tränen in die Augen, und Steven drückte tröstend ihren Arm.

»Mir ging es nach Johns Tod genauso. Ich hätte schwören können, dass ich nie wieder eine Beziehung eingehen würde. Aber du bist viel jünger als ich damals.«

»Ich bin sechsundvierzig – zu alt für eine neue Partnerschaft.«

»Für eine neue Partnerschaft ist man nie zu alt«, widersprach Steven. »Manche Hinterbliebene meiner Patienten sind schon über siebzig, trotzdem verlieben sie sich noch mal und heiraten häufig sogar wieder.«

»Nicht alle seine Patienten sind schwul«, warf Bix erklärend ein.

»Ich meine es ernst, Paris. Ein Großteil deines Lebens liegt noch vor dir. Du brauchst eben Zeit. Während die einen innerhalb von wenigen Wochen oder Monaten wieder jemanden finden, dauert es bei anderen Jahre. Aber egal, auf welche Weise man trauert, es ist nie leicht, über das Ende einer Beziehung oder den Verlust eines geliebten Menschen hinwegzukommen. Wie gesagt, habe ich nach drei Jahren Bix gefunden, dabei hätte ich nie damit gerechnet, dass ich jemals wieder solche Gefühle haben würde«, sagte Steven. Seine Ehrlichkeit rührte Paris. Er und Bix waren offensichtlich bereit, ihre Erkenntnisse mit ihr zu teilen, um ihr zu helfen. Dabei machte es keinen Unterschied, dass sie homosexuell waren.

»In Schwulenkreisen ist es viel schwieriger, einen guten Partner zu finden, weil sich fast alles um Jugend und Schönheit dreht«, berichtete Bix. »Für die meisten Schwulen gibt es nichts Schlimmeres, als zu altern. Wenn du nicht mehr attraktiv bist, hast du es viel schwerer. Ich war nach meiner letzten Beziehung zwei Jahre lang auf der Suche und habe jede Minute davon gehasst. Obwohl ich erst dreißig war, kam es mir so vor, als sei der Zug für mich abgefahren. Als ich Steven kennen lernte, konnte ich es kaum erwarten, endlich sesshaft zu werden. Ich bin nicht der Typ für diesen Verabredungsrummel.« Rein vom Äußeren her hätte man dies allerdings durchaus vermuten können. Er hatte nach dem College für eine Weile als Model gejobbt und sah noch immer blendend aus.

»Ich auch nicht«, sagte Paris und seufzte. »Könnt ihr euch etwas Lächerlicheres vorstellen als eine Frau in meinem Alter, die ein Rendezvous nach dem anderen hat? Das ist so demütigend und deprimierend.« Dann erzählte sie ihnen von der Party bei Natalie und dem betrunkenen Finanzberater in der karierten Hose, der in einem fort zotige Witze gerissen hatte. Damals hatte sie sich endgültig dafür entschieden, nach San Francisco zu ziehen, schon allein um nie wieder einen solchen Abend verbringen zu müssen.

»Hatte der Kerl einen schwulen Bruder? Dann bin ich nämlich mal mit dem ausgegangen«, sagte Bix lachend und begann, von seinen Erfahrungen bei der Partnersuche zu berichten. »Ich habe einige der furchtbarsten Blinddates auf diesem Planeten hinter mir. Nachdem mein letzter Partner mich wegen eines Zweiundzwanzigjährigen abserviert hatte, tat ich all meinen Freunden so Leid, dass sie mich um jeden Preis verkuppeln wollten – vorzugsweise mit Junkies oder Psychos. Für eine Weile war ich mit einem Typen liiert, der seit zwei Jahren an Schlafmangel litt. Er war völlig durchgedreht und hatte Halluzinationen, in denen er mich für seine Mutter hielt. Als ich eines Nachmittags nach Hause kam, fand ich ihn bewusstlos auf der Couch, in rosa Hotpants und einem schwarzen BH. Er hatte sich mit Beruhigungsmitteln zugedröhnt. Da zog ich endlich einen Schlussstrich. Aber der Knabe war noch harmlos im Vergleich zu dem Kerl danach. Der war ein echter Tierfreund und hatte fünf Schlangen, die er in meiner Wohnung frei herumkriechen ließ. Irgendwann verschwanden zwei von denen spurlos, und er brauchte einen ganzen Monat, um sie wiederzufinden. Ich war wirklich kurz davor auszuziehen! Eins verspreche ich dir, Paris: Ich werde nie ein Blinddate für dich arrangieren, dazu habe ich viel zu große Achtung vor dir. Auf dem Partnermarkt musst du schon selbst einkaufen gehen.«

»Danke, sehr nett von dir. Wie habt ihr beide euch denn kennen gelernt?«, erkundigte sie sich.

»Auf eine ziemlich unspektakuläre Weise. Ich brauchte

einen neuen Arzt, und bei meinem ersten Besuch gefiel Steven mir auf Anhieb. Nach ungefähr zwei Monaten, in denen ich ständig mit Erkältungen, Kopfschmerzattacken und rätselhaften Rückenbeschwerden bei ihm aufkreuzte, hatte er endlich kapiert und lud mich zum Essen ein.« Bix warf Steven einen liebevollen Blick zu, den dieser mit einem Lächeln erwiderte.

»Ich war ein bisschen schwer von Begriff«, räumte Steven ein. »Ich dachte erst, er würde nach einer Art Vaterfigur Ausschau halten.«

»Dabei wollte ich schlicht und einfach einen Liebhaber«, fügte Bix hinzu.

Inzwischen waren sie viel mehr als das. Sie wirkten eher wie ein glückliches Ehepaar, und Paris beneidete sie ein wenig. Es war offenkundig, wie sehr Bix und Steven die Gesellschaft des jeweils anderen genossen, wie gut sie miteinander harmonierten. Wie schön war es doch, jemanden zu haben, mit dem man sein Leben teilen konnte!

Am Nachmittag machte sie sich auf den Heimweg. Zu Hause angelangt rief sie Meg an, um ihr von ihren Erlebnissen zu erzählen, doch sie war leider nicht da. Um sechs Uhr tauchte Wim mit einem seiner Mitbewohner auf. Paris hatte versprochen, etwas für ihn zu kochen, und das tat sie auch. Die beiden Jungs stürzten sich wie zwei Verhungernde auf das Essen und lobten überschwänglich ihre Kochkünste. Langsam begann Paris, Geschmack an ihrem Leben in Kalifornien zu finden. Sogar das Wetter spielte mit. Obwohl es erst Februar war, strahlte seit ihrer Ankunft vor neun Tagen die Sonne vom Himmel. Virginia und Natalies Berichten zufolge schneite es momentan in

Greenwich, und Paris war umso froher, dass sie der Ostküste den Rücken gekehrt hatte.
»Wie gefällt dir dein neuer Job, Mom?«, fragte Wim interessiert, warf sich auf die Couch und streckte seine langen Beine aus.
»Ausgezeichnet«, erwiderte sie lächelnd.
»Was genau machst du eigentlich?« Er konnte sich nur noch vage an die erste, etwas verworrene Beschreibung seiner Mutter erinnern und hatte lediglich das Stichwort Hochzeitsplanung im Kopf.
»Wir organisieren Veranstaltungen und Feiern jeglicher Art. Geburtstage, Hochzeiten, Abendgesellschaften, Vernissagen. Mein Chef, der die Konzepte erarbeitet, ist sehr kreativ.«
»Das klingt, als würde es dir viel Spaß machen«, sagte Wim und lehnte sich entspannt zurück. Das neue Haus seiner Mutter gefiel ihm wirklich sehr gut, und er kündigte an, Paris demnächst des Öfteren zu besuchen.
Wim und sein Mitbewohner fuhren erst nach zehn Uhr wieder zurück nach Berkeley. Um elf hatte Paris aufgeräumt, sich abgeschminkt, ihr Nachthemd angezogen und war ins Bett geschlüpft. Ein wunderbarer Sonntag lag hinter ihr. In Greenwich hatte sie die Wochenenden gehasst, dann war ihr die Einsamkeit immer besonders zum Bewusstsein gekommen. Aber hier in Kalifornien fühlte sie sich wie ein anderer Mensch.
Paris war schon beinahe eingeschlafen, da rief Meg an und berichtete von ihrem herrlichen Tag am Strand von Venice Beach. Die Welt war in Ordnung – zumindest in Kalifornien, Paris' neuer Heimat.

17. Kapitel

Der folgende Montag wurde sehr arbeitsreich für Paris. Sie konnte sich nicht länger Rat suchend an Jane wenden, die nun daheim bei Mann und Kind war. Diese meldete sich am Mittag und erzählte ihr, dass ihr kleiner Sohn Alexander Mason heißen würde. Er schien ein unkompliziertes Baby zu sein, und darüber war Jane natürlich sehr froh.

Paris und Bix arbeiteten in der nächsten Zeit eng zusammen. Am nächsten Samstag – dem Valentinstag – richtete die Agentur zwei Veranstaltungen aus. Bix wollte wie üblich die eine betreuen, und Paris war für die andere zuständig.

Am späten Nachmittag klingelte das Telefon, und die Sekretärin verkündete Paris, ein gewisser Mr Freeman wolle sie sprechen.

»Kenne ich nicht«, erwiderte Paris knapp, doch dann entsann sie sich plötzlich. Der Märchenprinz. Sie bat ihre Kollegin, das Gespräch durchzustellen.

»Hallo?«, sagte sie kurz darauf zurückhaltend. Als sie seine Stimme hörte, erkannte sie sie sofort wieder.

»Hoffentlich haben Sie nichts dagegen, dass ich Sie anrufe«, sagte er entschuldigend. »Ich habe Ihre Nummer von Marjorie Fleischmann, und die hat sie wiederum von ihrer Schwiegermutter. Ein wenig umständlich, aber erfolgreich. Wie geht es Ihnen, Cinderella?«

»Gut, vielen Dank«, erwiderte sie. Sie fand es beeindruckend, dass er sich solche Mühe gegeben hatte, sie ausfindig zu machen, fragte sich jedoch zugleich nach dem Grund. »Wir haben viel zu tun. Übrigens hätte ich auf dem Rückweg von der Party beinahe Geburtshilfe leisten müssen.« Sie erzählte ihm kurz von Janes Entbindung und wartete dann darauf, den Anlass seines Anrufs zu erfahren.
»Ich dachte, wir könnten morgen vielleicht zusammen zu Mittag essen. Was halten Sie davon?«
Gar nichts, schoss es ihr als Erstes durch den Kopf. Sie war nicht in der Stimmung für ein Date.
»Eine nette Idee, Chandler.« Glücklicherweise erinnerte sie sich an seinen Vornamen. »Aber ich mache normalerweise keine Mittagspause. Ich bin momentan sehr beschäftigt.«
»Ihr Blutzuckerspiegel wird in den Keller sacken, wenn Sie nichts essen. Wir können uns ja beeilen.«
Er war dermaßen direkt, dass Paris nicht wusste, wie sie reagieren sollte. Nach seiner netten Einladung wollte sie nicht unhöflich sein und ihn vor den Kopf stoßen. »Na gut, aber es muss wirklich schnell gehen«, gab sie nach und ärgerte sich gleichzeitig darüber, dass sie sich von einem Mann, den sie kaum kannte, zu einer Verabredung drängen ließ. »Wo sollen wir uns treffen?« Sie würde dafür sorgen, dass diese Mittagspause so nüchtern und sachlich ablief wie ein Geschäftsessen, ganz gleich, was er im Sinn haben mochte.
»Ich hole Sie um zwölf in Ihrem Büro ab. Und ich verspreche, dass ich Sie nach einer Stunde wieder zurückbringe.«
»Es wäre einfacher, wenn wir uns in irgendeinem Restaurant treffen würden«, widersprach Paris. »Ich habe noch keine Ahnung, wo ich am Vormittag sein werde.«

»Machen Sie sich deswegen keine Gedanken, ich warte vor dem Büro auf Sie. Sie brauchen sich auf keinen Fall zu hetzen, vom Wagen aus kann ich prima ein paar Telefonate erledigen.«

In das Auto eines Fremden zu steigen und mit ihm irgendwohin zu fahren, entsprach nicht gerade ihren Gepflogenheiten. Widerstrebend willigte sie ein.

»Bis morgen Mittag, Cinderella«, verabschiedete sich Chandler lässig und legte auf.

Als Bix hereinkam, war Paris noch immer wütend auf sich selbst.

»Stimmt etwas nicht?«, fragte er angesichts ihrer Miene.

»Ich habe gerade etwas ganz Dummes gemacht«, erklärte sie verdrießlich. Chandler Freeman hatte sich keine Sekunde lang das Zepter aus der Hand nehmen lassen.

»Hast du einen Kunden verprellt?«, fragte Bix mit verwundertem Gesichtsausdruck.

»Nein, nein«, beruhigte sie ihn. »Ich habe mich von einem Typen dazu überreden lassen, mit ihm essen zu gehen. Ehe ich mich's versah, hatte er mich beschwatzt. Morgen Mittag holt er mich hier ab.«

Bix schmunzelte. »Ist es jemand, den ich kenne? Vielleicht der Typ von der Fleischmann-Party?«

»Wie kommst du darauf?«, fragte sie überrascht.

»Ich habe damit gerechnet, dass er sich bei dir meldet. Darauf kann man sich bei dieser Sorte Mann für gewöhnlich verlassen. Wie war noch gleich sein Name?«

»Chandler Freeman. Er ist ein Geschäftspartner von Oscar Fleischmann junior. Mehr weiß ich nicht.«

»Ich habe hier und da etwas über ihn gelesen. Hört sich nach einem Profi in Sachen Dates an. Vorsicht, Falle!«

»Was meinst du damit?« Im selben Moment kam sie sich vor wie die Unschuld vom Lande.
»Das ist eine ganz spezielle Gattung. Einige von ihnen waren noch nie verheiratet, andere haben kostspielige Scheidungen hinter sich, bei denen jede Menge schmutzige Wäsche gewaschen wurde – von Frauen, an denen ihnen ohnehin nichts lag. In der Regel haben sie alle irgendwelche Macken. Sie treffen sich mit einer Frau nach der anderen und erzählen jeder, was für ein Miststück ihre Exfrau war. Und wenn man sie fragt, warum sie nicht wieder geheiratet haben, heißt es, sie hätten ›die Richtige‹ noch nicht gefunden. Die werden sie auch niemals finden – weil sie es nämlich gar nicht wollen. Sie sind bloß auf flüchtige Affären aus.«
»Aha, jetzt weiß ich ja Bescheid«, sagte Paris mit einem breiten Grinsen. »Mal sehen, wie viel Chandler von sich preisgibt. Ich werde dich wissen lassen, ob deine Theorie auf ihn zutrifft.«
»Ich fürchte, das wird der Fall sein.«
»Würde es dir denn etwas ausmachen, wenn ich morgen Mittag für eine Stunde verschwinde?«, schickte sie nach.
Bix lachte. »Soll ich jetzt Ja sagen und dich davon abhalten?«
»Vielleicht.«
»Iss mit Freeman zu Mittag. Amüsier dich. Er scheint ein netter Kerl zu sein.«
»Obwohl er ein Profi in Sachen Dates ist?«
»Ja, was hat das eine mit dem anderen zu tun? Du willst ihn schließlich nicht heiraten, sondern nur mit ihm ausgehen. Ganz unverbindlich. Das ist ein gutes Training für dich.«

»Wofür soll ich denn trainieren?«
»Für die reale Welt«, erwiderte er unverblümt. »Du kannst nicht ewig zu Hause hocken. Eines Tages wirst du dich wieder der Wirklichkeit stellen müssen. Du verdienst es, einen guten Mann an deiner Seite zu haben, Paris. Aber den wirst du nicht finden, wenn du dich verkriechst.«
»Ich dachte einmal, ich hätte einen guten Mann«, sagte sie traurig.
Bix nickte wissend. »Aber er war nicht so gut, wie du geglaubt hast.«
»Anscheinend nicht.«
Eine halbe Stunde später zeigte er ihr ein ein Meter zwanzig hohes Gesteck aus weißen Rosen in Form eines Teddybären, das er Jane schenken wollte. Der Anblick verschlug Paris zunächst die Sprache.
»Wie um alles in der Welt hast du das gemacht?«, fragte sie schließlich.
»Ich habe es nicht gemacht, sondern nur entworfen. Hiroko hat es gesteckt. Niedlich, was?«, fragte er stolz.
»Wunderschön! Jane wird begeistert sein.«
Bix schrieb eine Glückwunschkarte und schickte den Bären dann per Kurier an Jane, was Paris daran erinnerte, dass sie noch ein Geschenk für das Baby besorgen wollte. Vielleicht konnte sie das am Samstag erledigen. Sie musste dann zwar eine der Valentinstag-Partys betreuen, hatte vorher jedoch noch genug Zeit für einen kleinen Bummel.
Am Abend sprach sie mit Anne Smythe darüber, wie beschäftigt sie seit einer Woche war. Sie und Anne mussten ihre Gespräche nun auf die Abende oder Wochenenden verlegen, doch Anne sagte, das mache ihr nichts aus. Sie freue sich, von Paris zu hören, und sei froh, dass alles so

gut laufe. Sie und Paris hatten sich bereits darauf geeinigt, nur noch eine Sitzung pro Woche abzuhalten, weil Paris für mehr einfach keine Zeit hatte. Aber sie wusste, dass sie Anne im Notfall immer anrufen konnte.

Paris berichtete ihrer Therapeutin, dass sie am nächsten Tag mit einem Mann essen gehen würde, und ließ nicht aus, wie Bix ihn einschätzte.

»Seien Sie aufgeschlossen«, riet Anne. »Auch wenn er es nicht ernst meinen sollte, ist er möglicherweise eine interessante Bekanntschaft. Sie haben sich vorgenommen, Menschen kennen zu lernen. Das heißt nicht, dass Sie gleich mit jedem gut Freund sein müssen. Vielleicht stellt Chandler Sie ja auch einigen seiner Bekannten vor.«

Anne hatte Recht. Sie wollte sich ein neues Leben aufbauen, und als sie Greenwich hinter sich gelassen hatte, war ihr klar gewesen, dass es nicht leicht werden würde. Das war erst der Anfang.

Am folgenden Tag hörte Paris um fünf Minuten vor zwölf ein Röhren vor ihrem Bürofenster, blickte hinaus und sah einen silberfarbenen Ferrari vorfahren. Sekunden später stieg Chandler Freeman aus, elegant mit Blazer, grauer Hose und einer gelben Krawatte von Hermès gekleidet. Kurz darauf stand er mit einem strahlenden Lächeln vor ihrem Schreibtisch.

»Ich bin beeindruckt. Ein äußerst geschmackvolles Büro.«

»Danke, aber das hat mein Chef eingerichtet. Ich arbeite erst seit kurzem hier.«

»Tatsächlich?«

»Ich stamme aus Greenwich in Connecticut und bin erst vor knapp zwei Wochen hierher gezogen.«

»Man könnte meinen, Sie lebten schon ewig hier.«

»Vielen Dank«, sagte sie lächelnd.

»Wollen wir gehen?«, fragte er.

Seine perfekten, schneeweißen Zähne wirkten wie aus einem Werbespot für Zahnpasta. Paris fiel erneut auf, wie attraktiv er war, und auf gewisse Weise fühlte sie sich geschmeichelt, dass er mit ihr ausging. »Ja, gern.« Sie griff nach ihrer Jacke und ihrer Tasche und folgte ihm zum Wagen.

Während der Ferrari davonbrauste, fragte sie ein wenig nervös: »Wohin fahren wir?«

»Ich würde gern behaupten, dass ich Sie gerade entführe, aber ich will Sie nicht anlügen. Ich weiß, dass Sie wenig Zeit haben, also bleiben wir in der Nähe.«

Er kutschierte sie zu einem kleinen italienischen Restaurant nur wenige Blocks von der Agentur entfernt. Sie betraten ein Haus im viktorianischen Stil mit einem wunderschönen Garten, den Paris nun durch die Fenster bestaunte.

»Dies ist eins der bestgehüteten Geheimnisse der Stadt.«

Der Restaurantmanager schien Chandler gut zu kennen, er begrüßte ihn diskret und wies ihnen einen Platz auf der Terrasse zu.

»Ich komme oft zum Mittagessen her und sitze am liebsten draußen«, erklärte Chandler. Das Wetter war im Vergleich zur Vorwoche noch wärmer geworden. Es wurde allmählich Frühling.

Der Ober bot ihnen Wein an, doch Paris zog ein Glas Eistee vor, und Chandler wählte eine Bloody Mary. Sie bestellten beide Salat und Pasta. Das Essen schmeckte hervorragend, und nach einigen Minuten angeregter Unterhaltung registrierte Paris, dass sie sich langsam entspannte. Chandler schien wirklich ein interessanter Mann zu sein.

»Sie tragen keinen Ehering. Sind Sie unverheiratet oder geschieden?«, fragte er schließlich.
»Ich bin geschieden.«
»Und seit wann?«
An diese Frage musste sie sich wohl oder übel gewöhnen. Vielleicht sollte sie jedem neuen Bekannten einen Lebenslauf in die Hand drücken. »Seit zwei Monaten. Aber mein Exmann und ich leben schon seit neun Monaten getrennt.« Alles Weitere ging ihn nichts an.
»Und wie lange waren Sie verheiratet?«
»Vierundzwanzig Jahre«, erwiderte sie knapp.
Chandler zuckte zusammen. »Oje, das muss wehgetan haben.«
»Ja«, sagte sie nur und drehte den Spieß um. »Und Sie?«
»Was meinen Sie?«, entgegnete er ausweichend.
»Ihre private Situation.«
»Zwölf Jahre lang verheiratet, seit vierzehn geschieden.«
»Dann sind Sie schon lange allein«, bemerkte sie nachdenklich.
»Stimmt«, pflichtete er ihr bei.
»Warum haben Sie nie wieder geheiratet?«
»Vermutlich, weil ich nicht die Richtige gefunden habe.«
Mist! Bix hatte Recht.
»Möglicherweise hat mir das Leben als Single bisher einfach zu gut gefallen. Als ich mich scheiden ließ, war ich vierunddreißig. Meine Frau war mit meinem besten Freund durchgebrannt, und wie sich herausstellte, hatten die beiden schon seit drei Jahren ein Verhältnis. So etwas kommt öfter vor, aber wenn es einem selbst passiert, ist der Schmerz kaum zu ertragen.«
Ein weiterer Hinweis: die Exfrau als ausgekochtes Mist-

stück. »Das klingt furchtbar«, sagte sie dennoch mitfühlend – obwohl er nicht besonders traurig aussah. Aber das Ganze war ja auch schon lange her. »Haben Sie Kinder?«
»Ja, einen Sohn. Er ist siebenundzwanzig, lebt in New York und hat zwei kleine Töchter. Im Grunde kann ich immer noch nicht glauben, dass ich schon Großvater bin. Die Mädchen sind zwei und vier und einfach entzückend. Und das dritte Kind ist unterwegs.«
Sie wandten sich anderen Themen zu, plauderten über ihre Lieblingsrestaurants in New York, ihre Reisen und dann über die Sprachen, die sie beherrschten. Paris konnte ein paar Brocken Französisch, Chandler sprach fließend Spanisch. Als junger Mann hatte er zwei Jahre lang in Buenos Aires gelebt. Schließlich fragte er Paris, warum sie einen dermaßen außergewöhnlichen Namen trug.
»Meine Eltern haben ihre Flitterwochen in Paris verbracht und mich dort gezeugt. Deshalb haben sie mich nach ihrer Lieblingsstadt benannt.«
»Wie exotisch«, bemerkte Chandler und wirkte sehr amüsiert. Er schien erfahren darin, Konversation zu machen, und Paris empfand seine Gesellschaft als sehr angenehm. Auf der Rückfahrt zum Büro erfuhr sie, dass er einen Privatjet besaß, den er selbst steuerte, einen G4 von Gulfstream. Chandler bot an, Paris bei Gelegenheit zu einem Flug mitzunehmen. Nachdem er vor der Agentur gehalten hatte, stieg er aus, ging um den Wagen herum und öffnete ihr ritterlich die Tür. Er sagte, dass er sie gern wiedersehen würde und schlug ein Abendessen an einem der nächsten Tage vor, doch Paris erwiderte, sie müsse stets lange arbeiten. Daraufhin lächelte er nur und küsste sie auf die Wange. Er sprang wieder ins Auto und brauste mit

aufheulendem Motor davon. Paris sah ihm für einen Moment verdutzt nach und eilte dann ins Haus. Kurz darauf betrat sie das Büro.

Bix saß an seinem Schreibtisch über einigen Entwürfen und blickte erwartungsvoll auf. »Und?«

»Ich glaube, du hast den Nagel auf den Kopf getroffen. Ich habe keine Ahnung, warum ich mich überhaupt habe breitschlagen lassen.«

»Wie gesagt: Übung macht den Meister. Eines Tages wirst du auf den ersten Blick erkennen, was ein Kerl taugt – es sei denn, du möchtest Nonne werden.«

»Die Idee ist gar nicht so schlecht.«

»Also?«

»Er war zwölf Jahre lang verheiratet und ist seit vierzehn geschieden. Er hat noch nicht die richtige Frau getroffen, um sich ein zweites Mal zu trauen. Was hältst du davon?«

»Nichts«, erwiderte Bix unumwunden. Obwohl er Paris erst seit einer Woche kannte, verspürte er ihr gegenüber bereits einen ausgeprägten Beschützerinstinkt. Bix wünschte Paris, dass sie jemanden fand, der es ehrlich mit ihr meinte.

»Er hat einen Sohn, zwei Enkeltöchter, und ein drittes Enkelkind ist unterwegs. Zwei Jahre lang hat er in Buenos Aires gelebt. Und er besitzt einen Privatjet, den er selbst fliegt. Seine Frau hatte ein Verhältnis mit seinem besten Freund und lief ihm davon, deshalb die Scheidung. Das ist alles, was er rausgelassen hat.«

»Ausgezeichnet«, lobte Bix lächelnd. »Hast du dir Notizen gemacht oder das alles aus dem Gedächtnis aufgesagt?«

»Ich hatte ein Mikrofon im Absatz versteckt«, erwiderte

sie und schmunzelte. »Also, wie denkst du darüber? Meine Seelenklempnerin sagt, es sei egal, ob er ein Mistkerl ist, Hauptsache, ich vergnüge mich. Außerdem könne ich durch ihn andere Leute kennen lernen.«

»Die wahrscheinlich auch Mistkerle sind. Die bleiben nämlich gern unter sich. Schürzenjäger können verheiratete Paare nicht ausstehen und halten sie für dumme, langweilige Spießbürger.«

»Oh. Du glaubst also tatsächlich, dass er ein Schürzenjäger ist?«

»Vielleicht. Sei auf jeden Fall vorsichtig! Wollte er dich wiedersehen?«

»Er möchte mich irgendwann diese Woche zum Abendessen einladen. Aber ich habe ihm gesagt, dass ich arbeiten muss.«

»Magst du ihn?«

»Irgendwie schon. Er ist interessant, intelligent und sehr kultiviert. Aber ich bin mir nicht sicher, ob er ein guter Mensch ist.«

»Ich auch nicht. Gib ihm eine Chance – aber nur eine kleine. Du musst stets auf der Hut sein, Paris.«

»Das hört sich ziemlich anstrengend an.«

»Aber es lohnt sich. Es sei denn, du willst tatsächlich in ein Kloster eintreten.«

»Ich werde es mir überlegen.«

»Dann denk daran, dass die Ordenstrachten auch nicht mehr das sind, was sie mal waren. Audrey Hepburn und Ingrid Bergmann in wallenden Roben kannst du vergessen. Und außerdem sind die Frisuren das Hinterletzte.«

Paris kehrte lachend an ihren Schreibtisch zurück.

Am späten Nachmittag brachte ihr ein Bote zwei Dutzend rote Rosen. Auf der dazugehörigen Karte stand: *Danke, dass Sie sich Zeit genommen haben. Ich habe das Mittagessen sehr genossen. Bis bald, CF.*
Bixby betrachtete die Blumen, las die Karte und schüttelte den Kopf. »Er ist ein Profi! Immerhin – hübsche Rosen.«
Paris schickte Chandler einen kurzen Dankesbrief und dachte in den folgenden Tagen nicht mehr an ihn. Kaum rückte der Valentinstag näher, wurde die Agentur mit Aufträgen überhäuft. Plötzlich wollte jeder irgendwen mit etwas Kreativem überraschen – und sei es auch nur die eigene Schwester in Des Moines. Die »romantischen« Aufträge waren die schwierigsten. Bixby musste sich einen Geniestreich nach dem anderen einfallen lassen, doch wie immer enttäuschte er seine Auftraggeber nicht.
Am Donnerstag rief Chandler erneut im Büro an und lud Paris für Samstagabend zum Essen ein.
»Es tut mir Leid, Chandler, das geht nicht. Ich habe einen geschäftlichen Termin.«
»Wissen Sie, welcher Tag das ist?«
»Ja, ich weiß – Valentinstag.« In Greenwich hätte sie versucht, diese Tatsache zu verdrängen, doch in der Agentur war das unmöglich. »Aber ich muss trotzdem arbeiten.« Und darüber war sie froh. Sie und Peter waren am Valentinstag immer essen gegangen, auch im Jahr zuvor, obwohl er zu diesem Zeitpunkt bereits ein Verhältnis mit Rachel gehabt hatte. Sie fragte sich, wie er dieses Doppelleben hatte ertragen können. Nun, er war offenbar damals damit klargekommen, doch im Mai hatte er es dann endgültig beendet. In diesem Jahr würde er den Valentinstag mit Rachel verbringen.

»Wann haben Sie denn frei?«
»Spät, wahrscheinlich gegen elf.« Sie betreute eine kleine Dinnerparty, die sie laut der Agentur-Richtlinien verlassen durfte, sobald die Gäste am Tisch saßen. Sie würde also vor elf Uhr Schluss machen, doch ihre Auskunft war ein Versuch, Chandler abzuwimmeln.
»Ich habe Zeit. Wie wäre es mit einem Mitternachtsimbiss?«
Paris zögerte. Sie war noch immer nicht an einer Verabredung interessiert, brachte es jedoch nicht über sich, dies klar und deutlich zu sagen. »Ich weiß nicht, Chandler«, entgegnete sie verlegen. »Ich glaube, ich bin dafür noch nicht bereit. Der Valentinstag ist ein besonderer Anlass.«
»Dann ignorieren wir den eben. Ich kann Sie gut verstehen, mir ging es damals ähnlich.«
»Warum wollen Sie den Abend unbedingt mit mir verbringen?«, fragte sie voller Zweifel. Sie hatte das Gefühl, dass Chandler sie in etwas hineinmanövrierte, was sie gar nicht wollte.
Er antwortete mit sanfter Stimme: »Weil ich finde, dass Sie einfach wundervoll sind. Jemandem wie Ihnen bin ich in den ganzen vierzehn Jahren nicht begegnet.«
Es klang vollkommen aufrichtig, und Paris war für einen Moment sprachlos. »Sie sollten mit jemandem ausgehen, der nicht arbeiten muss.«
»Ich möchte aber mit Ihnen ausgehen. Warum treffen wir uns nicht einfach um Mitternacht? Und falls Sie früher mit der Arbeit fertig sind, können Sie mich ja anrufen. Lassen Sie uns doch ganz ungezwungen etwas essen, meinetwegen einen Hamburger. Und unsere Erinnerungen an diesen Tag lassen wir außen vor.«

Aus seinem Munde hörte sich das alles tatsächlich vollkommen harmlos an, und Paris war versucht, die Einladung anzunehmen.
»Ich mache Ihnen einen Vorschlag: Denken Sie in aller Ruhe darüber nach, und ich rufe Sie morgen noch mal an, in Ordnung?«
»Okay«, erwiderte sie leise.
Obwohl Paris am Abend gründlich das Für und Wider abwog, wurde sie sich nicht darüber klar, was sie eigentlich wollte. Und als Chandler am Freitagmorgen anrief, war sie gerade so beschäftigt, dass sie einfach Ja sagte. Sie versprach, sich nach der Party bei ihm zu melden und einen Hamburger mit ihm essen zu gehen – ganz lässig in Jeans. Im Grunde war es die perfekte Lösung für das Problem Valentinstag. Sie würde nicht allein sein, aber auch kein Rendezvous haben. Das war ihr mehr als recht.

Die Gäste der Dinnerparty begaben sich am Samstag um neun Uhr zum Abendessen. Paris verabschiedete sich um halb zehn, fuhr rasch nach Hause und sagte Chandler Bescheid, dass sie nun freihabe. Sie zog sich um, und Chandler holte sie wenig später ab. Sie trug eine Jeans, einen roten Kaschmirpullover und einen weißen Dufflecoat.
»Sie sehen bezaubernd aus, Cinderella«, begrüßte er sie und küsste sie auf die Wange.
Sie fuhren zu einem einfachen, ruhigen Restaurant, das er ausgesucht hatte. Während sie aßen, schob er ihr auf einmal ein Päckchen und eine Karte zu.
»Was ist denn das?«, fragte sie verlegen, obwohl der rosarote Umschlag verriet, dass es sich um eine Valentinskarte handelte. Das Motiv war niedlich und witzig. Das Päck-

chen enthielt eine herzförmige Silberdose, die mit herzförmigen Bonbons gefüllt war. »Wie lieb von Ihnen, Chandler. Vielen Dank! Aber ich habe gar nichts für Sie.«

»Sie haben meine Einladung angenommen, das ist mehr als genug.«

Sie war richtiggehend gerührt.

Es wurde ein entspannter Abend. Kurz nach Mitternacht brachte Chandler sie nach Hause und küsste sie erneut auf die Wange.

»Danke für den schönen Abend.« Paris hatte sich kein bisschen unbehaglich gefühlt, sondern seine Gesellschaft sehr genossen.

»Es war mir ein Vergnügen. Haben Sie morgen schon etwas vor? Kann ich Sie vielleicht zu einem Strandspaziergang überreden?«

Im ersten Augenblick zögerte sie, nickte dann jedoch.

»Großartig! Ich hole Sie um zwei Uhr ab.«

Am Sonntagnachmittag schlenderten sie in Jeans und Turnschuhen bei herrlichem Wetter zwei Stunden lang am Strand entlang, über Crissy Field bis hin zur Golden Gate Bridge. Als Chandler sie nach Hause brachte, bat sie ihn auf einen Drink herein und bot ihm schließlich das Du an. Während sie wie üblich Eistee trank, ließ er sich von ihr ein Glas Weißwein einschenken.

»Du hast ein wunderschönes Haus«, bemerkte er anerkennend und bewunderte die schöne Aussicht.

»Das finde ich auch«, sagte sie und setzte sich zu ihm auf die Couch. »Ich kann es kaum erwarten, dass endlich meine eigenen Möbel kommen.« Ihr Hausrat sollte in einer Woche eintreffen.

Sie unterhielten sich etwa eine Stunde lang über ihre Kinder und darüber, warum ihre Ehen gescheitert waren. Chandler war der Meinung, er habe alles für selbstverständlich gehalten und sei zu unbekümmert gewesen.

»Vermutlich habe ich ihr zu sehr vertraut«, erklärte er ruhig. »Ich bin einfach davon ausgegangen, dass sie mich nicht betrügen würde.«

»Aber Vertrauen ist die Voraussetzung einer Beziehung, Chandler.«

»Ja, da hast du wohl Recht. Trotzdem traue ich seither niemandem mehr über den Weg. Wahrscheinlich habe ich auch deswegen nicht wieder geheiratet.«

»Man muss eben genau prüfen, auf wen man bauen kann.«

»Hast du deinem Mann vertraut?«, wollte er wissen und sah ihr tief in die Augen. Als sie nickte, fügte er hinzu: »Und was hast du daraus gelernt?«

»Dass auch Menschen, die man liebt, Fehler machen. Jeder verändert sich im Laufe der Zeit, manchmal klingen die Gefühle für den Partner ab. So etwas geschieht nun mal, und ich hatte Pech, dass es ausgerechnet mir passiert ist.«

»Glück und Pech haben doch gar nichts damit zu tun. Du hättest genauso gut deinen Mann hintergehen können, aber du hast es nicht getan. Also liegt die Schlussfolgerung nahe, dass dein Mann dein Vertrauen nicht verdient hat. Das war doch kein Zufall! Er hat sich wissentlich auf eine andere Frau eingelassen. Vielleicht war er sogar darauf aus, und deine Gefühle hat er mit Füßen getreten. Es war ihm egal, wie sehr du darunter leiden würdest.«

»So einfach ist das meiner Meinung nach nicht«, entgegnete sie. »Manchmal verstricken sich Menschen in Bezie-

hungen, aus denen sie sich nicht mehr lösen können. Peter sagte, er langweile sich mit mir.«
»Das gehört halt zu einer Ehe. Wenn man heiratet, muss man damit rechnen, sich eines Tages zu langweilen.«
»Nicht zwangsläufig«, widersprach sie. Bixbys Worte schossen ihr durch den Kopf. *Schürzenjäger können verheiratete Paare nicht ausstehen und halten sie für dumme, langweilige Spießbürger.* »Ich habe mich nicht gelangweilt.«
»Vielleicht hast du es nur nicht gemerkt. Ich wette mit dir, dass dein Leben jetzt sehr viel interessanter ist«, wandte er mit einem Lächeln ein und trank einen Schluck Wein.
»In gewisser Weise ja«, gab Paris zu. »Aber ich habe mir dieses neue Leben nicht ausgesucht. Ich war glücklich mit meinem alten.«
»In einem Jahr wirst du wahrscheinlich froh sein, dass dein Mann auf und davon ist.«
Dieser Gedanke war für sie unvorstellbar. Was auch immer geschah, sie würde es stets bedauern, dass Peter sie verlassen hatte. Sie wünschte sich nichts sehnlicher, als noch mit ihm zusammen zu sein. Doch da dies nun einmal unmöglich war, versuchte sie, sich auf die positiven Seiten ihres neuen Lebens zu konzentrieren.
Chandler blieb bis sechs Uhr abends. Er erzählte, er müsse am nächsten Tag mit seinem Jet nach L.A. fliegen und werde sie anrufen, sobald er zurück sei.

Am Montagmorgen wurde erneut ein Blumenstrauß für Paris geliefert.
»Mr Freeman ist auf der Jagd, wie ich sehe«, bemerkte Bixby trocken, als er in ihr Büro kam, um mit ihr einige

Entwürfe für eine Hochzeit zu besprechen. »Amüsierst du dich mit ihm?«
»Ich denke schon«, erwiderte sie vorsichtig. Sie war sich ihrer Sache nicht ganz sicher. Chandler war liebenswürdig und sehr charmant, doch hinter seiner glatten Fassade spürte sie Wut und Verbitterung. Er schleppte offenbar eine Altlast in der Größenordnung seiner Exfrau mit sich herum.
Sie hörte erst am Donnerstag wieder von ihm. Er teilte ihr mit, er habe geschäftlich in New York zu tun und werde frühestens am Sonntagabend wieder zu Hause sein. Sie bedauerte dies zwar nicht besonders, fand es jedoch aufmerksam von ihm, dass er sich bei ihr meldete.
In der darauf folgenden Woche rief er an und fragte, ob sie mit ihm nach L.A. fliegen wolle. Für einen Sekundenbruchteil zauderte sie. Sie hatte nicht die Absicht, jetzt schon mit ihm zu verreisen, oder genauer gesagt, mit ihm zu schlafen. Als sie ihm dies so taktvoll wie möglich verkündete, lachte er nur.
»Das weiß ich doch, du Dummerchen. Ich wollte zwei Einzelzimmer im Bel-Air reservieren und mit dir auf eine dieser Grammy-Partys gehen. Ein Freund von mir ist im Musikbusiness tätig und lädt mich jedes Jahr ein. Es ist eine großartige Show. Möchtest du nicht doch mitkommen?«
Wieder schwankte Paris, doch dann fiel ihr ein, dass sie die Gelegenheit nutzen konnte, um Meg zu besuchen. Außerdem musste sie sich eingestehen, dass besagte Grammy-Party ihre Neugier weckte.
»Ich bin nicht sicher, ob ich mir freinehmen kann. Ich spreche mit Bixby, danach sage ich dir Bescheid.« Sie versuchte, Zeit zu schinden.

Als sie am Nachmittag mit Bixby in seinem Büro saß, schnitt sie das Thema an.
»Ich kann dich durchaus für einen Tag entbehren«, erklärte er großzügig. »Aber weißt du genau, dass du mitfliegen möchtest?«
»Nein«, antwortete sie aufrichtig. »Chandler ist ein anziehender Mann, aber ich bin nicht bereit, mit ihm ins Bett zu steigen. Weder mit ihm noch mit sonst jemandem. Aber er hat gesagt, er würde zwei Einzelzimmer buchen. Und die Party hört sich interessant an ... Ach, ich weiß nicht.«
»Zum Teufel, warum machst du es nicht einfach?«, rief Bixby grinsend. »An deiner Stelle würde ich mir diese Party nicht entgehen lassen.«
»Dann flieg du doch mit!«, frotzelte sie.
»Da wäre Mr Freeman bestimmt angenehm überrascht«, konterte er lachend. »Wie hat er denn darauf reagiert, dass du ein eigenes Zimmer willst?«
»Das war sein Vorschlag«, klärte sie ihn auf.
»Klingt nach einem ziemlich glatten Typen.« Und genau das war es, was Bix an ihm nicht mochte.
Am frühen Abend griff Paris zum Telefon und rief Chandler an. Sie holte tief Luft und nahm die Einladung an. Chandler wollte am Freitagmorgen starten, die Party fand am Abend statt. Glücklicherweise hatte die Agentur an diesem Wochenende keine aufwändigen Veranstaltungen auszurichten, lediglich ein kleines Dinner, für das Sydney Harrington das Catering übernahm. Was sonst noch anfiel, würde sie auch allein bewältigen können. Am Wochenende darauf standen allerdings zwei Hochzeiten auf dem Plan, bei denen Paris unmöglich fehlen durfte.
Nach dem Gespräch mit Chandler kündigte sie sich bei

Meg an und berichtete ihr die Neuigkeiten. Sie wusste zwar noch nicht, was Chandler am Samstag und Sonntag mit ihr vorhatte, sie würde sich jedoch auf jeden Fall Zeit für ein Treffen mit ihrer Tochter nehmen.

»Das hört sich ja alles ziemlich edel an, Mom«, sagte Meg beeindruckt. »Wie ist dieser Chandler denn so?«

»Hmm. Nett. Sehr gut aussehend, bestens gekleidet. Er ist ein interessanter Gesprächspartner und stets äußerst zuvorkommend.« Aber er war nicht Peter, und es kam ihr merkwürdig vor, mit einem anderen Mann Zeit zu verbringen und mit ihm sogar einen Wochenendausflug zu machen. Paris war sich noch immer nicht sicher, ob sie das Richtige tat. Doch Chandler kannte nun ihre Grundsätze und schien sie zu akzeptieren. Sie war erleichtert, dass sie getrennte Zimmer bewohnen würden. Sonst hätte sie das Angebot abgelehnt. Sie hatte vor, ihre Hotelrechnung selbst zu begleichen, da sie keinesfalls in seiner Schuld stehen wollte. Es war schon genug, dass er sie in seinem Jet und zu der Party mitnahm.

»Hast du dich in ihn verknallt, Mom?«, fragte Meg mit Besorgnis in der Stimme.

»Nein, ganz bestimmt nicht. Wir hatten ja noch nicht einmal ein richtiges Rendezvous«, erwiderte sie. »Wir sind bloß Freunde.«

»Denkt er auch so?«

»Ich habe keine Ahnung. Aber ihm ist zweifellos klar, dass ich nichts mit ihm anfangen werde. Ich halte ihn für einen Gentleman, und falls er sich doch als Herzensbrecher entpuppt, flüchte ich zu dir.«

Meg lachte. »Besorg dir am besten eine Dose Tränengas, es könnte ja sein, dass er nachts in dein Zimmer einbricht.«

»Ich glaube nicht, dass er der Typ für so etwas ist. Zumindest hoffe ich es. Wenn doch, rufe ich eben die Polizei.«
Meg brach erneut in Gelächter aus. Dann erzählte sie ihrer Mutter, dass sie jemanden kennen gelernt habe. Zum ersten Mal seit dem Ende ihrer Beziehung mit Peace war sie wieder mit einem Mann ausgegangen.
»Hat der denn wenigstens einen normalen Namen?«, scherzte Paris.
Meg erwiderte, er heiße Anthony Waterston und sei ein junger Schauspieler, den sie am Set getroffen habe. Er sei sehr begabt, darüber hinaus wisse sie jedoch noch nicht viel über ihn.
»Menschen kennen zu lernen, ist eine Aufgabe für sich, nicht wahr?«
»O ja!«
»Wir sehen uns irgendwann am Wochenende«, versprach sie ihrer Tochter und legte auf.
Dann rief sie Wim an. Sie wollte ihm sagen, dass sie am Wochenende nicht zu Hause sein würde, konnte ihm jedoch nur eine Nachricht auf dem Anrufbeantworter hinterlassen.
Vor dem Einschlafen dachte Paris lange darüber nach, was sie auf der Party tragen sollte. Eigentlich besaß sie nichts, was für ein Hollywood-Ereignis glamourös genug war. Schließlich entschied sie sich für das weiße Seidenkleid, das Peter so gern gemocht hatte und das für Greenwich immer ein wenig zu gewagt gewesen war. Ihr blieb keine Zeit mehr, sich etwas Neues zu kaufen. Während der restlichen Woche war sie dermaßen beschäftigt, dass sie kaum zu Atem kommen würde – geschweige denn dazu, an Chandler Freeman zu denken.

18. Kapitel

Chandler holte Paris am Freitagmorgen um acht Uhr mit dem Ferrari ab. Sie erwartete ihn bereits. Ihre Tasche war gepackt, und ihr Kleid steckte in einer Schutzhülle. Sie trug einen schwarzen Hosenanzug und eine Pelzjacke, er einen dunklen Anzug. Nach einer Stunde Fahrt parkte er den Wagen am Flugplatz, und sie gingen an Bord der Maschine.

Der Jet war schnittig und komfortabel. Chandler geleitete sie zu ihrem Sitz und nahm dann seinen Platz im Cockpit ein. Paris stellte überrascht fest, dass es sogar eine Flugbegleiterin gab.

Sie starteten in Richtung Süden. Paris trank eine Tasse Tee und las Zeitung. Chandler am Steuer des Jets zu beobachten, war wirklich beeindruckend. Erst nachdem sie in Los Angeles gelandet waren, wandte er seine Aufmerksamkeit wieder ihr zu.

Auf dem Rollfeld wartete schon eine Limousine auf sie. Das Wochenende versprach luxuriöser zu werden, als Paris gedacht hatte.

Im Bel-Air war Chandler offenkundig kein Unbekannter, und der stellvertretende Manager brachte sie persönlich zu ihren Zimmern. Chandler wohnte in dem Apartment, das er immer bezog, wenn er in der Stadt war. Für Paris hatte er eine riesige Suite reserviert und trotz ihrer Einwände auch bereits bezahlt. Er bestand darauf, sie einzuladen.

»Das ist mehr als großzügig von dir, Chandler«, sagte Paris ein wenig verlegen. Offenbar ließ er in diesem Punkt nicht mit sich reden, und so bedankte sie sich höflich.
Sie aßen im Speisesaal des Hotels zu Mittag und betrachteten für eine Weile die Schwäne, die majestätisch über den Teich vor der Fensterfront glitten. Als Chandler fragte, ob Paris Lust auf einen kleinen Einkaufsbummel auf dem Rodeo Drive habe, bejahte sie begeistert, fügte jedoch sofort hinzu: »Du musst nicht mitkommen, ich möchte mich nur ein bisschen umsehen. Wenn ich Meg besuche, habe ich nie Zeit dafür.«
Doch diesmal blieben ihr mehrere Stunden, um in den Geschäften zu stöbern, denn die Grammy-Party begann erst um sieben Uhr.
»Ich möchte dich aber gern begleiten«, erklärte Chandler.
»Na gut, dann lass uns aufbrechen!«
Chandler schien ihre Gesellschaft zu genießen, und das beruhte durchaus auf Gegenseitigkeit. Er hatte ein unkompliziertes Wesen, einen erfrischenden Sinn für Humor und beherrschte offenbar die Kunst, mit einer Frau einkaufen zu gehen. Er wusste, welche Geschäfte die besten waren, und wartete stets geduldig, wenn Paris etwas entdeckte, das sie interessierte. Es störte ihn noch nicht einmal, dass sie einige Kleidungsstücke anprobierte. Auf der Rückfahrt zum Hotel drückte er ihr auf einmal eine Tragetasche von Chanel in die Hand.
Paris selbst hatte lediglich ein Paar schlichte, schwarze Schuhe gekauft, die sie während der Arbeit tragen wollte. Sie blickte ihn zögernd an. »Das wäre doch nicht nötig gewesen, Chandler.« Ganz egal, um was es sich handelte – wenn es von Chanel war, musste es teuer gewesen sein.

»Ich weiß, aber ich möchte dich ein wenig verwöhnen. Du hast es verdient, Paris. Das Geschenk soll dich immer daran erinnern, wie viel Spaß wir an diesem Wochenende hatten.«
Vorsichtig öffnete sie die Geschenkbox, die sich in der Tasche befand, und erblickte überwältigt die schwarze Handtasche aus Eidechsenleder, die sie zuvor verstohlen in einem Schaufenster bestaunt hatte. »Mein Gott, Chandler!«, rief sie und riss die Augen auf. »Sie ist wunderschön.«
»Gefällt sie dir?«
»Und wie! Aber das hättest du nicht tun sollen.« Sie küsste ihn leicht auf die Wange. Etwas Derartiges hatte sie noch nie erlebt. Obwohl er sie kaum kannte, überraschte er sie mit einem solch kostbaren Präsent. Doch Chandler machte gewiss des Öfteren extravagante Geschenke und erwartete anscheinend dafür keine Gegenleistung. Paris war sofort klar, dass die Handtasche zu einem ihrer Lieblingsaccessoires werden würde.
Als sie wieder im Hotel eintrafen, erklärte Chandler, dass er für jeden von ihnen eine Massage bestellt habe, und verschwand in seinem Apartment. Sie sah ihn erst um kurz vor sieben wieder. Bis dahin entspannte sie sich unter den Händen des Masseurs sowie in der Badewanne und betrachtete immer wieder bewundernd ihre neue Handtasche. Voller Begeisterung rief sie Meg an und erzählte ihr davon.
»Pass bloß auf, Mom«, beschwor ihre Tochter sie. »Wenn er dir solche Geschenke macht, wird er dir bald auf die Pelle rücken.«
Paris erwiderte lachend: »Das hatte ich auch befürchtet,

aber inzwischen bin ich anderer Meinung. Er benimmt sich völlig korrekt und sehr zurückhaltend.«
»Warte bis heute Nacht«, entgegnete Meg düster. Sie machte sich Sorgen um ihre Mutter, denn Paris kannte sich mit Männern herzlich wenig aus, und dieser Typ hatte offensichtlich so viel Geld, dass er sich alles kaufen konnte. Für Megs Ohren klang er ein bisschen zu perfekt. Vermutlich war er ein Playboy – es sei denn, er hatte sich tatsächlich bis über beide Ohren in ihre Mutter verliebt und tat nun Dinge, die er nie zuvor getan hatte. Doch Meg zweifelte daran.
Chandler klopfte fünf Minuten vor sieben an Paris' Tür. Er trug einen maßgeschneiderten Smoking und sah aus wie ein Filmstar. Doch Paris war ebenfalls eine umwerfende Erscheinung. Sie hatte sich ein wenig stärker geschminkt als üblich, ihren klassischen Dutt mit Rheinkieselspangen verziert und Diamantohrringe angelegt. Das weiße Abendkleid saß eng, aber nicht zu eng und brachte ihre Figur hervorragend zur Geltung. Dazu trug sie eine weiße Nerzjacke und hochhackige, silberfarbene Sandalen, deren Schnallen ebenfalls mit Rheinkieseln besetzt waren.
Sie hakte sich bei Chandler ein, und gemeinsam gingen sie hinüber zum Beverly-Hills-Hotel.
Chandlers Freund Walter Frye, eine der wichtigsten Persönlichkeiten im Musikgeschäft, hatte das gesamte Hotel gemietet. Als Paris und Chandler die Lobby betraten, wurden sie sofort von mindestens zweihundert Fotografen gleichzeitig abgelichtet.
Während sie durch das Blitzlichtgewitter schritten, flüsterte er ihr zu: »Du bist wunderschön, Paris« und drückte

ihre Hand. Direkt vor ihnen spazierte Allison Jones, die für vier Grammys nominiert war, über den Teppich und hinter ihnen Wanda Bird, die Vorjahressiegerin. Beide Sängerinnen waren von Walter entdeckt worden und hatten phänomenale Stimmen. Allison war zweiundzwanzig und trug ein cremefarbenes Spitzenkleid, das ihre Reize kaum verhüllte und nichts dem Vorstellungsvermögen überließ.

Es war ein rauschendes Fest. Achthundert Gäste hatten sich im Hotel eingefunden, darunter alles, was im Musikbusiness Rang und Namen hatte, von Popstars über Produzenten bis hin zu den Bossen der großen Plattenfirmen. Die Fotografen schlängelten sich durch die Menge und knipsten wie verrückt. Und mitten im Getümmel stand Walter Frye, begrüßte Chandler enthusiastisch und bedachte Paris mit einem warmherzigen Lächeln.

Eine Stunde später bewegte sich die Menge langsam in Richtung Speisesaal. Es überraschte Paris keineswegs, dass Plätze an Walters Tisch für sie und Chandler reserviert waren, sehr wohl jedoch, dass kein Geringerer als Stevie Wonder neben ihr saß.

»Was für ein Abend!«, raunte sie Chandler zu.

»Amüsierst du dich?«, erkundigte er sich.

»Ja, es ist eine tolle Party«, sagte Paris. Im gleichen Moment wurde ihr bewusst, dass dies die Untertreibung des Jahrhunderts war. Doch sie fand keine Worte für dieses herausragende Event.

Nachdem das Dessert serviert worden war, wurde das Licht gedämpft, und die Show begann. Beinahe drei Stunden lang gab ein Star nach dem anderen sein Können zum Besten. Das Publikum sang lauthals mit, tanzte und jubelte den Künstlern zu. Paris war hingerissen und wünschte sich, der Abend würde niemals enden. Was hätte sie darum gegeben, wenn ihre Kinder dabei gewesen wären. Sie würde ihnen die Atmosphäre nicht einmal annähernd beschreiben können. Die Party endete lange nach Mitternacht, und als Paris und Chandler ins Bel-Air zurückkehrten, war es bereits zwei Uhr durch.

»Möchtest du in der Bar noch etwas trinken?«, fragte er.

»Sehr gern.« Sie verspürte keine Lust, schon zu Bett zu gehen. »Was für eine unglaubliche Show!«, schwärmte sie wenig später und nippte an einem Glas Champagner. »Das werde ich nie vergessen.«

»Dachte ich mir doch, dass es dir gefallen würde«, erwiderte er zufrieden.

»Gefallen? Ich bin vollkommen aus dem Häuschen!«

Sie unterhielten sich ausführlich über die Party, bis die Bar eine Stunde später schloss. Dann begleitete Chandler Paris zu ihrer Suite, hauchte einen Kuss auf ihre Wange und wünschte ihr eine gute Nacht.

Sie hatte im Laufe des Abends ein wenig über Meg geplaudert, und er hatte Paris vorgeschlagen, sie am folgenden Tag zum Mittagessen einzuladen. Es machte ihm Spaß, den Gastgeber zu spielen, und er schien darauf zu brennen, ihre Tochter kennen zu lernen. Paris war noch nie jemandem begegnet, der so großzügig war wie Chandler. Als sie das Schlafzimmer der Suite betrat, fiel ihr Blick erneut auf die schwarze Handtasche. Sie hängte sie sich um und betrachtete sich im Spiegel. Sie konnte sich nicht vorstellen, warum Chandler all das für sie tat, und hatte keine Ahnung, wie sie ihm danken sollte.

Als sie am nächsten Morgen ihre Tochter anrief, hatte sie hörbar gute Laune.
»Was ist denn los, Mom?«, murmelte Meg, setzte sich im Bett auf und unterdrückte ein Gähnen. »Meine Güte, es ist erst halb zehn!«
»Ich weiß, aber ich möchte, dass du heute mit uns zu Mittag isst. Du musst ihn unbedingt kennen lernen.«
»Hat er dir etwa einen Heiratsantrag gemacht?« Megs Stimme klang panisch.
»Nein. Und er ist mir auch nicht auf die Pelle gerückt.«
»Hast du dich gestern Abend amüsiert?«
»Das kann ich dir sagen.« Und dann erzählte sie Meg jedes Detail über die Party.
»Ich muss ihn wirklich kennen lernen.«
»Dann komm um halb eins ins Spago.«
»Wird gemacht. Darf ich Anthony mitbringen?«
»Trägt er anständige Klamotten?«
»Nein«, räumte Meg ein. »Aber er hat gute Manieren und wird garantiert nicht über Karate oder makrobiotische Kost reden.«
»Das ist immerhin etwas«, sagte Paris erleichtert. Als sie wenig später mit Chandler beim Frühstück saß, bereitete sie ihn darauf vor, dass Meg mit ihrem neuen Freund auftauchen würde.
»Kein Problem, ich freue mich schon darauf«, entgegnete er.
Paris antwortete scherzhaft, sie übernehme keinerlei Verantwortung für den jungen Mann, und berichtete dann von ihren Erfahrungen mit Peace Jones. Chandler brach in lautes Gelächter aus.
»Mein Sohn hat sich früher immer mit weiblichen Ver-

sionen von diesem Peace verabredet – bis er ›die Richtige‹ traf. Sie sah aus wie das sprichwörtliche nette Mädchen von nebenan, und sechs Monate später waren die beiden verheiratet. Jetzt haben sie schon drei Kinder – jedenfalls fast. Man sollte die Hoffnung eben nie aufgeben«, fügte er schmunzelnd hinzu. »Leider hatte ich noch nicht so viel Glück wie er. Bisher jedenfalls.«

Er schenkte Paris ein vielsagendes Lächeln, doch sie ignorierte es geflissentlich. Sie war nicht bereit, sich auf eine Beziehung einzulassen, und das sagte sie ihm kurz darauf auch. Sie wollte mit offenen Karten spielen.

»Das weiß ich«, sagte er leise. »Du brauchst eben noch Zeit. Es ist doch kein Wunder, dass alles, was du im letzten Jahr durchgemacht hast, tiefe Narben hinterlassen hat. Ich habe Jahre gebraucht, um darüber hinwegzukommen, was meine Exfrau mit mir gemacht hat.«

Paris bezweifelte, dass er wirklich darüber hinweg war, denn jedes Mal, wenn er seine Exfrau erwähnte, sprach er mit kaum verhülltem Hass. »Ich kann mir nicht vorstellen, jemals wieder eine Beziehung einzugehen«, erklärte sie. »Ich habe das Gefühl, als sei ich immer noch mit Peter verheiratet.«

»Genauso habe ich lange nach der Trennung auch empfunden. Hab Geduld mit dir, Paris – ich habe es auch. Ich laufe bestimmt nicht weg.«

Paris konnte ihr Glück kaum fassen. Chandler war der Traummann schlechthin und wollte anscheinend einfach nur mit ihr zusammen sein, egal nach welchen Regeln.

Nach dem Frühstück setzten sie sich für eine Weile in den Garten des Bel-Air und genossen die milden Sonnenstrahlen. Dann zogen sie sich um und trafen pünktlich um halb eins im Spago ein. Meg und Anthony kamen zwanzig Minuten zu spät. Ihre Tochter sah bezaubernd aus, was sich von Anthony nicht gerade behaupten ließ. Seine schwarze Baumwollhose und sein T-Shirt waren zerknittert, seine Haare wirkten ungewaschen und hingen in strähnigen Locken in sein Gesicht. Er trug ziemlich auffällige Ohrringe, und eine Tätowierung in Form einer Schlange erstreckte sich über seinen Arm. Nichtsdestotrotz war er ein überaus attraktiver junger Mann und benahm sich Chandler und Paris gegenüber sehr höflich. Chandler schien sich an Anthonys Äußerem überhaupt nicht zu stören und verwickelte ihn sofort in ein angeregtes Gespräch, an dem sich Paris nicht beteiligen mochte. Während sie Peace für exzentrisch und ein wenig verrückt gehalten hatte, konnte sie Anthony auf den ersten Blick nicht ausstehen. In ihren Augen war er ein angeberischer Schwindler. Er musste dauernd erwähnen, wen er alles kannte, und behandelte Meg so herablassend, als sei es für sie eine Ehre, mit ihm zusammen zu sein. Paris regte sich innerlich während des ganzen Mittagessens dermaßen darüber auf, dass sie noch immer kochte, nachdem er und Meg gegangen waren. Anthony hatte am Nachmittag ein Vorsprechen und wollte Meg danach in Malibu absetzen. Paris hatte ihrer Tochter versprochen, sich später noch einmal bei ihr zu melden.

»Du magst ihn nicht, habe ich Recht?«, sagte Chandler, sobald sie wieder allein waren.

»War das so offensichtlich?«, erwiderte Paris verlegen.

»Nicht für ein ungeschultes Auge – aber du vergisst, dass ich selbst ein Kind habe. Als Mutter oder Vater muss man manchmal einfach die Zähne zusammenbeißen und so tun, als ob alles in Ordnung wäre. Normalerweise sind solche Geschichten schnell wieder vorbei. Ich halte den jungen Mann für sehr ehrgeizig. Früher oder später wird er sich an jemanden hängen, der seine Karriere vorantreiben kann.«

Und Meg war lediglich Produktionsassistentin. Paris konnte nur hoffen, dass ihre Tochter heil aus der Sache herauskam. Sie wollte nicht, dass irgendein dahergelaufener Blender Meg das Herz brach.

»Ich finde ihn aufgeblasen und narzisstisch. Ein Wunder, dass er sich überhaupt zu einer Unterhaltung mit uns herabgelassen hat.«

»Sind das nicht alles Grundvoraussetzungen für einen Schauspieler?«, entgegnete Chandler schmunzelnd. »Er ist ein kluger Bursche, wahrscheinlich wird er es weit bringen. Ist Meg sehr verliebt in ihn?«

»Das will ich nicht hoffen. Ihr letzter Freund war seltsam, aber Anthony ist einfach ätzend.«

»Du wirst noch eine Menge Freunde kommen und gehen sehen. Ich habe für eine Weile komplett den Überblick über die Freundinnen meines Sohnes verloren. Aber jedes Mal, wenn ich fürchtete, es könnte ihm wirklich ernst sein, war das Mädchen kurz darauf abgemeldet.«

»Das läuft bei meinen Kindern bislang auch so – zumindest bei Meg. Wim ist ein bisschen beständiger, aber wer weiß, ob das im College so bleibt. Eigentlich finde ich es albern, mir ständig den Kopf über die beiden zu zerbrechen, aber ich möchte natürlich nicht, dass sie sich die falschen Lebenspartner aussuchen.«

»Das werden sie bestimmt nicht. Sie müssen nur erst einmal herumexperimentieren und Erfahrungen sammeln.

Und ehe du dich's versiehst, wird auch dieser Anthony wieder von der Bildfläche verschwunden sein.«

»Hoffentlich«, stieß Paris seufzend hervor. Sie dankte Chandler dafür, dass er sie alle zum Essen eingeladen hatte, worauf er erwiderte, er habe sich gefreut, ihre Tochter kennen zu lernen.

Sie verbrachten den Nachmittag in verschiedenen Kunstgalerien und dem Los Angeles County Museum. Am Abend führte Chandler Paris in ein Restaurant namens L'Orangerie aus, wo er Kaviar für sie bestellte und auch sonst weder Kosten noch Mühen scheute, um sie nach Strich und Faden zu verwöhnen. Nach einem weiteren wunderbaren Abend kehrten sie glücklich und entspannt ins Hotel zurück, und als Chandler Paris diesmal zu ihrer Suite begleitete und ihr eine gute Nacht wünschte, küsste er sie zum Abschied lang und leidenschaftlich auf den Mund. Obwohl sie ihn gewähren ließ, versuchte er nicht, noch einen Schritt weiterzugehen, sondern zog sich nach einem letzten zärtlichen Blick in sein Apartment zurück.

Paris ging ins Badezimmer, starrte in den Spiegel und fragte sich, was sie da eigentlich gerade tat. Sie spürte, wie sie sich Schritt für Schritt von Peter entfernte. Nach sechsundzwanzig Jahren hatte sie zum ersten Mal einen anderen Mann als ihn geküsst – und es hatte ihr gefallen. Nun bedauerte sie beinahe, dass Chandler zwei Zimmer gebucht hatte, und diese Erkenntnis sorgte wiederum dafür, dass sie bis zum frühen Morgen wach lag. Obgleich noch nichts Ernstes passiert war, hatte sie den Eindruck, dass die Beziehung zu Chandler langsam, aber sicher ihrer Kontrolle entglitt.

19. Kapitel

Nach einem herzhaften Frühstück im Bel-Air flogen Chandler und Paris am Sonntagmittag zurück nach San Francisco. Um halb drei standen sie wieder vor Paris' Haustür. Ein wunderschönes Wochenende lag hinter ihnen.

»Jetzt komme ich mir wirklich vor wie Cinderella«, sagte sie und stellte ihre Reisetasche auf der Schwelle ab. »Wahrscheinlich verwandelt sich mein Hosenanzug gleich in eine Kittelschürze.«

»Das glaube ich nicht. Und falls doch, entführe ich dich einfach wieder«, erwiderte er lächelnd. »Ich rufe dich später an«, versprach er und küsste sie. Paris hoffte, dass gerade keiner der Nachbarn aus dem Fenster schaute. Sie fand es ziemlich eindeutig, mit einer Reisetasche in der Hand und in Begleitung eines fremden Mannes nach Hause zu kommen. Doch dann fragte sie sich, warum sie sich überhaupt Gedanken machte. Niemand hier kannte sie oder kümmerte sich darum, was sie tat.

Wie angekündigt rief Chandler sie am Abend an.

»Ich vermisse dich«, sagte er leise, und Paris hatte auf der Stelle Schmetterlinge im Bauch. Sie gestand es sich nicht gern ein, aber sie vermisste ihn ebenfalls – mehr, als ihr lieb war.

»Ich dich auch«, gab sie schließlich zurück.

»Wann sehen wir uns wieder? Morgen Abend?«

»Montags arbeiten Bix und ich immer lange«, erwiderte sie bedauernd. »Was hältst du von Dienstag?«
»Perfekt. Hast du vielleicht Lust, dir mal mein Apartment anzusehen? Ich könnte etwas für dich kochen.«
»Das ist doch nicht nötig.«
»Es wäre mir aber ein Vergnügen«, sagte er und versicherte, sich am nächsten Morgen noch einmal bei ihr zu melden.

Als Paris am folgenden Tag in die Agentur kam, wartete Bix bereits wie ein strenger Vater auf sie und verlangte einen Bericht. »Also – wie war es?«
»Großartig! Noch viel schöner, als ich erwartet hatte. Und er war der perfekte Gentleman.«
»Das hatte ich befürchtet«, erklärte Bix mit grimmiger Miene.
»Warum? Hätte er mich vergewaltigen sollen?« Sie war bester Laune.
»Nein, aber normale Männer sind keine perfekten Gentlemen. Sie werden auch mal unwirsch oder müde. Und vor allem scheuen sie eins: mit Frauen shoppen zu gehen. Womit wir bei der nächsten Frage wären: Hat er einen Einkaufsbummel mit dir gemacht?«
»Ja«, antwortete sie lachend. »Und mir dabei eine Handtasche von Chanel gekauft.«
»Noch schlimmer! Wann hat dein Exmann dir zum letzten Mal bei einem Einkaufsbummel ein Designertäschchen geschenkt?«
»Noch nie, der hat Shoppen gehasst. Er hätte eher eine Zahnwurzelbehandlung über sich ergehen lassen, als mit mir durch die Geschäfte zu latschen.«

»Ganz genau. Der Typ ist einfach zu makellos, Paris. Er jagt mir Angst ein. Echte Kerle reißen dir die Klamotten vom Leib und benehmen sich wie Volltrottel. Kein Mann macht auf Anhieb alles richtig, es sei denn, er hat sich im Laufe unzähliger Beziehungen eine gewisse Routine angeeignet.«

»Ich bin nie davon ausgegangen, dass er noch Jungfrau ist.«

»Hoffentlich. Aber für mich die Sache klar: Er ist ein Schwerenöter.«

»Er hat eben noch nicht die Richtige getroffen.«

»Das kaufe ich ihm nicht ab. Da draußen laufen jede Menge wundervolle Frauen herum, die darauf brennen, anständige Männer kennen zu lernen. Wenn er es wirklich gewollt hätte, wäre er schon längst wieder unter der Haube.«

»Aber nach dem zu urteilen, was alle Singles sagen, ist das nicht so einfach.«

»Für einen Mann wie ihn schon. Er hat einen Ferrari, einen Privatjet und einen Haufen Geld – wie kann er da Schwierigkeiten haben, eine passable Frau aufzutreiben?«

»Passable Frauen legen nicht unbedingt Wert auf all diesen Schnickschnack. Übrigens kocht er morgen Abend für mich.«

»Langsam wird mir schlecht«, stöhnte Bix und sank mit einem besorgten Blick auf seinen Stuhl.

»Was ist denn so falsch daran, mich zu bekochen?«

»Hat Peter das gemacht?«, fragte Bix geradeheraus.

»Nicht, wenn es sich vermeiden ließ.« Sie sah ihm ernst in die Augen. »Peter hat mich wegen einer anderen sitzen lassen – er kann wohl kaum noch als Richtschnur gelten!« Sie sprach diese Überzeugung zum ersten Mal aus. »Chandler hat die gleiche Erfahrung gemacht wie ich. Ich glaube, dass er bisher einfach nur vorsichtig war«, verkündete sie mit Nachdruck. Es ärgerte sie, dass Bix so misstrauisch war. Das hatte Chandler nicht verdient.

»Ich glaube eher, dass er beschäftigt war. Ich bin mal mit einem Typen wie ihm zusammen gewesen. Er trug mich auf Händen – ich bekam Armbanduhren, Schmuck, Kaschmirjacketts, Reisen. Ich war im siebten Himmel – bis ich herausbekam, dass er noch mit drei anderen Männern schlief, die Partner wechselte wie seine Unterhosen und der größte Scheißkerl unter der Sonne war. Er besaß kein Herz und keine Seele, und als er genug von mir hatte, ging er noch nicht einmal mehr ans Telefon. Ich war kreuzunglücklich. Er hatte nur mit mir gespielt, ohne Rücksicht auf meine Gefühle. Ich befürchte, dass Chandler auch so einer ist. Geh ja nicht zu schnell mit ihm ins Bett!«

Paris nickte. Innerhalb kurzer Zeit hatte sich zwischen ihr und Bixby eine tiefe Freundschaft entwickelt. Er war ein intelligenter, vernünftiger Mann, und sie wusste seinen Beschützerinstinkt zu schätzen, glaubte jedoch, dass er Chandler unrecht tat.

Wie erwartet arbeiteten sie bis spät in die Nacht, doch am folgenden Tag verließ Paris die Agentur um sechs, und Chandler holte sie um halb acht zu Hause ab. Diesmal fuhr er nicht in seinem Ferrari vor, sondern in einem alten Bentley.

»Was für ein wunderschöner Wagen«, sagte Paris bewundernd.

»Ich benutze ihn so gut wie nie, aber ich kann mich einfach nicht davon trennen. Ich wollte ihn dir einmal vorführen.«

Chandlers Apartment war noch eindrucksvoller als sein Oldtimer, denn es handelte sich um ein Penthouse auf dem Russian Hill mit einer fantastischen Aussicht und einer Terrasse, auf der Paris beinahe schwindelig wurde. Die gesamte Innenausstattung bestand aus weißem Marmor, schwarzem Granit und schwarzem Leder – sehr imposant und sehr maskulin. Die Küche war hochmodern eingerichtet und auf dem neuesten Stand der Technik. Paris nahm nun an dem ausladenden Granit-Esstisch Platz, auf dem schon das Essen bereitgestellt worden war. Chandler hatte Austern, kalten Hummer und feinste Spaghetti mit Kaviar zubereitet. Er dimmte die Lampen, zündete Kerzen an und legte eine CD mit Songs jener Künstler ein, die auf Walter Fryes Party aufgetreten waren. Nachdem er Paris einen edlen weißen Bordeaux eingeschenkt hatte, setzte er sich ihr gegenüber, und sie begannen zu essen.

Später machten sie es sich vor dem Kamin im Wohnzimmer gemütlich und genossen die Aussicht. Es dauerte nicht lange, bis sie anfingen, sich zu küssen. Paris kannte Chandler erst seit drei Wochen, doch sie fühlte sich wohl in seiner Gegenwart, und ihr wurde bewusst, dass sie sich trotz Bixbys Warnungen und entgegen ihrer eigenen Bedenken in ihn verliebt hatte. Sie konnte sich plötzlich nicht mehr daran erinnern, warum das schlecht sein sollte, und ebenso wenig, weshalb sie sich Peter gegenüber zu ewiger Treue verpflichtet gefühlt hatte. Er war schließlich nun mit Rachel verheiratet, sie schuldete ihm gar nichts.

Chandler küsste sie leidenschaftlich und bewegte seine Hand langsam ihr Bein hinauf. Doch er war sehr vorsichtig und schien nichts überstürzen zu wollen. Dann hielt er inne und blickte ihr tief in die Augen. Sie schmiegte sich an ihn und hatte das Gefühl, in seinen Armen zu zerfließen. Stunden später – so kam es ihr jedenfalls vor – lag sie plötzlich unbekleidet neben ihm im Bett.

»Paris, ich werde nur weitermachen, wenn du es willst«, sagte er leise.

»Ich will«, flüsterte sie.

Während sich seine Lippen erneut auf die ihren pressten, tastete er nach ihren Brüsten und begann sie zu streicheln. Ihre Körper verschmolzen miteinander und wurden eins. Chandler bereitete ihr Lustgefühle, die sie bei Peter nie erlebt hatte. Sie blieb die ganze Nacht bei ihm, und am Morgen liebten sie sich noch einmal. Auch das hatte es bei Peter nie gegeben. Als Paris aufstand und ins Badezimmer ging, verspürte sie einen Anflug von schlechtem Gewissen, der jedoch verflog, sobald sie Chandler am Frühstückstisch gegenübersaß. Er sah sie mit einem glücklichen Lächeln an. Das alles war kein Traum, sondern Wirklichkeit.

»Die letzte Nacht war einfach unglaublich«, sagte er und grinste schelmisch, als sie errötete.

»Das finde ich auch«, erwiderte sie und trank einen Schluck Orangensaft.

Er brachte sie rechtzeitig nach Hause, damit sie sich für die Arbeit umziehen konnte, und versprach, sie in der Mittagspause abzuholen.

Sie aßen wieder in dem kleinen italienischen Restaurant, das nur wenige Blocks von der Agentur entfernt lag. Paris war wie verzaubert von Chandler, doch Bix gegenüber hatte sie diesbezüglich nichts verlauten lassen. Die Nacht mit Chandler hatte alles verändert, und ihre Loyalität galt nun ihm.

Während des Mittagessens kämpfte sie mit sich. Sie musste ihm eine heikle Frage stellen und wagte sich damit auf unbekanntes Terrain. Doch sie wollte auf alle Fälle verantwortungsbewusst handeln. »Ich ... Sollten wir ... nicht einen HIV-Test machen?« Chandler hatte Kondome benutzt, aber wenn sie in Zukunft auch einmal ungeschützt miteinander schlafen wollten, war es besser, das abzuklären. Laut Meg war das mittlerweile durchaus üblich.

»Solange wir uns schützen, ist das nicht nötig«, entgegnete er lächelnd.

Paris nickte und ließ das Thema fallen – es war einfach zu peinlich. Außerdem erschien ihr seine Antwort durchaus vernünftig, und die Frage der Empfängnisverhütung hatte sich für sie damit auch erledigt.

Nach der Arbeit holte er sie zu Hause ab, und wieder verbrachten sie den Abend und die Nacht in seinem Apartment.

Am folgenden Tag rief Meg im Büro an. Sie klang beunruhigt. »Alles klar, Mom? Ich versuche seit vorgestern Abend, dich zu erreichen, aber du warst nie zu Hause. Hast du gearbeitet?«

»Nein. Ich ... Ich war mit Chandler verabredet.«

»Ist etwas passiert?«

»Nein, natürlich nicht! Es ist alles in Ordnung, Süße. Wir haben uns nur getroffen und geredet.«

»Bitte sei vorsichtig und geh die Sache langsam an!«

Sie hörte sich an wie Bix. Paris bedankte sich für den Anruf und legte auf. Der arme Chandler, alle waren ihm gegenüber misstrauisch, dabei war er so gut zu ihr. Sie konnte sich nicht mehr erinnern, wann sie zuletzt so glücklich gewesen war. Am liebsten hätte sie Anne davon erzählt, aber sie fand einfach keine Zeit für ein Telefonat. Die Agentur richtete am Samstag zwei Hochzeiten aus, und die Planung nahm sie vollauf in Anspruch. Bei Hochzeiten konnte viel mehr schief gehen als bei Abendgesellschaften, daher musste sie jedes Detail im Auge behalten und am Samstag auch bis zum bitteren Ende vor Ort bleiben.

Chandler hatte Verständnis dafür, und sie verabredeten sich für den Sonntagabend. Diesmal wollte Paris für ihn kochen und auch Wim einladen, damit er Chandler kennen lernte, doch als sie ihren Sohn im Studentenwohnheim anrief, sagte er, er habe schon etwas vor.

Also verbrachten Paris und Chandler einen ruhigen, gemütlichen Abend zu zweit, sahen sich ein Video an, aßen Salat mit Baguette – Paris hatte sich für schlichte Kost entschieden – und tranken dazu einen guten Wein. Irgendwann landeten sie in Paris' Bett und liebten sich. Noch in der Nacht fuhr Chandler zurück zu seinem Apartment, weil er früh am nächsten Morgen eine Besprechung hatte.

In den folgenden drei Wochen lebten sie in ihrer eigenen kleinen Welt und verbrachten jede freie Minute zusammen. Paris übernachtete meist bei Chandler. Sie fühlte sich nicht länger einsam und kam sich vor wie eine Märchenprinzessin. Jemandem wie Chandler war sie noch nie begegnet. Er war liebenswürdig, fürsorglich, witzig und las ihr jeden Wunsch von den Augen ab. Und er benutzte noch immer sehr gewissenhaft Kondome. Eines Tages schlug sie erneut vor, dass sie zur gegenseitigen Sicherheit HIV-Tests machen sollten, damit sie in der ungefährlichen Zeit auch einmal ohne Schutz miteinander schlafen konnten. Doch er entgegnete, sie könnten genauso gut weiterhin Kondome verwenden. Als Paris über diese Antwort nachdachte, begann irgendwo in ihrem Kopf eine Alarmglocke zu schrillen. Deshalb schnitt sie das Thema noch am gleichen Abend abermals an.

»Ich fänd es schön, wenn wir nicht immer Kondome benutzen müssten«, sagte sie zögernd.

Chandler trat aus dem Badezimmer. »Es kann nie schaden, sich zu schützen«, erwiderte er und kuschelte sich wieder neben sie ins Bett.

Er war außergewöhnlich gut in Form, und seine sexuellen Fähigkeiten überstiegen das normale Maß bei weitem. Nichtsdestotrotz beschloss sie, ihm die Frage zu stellen, die ihr seit dem Nachmittag auf den Nägeln brannte – obwohl sie im tiefsten Inneren glaubte, die Antwort bereits zu kennen. Sie stützte sich auf ihren Ellbogen und blickte Chandler aufmerksam an. »Du schläfst doch nicht noch mit jemand anderem, oder? Seitdem wir zusammen sind, meine ich.«

Er sah ihr direkt in die Augen und ließ seinen Finger spielerisch um ihre Brustwarzen kreisen. »Das ist eine ziemlich schwierige Frage.«

»Auf die es vermutlich eine einfache Antwort gibt«, sagte sie leise. »Ich bin bislang davon ausgegangen, dass du nicht mehrgleisig fährst. Treue ist für mich Voraussetzung jeder Beziehung.«

»Treue ist ein großes Wort«, bemerkte er, rollte sich auf den Rücken und starrte mit ausdrucksloser Miene an die Decke.

»Was willst du damit sagen?« Ihr Magen krampfte sich zusammen.

»Ich habe mit keiner anderen geschlafen, seitdem ich mit dir zusammen bin«, erklärte er und bedachte sie mit einem durchdringenden Blick. »Aber es könnte vorkommen. Es ist für uns beide doch noch viel zu früh, irgendwelche Verpflichtungen einzugehen.«

»Was heißt hier Verpflichtungen?«, gab sie entgeistert zurück. »Ich erwarte, dass du treu bist oder monogam oder wie immer du es nennen willst.«

»Solange wir Kondome benutzen, gibt es doch gar kein Problem. Ich würde dich niemals in Gefahr bringen, Paris.«

»Aber abgesehen davon will ich wissen, ob du mir treu sein wirst.«

»Das kann ich unmöglich versprechen. Ich will dich nicht belügen – möglich ist alles.«

»Behältst du dir etwa das Recht vor, dich mit anderen Frauen zu treffen?«, fragte Paris fassungslos. Es wäre ihr nicht im Traum eingefallen, dass er dies tun oder auch nur in Erwägung ziehen könnte.

»Dazu habe ich momentan doch gar keine Zeit«, entgegnete er leichthin.

Aber er war oft auf Reisen, und es gab viele Abende, an denen sie arbeiten musste. Paris setzte sich bestürzt im Bett auf und starrte Chandler ungläubig an. Sie hatte nicht damit gerechnet, dass das Gespräch eine solche Wendung nehmen würde. Nun erst dämmerte ihr, dass er ihre Auffassung von einer Beziehung keineswegs teilte.

»Du hast nie erwähnt, dass das für dich wichtig ist«, fügte er ein wenig gereizt hinzu.
»Ich dachte, das wäre klar. Ich habe angenommen, dass du die Sache genauso siehst wie ich. Immerhin hast du gesagt, unsere Beziehung sei etwas Besonderes.«
»Das ist sie auch! Aber ich lasse mich nicht an die Kette legen. Wir sind schließlich nicht verheiratet und wissen außerdem beide, wie wenig das im Endeffekt bedeutet.«
»Nein, dieser Meinung bin ich ganz und gar nicht«, widersprach sie. »Ich bin überzeugt von der Ehe. Ich war meinem Mann immer treu, und er war mir mehr als zwanzig Jahre lang ebenfalls treu. Aber das gehört nicht hierher.« Plötzlich empfand sie eine große Traurigkeit. Die Wirklichkeit hatte sie eingeholt – die Wirklichkeit eines Singles auf Partnersuche. »Ich will dich mit niemandem teilen.«
»Ich bin nicht dein Eigentum«, erwiderte er wütend.
»Das habe ich auch nie behauptet. Aber solange du mit mir zusammen bist, will ich sicher sein können, dass du nicht mit anderen Frauen schläfst.«
»Unsere Beziehung ist noch so frisch, dass es voreilig wäre, so etwas zu versprechen, Paris. Wir sind beide freie Menschen. Auch du könntest jemanden kennen lernen, mit dem du schlafen möchtest.«
»Das kann ich mir kaum vorstellen, und wenn ich jemals diesen Wunsch hätte, würde ich es dir sofort sagen.« Sie saß nun stocksteif im Bett.
»Das ist nobel von dir, aber ich kann dir nicht dasselbe zusagen. Gewisse Dinge passieren eben, auch wenn man sie nicht geplant hat.«
»Würdest du es mir denn hinterher erzählen?«
»Nicht unbedingt. Das bin ich dir nicht schuldig – nicht

nach sechs Wochen. Vielleicht nach sechs Monaten, je nachdem, wie gut es mit uns läuft. Aber bis dahin ist es noch ein weiter Weg.«

»Gibt es für diese Beziehung ein Regelwerk? Wenn ja, würde ich es gern lesen. Sind darin Zeitpläne enthalten, die vorschreiben, was wann geschieht? Was man zum Beispiel nach sechs Wochen, nach drei Monaten oder nach einem halben Jahr erwarten darf? Und wer stellt diese Regeln auf?«

»Es geht doch nur um Vereinbarungen, die zwei Menschen miteinander treffen«, antwortete Chandler ruhig.

»Und welche Vereinbarung haben wir?«, fragte Paris und blickte ihm direkt in die Augen.

»Vorläufig noch keine. Aber wir haben viel Spaß miteinander, oder etwa nicht? Was wollen wir denn mehr?«

Paris stand schweigend auf und schaute ihn mit ernster Miene an. »Ich will sehr viel mehr. Ich muss wissen, dass ich die einzige Frau in deinem Leben bin – oder zumindest in deinem Bett.«

»Das ist gegen jede Vernunft«, entgegnete er knapp.

»Der Ansicht bin ich nicht. Ich finde deine Auffassung von Beziehung äußerst traurig. Im Leben geht es nicht nur um Vergnügen und Sex, sondern auch um Loyalität, Zuneigung und Bindung.«

»Hast du Spaß mit mir?«, fragte er, rollte sich auf die Seite und sah zu, wie sie sich anzog.

»Ja. Aber für mich besteht eine Beziehung aus mehr als nur Spaß.«

»Dann gib unserer Beziehung eine Chance, sich zu entwickeln. Es ist noch zu früh, solche Dinge zu besprechen. Verdirb doch nicht alles, Paris.«

»Das hast du schon erledigt.«
»Wenn du uns beiden Zeit lässt, führen wir vielleicht eines Tages die Art von Partnerschaft, die dir vorschwebt. Aber du kannst nichts erzwingen.«
»Und in der Zwischenzeit willst du dich auch mit anderen Frauen amüsieren?«
»Bisher habe ich es noch nicht getan, und vielleicht wird das nie passieren, doch ich kann es nicht ausschließen.«
»Ich würde mir ständig Gedanken darum machen, und das will ich nicht. Ich möchte mich nicht dauernd fragen müssen, ob du treu bist oder nicht. Jetzt, da ich deine Einstellung kenne, bezweifele ich, dass ich dir jemals vertrauen könnte. Wie denn auch? Ich kann mich nicht auf dich verlassen, aber ich würde dich niemals hintergehen, und das wüsstest du auch. Das sind ungleiche Voraussetzungen.«
»Ich verlange nicht von dir, dass du mir treu bist. Gleiches Recht für alle.«
»Wie bitte? Jeder darf vögeln, wen er will? Wie erbärmlich! Und wie trostlos. Ich erwarte mehr von meinem Partner, nämlich dass er ausschließlich mich liebt und immer ehrlich ist.«
»Ich habe dich nie angelogen, und das würde ich auch nie tun.«
»Nein, du würdest es mir nur einfach nicht erzählen, wenn du dir eine andere in dein Bett geholt hast, hab ich Recht?«, sagte sie zornig. Als er schwieg, sah sie ihm lange und eindringlich in die Augen. »Falls du deine Meinung jemals änderst, ruf mich an.« Eigentlich wollte sie sagen: Falls du jemals erwachsen wirst und beschließt, mit den Spielchen aufzuhören. »Bisher war es wunderschön mit dir. Aber das

wäre es nicht mehr, wenn ich damit rechnen müsste, dass du mich betrügst. Und was du vorschlägst, ist für mich Betrug. Ich bin darin eben sehr altmodisch.«

»Du willst mich doch bloß vor den Altar zerren, damit du mich kontrollieren kannst«, schnaubte er. »Und selbst wenn wir nicht verheiratet wären, würdest du es versuchen. Aber das schaffst du nicht, also finde dich damit ab und genieße das, was du kriegen kannst.«

»Weißt du was? Genau dafür bin ich mir zu schade.«

»Du verschwendest deine Zeit«, sagte er verärgert, erhob sich und blieb nackt vor ihr stehen. »Die Leute spielen nicht mehr nach den alten Regeln. Die sind völlig überholt.«

»Mag sein«, erwiderte sie leise. »Dann bin ich auch überholt.« Sie eilte aus dem Zimmer, verließ das Apartment und schloss die Tür hinter sich. Im Hausflur hielt sie für eine Minute inne und drückte dann auf den Aufzugknopf. Ein Teil von ihr hoffte, dass Chandler ihr folgen und sie bitten würde zurückzukommen. Doch der andere Teil wusste, dass dies nicht geschehen würde. Sie hatte an diesem Tag eine schmerzhafte Lektion erteilt bekommen. Ganz gleich, wie die Grundregeln für Chandler Freemans Version einer modernen Beziehung aussahen – sie waren nichts für Paris, und Chandler letzten Endes auch nicht. Bixby hatte Recht behalten.

20. Kapitel

Paris trennte sich Ende März von Chandler, doch erst zwei Wochen später sprach Bix sie an. Ihm war aufgefallen, dass sie einige Tage lang sehr still gewesen war und sich danach förmlich in die Arbeit gestürzt hatte. Eines Abends, als sie beide über der Planung einer Hochzeit brüteten, fragte er: »Sag mal, habe ich etwas verpasst? Es kommt mir vor, als würde Chandler gar nicht mehr hier anrufen.«

Paris zögerte kurz und nickte dann. »Damit liegst du goldrichtig.«

»Habt ihr euch gestritten? Oder hast du keine Lust mehr auf Kaviar und Ferrari?«

Sie musste wider Willen lächeln. In der ersten Zeit hatte sie ziemlich gelitten, aber allmählich fühlte sie sich besser. Allerdings kam sie sich inzwischen auch ziemlich dumm vor. Chandler hatte sich nie wieder bei ihr gemeldet, er schien sich einfach in Luft aufgelöst zu haben. Paris war um eine Erfahrung reicher, auf die sie gern verzichtet hätte, und doch vermisste sie ihn, auch wenn sie sich das nicht gern eingestand. Er hatte sie auf Händen getragen, ganz zu schweigen von seinen sexuellen Qualitäten. Zum ersten Mal seit knapp einem Jahr hatte sie sich nicht mehr wie Ausschussware, sondern wie eine richtige Frau gefühlt. In dieser Hinsicht hatte er ihr gut getan. Aber er war mit einem Stück ihres Herzens von dannen gezogen. Noch schlimmer – sie hatte es ihm freiwillig gegeben.

»Es ist vorbei. Ich habe mich in Chandler geirrt«, sagte sie und erzählte Bix dann alles.

»Dieser Mistkerl. Wie schäbig!«

»Das findest du auch, nicht wahr?«, fragte sie. Bix war zwar sieben Jahre jünger als sie, in Beziehungsdingen jedoch sehr viel erfahrener, und sie vertraute seinem Urteil.

»Ja, das ist echt das Letzte«, bekräftigte Bixby. »Und was er da vom Stapel gelassen hat, ist ein Haufen Schwachsinn. Aber es gibt viele Menschen, die sich so verhalten wie er – Männer wie Frauen, das hat nichts mit dem Geschlecht zu tun. Diese Leute sind Egoisten und machen, was sie wollen. Von seinem Partner sollte man erwarten können, dass er treu ist. Wenn man viel für jemanden empfindet, will man nicht mit anderen schlafen. Darin sind Steven und ich uns vollkommen einig. Aber ein paar von den Typen, mit denen ich früher zusammen war, dachten genau wie Chandler. Die bumsen sich heute wahrscheinlich immer noch durch die Weltgeschichte. Das Traurige daran ist, dass die meisten von ihnen Sex mit Liebe verwechseln. Die sind gar nicht dazu fähig, jemanden wirklich zu lieben – höchstens sich selbst.«

»Mir kommt es so vor, als käme jeder um mich herum mit seiner Anschauung in puncto Beziehung weiter – nur ich nicht. Chandler hielt seine Einstellung für völlig vernünftig und vertrat sie sehr vehement. Aber mich konnte er nicht überzeugen. Ich würde mich selbst hassen, wenn ich so leben würde wie er. Eins habe ich aus dieser Geschichte jedenfalls gelernt: Ich will nie wieder mit einem Mann schlafen, der mich nicht liebt. Ich dachte, er empfände etwas für mich, aber inzwischen glaube ich nicht mehr, dass er überhaupt etwas für mich übrig hatte. Es war sexuelles Begehren, mehr nicht. Ich habe die Zeit mit ihm sehr genossen, aber was habe ich jetzt davon?«

»Eine verdammt edle Handtasche, wenn du mich fragst«, warf Bix ein.

Paris lachte. »Ja, das stimmt. Was für ein Tausch – meine Integrität gegen eine Handtasche!«

»Das Ganze hat deiner Integrität keinen Abbruch getan, schließlich wusstest du nicht, was vor sich ging.«

»Aber ich dachte, ich wüsste es. Ich habe einfach zu viel als selbstverständlich vorausgesetzt, das war mein Fehler.«

»Dann wirst du ihn nicht noch einmal machen. Das Ganze hatte immerhin auch einen Vorteil – der Knoten ist geplatzt. Du hast sozusagen deine Unschuld verloren. Jetzt kannst du dir einen wirklich netten Kerl suchen.« Bix lächelte ihr aufmunternd zu.

»Und wie viele Frösche muss ich dafür küssen?«, fragte sie halb scherzhaft, halb beunruhigt. Sie zweifelte mittlerweile an ihrem eigenen Urteilsvermögen.

»Einige, genau wie wir anderen. Wenn du davon Warzen auf den Lippen bekommst, kannst du sie dir immer noch wegoperieren lassen.«

»Ich weiß nicht, ob ich das Risiko eingehen will, noch einmal so ein Fiasko zu erleben. Es tut weh«, gab sie offen zu.

»Ja, es tut weh, und es ist deprimierend. Der ganze Verabredungszirkus ist zum Kotzen.«

»Vielen Dank, Peter!«, stieß sie hervor, und zum ersten Mal schlich sich Bitterkeit in ihre Stimme. »Nur seinetwegen bin ich doch in dieser Lage. Ich kann es immer noch nicht fassen, dass er mir das angetan hat!«

Bix nickte verständnisvoll. Das war nun einmal der Lauf der Dinge. Ein Partner machte sich mit seiner neuen Liebe auf und davon, der andere fiel in ein schwarzes Loch, aus dem er sich erst mühsam wieder hinausarbeiten musste.

»Eigentlich sollte ich ihn dafür hassen, aber das gelingt mir nicht – oder zumindest noch nicht. Ich hoffe nur, dass ich ihn nicht für den Rest meines Lebens vermissen werde. Er fehlt mir nämlich immer noch jeden verdammten Tag«, sagte sie mit Tränen in den Augen. »Ich weigere mich, in meinem Alter wieder wie ein Teenager von einem Date zum nächsten zu hetzen. Das ist doch furchtbar erbärmlich.«

»Das ist nicht erbärmlich, sondern menschlich. Und eins darfst du nicht vergessen: Selbst bei der tollsten Beziehung stirbt einer der Partner früher oder später und lässt den anderen allein zurück. Schrecklich, aber so ist das Leben.«

»Wie bei Steven«, entgegnete Paris ernst. »Aber er hatte Glück.« Sie lächelte Bix an. »Er hat dich gefunden.«

»Nichts ist perfekt«, äußerte Bix geheimnisvoll.

Sie warf ihm einen erstaunten Blick zu. »Ist alles in Ordnung bei euch beiden?« Da er stets ein offenes Ohr für ihre Probleme hatte, wollte sie nun ebenfalls für ihn da sein.

»Bisher ja, aber das könnte sich irgendwann ändern.«

»Was willst du damit sagen?«

»Dass niemand ungeschoren davonkommt. Stevens Partner starb an den Folgen von Aids, und er selbst ist HIVpositiv. Es kann sein, dass die Krankheit erst in einigen Jahren ausbricht oder sich nie zu dem Vollbild Aids entwickelt, aber möglich ist alles. Ich wusste von Anfang an, worauf ich mich einlasse. Mir war klar, dass ich mit ihm zusammen sein wollte, egal, wie viel Zeit uns bleibt. Er ist es wert, und ich bereue keine einzige Minute, die ich mit ihm verbracht habe. Ich wünschte, er würde ewig leben.«

Paris sah Tränen in seinen Augen schimmern und nahm ihn spontan in den Arm.

Sie hielten einander für eine Weile fest, dann sagte Bix: »Ich liebe ihn so sehr. Er ist ein wundervoller Mann.«

»Genau wie du«, erwiderte sie und bemühte sich, den Kloß in ihrem Hals hinunterzuschlucken.

»Weißt du, wenn ich mich auch zu Frauen hingezogen fühlen würde – was ja zum Glück nicht der Fall ist, denn Männer sind schon kompliziert genug –, dann wärst du meine erste Wahl.«

»Vielen Dank für das Kompliment!«, sagte sie grinsend.

»Aber ich würde trotzdem noch mit Männern schlafen – und dir im Einzelnen nichts davon erzählen ... Auf jeden Fall könntest du definitiv voraussetzen, dass ich dir nicht treu bin. Wäre das in Ordnung?«

»Wo soll ich unterschreiben?«

Beide begannen zu lachen, und Bix schüttelte den Kopf. »Ich habe dir doch gleich gesagt, dass Chandler nichts taugt.«

»Ich wusste, dass dieser Spruch irgendwann kommen würde! Weißt du, er war immer so liebenswürdig, außerdem sagte er, er hätte sich seit vierzehn Jahren nicht mehr so gut gefühlt wie mit mir. Was sollte das?«

»Er wollte dich einwickeln. Solche Typen sagen alles, was du hören willst. Ich bin sicher: Wenn du den Richtigen triffst, wirst du es schon merken. Er war es jedenfalls nicht.«
»Offensichtlich.«

An jenem Abend verließen Paris und Bixby die Agentur mit dem Gefühl, einander noch vertrauter zu sein. Dank ihres offenen Gesprächs war nun jedem von ihnen leichter ums Herz.
Sobald Paris nach Hause kam, rief sie Meg an und hörte bereits am Klang ihrer Stimme, dass sie geweint hatte. »Was ist passiert? Hast du Probleme mit Anthony?«
»Das kann man wohl sagen. Ich habe erfahren, dass er sich mit einer anderen trifft. Mit einer berühmten Produzentin. Er geht schon seit Wochen mit ihr ins Bett.«
Anthonys Ehrgeiz hatte also letzten Endes doch gesiegt. Ein weiterer Mann, der nicht treu sein konnte oder wollte – was in diesem Fall allerdings weder Paris noch ihre Tochter besonders überraschte. Meg hatte von Anfang an gewusst, mit wem sie es zu tun hatte, und einfach nur gehofft, dass Anthony für eine Weile bei ihr bleiben würde. Letztlich hatte die Beziehung ungefähr so lange gehalten wie Paris' Liaison mit Chandler: sechs Wochen.
»Das tut mir Leid, Süße. Chandler ist übrigens auch über alle Berge.« Plötzlich hatte sie eine Idee. »Möchtest du am Wochenende vielleicht zu mir kommen?«
Meg putzte sich geräuschvoll die Nase. »Ich weiß nicht so recht …« Dann fragte sie: »Was war denn mit Chandler?«
»Offenbar hatte er eine andere Vorstellung von Beziehung

als ich. Ich habe vorausgesetzt, dass er mir treu ist. Das war wohl ein Fehler.«

»Als ich auf dem College war, ist mir mal etwas Ähnliches passiert«, erwiderte Meg abgeklärt. »Das muss man einfach immer vorher besprechen.«

»Und warum hat mir das nie jemand erzählt?«

»Weil es bisher nicht nötig war. Jetzt bist du in einer anderen Situation. Beim nächsten Mann erkundigst du dich am besten gleich, ob er eine monogame Partnerschaft will. Wenn er Nein sagt, nimmst du die Beine in die Hand!«

»Könntest du nicht meine nächsten Beziehungsverhandlungen führen?«, witzelte Paris.

»Sicher.« Dann fügte Meg seufzend hinzu: »Ist das nicht einfach ätzend? Ich frage mich, ob ich hier jemals einen anständigen Mann kennen lerne. Wahrscheinlich eher nicht.« Sie klang entmutigt – und das mit vierundzwanzig. Paris überlegte, ob sie die Hoffnung nicht gleich aufgeben sollte, schließlich wurde sie im Mai siebenundvierzig. »Hier in San Francisco scheinen die Männer auch nicht besser zu sein.«

»Das sind sie nirgends. Meinen Freundinnen in New York laufen auch nur miese Typen über den Weg. Sie sind alle entweder Schaumschläger oder bindungsunfähige Psychos. Und wenn man mal einen richtig netten Kerl trifft, ist er garantiert schwul. Ich glaub, ich kapituliere.«

»In deinem Alter? Der Richtige kommt schon noch. Mir ist inzwischen sowieso alles egal, ich bin einfach zu alt.«

»Jetzt hör aber auf, Mom! Du bist im besten Alter und siehst außerdem fantastisch aus. Ich glaube, es ist gar keine

schlechte Idee, dich am Wochenende zu besuchen. Ich bin zwar ziemlich deprimiert, aber vielleicht kann ich dich trotzdem aufmuntern.«
»Und ich dich. Wir könnten es uns ja im Bett mit einem Haufen Süßkram gemütlich machen, uns gegenseitig unser Leid klagen und dabei fernsehen.«
»Das klingt gut.«

Paris holte ihre Tochter am Freitagabend vom Flughafen ab, und in den folgenden eineinhalb Tagen taten sie genau das, was sie sich vorgenommen hatten: Sie lagen im Bett, redeten, vertilgten Süßigkeiten und sahen sich alte Filme an. Sie liefen den ganzen Tag lang ungeschminkt und ungekämmt in Bademänteln herum, und als Wim plötzlich am Sonntagmittag vor der Tür stand, starrte er seine Mutter erschrocken an. Glücklicherweise hatte er keinen seiner Freunde mitgebracht.
»Seid ihr krank?«, fragte er überrascht und fügte an seine Schwester gewandt hinzu: »Du siehst übel aus.«
»Ich weiß«, erwiderte sie grinsend.
»Wir haben uns ein paar seelische Streicheleinheiten gegönnt«, erklärte Paris.
»Was soll ich mir darunter vorstellen?«
»Wir haben uns ins Bett gefläzt, alte Schnulzen geguckt, geheult und über Männer hergezogen. Mein Freund hat mich betrogen.«
»So ein Mist«, sagte Wim mitfühlend.
Während Meg ihrem Bruder die Einzelheiten berichtete, verschwand Paris in der Küche, um zum Mittagessen eine Suppe zu kochen.
Als sie zurückkam, erkundigte sich Meg gerade bei Wim:

»Wie läuft es denn bei dir? Hast du ein nettes Mädel aufgetan?«
Paris reichte jedem eine Tasse mit Suppe und setzte sich aufs Sofa.
»Nicht nur eins, sondern jede Menge«, antwortete er stolz. »Ein paar Jungs aus meinem Wohnheim und ich haben darum gewettet, wer innerhalb von zwei Wochen mit den meisten Mädels ausgeht. Bei mir waren es zwölf«, sagte er mit Unschuldsmiene.
Seine Schwester sah aus, als würde sie ihm am liebsten ihre Suppentasse an den Kopf werfen. »Du Schwein! Das ist das Abscheulichste, was ich je gehört habe! Auf der Welt laufen schon genug Arschlöcher rum, da musst du dich nicht auch noch in eins verwandeln.«
»Und was soll ich deiner Meinung nach tun? Gleich im ersten Semester heiraten? Ich bin doch noch ein Kind«, entgegnete er mit einem entwaffnenden Lächeln.
»Dann sei um Himmels willen wenigstens anständig«, schimpfte Meg. »Ein netter Junge, der Frauen mit Respekt behandelt.«
»Ich will kein netter Junge sein, zumindest jetzt noch nicht. Ich will Spaß haben.«
»Aber hoffentlich nicht auf Kosten anderer, Wim«, ermahnte ihn Paris. »Jeder sollte seinen Mitmenschen mit Achtung begegnen.«
»Ja, ich weiß. Aber manchmal muss man einfach ein bisschen über die Stränge schlagen. Man kann nicht immer nur vernünftig sein.«
»O doch!«, beharrte Meg. »Am besten fängst du sofort damit an. Schließlich wirst du bald neunzehn.« Wim hatte im Mai Geburtstag, zwei Tage nach seiner Mutter. »Es ist

nie zu früh, ein verantwortungsbewusster Mann zu werden. Ich zähle auf dich, Wim.«
»Muss das sein?«, fragte er und schlürfte den letzten Rest Suppe aus der Tasse.
»Und ob das sein muss«, erwiderte Paris bestimmt. »Denn andernfalls wirst du jemandem eines Tages sehr wehtun.« Sie hatte bei diesen Worten seinen Vater im Kopf, doch Wim entging die Anspielung. Meg hingegen warf ihr über seinen Kopf hinweg einen Blick zu. Sie hatte verstanden.

21. Kapitel

Nach der Trennung von Chandler verschwendete Paris keinen Gedanken mehr an Männer oder Verabredungen. Der Mai brachte viel Arbeit mit sich, denn Bixbys Agentur richtete im Juni sieben Hochzeiten aus, und die Vorbereitungen liefen auf Hochtouren. An Paris' Geburtstag flog Meg abends nach San Francisco, um gemeinsam mit ihrer Mutter zu feiern. Leider musste sie am nächsten Tag schon früh aufbrechen, damit sie rechtzeitig zur Arbeit kam. Bix hatte Paris im Büro mit einem selbst gebackenen Kuchen überrascht und ihr außerdem eine wunderschöne, türkisfarbene Kaschmirstola geschenkt. Zwei Tage darauf fuhr Paris nach Berkeley, um Wim zum Geburtstag zu gratulieren. Sie kam in diesen ereignisreichen Tagen kaum zum Nachdenken.

Doch an einem Morgen fühlte sie sich bereits beim Aufwachen elend. Genau ein Jahr zuvor hatte Peter sie verlassen, und sofort stand ihr wieder alles vor Augen. Während der Arbeit war sie ungewöhnlich still und ernst. Schließlich sprach Bix sie darauf an, und sie schüttete ihm erneut ihr Herz aus. Danach fühlte sie sich ein wenig erleichtert, doch als sie abends nach Hause kam, übermannte sie der Kummer. Sie warf sich aufs Bett und begann, bitterlich zu weinen. Im Laufe des vergangenen Jahres war ihr viel Gutes widerfahren, doch wenn sie von einer Fee nach ihrem innigsten Wunsch gefragt worden wäre, hätte sie sich auf der Stelle Peter zurückgewünscht. Sie zwang sich, an ihre positiven Erfahrungen zu denken – den Umzug nach San Francisco, das neue Haus, den Job, der in gewisser Weise ihre Rettung gewesen war, die Freundschaft zu Bixby und Steven. Es gab vieles, für das sie dankbar war. Doch sie vermisste Peter noch immer schmerzlich und fürchtete langsam, dass sich daran niemals etwas ändern würde. Sie rechnete nicht mehr damit, dass jemand die Leere füllte, die er hinterlassen hatte, und konnte es sich im Grunde auch nicht vorstellen. Als sich dieser schreckliche Tag endlich dem Ende neigte, schlief sie erleichtert ein.

Einige Tage später meldete sich Sydney Harrington bei Paris und erzählte, sie wolle eine Party für einen alten Freund geben, der zu Besuch in der Stadt sei. Bald stellte sich allerdings der wahre Grund für ihren Anruf heraus: Sie wollte Paris mit ihrem Freund bekannt machen. Er war Künstler, schuf Skulpturen aus Ton und lebte in Santa Fe. Sydney sagte, er sei einfach reizend und werde Paris gewiss gefallen.

Paris reagierte äußerst zurückhaltend und versuchte, das Angebot höflich abzulehnen. Sydney jedoch sang eine endlose Lobeshymne auf ihren Freund, bis Paris schließlich einwilligte, sich mit den beiden zum Mittagessen zu treffen. Sie hatte das Gefühl, Sydney noch etwas schuldig zu sein, weil sich diese fast vier Monate zuvor bei Bixby für sie stark gemacht hatte. Darüber hinaus war Sydney eine vernünftige, geistreiche Frau, die über ein gesundes Urteilsvermögen und einen guten Geschmack verfügte. Ihr Freund musste ein netter Zeitgenosse sein.

Als Paris Bix am Nachmittag davon erzählte, verdrehte er lachend die Augen.

»Weißt du etwa mehr als ich?«, fragte sie beunruhigt.
»Nein, aber du kennst ja meine Einstellung zu Blinddates. Mein absoluter Favorit diesbezüglich ist das Treffen mit dem Zweiundachtzigjährigen, der von seiner Pflegerin im Restaurant abgeliefert wurde. Wohlgemerkt war ich damals sechsundzwanzig! Ein Freund von mir hatte die Verabredung arrangiert, weil er glaubte, ich könnte ein wenig Schwung in das Leben des alten Knaben bringen. Das hätte ich ja auch gern getan, aber der arme Kerl saß einfach nur da und sabberte. Er konnte kaum noch sprechen, und sobald ich wieder auf der Straße war, fing ich an zu heulen. Dieses Rendezvous war das schlimmste meines Lebens.«
»Das klingt ja sehr ermutigend«, gab Paris entnervt zurück. »Aber Sydney hat so lange auf mich eingeredet, bis ich einfach Ja gesagt habe. Immerhin geht es um einen alten Freund von ihr.«
»Was unsere Freunde betrifft, sind wir alle blind. Wo wohnt denn dieser Typ?«
»In Santa Fe.«
»Vergiss es. Und wenn er noch so toll ist – was willst du mit einem Kerl, der meilenweit weg lebt?«
»Worauf habe ich mich da bloß eingelassen?«, klagte Paris. »Vor drei Monaten habe ich noch vollmundig behauptet, ich würde niemals an dem ganzen Verabredungszirkus teilnehmen, und jetzt werfe ich mich irgendwelchen dubiosen Künstlern zum Fraß vor. Was soll ich nur tun?«
»Mach Sydney glücklich. Geh mit ihr und ihrem tollen Freund essen. Im Juni wird sie sowieso keinen Gedanken mehr daran verschwenden.« Sydneys Partyservice lieferte die Speisen und Getränke für fünf der geplanten Hochzeiten, sodass sie schon jetzt um die eigene Achse rotierte.

Am Tag des Blinddates war Paris müde und schlecht gelaunt. Ihr Fön hatte einen Kurzschluss verursacht und beinahe das Bad in Brand gesetzt, auf dem Weg zur Arbeit war ihr Wagen liegen geblieben, und außerdem brütete sie eine Erkältung aus.

»Ich kann ja aus dem Fenster springen, dann komme ich um dieses Essen herum«, sagte sie zu Bix. Sie hatte eine Stunde auf den Pannenhelfer vom Automobilclub gewartet, da er sich zuerst um einen Notfall auf der Brücke hatte kümmern müssen.

»Nichts da, du hast es Sydney versprochen. Sei brav!«

»Geh du hin und gib dich für mich aus.«

»Gute Idee«, rief er lachend, »aber du hast dir diese Suppe eingebrockt, jetzt musst du sie auch auslöffeln.«

Sydney und Paris waren in einem mexikanischen Restaurant verabredet, dabei konnte Paris mexikanisches Essen nicht ausstehen. Sydney wartete bereits auf sie und erklärte, ihr Freund suche noch einen Parkplatz. Er musste in einem anderen Stadtteil geparkt haben, denn es dauerte eine geschlagene halbe Stunde, bis er endlich auftauchte. Er trug einen Poncho und einen Cowboyhut und hatte einen merkwürdig schwankenden Gang. Paris glaubte schon, er sei betrunken, da flüsterte Sydney ihr hastig zu: »Er hat Probleme mit den Ohren, dadurch wird sein Gleichgewichtssinn beeinträchtigt. Aber ansonsten ist er wirklich fit wie ein Turnschuh.«

Paris begrüßte ihn mit einem matten Lächeln. Er lächelte zaghaft zurück und ließ sich am Tisch nieder. Als er seinen Hut abnahm und auf den Stuhl neben sich legte, fiel Paris' Blick auf seine Hände. Unter seinen Fingernägeln schien sich der Ton von zehn Jahren Bildhauerarbeit gesammelt zu haben. Dennoch konnte sie nicht leugnen, dass er ein attraktiver Mann war. Er wirkte beinahe wie ein amerikanischer Ureinwohner, aber als sie sich diesbezüglich erkundigte, schüttelte er heftig den Kopf und stieß hervor, er hasse die Indianer, sie seien die Geißel von Santa Fe.

»Das sind allesamt Säufer«, verkündete er, verfiel gleich darauf in eine Schimpfkanonade gegen Schwarze und beleidigte danach jede erdenkliche Volksgruppe mit rassistischen Bemerkungen. Die Juden ließ er erstaunlicherweise aus, doch die Mexikaner kriegten ihr Fett weg, woraufhin der mexikanische Ober sich umdrehte und ihnen allen einen bösen Blick zuwarf. Paris war davon überzeugt, dass er in ihr Essen spucken würde, und konnte es ihm wahrhaftig nicht verdenken.

»Sydney hat mir erzählt, dass Sie Künstler sind«, sagte sie und versuchte, nicht mehr an den Ober und das Essen zu denken. Sie musste diese Sache irgendwie durchstehen, und das würde bei Gott nicht leicht werden. Ihr Vertrauen in Sydneys Urteilsvermögen hatte sich inzwischen in Luft aufgelöst.

»Ja, ich habe Ihnen auch ein paar Fotos von meinen Werken mitgebracht«, erwiderte er mit stolzgeschwellter Brust.

Er hieß William Weinstein – was wahrscheinlich erklärte, warum jüdische Mitbürger von seinen Hasstiraden verschont geblieben waren –, stammte ursprünglich aus Brooklyn und war vor zehn Jahren nach Santa Fe gezogen. Nun kramte er einen Umschlag hervor, wühlte darin herum und reichte Paris schließlich einige Bilder. Sie zeigten drei Meter hohe Phallussymbole aus Ton. Der Mann hatte offenbar nur Schwänze im Kopf.

»Das sind sehr … interessante Skulpturen.« Paris gab vor,

beeindruckt zu sein. »Arbeiten Sie mit Modellen?«, fragte sie eher spaßeshalber, doch er nickte.

»Ja, nach meinem eigenen.«

Anscheinend hielt er das für wahnsinnig witzig, denn er brüllte vor Lachen und hustete anschließend, dass Paris schon fürchtete, er würde jeden Moment den Erstickungstod erleiden. Abgesehen von dem Ton unter seinen Nägeln, aus dem er problemlos eine weitere Skulptur hätte schaffen können, waren seine Finger auch noch übersät mit Nikotinflecken.

»Reiten Sie gern?«, erkundigte er sich nun.

»Ja, aber ich habe schon lange nicht mehr auf einem Pferd gesessen. Und Sie?«

»Selbstverständlich reite ich. Sie müssen mich unbedingt mal auf meiner Ranch besuchen. Ich habe weder Strom noch fließend Wasser, und das nächste Dorf ist einen Zweitagesritt entfernt.«

»Dann leben Sie ja sehr abgeschieden«, bemerkte Paris vorsichtig.

»Das gefällt mir ja gerade«, entgegnete William. »Meine Frau hat es allerdings gehasst. Sie wollte immer zurück nach New York. Letztes Jahr ist sie dann gestorben.«

Paris war für einen Moment sprachlos und fragte sich, warum Sydney dieses Treffen überhaupt in die Wege geleitet hatte. »Das tut mir Leid«, sagte sie schließlich.

»Mir auch. Wir waren fast fünfzig Jahre lang verheiratet. Ich bin jetzt dreiundsiebzig.«

Zu Paris' unsäglicher Erleichterung kam in diesem Moment das Essen. Der Ober servierte Paris eine Quesadilla, die ungefähr so fad schmeckte, wie sie selbst sich fühlte. William hatte einen unappetitlich aussehenden Mischmasch mit einem Berg von Bohnen bestellt, den er mit Begeisterung abzutragen begann. »Ich esse fast jeden Tag Bohnen, das ist die gesündeste Nahrung, die es gibt, auch wenn man davon furzen muss. Mögen Sie Bohnen?«

Paris verschluckte sich und stieß einen erstickten Laut aus, Sydney hingegen war die Gelassenheit in Person. Sie erzählte gerade, dass Will eng mit ihrem Vater befreundet gewesen sei. Dieser sei ebenfalls Künstler gewesen und habe Wills Frau nahezu vergöttert. Paris vermochte sich kaum vorzustellen, was für ein Leben die Arme geführt haben musste – allein mit William auf einer Ranch im Nirgendwo. Womöglich war sie nicht eines natürlichen Todes gestorben, sondern hatte Hand an sich gelegt – was Paris ihr nicht verdenken konnte. Sie fasste einen Entschluss, entschuldigte sich und suchte die Damentoilette auf. Sie schloss die Tür ab, zerrte ihr Handy aus der Handtasche und rief Bix im Büro an.

»Na, ist er ein Traummann?«

»Wenn du mich nicht in Kürze hier rausholst, werde ich Sydney noch vor dem Dessert umbringen. Oder mich selbst.«

»Also kein Traummann.«

»Der Kerl ist ein Neandertaler im Cowboykostüm, der drei Meter hohe Skulpturen von seinem Penis knetet.«

»Hör mal, wenn sein Penis so groß ist, lohnt es sich womöglich doch, nach Santa Fe zu ziehen. Vielleicht komme ich sogar mit.«

»Würdest du bitte den Mund halten? Ruf mich in fünf Minuten an. Ich erzähle den beiden einfach etwas von einem Notfall in der Agentur.«

»Welche Art von Notfall?«, erkundigte sich Bix amüsiert.

»Das ist doch jetzt völlig egal. Der wahre Notfall – oder eher Reinfall – ist dieses verdammte Blinddate!«
»Du bist heute aber sehr direkt. Hat er dir Bilder von seinem Werk gezeigt?«
»O ja. Diese Skulpturen sind das Perverseste, was ich je gesehen habe.«
»Du redest schon wie eine Kunstkritikerin. Er kann doch trotzdem ein netter Kerl sein.«
»Er ist schlimmer als dein sabbernder Senior!« Sie war kurz davor durchzudrehen.
»Das ist unmöglich«, erklärte Bix vehement. »Das Treffen mit meinem Senior war das katastrophalste Rendezvous in der Geschichte der Menschheit.«
»Und das Treffen mit diesem Bildhauer ist das katastrophalste Rendezvous in der Geschichte meines Lebens, das allein zählt. Ruf mich gefälligst in fünf Minuten auf dem Handy an!«
»Schon gut, schon gut, dein Wunsch ist mir Befehl. Aber du solltest dir einen überzeugenden Notfall ausdenken, sonst durchschaut Sydney dich sofort. Sie ist schließlich kein Dummkopf.«
»Sie ist ein Riesendummkopf, wenn sie tatsächlich glaubt, dass mir dieser Kerl gefallen könnte. Besser gesagt: Sie muss geistig umnachtet sein. Oder sie hasst mich.«
»Unsinn, sie hat mir erst letzte Woche erzählt, wie sehr sie dich mag. Paris?«
»Was?«, zischte sie. Sie hätte all ihre Mitmenschen erwürgen können – Sydney, William und notfalls auch Bix.
»Bring mir ein Foto von seinem Ding mit.«
Sie ignorierte diese Bitte. »Wehe, du lässt mich hängen! Ich kündige, das ist mein voller Ernst.« Damit legte sie auf.

Sie zog sich die Lippen nach und kehrte dann an den Tisch zurück.
William blickte von seinen Bohnen auf und sagte anerkennend: »Der Lippenstift steht Ihnen gut. Schöne Farbe.«
»Vielen Dank.« Sie lächelte ihm zu, setzte sich und aß weiter. Kurz darauf klingelte ihr Handy.
»Ich hasse diese Dinger«, bemerkte William schmatzend, während Paris das Telefon aus der Handtasche zog. Sie meldete sich und runzelte die Stirn.
Bix begann, alle unanständigen Ausdrücke aufzuzählen, die ihm einfielen.
»*Was* ist passiert?«, rief sie mit entsetzter Stimme und warf Sydney einen alarmierten Blick zu. »O Bix, wie schrecklich! Das tut mir so Leid ... Jetzt sofort? Aber ich esse gerade mit Sydney und ihrem Freund ... Oh, schon gut, bitte beruhige dich ... Ich bin in fünf Minuten da. Und beweg dich bloß nicht!« Sie schaltete das Handy aus.
»Was ist los?«, fragte Sydney besorgt.
»Das war Bix. Du weißt ja, dass er manchmal ein richtiger Waschlappen sein kann.« Sie bedachte William mit einem zuckersüßen Lächeln, entschlossen, vor ihrem Abgang noch ein wenig Unfrieden zu stiften. »Bix ist homosexuell, müssen Sie wissen.«
»Ich hasse Schwuchteln«, verkündete William und stieß geräuschvoll auf.
»Das dachte ich mir«, erwiderte Paris. Dann wandte sie sich wieder an Sydney. »Angeblich ist ihm ein Wirbel herausgesprungen.«
»Ich hatte keine Ahnung, dass er Rückenprobleme hat«, sagte Sydney mitfühlend.
»Er liegt am Boden und kann sich nicht rühren. Ich soll

ihn zum Chiropraktiker bringen, und er hat gesagt, wenn ich nicht sofort die Beine in die Hand nehme, ruft er die Feuerwehr.«

»Ich weiß genau, wie er sich jetzt fühlt. Wenn meine Bandscheibe Ärger macht, kann ich mich manchmal wochenlang nicht bewegen. Sollen wir mitkommen und dir helfen?«

»Nicht nötig, das schaffe ich schon allein. Aber ich muss leider sofort zurück in die Agentur.«

»Man sollte alle Schwuchteln an die Wand stellen«, erklärte der Bildhauer und rülpste erneut.

»Ich bedaure sehr, dass ich mich so abrupt verabschieden muss«, flötete Paris, erhob sich und schüttelte Wills Hand. »Es hat mich gefreut, Sie kennen zu lernen. Ich wünsche Ihnen noch einen schönen Aufenthalt in der Stadt. Und viel Erfolg mit Ihrer Arbeit.«

»Mit meinen Schniedelwutzen, meinen Sie?« Er lachte wiehernd und bekam gleich darauf einen weiteren Hustenanfall.

»Äh … genau. Wir sehen uns, Sydney. Danke für die Einladung.« Paris winkte noch einmal und verließ fluchtartig das Restaurant. Auf dem gesamten Rückweg schäumte sie vor Wut. Als sie die Agentur betrat, erwartete Bix sie mit einem breiten Grinsen.

»Also, wo hast du es?«

»Was?«

»Das Foto von seinem –«

»Sprich es bloß nicht aus! Nie wieder. Übrigens werde ich für den Rest meines Lebens kein Wort mehr mit Sydney wechseln. Der Kerl ist ein absoluter Spinner! Und nur zu deiner Information: Er hasst Schwule und ist der

Meinung, sie sollten alle erschossen werden. Das Gleiche gilt für Schwarze und Indianer.«

»Sympathischer Mensch. Wie sieht er aus?«

»Wie ein Zombie. Und er wohnt auf einer Ranch ohne Strom und fließend Wasser.«

»Kein Wunder, dass er sein Ding in meterhohen Skulpturen verewigt – der Arme hat einfach nichts anderes zu tun.«

»Sei still, ich will nichts mehr davon hören! Und eins kannst du mir glauben: In meinem ganzen verdammten Leben werde ich nie wieder zu einem Blinddate gehen.«

»Ja, ja«, sagte Bix und lehnte sich grinsend auf seinem Stuhl zurück. »Das habe ich mir damals auch geschworen. Und weißt du was? Ich habe es trotzdem wieder getan. Und das wirst du auch.«

»Scher dich zum Teufel!«, fauchte sie, marschierte zu ihrem Büro und schlug mit einem lauten Knall die Tür hinter sich zu.

Die Buchhalterin steckte den Kopf aus ihrem Zimmer und fragte Bix mit verängstigter Miene: »Ist alles in Ordnung mit Paris?«

»Es geht ihr nicht so gut«, erwiderte er. Er steuerte auf seine Angestellte zu und raunte in vertraulichem Ton: »Sie hat gerade ein Blinddate hinter sich gebracht.«

»Oh. Es ist wohl nicht besonders gut gelaufen, was?«, erkundigte sie sich mitfühlend.

Bix zog eine Grimasse und schüttelte den Kopf. »Das fürchte ich auch, Mrs Simpson. Das fürchte ich auch.«

22. Kapitel

Paris und Bix hatten weiterhin alle Hände voll zu tun und schafften es zu ihrem eigenen Erstaunen, auch den Juni mit den sieben Hochzeiten unbeschadet zu überstehen. Paris hatte noch nie in ihrem Leben dermaßen viel gearbeitet, und Bix sagte, es gehe ihm genauso. Die Hochzeiten waren allesamt ein Traum: die Bräute überglücklich, die Mütter stolz und die Väter spendabel – ohne mit der Wimper zu zucken beglichen sie die astronomischen Rechnungen. Es war ein hervorragender Monat für Bixby Mason Incorporated.

Am Wochenende nach der letzten Hochzeit stattete Meg ihrer Mutter einen Besuch ab. Es war Paris' einzige Gelegenheit zu einer kurzen Ruhepause, da eine Woche später zwei Mammutveranstaltungen zur Feier des Unabhängigkeitstages auf dem Agenturplan standen.

Meg und Paris saßen entspannt im Garten und plauderten über ihre Arbeit und Wims Europareise, die er am Tag zuvor mit einigen Freunden angetreten hatte.

Plötzlich bemerkte Paris, dass Meg sie nachdenklich und ein wenig unsicher ansah. »Dich beschäftigt doch etwas. Was ist los?«, erkundigte sie sich rundheraus.

»Ich möchte dich was fragen, aber ich weiß nicht, wie ich es formulieren soll.«

»Oje, das hört sich ernst an. Gibt es einen neuen Mann in deinem Leben?«

»Nein!«
Beide hatten seit Wochen keinerlei Verabredungen mehr, und Paris bestand weiterhin darauf, dass sie keinen neuen Versuch starten wollte. Das verunglückte Treffen mit dem Phalluskünstler hatte dem Fass den Boden ausgeschlagen. Dennoch hoffte sie, dass ihre Tochter bald wieder jemanden kennen lernen würde.
»Letztens ist mir Sally Thompson über den Weg gelaufen, eine alte Freundin aus dem College. Sie hat inzwischen geheiratet und erwartet sogar ein Kind – irgendwie merkwürdig. Ich hatte sie seit unserer Abschlussfeier nicht mehr gesehen. Ihre Mutter war schon damals schwer krank, und Sally hat mir erzählt, dass sie noch im selben Jahr gestorben ist. Ich glaube, es war Brustkrebs, aber ich wollte nicht nachfragen.«
Paris konnte sich nicht vorstellen, worauf Meg hinauswollte. »Wie geht es ihr denn?«, erkundigte sie sich Anteil nehmend.
»Sie kommt damit klar, sie ist sehr stark und hat außerdem einen wirklich tollen Mann. Auf dem College war ich selbst einmal in ihn verknallt.« Meg lächelte bei der Erinnerung daran. Dann wurde ihr Blick wieder ernst. »Aber Sallys Vater fühlt sich offenbar sehr einsam. Und da habe ich mich gefragt, ob … Na ja, ich habe ihn damals kennen gelernt, und er ist nett und sehr anständig. Also … ich glaube, er würde dir gefallen.«
»Herrgott noch mal, Meg, fang bloß nicht damit an! Du weißt genau, dass ich kein Interesse mehr an Verabredungen habe«, erklärte sie mit Nachdruck.
»Das ist doch albern, Mom. Du bist erst siebenundvierzig. Du darfst nicht den Kopf in den Sand stecken und dich

für den Rest deines Lebens verkriechen. Das ist einfach nicht richtig.«

»Für mich schon. Ich komme ausgezeichnet ohne Mann zurecht, und außerdem will ich auch gar keinen.« Die Wahrheit sah natürlich anders aus – es war verdammt schwierig, sich allein durchzuschlagen, aber noch schwieriger war es, einen passenden Mann zu finden. Dieser demütigenden Suche wollte sie sich nicht mehr aussetzen.

»Vielleicht lässt du dir die Chance deines Lebens entgehen. Sallys Vater ist Bankier und ein unheimlich lieber Mensch, kein wilder Playboy oder Herzensbrecher.«

»Woher willst du das wissen?«

»Ich habe mich mit ihm unterhalten, und außerdem schwärmt Sally in den höchsten Tönen von ihm«, entgegnete Meg. »Er sieht sogar gut aus.«

»Das ist mir egal. Du kennst ihn nicht als Partner. Die meisten Männer verwandeln sich früher oder später in Egoisten oder Eigenbrötler.«

»Das stimmt nicht. Manche Männer sind von Anfang an eigenwillig – zum Beispiel Peace.« Meg grinste, und Paris musste lachen.

»Da hast du wohl Recht. Und wie kannst du dir sicher sein, dass an diesem Mann nicht auch irgendein Haken ist?«

»Vertrau mir. Er ist vom Typ her wie Dad. Anzug und Krawatte, ordentlicher Haarschnitt, ausgezeichnete Manieren, intelligent und ein guter Vater. Also alles, worauf du Wert legst.«

»Ich werde mich nicht mit diesem Mann treffen, Meg.«

»O doch«, widersprach ihre Tochter mit einem spitzbübischen Lächeln.

»Auf gar keinen Fall!«
»Und ob – ich habe Sally versprochen, dass wir heute Abend mit ihr und ihrem Vater essen gehen.«
»*Was* hast du getan? Ich fasse es nicht! Da mache ich nicht mit, Meg!«
»Das musst du aber, wie stehe ich denn sonst da? Ach Mom, stell dich doch nicht quer! Auf diese Weise lernen sich nette Leute eben kennen – sie werden zusammengebracht. Früher haben Eltern ihre Kinder verkuppelt, heute sind es die Kinder, die ihre geschiedenen Mütter und Väter zusammenführen.«
»Ich habe nicht die Absicht, mich mit diesem Mann ›verkuppeln‹ zu lassen!«, rief sie erzürnt. Doch Meg gab keine Ruhe, und da Paris ihre Tochter nicht blamieren wollte, erklärte sie sich schließlich unter heftigem Protest einverstanden.
»Ich sollte mich mal auf meinen Geisteszustand untersuchen lassen«, murmelte sie während der Fahrt zum Restaurant. Der Vater von Megs Freundin hatte ein Steakhaus in der Innenstadt vorgeschlagen, demnach war er zumindest kein Veganer. Paris hatte trotzdem vor, den Abend so schnell wie möglich hinter sich zu bringen. Sie hatte ein trist wirkendes, schwarzes Kostüm angezogen, sich die Haare zu einem langweiligen Pferdeschwanz gebunden und keinerlei Make-up aufgetragen.
»Hättest du dir nicht wenigstens ein bisschen Mühe geben können, Mom?«, klagte Meg. »Du siehst aus wie eine Bestattungsunternehmerin.«
»Sehr gut. Dann wird er mich auch nicht wiedersehen wollen.«
»Damit tust du dir aber keinen Gefallen«, schalt Meg.

»Und ob.«
»Jede Menge Frauen begegnen bei solchen Gelegenheiten ihren zweiten Ehemännern.«
»Ich will keinen zweiten Ehemann, ich bin noch nicht einmal über den ersten hinweg! Und gegen Blinddates bin ich inzwischen allergisch.«
»Ja, ich weiß. Du hast immer noch die Geschichte mit dem komischen Künstler im Kopf. Aber der war bestimmt eine Ausnahme.«
»Nach allem, was ich von Bix gehört habe, war er die Regel«, widersprach Paris und verfiel für den Rest der Fahrt in mürrisches Schweigen.
Als sie das Restaurant betraten, wurden sie bereits von den Thompsons erwartet. Jim war ein großer, schlanker Mann mit grauen Haaren und einem ernsten Gesichtsausdruck. An seine hübsche Tochter Sally konnte sich Paris auf Anhieb erinnern, sie hatte sie auf Megs Abschlussfeier kennen gelernt. Erst nachdem alle Platz genommen hatten, riskierte Paris einen zweiten Blick auf Jim und stellte fest, dass er wirklich sehr sympathisch wirkte und außerdem schöne, wenn auch traurige Augen hatte. Man sah ihm an, dass er einen schrecklichen Verlust erlitten hatte, und in Paris regte sich Mitleid. Während die beiden jungen Frauen einander auf den neuesten Stand brachten und sich über gemeinsame Erlebnisse amüsierten, begannen Paris und Jim, sich leise zu unterhalten. Nach einer Weile kam er auf den Tod seiner Frau zu sprechen, und kurz darauf erzählte Paris ihm von Peter und der Scheidung. Sie tauschten Familientragödien aus wie Baseball-Sammelkarten.
»Worüber plaudert ihr?«, erkundigte sich Sally unvermittelt.

Paris und Jim warfen einander einen verlegenen Blick zu. Ihr Gespräch war nicht gerade ein vergnügter Plausch, in den sie ihre Kinder miteinbeziehen wollten. Das galt vor allem für Jim, denn Sally und sein Sohn sagten ihm immer wieder, er solle damit aufhören, ständig von ihrer Mutter zu reden. Sie war seit beinahe zwei Jahren tot, doch Jim kam es vor, als habe er sie erst gestern verloren.

»Wir haben uns gerade über unsere Kinder unterhalten«, überspielte Paris die Situation. Sallys Bruder war ein Jahr älter als Wim und studierte in Harvard. »Darüber, wie verwöhnt und was für eine Plage ihr seid«, scherzte sie und zwinkerte Jim verschwörerisch zu, woraufhin er sie dankbar ansah.

Er hatte sich ebenso widerwillig wie Paris zu diesem Abendessen breitschlagen lassen, doch nun war er froh, dass sich seine Tochter durchgesetzt hatte. Entgegen allen Erwartungen genoss er das Gespräch mit Paris.

Alle vier plauderten nun über ihre Pläne für den Nationalfeiertag. Sally und ihr Mann wollten einen Kurztrip unternehmen – womöglich den letzten vor der Geburt ihres Kindes. Jim nahm gemeinsam mit Freunden an einer Segelregatta teil, und Paris erzählte, dass sie zwei Picknicks betreuen würde. Jim fand, dass sich ihre Tätigkeit interessant und abwechslungsreich anhöre, gab jedoch zu, dass er sich persönlich nicht viel aus Partys mache. Paris hatte den Eindruck, dass er ein ruhiger, zurückhaltender Mensch war, aber ob dies an den Umständen lag oder seinem Wesen entsprach, vermochte sie nicht zu beurteilen. Er gestand ihr, dass er seit dem Tod seiner Frau unter Depressionen leide, sich jedoch besser fühle, sobald er etwas unternehme.

Als sich der Abend dem Ende neigte, verabschiedeten sich Meg und Sally mit einer Umarmung, die Jim nutzte, um Paris leise und diskret zu fragen, ob er sie anrufen dürfe. Er wirkte dabei dermaßen altmodisch und förmlich, dass sie richtig gerührt war und sofort nickte. Er brauchte ganz offensichtlich jemanden, mit dem er reden konnte, und vielleicht konnte sie ihm ja ein wenig helfen. Als sie sich vor dem Restaurant trennten, schüttelte er ihr die Hand und flüsterte ihr zu, er werde sich bei ihr melden. Dann entfernte er sich an der Seite seiner Tochter. Er sah aus wie ein Mensch ohne Heimat, selbst die Haltung seiner Schultern ließ erkennen, dass er unglücklich war.
Kaum waren sie in den Wagen gestiegen, sprudelte es aus Meg hervor: »Also, wie fandest du ihn?« Sie hatte den Eindruck, dass ihre Mutter Jim mochte, auch wenn sie es womöglich nicht zugeben würde. Sally hatte Meg während der Verabschiedung zugeraunt, ihr Vater sei schon lange nicht mehr so lebhaft gewesen.
»Er gefällt mir – aber nicht so, wie du denkst oder wie ihr beiden ungezogenen Mädchen es wahrscheinlich gern hättet«, erwiderte Paris lächelnd. »Ich halte ihn für einen hochanständigen Menschen, der einsam ist und jemanden braucht, dem er sein Herz ausschütten kann. Die Krankheit und der Tod seiner Frau haben ihn sehr mitgenommen.«
»Für Sally war es auch nicht leicht«, bemerkte Meg. Dann sah sie ihre Mutter streng an. »Er braucht keine Psychologin, sondern eine Freundin, Mom. Rutsch nicht gleich in eine Co-Abhängigkeit hinein.«
»So ein Unsinn! Ich habe bloß Mitleid mit ihm.«
»Du sollst kein Mitleid mit ihm haben, sondern Spaß!«

Doch der Spaß hatte sich in Grenzen gehalten. Jim hatte während des gesamten Essens über nichts anderes als Ärzte, die Krankheit, den Tod, die Beerdigung und das Grab seiner Frau geredet. Sämtliche Gesprächsthemen hatten früher oder später zu der verstorbenen Phyllis geführt. Paris war klar, dass Jim ebenso wie sie versuchte, eine traumatische Erfahrung zu verarbeiten – nur dass es natürlich länger dauerte, über den Tod eines geliebten Menschen hinwegzukommen als über dessen Untreue oder eine Scheidung. Sie war der Meinung, dass er ein Recht darauf hatte zu trauern, und sie war gern bereit gewesen, ihm zuzuhören.

»Er hat gesagt, er würde mich anrufen«, gestand Paris.

Meg lächelte zufrieden und hatte gleich am nächsten Morgen noch mehr Grund dazu, denn als das Telefon klingelte, hob sie ab und vernahm Jim Thompsons Stimme. Nachdem er Meg freundlich begrüßt hatte, bat er darum, ihre Mutter sprechen zu dürfen.

Paris nahm rasch den Hörer entgegen, unterhielt sich einige Minuten lang mit ihm, notierte sich etwas und schlug ihm vor, zusammen essen zu gehen. Nachdem sie sich verabredet hatten, legte sie auf.

»Ihr habt euch verabredet?«, platzte Meg heraus. Sie war vollkommen verblüfft. »Du legst ja ein Tempo vor!« Sie strahlte übers ganze Gesicht.

Paris stellte sofort klar, es handele sich keineswegs um ein Rendezvous.

»Das kannst du mir in drei Wochen noch einmal bestätigen – nachdem du mit ihm im Bett warst!«, zog Meg ihre Mutter auf. »Und denk diesmal daran, vorher zu fragen, ob er auch monogam ist.«

Sie wussten beide, dass dies bei Jim Thompson höchstwahrscheinlich überflüssig war. Sally zufolge hatte er seit Phyllis' Tod keine andere Frau auch nur angesehen, und Paris glaubte ihr. Sie war nicht sicher, ob er sie überhaupt als Frau wahrnahm.

»Wann trefft ihr euch denn?«, erkundigte sich Meg aufgeregt.

»Am Dienstagabend.«

»Wenigstens ist er zivilisiert und wird dich garantiert nicht in eins dieser abgefahrenen Restaurants ausführen, mit denen ich mich immer zufrieden geben muss. Meine Typen schleppen mich entweder in Vegetarierläden, schmierige Imbissbuden oder grottenschlechte Sushi-Tempel, in denen man sich eine Lebensmittelvergiftung holt. Sie kennen anscheinend keine anständigen Lokale.«

»Vielleicht solltest du es einmal mit einem etwas reiferen Mann versuchen«, schlug Paris vor. Sie wusste, dass sich Meg noch nie etwas aus Männern gemacht hatte, die älter waren als sie. Sie fand sie schlichtweg reizlos und hatte sich stets ausschließlich für gleichaltrige oder jüngere erwärmt. Das hieß allerdings, dass sie eine gewisse Unreife in Kauf nehmen musste.

»Ruf mich an und erzähl mir, wie es mit Mr Thompson gelaufen ist«, erinnerte Meg ihre Mutter, bevor sie in den Flieger nach L.A. stieg.

Paris verbrachte den restlichen Sonntag damit, Wäsche zu waschen und den Haushalt auf Vordermann zu bringen, und stürzte sich am Montag gemeinsam mit Bix in den Endspurt für die Picknicks, die sie am vierten Juli veranstalteten. Am Dienstagabend steckte sie bis über beide

Ohren in organisatorischen Details und vergaß beinahe ihre Verabredung mit Jim Thompson. Um sechs Uhr sagte sie Bix, sie müsse nun gehen, da sie zum Abendessen verabredet sei.

»Du hast eine Verabredung?«, fragte er ungläubig. Paris hatte kein Wort darüber verlauten lassen, dass sie jemanden kennen gelernt hatte. Sie schimpfte noch immer über den Genitalkünstler aus Santa Fe und benutzte das Fiasko als Vorwand, um so keusch zu leben wie eine Nonne.

Paris sah Bix in die Augen und antwortete vage: »Nicht wirklich.«

»Was soll das heißen?«

»Ich leiste dem Vater einer Freundin von Meg seelischen Beistand. Er hat vor zwei Jahren seine Frau verloren – an Krebs.«

»Das ist hart«, sagte Bix mitfühlend. »Was ist er denn für ein Mensch?«

»Ein wenig gehemmt, höflich, nett. Ganz normal.«

»Ausgezeichnet. Wie alt?«

»Ende fünfzig, Anfang sechzig.«

»Das klingt perfekt. Wir nehmen ihn. Und jetzt los!«

»Nun gerate nicht gleich aus dem Häuschen! Er redet über nichts anderes als über seine verstorbene Frau. Er ist geradezu besessen von ihr.«

»Das wird sich mit der Zeit schon ändern. Als ich Steven kennen lernte, war er genauso. Eines Tages dachte ich: Wenn ich mir noch einmal anhören muss, wie sein Freund in seinen Armen gestorben ist, werde ich wahnsinnig. Es dauert eine Weile, aber irgendwann lässt es nach. Gib ihm Zeit. Und vielleicht Prozac … oder Viagra.«

»Komm mir nicht mit so was, ich will nur mit ihm zu

Abend essen. Hier geht es um Trauerbewältigung, nicht um eine Sextherapie, Mr Mason.«
»Wie auch immer, ich wünsche dir jedenfalls viel Spaß. Bis morgen!«, rief er ihr hinterher, denn sie stürmte bereits aus dem Büro.
Eine halbe Stunde später hatte sie ihre Haare gewaschen, geföhnt und zu einem Zopf geflochten, sich eine graue Hose und einen passenden Pullover angezogen und schlüpfte gerade in ihre Schuhe, da klingelte es. Atemlos öffnete sie die Tür, begrüßte Jim und bat ihn herein.
»Bin ich zu früh?«, fragte er zögernd.
»Nein, überhaupt nicht. Ich bin nur erst vor kurzem aus der Agentur gekommen. Wir haben mal wieder furchtbar viel zu tun – wie eigentlich immer. Wenn es nicht der vierte Juli ist, dann eben der Valentinstag, Thanksgiving, ein Jubiläum, ein Geburtstag, eine Hochzeit oder eine ›kleine Abendgesellschaft‹ für vierzig Personen. Die Arbeit macht sehr viel Spaß, aber wir müssen auf Zack sein.«
»Das klingt nach einer interessanten, abwechslungsreichen Tätigkeit. Sie Glückliche! Das Bankgewerbe ist nicht besonders aufregend, auch wenn es durchaus seinen Nutzen hat.« Er nahm auf der Couch im Wohnzimmer Platz, und Paris schenkte ihm ein Glas Wein ein.
»Sie haben ein sehr schönes Haus«, sagte er, offenbar beeindruckt von den antiken Möbeln. »Phyllis hatte auch ein Faible für Antiquitäten. Wir sind damals überall auf die Jagd nach edlen Stücken gegangen. Sie bevorzugte den englischen Stil, genau wie Sie.«
Wie schon am ersten Abend leistete Phyllis ihnen auch jetzt wieder Gesellschaft. Paris versuchte, das Gespräch auf die Kinder zu lenken, indem sie ihn nach seinem Sohn

fragte, der wie Wim gerade mit Freunden durch Europa reiste.
»Seitdem er an der Ostküste lebt, sehe ich ihn nicht besonders oft«, klagte Jim. »Er scheint nicht mehr gern nach Hause zu kommen, und ich kann es ihm nicht verdenken. Die Atmosphäre ist nicht sehr fröhlich.«
»Unternehmen Sie in diesem Sommer selbst eine Reise?«, erkundigte sich Paris, fest entschlossen, Jim auf andere Gedanken zu bringen. Wenn sie es schaffte, seine Frau zu verbannen, würde es womöglich sogar ein schöner Abend werden. Er war ein äußerst angenehmer Zeitgenosse, war intelligent und gebildet. Es gab mehr als genug, woran sie anknüpfen konnte. Paris betrachtete diese Verabredung als Herausforderung.
Nachdem sich Paris und Jim eine Weile lang unterhalten hatten, fuhr er mit ihr zu einem kleinen französischen Bistro mit Terrasse nahe der Straße. Wie sich herausstellte, weckte das zauberhafte Lokal in ihm eine Flut von Erinnerungen, denn er und Phyllis hatten Frankreich geliebt und viel Zeit in Paris verbracht. Phyllis hatte natürlich fließend Französisch gesprochen. Es schien ein hoffnungsloses Unterfangen, der Konversation eine andere Wendung zu geben, also wurde sie ziemlich zähflüssig, und als Paris gar nicht mehr weiterwusste, kramte sie Erinnerungen an Peter hervor. Sie erzählte Jim von ihrer Ehe, davon, wie nahe sie und Peter einander all die Jahre über gewesen waren, und von ihrem gewaltigen Schock, als er sie verlassen hatte. So beichteten sie einander abwechselnd ihre Leidensgeschichten, bis Paris ziemlich erschöpft war. Sie hatte schon seit einer Ewigkeit nicht mehr dermaßen ausführlich über Peter gesprochen.

Als Jim sie nach dem Abendessen zu Hause absetzte, sagte er verhalten: »Ich möchte Sie wiedersehen.«

Paris fragte nicht, ob er mit hineinkommen und noch ein Glas Wein mit ihr trinken wolle. Sie hatte genug von den Lobeshymnen auf Phyllis, und über Peter mochte sie auch nicht mehr reden. Am liebsten hätte sie mit Jim einen Pakt geschlossen, der ihnen beiden untersagte, bei zukünftigen Treffen auch nur ein Wort über ihre Ehepartner zu verlieren. Aber sie kannte ihn zweifellos nicht gut genug, um so etwas vorzuschlagen.

»Ich würde gern einmal für Sie kochen«, erklärte er.

»Das wäre schön«, erwiderte Paris lächelnd, obwohl sie es für keine sehr gute Idee hielt, sich in dem Haus zu treffen, das er mit seiner verstorbenen Frau bewohnt hatte. »Aber Sie wissen ja, dass ich am Samstag arbeiten muss«, erinnerte sie ihn.

»Wie wäre es mit Sonntagabend?«, fragte er hoffnungsvoll.

»Abgemacht«, stimmte sie zu, umarmte ihn herzlich und stieg aus. Von der Haustür aus winkte sie ihm noch einmal zu. Sie hatte alles in allem einen netten Abend verlebt, war jedoch erleichtert, wieder allein in ihren vier Wänden zu sein – ohne Phyllis und Peter.

»Na, wie war's?«, wollte Bix wissen, als sie am nächsten Morgen die Agentur betrat. »Hattest du die ganze Nacht lang wilden Sex? Bist du ihm schon mit Haut und Haaren verfallen?«

»Nicht wirklich. Eigentlich betätige ich mich eher als Seelsorgerin«, gestand sie, woraufhin Bix bekümmert den Kopf schüttelte.

»Schluss damit! Wenn du das zu lange mitmachst, gewöhnt er sich noch daran und kann dich und seine tote Frau irgendwann nicht mehr voneinander unterscheiden.«
Bix hatte nach wenigen Wochen mit Steven vereinbart, dass dieser seinen verstorbenen Lebensgefährten so selten wie möglich erwähnte. Dieses Abkommen hatte Steven dabei geholfen, seiner Trauer nicht zu viel Raum zu geben, und letztendlich die Beziehung zu Bix gerettet. Inzwischen sprach Steven nur noch gelegentlich über den Verstorbenen, also durchaus in einem normalen Rahmen. Doch Jim Thompson befand sich selbst nach zwei Jahren noch in tiefster Trauer.
»Na toll«, erklärte Paris entmutigt. »Dann weiß ich nicht, warum ich mir so viel Mühe gebe. Was schlägst du vor?«
»Es könnte eine Herausforderung sein, die Verblichene vom Sockel zu stoßen und ihren Platz einzunehmen. Niemand lässt sich gern von einem Geist den Rang ablaufen. Wenn du mit vorsichtigen Andeutungen keinen Erfolg hast, solltest du es vielleicht mal mit körperlicher Annäherung probieren«, sagte Bix vollkommen ernst und lehnte sich in seinem Schreibtischstuhl zurück.
Paris brach in Gelächter aus. »Großartig. Wenn er das nächste Mal bei mir vor der Tür steht, stürze ich mich sofort auf ihn.«
»Warte lieber, bis er im Haus ist, sonst stellen sich noch die Nachbarn hinten an.« Während Bix spitzbübisch grinste, begannen auf einmal sämtliche Telefone in den Büros zu klingeln und schienen auch für den Rest der Woche nicht mehr stillzustehen.
Die beiden Picknicks am Nationalfeiertag gingen reibungslos über die Bühne. Bix beaufsichtigte das Picknick in Palo

Alto, Paris dasjenige in Tiburon. Aufgrund der Entfernung konnten sie einander im Notfall zwar nicht helfen, aber Bix war felsenfest davon überzeugt, dass Paris inzwischen alles allein bewältigen konnte. Sydney Harrington arbeitete diesmal mit ihr zusammen. Sie hatte sich seit dem gemeinsamen Essen nicht mehr bei ihr gemeldet, und offenbar war ihr die Angelegenheit mehr als unangenehm. Sie entschuldigte sich wortreich für ihren Freund, doch Paris winkte ab. Sie hatte Sydney inzwischen verziehen. »Ich habe die Sache längst vergessen. Mach dir keine Gedanken darüber.«

»Manchmal wird dir erst klar, wie schrullig deine Freunde sind, wenn du sie anderen Leuten vorstellst. Will hat sich an dem Tag wirklich ein bisschen danebenbenommen.« Paris verschwieg Sydney geflissentlich, dass sie Bill nicht nur ein bisschen daneben, sondern völlig inakzeptabel fand. Bald darauf ließen sie das Thema fallen und wandten sich wieder der Arbeit zu.

Paris verschlief beinahe den gesamten Sonntag und genoss es, nach den Anstrengungen der vergangenen Wochen einmal richtig zu faulenzen. Um sechs Uhr abends fuhr sie zu Jim Thompson. Er wohnte in einem eindrucksvollen, weitläufigen alten Haus in Seacliff. Dort draußen war es meistens nebliger als weiter östlich, wo Paris lebte, und folglich wirkte die Gegend oft ein wenig trist. Jims Haus war von einem berühmten Architekten entworfen worden und bot eine fantastische Aussicht auf die Bucht und die Golden Gate Bridge. Paris war begeistert. Unterhalb des Hauses lag der Strand von China Beach, wo Jim gern und oft spazieren ging, wie er sagte. Natürlich hatte auch Phyllis den Strand geliebt. Und schon – noch bevor Paris abgelegt hatte – war Phyllis erneut mit von der Partie. Und Peter folgte ihr dicht auf den Fersen.

»Peter und ich waren auch begeisterte Strandläufer.« Paris konnte nicht fassen, was sie da gerade gesagt hatte. Obwohl sie Jim Thompson mochte, schien er in ihr genau das zum Vorschein zu bringen, was sie in der letzten Zeit mühevoll unter Verschluss gehalten hatte. Sie rief sich in Erinnerung, was Bix ihr über Steven und seinen verstorbenen Partner erzählt hatte, und verpflichtete sich im Stillen, Peter von nun an nur noch einmal pro Verabredung zu erwähnen.

Jim bat sie in die Küche, wo er einen Rinderbraten mit Herzoginkartoffeln und Spargelpüree vorbereitet hatte. Paris wusste genau, was er im nächsten Moment sagen würde – Phyllis und er hatten bestimmt unheimlich gern zusammen gekocht. Als sie an einem Haken neben der Tür zum Garten einen alten, ausgeblichenen Strohhut entdeckte, erstarrte sie. Phyllis' Hut hing zwei Jahre nach ihrem Tod noch immer an seinem Platz, und Paris fragte sich, wie viele ihrer Habseligkeiten wohl sonst noch übrig waren. Wahrscheinlich die meisten – oder sogar alle. Offenkundig hatte sich Jim noch nicht zum Ausmisten durchringen können.

»Für mich allein ist das Haus eigentlich viel zu groß«, sagte er und setzte sich. »Aber die Kinder lieben es, sie sind schließlich hier aufgewachsen. Und ich hänge auch sehr daran, ich kann mich einfach nicht dazu entschließen, es aufzugeben.«

Paris hielt den Atem an. Kein Wort von Phyllis. Doch inzwischen zählte sie nicht nur die Sätze, in denen sie auftauchte, sondern auch diejenigen, in denen sie, ohne ausdrücklich genannt zu werden, vorkam.

»Ich hatte das gleiche Problem mit dem Haus in Greenwich«, entgegnete sie. »Ohne Peter kam ich mir darin verloren vor, und als Wim nach Berkeley ging, wurde es unerträglich. Deshalb bin ich hierher gezogen.«

»Haben Sie das Haus verkauft?«

»Nein, ich habe es zunächst für ein Jahr vermietet. Ich wollte erst herausfinden, wie ich mich hier an der Westküste fühle.« Paris spießte eine Herzoginkartoffel auf ihre Gabel. Jim war ein erstaunlich guter Koch. Der Braten schmeckte köstlich, und das Gemüse war eine Offenbarung.

»Und – wie fühlen Sie sich?«, fragte er mit aufrichtigem Interesse. Sie saßen in der gemütlichen Essecke der großen Küche, durch deren Fenster man ebenfalls einen wunderschönen Blick auf die Bucht hatte. Jims Haus wäre perfekt gewesen – wenn es nicht durch die dunklen Holzvertäfelungen einen etwas düsteren Eindruck gemacht hätte.

»Hervorragend, es gefällt mir hier sehr gut«, antwortete sie lächelnd und begann sich zu entspannen. Obwohl der Hut neben der Tür Paris immer wieder daran erinnerte, dass sie in Phyllis' Sphäre eingedrungen war, schienen die Geister der Vergangenheit langsam zurückzuweichen. »Und ich liebe meinen Job. Ich leiste zwar nichts Weltbewegendes für die Menschheit, aber ich kann kreativ sein und meine Ideen umsetzen. Der Mann, für den ich arbeite, ist einer der Besten in der Branche und außerdem zu einem engen Freund geworden. Durch den Umzug hat sich mein Leben grundlegend verändert, genau, wie ich gehofft hatte.«

»Was haben Sie studiert?«, fragte er.

»Wirtschaftswissenschaften. Ich war damals praktisch

das einzige Mädchen in dem Studiengang, abgesehen von zwei Schwestern aus Taiwan. Mein Diplom habe ich allerdings nie gebraucht, weil ich mich nach der Hochzeit ausschließlich um meine Familie gekümmert habe.«

»Genau wie Phyllis. Sie hatte in Kunstgeschichte promoviert und wollte eigentlich unterrichten, aber dazu ist es nie gekommen. Erst blieb sie wegen der Kinder zu Hause, und als die beiden endlich flügge waren, wurde sie krank.«

Paris unterdrückte ein Stöhnen. Das hatte sie alles schon hundert Mal gehört. »Was ist mit Ihnen? Erzählen Sie doch einmal etwas über Ihr Hobby«, sagte sie schnell. Sie wusste, dass er und seine Freunde am Tag zuvor Dritte bei der Regatta geworden waren. »Haben Sie ein eigenes Boot?«

»Nicht mehr. Ich habe es vor ein paar Jahren verkauft. Es war ein kleines Neunmeterboot. An den Wochenenden sind Phyllis und ich oft damit gesegelt. Sie war die beste Seglerin, die ich je gesehen habe. Meine Kinder segeln auch sehr gern.«

»Vielleicht sollten Sie sich wieder ein Boot kaufen, wenn Ihnen der Sport so viel Spaß macht.« Paris war der Ansicht, dass er sich lieber eine Beschäftigung suchen sollte, statt sich im Haus zu vergraben und in Erinnerungen an Phyllis zu schwelgen.

»Ein Boot macht zu viel Arbeit, vor allem, wenn man allein ist«, erklärte Jim. »In meinem Alter segle ich lieber bei jemandem mit.«

Paris wusste inzwischen, dass er einundsechzig war. Doch im Gegensatz zu anderen Männern aus ihrem Bekanntenkreis wirkte er deutlich älter. Höchstwahrscheinlich hatte die Trauer ihn vorzeitig altern lassen. Sie konnte eine gewaltige Macht über einen Menschen erlangen und war

manchmal sogar tödlich, etwa wenn jemand sein ganzes Leben lang mit seinem Partner zusammen gewesen war und ihn im hohen Alter auf einmal verlor. Aber Jim war jung genug, um sich von dem Verlust zu erholen – falls er das wollte. Und dessen war sich Paris nicht sicher.
»Segeln Sie gern?«, wollte er wissen.
»Das hängt von den Gegebenheiten ab. In der Karibik ja, aber nicht auf unruhigen Gewässern wie diesen. Ich bin nämlich ein Riesenfeigling«, gab sie lächelnd zu.
»So sehen Sie aber gar nicht aus. Vielleicht kann ich Sie das Segeln ja eines Tages lehren.«
Er erzählte, dass er im Spätsommer Freunde in Mendocino besuchen würde. Und dann schwärmte er über den Sommer, den er mit Phyllis und den Kindern auf Martha's Vineyard verbracht hatte. Und ehe Paris sich's versah, beschrieb sie jede Reise, die sie, Peter und die Kinder jemals zusammen unternommen hatten, bis ins kleinste Detail. So weit also ihr Vorsatz, Peter außen vor zu lassen.
Nach dem Essen half Paris Jim mit dem Abwasch und verabschiedete sich schließlich gegen zehn Uhr. Als sie wieder zu Hause war, fühlte sie sich genauso ausgelaugt wie nach dem ersten Treffen. Jim strahlte einfach eine abgrundtiefe Traurigkeit aus. Darüber hinaus war ihr aufgefallen, dass er zum Essen sehr viel Wein getrunken hatte. In Anbetracht seines Schmerzes war das nicht verwunderlich, doch der Alkohol hellte seine Stimmung nicht gerade auf. Im Gegenteil, je mehr er trank, desto niedergeschlagener wurde er und desto ausführlicher redete er über seine tote Frau. Allmählich hielt Paris ihn für einen hoffnungslosen Fall.

Am folgenden Morgen rief Jim Paris im Büro an und fragte, ob sie Lust habe, in den nächsten Tagen mit ihm ins Kino zu gehen. Er schlug einen besonders traurigen Film vor, der hervorragende Kritiken bekommen hatte, sie plädierte für eine Komödie – und setzte sich schließlich durch.

Jim amüsierte sich köstlich über den Film und schien bester Laune zu sein. Paris und er verließen schmunzelnd das Kino und beschlossen, noch eine Pizza zu essen.

»Weißt du was, Paris? Ich bin froh, dass meine Tochter uns einander vorgestellt hat. Du tust mir gut.« Zur Abwechslung waren Phyllis und Peter einmal nicht anwesend und wurden den ganzen Abend lang mit keiner Silbe erwähnt. Aber Paris wusste, dass es lediglich eine Frage der Zeit war, bis einer von ihnen – oder sogar beide – wieder auftauchen würden. »Du scheinst ein ausgeglichener Mensch zu sein«, erklärte Jim mit Bewunderung in der Stimme. »Das ist beneidenswert. Ich habe dir ja schon erzählt, dass ich seit zwei Jahren depressiv bin.«

»Hast du schon einmal daran gedacht, dir Medikamente verschreiben zu lassen?«, fragte Paris vorsichtig und erinnerte sich im selben Moment an Megs Warnung, sie solle sich vor einer Co-Abhängigkeit hüten. Mitgefühl war erlaubt, die barmherzige Samariterin in ihr musste draußen bleiben. Manchmal fiel es Paris schwer, zwischen beidem zu unterscheiden.

»Natürlich. Ich habe eine Woche lang Tabletten geschluckt, aber die haben nicht geholfen.«

»Es dauert länger als eine Woche, bis die Wirkung eintritt«, erläuterte Paris und wünschte, sie wäre ihm erst ein oder zwei Jahre später begegnet. Im Stillen bezweifelte sie jedoch, dass es ihm bis dahin besser gehen würde, es sei denn, er unternahm ernsthafte Anstrengungen, seine Trauer zu bewältigen. »Bei diesen Dingen muss man Geduld haben. Ich mache zum Beispiel seit längerem eine Therapie.« Paris telefonierte allerdings nur noch ungefähr einmal im Monat mit Anne, um sie auf dem Laufenden zu halten, und hatte sich in den letzten sechs Wochen aus Zeitmangel gar nicht mehr bei ihr gemeldet. Doch inzwischen verspürte sie wieder das Bedürfnis, mit ihrer Therapeutin zu reden, denn seitdem sie Jim so viel über Peter erzählt hatte, beschäftigte ihr Exmann ihre Gedanken wie lange nicht mehr.

»Das muss ich bewundern«, sagte Jim. »Aber eine Therapie ist nichts für mich. Ich habe in den ersten Wochen an den Sitzungen einer Selbsthilfegruppe für Trauernde teilgenommen und mich hinterher nur noch schlechter gefühlt.«

»Vielleicht war es zu früh. Versuch es doch jetzt noch mal.«

»Nein«, wehrte er lächelnd ab. »Es geht mir gut. Ich habe meinen Frieden wiedergefunden.«

Paris verschluckte sich beinahe an ihrer Pizza. Sie hörte auf zu kauen und starrte ihn fassungslos an.

»Ich habe den Tod meiner Frau akzeptiert.«

»Machst du Witze?«, hätte Paris am liebsten gerufen. Jim nahm Phyllis überall mit hin und stellte sie abends zu Hause wieder auf ihren Sockel. Paris musste an den Film *Immer Ärger mit Bernie* denken, in dem ein Toter leibhaftig überall dabei ist. Jim hatte sich noch nicht einmal ansatzweise mit Phyllis' Tod abgefunden und leugnete seinen katastrophalen Seelenzustand offenbar sogar vor sich selbst. »Du kannst am besten beurteilen, was richtig für dich ist«, sagte sie höflich und lenkte das Gespräch dann wieder auf die Komödie.

Als Jim sie an diesem Abend zur Haustür geleitete, verabschiedete er sich überraschenderweise mit einem Kuss. Paris schmiegte sich unwillkürlich an ihn und stellte erstaunt fest, wie leidenschaftlich er sein konnte. Entweder war er noch einsamer, als sie gedacht hatte, oder ein Beispiel für das alte Sprichwort ›Stille Wasser sind tief‹. Während er sie an sich presste, spürte sie deutlich, dass er sexuell erregt war, und schöpfte neue Hoffnung. Wenigstens hatte Phyllis nicht auch seine Triebe mit ins Grab genommen.

»Du bist eine wunderschöne Frau, Paris«, flüsterte er heiser. »Ich begehre dich … Aber ich möchte nicht, dass wir etwas tun, das wir beide bereuen könnten. Ich weiß, wie sehr du deinen Mann geliebt hast, und ich … ich war mit keiner Frau zusammen, seit …«

Paris hatte das bereits vermutet. Sie verschwieg, dass sie seit ihrer Scheidung eine Affäre gehabt hatte, denn sie wollte nicht wie eine Schlampe wirken. Aber sie fühlte, dass sie emotional und körperlich bereit war, sich wieder einem Mann hinzugeben. Sie war jedoch nicht sicher, ob es Jim genauso ging, und wollte ihn auf keinen Fall verschrecken.

»Wir haben alle Zeit der Welt«, sagte sie sanft.

Er küsste sie noch einmal und schlenderte dann zurück zu seinem Wagen.

Paris merkte, dass ihre Zuneigung für ihn stetig wuchs. Ihr gefielen seine Wertvorstellungen, die Gefühle, die er seinen Kindern entgegenbrachte, seine Integrität und sein gutes Herz. Wenn Jim Phyllis in die unterste Schublade seines Gedächtnisses verbannen könnte, würden sie vielleicht zusammenfinden. Aber bisher sträubte sich Jim hartnäckig dagegen, die Erinnerung an seine Frau verblassen zu lassen. Er klammerte sich noch immer an ihr fest, auch wenn sich sein Griff – den Küssen zwischen ihm und Paris nach zu urteilen – ein wenig gelockert hatte.

In den folgenden Wochen trafen sich Jim und Paris regelmäßig zu Kino- oder Restaurantbesuchen. Sie kochten auch mehrere Male zusammen – immer bei Paris, denn Jim war in der fremden Umgebung, fern von den zahllosen Andenken an Phyllis, einfacher viel entspannter. Als sie eines Abends auf dem Sofa lagen und Musik hörten, knisterte es zwischen ihnen wie noch nie zuvor. Es war inzwischen August, und Jim war so glücklich wie schon seit langer Zeit nicht mehr. Dennoch beschlossen sie, in dieser Nacht nicht bis zum Äußersten zu gehen.

Ein paar Tage später erkundigte sich Bix grinsend: »Ist es endlich passiert, oder bist du immer noch Jungfrau?«

»Sei nicht so neugierig.«

»Bist du etwa dabei, dich in ihn zu verlieben?«, fragte Bix fasziniert.

»Kann schon sein«, antwortete sie geheimnisvoll. »Ich will das nicht ausschließen.«

»Das ist doch mal eine positive Nachricht.«

Auch Meg freute sich für ihre Mutter und hörte bei ihren Telefonaten schon am Klang ihrer Stimme, dass es ihr gut ging. Als sie mit ihrer Freundin Sally sprach, die inzwischen ihr Kind bekommen hatte, waren sich die beiden jungen Frauen darüber einig, dass sich die Dinge bestens

entwickelten. Sally berichtete, ihr Vater sei völlig hingerissen von Paris und schwärme ununterbrochen von ihr. Er habe sich offenbar heftigst in Megs Mutter verliebt.
In Megs Leben gab es ebenfalls Veränderungen, die sie bisher für sich behalten hatte. Sie hatte am Nationalfeiertag einen Mann kennen gelernt und traf sich seit fünf Wochen mit ihm. Sie hatte ihrer Mutter nichts davon verraten, weil sie fürchtete, dass Paris nicht besonders begeistert reagieren würde. Richard war um einiges älter als Meg – sogar ein Jahr älter als ihre Mutter – und entsprach nicht im Geringsten dem Typ Mann, den sie normalerweise bevorzugte. Sie hatte erst einmal abwarten wollen, wie die Sache weiterging, doch schließlich ließ sich der Anruf bei ihrer Mutter nicht mehr aufschieben.
»Wie ist er denn so?«, fragte Paris wohlwollend, nachdem sie aufmerksam Megs Erzählung gelauscht hatte.
Meg hatte Richard Bolens Alter noch nicht erwähnt. »Nett, Mom. Sehr, sehr nett. Er ist ein ziemlich bekannter Anwalt für Film- und Medienrecht und vertritt viele große Stars.« Meg war bereits einigen von ihnen begegnet, wie sie ihrer Mutter berichtete.
»Und wo hast du ihn kennen gelernt?«
»Auf einer Party, am vierten Juli.« Dass er der Vater einer Freundin war, verschwieg sie.
»Werde ich ihn mögen, oder hat er einen Irokesenschnitt und Ohrringe?«
»Weder Irokesenschnitt noch Ohrringe. Er sieht sehr seriös aus.«
Es war reiner Zufall, dass Paris' nächste Frage lautete: »Wie alt ist er?« Sie schätzte, dass Megs neuer Freund wie die übrigen Mitte zwanzig war, doch dann fiel ihr ein, dass

ihre Tochter erwähnt hatte, er sei Anwalt. Wahrscheinlich frisch von der Universität, also höchstens dreißig. Aber Meg hatte gesagt, dass er viele Stars vertrat ... Am anderen Ende der Leitung herrschte Schweigen. »Meg, bist du noch da?«

»Ja, Mom. Also, Richard ist schon älter.«

»Was heißt ›älter‹? Soll ich von neunzig rückwärts zählen?«, scherzte Paris. Für Meg fielen bestimmt schon Dreißigjährige in diese Kategorie.

Meg holte tief Luft und erklärte dann: »Er ist achtundvierzig, geschieden und hat eine Tochter in meinem Alter. Durch sie habe ich ihn auch kennen gelernt.«

»Achtundvierzig?«, stieß Paris ungläubig hervor. »Er ist doppelt so alt wie du? Was ist denn nur in dich gefahren? Er muss dir doch vorkommen wie dein Vater.« Sie war ehrlich bestürzt.

»Nein, überhaupt nicht. Ich fühle mich einfach nur wohl bei ihm. Er zieht nicht eine dieser unreifen Maschen ab und redet auch keinen Mist.«

»Dann sollte ja wohl eher ich mit ihm ausgehen«, entgegnete Paris noch immer schockiert. Sie wusste nicht so recht, was sie davon halten sollte. Wenn sich dieser Richard ein Mädchen in Megs Alter aussuchte, musste er ihrer Meinung nach ein Casanova sein, der es nicht ernst meinte. Sie empfand auf der Stelle eine gewisse Antipathie ihm gegenüber.

»Er würde dir bestimmt gefallen. Er ist ein wunderbarer Mensch!«

»Wunderbar? Ich finde es eher sonderbar, dass er sich mit kleinen Mädchen vergnügt.« Schlimmer noch, mit *ihrem* kleinen Mädchen.

»Das Alter ist doch unwichtig. Es kommt darauf an, was für ein Mensch man ist.«
»Wenn du fünfundvierzig bist, wird er beinahe siebzig sein. Darüber solltest du mal nachdenken.«
»So weit sind wir noch nicht«, erwiderte Meg leise.
»Das hoffe ich. Vielleicht sollte ich nach L.A. kommen und ihn mir einmal ansehen.«
»Wir haben überlegt, dich am Wochenende vor dem Labor Day zu besuchen.«
»Das ist eine gute Idee. Ich möchte, dass diesem Richard klar wird, dass du eine Mutter hast, die ihn im Auge behalten wird.« Paris war fassungslos. Ihre Tochter hatte eine Beziehung mit einem Achtundvierzigjährigen! Sie war äußerst skeptisch, hatte aber versucht, sich während des Gespräches nicht zu sehr aufzuregen. Sie wollte nicht, dass sich Meg genötigt sah, ihn zu verteidigen, und sich dadurch noch mehr in die Sache verrannte.
Am Abend teilte Paris Jim die Neuigkeit mit. Auch er hatte Bedenken, war jedoch der Meinung, dass der große Altersunterschied nicht unbedingt ein Nachteil sein musste, wenn Richard ein verantwortungsbewusster Mann war.
»Lerne ihn erst einmal kennen und bilde dir dann ein Urteil«, schlug er vor.
»Ich hätte dich gern dabei«, sagte sie lächelnd. Jims Augen begannen zu leuchten, er fühlte sich offensichtlich geschmeichelt.
Der Abend verlief sehr harmonisch, und irgendwann fragte Jim, ob sie Lust habe, am Wochenende mit ihm einen Kurzurlaub im Napa Valley zu machen. In Anbetracht dessen, wie sich ihre Beziehung bisher entwickelt hatte, war die Einladung ein gewaltiger Fortschritt. Sie waren

immerhin seit zwei Monaten zusammen und hatten noch nicht miteinander geschlafen. Vielleicht würde sich das in Napa ändern.

Paris küsste ihn, zwinkerte ihm schelmisch zu und fragte kühn: »Zwei Einzelzimmer oder ein Doppelzimmer, Mr Thompson?«

»Was wäre dir denn lieber?«, gab er sanft zurück.

»Könntest du dich mit dem Gedanken an ein Doppelzimmer anfreunden?«, fragte sie und schmiegte sich an ihn. Eines wusste sie ganz genau – Phyllis musste zu Hause bleiben. Und Peter ebenfalls. Sie war bereit, Peter wieder in den Tiefen ihrer Erinnerung verschwinden zu lassen, aber um Phyllis musste sich Jim selbst kümmern. Und dazu schien er noch nicht in der Lage zu sein. Er zog die Schublade immer wieder auf, sodass Phyllis heraussprang wie ein Kastenteufel und sich zwischen ihn und Paris drängte.

»Ich wäre mit einem Doppelzimmer mehr als einverstanden«, erwiderte er lächelnd. »Soll ich eins reservieren?«

»Sehr gern!«, rief Paris mit einem strahlenden Lächeln.

Zwei Tage später waren sie auf dem Weg zur Auberge du Soleil in Rutherford. Erst bei der Ankunft teilte Jim Paris mit, dass er und Phyllis wenige Monate vor ihrem Tod in diesem Hotel ihren Hochzeitstag gefeiert hatten.

»Warum hast du mir das nicht vorher gesagt?«, fragte Paris enttäuscht. »Wir hätten uns irgendwo anders ein Zimmer nehmen können.« Nun fürchtete sie sich geradezu davor, mit ihm in einem Raum zu schlafen.

»Ich wusste nicht, dass dich das stört. Tut mir Leid!«

Das Doppelzimmer mit dem riesigen Bett und dem behaglich wirkenden Kamin hatte eine sinnliche Ausstrahlung.

Normalerweise hätte sich Paris dort ausgesprochen wohl gefühlt. Doch wieder einmal hatte sich Jims tote Frau zu ihnen gesellt und ließ sich häuslich nieder.
Jim erzählte Paris alles über jenen letzten Hochzeitstag – wo sie spazieren gegangen waren, was sie unternommen und was sie gegessen hatten. Paris beschlich der Eindruck, dass er sich damit gegen seine Empfindungen für sie wehren wollte. Seine Schuldgefühle waren offenbar stärker als sein Begehren. Bevor sie zum Abendessen in das Hotelrestaurant gingen, schenkte er Paris ein Glas Champagner ein und trank selbst drei. Die Unterhaltung bei Tisch verlief recht einsilbig, und Paris spürte, dass Jim unbehaglich zumute war. Als sie in das Zimmer zurückkehrten, zündete er ein Feuer im Kamin an. Phyllis' Gegenwart war beinahe mit Händen zu greifen.
»Bist du müde?«, fragte er Paris.
Sie nickte, obwohl sie im Gegenteil hellwach und äußerst nervös war. Sie hatte keine Ahnung, was genau in ihm vorging. Er hatte den ganzen Abend lang wehmütig und nachdenklich gewirkt. Vielleicht bereitete er sich innerlich darauf vor, Phyllis endlich loszulassen. Vielleicht war der Aufenthalt in diesem Hotel ja der letzte Anstoß, den er noch brauchte. Paris hoffte es inständig.
Sie begab sich ins Bad und streifte sich ihr schlichtes, weißes Satinnachthemd über. Kurz darauf trat sie wieder ins Zimmer. Jim lag bereits im Bett. Er trug einen Pyjama aus Baumwolle, hatte sich die Haare gekämmt und sich noch einmal rasiert. Es kam ihr vor, als seien sie ein jungfräuliches, ängstliches Brautpaar in der Hochzeitsnacht, und sie fragte sich, ob es nicht besser gewesen wäre, weniger Aufhebens um die Sache zu machen und eines Abends einfach

in ihrem Haus miteinander zu schlafen. Aber nun gab es kein Zurück.
Nachdem sie ins Bett geschlüpft war, knipste er das Licht aus und wandte sich ihr zu. Er küsste sie, und plötzlich brach sich all die Leidenschaft Bahn, die sie bisher unterdrückt hatten. Beide waren auf der Stelle erregt und pressten sich eng aneinander. Es war viel rauschhafter, als Paris erwartet hatte, und in ihre Erregung mischte sich Erleichterung. Sie zog ihr Nachthemd aus und warf es zu Boden, er zerrte sich den Pyjama vom Leib, und dann verschwanden sie eng umschlungen unter der Decke und begannen, einander mit Händen und Lippen zu erforschen. Doch gerade als er in sie eindringen wollte, spürte sie, wie auf einmal eine Tür in seinem Inneren zuschlug und alles an ihm erstarrte – nur ein Körperteil wurde schlaff.
»Geht es dir gut?«, flüsterte sie in die Dunkelheit. Er hatte sich von ihr zurückgezogen.
»Ich wollte dich gerade Phyllis nennen.« Seine Stimme klang, als sei er den Tränen nah.
»Das ist doch nicht schlimm, Liebster … Ich liebe dich … Mach dir keine Sorgen. Alles wird gut.« Sie streichelte ihn behutsam, doch er zuckte zusammen und schien sich immer weiter von ihr zu entfernen. Paris war ratlos, sie wusste nicht, wie sie ihm in dieser Situation helfen sollte.
»Ich kann ihr das nicht antun«, stieß er hervor. »Sie würde mir niemals verzeihen.«
»Ich glaube, sie würde wollen, dass du glücklich bist«, entgegnete Paris und strich zärtlich über seinen Arm. »Was hältst du davon, wenn ich jetzt deinen Rücken massiere und du dich entspannst. Wir müssen nicht unbedingt heute Nacht miteinander schlafen. Das hat keine Eile.«

Doch er ergriff die Flucht. Wortlos stieg er aus dem Bett, ging ins Badezimmer und schloss sich ein. Als er nach einer halben Stunde wieder herauskam und das Licht anknipste, war er vollständig angezogen. Paris versuchte, ihre Betroffenheit zu verbergen. Jim trat ans Bett und blickte mit qualvoller Miene auf sie herab.
»Ich hasse es, dir das antun zu müssen, Paris, aber ich kann nicht hier bleiben. Ich möchte zurück in die Stadt.« Er sah aus, als sei etwas in ihm zerbrochen – seine Hoffnung.
»Jetzt?« Sie setzte sich auf und starrte ihn an.
»Ich weiß, du musst mich für verrückt halten, und wahrscheinlich bin ich das auch. Ich bin einfach nicht bereit für eine neue Beziehung, und ich glaube, ich werde es niemals sein. Dafür habe ich sie zu sehr geliebt. Wir haben so vieles miteinander durchgemacht … Ich kann sie nicht verlassen. Oder betrügen.«
»Sie war es, die dich verlassen hat«, sagte Paris leise und lehnte sich gegen das Kopfteil. »Sie ist tot, Jim. Und du bist nicht mit ihr gestorben.«
»Doch, ich glaube schon. Ich glaube, ich bin in jener Nacht in ihren Armen gestorben. Ich habe es nur erst heute begriffen. Es tut mir Leid, Paris. Ich kann keine neue Beziehung eingehen – weder jetzt noch später.«
Es war genau so, wie Paris von Anfang an befürchtet hatte: Jim wollte seine Trauer überhaupt nicht bewältigen. Er hatte sich für die Vergangenheit entschieden anstatt für die Zukunft, und Paris konnte nichts tun, um das zu ändern.
»Warum bleiben wir heute Nacht nicht hier und halten uns einfach nur im Arm? Morgen fühlst du dich bestimmt besser.« Sie klopfte neben sich auf das Bett.
»Nein!«, rief er fast panisch. »Wenn du erst morgen abreisen

willst, lasse ich dir den Wagen hier und nehme ein Taxi in die Stadt.« Sein Blick wich ihrem aus und wanderte unruhig zur Tür.
»Ich ziehe mich an«, sagte sie und versuchte, sich nicht bewusst zu machen, was gerade geschah. Tiefe Traurigkeit überwältigte sie und dazu das niederschmetternde Gefühl, zurückgewiesen worden zu sein. Sie war nicht wütend auf Jim und wusste, dass sein Verhalten nichts mit ihr zu tun hatte, aber es tat trotzdem weh.
Zehn Minuten später folgte sie Jim in Jeans und Pullover und mit ihrer hastig gepackten Tasche in der Hand zum Wagen. Schweigend verstaute er das Gepäck im Kofferraum, schweigend stiegen sie ein und fuhren davon.
Nach der Hälfte des Weges brach er das Schweigen – um sich mit steinerner Miene nochmals bei Paris zu entschuldigen. Doch als sie ihre Hand auf seine legte, zeigte er keine Reaktion. Er war gefangen in seinen Erinnerungen. Phyllis hatte ihn sich zurückgeholt.
Um halb drei morgens hielt Jim vor Paris' Haus. »Ich werde dich nicht mehr anrufen«, verkündete er steif. »Es hat keinen Sinn, Paris, ich kann einfach nicht ... Es tut mir Leid, dass du deine Zeit mit mir verschwendet hast.«
»Das war keine Zeitverschwendung«, entgegnete sie warmherzig. »Ich bin nur enttäuscht. Ich hoffe, dass du eines Tages über ihren Tod hinwegkommst. Du hast etwas Besseres verdient, als für den Rest deines Lebens allein zu sein.«
»Ich bin nicht allein. Ich habe Phyllis und all unsere Erinnerungen. Das genügt mir.« Er wandte sich ihr zu, und in seinen Augen lag so viel Schmerz, dass ihr fast das Herz brach. »Und du hast Peter«, sagte er, als wolle er sich aus

der Verantwortung stehlen und sie gleichzeitig mit sich in den Sumpf der Verzweiflung ziehen.
Doch Paris schüttelte den Kopf. »Nein. Rachel hat Peter«, sagte sie laut und deutlich. »Und ich habe mich selbst.« Mit diesen Worten stieg sie aus und schlug die Tür zu. Sie holte ihre Tasche aus dem Kofferraum, ging zum Haus und schloss die Tür auf. Bevor sie sich noch einmal umdrehen konnte, war Jim bereits davongefahren. Sie hörte nie wieder etwas von ihm.

23. Kapitel

Meg und Richard Bolen flogen wie geplant am Wochenende vor dem Labor Day nach San Francisco. Richard nahm sich ein Zimmer im Ritz-Carlton, Meg wohnte bei ihrer Mutter. Beide hofften, dass es Paris auf diese Weise leichter fallen würde, ihn zu akzeptieren. Doch ihr Misstrauen war von Anfang an nicht zu übersehen. Sie beäugte Richard argwöhnisch, löcherte ihn mit Fragen über seine Kindheit bis hin zu seiner Arbeit. Nach drei Tagen musste sie jedoch widerwillig zugeben, dass sie ihn mochte. Ihr wurde klar, dass sie sich selbst gern mit ihm verabredet hätte – wenn er nicht mit einer Frau zusammen gewesen wäre, die halb so alt war wie sie – und zufällig auch noch ihre Tochter.

Am Nachmittag des Labor Day genossen sie die Sonne in Paris' Garten. Als Meg für einige Minuten im Haus verschwand, wandte sich Paris an Richard.

»Ich möchte nicht aufdringlich erscheinen – aber haben Sie nicht manchmal Bedenken wegen des Altersunterschieds zwischen Ihnen und meiner Tochter?«

»Natürlich«, erwiderte er aufrichtig. »Meine letzte Partnerin war vierundfünfzig, und bislang bin ich immer nur mit Frauen in meinem Alter ausgegangen. Meine Exfrau ist genauso alt wie ich, wir waren schon auf dem College ein Paar. Aber Ihre Tochter ist eine ganz außergewöhnliche junge Frau, wie Sie bestimmt wissen.« Richard war ein attraktiver Mann mit markanten Gesichtszügen, der viel jünger wirkte als achtundvierzig. Seltsamerweise hatte er wie Meg grüne Augen und strohblonde Haare, und die beiden passten hervorragend zusammen. Sie blühte in seiner Gegenwart förmlich auf und schien sich bei ihm geborgen zu fühlen. Die beiden trafen sich nun seit zwei Monaten, und Paris hatte den Eindruck, dass es sich nicht nur um eine Affäre handelte.

»Wahrscheinlich halten Sie mich jetzt für schrecklich altmodisch«, sagte sie entschuldigend, »aber ich möchte Sie um eins bitten: Spielen Sie nicht mit ihr. Ich will nicht, dass ein Mann in Ihrem Alter ihr das Herz bricht.« Sie dachte an Chandler, der eine junge Frau wie Meg zum Frühstück verspeist hätte. Aber Richard war gewiss nicht vom selben Schlag. »Sie haben viel mehr Lebenserfahrung als meine Tochter. Falls Sie es nicht ernst meinen, lassen Sie sie bitte in Ruhe und tun Sie ihr nicht weh.«

»Ich verspreche, dass ich Meg nicht wehtun werde«, erwiderte er feierlich und erkundigte sich dann: »Haben Sie dann Einwände gegen eine feste Beziehung?«

»Ich weiß es nicht«, gab sie zu. »Ich muss darüber nachdenken. Im Grunde will ich nur, dass sie glücklich ist.«

»In der Liebe gibt es keine Altersgrenzen«, entgegnete er ruhig. »Ich liebe Meg«, erklärte er leise. »Einer Frau wie ihr bin ich seit meiner Scheidung nicht begegnet.«

Seine Worte kamen Paris bekannt vor, unwillkürlich musste sie an Chandler denken. Er hatte ihr das Gleiche weismachen wollen. Stirnrunzelnd blickte sie Richard an. »Seit wann sind Sie denn geschieden?«

»Seit drei Jahren.«

Paris war erleichtert. Wenigstens hatte er nicht zig Jahre

Zeit gehabt, um sich in einen Herzensbrecher zu verwandeln. Bixbys Warnungen schossen ihr durch den Kopf.

»Ich habe in diesen drei Jahren keine Frau kennen gelernt, die mir wirklich etwas bedeutete. Und dann trat Meg in mein Leben, völlig unerwartet.«

»Niemand weiß, wann er der Liebe begegnet und wie genau sie aussehen wird. Für Sie hat sie offenbar Megs Gesicht. Ich freue mich für meine Tochter und für Sie.«

Richard hatte die Prüfung bestanden, nur an die Tatsache, dass der Partner ihrer Tochter so alt war wie sie selbst, musste sie sich noch gewöhnen. Allerdings hatte dies auch einen Vorteil: Paris hatte einen viel besseren Draht zu einem Mann ihres Alters als zu den jungen Burschen, mit denen Meg sonst zusammen gewesen war.

Beim Abschied flüsterte sie Meg zu, dass sie Richard sehr sympathisch finde. Meg fiel ein Stein vom Herzen.

Nachdem die beiden gegangen waren, kehrte Paris in den Garten zurück und sann über die Ironie des Schicksals nach. Der Mann, der ausgezeichnet zu ihr gepasst hätte, war mit ihrer Tochter zusammen, und ihr blieben nur depressive Witwer wie Jim Thompson, Playboys wie Chandler Freeman oder unsägliche Blinddates mit durchgeknallten Typen wie dem Bildhauer aus Santa Fe. Bis auf Jim waren sie allesamt indiskutabel, leider sah er sich offenbar außerstande, seine seelischen Wunden zu lecken. Sie fragte sich, ob alle guten Männer schon vergeben waren oder irgendwo da draußen vielleicht doch ein zweiter Richard Bolen herumlief. Wenn nicht, blieb sie lieber für sich. Sie empfand das Alleinsein inzwischen nicht mehr als Strafe, sondern als Chance. Besser allein zufrieden als unglücklich mit dem falschen Mann. Liebe um jeden Preis war letzten Endes einfach zu teuer.

Am nächsten Tag erzählte sie Bixby von Richard.

»Wie schade«, sagte Bix bedauernd. »Es hört sich an, als sei dieser Richard genau der Richtige, im Gegensatz zu all den komischen Käuzen, Bindungsscheuen und Trauerklößen. Manchmal frage ich mich, ob es überhaupt noch normale Männer gibt.«

»Wem sagst du das – dabei musst nicht *du* dich mit ihnen herumschlagen, sondern ich. Ich korrigiere: Wenn ich weiterhin auf die Jagd nach Mr Right gehen wollte, müsste ich mich mit ihnen herumschlagen. Aber über dieses Stadium bin ich hinaus. Die wenigen netten Exemplare wie Richard wollen Frauen, die halb so alt sind wie sie selbst. Also muss ich wohl auf einen Hundertjährigen warten.«

»Ich finde einen Fünfzigjährigen passender. Wir müssen bloß einen finden.«

»Na, dann wünsch mir viel Glück!«, entgegnete Paris sarkastisch.

»Glaubst du, dass Richard deine Tochter heiraten will?«, erkundigte sich Bix interessiert.

»Ich habe keine Ahnung. Möglicherweise. Letzte Woche hätte ich noch geantwortet: ›Hoffentlich nicht!‹ Aber nun bin ich ins Zweifeln gekommen. Eigentlich ist er zu alt für sie, aber wenn sie sich wirklich lieben und zusammen glücklich sind – warum nicht? Vielleicht ist das Alter gar nicht so wichtig, wie ich immer dachte.«

»Mein Reden! Sieh dir doch nur Steven und mich an –

unser Altersunterschied ist beinahe so groß wie der zwischen Meg und Richard, und wir verstehen uns blendend.«

»Vielleicht brauche ich auch einen Mann, der vierundzwanzig Jahre älter ist als ich«, erklärte Paris schmunzelnd.

»Das kommt darauf an«, erwiderte Bix. »Mir sind einige Siebzigjährige begegnet, für die ich alles gegeben hätte. Heutzutage können Männer schließlich bis ins hohe Alter jugendlich und fit bleiben, wenn sie etwas dafür tun. Ich kenne eine Vierzigjährige, die mit einem Sechsundachtzigjährigen verheiratet ist und schwört, ihr Sexualleben sei besser als je zuvor. Die beiden haben vor zwei Jahren ein Baby bekommen.«

»Das ist doch mal ein Gedanke«, sinnierte Paris.

»Was, ein Sechsundachtzigjähriger? Wenn du willst, kann ich im Handumdrehen einen für dich besorgen. Er würde sich alle zehn Finger nach dir lecken!« Bix prustete los.

»Nein, ein Baby. Es wäre toll, noch ein Kind zu haben. Kinder großziehen ist das, was ich am besten kann«, sagte sie mit glänzenden Augen.

»Ich bitte dich!«, rief er und verdrehte die Augen. »Ich habe dich angeheuert, weil du eine erwachsene, allein stehende Frau bist, deine Kinder aus dem Haus sind und du nicht bei unserer nächsten Party ein Baby bekommen wirst. Wenn du mir irgendwann gestehst, dass du schwanger bist, erwürge ich dich, Paris!«

Aber Paris hatte keine Schwangerschaft im Sinn, sondern eine Adoption. Seit einiger Zeit schoss ihr immer häufiger der Gedanke durch den Kopf, dass sie gern ein Kind annehmen würde. Doch sie hatte bislang niemanden eingeweiht, noch nicht einmal Meg, geschweige denn Bix. Er hätte vermutlich einen hysterischen Anfall bekommen. Außerdem wusste sie nicht, ob der Wunsch tatsächlich ihrem Innersten entsprang oder nur eine fixe Idee war, mit der sie der Zeit ein Schnippchen schlagen und sich selbst vorgaukeln wollte, noch jung zu sein. Es wäre eine gewaltige Herausforderung, sich wieder um ein Baby zu kümmern, daher beließ sie es vorläufig bei recht unkonkreten Überlegungen.

In der folgenden Woche wurde sie auf eine völlig andere und unerwartete Weise mit dem Thema ›Kinder‹ konfrontiert. Meg rief Paris aufgeregt an und berichtete, dass Rachel in der sechsten Woche schwanger sei. Das Baby würde im Mai zur Welt kommen, und Peter sei außer sich vor Freude.

Nachdem Paris aufgelegt hatte, saß sie für eine Weile einfach nur da, starrte ins Leere und bemühte sich, die Nachricht zu verarbeiten. Nun war Peters Leben für immer mit Rachel verbunden. Paris konnte den Schlag beinahe körperlich spüren.

Zu ihrer Überraschung meldete sich Wim am nächsten Tag bei ihr, um seiner Wut über Peter und Rachel Luft zu machen. Er hielt das Ganze für eine Katastrophe und seinen Vater für einen alten Trottel. Meg hatte sich ein wenig vorsichtiger ausgedrückt, jedoch auch nicht gerade begeistert geklungen. Beide schienen sich bedroht zu fühlen, was Paris angesichts ihres Alters erstaunte. Meg und Wim waren schon längst flügge, lebten ihr eigenes Leben und würden das neue Kind ihres Vaters kaum zu Gesicht bekommen. Aber dieses Baby signalisierte ihnen, dass sich Peter endgültig für Rachel entschieden hatte. Schon allein aus Loyalität ihr, Paris, gegenüber konnten sie die zweite Frau ihres Vaters nicht besonders gut leiden. Meg zufolge verschlangen Rachel und ihre beiden kleinen Söhne Peters gesamte Energie und Aufmerksamkeit, und angeblich dachte er sogar darüber nach, die zwei zu adoptieren.

Es ließ sich nicht mehr leugnen: Der Weg zurück in ihr altes Leben war endgültig versperrt. Und obwohl sie zwei erwachsene Kinder hatte, die sie abgöttisch liebte, fühlte sich Paris verloren. Wim und Meg würden eines Tages ihre eigenen Familien gründen – sie war allein. Manchmal fiel es ihr schwer, sich damit abzufinden.

Wie immer, wenn Paris aufgewühlt war und Kummer hatte, stürzte sie sich in die Arbeit. Die Agentur organisierte die Spielzeit-Eröffnungsfeiern des Opernhauses und der Davies Symphony Hall und somit die beiden bedeutendsten gesellschaftlichen Ereignisse des Jahres. Darüber hinaus markierte eine Vielzahl von Privatpartys den Beginn der Saison. Eines Morgens, als Paris und Bix schon beinahe die Hälfte dieser Feste hinter sich gebracht hatten, schlich er mit verlegenem Blick in ihr Büro. Paris merkte sofort, dass etwas nicht stimmte.

»Du siehst aus wie ein wandelndes Schuldgefühl«, sagte sie ihm auf den Kopf zu. »Was hast du ausgefressen? Ich vermute mal, du hast drei Hochzeiten für denselben Tag angenommen. Oder sogar vier? Auf jeden Fall muss es ein richtiger Albtraum sein.« Bix konnte seinen Kunden gegenüber nur sehr schwer Nein sagen und ließ sich manchmal auf vier oder fünf Veranstaltungen an einem Tag ein, sodass die Planung ihn und Paris fast in den Wahnsinn trieb. Bisher war es ihnen allerdings stets gelungen, alles unter einen Hut zu bringen.

»Nein, keine Bange. Mir ist gerade nur ein Gedanke gekommen.«
»Lass mich raten – du willst zum Karneval nach Rio fliegen und die gesamte Organisation übernehmen. Oder … du hast vor, im Pacific-Bell-Park-Stadion ein Gartenfest zu veranstalten. … Oder du möchtest, dass die Mädels aus dem Moulin Rouge auf einer deiner Partys tanzen, und ich soll sie dazu überreden, hierher zu fliegen.«
Bixby schüttelte lachend den Kopf. »Nichts dergleichen. Es geht um etwas, von dem ich weiß, dass du nicht sehr glücklich darüber sein wirst.«
Paris riss die Augen auf. »Kommt Jane zurück? Feuerst du mich?« Inzwischen war es ihre größte Angst, ihren Job zu verlieren.
»Du liebe Zeit, natürlich nicht! Ich glaube, sie plant schon das nächste Kind. Bei unserem letzten Telefongespräch hat sie so etwas angedeutet. Außerdem werde ich dich ganz gewiss niemals feuern … Ich möchte vielmehr, dass du mir einen Gefallen tust. Versprich es mir, dann sage ich dir, worum es sich handelt.«
»Muss ich mich dafür ausziehen oder in der Öffentlichkeit anstößig benehmen?«, fragte sie argwöhnisch, doch Bix schüttelte lächelnd den Kopf. »Na gut, dann verspreche ich es. Ich vertraue dir. Und jetzt heraus mit der Sprache!«
»Ich möchte, dass du zu einem Blinddate gehst. Du weißt, wie sehr ich dieser Form der Kontaktaufnahme sonst misstraue, aber dieser Typ ist einfach perfekt für dich! Er war letzte Woche bei mir, weil wir die Geburtstagsfeier für seine Mutter organisieren sollen. Er ist ein ziemlich berühmter Schriftsteller, unglaublich klug und stilvoll – genau das, was du suchst. Seine Frau ist vor fünf Jahren gestorben,

aber er redet ganz sachlich darüber, nicht wie ein Besessener. Er hat drei erwachsene Kinder und verbringt einen Teil des Jahres in England – daher wahrscheinlich auch dieses britische Aussehen, du weißt schon, Cordhose und Tweedjackett. Vor sechs Monaten hat er sich von seiner letzten Freundin getrennt, sie war ungefähr in deinem Alter. Auf mich wirkte er geradezu hinreißend normal.«

»Das muss gar nichts heißen. Hast du ihn gefragt, ob er ein heimlicher Transvestit ist?«

»Nein, aber so ziemlich alles andere. Als ich ihn sah, dachte ich sofort an dich. Würdest du ihn dir mal ansehen, Paris? Es wäre noch nicht einmal eine richtige Verabredung, du könntest bei der nächsten Besprechung einfach mitkommen.«

Paris hörte ruhig zu und musste gestehen, dass sie interessiert war – obwohl sie sich geschworen hatte, sich nie wieder auf so etwas einzulassen. Als Bix den Namen Malcolm Ford fallen ließ, stellte sich heraus, dass sie bereits drei Bücher von ihm gelesen hatte. Er war ein brillanter Romancier und stets auf den vorderen Plätzen der Bestsellerlisten zu finden.

»In Ordnung«, erklärte sie schließlich. Dies war wirklich kein Blinddate im eigentlichen Sinne, sondern eine geschäftliche Besprechung. »Wann trefft ihr euch wieder?«

»Morgen früh um halb zehn bei ihm. Ich hol dich ab«, erwiderte Bix mit zufriedener Miene.

Paris nickte. »Abgemacht.«

Am nächsten Morgen stand Bix um Viertel nach neun bei Paris vor der Tür. Malcolm Ford wohnte nur wenige Blocks von ihr entfernt. Als sie vor seinem Haus anhielten, musste Paris zugeben, dass sie beeindruckt war. Es handelte sich um ein massives Backsteingebäude an der Broadway Street, die in San Francisco auch als ›Goldküste‹ bezeichnet wurde, weil sich dort das große Geld angesiedelt hatte. Doch Malcolm Ford selbst wirkte überhaupt nicht protzig. Er hatte grau meliertes Haar, stahlblaue Augen und trug eine Jeans und einen alten irischen Wollpullover. Er begrüßte Bix herzlich, und dieser machte Paris und Malcolm miteinander bekannt. Die beiden reichten sich die Hände, dann bat Malcolm sie hinein. Das Haus und die Einrichtung strahlten eine schlichte, unaufdringliche Eleganz aus. Malcolm führte Bix und Paris in seine Bibliothek, wo sich in den Regalen wertvolle Erstausgaben und Raritäten aneinander reihten und sich auf dem Boden moderne Literatur stapelte.

Nachdem sie Platz genommen hatten, erklärte er, wie er sich die Feier im Einzelnen vorstellte. Er wollte seiner Mutter zum neunzigsten Geburtstag ein geschmackvolles, aber nicht zu anstrengendes oder pompöses Fest ausrichten. Paris schätzte ihn auf ungefähr sechzig. Er war sehr distinguiert, unterhielt sich angeregt mit ihnen und schien erfreut, als Paris ihm erzählte, dass sie einige seiner Bücher gelesen hatte. Auf seinem Schreibtisch standen zwei Fotos, eines von seiner verstorbenen Frau und offenbar eines von seiner letzten Freundin, die ebenfalls eine bekannte Schriftstellerin war. Malcolm wirkte überaus umgänglich und kein bisschen überheblich. Er besaß weder einen Ferrari noch ein Privatflugzeug und berichtete lachend, dass in seinem Wochenendhaus in Sonoma das absolute Chaos herrsche.

Als Bix und Paris nach dem Treffen zurück zum Wagen

gingen, warf er ihr einen triumphierenden Blick zu. »Und, hatte ich Recht?«, fragte er strahlend. »Er ist großartig, nicht wahr?« Er klang beinahe verliebt.

»Ja, das finde ich auch«, stimmte Paris zu, begann jedoch weder zu schwärmen, noch ließ sie sich in irgendeiner Form weiter über Malcolm aus.

»Aber? Was willst du mir damit sagen, dass du nichts sagst?«

»Du wirst mich wahrscheinlich für verrückt halten, aber ich fühle mich einfach nicht zu ihm hingezogen. Er ist unglaublich nett, attraktiv und offensichtlich sehr intelligent. Sein Haus ist toll. Aber zwischen uns gab es kein Knistern, keine Schwingungen. Ich habe gar nichts gespürt – außer vielleicht ein kleines bisschen Langeweile.«

»Mist!«, rief Bixby enttäuscht. »Da finde ich endlich ein Prachtexemplar für dich, und du verschmähst es.«

»Er reizt mich eben nicht. Wenn er mir auf einer Party begegnete, würde ich wohl einfach an ihm vorbeilaufen.«

»Tja, da kann man wohl nichts machen«, erwiderte Bix. »Bist du denn wirklich sicher? Dein Urteil kam ziemlich schnell.«

Aber beide wussten, dass es sich meist sehr schnell entschied, ob man jemanden anziehend fand oder nicht.

»Völlig sicher. Im Grunde will ich auch gar keinen Mann. Ich fühle mich momentan ganz wohl.«

»Und genau ab diesem Punkt laufen einem endlich die guten Kerle über den Weg – das behaupten zumindest alle. Wenn es dir schnuppe ist, strömen sie auf einmal in Scharen herbei. Also wenn der Bursche schwul und ich solo wäre, würde ich ihn mir sofort unter den Nagel reißen.«

»Er würde sich bestimmt freuen, das zu hören«, entgegnete

Paris lachend. »Aber schwul ist er bestimmt nicht. Sieht so aus, als würde er weder dich noch mich glücklich machen.«

»Dann müssen wir uns wohl wieder auf die Suche begeben«, sagte Bix aufmunternd.

»Wir sollten die Suche einstellen – zumindest vorläufig. Ich fühle mich ausgebrannt, was Männer betrifft.« Die unglückliche Beziehung zu Jim Thompson hatte Paris viel Kraft gekostet. Wenn sie etwas fürchtete, so war es eine weitere Zurückweisung.

Bix und Paris kehrten in die Agentur zurück und konzentrierten sich fortan wieder ganz auf die Arbeit.

In der ersten Oktoberwoche saßen sie in seinem Büro, um die letzten Details einer Hochzeit auszuarbeiten. Die Braut war Französin, daher wurde ihr Kleid von Balmain geschneidert, und ihre Eltern ließen einen Fotografen aus Paris einfliegen. Doch abgesehen davon engagierten Paris und Bix die üblichen Mitarbeiter und sahen sich keinen größeren Problemen gegenüber.

»Müssen wir noch ein Zimmer für den Fotografen buchen?«, fragte Paris und überflog ihre Notizen.

»Schon erledigt. Er und seine beiden Assistenten wohnen im Sir Francis Drake. Er wird übrigens vor der Hochzeit noch Familienporträts aufnehmen.«

Die Trauung war ein gesellschaftliches Großereignis, zu dem mindestens ein Dutzend Familienmitglieder aus Europa anreisten, ebenso wie beinahe dreißig Freunde des Paars, von denen viele einen Adelstitel trugen. Sie alle würden im Ritz übernachten. Bix und Paris hatten wie immer sämtliche Abläufe minutiös durchgeplant, nichtsdestotrotz gab es einen kleinen Haken: Der Kleinbus, den sie

für den Fotografen gemietet hatten, konnte nicht direkt am Flughafen in Empfang genommen, sondern musste in der Stadt abgeholt werden.
»Er kann sich ja ein Taxi nehmen. Seine Maschine landet übrigens in einer Stunde«, sagte Bix.
»Ich könnte ihn abholen«, bot Paris an. »Womöglich spricht er kein Englisch, und wenn wir eins nicht gebrauchen können, ist das ein zimperlicher französischer Fotograf, der auf dem Flughafen vor Wut ausflippt und uns später dafür verantwortlich macht, dass er Umstände hatte. Ich habe heute Nachmittag Zeit, also was spricht dagegen?« Sie warf einen Blick auf ihre Uhr. Wenn sie rechtzeitig am Flughafen sein wollte, musste sie in fünf Minuten losfahren. Sie wusste, dass Bix sie nicht gern als Chauffeur missbrauchte, wie er sich ausdrückte, aber manchmal war es eben unumgänglich, dass sie sich persönlich um einen reibungslosen Ablauf kümmerte.
Wenige Minuten später saß sie in ihrem Kombi und war auf dem Weg zum Flughafen. Hoffentlich reichte der Platz für drei Personen und die Ausrüstung. Falls nicht, konnte sie immer noch einen oder sogar beide Assistenten in ein Taxi setzen und zumindest dem Fotografen das Gefühl vermitteln, dass ihm ausreichend gehuldigt wurde. Die Fahrt war für sie eine nette Abwechslung. San Francisco zeigte sich an diesem klaren, frischen Oktobertag von seiner besten Seite, und es war herrlich, durch die Straßen zu brausen.
Wenig später parkte sie den Wagen, begab sich in die Ankunftshalle und stellte fest, dass die Maschine aus Paris gerade gelandet war. Sie ging davon aus, dass sie den Fotografen an seiner Ausrüstung erkennen würde. Sie kannte

zwar seinen Namen – Jean-Pierre Belmont – und einige seiner Arbeiten aus der französischen *Vogue*, hatte jedoch keine Ahnung, wie er aussah. Nachdem sie einige Minuten lang Ausschau gehalten hatte, entdeckte sie die Gruppe schließlich. Ein älterer Mann mit grauen Haaren und zwei riesigen Aluminiumkoffern wurde von zwei jungen Burschen flankiert. Der eine sah aus wie vierzehn und hatte knallrotes Haar, der andere wirkte mit seinen abstehenden, schwarzen Haaren, dem koboldartigen Grinsen und dem Diamantstecker im Ohr kaum älter. Die beiden trugen Jeans und Lederjacken, der grauhaarige Mann einen Mantel mit Schal. Paris näherte sich ihnen mit raschen Schritten.

»Hallo«, sagte sie mit einem strahlenden Lächeln. »Ich bin Paris Armstrong von der Agentur Bixby Mason. Monsieur Belmont?«, wandte sie sich an den älteren Mann, woraufhin der schwarzhaarige Junge in Gelächter ausbrach, der rothaarige kicherte und der Angesprochene sie unbehaglich ansah und den Kopf schüttelte. Offenbar hatte er kein Wort verstanden.

»Sie suchen nach Monsieur Belmont?«, fragte der Kobold mit der Stachelfrisur. Er schien der Einzige zu sein, der Englisch sprach, wenn auch mit schwerem Akzent.

»Ja, in der Tat«, erwiderte sie höflich und erkannte bei genauerem Hinsehen, dass er ein wenig älter war, als sie gedacht hatte. Sie hatte ihn auf achtzehn bis zwanzig geschätzt, aus der Nähe betrachtet schien er jedoch eher in Megs Alter zu sein. »Ist er das?«, fragte sie und deutete diskret auf den grauhaarigen Mann. Sie war sich dessen sicher, da er in diesem Trio der Älteste war.

Doch der Kobold entgegnete: *»Non«*, und Paris fragte

sich, ob sie sich womöglich die falsche Gruppe ausgesucht und Belmont und seine Assistenten verfehlt hatte.

»Isch bin Monsieur Belmont«, fügte er mit einem amüsierten Gesichtsausdruck hinzu. »Und Ihr Name ist Paris? Wie die Stadt?«

»Ja.« Sie war erleichtert, die richtige Truppe gefunden zu haben, doch sie konnte kaum glauben, dass dieser Bursche und Jean-Pierre Belmont, der angesehene Fotograf aus Paris, ein und dieselbe Person sein sollten.

»Wie kommen Sie an diesen Namen? Paris ist ein Männername«, verkündete er nun. »Paris war der Sohn eines Königs in der griechischen Mythologie.«

»Ja, ich weiß. Wissen Sie, das ist eine lange Geschichte.« Sie hatte keine Lust, ihm mit Händen und Füßen zu erklären, dass sie während der Flitterwochen ihrer Eltern in Paris gezeugt worden war. »Haben Sie alle Ihre Koffer?«, erkundigte sie sich liebenswürdig. Wenn sie Belmont vor sich hatte, waren die anderen beiden logischerweise seine Assistenten, auch wenn einer von ihnen alt genug aussah, um sein Vater zu sein.

»Wir 'aben alles«, sagte Belmont. Sein Englisch klang bemüht, aber verständlich. »Wir 'aben sehr wenig Koffer, 'auptsäschlisch Kameras«, fuhr er fort und zeigte auf die Gepäckstücke.

Paris nickte. Sie fand, dass er eine äußerst erfrischende Ausstrahlung besaß, und war nicht sicher, ob es an seinem Akzent, dem Outfit oder vielleicht an seinem Lächeln lag. Jedes Mal, wenn sie ihn ansah, hoben sich unwillkürlich ihre Mundwinkel. Jean-Pierre Belmont war die Verkörperung von unbekümmerter Jugendlichkeit und Pariser Charme.

Paris dirigierte das Trio zum Ausgang und bat Belmont, dort auf sie zu warten, da sie ihren Wagen holen müsse. Fünf Minuten später fuhr sie vor, und der Fotograf und seine beiden Assistenten luden ihre Ausrüstung mit einer derartigen Geschwindigkeit und Präzision in den Kombi, dass Paris kaum wusste, wie ihr geschah. Kurz darauf schwang sich Belmont auf den Beifahrersitz, die beiden anderen nahmen auf der Rückbank Platz, und schon waren sie auf dem Weg in die Stadt.
»Wir fahren zum 'otel? Oder sofort zu die Braut?«, wollte er wissen.
»Die Familie der Braut erwartet Sie heute Abend, soviel ich weiß. Ich dachte, Sie würden gern erst einmal im Hotel einchecken, sich ein wenig ausruhen, etwas essen, duschen und sich umziehen«, antwortete Paris und achtete dabei auf eine sorgfältige, klare Aussprache.
Belmont nickte und drehte wild den Kopf. Offenbar interessierte er sich sehr für seine Umgebung und versuchte, möglichst viel von der Stadt zu sehen.
Nach einiger Zeit fragte er: »Was machen Sie? Sie sind Sekretärin … Assistentin … für die Mutter der Braut?«
»Nein, ich organisiere die Hochzeit. Ich arbeite für die Agentur Bixby Mason. Wir planen und führen alles aus, was mit der Hochzeit zu tun hat.«
Wieder nickte er, blickte aus dem Fenster und zündete sich eine Zigarette an, eine Gauloise Maïs mit gelbem Filterpapier aus Maisstroh. Ein unglaublich stechender Geruch erfüllte Paris' Kombi.
»Ist es okay?«, fragte er nach zwei Zügen. Vielleicht war ihm eingefallen, dass Amerikaner nicht annähernd so tolerant gegenüber Rauchern waren wie Europäer.

»Ja. Ich habe früher auch geraucht. Es riecht gut.«
»Merci«, gab er nonchalant zurück und unterhielt sich dann mit seinen Assistenten.
Obwohl Paris ein wenig Französisch sprach, konnte sie dem Gespräch nicht folgen. Die Männer redeten viel zu schnell.
Da wandte sich Belmont wieder an sie. »Ist es eine gute 'ochzeit? Ein schönes Kleid? … Gut?«
»Alles ist perfekt«, versicherte sie ihm. »Eine schöne Braut und ein schönes Kleid. Der Bräutigam ist auch sehr attraktiv. Und es wird eine stilvolle Feier im Legion-of-Honor-Museum. Siebenhundert Gäste.« Die Familie Delacroix besaß ein gewaltiges Textilimperium, war während der Regierungszeit der Sozialisten nach San Francisco ausgewandert und dort geblieben, um ihr Vermögen vor dem Zugriff der französischen Steuerbehörde zu schützen. Doch sie verbrachte so viel Zeit wie möglich in Frankreich.
»Großes Geld, ja?«, erkundigte sich Belmont, und Paris musste lächeln.
»Sehr viel Geld.« Sie verriet ihm nicht, dass die Familie die beträchtliche Summe von zweieinhalb Millionen Dollar für die Hochzeit ausgab.
Paris lieferte ihn und seine Assistenten im Sir Francis Drake ab und sorgte dafür, dass ein Hotelangestellter die Abholung des Kleinbusses übernahm, sodass die drei nur noch ihre Führerscheine vorlegen und die Papiere unterschreiben mussten. Dann händigte sie Belmont einen Stadtplan aus und zeigte ihm, wo er und seine Assistenten sich um sechs Uhr abends einzufinden hatten, um Porträtaufnahmen von der Braut und ihrer Familie zu machen.
»Ich denke, damit wäre alles geklärt«, sagte sie und drehte

sich zu Belmont um, der ihr versehentlich eine Rauchwolke in das Gesicht blies.

»*Excusez-moi!*« Als ihn eine Hotelbedienstete bat, nicht zu rauchen, schlenderte er lässig zu einem Aschenbecher voller Sand, versenkte seine Gauloise und kehrte dann zu Paris zurück.

»Rufen Sie mich an, wenn Sie etwas brauchen«, forderte sie ihn auf und drückte ihm ihre Visitenkarte in die Hand.

Nachdem er einige schnelle Worte mit den anderen gewechselt hatte, verabschiedete er sich von Paris. Seine Assistenten und er stiegen in den Aufzug, doch bevor sich die Türen schlossen, winkte er ihr noch einmal zu.

Paris verließ das Hotel und ging ein wenig benommen zu ihrem Wagen. In der Nähe von Jean-Pierre Belmont fühlte sie sich wie am Rande eines Wirbelsturms – fuchtelnde Arme, wild gestikulierende Hände, Wolken von Zigarettenrauch, französische Gesprächsfetzen in Überschallgeschwindigkeit und ein Gesichtsausdruck, der sich alle paar Sekunden veränderte. Seine großen, braunen Augen und in alle Richtungen abstehenden Haare schienen ohnehin ständig in Bewegung zu sein. Er hätte einer von Megs Freunden sein können – wenn er nicht so unverkennbar französisch gewesen wäre. Und obwohl er unglaublich jung aussah, hatte er offensichtlich alles unter Kontrolle.

Paris stieg in ihren Kombi, fuhr zurück zur Agentur und hatte während der ganzen Fahrt den Geruch seiner merkwürdigen Zigaretten in der Nase. Sie wollte nur schnell ihren Anrufbeantworter abhören und einen letzten Blick auf die Hochzeitsplanung werfen.

Bix empfing sie mit den Worten: »Alles gut gelaufen?«

Paris nickte. »Absolut problemlos.« Dann erzählte sie ihm von Jean-Pierre Belmont. »Er sieht aus wie ein Junge in der Pubertät. Na ja, nicht wirklich, aber fast.«
»Ich dachte, er wäre schon älter«, sagte Bix überrascht.
»Ich auch. Er ist der typische Franzose. Schade, dass Meg schon einen Freund hat, mit Belmont würde sie sich bestimmt prächtig amüsieren.« Natürlich bedauerte Paris es keineswegs, dass ihre Tochter mit Richard zusammen war, denn dank ihm befand sich Meg nun schon seit drei Monaten im siebten Himmel.

Paris und Bix fuhren an diesem Abend beide zum Haus der Delacroix', um das Diner zu beaufsichtigen, das die Familie für ihre Verwandten und engsten Freunde gab. Paris hatte nun die Gelegenheit, Belmont bei der Arbeit zu beobachten. Ariane Delacroix posierte in ihrem Hochzeitskleid – in einem abgelegenen Raum des Hauses, da weder die Familie noch die Gäste das Kleid vor der Trauung zu Gesicht bekommen sollten. Die Braut sah zauberhaft aus, war zart wie eine Elfe und hatte ein glockenhelles Lachen, das immer dann ertönte, wenn Jean-Pierre Belmont sie mit seinem unwiderstehlichen Grinsen bedachte. Als sich seine und Paris' Blicke kurz kreuzten, zwinkerte er ihr zu und fuhr dann mit der Arbeit fort. Seine Assistenten reichten ihm die verschiedenen Fotoapparate und wechselten die Filme. Als die Braut verschwand, um für die Familienporträts ein Abendkleid anzuziehen, legte Belmont eine kurze Pause ein und wandte sich Paris zu.
»Möschten Sie, dass isch mache ein Foto von Ihnen?«
Paris schüttelte den Kopf. Sie hätte niemals etwas der-

maßen Unprofessionelles getan. »Nein, vielen Dank«, sagte sie lächelnd.

»Schöne Augen«, bemerkte er.

»Danke«, erwiderte sie und fühlte sich von seinen eindringlichen Blicken auf einmal wie elektrisiert. Es war genau das, was sie bei Malcolm Ford vermisst hatte. Sie konnte sich mit Belmont aufgrund der Sprachbarriere nicht richtig unterhalten, und er sah halb so alt aus wie sie, aber alles an ihm war maskulin, energiegeladen und versetzte ihr Inneres in Schwingungen. Sie konnte es nicht erklären, aber seine Art berührte sie und ging ihr einfach unter die Haut. Jean-Pierre Belmont hatte nichts Überlegtes, Zurückhaltendes oder Vorsichtiges an sich. Alles an ihm war impulsiv, temperamentvoll und forsch, von seinen strahlenden Augen über die schwarzen Haare bis hin zu dem Diamantohrring.

Dann kam die Braut zurück, und nachdem sich auch die anderen Familienmitglieder eingefunden hatten, begann er erneut zu fotografieren. Paris verließ den Raum. Sie hatte weiche Knie und zitterte innerlich, als hätte sie einen Stromschlag erlitten.

»Ist alles in Ordnung?«, fragte Bix im Vorbeigehen.

»Alles okay«, entgegnete sie knapp.

Als die Familie ihre Gäste zum Essen ins Speisezimmer bat, packten Jean-Pierre und sein Team zusammen. Zum Abschied schenkte er Paris sein unwiderstehliches Lächeln und einen Blick, bei dem ihr heiß und kalt wurde. Auf diese Weise hatte noch kein Mann mit ihr geflirtet.

»Ziemlich heiß«, kommentierte Bix und traf damit den Nagel auf den Kopf. »Wenn ich jünger wäre, würde ich mich nach ihm verzehren«, erklärte er lachend.

»Wenn ich jünger wäre, ginge es mir genauso«, gab Paris schmunzelnd zurück. Es war offenbar unmöglich, nicht von der unbändigen Lebensfreude und Tatkraft beeindruckt zu sein, die der junge Fotograf ausstrahlte.

In den folgenden Tagen kreuzten sich Paris' und Belmonts Wege immer wieder. Er arbeitete unablässig, hockte mit der Kamera im Anschlag auf dem Boden, hing über Balustraden, fiel einmal beinahe eine Treppe hinunter und war stets auf der Jagd nach dem perfekten Winkel. Er war ständig in Bewegung, doch immer, wenn Paris in seine Nähe kam, suchte er ihren Blick. Nachdem sich das frisch vermählte Paar am Hochzeitstag von der Feier zurückgezogen hatte, schien er sich endlich zu entspannen, blieb neben Paris stehen und rief: »Sehr gut! Sehr, sehr gute 'ochzeit! Schöne Fotos … schöne Dekoration … *et les fleurs!*«
Bix hatte fantastische Blumengestecke entworfen, eine Kombination aus Rosen, Maiglöckchen und herrlichen, winzigen Blüten, die Paris völlig unbekannt waren. Er hatte sie mit ungeheurem finanziellen Aufwand aus Afrika, Frankreich und Ecuador einfliegen lassen. Das Legion-of-Honor-Museum war noch nie besser in Szene gesetzt worden, vor allem dank der spektakulären Beleuchtung, die selbst Versailles alle Ehre gemacht hätte.
Paris stand um zwei Uhr morgens mit Jean-Pierre Belmont unter einem sternenklaren Himmel und war noch kein bisschen müde. Als er fragte: »Wir trinken noch etwas zusammen?«, wollte sie erst Nein sagen, nickte dann aber doch. Warum nicht? Er würde ohnehin in einigen Tagen abreisen. Während seine Assistenten schon am

nächsten Tag zurück nach Frankreich flogen, wollte er die Gelegenheit nutzen, um noch ein paar Aufnahmen von San Francisco zu machen.
»Isch komme mit in Ihrem Wagen?«, schlug er vor, und sie vereinbarten, sich zehn Minuten später wieder vor dem Museum zu treffen.
Paris sagte Bix Bescheid, der ebenfalls gehen wollte. Inzwischen hatten alle Familienmitglieder die Feier verlassen, daher gab es weder für ihn noch für Paris einen Grund zu bleiben.
»Es war grandios, nicht wahr? Wir haben verdammt gute Arbeit geleistet.« Bix wirkte erschöpft, strahlte aber über das ganze Gesicht.
»*Du* hast verdammt gute Arbeit geleistet. Ich bin bloß deine Handlangerin, die sich um die Einzelheiten kümmert. Das Genie hinter all diesen Erfolgen bist du, Bix.«
Er dankte ihr gerührt und verabschiedete sich mit einem Kuss. Paris holte ihren Wagen und brauste kurz darauf mit Jean-Pierre hinaus in die Nacht. Zu dieser Stunde waren viele Lokale bereits geschlossen, aber sie kannte ein kleines Café, das durchgehend geöffnet hatte. Jean-Pierre fand es entzückend und fing an, es auf der Stelle aus allen möglichen Blickwinkeln zu fotografieren, wobei er auch viele Bilder von Paris schoss. Dann setzte er sich und bestellte eine Cola und eine Riesenportion Pfannkuchen, da er den ganzen Abend über noch nichts gegessen hatte. Paris begnügte sich mit einer Tasse Tee.
»Isch liebe Amerika«, verkündete er und verzog den Mund zu seinem ansteckenden Lächeln. Er war nur wenige Zentimeter größer als Paris und so schmal und drahtig, dass er fast wie ein Knabe wirkte. »Sie sind ver'eiratet?«

Angesichts seines Tonfalls konnte sich Paris des Eindrucks nicht erwehren, dass es ihm egal gewesen wäre, wenn sie dies bejaht hätte. »Nein, geschieden«, antwortete sie und lächelte zurück.
»Sie sind froh oder traurig?«
»Über die Scheidung?«, hakte sie nach. Als er nickte, dachte sie einen Augenblick lang nach. »Beides. Zuerst traurig. Sehr, sehr traurig. Jetzt bin ich wieder froh.«
»Sie 'aben einen lieben Freund?«
Paris sah ihn verwirrt an.
Er schlang die Arme um sich selbst, wiegte sich hin und her und sagte schließlich: *»Un amant?«*
Paris begriff und lachte. »Einen Freund oder Liebhaber! Nein, ich habe keinen Liebhaber.« Sie fand es ein bisschen merkwürdig, dass er eine solche Frage stellte, und gab sie zurück, indem sie mit dem Finger auf ihn zeigte und fragend die Augenbrauen hob.
»Meine Freundin ... sie geht weg ... Isch bin sehr, sehr traurig.« Er setzte eine Leidensmiene auf und wischte sich imaginäre Tränen aus den Augen. »Jetzt isch bin sähhhhhr glücklich. Mit ihr großer Ärger.« Er schaffte es stets, sich verständlich zu machen, wie Paris amüsiert feststellte. »Sie 'aben Kinder?«
Sie mochte seinen Akzent, seine kleinen Eigenheiten und seine quicklebendige Art. »Ich habe zwei Kinder, einen Sohn und eine Tochter. Sie müssten ungefähr in Ihrem Alter sein. Wie alt sind Sie?«
»Zweiunddreißisch«, erwiderte Jean-Pierre und lachte über ihr erstauntes Gesicht.
»Sie sehen jünger aus.«
»Und Sie? Fünfunddreißisch?«

»Merci beaucoup.« Nun lachte sie. »Ich bin siebenundvierzig.«
Er nickte galant. »Bravo. Sie se'en sehr jung aus. Sie kommen aus Kalifornien?«
»Nein, aus New York. Ich habe lange in Connecticut gewohnt, und seit neun Monaten bin ich hier. Meine Kinder leben hier«, erklärte sie.
»Wie alt?«
»Meine Tochter ist vierundzwanzig, mein Sohn neunzehn. Er studiert in Berkeley, und sie arbeitet in Los Angeles in einem Filmstudio.«
»Sehr gut. *Actrice?«*
»Nein, sie ist Produktionsassistentin.«
Während sie über dieses und jenes plauderten, futterte er Pfannkuchen, und schließlich bestellte sich Paris einen Muffin. Wie er sein Essen verzehrte, wirkte äußerst appetitanregend. Sie genoss seine Gesellschaft in vollen Zügen.
»Wie lange bleiben Sie noch hier?« Sie hätte sich gern noch einmal mit ihm getroffen, auch wenn ihr dieser Wunsch ein wenig albern vorkam. Er war zwar älter, als er aussah, aber dennoch sehr jung. Zu jung für sie, ganz gleich, wie attraktiv sie ihn finden mochte.
»Isch weiß nischt«, entgegnete er. »Drei Tage. Vier. Vielleischt fliege isch nach Los Angeles und arbeite da. Isch 'abe ein Visum für sechs Monate. Vielleicht bleibe isch einen Monat. Isch will Lac Tahoe sehen, Carmel, Los Angeles, Santa Barbara. *En voiture.«* Er gab vor, mit den Händen ein Lenkrad zu umfassen. »Vielleischt Fotos für *Vogue* in New York. Aber isch bin sehr müde. Viel gearbeitet. *Maintenant peut-être des vacances. On verra.«*
Er verfiel in seine Muttersprache, redete diesmal aber so

langsam, dass Paris ihm mühelos folgen konnte. Er überlegte also, ob er Urlaub machen sollte.
Es war bereits nach drei Uhr, da verließen Paris und Jean-Pierre das kleine Café. Sie brachte ihn zurück zu seinem Hotel, und er küsste sie zum Abschied auf beide Wangen. Dann fuhr sie nach Hause, schälte sich aus ihrem Kostüm und ging schnurstracks zu Bett. Für eine Weile lag sie schlaflos da, starrte an die Decke und dachte an Jean-Pierre. Es war verrückt, aber sie fühlte sich eindeutig zu ihm hingezogen. Er war überaus begabt, voller Leben, wahnsinnig charmant – und leider furchtbar jung. Wenn sie den Mut gehabt hätte, Konventionen zu sprengen, wäre sie liebend gern mit ihm auf und davon gelaufen, nur für einen Tag oder zwei. Sie wusste, dass dies unmöglich war, doch wer sagte, dass man mit siebenundvierzig nicht mehr träumen durfte?

24. Kapitel

Am nächsten Morgen klingelte Paris' Handy. Sie rollte sich auf die Seite, griff danach und hörte überrascht Jean-Pierres Stimme. *»Bonjour.«*
»Bonjour. Wie geht es Ihnen?«, erkundigte sie sich und musste unwillkürlich lächeln.
»Sehr gut. *Et toi?* Und Sie?«
»Ich bin müde«, gab sie zu und streckte sich.
»Isch wecke Sie auf? Das tut mir sehr Leid. Was machen Sie 'eute?«
»Je ne sais pas«, erwiderte sie langsam. »Ich weiß noch nicht.« Sie hatte für diesen Sonntag keine Pläne, außer zu faulenzen und sich von der Hochzeit zu erholen.
»Isch besischtige Sausalito. Sie möschten gern mitkommen?«
Paris' Lächeln wurde noch breiter. Es war verrückt, aber die Vorstellung gefiel ihr. Sie genoss jede Minute mit Jean-Pierre, weil er so fröhlich, unbeschwert und mitreißend war – also das genaue Gegenteil von Jim Thompson. Das Zusammensein mit Jim war durch seine Schwermut auf Dauer ziemlich anstrengend gewesen. Jean-Pierre war auch völlig anders als Chandler mit seiner Raffinesse und Gewandtheit. Es gab nichts Berechnendes an diesem jungen Mann, er war vollkommen ungekünstelt und von einer entwaffnenden Ehrlichkeit und Direktheit. Etwas sagte ihr, dass sie bei ihm immer wissen würde, woran sie war.

»Wir besischtigen zusammen Sausalito?«, fragte er noch einmal, da er noch keine Antwort erhalten hatte.
Doch Paris hatte andere Pläne. Sie würde mit ihm nach Tiburon fahren und dort in Sam's Anchor Café zu Mittag essen. Das Restaurant lag direkt am Wasser und hatte eine schöne Außenterrasse. Sie glaubte, dass es ihm gefallen könnte. Sie warf einen Blick auf ihren Wecker. Es war kurz nach elf. »Ich hole Sie am Mittag ab.«
»Am Mittag? Wo ist das?« Er klang verwirrt.
»Um zwölf Uhr«, erklärte sie.
»Ah bon, midi. D'accord.«
»D'accord?« Nun begriff sie nicht, was er meinte.
»D'accord ist ›okay‹.«
Sie mochte, wie er das Wort aussprach. Das Schlimme war, dass sie einfach alles an ihm mochte. »Ach so. Dann bis gleich.«
Paris duschte, zog eine Jeans und einen roten Pullover an und holte ihre Lieblingsjacke aus dem Kleiderschrank. Sie brauchte sich nicht schick zu machen, schließlich unternahmen sie nur eine kleine Besichtigungstour. Was war schon dabei? Es würde lustig sein, die Fremdenführerin zu spielen und Jean-Pierre ein paar Sehenswürdigkeiten zu zeigen, bevor er wieder abreiste.
Jean-Pierre wartete bereits mit einem Fotoapparat in der Hand vor dem Hotel und sprang lässig in ihren Wagen. Er trug ebenfalls eine Jeans, außerdem einen schwarzen Pullover und seine schwarze Lederjacke, und mit seinen abstehenden Haaren und dem Diamantohrring sah er aus wie ein Rockstar. Als Paris ihm dies sagte, brach er in Gelächter aus.
»Isch kann gar nischt singen«, rief er, umfasste seinen Hals mit beiden Händen und gab vor, sich zu würgen.

Paris kicherte.
Es war ein klarer, sonniger Tag, und während Paris in Richtung Golden Gate Bridge fuhr, steckte Jean-Pierre Kopf und Kamera aus dem Fenster und knipste die Stadt.
Wie Paris vermutet hatte, war er begeistert von Tiburon und Sam's Anchor Café. In einem Mischmasch aus Englisch und Französisch erzählte er ihr seine Lebensgeschichte. Er hatte schon als kleiner Junge leidenschaftlich gern fotografiert. Nach dem frühen Tod seiner Eltern war er von seiner älteren Schwester aufgezogen worden, die er sehr liebte. Er hatte mit einundzwanzig geheiratet und kurz darauf einen Sohn bekommen, der mittlerweile zehn Jahre alt war. Er sah den Jungen jedoch so gut wie nie, da er mit der Mutter des Kindes auf schlechtem Fuß stand.
»Das ist traurig«, sagte Paris, und Jean-Pierre zeigte ihr das Foto eines reizenden Knaben, der seinem Vater wie aus dem Gesicht geschnitten war. »Wo leben die beiden denn?«
»In Bordeaux. Isch mag gar nischt. Guter Wein, aber sehr kleine Stadt.«
Es gelang ihnen wie am Vortag, sich recht flüssig zu unterhalten – über Paris' Kinder, ihre Scheidung und ihre Arbeit bei Bixby Mason. Jean-Pierre berichtete, er wolle in den Vereinigten Staaten viele Fotos machen, und besonders San Francisco gefalle ihm ausgezeichnet.
Nach dem Essen fuhren sie doch noch nach Sausalito und erkundeten das kleine Künstlerstädtchen zu Fuß. Jean-Pierre wollte wissen, wie weit Sonoma entfernt sei.
»Nicht sehr weit«, erwiderte Paris und blickte ihn fragend an. »Wollen Sie mit mir hinfahren?« In weniger als einer Stunde konnten sie dort sein.

»Maintenant? Jetzt?«
»Sicher.«
»Okay!«, rief er fröhlich.
Sie fuhren durch die Weinberge, und in Sonoma angekommen stellten sie den Wagen ab und schlenderten durch den Ort. Anschließend setzten sie ihren Weg in Richtung Napa Valley fort und aßen dort in einem kleinen Bistro zu Abend, in dem die Kellner zu Jean-Pierres Entzücken Französisch sprachen. Gegen neun Uhr machten sich die beiden auf den Rückweg nach San Francisco, und um halb elf hielten sie wieder vor dem Sir Francis Drake.
Jean-Pierre bedankte sich für den schönen Tag und fragte: »Was machen Sie morgen, Paris?«
»Ich arbeite«, entgegnete sie mit Bedauern und fügte hinzu: »Und was haben Sie vor?« Sie wollte ihn in die Agentur einladen, aber er sagte, er werde am nächsten Morgen mit dem Kleinbus nach Los Angeles fahren.
»Kommen Sie denn wieder zurück?«
»Je ne sais pas. Isch weiß nischt. Wenn isch komme zurück, isch rufe an ... *je vous appellerai.«*
»D'accord«, erwiderte sie.
»Soyez sage!«, sagte er, lächelte und blickte ihr tief in die Augen. »Das bedeutet: Benehmen Sie sisch gut! Sie verste'en? Seien Sie ein braves Mädschen.«
Es war eigenartig, aber plötzlich wurde Paris bewusst, dass sie den Altersunterschied in Gegenwart von Jean-Pierre überhaupt nicht bemerkte. Sie fragte sich, ob es Richard und Meg genauso ging. Trotzdem war ihre Spinnerei einfach lächerlich. Jean-Pierre Belmont würde in Kürze wieder nach Frankreich verschwinden. Natürlich war nichts dabei, mit ihm durch die Gegend zu fahren,

aber sie durfte keinesfalls mehr erwarten. Wenn er erst einmal Los Angeles kennen gelernt hatte, würde er bestimmt sowieso nicht mehr zurückkehren.

Nachdem Jean-Pierre sie wie üblich auf die Wangen geküsst hatte, sprang er aus dem Wagen. Paris winkte noch einmal und gab Gas. Als sie einen kurzen Blick in den Rückspiegel warf, erkannte sie, dass er noch immer auf dem Gehweg stand und ihr nachschaute.

In dieser Nacht fand Paris nur wenig Schlaf. Sie musste unaufhörlich an ihn denken, an sein ausdrucksvolles Gesicht und an all die Dinge, über die sie miteinander gesprochen hatten. Immer wieder schossen ihr die französischen Wörter durch den Kopf, die er ihr beigebracht hatte. Am folgenden Morgen wachte sie mit Kopfschmerzen auf und fühlte sich benommen, als hätte sie einen Kater. Sie konnte es sich nicht erklären, aber offenbar wirkte Jean-Pierres Gegenwart auf sie wie eine Droge. Er verfügte über eine unfassbare körperliche und geistige Präsenz und hatte eine intensive sexuelle Ausstrahlung. Paris konnte zum ersten Mal in ihrem Leben nachvollziehen, warum sich ältere Frauen auf Affären mit jungen Männern einließen. Doch so etwas würde ihr keinesfalls passieren.

Sie arbeitete mit Bix an verschiedenen neuen Projekten, empfand jedoch den ganzen Tag über ein leichtes Unbehagen, als habe sich ihr Körper über Nacht ausgedehnt und sei nun zu groß für ihre Haut. Sie vermisste Jean-Pierre. Aber sie war entschlossen, diesem Gefühl nicht nachzugeben und ihn auf keinen Fall auf dem Handy anzurufen. Stattdessen ging sie an diesem Abend früh zu Bett und stürzte sich am nächsten Tag in die Arbeit.

Am Mittwochabend rief Meg an, um ihr mitzuteilen, dass sie und Wim Thanksgiving in diesem Jahr bei ihrem Vater feiern würden. Die Weihnachtstage wollten sie bei Paris verbringen. Paris fragte ihre Tochter nicht nach dem Verlauf von Rachels Schwangerschaft. Sie hatte sich auch nie danach erkundigt, ob das Baby geplant oder ein Unfall gewesen war und wie Peter dazu stand. Sie wollte nichts von diesen Dingen wissen. Glücklicherweise war Meg so taktvoll, das schmerzliche Thema nie von sich aus anzuschneiden.

Am Donnerstagabend gegen acht befand sich Paris auf dem Heimweg von der Agentur, da klingelte ihr Handy. Sie rechnete mit Bix oder Meg, denn außer den beiden rief sie nie jemand auf dem Mobiltelefon an. Als sie sich meldete, fuhr sie gerade auf ihr Haus zu und sah ihn im selben Augenblick auf der Vordertreppe sitzen – Jean-Pierre.

»Où es-tu?«, klang es aus dem Hörer, und sie wusste, was das bedeutete: ›Wo bist du?‹

Sie parkte den Wagen und begann zu strahlen. Es war ihr fast peinlich, wie sehr sie sich freute. »Ich bin hier«, antwortete sie, schaltete dann das Handy aus und steckte es hastig ein. Sie stieg aus ihrem Kombi und ging auf ihn zu. Sie wollte ihn auf die Wangen küssen, doch er nahm sie stürmisch in die Arme und presste seine Lippen voller Leidenschaft auf ihren Mund. Sie konnte nicht anders, als den Kuss zu erwidern. Sie wollte, dass er niemals endete und Jean-Pierre sie nie mehr losließ. Eine Woge von Verlangen brandete über sie hinweg und riss sie mit sich, und für einen Moment hatte sie das Gefühl, den Verstand zu verlieren. Die Welt ringsum löste sich auf, und sie wusste nicht mehr, was sie tat oder warum sie es tat. Sie kannte nur noch eine Gewissheit – es sollte nie aufhören.

»Isch vermisse disch so sehr«, flüsterte er und sah dabei aus wie ein kleiner Junge. Doch in jeder anderen Hinsicht war er ein Mann. »Also komme isch zurück aus Los Angeles. Isch ge'e gestern nach Santa Barbara. Wie Bordeaux. Sehr schön, aber sehr klein. Zu ru'ig.«

»Das finde ich auch«, sagte sie und schloss mit wild klopfendem Herzen die Tür auf.

Er folgte ihr ins Haus, sah sich um, nickte anerkennend und zog seine Jacke aus. Er sagte, er habe ihre Adresse herausgefunden, indem er in der Agentur angerufen und behauptet habe, ihr die Abzüge der Hochzeitsfotos zeigen zu wollen.

»Würdest du gern etwas essen?«, fragte sie.

»Ja, bitte.« Lächelnd trat er ans Fenster, um die Aussicht zu bewundern. Dann zog er seine Kamera aus der Jackentasche und begann, Paris zu fotografieren.

»Nicht, ich sehe furchtbar aus«, protestierte sie und strich sich eine Strähne aus dem Gesicht. Eilig lief sie in die Küche. Sie hatte nur noch Suppe vom Vortag und kaltes Hähnchenfleisch im Haus, also wärmte sie die Suppe auf und improvisierte dazu einen Salat. Jean-Pierre legte währenddessen eine CD auf. Er schien sich in ihrem Haus absolut wohl zu fühlen und kam von Zeit zu Zeit in die Küche, um sie zu küssen. Es fiel ihr immer schwerer, sich auf die Zubereitung des Essens zu konzentrieren.

Schließlich nahmen sie am Küchentisch Platz und begannen zu essen. Dabei unterhielten sie sich über Musik. Jean-Pierre hatte einen anspruchsvollen Geschmack und war sehr bewandert, was klassische Musik betraf. Wie sich herausstellte, war sein Vater Dirigent gewesen. Überhaupt hatte er einen interessanten familiären Hintergrund – seine Mutter war Künstlerin gewesen, und seine Schwester arbeitete als Herzchirurgin. Er erkundigte sich bei Paris nach ihrem Studienfach und sagte, er habe Politikwissenschaften studiert. »An der *Sciences Po*«, fügte er hinzu, als erwarte er, dass sie diesen Namen kannte. Als sie ihn fragend anblickte, erläuterte er: »Es ist eine sehr gute Universität. Und du? Du hast weiter, höher studiert?«

Paris wusste, was er damit meinte. »Ja, ich habe einen Master in Wirtschaftswissenschaften.« Jean-Pierre verstand sie offenbar nicht, daher erklärte sie ihm, dass es sich dabei um einen angesehenen akademischen Abschluss handelte.

Er nickte. »Ah, isch verste'e. Wir 'aben auch eine sehr gute Schule für Wirtschaftswissenschaften. HÉC – École des Hautes Études Commerciales. Das ist wie Harvard Business School. Aber isch brauche das nischt, um Fotos zu machen«, sagte er lachend.

Nach dem Essen beugte er sich zu ihr hinüber und küsste sie, und Paris kämpfte gegen ein nie gekanntes Verlangen an, das sie zu überwältigen drohte. Sie durfte sich nicht einfach von ihren Trieben leiten lassen. Erschrocken löste sie sich von ihm und rief: »Was tun wir hier eigentlich? Das ist verrückt!«

»Manschmal ist verrückt gut, nein? Isch finde ja. Isch bin verrückt für disch.«

»Nach dir.«

»Ja, das meine isch.«

»Mir geht es genauso. Aber du reist in ein paar Tagen wieder ab, und wenn wir jetzt eine Dummheit begehen, wird es uns später Leid tun.«

Er legte die Hand auf seine Brust und schüttelte den Kopf. »Nein, dann werde isch immer an disch denken. 'ier drin.«

»Und ich an dich. Aber später bereuen wir es vielleicht trotzdem.«

»Warum bereuen?«

»Weil ein Herz sehr leicht gebrochen werden kann. Wir kennen uns doch noch gar nicht«, erwiderte sie.

»Isch kenne disch sehr viel. Isch weiß ganz viele Dinge über disch. Über deine Studium, deine Kinder, deine Arbeit, deine E'e, deine *tristesse* … deine Traurigkeit … Du 'ast verloren sehr viel … Irgendwann einmal wir müssen finden. Du kennst das Buch ›Der kleine Prinz‹ von Antoine de Saint-Exupéry? Da es 'eißt: ›*On ne voit bien qu'avec le cœur, l'essentiel est invisible pour les yeux.*‹ … Du siehst das Wischtige im Leben nur mit dem 'erz, nischt mit den Augen. Oder dem Kopf. Es ist ein wunderbares Buch.«

»Ich habe es damals meinen Kindern vorgelesen. Es ist sehr traurig. Am Ende stirbt der kleine Prinz«, sagte Paris. Sie liebte diese Erzählung.

»Ja, aber er lebt für immer in den Sternen. Du musst immer mit dem 'erz sehen, und später du wirst in den Sternen leben.«

Es war ein schöner Gedanke, der sie zutiefst berührte.

An jenem Abend redeten Paris und Jean-Pierre stundenlang miteinander. Sie spürte, dass er gern bei ihr geblieben wäre, aber er fragte nicht danach, und sie bot es ihm auch nicht an. Keiner wollte den anderen in irgendeiner Weise bedrängen und damit alles verderben.

Am nächsten Tag rief Jean-Pierre sie erst in der Agentur an und tauchte dann wenig später und zu Bix' großer Überraschung persönlich dort auf.
»Guten Tag, Jean-Pierre!«, begrüßte Bix ihn mit einem Lächeln. »Sie sind noch hier? Ich dachte, Sie hätten uns am Sonntag oder Montag verlassen.«
»Das 'abe isch. Isch fahre nach Los Angeles.« Aus seinem Munde klang es wie eine französische Stadt. »Und dann isch komme gestern zurück.«
»Wie lange wollen Sie bleiben?«
»Vielleischt ein paar Wochen«, antwortete er, und just in diesem Moment steckte Paris den Kopf in Bix' Büro.
Als sich ihre und Jean-Pierres Blicke trafen, konnte man die Spannung in der Luft förmlich mit Händen greifen. Keiner von beiden sagte etwas, doch Bix hatte das Knistern sofort bemerkt. Er schlug Jean-Pierre vor, in der Agentur eine Kleinigkeit zu Mittag zu essen. Die drei setzten sich in den Besprechungsraum, ließen sich Sandwiches schmecken und tranken Cappuccino dazu. Anschließend bedankte sich Jean-Pierre bei ihnen und erklärte, er wolle an diesem Tag Berkeley besuchen. Er verriet sich gegenüber Bix mit keinem Wort, schaffte es jedoch, Paris durch kleine Gesten mitzuteilen, dass er sie später noch sehen wolle.
Nachdem er fort war, wandte sich Bix mit verblüffter Miene an Paris. »Bilde ich mir das nur ein, oder läuft da irgendetwas zwischen euch beiden?«
Paris zögerte kurz und erwiderte dann: »Nein, da läuft nichts. Ich habe am Sonntag Fremdenführerin gespielt und bin mit ihm nach Sausalito und Sonoma gefahren. Und gestern Abend ist er auf einen Sprung vorbeigekommen. So

dumm bin ich denn nun doch nicht.« Aber eines wusste sie: Je mehr Zeit sie mit Jean-Pierre verbrachte, desto größer wurde die Versuchung, seinem Werben nachzugeben.

»Ich wäre es«, sagte Bix und schaute sie ernst an. »So dumm, meine ich. Zum Teufel, Paris, er ist einfach hinreißend, und du bist niemandem eine Erklärung schuldig.«

»O doch – mir selbst. Er ist fünfzehn Jahre jünger als ich!«

»Das fällt überhaupt nicht auf. Du könntest glatt für dreißig durchgehen. Meine Güte, sobald er mir nur einen solchen Blick zugeworfen hätte, würde ich ihn mir schnappen. Er ist ein Eins-a-Sahneschnittchen.«

»Du redest schon wie meine Kinder«, stellte Paris lachend fest. Sie konnte ihm nicht widersprechen, aber eine Affäre mit Jean-Pierre wäre äußerst unvernünftig.

»Ich finde, du solltest ihn kidnappen und an dein Bett ketten, bevor er wieder zurück nach Frankreich düst«, empfahl ihr Bix.

»Hast du das damals auch mit Steven gemacht?«

»Nein, nicht ich mit ihm, er mit mir! Na ja, nicht wirklich«, gab er zu. »Aber wir sind ziemlich heftig aufeinander geflogen. Und ihr zwei hättet mit euren heißen Blicken beinahe den Besprechungsraum in Brand gesteckt. Ich dachte, er würde dich in der nächsten Sekunde packen und auf den Tisch werfen. Trefft ihr euch heute Abend?«

»Vielleicht«, wich sie aus, und Bix nickte beifällig.

Als Paris an jenem Abend das Büro verließ, riet Bix ihr noch einmal, das ›Sahneschnittchen‹ zu kosten, und sie warf ihm scherzhaft vor, ein Wüstling zu sein.

»Warum denn nicht, meine Liebe? Man lebt nur einmal. Ich würde mir eine Nacht mit ihm garantiert nicht entgehen lassen. Aber gegen dich habe ich natürlich keine Chance.«

Sie schaute ihn strafend an und verließ die Agentur.
Als sie zu Hause vorfuhr, saß Jean-Pierre wieder lässig auf der Vordertreppe, las eine Zeitschrift und aß dabei einen Apfel. Der Kleinbus stand in der Auffahrt.
Jean-Pierre blickte ihr strahlend entgegen. Sie kannte ihn nun seit genau acht Tagen und wusste mehr über ihn als über viele Menschen, mit denen sie schon seit Jahren befreundet war. Aber das erklärte noch nicht die Anziehungskraft, die er auf sie ausübte. Die Spannung zwischen ihnen ließ sich nicht beschreiben und lag außerhalb ihrer Kontrolle. Dennoch versuchte Paris alles, um ihre Gefühle im Zaum zu halten.
»Ich habe leider nicht mehr viel im Kühlschrank«, sagte sie entschuldigend und öffnete die Haustür.
Jean-Pierre schob sie wortlos hinein, nahm ihr die Handtasche und den Aktenkoffer ab und stellte beides auf den Boden. Er schloss die Tür mit einem Fußtritt und küsste sie so leidenschaftlich, dass es ihr den Atem verschlug. Auf diese Weise hatte sie in ihrem ganzen Leben noch niemand geküsst.
»Isch verliere den Verstand, Paris«, flüsterte er heiser und presste seine Lippen erneut auf ihren Mund. Er streifte ihr den Mantel ab und ließ ihn zu Boden gleiten, dann tat er das Gleiche mit ihrer Bluse und ihrem BH, und sie leistete nicht den geringsten Widerstand. Und während er sie weiter entkleidete, begann sie ihrerseits, ihn auszuziehen. Sie knöpfte sein Hemd auf, öffnete seine Gürtelschnalle und zog den Reißverschluss seiner Hose hinunter. Innerhalb von Sekunden standen sie beide nackt und aneinander geschmiegt im Flur. Dann hob Jean-Pierre sie schweigend hoch und trug sie in seinen starken Armen die Treppe

hinauf zu ihrem Schlafzimmer. Er legte sie behutsam aufs Bett, hielt für einen Moment inne und betrachtete sie. Dann begann er, ihren Körper mit Küssen zu bedecken und zu streicheln, bis sie sich vor Lust wand. Sie erwiderte seine Zärtlichkeiten und erforschte seinen Körper mit Lippen und Zunge. Während sie alles tat, um ihn zu erregen, warf er seinen Kopf in den Nacken und stöhnte. Schließlich kam er zu ihr ins Bett und liebte sie, wie sie noch nie zuvor von einem Mann geliebt worden war. Eine Flutwelle der Begierde rollte über sie hinweg, die keiner von ihnen aufhalten konnte oder wollte, die alles mitriss und erst nach Stunden abzuebben schien.

Als Paris hinterher in seinen Armen lag, strich er über ihr seidiges, langes Haar und flüsterte: *»Je t'aime.«* Dann küsste er sie erneut. Er konnte weder Hände noch Lippen von ihr lassen, und ihr erging es genauso. Erst viele Stunden später schliefen sie eng umschlungen ein, und als sie bei Sonnenaufgang erwachten, liebten sie sich noch einmal. Paris wusste, dass sie diese Nacht niemals vergessen würde. Jean-Pierre hatte sie vollkommen verzaubert.

25. Kapitel

Glücklicherweise begann die Liebesaffäre zwischen Paris und Jean-Pierre an einem Freitagabend, denn in den folgenden achtundvierzig Stunden verließen sie so gut wie nie das Bett. Am Samstag bestellten sie Pizza, ansonsten schmierten sie sich Sandwiches mit Erdnussbutter, die Jean-Pierre zwar als widerlich bezeichnete, aber trotzdem aß. Als sie am Sonntagabend gemeinsam in der Badewanne schwelgten, klingelte das Telefon. Es war Meg.

Paris unterhielt sich ein paar Minuten lang mit ihrer Tochter, erzählte ihr jedoch nichts von Jean-Pierre, der sofort begriff und während des Telefonats keinen Laut von sich gab – genauso eine halbe Stunde später, als Wim anrief.

Paris hütete sich, Jean-Pierre zu fragen, wie es nun weitergehen sollte. Sie würde dieses feurige, erregende Intermezzo genießen, solange es dauerte. Etwas Derartiges hatte sie noch nie erlebt, und sie betrachtete die Zeit, die sie mit Jean-Pierre verbrachte, als Geschenk. Sie stellte keinerlei Forderungen an ihn, hegte auch keine Hoffnungen für die Zukunft und ging davon aus, dass dies ebenso für ihn galt.

Bevor sie am Montagmorgen zur Arbeit fuhr, erkundigte sie sich nach seinen Plänen für den Tag. Jean-Pierre sah sie zerstreut an.

»Isch muss besuchen eine Magazinredaktion. Jemand in Paris erzählt mir davon. Isch bin neugierisch, was sie machen.«
»Bist du hier, wenn ich heute Abend nach Hause komme?«
»Isch versuche es.« Er lächelte sie an und küsste sie. Er hatte noch immer sein Hotelzimmer, war jedoch seit drei Tagen nicht mehr dort gewesen. Paris gab ihm die Ersatzschlüssel und zeigte ihm, wie man die Alarmanlage bediente. Sie hatte keine Bedenken, ihn in ihrem Haus allein zu lassen. Sie vertraute ihm blind, in jeder Hinsicht.
»Merci, mon amour«, sagte er, um sich für die Schlüssel zu bedanken. *»À tout à l'heure.«* Als sie ging, warf er ihr noch eine Kusshand zu.

»Wie war dein Wochenende?«, wollte Bix wissen, sobald Paris die Agentur betrat.
Sie wich seinem Blick aus und hängte ihre Jacke auf. »Schön. Und deins?«
»Versuch nicht, das Thema zu wechseln. Ist Jean-Pierre noch da?«
»Ich glaube schon«, erwiderte sie mit Unschuldsmiene. Sie war so müde, dass sie kaum die Augen offen halten konnte, und verschwand sogleich in ihrem Büro. Nur mit großer Mühe überstand sie den Tag und war froh, als sie am frühen Abend Schluss machen konnte.
Als Paris nach Hause kam, stand Jean-Pierre bereits am Herd. Er hatte eine Lammkeule mit grünen Bohnen zubereitet und Baguette und Käse gekauft. Beide waren richtig ausgehungert, da sie drei Tage lang keine richtige Mahlzeit zu sich genommen hatten. Während sie hastig aßen, fragte Paris: »Bist du in der Redaktion gewesen?«

Er nickte.
»Und wie war es?«
»Interessant. Das Magazin ist sehr klein, aber sie machen gute Arbeit. Es ist ganz neu.«
»Wirst du für sie fotografieren?«
Er nickte erneut und warf ihr einen ernsten Blick zu. »Paris, willst du, dass isch bleibe, oder soll isch ge'en? Wird es zu ... kompliziert für disch, wenn isch 'ier bleibe für einen Monat oder zwei?«
Sie sah ihn lange und eindringlich an. »Ich fände es schön, wenn du bleiben würdest.« Ihre Worte verblüfften sie selbst, aber sie drückten genau das aus, was sie empfand.
Jean-Pierre erklärte strahlend: »Dann isch bleibe. Mein Visum ist für sechs Monate. Aber isch ge'e, wann immer du sagst.«
Sie hatten einen Pakt geschlossen, mit dem Paris vollauf zufrieden war. Niemand wusste, dass er bei ihr war. Die Nächte und Wochenenden gehörten also nur ihnen.
Meg hatte momentan ohnehin zu viel zu tun, um sie zu besuchen, und Wim musste sich auf Klausuren vorbereiten und wurde ansonsten von seinen Freunden in Anspruch genommen.

Paris und Jean-Pierre verbrachten einen ungestörten Monat miteinander, dann rief Meg eines Tages an und kündigte ihr Kommen an. Anschließend würde sie zu Thanksgiving an die Ostküste fliegen. Jean-Pierre hatte sein Hotelzimmer schon längst aufgegeben, bot Paris jedoch an, sich für diesen Tag eine andere Bleibe zu suchen.
»Das ist vielleicht gar keine schlechte Idee«, räumte sie ein. Sie wollte ihre Tochter nicht vor vollendete Tatsachen

stellen und war unsicher, ob sie ihr überhaupt von Jean-Pierre erzählen sollte.

Meg traf am Dienstag vor Thanksgiving ein, und Wim gesellte sich zu ihnen. Paris freute sich, ihre Kinder wieder einmal bei sich zu haben, und servierte ihnen ein köstliches Abendessen.

»Hoffentlich fühlst du dich an Thanksgiving nicht zu einsam, Mom«, sagte Meg mit leichter Besorgnis in der Stimme.

»Ich komme schon zurecht, außerdem sind Bix und Steven auch noch da. Ich bin froh, dass ihr an den Weihnachtstagen hier seid, das ist mir viel wichtiger.« Erst später, als sich Wim ins Erdgeschoss zurückgezogen hatte und sie und Meg zusammen im Badezimmer standen, verriet Paris ihrer Tochter zumindest einen Teil ihres Geheimnisses. Sie erzählte ihr, dass sie mit einem Mann ausging, einem Franzosen. Aber sie verschwieg, dass er bei ihr wohnte und fünfzehn Jahre jünger war. Zu dieser Beichte war sie noch nicht bereit.

»Wie ist er denn so? Erzähl mal!«, forderte Meg ihre Mutter erfreut auf.

»Er ist Fotograf und einfach umwerfend! Er hat hier einen Auftrag und wird nur ein paar Monate bleiben.«

»Wie schade!« Meg sah sie enttäuscht an. »Wann genau fliegt er zurück?«

»Ich weiß es nicht. Vorläufig genießen wir den Augenblick.«

»Verwitwet oder geschieden?«

»Geschieden. Er hat einen zehnjährigen Sohn.«

»Schon komisch, dass neuerdings so viele ältere Männer kleine Kinder haben, findest du nicht?«

Offenbar glaubte Meg, dass der neue Freund ihrer Mutter

in puncto Familiengründung ein Spätzünder war. Während sich Paris die Zähne putzte, murmelte sie ein unbestimmtes »Hm«. Ihr war klar, dass sie den Altersunterschied früher oder später zur Sprache bringen musste – spätestens dann, wenn ihre Kinder Jean-Pierre kennen lernten. Und sie hatte keine Ahnung, wie Meg und Wim darauf reagieren würden.

Am nächsten Tag redete sie mit Bix darüber. Sie wurde das Gefühl nicht los, ihrer Tochter gegenüber nicht ehrlich gewesen zu sein.

»Heutzutage schert sich doch keiner mehr um so was«, versuchte Bix sie zu beruhigen. »Älter, jünger, gleichaltrig – das ist völlig schnuppe. Fünfzigjährige Frauen haben Liebhaber, die halb so alt sind wie sie, siebzigjährige Männer heiraten dreißigjährige Frauen und werden Vater. Die Welt hat sich verändert. Es gibt jede Menge Paare, die eine Familie gründen, ohne verheiratet zu sein, Lesben und Schwule adoptieren Kinder – die alten Regeln gelten nicht mehr. Ich finde, du kannst tun und lassen, was du willst, und außerdem schadest du doch niemandem. Ich bin sicher, deine Kinder sehen das genauso.«

Paris rief an Thanksgiving bei Peter an, um ihren Kindern einen schönen Tag zu wünschen. Als sich Rachel meldete, war sie äußerst kurz angebunden und fragte nur, ob sie Meg und Wim sprechen könne. Ihren Sohn bat sie, seinem Vater Grüße auszurichten. Sie hatte seit Wims Umzug nach Berkeley vor über einem Jahr keinerlei Kontakt mehr mit Peter gehabt. Da es nichts mehr zu klären gab, mussten sie zu Paris' Erleichterung noch nicht einmal miteinander telefonieren, und auf diese Weise war es für sie leichter, die ganze unselige Angelegenheit aus ihren Gedanken zu verbannen.

Nach dem Telefonat fuhren Paris und Jean-Pierre zu Bix und Steven und feierten dort ein gemütliches Thanksgiving im kleinen Kreis. Am Wochenende gingen sie mehrmals ins Kino, denn Jean-Pierre war ein leidenschaftlicher Cineast, und sahen sich einen amerikanischen und zwei französische Filme an. Sie lebten in ihrer eigenen kleinen Welt wie in einer schillernden Seifenblase.

Paris und Bix planten in den folgenden Wochen hunderte von Weihnachtsfeiern – zumindest schien es den beiden so –, und Jean-Pierre war damit beschäftigt, Fotos für das neue Magazin zu machen. Dessen Redakteure konnten ihr Glück kaum fassen, dass sie keinen Geringeren als Jean-Pierre Belmont für sich gewonnen hatten. Er musste bei seinen Arbeitgebern in Paris und New York anrufen und erklären, warum er sich zwei Monate lang nicht hatte blicken lassen. Er wusste noch nicht, wann er zurück nach Frankreich fliegen würde, sein Visum lief im April ab, und dann musste er den USA entweder den Rücken kehren oder eine unbefristete Aufenthaltserlaubnis beantragen, die jedoch nicht leicht zu erhalten war. Doch vorläufig genossen er und Paris ihre Zweisamkeit und dachten noch nicht an die Zukunft.
Paris war noch nie glücklicher gewesen. Sie lud Richard ein, die Weihnachtstage gemeinsam mit ihr, Meg und Wim zu verbringen, und wurde sich im selben Augenblick darüber klar, dass sie ihren Kindern bezüglich ihrer Liaison nun endlich reinen Wein einschenken musste. Eine Woche vor Weihnachten packte sie den Stier schließlich bei den Hörnern und rief Meg an, damit ihre Tochter bis zum Fest noch ein paar Tage Zeit hatte, die Neuigkeit zu

verdauen. Paris war dermaßen nervös, dass ihre Hände zitterten, denn die Zustimmung und Unterstützung ihrer Kinder bedeuteten ihr sehr viel, und sie fragte sich, ob sie in deren Augen nicht zu weit gegangen war.

Nachdem sie einige Minuten lang mit Meg geplaudert hatte, beschloss sie, die Katze aus dem Sack zu lassen. »Es gibt da etwas, worüber ich mit dir sprechen möchte«, begann sie.

»Es hat bestimmt mit diesem französischen Fotografen zu tun«, warf Meg ein und traf den Nagel auf den Kopf.

»Ja, und wenn du nichts dagegen hast, würde ich ihn über Weihnachten gern zu uns einladen. Er kennt hier niemanden außer Bix, Steven und den Leuten, für die er arbeitet.«

»Das ist eine gute Idee, Mom. Übrigens wollte ich mich noch dafür bedanken, dass du auch Richard eingeladen hast.«

»Das ist doch selbstverständlich.« Richard und ihre Tochter führten eine sehr innige Beziehung, und es war Paris klar, dass sie Weihnachten ungern getrennt voneinander verbringen wollten. »Aber ich muss dir noch etwas über Jean-Pierre sagen, bevor du ihn kennen lernst.«

»Stimmt etwa irgendwas nicht mit ihm?«, fragte Meg argwöhnisch.

Paris sprang ins kalte Wasser. »Nein, das nicht, nur ... Er ist anders – zumindest als die Männer, mit denen ich mich bisher getroffen habe. Er ist ziemlich jung.«

Am anderen Ende der Leitung herrschte Schweigen, und Paris fühlte sich plötzlich wie ein kleines Mädchen, das seiner Mutter eine Missetat zu beichten hat.

»Wie jung denn?«, hakte Meg schließlich nach.

Paris holte tief Luft. »Zweiunddreißig.« Endlich war es heraus!

»Oh! Das ist wirklich ziemlich jung, Mom«, erklang es ein wenig perplex.
»Ja, aber er ist sehr reif«, verkündete Paris und musste schon in der nächsten Sekunde über sich selbst lachen. Jean-Pierre war keineswegs reif, er benahm sich völlig altersgemäß, und manchmal kam sie sich tatsächlich vor wie seine Mutter. »Nein, das ist nicht wahr«, berichtigte sie sich. »Er ist ein ganz normaler Zweiunddreißigjähriger, und wahrscheinlich bin ich eine alte Närrin. Aber ich habe unheimlich viel Spaß mit ihm.« Sie versuchte, ehrlich zu sein.
»Das ist doch die Hauptsache.« Meg bemühte sich um einen gelassenen Tonfall, doch Paris bemerkte sehr wohl, dass sie schockiert war. Offenbar hatte sie nicht erwartet, dass ihre Mutter alle Konventionen über Bord werfen würde. »Liebst du ihn?«, fragte sie hörbar beunruhigt.
»Lieben … Das ist ein großes Wort. Ich bin sehr verliebt in ihn. Aber früher oder später wird er nach Frankreich zurückkehren. Das ist keine Sache für die Ewigkeit. Im Grunde hat er sich nur Urlaub von seinem richtigen Job genommen, und das geht nicht auf unbegrenzte Zeit. Anstatt für *Harper's Bazaar* und *Vogue* arbeitet er hier für ein kleines Magazin, das gerade erst auf den Markt gekommen ist.«
»Du scheinst glücklich zu sein, Mom, das ist alles, was zählt. Du musst ihn ja nicht gleich heiraten.«
»Das habe ich auch nicht vor«, versicherte Paris ihrer Tochter. »Ich bin froh, dass ich es dir gesagt habe. Jetzt muss ich es noch deinem Bruder beibringen.« Damit verabschiedete sie sich und wählte unverzüglich Wims Nummer.
Ihr Sohn konnte seine Erschütterung nicht verbergen. »Wie bitte? WIE ALT?«, rief er mit dröhnender Stimme.

»Zweiunddreißig«, wiederholte Paris.
»Das ist ja, als würde ich mit einem vier Jahre alten Mädchen ausgehen!«, erklärte er mit Nachdruck.
Paris konnte verstehen, dass er bestürzt war. »Nicht ganz – schließlich ist er ein erwachsener Mann.«
»Was will er denn mit einer Frau in deinem Alter?«, fragte er missbilligend. Die ganze Welt schien verrückt geworden zu sein. Sein Vater hatte seine Mutter verlassen und eine Frau geheiratet, die kaum älter war als Meg, außerdem bekamen die beiden ein Baby, was er absolut lächerlich und geschmacklos fand. Seine Schwester ließ sich von einem Mann ködern, der ihr Vater hätte sein können. Und nun legte sich seine Mutter auch noch einen Freund zu, der halb so alt war wie sie, oder zumindest beinahe – und zufälligerweise im gleichen Alter wie die neue Frau seines Vaters. Je jünger, desto besser, lautete offenbar die Devise.
»Das musst du ihn selbst fragen«, erwiderte Paris betont ruhig. Sie wollte ihre Kinder weder schocken noch von ihnen für närrisch gehalten werden, fürchtete jedoch, dass beides der Fall war. »Bis in einer Woche dann«, verabschiedete sie sich eilig. Es war wohl das Beste, wenn Wim die Nachricht erst einmal verdaute.
Am nächsten Tag in der Agentur versicherte ihr Bix, dass sie sich keineswegs lächerlich mache und Jean-Pierre ein großartiger Mann sei. Jean-Pierre selbst schien der ganzen Sache völlig unbekümmert gegenüberzustehen. Wann immer sie das Thema zur Sprache brachte, fegte er ihre Bedenken mit einem Lächeln hinweg, und wie stets in seiner Gegenwart empfand sie den Altersunterschied plötzlich gar nicht mehr als problematisch. Fünfzehn Jahre – das

hörte sich zwar gewaltig an, war in Wirklichkeit jedoch längst nicht so gravierend. Wenn sie als Paar auftraten, starrte niemand sie an oder wirkte überrascht, wie Paris erleichtert festgestellt hatte.

Meg, Richard und Wim trafen einen Tag vor Heiligabend ein. Als Paris ihnen Jean-Pierre vorstellte, fühlte sie sich äußerst unbehaglich. Es herrschte zunächst eine angespannte Atmosphäre. Ihre Kinder und ihr Partner schienen vorsichtig umeinander herumzuschleichen und sich gegenseitig zu taxieren. Doch während sich Paris um das Essen kümmerte, gelang es Richard, das Eis zu brechen, und ehe sie sichs versah, redeten, scherzten und lachten alle durcheinander. Nach wenigen Stunden gingen Meg, Wim und Jean-Pierre so freundschaftlich miteinander um, als würden sie sich bereits seit Jahren kennen.

Am nächsten Morgen spielten Wim und Jean-Pierre sogar eine Partie Squash zusammen, und als sich am Abend alle gemeinsam an den Esstisch setzten, hatte Paris den Eindruck, ihr Freund gehöre inzwischen zur Familie. Ihre Bedenken schienen sich in Luft aufgelöst zu haben, und es wurde ein wunderschönes Weihnachtsfest. Wenn Paris über die Situation nachdachte, musste sie insgeheim lachen. Die Welt stand tatsächlich Kopf. Meg liebte einen Mann, der ihr Vater hätte sein können, und ihre Mutter war mit einem Burschen liiert, der etwa so alt war wie ihre Kinder. Als sie und Jean-Pierre sich in ihr Schlafzimmer zurückzogen, sann sie noch immer darüber nach.

»Isch mag deine Kinder sehr«, sagte er mit einem warmherzigen Lächeln. »Sie sind gut. Und sehr freundlisch zu mir. Sie sind nischt böse zu dir?«

»Nein, überhaupt nicht. Danke übrigens für dein Verständnis!« Sie wusste sehr wohl, dass auch er es momentan nicht leicht hatte. Er befand sich in einem fremden Land, arbeitete für ein Magazin, das letztlich nicht seinem Format entsprach, und lebte mit einer Frau zusammen, die sehr viel älter war als er und deren erwachsene Kinder ihn kritisch beäugten. Er nahm all dies hin und sprühte trotzdem vor Lebensfreude.

Bevor sie zu Bett gingen, überreichte er Paris lächelnd ein kleines Etui. Es enthielt ein bildschönes, goldenes Armband von Cartier mit einem kleinen Eiffelturm und einem goldenen Herzen als Anhänger. In die Vorderseite des Herzens hatte er ihre und seine Initialen gravieren lassen, in die Rückseite die Worte *Je t'aime*.

»Joyeux Noël, mon amour«, sagte er leise.

Paris bat ihn, sein Geschenk auszupacken. Es war eine Armbanduhr, ebenfalls von Cartier. Sie hatten beide im selben Geschäft eingekauft.

Ganz gleich, was die Zukunft bringen mochte – Paris wusste, dass sie dieses Weihnachtsfest stets in ihrem Herzen bewahren würde. Es waren wertvolle Momente, die sie und Jean-Pierre bis zur Neige auskosten würden. Sie kam sich vor wie in einer magischen, zerbrechlichen Glaskugel. Doch nun war die Kugel ein wenig größer geworden und schloss auch ihre Kinder ein. Insoweit stand alles zum Besten. *Joyeux Noël.*

26. Kapitel

Meg, Wim und Richard blieben für eine ganze Woche bei Paris und Jean-Pierre, und am Tag vor Silvester fuhren sie alle zum Skilaufen nach Squaw Valley. Jean-Pierre erzählte, er habe schon als Kind die Pisten von Val d'Isère unsicher gemacht, und erwies sich als olympiareifer Skifahrer. Während er und Wim beinahe senkrechte Hänge hinabfegten, gesellte sich Richard zu Paris und Meg, die ein wenig langsamer durch den Schnee glitten und sanfte Gefälle bevorzugten. Abends gingen sie alle zusammen essen. Es war ein perfekter Kurzurlaub, und an Silvester bemühte sich Paris, keinen Gedanken daran zu verschwenden, dass Peter und Rachel nun ihren ersten Hochzeitstag feierten und darüber hinaus in fünf Monaten ein gemeinsames Kind bekommen würden. Sie konnte es noch immer kaum glauben. Aber dann rief sie sich in Erinnerung, wie entsetzlich sie sich ein Jahr zuvor an diesem Tag gefühlt hatte, wie schmerzlich die Gewissheit gewesen war, dass sie Peter endgültig an Rachel verloren hatte. In Anbetracht dessen ging es ihr nun glänzend. Trotzdem konnte sie nicht leugnen, dass die ganze Sache sie keineswegs kalt ließ.

»*Tu es triste?* Du bist traurisch?«, fragte Jean-Pierre. Er trat hinter Paris, die sich gerade für den Abend zurechtmachte

»Nein, ich denke nur nach«, entgegnete sie lächelnd.

Wie so häufig schien er auch diesmal sofort zu erahnen, worum es ging. Zu Beginn ihrer Beziehung hatte sie einmal versucht, ihm zu erklären, dass sie sich trotz der Scheidung noch immer mit Peter verbunden fühlte, obwohl dieser offenbar nichts dergleichen empfand. Jean-Pierre hatte äußerst verletzt reagiert und zwei Tage lang nicht mehr mit ihr gesprochen, und Paris war klar geworden, dass manche Dinge besser ungesagt blieben. Er konnte nicht nachvollziehen, was das Scheitern ihrer Ehe für sie bedeutete. Vielleicht war er zu jung, um das Ausmaß ihres Verlustes zu verstehen.
Es gab Momente, in denen ihr trotz all seiner Wärme der Altersunterschied bewusst wurde. Er betrachtete die Welt mit den Augen eines jungen Menschen und lebte ausschließlich in der Gegenwart. Er wollte nicht an die Zukunft denken oder Pläne schmieden. Er war völlig spontan und tat, was ihm gefiel, ohne Rücksicht auf die Konsequenzen. Manchmal ärgerte sich Paris darüber. Am ersten Weihnachtstag hatte er seinen Sohn angerufen, hinterher jedoch zugegeben, dass ihm das Kind fremd sei und ihn diese Tatsache nicht im Geringsten störe. Es erschien Paris merkwürdig, dass er keinerlei Gefühle für seinen Sohn entwickelt hatte. Ihrer Meinung nach war es Jean-Pierres Pflicht, sich um die Beziehung zu bemühen. Dieser hingegen war der Ansicht, er schulde seinem Sohn gar nichts, und regte sich darüber auf, dass er Unterhalt für ihn zahlen musste. Er ließ keinen Zweifel darüber aufkommen, dass er die Mutter des Jungen regelrecht hasste. Seine Exfrau und er hatten nur geheiratet, damit das Kind ehelich geboren wurde, und sich kurz nach der Entbindung scheiden lassen. Jean-Pierre empfand die Existenz des Jungen

bloß als Bürde, daher mied er ihn, was Paris traurig und verantwortungslos fand. Das Kind musste ohne Vater aufwachsen, was sicher nicht leicht war. In Paris' Augen hätte Jean-Pierre seine Verachtung für die Mutter um des Kindes willen überwinden müssen, aber davon wollte dieser nichts wissen. Er hatte den Kleinen schon vor Jahren aus seinem Leben ausgeschlossen. In diesem Punkt würden sie und Jean-Pierre wahrscheinlich nie übereinkommen. Irgendwann hatte sie aufgehört, mit ihm über das Thema zu diskutieren, weil dies jedes Mal zu einem handfesten Streit führte.

Auch auf anderen Gebieten hatten sie unterschiedliche Auffassungen. Jean-Pierre vertrat etwa eine viel lässigere Arbeitsmoral als Paris. Außerdem umgab er sich gern mit jungen Leuten, während sie natürlich lieber mit Menschen in ihrem Alter zusammen war. Er brachte des Öfteren Kollegen aus der Redaktion mit nach Hause, die in den Zwanzigern waren, sodass sich Paris in ihrer Gegenwart uralt vorkam und außerordentlich unbehaglich fühlte. Obwohl kein Sozialist, war Jean-Pierre sehr links orientiert, ganz anders als sie selbst. Er verabscheute jedwede Art von Reichtum und alles Bürgerliche und hasste alles Elitäre voller Leidenschaft. Er reagierte gereizt auf die Partys, die Paris und Bix ausrichteten, weil er die Gastgeber anmaßend fand. Das waren sie auch – zumindest ein paar von ihnen –, aber Bix und Paris mochten sie trotzdem. Außerdem bestand ihr Klientel beinahe ausschließlich aus gut situierten Leuten. Weil sich diese solche Feiern leisten konnten, funktionierte ihr Geschäft überhaupt.

Einige von Jean-Pierres Ansichten mochten daher rühren, dass er Franzose und in einer anderen Kultur aufgewachsen war, andere entsprangen einfach nur seiner ungestümen Jugend. Er betrachtete sich als avantgardistischen Freidenker und lehnte Traditionen und Normen ab, weil sie seiner Meinung nach sinnlos waren. Die Ehe war die einzige Konvention, der er etwas abgewinnen konnte, denn er war ein Romantiker und glaubte an die große Liebe – im Gegensatz zu Chandler Freeman, der sich an niemanden binden und keinerlei Verpflichtung eingehen wollte. Jean-Pierre war das krasse Gegenteil, er bedrängte Paris und fragte ständig, ob sie sich vorstellen könne, ihn eines Tages zu heiraten – und drohte, er werde sich anderweitig orientieren, falls sie es nicht tat. Paris versprach ihm nichts und ging dem Thema sorgfältig aus dem Weg. Manchmal dachte sie durchaus darüber nach und fragte sich, ob ihre Beziehung auch auf lange Sicht funktionieren könnte, doch für sie deutete einiges darauf hin, dass eine Ehe ihnen zu viele Kompromisse abverlangen würde. Sie war davon überzeugt, dass der Altersunterschied und ihre verschiedenen Lebensphilosophien sie im Laufe der Zeit eher auseinander bringen als zusammenschweißen würden.

Einen Tag vor der Abreise aus Squaw Valley erkundigte sich ihre Tochter nach ihren Plänen. »Willst du Jean-Pierre heiraten, Mom?«, fragte sie rundheraus.

»Nein. Wie kommst du darauf?«

»Er hat heute im Sessellift mit mir darüber geredet.« Meg hatte zusammen mit Wim und Jean-Pierre doch noch einige steile Abfahrten gewagt. »Er sagte, er hoffe, dass du ihn heiratest und wir alle im Sommer zusammen wegfahren, um zu feiern. Ich wusste nicht, ob das deine oder seine Idee war.« Sie warf ihrer Mutter einen besorgten Blick zu.

»Seine«, erwiderte Paris seufzend. Eines Tages musste

man der Wirklichkeit ins Gesicht schauen. Sie konnte sich nicht vorstellen, den Rest ihres Lebens mit einem so jungen Mann zu verbringen. Jean-Pierre war einfach viel zu unbekümmert. Manchmal fiel es ihr schwer, ihn wie einen Erwachsenen zu behandeln. Er hatte nie im selben Maße Verantwortung tragen müssen wie sie und keine Ahnung, was dies überhaupt bedeutete. Ihm fehlten eben einige Lebensjahre, das ließ sich nicht wegdiskutieren, und somit auch entscheidende Erfahrungen, die jeder Mensch früher oder später erwerben musste. Paris war klar, dass Jean-Pierre erst in vielen Jahren ein gewissenhafter, reifer Mann sein würde – wenn überhaupt jemals.

»Jean-Pierre ist großartig, und ich mag ihn sehr«, erklärte Meg vorsichtig. »Aber er erinnert mich oft an Wim. Sie sind beide ein bisschen leichtsinnig, ein bisschen spleenig und denken einfach nicht in größeren Zusammenhängen, weil sie viel zu sehr damit beschäftigt sind, sich zu amüsieren. Du bist ganz anders, viel weitsichtiger. Im Vergleich zu dir kommt mir Jean-Pierre manchmal vor wie ein Kind.«

»Danke für deine Offenheit«, sagte Paris gerührt. Die Bemerkungen ihrer Tochter deckten sich mit ihrer eigenen Einschätzung. Jean-Pierre war ein unwiderstehlicher, bezaubernder Junge – weichherzig und liebevoll, aber manchmal verantwortungslos. Sie hielt es für wichtig, dass er eines Tages weitere Kinder bekam und sie selbst großzog. Doch sie konnte ihm diese Kinder nicht schenken – obwohl er ihr gegenüber schon mehr als einmal einen derartigen Wunsch geäußert hatte. Paris vermochte sich beim besten Willen nicht vorzustellen, noch einmal ein Kind zu gebären. Selbst wenn sie auf der Stelle schwanger würde, wäre sie bei der

Geburt achtundvierzig Jahre alt. Womöglich war Jean-Pierre tatsächlich erst in ein paar Jahren bereit für ein Kind – und dann war es zweifellos zu spät.
Es gab so viele Gründe, die gegen eine Hochzeit mit Jean-Pierre sprachen – dabei war es wunderbar, ihn zu lieben und von ihm geliebt zu werden. Paris fühlte sich hin- und hergerissen. Doch in drei Monaten lief sein Visum ab, und spätestens dann würden sie beide gezwungen sein, eine Entscheidung zu treffen. Sie versuchte, dies zu verdrängen.
»Du brauchst dir keine Sorgen um mich zu machen, Meg«, versicherte sie ihrer Tochter.
»Ich möchte bloß, dass du glücklich bist, Mom. Du hast es verdient, nach allem, was Dad dir angetan hat. Wenn du glaubst, dass Jean-Pierre das Glück deines Lebens ist, dann heirate ihn, und wir werden das akzeptieren. Wir mögen ihn alle. Ich bezweifle einfach nur, dass er langfristig der Richtige für dich ist.«
»Und ich weiß letztlich, dass er nicht der Richtige für mich ist«, gestand Paris traurig. »Ich wünschte, er wäre es.« Allein der Gedanke, sich womöglich in absehbarer Zeit wieder in die Niederungen des Verabredungszirkus begeben zu müssen, verursachte ihr Übelkeit. Außerdem war Jean-Pierre so lieb zu ihr ... das hatte sie nie zuvor erlebt, auch nicht in ihrer Ehe. Aber das reichte eben nicht aus. Und Liebe allein war nicht immer genug. Manchmal konnte das Leben äußerst grausam sein, das wusste niemand so gut wie Paris selbst.
Als sie und Jean-Pierre sich in dieser Nacht im Bett aneinander schmiegten, wurde ihr klar, wie schmerzhaft es für sie sein würde, ihn aufzugeben. Sie konnte sich ein Leben

ohne ihn nicht mehr vorstellen. Und doch musste sie in absehbarer Zeit überlegen, wie sie verfahren wollte – aber nicht jetzt.
Am nächsten Morgen tollten Wim und Jean-Pierre noch ein wenig durch den Schnee, dann stiegen alle wie eine große Familie in den von Paris gemieteten Kleinbus und machten sich auf den Rückweg nach San Francisco. Paris wusste genau, was Meg mit ›leichtsinnig‹ und ›spleenig‹ gemeint hatte. Jean-Pierre liebte es, Witze zu erzählen und anderen Streiche zu spielen. In Squaw Valley hatten er und Wim sich andauernd Schneeballschlachten geliefert, und genau wie Wim wusste auch er nicht, wann man aufhören musste. Die beiden bombardierten einander, bis sie völlig erschöpft umfielen. Und dann schleppten sie sich in ihre Hotelzimmer und warfen ihre klatschnassen Sachen einfach auf den Boden. Sie waren wie zwei kleine Jungen. Bisweilen, wenn sie etwas besonders Albernes getan oder gesagt hatten, blickten sich Paris und Richard über ihre Köpfe hinweg an und kamen sich vor wie die Leiter einer Pfadfindertruppe. Nichtsdestotrotz liebte Paris Jean-Pierre und wollte ihn nicht verlieren.

Ihr gemeinsames Leben blieb märchenhaft. Am sechsten Januar feierten sie zusammen das Dreikönigsfest, *La Fête des Rois*. Jean-Pierre kaufte auf dem Heimweg von der Redaktion einen traditionellen französischen Kuchen und erklärte Paris, dass sich in ihm ein Figürchen verbarg, das demjenigen, der es fand, das ganze Jahr lang Glück bringen würde. Als sie den Kuchen aßen und Paris in ihrem Stück die Figur entdeckte, klatschte er begeistert in die Hände.

Sie unternahmen in der folgenden Zeit Ausflüge nach Carmel und Santa Barbara, wanderten im Yosemite-Nationalpark und besuchten Meg und Richard in Los Angeles. Am Valentinstag rief Meg an und teilte ihrer Mutter atemlos mit, dass sie und Richard sich verlobt hätten und im September heiraten würden. Für Paris kam das nicht überraschend, denn Richard hatte bereits am Tag zuvor mit ihr telefoniert und sie um ihre Einwilligung gebeten. Er hatte Meg einen prachtvollen Verlobungsring geschenkt, und sie konnte es kaum erwarten, ihn ihrer Mutter zu zeigen. Zu Paris' Bestürzung schenkte Jean-Pierre ihr am Valentinstag ebenfalls einen Ring, und obwohl er ihr keinen Antrag machte, waren seine Absichten klar. Er steckte ihr den schmalen Goldreif mit dem winzigen, herzförmigen Diamanten an den Ringfinger der linken Hand, die ihr so lange nackt vorgekommen war. Sie hatte ihren Ehering schmerzlich vermisst und sich oft gewünscht, ihn noch tragen zu können, was natürlich absurd gewesen wäre. Nun zierte Jean-Pierres Ring ihre Hand, und ihr wurde ganz warm ums Herz. Dies veranlasste sie, sich erneut ernsthaft zu fragen, ob sie nicht doch den Rest ihres Lebens mit ihm verbringen wollte.

Als sie sich eine Woche nach Megs Verlobung mit Bix über die Hochzeit unterhielt, fragte sie ihn nach seiner Meinung.

»Du musst der Stimme deines Herzens folgen«, riet er. »Was willst du?«

»Sicherheit und Geborgenheit.« Diese beiden Wörter waren ihr als Erstes eingefallen. Nach dem, was sie mit Peter erlebt hatte, war das für sie das Wichtigste. Doch sie wusste, dass im Leben zwar alles möglich war, es aber für nichts eine Garantie gab. Allerdings waren manche Risiken größer als andere, und bei Jean-Pierre empfand sie das Risiko als beträchtlich. Er war inzwischen dreiunddreißig, und sie würde in etwas mehr als zwei Monaten ihren achtundvierzigsten Geburtstag feiern. Achtundvierzig – das klang in ihren Ohren schrecklich alt. An ihm hingegen wirkte einfach alles jugendlich – sein Aussehen, sein Lebensstil, seine Ansichten. Vielleicht würden sich seine Gefühle eines Tages verändern, und er verliebte sich in eine andere. Wie Peter. Peters Verrat hatte ihr Grundvertrauen zerstört, und darunter musste nun auch Jean-Pierre leiden. Gleichgültig, wen sie in Zukunft lieben oder worauf sie bauen würde – Peters Verrat würde stets einen Schatten auf ihr Glück werfen. Leider ließ sich nichts ungeschehen machen.

»Liebst du ihn?«, wollte Bix wissen.

»Ja«, erwiderte sie ohne zu zögern. »Ich weiß nur nicht, ob ich ihn genug liebe.«

»Wie viel ist denn genug?«

»Genug, um gemeinsam alt zu werden und all die Leiden und Enttäuschungen zu ertragen, die das Leben mit sich bringt.«

In Paris' Augen musste man willens sein, diese Herausforderung anzunehmen und daran zu wachsen. Peter war nicht dazu bereit gewesen. Würde Jean-Pierre es sein? Paris hatte da ihre Zweifel, und wahrscheinlich wusste Jean-Pierre es noch nicht einmal selbst. Aber er dachte offenbar nicht näher darüber nach, denn im März wagte er einen Vorstoß. Sein Visum lief in einem Monat ab, und dies vor Augen machte er Paris einen Heiratsantrag. Paris bedauerte zutiefst, dass er so weit vorgeprescht war, denn sie konnte und wollte nicht einfach Ja sagen.

Jean-Pierre war am Boden zerstört. Er schlug Paris daraufhin zweierlei vor: Sie könnten sich entweder trauen lassen, damit er in den Vereinigten Staaten bleiben durfte und eine unbefristete Aufenthaltsgenehmigung erhielt, oder sie solle mit ihm nach Paris gehen, damit er sein Leben dort wieder aufnehmen konnte. Letzteres hätte für Paris bedeutet, alles aufzugeben, was sie sich in San Francisco aufgebaut hatte. Aber Paris mochte ihre Arbeit und fühlte sich an der Westküste sehr wohl, sie dachte gar nicht daran, nun ihre Zelte abzubrechen. Jean-Pierre hingegen konnte sich durchaus vorstellen, in den USA zu bleiben, doch das war eben nur möglich, wenn sie heirateten. Er sagte, er könne es sich nicht erlauben, seine Karriere noch länger auf Eis zu legen, und Paris war bewusst, dass sie ihn auf keinen Fall aufhalten durfte. Er musste da weitermachen, wo er aufgehört hatte – als Starfotograf, der in der Welt herumreiste. Oder er würde sich in den Staaten um anspruchsvollere Aufträge bemühen. Er stellte klar, dass er nicht für immer und ewig in einer zwanglosen Beziehung mit ihr zusammenleben wolle, und beteuerte im selben Atemzug, wie sehr er sie liebe und sich wünsche, dass sie seine Frau würde. Ein Teil von ihr verspürte denselben Wunsch, doch sie konnte nicht aufhören, sich um die Zukunft zu sorgen.
Paris brauchte drei Wochen, um zu einer Entscheidung zu gelangen. Anfang April unternahmen sie und Jean-Pierre einen ausgedehnten Spaziergang am Jachthafen und ließen sich schließlich auf dem Rasen vor dem Palace of Fine Arts nieder. Sie liebte es, mit ihm dort zu sitzen und die Enten auf dem Teich zu beobachten. Sie liebte es überhaupt, mit ihm zusammen zu sein. Umso schwerer fiel es ihr, die

schicksalhaften Worte auszusprechen. Obwohl Paris flüsterte, dröhnten sie ihr in den Ohren wie Kanonenschüsse und zerrissen ihr beinahe das Herz.

»Ich kann dich nicht heiraten, Jean-Pierre. Ich liebe dich, aber ich kann einfach nicht. Mir ist das alles zu ungewiss ... Und du verdienst so viel mehr, als ich dir geben kann ... vor allem, noch Kinder zu bekommen ...« Und er sollte seine kindlichen Seiten ausleben dürfen. Unglücklicherweise hatte sie erkannt, dass sie einen erwachsenen Mann als Partner brauchte, und sie war nicht sicher, ob Jean-Pierre jemals erwachsen werden würde.

»Willst du mit mir in Frankreisch leben – ohne zu 'eiraten?«, fragte er mit erstickter Stimme.

In Paris sträubte sich alles dagegen, ihm wehzutun, aber es war für sie beide besser, jetzt eine schmerzhafte Trennung zu vollziehen, als später ein Fiasko zu erleben. Sie schüttelte schweigend den Kopf.

Jean-Pierre erwiderte nichts. Nach einer Weile erhob er sich, und schweigend schlenderten sie zurück nach Hause. Ohne ein Wort verzog sich Jean-Pierre in die Einliegerwohnung, wo er die Nacht allein verbrachte. Er konnte Paris' Nähe nicht ertragen und wusste, dass jeder Versuch, sie umzustimmen, sinnlos war. Am nächsten Morgen packte er seine Koffer. Paris ging nicht zur Arbeit, was in der ganzen Zeit noch nie vorgekommen war. Als sich Jean-Pierre verabschiedete, brachen beide in Tränen aus.

»Isch liebe disch. Isch werde disch immer lieben. Wenn du zu mir kommen willst, isch werde da sein. Wenn du willst, dass isch zurückkehre, isch werde kommen.«

Ein größeres Versprechen hätte sich keine Frau wünschen können, doch Paris ging darüber hinweg. Sie kam sich in diesem Augenblick selbst verrückt vor, aber sie hatte dennoch das Gefühl, das Richtige zu tun – auch wenn sie dafür einen hohen Preis zahlen musste.

»Je t'aime«, lauteten seine letzten Worte.

»Moi aussi«, flüsterte Paris. Nachdem er fort war, begann sie herzzerreißend zu schluchzen. Der Schmerz war fast unerträglich. Sie liebte Jean-Pierre – zu sehr, um den Fehler zu begehen, seine Frau zu werden, und genug, um ihn loszulassen. Seine Freiheit war das größte Geschenk, das sie ihm machen konnte.

Paris meldete sich für die ganze Woche krank, und als sie schließlich wieder in der Agentur erschien, sah sie entsetzlich aus, was ihr durchaus bewusst war. Sie hatte eine ähnliche Situation schließlich schon einmal erlebt. Diesmal fühlte sie sich jedoch weitaus stärker und benötigte noch nicht einmal die Unterstützung von Anne Smythe. Sie biss die Zähne zusammen und nahm ihre Arbeit wieder auf. Und als sich der Tag, an dem Peter sie verlassen hatte, zum zweiten Mal jährte, dachte sie lange und gründlich über den doppelten Verlust nach, den sie erlitten hatte. Sie hatte eine weitere, schmerzvolle Lektion erteilt bekommen und wusste, dass sie ihr Herz nicht noch einmal verschenken würde.

27. Kapitel

Peter und Rachels Kind wurde am siebten Mai geboren, drei Tage nach Paris' und einen Tag nach Wims Geburtstag. Da Paris aufgrund Jean-Pierres Abreise noch immer wie betäubt war, ließ die Nachricht sie beinahe kalt. Einen Moment lang dachte sie an die Zeit, als ihre Kinder zur Welt gekommen waren. Eine Zeit, in der ihr Leben gerade erst begonnen hatte – während es nun vorbei zu sein schien.

Sie wollte ihre Kinder nicht mit ihrem Kummer belasten und erwähnte Jean-Pierre fortan mit keinem Wort. Sie hatte Wim und Meg lediglich mitgeteilt, dass sie sich getrennt hatten. Die beiden wussten nicht, wie sie ihre Mutter trösten sollten, und machten sich große Sorgen um sie. Meg beriet sich mit Richard und rief schließlich Bix an.

»Wie geht es ihr wirklich? Sie behauptet immer wieder, alles sei in Ordnung, aber sie klingt einfach furchtbar.«

»Nichts ist in Ordnung«, bestätigte Bix. »Es geht ihr miserabel. Sie muss mit so vielem fertig werden – erst dein Vater, dann Jean-Pierre, jetzt auch noch das Baby. Das alles tut ihr verdammt weh.«

»Wie kann ich ihr helfen?«

»Gar nicht. Sie muss allein klarkommen, und das wird sie auch. Sie hat es schließlich schon einmal geschafft.«

Obwohl nichts Paris je so tief treffen konnte wie die Trennung von Peter, war der Weg diesmal ebenfalls mühsam und steinig. Paris ging ihn allein und mit winzigen Schritten. Ihre Hoffnung auf eine neue Partnerschaft hatte sich zerschlagen, und das musste sie erst einmal verkraften. Das Einzige, was sie aufrecht hielt, war die Planung von Megs und Richards Hochzeit im Herbst. Es würde eine Feier mit dreihundert Gästen werden, und sie und Bix übernahmen die gesamte Organisation. Meg hatte volles Vertrauen in die Fähigkeiten ihrer Mutter und überließ ihr sämtliche Entscheidungen.

Im Juni, zwei Monate nach Jean-Pierres Abreise, hielt Paris es schließlich nicht mehr aus. Sie starrte eine ganze Nacht lang das Telefon an und beschloss dann, ihn anzurufen. Wenn er sie noch wollte, würde sie alles tun, um wieder mit ihm zusammenzukommen. Sie ertrug den Schmerz keinen Tag länger. In den vergangenen Wochen hatte sie sich unendlich einsam gefühlt und vermisste Jean-Pierre so sehr, wie sie es niemals für möglich gehalten hätte. Um acht Uhr morgens – fünf Uhr nachmittags in Paris – wählte sie seine Nummer. Während sie darauf wartete, seine Stimme zu hören, schlug ihr das Herz bis zum Hals, und sie fragte sich, ob sie womöglich noch einen Platz in der Abendmaschine nach Paris ergattern konnte.

Das Klingelzeichen ertönte, dann meldete sich eine Frau, die sehr jung klang. Paris fragte auf Französisch nach Jean-Pierre, und die Frau erwiderte, er sei nicht da.

»Können Sie mir sagen, wann er zurückkommt?«

»Schon bald. Ich habe die Grippe, deshalb holt er meine kleine Tochter aus dem Hort ab.«

»Wohnen Sie bei Jean-Pierre?«, erkundigte sich Paris und ahnte, dass die Strafe für ihre Neugier auf dem Fuß folgen würde. Sie hatte kein Recht, die Nase in seine Angelegenheiten zu stecken, aber sie konnte nicht anders, sie musste einfach Bescheid wissen.

»Ja, ich und meine Tochter. Wer sind Sie?«

»Eine Bekannte aus San Francisco«, antwortete Paris ausweichend. Am liebsten hätte sie die junge Frau gefragt, ob sie und Jean-Pierre einander aufrichtig liebten, aber das wäre natürlich zu weit gegangen. Außerdem hätte sie eine positive Antwort gar nicht hören wollen. Es genügte ihr, dass die beiden offenbar zusammenlebten. Er hatte wahrlich keine Zeit verschwendet. Andererseits war ihr klar, dass sie ihn zutiefst verletzt hatte und dass jeder einen solchen Schmerz auf seine Weise überwinden musste.

»Wir werden im Dezember heiraten«, erklärte die Frau unvermittelt.

»Oh«, stieß Paris hervor und hatte das Gefühl, als sei sie von einem Torpedo getroffen worden. Sie selbst hätte seine Braut sein können ... Aber sie rief sich sofort zur Ordnung. Sie hätte Jean-Pierre unmöglich heiraten können. Ihre Entscheidung hatte auf vernünftigen Gründen basiert, und sie hatte getan, was sie für richtig gehalten hatte, genau wie Peter damals. Im Grunde handelten alle gemäß ihren Überzeugungen, selbst wenn andere dabei verletzt wurden, das stand ihr in diesem Moment klar vor Augen.

»Herzlichen Glückwunsch«, sagte sie tonlos.

»Vielen Dank. Soll ich Ihren Namen und Ihre Telefonnummer notieren, damit Jean-Pierre Sie zurückrufen kann?«, fragte die junge Frau hilfsbereit.

»Nein danke, das ist nicht nötig. Ich rufe später noch einmal an. Am besten erzählen Sie ihm gar nichts, dann kann ich ihn überraschen. Auf Wiederhören.« Paris legte auf und verharrte reglos vor dem Telefon. Jean-Pierre war für sie verloren, genau wie Peter. Er lebte mit einer anderen zusammen und würde sie heiraten. Paris fragte sich, wie die beiden einander kennen gelernt hatten und ob er sie wirklich liebte oder sich auf diese Weise nur über sie, Paris, hinwegtrösten wollte. Wie auch immer: Das war ganz allein seine Sache. Ihre Leben waren nicht mehr miteinander verknüpft. Sie hatten eine wunderschöne Zeit zusammen verbracht und wahrhaft magische Momente miteinander geteilt. Dennoch war sie im Hinblick auf eine dauerhafte Beziehung mit Jean-Pierre einer Illusion erlegen. Ihr unbändiger Wunsch nach einem Partner hatte sie in die Irre geführt, eigentlich hätte sie von vornherein erkennen müssen, dass sie und der junge Franzose keine Zukunft hatten.

Paris zog sich schließlich an und fuhr zur Arbeit. Als Bix sie sah, schüttelte er nur bekümmert den Kopf. Diesmal riet er ihr keineswegs, sich frischen Mutes erneut auf die Suche zu begeben. Sie war nicht in der Verfassung, sich mit einem Mann zu verabreden, und dies würde wahrscheinlich auch noch einige Zeit lang so bleiben.

Zwei Monate vergingen, bis sich Paris wieder einigermaßen gefangen hatte. Bis zu Megs Hochzeit waren es nur noch vier Wochen, doch Paris hatte sich noch nicht einmal ein Kleid gekauft. Sie war einfach nicht in der Stimmung gewesen. Das Brautkleid ihrer Tochter dagegen hing bereits seit über zwei Monaten im Schrank der Einliegerwohnung. Bix hatte es entworfen – einen Traum aus weißer Spitze mit einer schier endlosen Schleppe.

Gegen Ende August hörte Bix Paris zum ersten Mal seit

einer halben Ewigkeit wieder aus vollem Halse lachen und war dermaßen überrascht, dass er sich irritiert umblickte. »Bist du das etwa, Paris?«, fragte er ungläubig.
»Kann schon sein.«
»Dann hör bloß nicht auf damit! Schön, dass du wieder da bist, wir alle haben dich wahnsinnig vermisst. Und komm ja nicht auf die Idee, noch einmal zu verschwinden!«
»Glaub mir, noch mal werde ich das bestimmt nicht durchstehen. Mit den Männern habe ich abgeschlossen. Endgültig.«
»Aha – halten wir uns jetzt an Frauen?«
»Um Himmels willen!«, entgegnete sie, lachte erneut und fühlte sich beinahe wieder wie sie selbst. In den vergangenen Monaten hatte sie nichts anderes getan als zu arbeiten. Sie war nicht ausgegangen, hatte sich mit niemandem getroffen und nur sporadisch mit ihren Kindern telefoniert. Wim verbrachte den Sommer im Rahmen eines Austauschprogramms in Spanien, und Meg steckte bis zum Hals in Arbeit. »Ich halte mich an niemanden, weder an Männer noch an Frauen. Nur an mich selbst.«
»Das ist vollkommen ausreichend«, erwiderte Bix zufrieden.
»Aber mir ist gerade eingefallen, dass ich ein Kleid für die Hochzeit brauche.« Sie kam sich vor, als hätte sie vier Monate in einem verwunschenen Schloss verbracht und sei gerade erst aufgewacht.
Bix warf ihr einen verlegenen Blick zu und öffnete den Wandschrank in seinem Büro. Er hatte ein Kleid für sie schneidern lassen. »Wenn es dir gefällt, schenk ich es dir. Wenn nicht, bring ich es anderweitig an die Frau.«
Es war ein wunderschönes, cremefarbenes Spitzenkleid mit

einem blassrosafarbenen Taftmantel. Die Farben schmeichelten Paris' Haarfarbe und ihrem Teint. Paris war sprachlos.

»Hoffentlich passt es. Du bist furchtbar dünn geworden.«

Die Worte kamen ihr bekannt vor, nach der Trennung von Peter hatte sie sie unzählige Male vernommen. Diesmal war es nicht so schrecklich gewesen wie damals, aber gelitten hatte sie ebenfalls unsäglich. Doch nun hatte sie ihre Lektion endgültig gelernt. Sie würde sich nie wieder auf eine Beziehung einlassen, die offenbar unausweichliche Trennung tat einfach zu weh. Vielleicht ließ sich Schmerz nicht vermeiden, wenn man jemanden liebte. Paris wusste es nicht, und im Grunde war es ihr auch gleichgültig. Sie war nur froh, dass sie das Gröbste überstanden hatte und ihr gewohntes Leben wieder aufnehmen konnte.

»Du bist ein Engel, Bix! Ich nehme es mit nach Hause und probiere es an. Tausend Dank!«

Sie und Bix verbrachten den restlichen Nachmittag damit, die letzten Details der Hochzeit zu besprechen. Alles war vollkommen. Bix hatte wie üblich Wunder gewirkt, und auch Paris hatte trotz ihres Liebeskummers hervorragende Arbeit geleistet.

Als Paris am Abend das Kleid überzog und in den Spiegel blickte, stahl sich ein Lächeln auf ihre Lippen. Sie wirkte sehr jung und sah bezaubernd aus. Bix hatte sich selbst übertroffen und genau das Richtige für sie ausgewählt. Die Farbe harmonierte mit den cremeweißen Kleidern der sieben Brautjungfern. Zweifellos würde es eine Traumhochzeit werden.

Das Einzige, was wie ein Albdruck auf Paris lastete, war die Tatsache, dass Peter, Rachel und ihr Baby ebenfalls dabei sein würden. Und natürlich Rachels Söhne. Die perfekte Familie. Paris würde ohne Begleitung erscheinen, doch sie hatte sich bereits damit abgefunden. Die Trennung von Jean-Pierre unterschied sich in einem Punkt grundlegend von der Trennung von Peter: Sie hatte sie selbst herbeigeführt. Und nun, nach etwa vier Monaten gründlichen Nachdenkens, war sie zu dem Schluss gelangt, dass es ihr besser ging, wenn sie allein war. Dies war keineswegs das, was sie sich für ihr Leben vorgestellt hatte, aber sie musste sich nun einmal mit den Gegebenheiten arrangieren. Paris zweifelte nicht eine Sekunde lang daran, dass sie auch ohne einen Mann glücklich und zufrieden sein konnte. Sie hatte sich schon einmal an diesem Punkt befunden, doch dann war ihr Jean-Pierre dazwischengekommen …

In den letzten zwei Monaten hatte sie sorgfältig nachgedacht und einen Plan gemacht. Paris wusste, was sie wollte. Sie war nicht sicher, wie ihre Kinder und ihre Bekannten darauf reagieren würden, aber die Entscheidung lag ganz allein bei ihr, und das erfüllte sie mit einer nie gekannten Genugtuung. Sie hatte diskret Erkundigungen eingezogen und war nun im Besitz von zwei Visitenkarten mit Adressen und Telefonnummern. Sie würde nach der Hochzeit dort anrufen und dann weitersehen. Nur diese Perspektive hatte für sie noch einen Sinn – das Einzige, was ihr gut tat und ihr nicht irgendwann das Herz brechen würde. Paris wollte keinen Mann, sondern ein Kind!

28. Kapitel

Megs Hochzeit war genau so, wie Paris sie sich ausgemalt hatte: elegant, geschmackvoll und nicht zu auffällig. Meg hatte sich eine Art Gartenfest gewünscht, daher fand die Feier im Burlingame Club statt, einem vornehmen Country Club im Stadtteil Hillsborough. Bix und Paris stimmten darin überein, dass sie zu den bezauberndsten Hochzeiten gehörte, die sie jemals organisiert hatten.

Paris hatte einige Male mit Peter telefoniert, um mit ihm über den Ablauf und die finanzielle Seite der Hochzeit zu reden, denn er übernahm die Hälfte der Kosten. Obwohl diese Gespräche allesamt kurz und sachlich gewesen waren, hatten sie Paris jedes Mal erschüttert. Sie ahnte, dass es etwas anderes war, Peters Stimme durch den Hörer zu vernehmen, als ihm persönlich gegenüberzutreten. Paris fürchtete sich regelrecht vor dem Wiedersehen. Seit Wims Umzug nach Berkeley war sie Peter nicht mehr begegnet und hatte auch nur äußerst selten mit ihm gesprochen. Nun musste sie sich nicht nur ihm stellen, sondern auch Rachel und den Kindern, und allein der Gedanke verursachte ihr Magenschmerzen.

Am Tag der Hochzeit war Paris dermaßen mit Meg beschäftigt, dass sie das Zusammentreffen mit Peter beinahe vergaß. Ihre Tochter hatte sich für eine traditionelle Trauung entschieden, daher musste sich Richard vor der Zeremonie mit seinem Trauzeugen in einen Nebenraum der Kirche zurückziehen, damit er seine Braut nicht vorzeitig zu Gesicht bekam. In dem weißen Spitzenkleid mit der langen Schleppe und dem zarten Schleier, der sie wie eine Wolke umhüllte und von einem kleinen Perlendiadem gekrönt wurde, sah Meg aus wie eine Märchenprinzessin. Paris hatte ihr genau dies gewünscht: einen herrlichen Hochzeitstag, an dem sie den Mann heiratete, der sie ebenso sehr liebte wie sie ihn. Sie hatte schon vor langem aufgehört, sich wegen des Altersunterschiedes zwischen Meg und Richard Sorgen zu machen, und erkannt, dass er der Richtige für ihre Tochter war.

Als Paris zum Eingangsbereich der Kirche ging, um einen letzten prüfenden Blick auf die Blumenarrangements zu werfen, entdeckte sie Peter, der allein an einer Säule stand und auf seine Tochter wartete, um sie zum Altar zu geleiten. Meg wurde gerade in einem anderen Nebenraum von ihren Brautjungfern umringt, die ihren Schleier richteten und ihr alles Gute wünschten.

Paris steuerte auf Peter zu, betrachtete ihn und wurde von Erinnerungen an ihren eigenen Hochzeitstag vor sechsundzwanzig Jahren überwältigt. Sie hatte damals fest damit gerechnet, die Hochzeit ihrer Kinder an der Seite ihres Mannes zu erleben. Nun stand sie ihm nach langer Zeit zum ersten Mal wieder gegenüber – in dem Wissen, dass er nun mit einer anderen verheiratet war.

»Hallo, Peter«, sagte sie schließlich und konnte in seinen Augen erkennen, dass auch er aufgewühlt war. Dank Bix sah sie beinahe so atemberaubend aus wie Meg. Der hellrosafarbene Taftmantel schwang locker über dem cremeweißen Kleid, das ihre noch immer jugendliche Figur betonte.

»Hallo, Paris. Du siehst hinreißend aus«, erwiderte er leise. Als er sie umarmte, wallte in ihr alles wieder auf, was sie einmal für ihn empfunden hatte. Sie löste sich von ihm, trat einen Schritt zurück und sagte: »Du siehst auch sehr gut aus.« Er war so attraktiv wie eh und je. »Meg wird gleich kommen«, erklärte sie und ging dann hinüber zu Wim, der sie zu der ersten Bank führte. Beide ließen sich dort nieder.

Als Paris bemerkte, dass Rachel mit ihren beiden Söhnen unmittelbar hinter ihr saß, zuckte sie leicht zusammen und wünschte, die neue Familie ihres Exmannes hätte mehrere Reihen weiter hinten Platz genommen. Sie versuchte, die drei zu ignorieren, und wandte sich dem Altar zu. Richard hatte sich inzwischen vorn aufgestellt und wartete auf seine Zukünftige. Kurz darauf stimmte der Organist die Einzugshymne an, und die Erste von Megs Brautjungfern glitt langsam den Mittelgang entlang.

Dann schritt Meg am Arm ihres Vaters zum Altar, und Paris hielt den Atem an. Ein Raunen ging durch die Reihen. Meg war die vollkommene Braut, eine strahlende junge Frau voller Zuversicht und Vertrauen. Als sie Richard entgegensah, leuchtete ihr Gesicht vor Glück, und Paris spürte, wie ihr Tränen in die Augen traten. Nachdem Peter seine Tochter Richard übergeben hatte, ging er zu seinem Platz und sah Paris dabei für einen Sekundenbruchteil eindringlich an. In seinem Blick lag so viel Bedauern und Zärtlichkeit, dass sie am liebsten nach seiner Hand gegriffen hätte, doch sie zügelte sich. Peter setzte sich leise auf die Bank hinter ihr, neben seine neue Frau, und Paris musste sich zusammenreißen, um nicht lauthals zu schluchzen. Wim schaute seine Mutter besorgt an und

drückte kurz ihre Hand, und Paris lächelte ihm dankbar zu. Sie war froh, ihn an ihrer Seite zu wissen.
Nach der Zeremonie stellten sich Meg, Richard, Paris, Peter, die erste Brautjungfer und der Trauzeuge am Eingang der Kirche auf und nahmen die Glückwünsche der Gäste entgegen. Einen Moment lang gab Paris der Versuchung nach und stellte sich vor, sie sei noch mit Peter verheiratet, doch dann wanderte ihr Blick über die im Vestibül versammelte Menge und traf auf Rachel. Deren Miene wirkte entschuldigend, keine Spur einer selbstzufriedenen Siegerin, die Paris erwartet hatte. Die beiden Frauen nickten einander kaum merklich zu. Für Paris war es eine Geste der Versöhnung. Sie wusste, dass keineswegs Rachel die Schuld an der Trennung trug, Peter allein hatte sich zu diesem Schritt entschieden. Mit ihm hatte Paris beinahe alles verloren, was sie geliebt und woran sie geglaubt hatte – abgesehen von ihren Kindern. Sie hatte erfahren, wie grausam das Schicksal sein konnte, doch auch diese Erfahrung barg ein Geschenk in sich, dessen war sie sicher. Sie hatte es noch nicht gefunden, wusste jedoch, dass sie es eines Tages entdecken würde. Und dann würde sie frei sein. Bis dahin wollte sie die Suche fortsetzen und dabei mit jedem Tag stärker werden. Das ganze Leben kam ihr plötzlich vor wie eine Reise, und die Begegnungen mit Peter, Jean-Pierre und sogar Bix waren Stationen, die Paris letzten Endes zu sich selbst führen würden.
Aber vorerst stellte sie erstaunt fest, dass ihr die Frau, deretwegen Peter sie verlassen hatte, auf einmal bedeutungslos erschien. Paris beneidete Rachel nicht um Peter, sondern vielmehr um ihr gemeinsames Kind. Sie beobachtete fasziniert, wie jemand Rachel das Baby reichte und sie

das kleine Mädchen in den Armen hielt. Das war es, was sich Paris wünschte.

Sie richtete ihre Aufmerksamkeit wieder auf die Gäste und auf Meg und Richard, die nur wenige Schritte entfernt standen. Sie hatte noch nie ein glücklicheres Paar gesehen. Da trat ihr Schwiegersohn zu ihr, umarmte sie und dankte ihr noch einmal für alles, was sie für ihn und Meg getan hatte.

»Ich bin immer für dich da, wenn du mich brauchst«, flüsterte er.

Paris lächelte ihn strahlend an. Es war wundervoll, die beiden dabei zu beobachten, wie sie ihren gemeinsamen Lebensweg antraten. Paris wünschte ihnen alles Glück der Welt und betete dafür, dass ihnen jedweder Kummer erspart bliebe.

Kurze Zeit später begab sich die Hochzeitsgesellschaft zum Burlingame Club. Während das Brautpaar, die engsten Familienangehörigen, die erste Brautjungfer und Richards Trauzeuge für die Fotografen posierten, wurden den Gästen Cocktails gereicht. Bix bewegte sich elegant durch die Menge, machte Konversation, stellte Gäste einander vor und achtete darauf, dass alles glatt lief.

Die Sitzordnung für die dreihundert Hochzeitsgäste war sorgfältig geplant worden, und Paris selbst hatte am frühen Morgen noch einmal die Platzkarten überprüft. Sie saß so weit von Peter entfernt wie möglich, an einem Tisch mit Bix, Steven und einigen ihrer Freunde. Paris arbeitete dermaßen viel, dass sie kaum Zeit hatte, Leute kennen zu lernen, und selbst nach annähernd zwei Jahren in San Francisco hatte sie noch nicht viele Bekannte. Daher waren anfangs drei Plätze an ihrem Tisch leer geblieben. Meg

hatte kurzerhand einen von Richards Kollegen und die Eltern der ersten Brautjungfer an ihrem Tisch platziert, die Paris noch aus Greenwich kannte.
Auch Natalie und Virginia waren gekommen, saßen jedoch inmitten einer Gruppe von Peters Freunden und würden gleich am nächsten Morgen zurück an die Ostküste fliegen. Paris bedauerte, dass sie als Brautmutter und Organisatorin der Feier zu beschäftigt war, um sich ausgiebig mit ihren beiden alten Freundinnen zu unterhalten.
Als das Essen serviert wurde, war Paris völlig außer Atem. Sie hatte alle dreihundert Gäste persönlich begrüßt und darüber hinaus einen Streit zwischen einem Fotografen und einem Kellner geschlichtet. Nun streifte sie ihren Mantel ab, holte tief Luft und wandte sich an Richards Kollegen.
»Bitte verzeihen Sie, dass ich eine dermaßen schlechte Tischnachbarin bin«, entschuldigte sie sich mit einem Lächeln. »Haben Sie sich bereits mit den anderen bekannt gemacht?«, fügte sie höflich hinzu und stellte fest, dass der Mann Richard erstaunlich ähnlich sah. Er war allerdings älter, ein wenig größer und hatte dunkleres Haar. Als sie ihn fragte, ob er mit ihrem Schwager verwandt sei, lachte er und winkte ab. Dann stellte er sich als Andrew Warren vor. Paris erinnerte sich vage, dass Meg ihr erzählt hatte, er sei ebenfalls Anwalt für Film- und Medienrecht, geschieden und habe zwei Töchter. Sie erkundigte sich nach seiner Tätigkeit und erfuhr, dass er Schriftsteller und Drehbuchautoren vertrat, während sich Richard um Schauspieler und Regisseure kümmerte, was zwar mondäner, aber auch anstrengender war.
»Ich arbeite für Autoren, die die Rechte an ihren Werken

an die Filmindustrie verkaufen. Die meisten von ihnen sind ziemlich öffentlichkeitsscheu und ziehen es vor, so gut wie nie persönlich in der Kanzlei zu erscheinen, deshalb kommunizieren wir hauptsächlich per Telefon, Brief oder E-Mail. Ich trage immer einen Stapel Manuskripte mit mir herum, und häufig sitze ich einfach zu Hause und lese. Im Gegensatz zu Richard muss ich nicht zu Drehorten hetzen, um hysterische Schauspielerinnen aus ihren Wohnwagen zu locken, oder an Filmpremieren teilnehmen. Und ich bin froh darüber«, gab er zu. »Ich habe selbst noch ein unvollendetes Manuskript in der Schublade, also könnte man mich wohl als verhinderten Schriftsteller bezeichnen.«

Andrew Warren schien ein interessanter Gesprächspartner zu sein, doch Paris konnte ihm nicht viel Aufmerksamkeit schenken, da sie etwa alle fünf Minuten aufstehen musste, um mit jemandem zu plaudern. Als sie wieder einmal gezwungen war, ihn allein zu lassen, bat sie Bix flüsternd, sich ein wenig um ihn zu kümmern.

Kurz darauf erklang der Brautwalzer. Anfangs schwebte das Brautpaar allein über die Tanzfläche, dann tanzte Meg mit ihrem Vater und Richard mit seiner Mutter, und Wim wirbelte Paris umher. Danach fand sich beinahe die gesamte Festgesellschaft auf der Tanzfläche ein. Paris kehrte an den Tisch zurück und sank auf ihren Stuhl. Sie war den ganzen Tag über fast ununterbrochen in Bewegung gewesen.

»Sie haben noch keinen Bissen gegessen«, schalt Andrew sie mit gespielt väterlichem Tonfall, und diesmal entspann sich ein längeres Gespräch. Seine Töchter waren beide in den Dreißigern und verheiratet, bisher jedoch noch kinderlos. Die eine lebte in London, die andere in Paris. Er erwähnte beiläufig, dass seine Exfrau wieder geheiratet habe und in New York wohne, wo auch er während seiner Ehe ansässig gewesen sei.

In dem Moment fiel Paris plötzlich wieder ein, was Meg noch über ihn gesagt hatte. Seine geschiedene Frau stammte aus einer berühmten Familie und hatte in zweiter Ehe den Gouverneur von New York geheiratet. Andrew hatte während seiner Ehe in illustren Kreisen verkehrt, führte nun jedoch eher ein ruhiges, zurückgezogenes Leben. Mehr aus Gewohnheit als aus echtem Interesse erkundigte sich Paris, wie lange er schon geschieden sei. Andrew erwiderte lächelnd, seine Scheidung liege zehn Jahre zurück. Er wirkte kein bisschen verbittert, sprach voller Zuneigung von seiner Exfrau und machte auf Paris insgesamt einen sehr sympathischen Eindruck.

»Meine beiden Töchter gingen damals schon aufs College, und meine Frau und ich kamen zu dem Schluss, dass eine Scheidung sinnvoller war als die Art und Weise, wie wir nebeneinanderher lebten. Ich war wegen meiner Arbeit hierher gezogen, und sie hasste Kalifornien und blieb in New York. Sie engagiert sich dort in der Politik und fand das Leben hier zu oberflächlich. Sie verabscheut die Filmindustrie, was ich gut verstehen kann, aber ich liebe meine Arbeit und hatte hier eben eine großartige berufliche Chance. Das politische Parkett an der Ostküste war nicht meine Sache, ihr bedeutete es jedoch alles. Das ständige Pendeln zerrte an unseren Nerven, und wir entfernten uns immer mehr voneinander. Inzwischen sind wir gute Freunde, und ich mag auch ihren zweiten Mann sehr gern. Er passt perfekt zu ihr. Inzwischen bin ich zu dem Schluss gelangt, dass wir eine dieser hoffnungslosen Romanzen hatten, die nicht für die Ewigkeit bestimmt sind«, erklärte er lächelnd. »Wir haben ein ausgezeichnetes Verhältnis. Als die Mädchen noch jünger waren, habe ich sogar regelmäßig mit ihnen und meiner Exfrau Urlaub gemacht. Ich glaube, ihr Neuer hielt uns für verrückt, aber es funktionierte. Und im vergangenen Jahr bin ich mit ihrem Mann sogar zum Jagen nach Schottland geflogen ... Heutzutage ist ›Familie‹ ein recht dehnbarer Begriff«, sagte Andrew schmunzelnd und bat Paris dann um den nächsten Tanz.

Sie wäre lieber sitzen geblieben und hätte sich mit Bix und Steven unterhalten, wollte jedoch nicht unhöflich sein und nickte.

»Meiner Erfahrung nach ist es eine Ausnahme, wenn ein geschiedenes Paar so zivilisiert miteinander umgeht wie Sie und Ihre Exfrau«, bemerkte sie, während sie und Andrew einen langsamen Walzer tanzten. »Ich glaube nicht, dass ich dazu fähig wäre«, gab sie ehrlich zu. Bis auf das kurze Gespräch in der Kirche hatte sie noch kein Wort mit Peter gewechselt. Die Wunde war noch zu frisch, und sie bezweifelte, dass sie sich jemals schließen würde.

»So etwas kommt wohl wirklich nicht allzu häufig vor, und auch nur, wenn die Entscheidung zur Trennung in beiderseitigem Einvernehmen gefällt wird. Ich kenne die Umstände Ihrer Scheidung nicht, aber als meine Frau und ich auseinander gingen, waren wir beide bereit dazu, den anderen loszulassen. Für uns war dieser Schritt wie eine Erlösung, und für meine Exfrau stellte er sich als wahrer Segen heraus. Sie ist viel glücklicher mit dem Gouverneur, als sie es mit mir war – zumindest während der letzten

Jahre unserer Ehe. Wir hätten im Grunde niemals heiraten sollen, aber wir taten es trotzdem und versuchten auf Biegen und Brechen, uns zusammenzuraufen. Wir sind sehr unterschiedlich, und es war von Anfang an ein Wagnis. Sie ist ein politischer Mensch, ich interessiere mich nicht besonders für Politik. Sie ist sehr gesellig und liebt Partys und Feste aller Art, ich kann den Trubel nicht ausstehen. Sie stammt aus einer vornehmen Familie, mein Vater war Lebensmittelhändler. Er baute zwar eine ganze Kette von Geschäften auf und verkaufte sie schließlich für einen ausgezeichneten Preis, aber ich wuchs nicht mit all den Vorteilen auf, die sie genoss. Sie ist eine Pferdenärrin, ich habe panische Angst vor diesen Tieren. Ich habe mir eine ganze Horde Kinder gewünscht, ihr waren unsere beiden Töchter schon fast zu viel. Und so lässt sich das endlos fortsetzen. Wenn ich ehrlich bin, glaube ich, dass sie sich mit mir zu Tode gelangweilt hat«, sagte er und grinste, ohne im Geringsten betroffen zu wirken. Er machte einen dermaßen unbeschwerten Eindruck, dass Paris aus dem Staunen nicht herauskam.

»Aber immerhin haben wir es geschafft, Freunde zu werden«, fügte er hinzu.

Paris konnte sich beim besten Willen nicht vorstellen, mit Peter befreundet zu sein. Sie beide waren inzwischen wie Fremde, die zufällig einige Erinnerungen miteinander teilten.

Nach dem Walzer führte Andrew sie zurück an den Tisch, wo Paris die Unterhaltung höflich wieder aufnahm.

»Haben Sie nach der Scheidung nie den Wunsch gehabt, noch einmal zu heiraten?« Sie rechnete damit, von ihm zu hören, dass ihm während dieser zehn Jahre nie die

richtige Frau begegnet sei, doch seine Antwort fiel völlig anders aus.
»Doch, aber ich bin nicht sicher, ob das gut wäre. Ich habe seither viele tolle Frauen kennen gelernt, und die meisten von ihnen wären gewiss wundervolle Ehefrauen gewesen, aber ich zweifle an meiner Eignung als Ehemann. Ich bin ein ziemlich ruhiger Typ, der meist herumsitzt und Manuskripte liest. Ich will nicht noch jemanden damit quälen. Mit mir verheiratet zu sein war laut meiner Exfrau Elizabeth so aufregend, wie einem Bettlaken beim Trocknen zuzusehen. Ich finde, dieses Schicksal hat niemand verdient.«
Wie die meisten anderen Geschiedenen wollte auch er es also vermeiden, einen weiteren Fehler zu begehen. Andrew Warren hatte vernünftige Ansichten und wirkte zuverlässig und solide wie Richard. Paris hatte keinerlei romantisches Interesse an ihm, hätte ihn jedoch gern zu ihren Freunden gezählt und war angesichts seiner engen Beziehung zu ihrem Schwiegersohn sicher, dass sich ihre Pfade noch häufiger kreuzen würden.
»In meinem Alter muss ich nicht mehr unbedingt heiraten«, fuhr er fort. »Verstehen Sie mich nicht falsch, ich freue mich sehr für Meg und Richard, aber ich würde mir an der Seite einer jungen Frau töricht vorkommen. Außerdem hätte ich gar nicht mehr die nötige Energie. Bei Richard liegt die Sache anders, er ist zehn Jahre jünger als ich, möchte Kinder mit Meg haben und noch einmal von vorn anfangen. Ich hingegen genieße es, nach Lust und Laune an der Küste entlangzuschippern, meine Töchter zu besuchen und mit meinen Freunden zusammen zu sein. Ich habe nicht den Wunsch nach einem Neubeginn, mir gefällt mein Leben genau so, wie es ist.«

Er schien völlig mit sich selbst im Reinen zu sein, und offenbar lag ihm nichts ferner, als bei Paris Eindruck zu schinden. Er fragte sie nach ihrer Arbeit, und kurz darauf mischte sich auch Bix in das Gespräch ein und würzte ihre Erzählung mit vielen lustigen Anekdoten über sie und die Kunden, bis Andrew einwarf: »Sie beide müssen ja unglaublich viel Spaß bei der Arbeit haben.«
Da trat Richard an den Tisch und forderte seine Schwiegermutter zum Tanzen auf. Während sich Andrew weiterhin angeregt mit Bix unterhielt, führte Richard Paris auf die Tanzfläche und bedankte sich noch einmal für die perfekt organisierte Hochzeit.
»Andrew ist übrigens mein bester Freund«, erwähnte er beiläufig. »Er ist einfach großartig, und ich habe Meg schon hundertmal gesagt, dass ich ihn dir gern vorstellen würde. Sie war der Meinung, er würde dir nicht gefallen. Er ist zwar ziemlich zurückhaltend, aber es gibt auf der Welt keinen besseren Freund als ihn.«
»Er ist ein anregender Gesprächspartner. Ich hoffe nur, dass Bix ihm keine Schauergeschichten über mich erzählt, während wir beide tanzen.« Sie lachte unbekümmert, denn im Grunde machte sie sich darum überhaupt keine Gedanken.
Andrew war ein gut aussehender Mann, gab sich jedoch eher kumpelhaft und schien sich nicht für sie als Frau zu interessieren. Er plauderte offenbar genauso gern mit Bix und Steven, und gerade das gefiel ihr an ihm.
Als Paris von der Tanzfläche zurückkam, war Andrew an einem Tisch in der Nähe in ein Gespräch vertieft. Bix begann, ihr vorzuschwärmen, wie sympathisch er sei, aber sie schnitt ihm das Wort ab und erklärte kategorisch, sie

verfolge keinerlei Absichten. Es lag nicht an Andrew persönlich, Paris hatte einfach überhaupt kein Interesse mehr an Männern.

»Erzähl mir bloß nicht, Andrew wäre ein zweiter Malcolm Ford«, sagte Bix leicht verärgert. »Wenn du auch bei ihm keine Schwingungen spürst, hast du eindeutig eine Abneigung gegen attraktive, intelligente, anständige Männer. Malcolm Ford ist einer der klügsten, nettesten, bestaussehenden Männer, die mir jemals über den Weg gelaufen sind, und wenn du dich auf ihn eingelassen hättest statt auf diesen französischen Luftikus, wärst du inzwischen verheiratet«, schalt er sie mit strenger Miene.

»Ich will gar nicht verheiratet sein«, entgegnete sie fröhlich und ein wenig süffisant.

»Störe ich?«, fragte Andrew und nahm wieder auf seinem Stuhl Platz.

Bix verdrehte die Augen und bezeichnete Paris mit gespielter Verzweiflung als unmöglich.

»Das bin ich keineswegs. Ich habe gerade nur gesagt, dass ich nicht noch einmal heiraten will«, wandte sie sich an Andrew.

»Wie schade!«, bemerkte dieser liebenswürdig. »Ich bin voll auf Ihrer Linie, aber wenn eine Ehe gut läuft, gibt es kaum etwas Schöneres. Natürlich ist es nicht leicht, die Wünsche, Erwartungen und Gefühle zweier Menschen unter einen Hut zu bringen, aber wenn es gelingt ... Sehen Sie sich doch Meg und Richard an.«

Die drei warfen lächelnd einen Blick auf die Tanzfläche, wo sich das frisch vermählte Paar gerade innig küsste.

»Meg ist um einiges jünger als ich, und wie Sie selbst vorhin so treffend sagten, benötigt man für eine Beziehung sehr viel Energie«, erklärte Paris. »Ich weiß nicht, ob ich diese Energie habe. Eigentlich bin ich sogar ziemlich sicher, dass dies nicht der Fall ist.«

»Genau das ist auch mein Problem«, erwiderte Andrew.

Bix stöhnte. »Bei Energiemangel empfehle ich Vitaminpräparate«, sagte er sarkastisch und fügte an Paris gerichtet hinzu: »Wenn alle so übers Heiraten denken würden wie du, könnten wir die Agentur dichtmachen.«

Alle lachten.

»Die Ehe ist etwas für junge Leute«, erklärte Paris mit Nachdruck.

»Die Ehe ist etwas für Junge *und* Junggebliebene«, berichtigte Bix.

»Die Ehe ist nichts für Feiglinge«, ergänzte Andrew, woraufhin alle erneut in Gelächter ausbrachen.

»Sie sprechen ein großes Wort gelassen aus«, warf Steven ein.

Eine Weile später erhoben sich die vier, um sich mit Freunden und Bekannten zu unterhalten, die an anderen Tischen saßen. Meg, Richard und die jüngeren Gäste bevölkerten weiterhin die Tanzfläche. Peter und Rachel hatten das Fest bereits verlassen, weil die beiden Jungs müde gewesen waren und sich Rachel um das Baby kümmern musste.

Gegen zwei Uhr morgens verkündete Meg, sie wolle nun den Brautstrauß werfen, und bestand darauf, dass sich auch ihre Mutter zu den unverheirateten Frauen auf der Tanzfläche gesellte. Bix hatte für diesen Zweck ein kleineres Bouquet anfertigen lassen, damit Meg das große behalten konnte. Diesen Service bot er allen Bräuten an, da es ihm in der Seele wehtat, eine andere Frau als die Braut mit dem prachtvollen Gebinde nach Hause gehen

zu sehen. Darüber hinaus ließen sich die kleineren Sträuße besser werfen.
Paris stand verlegen unter all den jungen Frauen, die in die Luft sprangen und die Arme ausstreckten, um dieses traditionelle, verheißungsvolle Symbol zu fangen. Sie hob halbherzig die Hände und kam sich lächerlich vor, doch das Gebinde flog in hohem Bogen auf sie zu und traf sie mit der Wucht eines Fußballs am Brustkorb. Meg hatte sorgfältig gezielt. Paris wollte den Strauß instinktiv zu Boden fallen lassen, damit sich eine andere ihn holen konnte, griff dann jedoch reflexartig danach und hielt ihn fest. Während sie den Brautstrauß mit leicht benommener Miene an sich presste, ertönte ringsum Jubel, und Meg bedachte sie mit einem liebevollen Blick. Kurz darauf schleuderte Richard das Strumpfband in die Gruppe der Junggesellen, von denen die meisten ebenso wenig begeistert wirkten wie Paris. Als Bix, Steven und sie um drei Uhr morgens gingen, nahm sie den Strauß dennoch mit.
Steven machte sich auf, den Wagen zu holen. Paris und Bix blieben zurück und warteten vor dem Eingang.
»Was wirst du damit machen?«, fragte Bix und wies mit dem Kinn auf die Blumen.
Paris zuckte mit den Schultern und erwiderte verschmitzt: »Vielleicht verbrenne ich sie.«
»Du bist abscheulich! Trotzdem wünsche ich dir, dass du Andrew Warren wiedersiehst. Er hat erzählt, dass er zwei Schriftsteller aus San Francisco vertritt und ab und zu herkommt. Du könntest ihn mal einladen.«
»Wann denn, bitte schön? Ich ertrinke in Arbeit und habe absolut keine Zeit, mich mit ihm zu treffen.« Und keine Lust, wollte sie hinzufügen, sprach es jedoch nicht aus.

»Wenn du dich nicht bald zusammenreißt, sorge ich dafür, dass Sydney noch einen ihrer Freunde ausgräbt. Du kannst nicht bis in alle Ewigkeit die trauernde Verlassene spielen«, drohte Bix.

»Ich trauere nicht, ich bin glücklich und zufrieden«, entgegnete sie.

»Genau das beunruhigt mich ja gerade. Fühlst du dich nicht einsam?«

»Manchmal schon, aber ich kann damit umgehen. Ich wäre sehr gern noch verheiratet. Ich habe geglaubt, die Ehe mit Peter würde bis an mein Lebensende halten ... und eine solche Enttäuschung will ich nicht noch einmal erleben. Vielleicht habe ich zu viel Angst. Wenn man endlich erkennt, dass es nicht funktioniert, steht man schon bis zum Hals im Wasser und kommt nicht mehr so einfach hinaus. In meinem Alter ist das Risiko zu groß und die Aussicht auf einen Volltreffer verschwindend gering. Mit einem Lottoschein hätte ich wahrscheinlich bessere Chancen.«

»Dann ist es vielleicht an der Zeit für ein neues Blinddate«, sagte Bix nachdenklich.

»Nein danke. Es könnte zwar unterhaltsam werden, vor allem, wenn Sydney es arrangiert – aber mein Bedarf ist ein für alle Mal gedeckt.« Wenn sie an den Bildhauer aus Santa Fe dachte, konnte sie noch immer ein Stöhnen nicht unterdrücken, und Bix zog sie regelmäßig mit diesem katastrophalen Rendezvous auf.

»Du kannst nicht für immer allein bleiben«, erklärte er nun vehement. »Du bist eine liebenswerte, wunderschöne Frau. Es wäre eine furchtbare Verschwendung. Irgendwann wirst du den Richtigen finden, du darfst nur nicht aufgeben.«

»Du meinst, ich soll die Nadel im Heuhaufen suchen? Das ist ja gut und schön, aber wenn man älter wird, werden die Heuhaufen größer und die Nadeln immer kleiner. Und meine Augen sind auch nicht mehr so gut wie früher. Es ist gefahrloser, nicht weiterzusuchen.«

»Ja, denn wenn man die Nadel schließlich findet, ist man garantiert barfuß und tritt hinein«, verkündete Bix grinsend, und Paris lachte.

In diesem Augenblick fuhr Steven mit dem Wagen vor, und beide stiegen ein.

Als Paris nach Hause kam, stellte sie den Brautstrauß in eine Vase. Die Blumen waren wirklich traumhaft. Welch eine nette Geste von Meg! Und hoffentlich völlig harmlos. Paris sagte sich, dass sie das Bouquet ohnehin nicht wirklich gefangen hatte, es war einfach auf sie zugesaust. Sie musste also nicht fürchten, in Kürze vor den Altar zu treten.

29. Kapitel

Am Montag nach der Hochzeit begann Paris, ihren Plan in die Tat umzusetzen. Sie nahm die beiden Visitenkarten mit in die Agentur, wählte in der Frühstückspause die angegebenen Telefonnummern und hinterließ auf den Anrufbeantwortern ihre Büronummer. Zwanzig Minuten später rief der Erste zurück, oder vielmehr seine Sekretärin, und sagte, er sei erst ab Mitte Oktober wieder in der Stadt. Der zweite Anruf kam zur Mittagszeit. Paris machte gerade eine kleine Pause und aß einen Jogurt. Eine Frau namens Alice Harper meldete sich, deren Stimme jung und enthusiastisch klang. Nachdem Paris den Grund für ihren Anruf genannt hatte, vereinbarten sie einen Termin für den Freitagmorgen.

Alice Harpers Kanzlei befand sich in ihrem Privathaus in einer ruhigen Wohngegend am westlichen Ende von Pacific Heights, in der Maple Street. Sie war eine auf Adoptionen spezialisierte Anwältin, beschäftigte eine Sekretärin und einen jungen Anwalt und stellte sich zu Paris' Überraschung als mütterlich wirkende Frau Anfang sechzig heraus. Sie begrüßte Paris, fragte höflich, ob sie etwas trinken wolle, und bat sie dann in ihr Büro. Kurz darauf trat die Sekretärin ein und brachte Paris eine Tasse Tee.

»Am besten fangen wir ganz von vorn an«, sagte Alice freundlich und stellte das Telefon ab. Sie hatte ein faltiges, liebenswürdiges Gesicht, kurze lockige Haare und trug keinerlei Make-up. Ihre Augen funkelten lebhaft und wachsam, denn es war ihre Aufgabe, Menschen einzuschätzen und zu beurteilen, und zwar sowohl die leiblichen Mütter, die zu ihr kamen, als auch die potenziellen Adoptiveltern. Ihr Vermittlungserfolg beruhte darauf, wie sorgsam sie beiden Seiten zuhörte, die Beweggründe der interessierten Paare durchleuchtete und notfalls auch die ungeeigneten Kandidaten aussiebte – jene, die nur glaubten, ein Kind zu wollen, oder jene, die meinten, mit einem Kind ihre Langweile vertreiben oder ihre Ehe retten zu können. Alice prüfte auch die Mütter gründlich, damit sie den hoffnungsvollen angehenden Adoptiveltern nicht irgendwann mitteilen musste, dass die leibliche Mutter es sich anders überlegt hatte und ihr Kind doch behalten wollte.

Sie richtete nun ihre volle Aufmerksamkeit auf Paris und fragte: »Warum möchten Sie ein Baby adoptieren?«

»Ich habe viele Gründe«, erwiderte Paris vorsichtig. Sie wollte ehrlich sein. Sie war auf Umwegen zu dem Entschluss gelangt, aber davon überzeugt, dass es der richtige war. »Ich glaube, Kinder großzuziehen ist das, was ich in meinem Leben am besten gemacht habe, und darauf bin ich stolz. Ich liebe meine Kinder, sie sind wundervoll. Das ist natürlich nicht nur mein Verdienst, aber einiges habe ich wohl dazu beigetragen. Ich habe jede Minute mit ihnen genossen und finde es sehr schade, dass sie jetzt aus dem Haus sind.«

»Sind Sie verheiratet?«

»Nein, ich bin geschieden«, erwiderte Paris mit fester Stimme. »Ich war vierundzwanzig Jahre lang verheiratet und lebe seit zweieinhalb Jahren allein.« Sie zögerte kurz und fügte dann aufrichtig hinzu: »Mein Mann hat mich wegen einer anderen verlassen. Sie haben geheiratet und ein Kind bekommen.«

»Spielt die Tatsache, dass die beiden ein Kind haben, eine Rolle bei Ihrer Entscheidung?«

»Vielleicht. Ich kann nicht genau sagen, was der ausschlaggebende Faktor war. Der stärkste ist sicherlich, dass ich mir ein Baby wünsche. Ich werde nicht wieder heiraten und möchte nicht für den Rest meines Lebens allein sein. Grob ausgedrückt möchte ich noch einmal achtzehn Jahre lang kochen, mir Fußballspiele oder Ballettaufführungen ansehen und Kinder durch die Gegend kutschieren. Das alles habe ich immer gern gemacht, und es fehlt mir.«

»Warum glauben Sie, dass Sie nicht wieder heiraten werden?«, erkundigte sich Alice neugierig. »Dessen können Sie doch nicht sicher sein, oder?«

»Ich bin sicher«, erklärte Paris bestimmt. »Meiner Meinung nach ist die Wahrscheinlichkeit, jetzt noch jemanden zu finden, gering bis nicht vorhanden. Aber das kümmert mich nicht.« Das entsprach nicht ganz der Wahrheit. Wenn jemand Paris bescheinigen könnte, dass ihr ein erneutes Fiasko erspart blieb, hätte sie gern noch einmal geheiratet. Doch diese Garantie gab es nicht, und deshalb wollte sie lieber allein bleiben.

»Wieso halten Sie es denn für unwahrscheinlich, dass Sie einen neuen Partner finden?« Die Anwältin blickte ihr interessiert in die Augen. »Sie sind offenkundig eine intelligente, schöne Frau. Ich wage zu behaupten, dass Sie jeden Mann haben könnten, den Sie wollen.«

»Es ist zu anstrengend«, erwiderte Paris lächelnd.

»Ein Baby ist auch anstrengend«, konterte Alice.

Paris lachte. »Für ein Baby muss ich kein Blinddate absolvieren. Es wird mich nicht anlügen oder betrügen, mich nicht grob und unhöflich behandeln – zumindest, bis es zirka dreizehn ist –, außerdem muss ich weder in einen Tanzkurs noch zur Volkshochschule gehen, um es kennen zu lernen, und ich muss mich für ein Kind nicht herausputzen. Lieber spiele ich für die nächsten zwanzig Jahre Taxifahrerin und wechsle in den nächsten zwei bis drei Jahren Windeln, als noch ein einziges Rendezvous hinter mich zu bringen. Wenn ich es mir recht überlege, würde ich mir eher alle Fußnägel ausreißen lassen – oder sogar ein paar Jahre im Gefängnis ausharren.«

Alice lachte und warf Paris einen leicht zerknirschten Blick zu. »Sie haben nicht ganz Unrecht. Ich hatte den Zirkus schon fast vergessen, aber Sie haben mein Gedächtnis aufgefrischt. Ich bin seit sechzehn Jahren in zweiter Ehe verheiratet, und falls es für Sie ein Trost ist: Ich war ungefähr in Ihrem Alter, als ich meinem jetzigen Mann begegnete. Wir lernten uns in der Notaufnahme eines Krankenhauses kennen. Ich hatte mir den Arm gebrochen, er einen seiner Zehen. Seitdem sind wir unzertrennlich. Ich hatte damals genau die gleiche Einstellung zu Blinddates wie Sie. Wie alt sind Sie eigentlich genau?«

»Achtundvierzig. Im Mai werde ich neunundvierzig. Ist das ein Problem? Bin ich zu alt?«

»Nein, keineswegs«, sagte die Anwältin nachdenklich. »Alles hängt davon ab, was die leibliche Mutter möchte. Sie sind eben allein stehend und ein wenig älter, und falls sich die Mutter für ihr Kind ein Paar wünscht, hätte eine Vermittlung keinen Zweck. Aber Sie haben anderes zu bieten und waren offensichtlich eine gute Mutter.« Alice erklärte, dass die Wahrhaftigkeit dieser Aussage sorgfältig überprüft werden müsse, unter anderem durch einen Sozialarbeiter, der Paris zu Hause aufsuchen würde. »Sie haben Erfahrung mit Kindern, sind wohlhabend und verantwortungsbewusst. Manchen Frauen ist es egal, ob ihr Baby einen Vater haben wird oder nicht, und viele werden keinerlei Bedenken wegen Ihres Alters haben. Einige allerdings schon. Sie werden erleben, dass die meisten Mütter nicht besonders viele Fragen stellen, sehr viel weniger, als Sie oder ich stellen würden. Wenn eine der Frauen doch nachhakt, bedeutet das vielleicht, dass sie Ihnen nicht traut und glaubt, sie selbst würde eine bessere Mutter abgeben als Sie. Sobald wir Sie einer leiblichen Mutter persönlich vorstellen, kommt es in erster Linie auf die Chemie zwischen Ihnen beiden an. Normalerweise sind es die Adoptivmütter, die alles genau wissen wollen. Ich sage es nicht gern, aber eine Adoption ist im Großen und Ganzen wie ein Rendezvous.«

Paris lächelte über den Vergleich. »Bei der Adoption erhält man am Ende wenigstens etwas, bei einem Rendezvous nicht unbedingt – da erwarten einen meist Enttäuschungen und Kummer.«

»Das hört sich so an, als hätten Sie sich bislang mit den falschen Männern verabredet«, sagte Alice. »Aber haben wir das nicht alle?«, fügte sie lächelnd hinzu. »Es sind die guten, für die sich das Ganze lohnt. – Doch ich warne Sie: Auf dem Weg zur Adoption wird es auch Enttäuschungen geben.«

Dann erläuterte sie Paris den gesamten Ablauf. Es gab zahlreiche Möglichkeiten: die Adoption eines ausländischen Kindes, die Adoption eines amerikanischen Säuglings, bei der sich die leiblichen Eltern und die Adoptiveltern entweder kennen lernten oder vollkommen anonym blieben, und die Adoption eines älteren oder behinderten Kindes, die Paris allerdings von vornherein ausschloss, da sie die Verantwortung für ein behindertes Kind nicht allein übernehmen wollte. Alice nickte verständnisvoll und sagte, die Wahl liege ganz allein bei ihr. Paris entschied sich für eine Adoption im Inland, denn das Verfahren, ein Kind aus dem Ausland aufzunehmen, erschien ihr zu schwierig und aufreibend. Sie wollte nicht zwei Monate lang in einem Hotelzimmer in Peking oder Moskau sitzen und darauf warten, dass die Mühlen der Bürokratie in Gang kamen. Sie hatte vor, ihr normales Leben weiterzuführen, bis Alice ein Baby für sie ausfindig machte. Die Anwältin fand, das klinge vernünftig, und erläuterte Paris dann, was auf sie zukam. Ein Sozialarbeiter würde im Auftrag einer amtlich zugelassenen Adoptionsagentur und auf der Grundlage von Gesprächen und Hausbesuchen einen so genannten Sozialbericht verfassen. Außerdem musste Paris einen Berg von Formularen ausfüllen, sich Fingerabdrücke abnehmen lassen, ein polizeiliches Führungszeugnis und ärztliche Atteste vorlegen, Referenzen beibringen und rückhaltlos Auskunft über ihre Person erteilen.

»Haben Sie Ihren Kindern schon davon erzählt?«, fragte Alice.

»Nein, noch nicht. Mein Sohn studiert in Berkeley, und meine Tochter hat gerade geheiratet und lebt in Los Angeles. Die beiden sind erwachsen und haben bestimmt nichts dagegen einzuwenden. Es wird sich schließlich kaum auf sie auswirken.«

»Seien Sie da nicht so sicher! Geschwisterrivalität gibt es in jedem Alter.«
Paris konnte sich das nicht vorstellen, aber die Rechtsanwältin verfügte natürlich über größere Erfahrung auf diesem Gebiet. »Ich werde bald mit ihnen reden«, versprach sie. »Und wie geht es jetzt weiter?«, erkundigte sie sich aufgeregt. Sie war mehr denn je von ihrem Vorhaben überzeugt und konnte es kaum erwarten, dass die Sache anlief. Alice hatte ihr erzählt, dass der familiäre Hintergrund der leiblichen Mütter sehr sorgfältig geprüft wurde. Man wollte die Gewissheit haben, dass der leibliche Vater wirklich auf seine Rechte verzichtet hatte, damit es später keine Probleme gab. Außerdem sollten die Adoptiveltern und das Baby möglichst gut zueinander passen, und natürlich musste gewährleistet sein, dass die leibliche Mutter ihr Kind wirklich abgeben wollte. Darüber hinaus wurde getestet, ob die leibliche Mutter drogen- oder alkoholabhängig war, was ja oft Schäden beim Ungeborenen verursachte. Das Kind selbst wurde nach der Geburt natürlich gründlich untersucht, damit die zukünftigen Eltern genau wussten, was auf sie zukam.
»Wir händigen Ihnen die nötigen Formulare aus«, antwortete Alice und erhob sich. »Und Sie füllen sie aus. Ich werde mich innerhalb der nächsten zwei Wochen bei Ihnen melden. Ich möchte den Sozialbericht zügig in die Wege leiten, denn falls wir kurzfristig ein Kind für Sie finden, sollten wir bereit sein zu agieren.«
»Geschieht das denn normalerweise so schnell?«, fragte Paris erstaunt. Sie hatte mit Monaten oder gar Jahren gerechnet.
»Manchmal erhalten wir nach der Geburt eines Babys

einen Anruf aus dem Krankenhaus oder von der Mutter selbst, und dann geht alles ganz schnell. Meistens dauert es länger, realistisch geschätzt ungefähr ein Jahr – sechs Monate, wenn wir Glück haben. Aber ich kann Ihnen in Aussicht stellen, dass Sie in einem Jahr wieder Windeln wechseln werden.«

Das waren hoffnungsvolle Aussichten, und Paris lächelte zufrieden. Sie fand Alice Harper ausgesprochen sympathisch und hatte das Gefühl, bei ihr gut aufgehoben zu sein. Sie hatte den Namen der Anwältin von ihrem Gynäkologen bekommen, den wiederum Sydney ihr empfohlen hatte.

Nachdem Paris Alice ihre Privat- und Handynummer gegeben hatte, verabschiedete sie sich und fuhr zur Agentur. Ihr Vorhaben erfüllte sie mit erwartungsvoller Zuversicht, und sie verspürte nicht den geringsten Zweifel. Sie fragte sich lediglich, ob Alice Recht hatte und Meg und Wim tatsächlich entsetzt reagieren würden. Sie glaubte es eigentlich nicht, wollte die Angelegenheit dennoch nicht am Telefon besprechen, und da Meg und Richard gerade ihre Flitterwochen in Europa verbrachten, musste sie auf ihre Rückkehr warten.

Als Paris in ihr Büro kam, entnahm sie einem Notizzettel auf ihrem Schreibtisch, dass Andrew Warren angerufen hatte. Sie runzelte die Stirn. Falls er wider Erwarten vorhatte, ihr Avancen zu machen, war er bei ihr an der falschen Adresse. Die Nachricht stammte offenbar von Bix, also trat sie mit dem Zettel in der Hand in sein Büro.

»Hallo Bix. Was wollte er?« Sie wedelte mit dem Blatt Papier.

»Er hat gefragt, ob du ihm eine Niere spenden würdest«,

stichelte Bix. »Sieh mich nicht so misstrauisch an. Er besucht in der nächsten Woche einen seiner hiesigen Mandanten und wollte wissen, ob du Lust hast, mit ihm essen zu gehen.«

»Habe ich nicht«, erklärte sie kurz angebunden und warf die Notiz in den Papierkorb.

»Sei doch nicht so bockig!«, rief Bix verärgert. »Er ist wirklich nett.« Bix hatte sich einige Minuten lang mit ihm unterhalten und ihn eingeladen, in der Agentur vorbeizuschauen, wenn er in der Gegend war. »Was hast du denn schon zu verlieren?«

»Meinen Verstand und meine Selbstachtung, und ich hänge an beidem.«

»Sag mal, wo warst du eigentlich heute Morgen?«

Wenn sich Paris einige Stunden freinahm, sagte sie Bix für gewöhnlich, was sie erledigen wollte, diesmal hatte sie jedoch nur auf seinen Anrufbeantworter gesprochen, dass sie später kommen würde.

»Ich habe eine professionelle Zahnreinigung machen lassen.«

»Wenn das bei dir so lange dauert, musst du mehr Zähne haben als ein Haifisch.«

»Ich musste warten«, entgegnete sie knapp und verschwand in ihrem Büro. Sie dachte ja gar nicht daran, Andrew Warren zurückzurufen.

Paris hörte in der folgenden Woche von Alice Harper. Sie hatte inzwischen einen Großteil der Formulare ausgefüllt zurückgeschickt und wusste auch bereits, wann sie sich die Fingerabdrücke abnehmen und das Führungszeugnis ausstellen lassen konnte. Doch sie war keineswegs darauf vorbereitet, was Alice ihr zu sagen hatte.

»Ich habe womöglich ein Vermittlungsangebot für Sie«, erklärte sie, und Paris' Herzschlag beschleunigte sich. Dies war tausendmal besser als ein Rendezvous. Sie hatte das Gefühl, als sei sie in die erste Zeit ihrer Ehe zurückversetzt worden und hätte gerade erfahren, dass sie schwanger war. Nur, dass Peter diesmal nicht dabei war. Aber man konnte nicht alles haben.

»Legen Sie los«, sagte Paris aufgeregt und schloss die Tür ihres Büros, die sonst immer offen stand.

»Die werdende Mutter ist neunzehn Jahre alt, geht aufs College und kommt aus einer gutbürgerlichen Familie in Mill Valley. Sie möchte unbedingt ihren Abschluss machen, ist gesund und sehr sportlich – sie spielt Tennis in der Collegemannschaft. Als sie die Schwangerschaft bemerkte, war sie schon im fünften Monat.«

»Und im wievielten Monat ist sie jetzt?«

»Im siebten. Der errechnete Geburtstermin ist der erste Dezember. Sie nimmt keine Drogen und sagt, dass sie keinen Alkohol getrunken hat, seitdem sie weiß, dass sie schwanger ist. Vorher hat sie sich ab und zu ein Glas Bier oder Wein genehmigt. Den Fotos nach zu urteilen ist sie ein hübsches Mädchen. Sie hat blonde Haare und blaue Augen und ähnelt Ihnen sogar ein bisschen. Der Vater des Kindes ist zweiundzwanzig, Stanford-Absolvent und arbeitet momentan in New York. Sein Notendurchschnitt hatte immer eine Eins vor dem Komma, er scheint eine wahre Intelligenzbestie zu sein. Die beiden waren zwei Jahre lang ein Paar und haben sich vor sechs Monaten getrennt. Keiner von ihnen will das Kind, und für ihre Familien gilt dasselbe. Ich glaube, sie alle möchten einfach nur heil aus dieser Angelegenheit herauskommen und sie dann

vergessen. Und Sie könnten die Antwort auf ihre Gebete sein.«
»Was hält das Mädchen von mir? Macht es ihm etwas aus, dass ich allein stehend und schon älter bin?«, fragte Paris vorsichtig. In gewisser Weise war diese Situation auch unangenehmer als ein Rendezvous, weil so viel mehr auf dem Spiel stand – ein Kind für den Rest ihres Lebens.
»Die leibliche Mutter wird sich auch mit zwei Paaren unterhalten, daher kann ich Ihnen nichts versprechen. Aber wir sollten Ihren Sozialbericht auf jeden Fall so schnell wie möglich fertig stellen. Haben Sie schon mit Ihren Kindern gesprochen?«
»Meine Tochter kommt erst in zwei Wochen aus Europa zurück.«
»Das ist früh genug. Wir werden sehen, was bis dahin passiert.«

Am folgenden Samstagnachmittag saß Paris im Wohnzimmer vor dem Kamin, las ein Buch und musste plötzlich aus unerfindlichen Gründen an Jean-Pierre denken. Sie vermisste ihn und fragte sich, wie es ihm wohl ging. Sie hoffte, dass er glücklich war. Das Klingeln des Telefons riss sie aus ihren Gedanken. Es war Alice Harper.
»Die werdende Mutter, Jennifer, möchte Sie kennen lernen. Haben Sie morgen Nachmittag schon etwas vor?«
»Nein«, erwiderte Paris aufgeregt.
Alice nannte ihr ein Restaurant im Zentrum der Stadt und kündigte an, das Mädchen werde allein kommen, damit sie sich ungestört unterhalten konnten.
Am nächsten Tag um zwei Uhr betraten Paris und die junge Frau beinahe gleichzeitig das Lokal. Sie war sehr hübsch

und schlank und hatte einen kleinen, festen Bauch, der kaum auffiel. Paris ging auf Jennifer zu und stellte sich kurz vor.
»Hallo.« Jennifer lächelte zaghaft.
Nachdem der Kellner die beiden Frauen zu einem ruhigen Tisch geleitet hatte, ergriff Paris als Erste das Wort, da Jennifer ein wenig verlegen wirkte. »Das ist für uns beide eine ziemlich merkwürdige Situation.«
»Ja, das stimmt. Ich komme mir ziemlich dämlich vor. Ich hätte es schon viel früher merken müssen, aber ich bekomme meine Periode so unregelmäßig, dass ich einfach nicht damit gerechnet habe«, sagte sie. Sie erzählte Paris, dass sie ein Einzelkind sei und ihre Eltern – insbesondere ihr Vater – fassungslos auf die Schwangerschaft reagiert hätten. Paris hätte Jennifer gern gefragt, ob sie auch wirklich hinter ihrem Entschluss stand, doch Alice hatte ihr davon abgeraten, und sie vertraute auf die Erfahrung der Anwältin. Die junge Frau kam schließlich von selbst auf die Adoption zu sprechen. Sie beteuerte, sie wolle das Baby auf keinen Fall behalten, und redete dann über ihren ehemaligen Freund. Die Trennung sei sehr bitter gewesen, sodass sie einander vorerst nicht mehr sehen wollten.
»Was wäre, wenn Sie wieder mit ihm zusammenkämen?«, erkundigte sich Paris leise. »Würden Sie das Baby dann zurückhaben wollen?« Alice zufolge besaßen die leiblichen Eltern juristisch betrachtet keinerlei Handhabe mehr, sobald sie die Adoptionsdokumente unterschrieben hatten, doch Paris machte sich trotzdem Sorgen. Was, wenn sie versuchten, die Adoption vor Gericht anzufechten, oder Paris auf irgendeine Weise drangsalierten? Sie hatte einfach Angst, da sie sich auf unbekanntem Terrain bewegte.

»Nein, niemals! Ich will kein Kind. Ich möchte nächstes Jahr nach Europa gehen und dort mein Studium abschließen. Mit einem Baby könnte ich nichts von dem tun, was ich mir vorgenommen habe. Und mein Exfreund möchte an der juristischen Fakultät weiterstudieren. Ich kann einfach nicht für ein Baby sorgen, und meine Eltern wollen sich auch nicht darum kümmern.« Jennifer klang so vernünftig, wie eine Neunzehnjährige klingen konnte, und hatte offenbar erkannt, dass sie nicht in der Lage war, allein ein Kind aufzuziehen. Im Grunde war sie selbst noch ein Kind. Wim war im selben Alter, und Paris konnte sich ihren Sohn beim besten Willen nicht als Vater eines Säuglings vorstellen. Es würde noch lange dauern, bis er reif genug dafür war.

Paris und Jennifer unterhielten sich zwei Stunden lang miteinander. Die junge Frau fand Paris offensichtlich sympathisch und sagte ihr das beim Abschied auch. Paris fuhr beschwingt nach Hause. Wim hatte für diesen Abend seinen Besuch angekündigt, und so begab sie sich umgehend in die Küche und bereitete das Essen vor.

Sie verbrachte einen ruhigen, angenehmen Abend mit ihrem Sohn. Sie brannte darauf, ihm von dem Baby zu erzählen, doch sie hatte sich vorgenommen, es ihm und Meg gemeinsam zu sagen, und so beherrschte sie sich.

Am Montag telefonierte sie erneut mit Alice, die erklärte, sie habe gute Chancen, da sie der leiblichen Mutter sehr gefallen habe. Als Paris nach dem Gespräch mit strahlendem Gesicht aus ihrem Büro trat, begegnete sie auf dem Korridor Bix, der sie verdrießlich anstarrte.

»Stimmt etwas nicht?«, erkundigte sie sich lächelnd.

»Sag du es mir«, erwiderte er, bat sie in sein Büro und forderte sie auf, Platz zu nehmen. »Was zum Teufel geht hier vor, Paris?«
Plötzlich fragte sie sich beunruhigt, ob sie bei der Planung einer Veranstaltung womöglich einen schwer wiegenden Fehler begangen hatte. Bixby war offenbar wirklich wütend. »Was meinst du damit?«
»Entweder hast du eine Affäre, oder du suchst einen neuen Job. Und da du gelobt hast, dich nie wieder zu verabreden, vermute ich Letzteres. Neuerdings ist deine Bürotür immer geschlossen, das war früher nie so. Außerdem grinst du seit einigen Tagen ständig wie ein Honigkuchenpferd«, erklärte er und betrachtete sie anklagend.
Paris bedauerte zutiefst, dass er sich solche Gedanken gemacht hatte. »Es tut mir Leid, Bix, aber falls du mich jemals loswerden willst, musst du mich an den Haaren aus der Agentur schleifen. Freiwillig rühre ich mich nicht vom Fleck.« Sie wollte ihn beruhigen, schien ihn jedoch nur noch mehr zu verwirren.
»Was ist dann los, verdammt noch mal?«, wollte er wissen und fuhr sich nervös mit der Hand durch die Haare.
Paris grinste tatsächlich wie ein Honigkuchenpferd. »Etwas Wundervolles und Einzigartiges. Ich will ein Baby adoptieren, Bix«, verkündete sie stolz.
Er starrte sie für eine endlose Minute sprachlos an und schüttelte dann ungläubig den Kopf. »O mein Gott! Das kann doch nicht wahr sein!«
»Es ist wahr, und jetzt hoffe ich nur noch, dass es auch klappt. Ich habe gestern eine werdende Mutter kennen gelernt, die ihr Baby abgeben möchte. Weißt du, der Gedanke beschäftigt mich schon seit Monaten, aber ich wollte

mich ganz auf Megs Hochzeit konzentrieren. Erst vor ein paar Wochen habe ich angefangen, alles in die Wege zu leiten.«

»Wann genau hast du dich denn dazu entschlossen?«

»Vor ungefähr sechs Monaten, nach dem Reinfall mit Jean-Pierre. Ich will so etwas nicht noch einmal durchmachen, aber ich möchte nicht allein bleiben, da kam ich auf die Idee mit der Adoption. Du musst zugeben, dass mein Plan durchaus einleuchtend ist.«

»Ich gebe gar nichts zu. Wissen deine Kinder davon?«

»Noch nicht. Ich werde es ihnen sagen, sobald Meg zurück ist.«

»Wann soll dieses Baby denn kommen?«

»Am ersten Dezember.«

»Mist, das war es dann wohl mit Weihnachten! Und wann hattest du vor, mich darüber zu informieren?«

»Sobald ich absolut sicher gewesen wäre. Es besteht immer noch die Möglichkeit, dass nichts daraus wird. Die Mutter ist übrigens eine hübsche, gesunde junge Frau. Lustigerweise sieht sie mir sehr ähnlich. Selbst wenn ich dieses Baby adoptiere, lasse ich dich über Weihnachten nicht im Stich. Mir wird schon etwas einfallen. Ich hätte gern einen Monat lang Mutterschaftsurlaub, aber den kann ich auch im Januar nehmen, wenn das Geschäft etwas ruhiger läuft. Ich werde dir rechtzeitig Bescheid sagen, damit wir planen können.«

»Hast du dir das auch wirklich gut überlegt, Paris? Es hört sich völlig verrückt an.«

»Glaub mir, es ist überhaupt nicht verrückt. Ich habe seit langem nicht so etwas Sinnvolles getan – außer natürlich, mich um die Stelle als deine Assistentin zu bewerben.

Diesmal werde ich Kind und Beruf miteinander vereinbaren, anders als bei Meg und Wim.« Sie war inzwischen erfahren genug, um beides zu bewältigen, und hatte keine Angst vor der Doppelbelastung. »Also, möchtest du mich nicht beglückwünschen?«, fragte sie und lächelte ihn über den Schreibtisch hinweg an.

Bix schüttelte den Kopf. »Nein, am liebsten würde ich dich einweisen lassen. Wenn ich geahnt hätte, dass die Trennung von Jean-Pierre einmal dazu führen würde, hätte ich dich gezwungen, ihn zu heiraten. Das ist doch Wahnsinn, Paris! Du brauchst einen Mann und kein Baby!«

»Ein Baby genügt mir. Ich hatte einen Mann, und es war eine schöne Zeit. Aber das ist ein für alle Mal vorbei.«

»Du willst für den Rest deines Lebens auf einen Mann verzichten? Das ist nicht dein Ernst!« Er wirkte aufrichtig bestürzt.

»Wenn das Schicksal es so will, werde ich eines Tages dem Richtigen begegnen – vielleicht, nachdem ich mir den Arm gebrochen habe«, sagte sie geheimnisvoll.

Bix warf ihr einen verdutzten Blick zu. »Was hat denn ein gebrochener Arm damit zu tun?«

»So hat meine Anwältin ihren Mann kennen gelernt. Sie brach sich den Arm, er sich den Zeh, und beide landeten in derselben Notaufnahme.«

»Wie süß«, erklärte Bix mit leicht ironischem Unterton.

Paris stand auf, umarmte ihn und versicherte ihm, alles werde gut. Dann kehrte sie in ihr eigenes Büro zurück und machte sich wieder an die Arbeit.

30. Kapitel

Eine Woche verging, bis sich Alice wieder bei Paris meldete, doch diesmal hatte sie keine guten Nachrichten. Jennifer hatte sich für eines der Paare entschieden. Paris war überrascht über das Ausmaß ihrer Enttäuschung – sie hatte das Gefühl, die ultimative Zurückweisung erfahren zu haben.

»So etwas passiert leider öfter«, erklärte Alice bedauernd. »Irgendwann passt alles zusammen, Sie werden schon sehen. Ich hätte inzwischen auch eine Alternative für Sie. Ich weiß, dass Sie einen Säugling möchten, aber es schadet ja nie zu fragen. Es geht um eine Vierjährige aus einem russischen Waisenhaus. Die Mutter ist Alkoholikerin, über den Vater ist nichts bekannt. Das Mädchen lebt seit zwei Jahren im Waisenhaus, seine beiden Geschwister wurden von einem russischen Paar adoptiert. Normalerweise werden Geschwister nicht getrennt, aber das Paar wollte die Kleine nicht. Sie war bereits an eine Familie aus Phoenix vermittelt worden, aber diese hat gestern einen Rückzieher gemacht, weil bei dem Adoptivvater ein Hirntumor festgestellt wurde. Ich kann Ihnen ein Foto der Kleinen per E-Mail schicken. Sie ist bezaubernd, aber natürlich nicht das, was Sie eigentlich suchen.«

Paris dachte einen Augenblick lang nach und wollte schon ablehnen, fragte sich dann jedoch, ob das Schicksal ihr nicht gerade dieses Kind gesandt hatte.

»Kann ich es mir überlegen?«, fragte sie zögernd.
»Natürlich. Ich maile Ihnen das Foto.«
Kurz darauf öffnete Paris die E-Mail und glaubte, noch nie ein niedlicheres Kindergesicht gesehen zu haben. Während sie fasziniert das Foto betrachtete, kam Bix in ihr Büro.
»Wer ist denn das?«
»Ein vierjähriges Mädchen, das in einem russischen Waisenhaus lebt. Sie ist zur Adoption freigegeben. Die werdende Mutter, mit der ich mich letzte Woche getroffen habe, hat sich für jemand anderen entschieden. Und jetzt kann ich mir überlegen, ob ich stattdessen diese Kleine adoptieren möchte.«
»Um Gottes willen«, stöhnte Bix und wandte seinen Blick vom Bildschirm ab. »Bitte sag mir, dass das alles nicht wahr ist! Ich verspreche, dass ich dich höchstpersönlich heiraten werde, wenn du nur mit diesem Unsinn aufhörst.«
»Das ist kein Unsinn«, entgegnete sie und sah ihm ruhig und entschlossen in die Augen. »Und außerdem will ich gar nicht heiraten – obwohl ich für dich wahrscheinlich eine Ausnahme machen würde. Aber was soll dann aus Steven werden? Wir könnten ihn natürlich adoptieren ...«
Bix starrte sie entgeistert an und krächzte: »Ich brauche eine Valium.«
»Soll ich deinen Arzt anrufen, damit er ein Rezept ausstellt?«
»Machst du Witze?«, rief er lachend. »Ich habe ungefähr vierhundert von den Dingern in meinem Schreibtisch. Darf ich dir eine anbieten?«
»Nein danke, es geht mir ausgezeichnet.«
Zwei Stunden später rief Paris Alice an und teilte ihr mit,

dass sie sich gegen das russische Mädchen entschieden hatte. Sie fühlte sich einem Säugling einfach eher gewachsen als einem Kleinkind.
»Das dachte ich mir. Nun, es war einen Versuch wert«, sagte Alice und fügte hinzu: »Vielleicht kann ich Ihnen schon bald einen neuen Vermittlungsvorschlag machen. Ich habe Kontakt zu einer weiteren werdenden Mutter aufgenommen. Ich melde mich, sobald ich mehr weiß.«

An jenem Wochenende kehrten Meg und Richard aus den Flitterwochen zurück. Paris telefonierte mit ihnen und lud sie nach San Francisco ein, doch die beiden waren zu beschäftigt. Paris war nicht besonders traurig darüber, denn sie und Bix hatten ebenfalls einen vollen Terminkalender, da Halloween vor der Tür stand. Schließlich verabredeten sie sich für die erste Novemberwoche. Meg und Richard wollten ein vorgezogenes Thanksgiving mit Paris feiern, denn in diesem Jahr würden sie den Festtag bei Peter an der Ostküste verbringen.
Als Richard bei diesem Besuch für einige Minuten mit seiner Schwiegermutter allein war, sagte er, Andrew Warren habe ihm erzählt, dass er versucht habe, Paris zu erreichen. Paris erwiderte verlegen: »Und ich habe nicht zurückgerufen. Es tut mir Leid, das war unhöflich.«
»Er befürchtet, dass er dich auf irgendeine Weise beleidigt hat. Andrew ist wirklich ein verdammt netter Kerl«, betonte Richard.
»Ich weiß. Und er hat mich in keiner Weise beleidigt. Wenn er sich noch einmal meldet und ich nicht da bin, rufe ich zurück, versprochen.«
»Ich werde es ihm ausrichten.«

Nachdem auch Wim eingetroffen war, setzten sich alle gemeinsam zu Tisch und genossen fröhlich ein traditionelles Thanksgivingmahl. Doch als Paris endlich mit der Sprache herausrückte und verkündete, dass sie ein Baby adoptieren wolle, erntete sie schockierte Blicke.
»Du willst *was*?«, rief Meg und starrte ihre Mutter fassungslos an. »Das ist nicht dein Ernst, Mom! Du bist zu alt für ein Baby.«
»Ich mag vielleicht zu alt sein, um selbst noch ein Kind zu bekommen«, räumte Paris ein, »aber ich bin gewiss nicht zu alt, um ein Baby bei mir aufzunehmen und großzuziehen. Es gibt Frauen, die einige Jahre mehr auf dem Buckel haben als ich und dank künstlicher Befruchtung noch schwanger werden.«
»Die haben aber auch Ehemänner!«, parierte Meg und wandte sich dann um Unterstützung heischend an Richard, der noch gar nichts gesagt hatte.
Wim wirkte völlig entsetzt, ihm war deutlich anzusehen, dass er für das Vorhaben seiner Mutter keinerlei Verständnis aufbrachte.
»Mittlerweile adoptieren viele allein stehende Frauen Babys, und das gilt auch für allein stehende Männer«, erklärte Paris ruhig.
»Das ist mir völlig egal«, entgegnete Meg trotzig. »Ich halte das Ganze für eine Riesendummheit. Warum nur willst du dir so etwas aufladen?«
»Weil ich einsam bin«, antwortete Paris leise. »Ihr beide seid erwachsen und lebt euer eigenes Leben. Ich habe nur noch meine Arbeit, ich muss meinem Dasein wieder einen Sinn geben. Ich möchte ein Kind, das ich lieben und umsorgen kann. Das hat mit euch beiden überhaupt nichts zu tun.«

Ein betroffenes Schweigen trat ein. Richard bedachte Paris mit einem Blick, der tiefes Mitgefühl verriet. Er schien der Einzige zu sein, der ihre Gefühle nachvollziehen konnte. Er legte den Arm um Meg und versuchte, sie zu beschwichtigen.

»Deine Mutter hat das Recht, alles zu tun, was ihr Leben lebenswerter macht. Niemandem fällt es leicht, allein zu sein. Außerdem ist es eine hervorragende Idee, einem Kind ein Zuhause zu schenken.«

»Warum heiratest du nicht einfach?«, fragte Meg mit klagender Stimme.

»Weil ich nun einmal keinen passenden Mann aus dem Hut zaubern kann«, erwiderte Paris. »Und ich werde ganz gewiss nicht hier sitzen und darauf warten, dass mein Traumprinz erscheint und mich erlöst. Das ist mir zu armselig. Ich will mein Schicksal selbst in die Hand nehmen.«

»Was ist, wenn ich ein Baby kriege? Das wird dich dann bestimmt nicht die Bohne interessieren«, jammerte Meg.

Paris musste lächeln. Ihre Tochter reagierte wie ein eifersüchtiges kleines Mädchen. Alice hatte Recht gehabt – das Gespräch verlief nicht so problemlos, wie sie erwartet hatte.

»Natürlich wird mich das interessieren, Süße. Weder du noch Wim noch all die Kinder, die ihr vielleicht bekommt, werden mir jemals gleichgültig sein. Aber ich muss auch an mich denken und das tun, was ich für richtig halte.«

»Ich finde das ziemlich idiotisch«, warf Wim ein. »Babys machen doch nur Lärm und Dreck.«

Paris ignorierte die Bemerkung. »Wir werden sehen, wie es weitergeht. Wenn sich etwas tut, sage ich euch Bescheid. Ich habe neulich erst ein Vermittlungsangebot

abgelehnt, und davor wollte eine werdende Mutter lieber ein Paar für ihr Kind. Wahrscheinlich dauert es noch eine ganze Weile, bis es wirklich ernst wird«, sagte sie beschwichtigend.
»Wie lange?«, fragte Meg, als habe sie gerade erfahren, dass ein Erschießungskommando auf sie wartete.
»Möglicherweise ein Jahr.«
Ehe Meg und Richard am Sonntagnachmittag zum Flughafen fuhren, nahm Richard Paris beiseite und redete kurz unter vier Augen mit ihr.
»Mach dir keine Sorgen um Meg, sie wird sich an den Gedanken gewöhnen, genau wie Wim. Es ist dein Leben, und ich bewundere deine Entscheidung. Man muss sehr mutig sein, um in unserem Alter eine dermaßen weit reichende Verpflichtung einzugehen.«
Paris lächelte ihn dankbar an. »Das solltest du besser nicht zu laut sagen. Was ist, wenn Meg schwanger wird?« Paris hoffte sehr, dass die beiden eines Tages Kinder haben würden.
»Das wäre etwas anderes«, erwiderte er. »Aber ich bin ein Feigling, ich glaube nicht, dass ich ein Kind adoptieren würde. Nimmst du mir das übel?«, fragte er ganz offen.
Paris schüttelte den Kopf. »Nicht im Geringsten.«
Wenige Minuten später verabschiedeten sich Meg und Richard, und Wim schloss sich ihnen an. Ein aufwühlendes Wochenende lag hinter ihnen, doch Paris war zuversichtlich, dass sich ihre Kinder beruhigen würden. Sie wusste, dass Richard Meg ins Gewissen reden würde, und er hatte ihr versprochen, Wim in ein paar Tagen anzurufen und mit ihm ebenfalls über die Sache zu sprechen. Vielleicht

konnte er ja beide davon überzeugen, dass ihre Mutter keineswegs den Verstand verloren hatte. Sie hoffte jedenfalls inständig, dass Wim und Meg ihr Adoptivschwesterchen oder -brüderchen mit offenen Armen aufnehmen würden, wenn es so weit war.

31. Kapitel

In der folgenden Woche meldete sich Andrew Warren erneut bei Paris. Er war in der Stadt, um mit einem seiner Mandanten an einem Drehbuch zu arbeiten, und fragte, ob sie Lust habe, mit ihm essen zu gehen. Sie dachte an ihr Gespräch mit Richard und sagte zu, obwohl sie in der Agentur bis über beide Ohren in Arbeit steckte. Schließlich war Andrew der beste Freund ihres Schwiegersohnes, und sie wollte nicht unhöflich erscheinen. Als ein neuer Kunde sie und Bix um einen Termin bat, hätte sie dennoch beinahe in letzter Minute abgesagt, aber Bix drohte, sie mit Gewalt aus dem Büro zu jagen, wenn sie nicht sofort verschwand.

Paris und Andrew trafen sich in der Sacramento Street in einem kleinen Bistro, das seinen Mangel an Eleganz durch die Schnelligkeit wettmachte, mit der das Essen serviert wurde. Paris erklärte Andrew verlegen, dass sie leider nur sehr wenig Zeit habe, doch er schien weder enttäuscht noch gekränkt zu sein.

»Ich bin einfach nur froh, aus dem Apartment meines Mandanten entkommen zu sein. Er starrt seit vier Wochen auf ein leeres Blatt und schwört, dass er erst wieder unter Leute geht, wenn er etwas geschrieben hat. Ich fühle mich langsam wie ein Psychologe in der geschlossenen Abteilung. Vielleicht muss *ich* am Ende das Drehbuch für ihn schreiben.« Er grinste und trank einen Schluck Kaffee.

»Können Sie das denn?«, fragte Paris beeindruckt.

»Nicht wirklich, aber irgendwas werde ich schon zu Papier bringen. Wenn er das liest, überwindet er garantiert seine Schreibblockade. Ich habe auch überlegt, einen Elektroschocker zu kaufen, um ihn aus seiner Lethargie zu reißen.«

»Das nenne ich eine sanfte Methode«, sagte sie lachend. Als sich Andrew nach ihrer Arbeit erkundigte, erzählte sie ihm von den Weihnachtsfeiern, die sie und Bix gerade planten.

»Ich habe keine Ahnung von den Pflichten eines Gastgebers«, gestand er beschämt. »Wenn ich Freunde einlade, bestellen wir etwas beim Chinesen und essen es aus der Verpackung.«

»Rufen Sie die Agentur Bixby Mason an«, empfahl Paris augenzwinkernd. »Wir erledigen sämtliche Gastgeberpflichten für Sie.«

»Das glaube ich Ihnen aufs Wort. Wenn ich an Meg und Richards Hochzeit zurückdenke, kann ich nur sagen, dass Sie und Bixby grandiose Feiern veranstalten.« Er schenkte ihr ein anerkennendes Lächeln.

»Wir geben unser Bestes«, erwiderte sie höflich.

Wenig später warf Andrew einen Blick auf seine Uhr und sagte, er müsse sich leider wieder seinem Drehbuchautor widmen. Auch Paris zog es nach dieser angenehmen Abwechslung zurück ins Büro, und so verabschiedeten sie sich kurz darauf vor dem Bistro und eilten zurück an ihre Arbeit.

Auf dem Weg ließ Paris das Treffen noch einmal Revue passieren. Andrew Warren war wirklich liebenswürdig und interessant, vielleicht würde sich tatsächlich eine Freundschaft zwischen ihnen entwickeln.

Als sie die Agentur betrat, teilte die Sekretärin ihr mit,

dass sich Alice Harper gemeldet habe. Paris rief sofort zurück. Sie hatte inzwischen sämtlichen Papierkram erledigt und war zu allem bereit.
»Ich habe ein interessantes Angebot für Sie«, berichtete Alice. »Die werdende Mutter, Amy, ist neunundzwanzig, also ein bisschen älter als unsere übliche Klientel, und verheiratet. Sie lebt im Osten der Bucht und hat vier Kinder. Ihr Mann ist Labortechniker, und das Geld reicht hinten und vorn nicht. Außerdem hat er anscheinend ein Verhältnis mit einer Nachbarin. Er will seine Frau verlassen, vielleicht hat er es inzwischen sogar schon getan, und ich vermute, dass er sie geschlagen hat. Sie trinkt nicht, nimmt keine Drogen, ist sehr religiös und möchte, dass dieses Baby einmal ein besseres Leben hat als sie selbst. Und sie weiß, dass die Chancen dafür schlecht stehen, wenn sie es behält, denn sie kann schon ihre übrigen Kinder kaum mit dem Nötigsten versorgen. Sie wird ihre dreijährige Tochter bei ihrer Schwester unterbringen und mit den drei Jungs – sie sind elf, neun und sieben Jahre alt – in den Osten zu ihrer Mutter ziehen, um sich dort Arbeit zu suchen.«
In Paris' Ohren klang das nach einem verpfuschten Leben. Sie wollte sich gar nicht ausmalen, wie furchtbar es sein musste, die eigenen Kinder auseinander zu reißen, ein Kind Verwandten zu überlassen und ein anderes zur Adoption freizugeben.
»Was ist, wenn sie wieder auf die Beine kommt? Wird sie das Baby dann nicht zurückhaben wollen?«
»Das glaube ich kaum. Sie wollte sich schon vor einem Jahr von ihrem Mann scheiden lassen, aber er hat sie unter Druck gesetzt, damit sie bei ihm bleibt. Er scheint ziemlich gewalttätig zu sein. Außerdem hat er sie mehrfach

gezwungen, mit ihm zu schlafen, und dabei wurde sie schwanger. Dann begann er die Affäre mit der Nachbarin. Amy hat gestern die Scheidung eingereicht, und jetzt möchte sie nur noch einen guten Platz für das Baby finden und noch einmal ganz von vorn anfangen. Ich kann es ihr nicht verdenken«, sagte Alice. »Ich halte es für vorteilhaft, dass sie schon älter ist. Sie weiß, was es heißt, ein Kind großzuziehen, und ihr ist klar, dass sie mit einem weiteren Baby restlos überfordert wäre. Sie sind ein Geschenk des Himmels für diese Frau.«

»Wann soll das Baby denn kommen?«, fragte Paris, die sich eifrig Notizen gemacht hatte.

»Genau da liegt der Haken: in zwei Wochen. Übrigens ist es ein Mädchen und laut Ultraschall kerngesund.«

Paris hatte Alice gleich zu Beginn anvertraut, dass sie ein Mädchen vorziehen würde. Sie glaubte, dass ein Junge eine männliche Bezugsperson brauchte, an der er sich orientieren konnte, und das konnte sie ihm nicht bieten.

»In zwei Wochen?«, rief Paris erschrocken.

»Der errechnete Geburtstermin ist der fünfte Dezember. Ich weiß, dass ich Sie überrumple. Möchten Sie die werdende Mutter trotzdem kennen lernen?«

Zunächst schwieg Paris. Ihre Gedanken überschlugen sich. Sie hatte Wim und Meg erzählt, es könne ein Jahr dauern, bis sie ein Kind zu sich nahm. Aber wenn diesmal alles passte, durfte sie nicht zögern. Schon jetzt hatte sie ein gutes Gefühl. »Ja, natürlich!«, sagte sie schließlich mit fester Stimme.

Eine halbe Stunde später meldete sich Alice noch einmal. Sie hatte für Paris ein Treffen mit der werdenden Mutter arrangiert. Es sollte am nächsten Abend um sieben Uhr in einem Café in San Leandro stattfinden. Paris war so aufgeregt wie seit Monaten nicht mehr.

Als sie sich am folgenden Abend mit glänzenden Augen und geröteten Wangen von Bix verabschiedete, sagte er trocken: »Ich würde ja auf eine heiße Verabredung tippen – wenn ich es nicht besser wüsste.«

»Ich habe eine heiße Verabredung – mit einer werdenden Mutter in San Leandro.«

»Du treibst dich wirklich an den schönsten Orten herum«, versetzte Bix ironisch.

Aufgrund des dichten Verkehrs benötigte Paris eineinhalb Stunden bis zum vereinbarten Treffpunkt, doch sie war früh genug losgefahren. Als Amy das Café betrat, saß sie bereits seit einigen Minuten an einem Tisch am Fenster. Die junge, blonde Frau wirkte übernächtigt und so erschöpft, als würde sie im nächsten Augenblick zusammenbrechen. Aus der Nähe betrachtet war sie allerdings sehr hübsch, und im Laufe des Gesprächs stellte sie sich darüber hinaus als freundlich, höflich und intelligent heraus. Sie war ein Jahr lang auf das Community College gegangen und plante, sich zur Krankenpflegerin ausbilden zu lassen. Vorläufig musste sie jedoch tun, was sie konnte, um die Zukunft ihrer Kinder zu sichern. Ihr Mann schien ein ausgemachter Mistkerl zu sein, er kümmerte sich überhaupt nicht um seine Familie. Amy wollte das Kind zur Welt bringen und dann mit ihren Söhnen so bald wie möglich in ein Flugzeug Richtung Osten steigen. Sobald sie wieder Fuß gefasst hatte, würde sie ihre kleine Tochter ebenfalls zu sich nehmen. Zu allem Überfluss hatte ihr Mann vor kurzem seine Stelle verloren und zahlte daher keinen Unterhalt. Stattdessen gab er

jeden Cent für die andere Frau aus. Am liebsten hätte Paris Amy und all ihre Kinder in den Wagen gepackt und mit nach Hause genommen, aber sie wusste natürlich, dass das unmöglich war.
Paris erzählte ein wenig von ihrer eigenen Familie und ihrer Arbeit. Amy hörte geduldig zu, stellte aber so gut wie keine Fragen. Alles, was sie wissen wollte, war, ob Paris das Kind adoptieren und sie damit aus ihrer Notlage befreien würde. Es machte ihr nichts aus, dass Paris allein stehend und älter war, sie sagte, sie habe sofort Vertrauen zu ihr gefasst. Da griff Paris über den Tisch hinweg nach Amys Hand und drückte sie. Als die beiden Frauen einander schweigend anblickten, traten plötzlich Tränen in ihre Augen. Instinktiv wusste Paris, dass die Adoption besiegelt war. Amy würde ihr das Kind überlassen, und sie und ihre Anwältin würden sich um alles Weitere kümmern.
»Danke«, flüsterte Amy und hielt Paris' Hand fest umklammert.
»Ich danke Ihnen! Sie können sich nicht vorstellen, wie sehr ich diesen Moment herbeigesehnt habe.«
Sie saßen bis neun Uhr in dem Café, redeten, planten und zeigten einander Familienfotos. Amy hatte nicht vor, das Kind jemals wiederzusehen, sie bat Paris lediglich, ihr einmal im Jahr ein paar Fotos zu schicken. Sie versicherte Paris, dass sie es sich auf keinen Fall anders überlegen würde. Sie sorgte sich viel mehr darum, dass Paris einen Rückzieher machen könnte. Doch Paris beteuerte, dass dies für sie überhaupt nicht in Betracht kam. Sie hatte ihre Entscheidung längst getroffen.
Während der Rückfahrt in die Stadt fühlte sich Paris wie an jenem Tag, an dem sie durch ihren Arzt von ihrer ersten

Schwangerschaft erfahren hatte. Die unbestimmte Angst, dass etwas schief gehen könnte, schwang mit, aber in erster Linie war Paris aufgeregt und empfand eine unbändige Freude. Sie hatte Amy all ihre Telefonnummern gegeben und sie gebeten, sofort anzurufen, sobald die Wehen einsetzten. Gleich am nächsten Morgen würden sie Alice Harper darüber informieren, dass sie sich einig waren.

Als sich Paris am folgenden Morgen für die Arbeit zurechtmachte, klingelte das Telefon. Es war Alice. Paris stockte der Atem. Was, wenn Amy ihre Meinung doch geändert hatte? Vielleicht hatte sie auf dem Heimweg noch einmal über alles nachgedacht. Oder ihr Mann war zurückgekehrt und hatte reumütig Besserung gelobt …

»Amy will Sie«, erklärte die Anwältin schlicht. »Wie steht es mit Ihnen?«

»Ich will Amys Tochter«, erwiderte Paris, und ihr stiegen erneut Tränen in die Augen.

Paris hatte nun zwei Wochen Zeit, alles zu besorgen, was ein Säugling brauchte. Und sie teilte Alice mit, dass sie noch an diesem Morgen einen Scheck ausstellen würde, damit es auch Amy an nichts fehlte. Die Kosten der Entbindung wurden von Amys Krankenversicherung übernommen, aber sie brauchte auch eine Betreuerin, die sich in ihrer Abwesenheit um ihre übrigen Kinder kümmerte. Außerdem wollte Paris die Flugtickets für sie und die drei Jungen bezahlen, das schien ihr das Mindeste, was sie tun konnte.

»Ich schicke ihr den Scheck noch heute zu«, stieß Paris aufgeregt hervor.

»Keine Bange, sie wird bestimmt nicht plötzlich verschwinden. Amy braucht Sie«, entgegnete Alice ruhig.

»Ich brauche sie auch«, erklärte Paris leise.
Bevor sie das Haus verließ, rief sie Meg und Wim an und erzählte ihnen die Neuigkeit.
Wim war zunächst äußerst einsilbig, doch dann erklärte er, dass er mit allem einverstanden sei, was sie glücklich mache. Paris war gerührt. Seine Unterstützung bedeutete ihr unendlich viel.
»Bist du sicher, dass du damit klarkommst, Süßer?«
»Ja, Mom«, erwiderte er. »Ich kann das zwar nicht nachvollziehen, aber wenn du die Sache durchziehen willst, ist das schon in Ordnung.«
»Ich liebe dich«, erklärte sie inbrünstig und zutiefst erleichtert.
»Ich dich auch.«
Das Gespräch mit Meg verlief ebenfalls problemloser, als sie zu hoffen gewagt hatte. Meg sagte, sie habe ein langes Gespräch mit Richard geführt und nun mehr Verständnis für ihre Entscheidung. Sie respektiere sie und wünsche ihr viel Glück.
»Das ist alles ziemlich aufregend, Mom«, räumte Meg zum Abschied ein.
»Da hast du vollkommen Recht, Süße. Ich halte dich auf dem Laufenden.« Paris legte beglückt auf, sprang kurz darauf in ihren Wagen, fuhr zur Agentur und stürmte schnurstracks in Bix' Büro.
»Ich bekomme ein Baby!«, rief sie laut und bemerkte dann erst, dass die Buchhalterin im Zimmer war. Glücklicherweise befanden sich keine Kunden in der Nähe.
»Gratulation!«, erwiderte die Buchhalterin perplex, wirkte dabei jedoch bei weitem nicht so fassungslos wie Bix. Er starrte Paris an und stieß nur ein einziges Wort hervor:

»Wann?« Auf dem Terminplan standen zweiundzwanzig Weihnachtsfeiern.
»In zwei Wochen«, erwiderte sie strahlend. Bix schien einer Ohnmacht nahe. »Mach dir keine Sorgen, ich lasse dich nicht hängen. Ich bringe das Baby einfach mit ins Büro oder engagiere einen Babysitter. Wie wär's mit dir?«, schlug sie vor, und Bix stöhnte.
»Soll ich etwa eine Babyparty für dich veranstalten?«, fragte er mit panischem Gesichtsausdruck.
»Gern, aber erst, wenn das Baby da ist. Am besten irgendwann nach Weihnachten.« Während sie dies sagte, durchwühlte Bix hastig seine Schreibtischschublade. »Was suchst du denn?«
»Mein Valium. Am besten schlucke ich gleich ein paar auf einmal. Wann ist der Geburtstermin?«
»Am fünften Dezember.«
»O mein Gott, an dem Tag ist doch die Addison-Hochzeit!«
»Ich werde da sein, notfalls mit dem Baby.« Sie hatte sich bereits mit einem Kinderarzt in Verbindung gesetzt und wollte eine Kinderkrankenschwester engagieren, die ihr in der ersten Zeit half. Und im Januar würde sie sich dann ganz ihrer kleinen Tochter widmen.
»Bist du dir auch wirklich aller Konsequenzen bewusst, Paris? Ein Kind ist für die Ewigkeit«, sagte Bix in einem Unheil verkündenden Ton.
»Ja, da hast du Recht«, erwiderte sie und sah ihm in die Augen. »Glaub mir, ich weiß genau, was ich tue.«

32. Kapitel

Am Montag vor Thanksgiving erhielt Paris einen Anruf von Andrew Warren. Er sei am Wochenende wieder in der Stadt, um dem Drehbuchautor mit der Schreibblockade einen weiteren Besuch abzustatten, und würde gern mit ihr zu Abend essen.

Paris wollte den Feiertag bei Steven und Bix verbringen und am Freitag die Babyausstattung kaufen, hatte darüber hinaus jedoch keine Pläne.

»Das ist eine gute Idee. Wie wäre es, wenn Sie zu mir kämen und ich eine Kleinigkeit für uns koche?«

»Wunderbar, ich komme gern. Mein armer Autor brütet immer noch über seinem Skript, und der Abgabetermin steht kurz bevor. Das Studio droht bereits mit einer Konventionalstrafe, also möchte ich in der Nähe bleiben und den armen Kerl ein bisschen aufmuntern und antreiben.«

»Machen Sie das immer so, oder bekommt dieser Herr eine besondere Betreuung?«, erkundigte sie sich interessiert.

»Das geht weit über mein übliches Engagement hinaus, aber er ist ein netter Bursche, und ich mag ihn. Ich glaube, die ganze Sache ist ihm einfach über den Kopf gewachsen. Und wenn ich ihm durch moralische Unterstützung oder auf eine andere Weise unter die Arme greifen kann – warum nicht? Ich habe am Wochenende ohnehin nichts vor.« Er berichtete, er werde Thanksgiving mit Freunden begehen, da er in diesem Jahr keine Zeit habe, nach Europa zu fliegen und seine beiden Töchter zu besuchen. Dann fragte er Paris nach ihren Plänen, und sie erzählte ihm, was sie vorhatte.

»Bei Bix und Steven ist es immer sehr amüsant«, erklärte sie.

Andrew und sie verabredeten sich schließlich für den Freitagabend.

Der Feiertag bei Bix und Steven gestaltete sich leider weit weniger vergnüglich, als Paris erwartet hatte. Stevens Truthahn war perfekt, und Bix' Tischdekoration wie immer sehr ausgefallen, aber außer Paris waren in diesem Jahr keine anderen Gäste eingeladen, und Steven schien unter einer heftigen Grippe zu leiden. Er aß sehr wenig und legte sich sofort nach der Mahlzeit hin. Während Paris und Bix die Spülmaschine einräumten, bemerkte sie auf einmal, dass Tränen über seine Wangen rollten.

»Was ist los?«, fragte sie alarmiert und legte die Hand auf seine Schulter. Er sank in ihre Arme und klammerte sich an sie wie ein Ertrinkender, und noch bevor er etwas sagen konnte, wusste sie Bescheid: Stevens Krankheit war ausgebrochen. »Das kann doch nicht sein …«

»Wenn ihm etwas passiert, weiß ich nicht, wie ich damit fertig werden soll, Paris. Ich kann ohne ihn nicht leben«, schluchzte Bix.

»Das wirst du hoffentlich auch nicht müssen«, erwiderte sie und versuchte, optimistisch zu klingen. »Tu für ihn, was du kannst, alles andere musst du den Ärzten überlassen.«

Bix nickte. »Er hat letzte Woche angefangen, Protease-Hemmer und NRTIs zu nehmen, und fühlt sich seitdem richtig schlecht. Laut der Ärzte soll sich sein Zustand durch die Medikamente nach und nach verbessern, aber momentan geht es ihm einfach nur beschissen.«

Steven hatte beim Essen tatsächlich ziemlich mitgenommen ausgesehen, aber Paris wusste auch, dass er noch immer arbeitete. Selbst an diesem Tag hatte er bis zum Mittag Rufbereitschaft gehabt. »Kannst du ihn nicht dazu überreden, dass er sich ein paar Wochen freinimmt?«

»Das bezweifle ich«, sagte Bix und schnäuzte sich geräuschvoll.

»Wenn du möchtest, übernehme ich so viele deiner Partys wie möglich.«

»Wie willst du das denn schaffen?«, fragte er mutlos.

»Ich habe gestern eine hervorragende Kinderkrankenschwester engagiert.« Nur noch acht Tage blieben bis zum errechneten Geburtstermin. Die Entbindung fand im Alta Bates Medical Center in Berkeley statt, daher musste Paris nach Amys Anruf lediglich die Bay Bridge überqueren. Sie hatte Amy versprochen, bei der Geburt dabei zu sein. Und wenn das Kind gesund war, konnte sie es noch am selben Tag mit nach Hause nehmen.

Sie schob die Vorfreude auf das Baby beiseite und wandte ihre Aufmerksamkeit wieder Bix zu. Gemeinsam gingen sie ins Wohnzimmer und setzten sich aufs Sofa. Paris versuchte, ihrem Freund so gut es ging Mut zuzusprechen, und bevor sie nach Hause fuhr, sahen sie gemeinsam nach Steven, der tief und fest schlief. Plötzlich fiel Paris auf, dass er furchtbar dünn wirkte und außerdem während der letzten Wochen gealtert zu sein schien. Sie wusste, dass er mit etwas Glück noch viele Jahre vor sich hatte, aber der Kampf gegen die Krankheit und die Nebenwirkungen der Medikamente würde weder für ihn noch für Bix leicht werden.

Als Paris zu Hause im Bett lag, wanderten ihre Gedanken immer wieder zu Steven und Bix. Sie betete inbrünstig dafür, dass sich Steven wieder erholen würde. Er und Bix liebten einander so sehr, sie wünschte den beiden aus tiefstem Herzen, dass sie noch lange glücklich sein durften. Manchmal war das Leben ungerecht und voller unerwarteter, heimtückischer Wendungen – wie sie zweieinhalb Jahre zuvor am eigenen Leib erfahren hatte.
Paris sank in einen unruhigen Schlaf. Sie träumte, dass sie selbst ein Baby bekam. Amy saß neben ihr und hielt ihre Hand. Sobald das Kind geboren war, nahm man es ihr weg, und sie schrie und weinte und gebärdete sich wie eine Wahnsinnige. Erschrocken wachte sie auf und erkannte, dass genau dies Amy bevorstand. Amy würde sich unter Schmerzen abmühen, das Baby auf die Welt zu bringen, und dann würde Paris es ihr entreißen. Sie konnte die Vorstellung kaum ertragen. Alle um sie herum machten gerade eine schwere Zeit durch – Bix, Steven, Amy ... Und doch gab es inmitten dieses Kummers auch Anlass zur Freude. Das ungeborene Kind verkörperte für sie das Gute auf der Welt, es war wie ein Lichtstrahl in der Nacht, ein Hoffnungsschimmer in der Dunkelheit.

Am folgenden Morgen stand Paris zeitig auf, um wie geplant ihre Einkäufe zu erledigen. Bei einem kleinen Babyausstatter erstand sie eine Tragetasche, eine Wiege, eine Wickelkommode und einige reizende, mit rosa Schleifen und gelben Schmetterlingen bemalte Kindermöbel, die man ihr nach Hause liefern würde. Außerdem kaufte sie Strampelanzüge, Mützen, Babyschuhe und Kleidchen, die einer kleinen Prinzessin alle Ehre gemacht hätten.

Anschließend schlenderte sie noch durch drei weitere Geschäfte, um Dinge wie Windeln, Babyöl und Fläschchen zu besorgen. Erst als beim besten Willen nichts mehr in ihren Kombi passte und sich die Pakete schon bis unter das Dach stapelten, fuhr sie nach Hause. Sie benötigte eine halbe Stunde dafür, den Wagen auszuladen und ihre Einkäufe in das Gästezimmer im ersten Stock zu tragen. Vorerst würde die Kleine direkt neben ihrem Bett in der Wiege schlafen, doch Paris plante, das Kinderzimmer schon im Laufe des Wochenendes komplett einzurichten. Während sie noch überlegte, wo sie die einzelnen Möbelstücke hinstellen sollte, klingelte es an der Tür. Es war der Bote des Babyausstatters, der die Möbel freundlicherweise direkt ins Kinderzimmer brachte.

Um fünf Uhr begann Paris mit den Vorbereitungen für das Abendessen. Andrew Warren hatte versprochen, zwischen sechs und halb sieben zu kommen, je nachdem, wie das Treffen mit seinem Drehbuchautor verlief.

Paris schob einen Rostbraten und Backkartoffeln in den Ofen, stellte eine Flasche Weißwein in den Kühlschrank und bereitete eine große Schüssel Salat zu. Als Vorspeise wollte sie Krabben servieren, die sie auf dem Heimweg gekauft hatte.

Andrew stand um Punkt sechs vor der Tür, in Lederjacke, Jeans und einem grauen Pullover. Paris trug ebenfalls eine Jeans und einen hellblauen Rollkragenpullover, sie hatte keinerlei Aufwand mit ihrem Äußeren betrieben. Andrew erschien ihr schon beinahe wie ein alter Bekannter, und sie sah keinerlei Notwendigkeit, sich für ihn in Schale zu werfen.

»Wie geht's?«, erkundigte sie sich mit einem warmherzigen Lächeln.

Er verdrehte grinsend die Augen. »Gott bewahre mich vor Schriftstellern mit Schreibblockade! Als ich ging, telefonierte er gerade mit seinem Seelenklempner, und gestern Nacht musste er mit einer Angstattacke in die Notaufnahme. Bevor er fertig ist, landet er bestimmt in der Nervenheilanstalt.« Nichtsdestotrotz war Andrew die Ruhe selbst und offenbar bereit, dem Autor bis zum Ende beizustehen. Bei dem betreffenden Film handelte es sich um ein mehrere Millionen schweres Projekt, da galt es, die Nerven zu behalten.

Die beiden gingen hinüber ins Wohnzimmer. Paris schenkte Andrew ein Glas Wein ein, stellte eine Schale Erdnüsse auf den Tisch und legte Musik auf.

»Und was haben Sie heute gemacht?«, fragte er interessiert.

»Ich war einkaufen«, erwiderte Paris, verschwieg jedoch, was sie erworben hatte. Außer Bix und ihren Kindern hatte sie bisher niemandem von der Adoption erzählt und wollte es vorläufig auch dabei belassen. Auf abfällige oder ironische Bemerkungen konnte sie getrost verzichten. Sie mochte Andrew zwar gern, kannte ihn jedoch noch nicht lange genug, um seine Reaktion auf ihr Vorhaben einschätzen zu können. Daher lenkte sie das Gespräch rasch auf Meg und Richard.

Um halb acht begannen sie zu essen. Andrew sagte begeistert, Krabben seien sein Lieblingsgericht, und beim Hauptgang lobte er den Rostbraten in den höchsten Tönen.

»Dabei bin ich ein bisschen aus der Übung«, entgegnete Paris entschuldigend. »Ich koche nicht mehr allzu oft. Abends beaufsichtige ich entweder eine Veranstaltung oder bin dermaßen müde, dass ich keine Lust mehr habe, mich an den Herd zu stellen.«

»Sie und Bix scheinen Tag und Nacht zu arbeiten.«
»Das stimmt, aber wir lieben unseren Job. Der kommende Monat wird ziemlich hektisch, wie üblich vor Feiertagen. Ab Montag haben wir an fast jedem Abend irgendein Fest.« Und wenn das Baby erst einmal bei ihr war, würde sich die Situation noch schwieriger gestalten. Paris hoffte beinahe auf eine verspätete Geburt, denn dadurch würden sich einige organisatorische Probleme von selbst erledigen.
»Haben Sie schon jemals darüber nachgedacht, sich eine berufliche Auszeit zu nehmen?«, fragte Andrew beiläufig.
Paris lächelte in sich hinein. »Nein, noch nie. Allerdings habe ich vor, nach Silvester für einen Monat freizumachen.«
»Ich würde mich eines Tages gern für ein Jahr aus der Kanzlei verabschieden, ein Apartment in Paris oder London mieten und von dort aus Europa bereisen. Vielleicht auch für eine Weile in einem Landhaus in der Toskana leben, oder in der Provence. Das stelle ich mir himmlisch vor! Ich habe Richard schon angekündigt, dass ich diesen Traum irgendwann verwirklichen werde, aber jedes Mal, wenn ich davon anfange, droht er mir mit einem Nervenzusammenbruch. Seine Schauspieler treiben ihn ohnehin schon an den Rand des Wahnsinns, er will nicht auch noch meine Schriftsteller am Hals haben.« Die Kanzlei lief ausgezeichnet, doch die Tätigkeit in der Filmbranche brachte es mit sich, dass sich Richard und Andrew mit vielen unterschiedlichen und teilweise sehr schwierigen Persönlichkeiten auseinander setzen mussten. Dennoch waren die beiden mit Leib und Seele dabei.
Andrew sagte, dass er später wieder zu dem Drehbuch-

autor fahren und wahrscheinlich die Nacht durcharbeiten würde, daher bot Paris ihm einen Kaffee an. Sie goss ihm gerade eine Tasse ein, da klingelte ihr Handy. Paris rechnete mit einem Anruf von Meg, hörte jedoch eine ihr unbekannte Frauenstimme. Aber kurz darauf erkannte sie Amy.

»Ist etwas passiert?«, fragte Paris besorgt.

»Ich bin im Krankenhaus«, erwiderte Amy gepresst.

»Jetzt schon?«, entfuhr es Paris.

»Meine Jungs haben mich in dieser Woche ziemlich auf Trab gehalten, und heute war meine Schwester da und hat meine Tochter abgeholt. Danach gingen die Wehen plötzlich los.«

Paris vermutete, dass sich Amy überanstrengt hatte, und die Aufregung hatte sicher ihr Übriges dazu getan. »Was hat der Arzt gesagt?«

»Er sagt, dass sich der Muttermund etwa vier Zentimeter weit geöffnet hat. Die Wehen kommen im Abstand von ungefähr fünfzehn Minuten. Sie haben also noch Zeit.«

»Da bin ich ja erleichtert! Wo liegen Sie, in welchem Zimmer?« Paris schnappte sich einen Stift und kritzelte die Angaben hastig auf einen Zettel. Kurz bevor sie auflegte, hatte Amy eine Wehe, und erst in diesem Augenblick begriff Paris, dass es wirklich so weit war. In einigen Stunden würde sie voraussichtlich wieder Mutter sein. Sie wandte sich Andrew Warren zu, der sie mit einem gewissen Maß an Beunruhigung musterte, und rief: »Ich bekomme ein Baby!«

Er starrte sie schockiert an.

»Die Wehen haben eingesetzt ...« Sie war dermaßen aufgeregt, dass sie völlig vergaß, Andrew alles zu erklären. Der wirkte völlig verwirrt.

»Mit wem haben Sie denn gerade telefoniert?«
»Mit der leiblichen Mutter.« Erst jetzt wurde Paris klar, dass er keine Ahnung hatte, wovon sie redete. Sie atmete tief durch, um sich zu beruhigen, und sagte dann: »Ich werde ein Baby adoptieren.«
»Tatsächlich? Das ist ja fantastisch!« Er schenkte ihr ein strahlendes Lächeln. »Herzlichen Glückwunsch!«
»Danke. Es ist ein Mädchen, und anscheinend kommt es eine Woche zu früh. Zum Glück habe ich heute alles Nötige eingekauft! Und jetzt muss ich ins Krankenhaus«, verkündete sie mit leuchtendem Gesicht.
»In welches denn?«, fragte er.
»Ins Alta Bates in Berkeley«, erwiderte sie und blickte sich suchend nach ihrer Handtasche um. Als sie sie gefunden hatte, stopfte sie den Notizzettel hinein.
»Wollen Sie mit dem Auto fahren?«, wollte er wissen.
»Natürlich.«
»Bitte lassen Sie sich von mir hinbringen, Paris. Ich könnte Ihren Wagen nehmen und mir für den Rückweg ein Taxi rufen. In Ihrer Verfassung sollten Sie sich lieber nicht ans Steuer setzen – schließlich bekommen Sie ein Baby«, sagte er schmunzelnd.
»Würden Sie das wirklich tun?«, fragte sie gerührt. Sie musste zugeben, dass sie sich der Fahrt nicht gewachsen fühlte.
»Selbstverständlich. Lieber helfe ich Ihnen, ein Kind auf die Welt zu bringen, als meinem verrückten Mandanten, sein Drehbuch abzuliefern. Das ist viel aufregender.«
Nachdem Paris schnell einige Kleidungsstücke für das Baby in die Tragetasche gepackt hatte, verließen sie und Andrew das Haus. Während der Fahrt erzählte sie ihm

lebhaft, wie sie zu dem Entschluss gekommen war, ein Kind zu adoptieren.

»Ihre Einstellung zu Verabredungen ist aber ziemlich radikal, finden Sie nicht?«

»Glauben Sie mir: Wenn Sie meine Dates miterlebt hätten, würden Sie genauso denken.«

Als sie ihre Begegnung mit dem Bildhauer aus Santa Fe beschrieb, brach Andrew in lautes Gelächter aus. »Ich habe auch nicht gerade häufig ein Rendezvous«, räumte er ein. »Das letzte Mal ist schon eine ganze Weile her. Es ist so ermüdend, immer wieder all diese sinnlosen Informationen auszutauschen – was man macht, was nicht, was man mag, was nicht, wo man schon mal war, wo noch nicht ... Und dann erfährt man, dass man einer Domina gegenübersitzt, die sich eine Schlange als Haustier hält, und fragt sich, was zum Teufel man da eigentlich gerade tut. Sie haben schon Recht, oftmals kommt man sich vor wie in einem Tollhaus. Vielleicht sollte ich auch ein Baby adoptieren.«

»Sie können uns gern demnächst mal besuchen«, bot sie stolz an.

Er lächelte ihr zu. »Darf ich mir die Kleine ansehen, wenn sie bei Ihnen eingezogen ist? In gewisser Weise fühle ich mich wie ein Mitglied des offiziellen Begrüßungskomitees.«

»Das sind Sie auch«, bekräftigte Paris.

Wenige Sekunden darauf hielt Andrew vor dem Haupteingang des Krankenhauses. »Viel Glück. Ich fahre den Wagen dort drüben auf den Parkplatz. Wenn Sie möchten, dass ich Sie auch zurückchauffiere, rufen Sie mich einfach auf dem Handy an.« Mit diesen Worten drückte er ihr seine Visitenkarte in die Hand.

Paris beugte sich zu ihm hinüber und küsste ihn auf die Wange. »Vielen Dank, Andrew. Sie haben mir sehr geholfen. Übrigens gehören Sie zu den Menschen, die es als Erste erfahren haben, und ich danke Ihnen, dass sie mich nicht für verrückt erklären.« Sie betrachtete seine Reaktion als eine Art Prüfstein.

»Sie sind verrückt«, erwiderte er schmunzelnd, »aber auf eine wunderbare Art. Es sollte mehr Menschen geben, die so handeln wie Sie. Ich wünsche Ihnen, dass Sie beide sehr glücklich werden – Sie und das Baby.«

»Die leibliche Mutter tut mir furchtbar Leid«, sagte Paris leise.

»Mir auch«, entgegnete er nachdenklich. »Hoffentlich ist es eine leichte Geburt ohne Komplikationen.«

Paris nickte, dann stieg sie aus, nahm die Tragetasche vom Rücksitz und wollte schon die Tür schließen, da rief Andrew: »Sagen Sie mir Bescheid, sobald die Kleine da ist. Ich will unbedingt wissen, wem sie ähnlich sieht.«

»Mir natürlich«, antwortete Paris vergnügt, winkte ihm zu und eilte dann ins Krankenhaus.

33. Kapitel

Paris folgte den Hinweistafeln zur Entbindungsstation und betrat nach wenigen Minuten Amys Zimmer. Die Abstände zwischen den Wehen hatten sich deutlich verringert, und Amy erklärte stöhnend, die Geburt scheine genauso schnell zu verlaufen wie bei ihren anderen Kindern.

»Wie geht es Ihnen?«, fragte Paris mitfühlend.

»Ganz gut«, erwiderte Amy tapfer, ächzte jedoch gequält, als die nächste Wehe sie überrollte. Sie war an ein CTG angeschlossen, und die Herztöne des Ungeborenen boten keinen Anlass zur Besorgnis. Der Messer für die Wehenstärke sprengte jedoch beinahe die Skala. Die Kurven auf dem Lochstreifenpapier sahen aus, als registrierten sie ein schweres Erdbeben.

»Meine Güte, das sind wirklich heftige Wehen«, sagte Paris, nachdem eine Schwester ihr erklärt hatte, wie das Kurvenblatt zu lesen war. Dann zog sie OP-Kleidung über, um Amy in den Kreißsaal begleiten zu dürfen, und nahm Amys Hand. Außer ihr und dem Klinikpersonal stand niemand der werdenden Mutter bei. Als die Wehen eingesetzt hatten, war Amys Mann nicht zu Hause gewesen, also hatte sie ein Taxi gerufen und ihre drei Jungen auf dem Weg zum Krankenhaus bei einer Freundin abgesetzt.

Eine Stunde nach Paris' Ankunft erklärte die Hebamme,

der Muttermund habe sich auf zehn Zentimeter geweitet. Medizinisch betrachtet verlief die Geburt problemlos, aber die arme Amy litt Höllenqualen. Trotzdem war sie entschlossen, sich keine Schmerzmittel oder gar eine Narkose geben zu lassen. Paris versuchte nicht, sie dazu zu überreden, obgleich sie sowohl bei Meg als auch bei Wim eine Epiduralanästhesie bekommen hatte. Amy war davon überzeugt, dass es so für das Baby besser war, und vielleicht hatte sie das Gefühl, dass dies das Letzte war, was sie für ihr Kind tun konnte.

Für eine Weile ging es nicht mehr voran. Der Arzt kam und untersuchte Amy, was ihr dermaßen große Schmerzen bereitete, dass sie laut aufschrie. Kurz darauf wurde sie in den Kreißsaal geschoben und begann zu pressen. Paris hielt ihre Hand und versuchte, sie beim Atmen zu unterstützen. Die Hebamme schlug vor, sie solle sich hinter Amy stellen und sie in einer aufrechten Position halten. Dies war für Paris zwar äußerst anstrengend, schien Amy jedoch zu helfen. Doch das Baby bewegte sich nicht. Zwei Stunden lang stöhnte, schrie und presste Amy ohne erkennbaren Erfolg. Paris wünschte sich, mehr tun zu können, als mit ihr zu hecheln und ihr Mut zuzusprechen, doch da stieß Amy auf einmal einen gellenden, markerschütternden Schrei aus, und der Arzt verkündete, die Geburt stehe unmittelbar bevor.

»Kommen Sie, Amy … noch einmal … Genau so … Pressen Sie …«

Amy schluchzte herzzerreißend, und Paris fragte sich, ob ihre eigenen Entbindungen ebenso furchtbar gewesen waren. Sie konnte sich nicht mehr genau erinnern, aber sie glaubte, es leichter gehabt zu haben. Dann war endlich der

Kopf des Babys zu sehen. Amy presste und brüllte ein letztes Mal mit aller Kraft, und schließlich glitt das Baby aus ihrem Schoß. Amy weinte in Paris' Armen, die Schreie des Neugeborenen erfüllten den Raum, und als Paris das kleine Mädchen sah, brach sie ebenfalls in Tränen aus. Der Arzt durchtrennte die Nabelschnur und reichte Paris dann behutsam das Baby. Sie nahm es auf den Arm und beugte sich hinunter, um es Amy zu zeigen.

»Sehen Sie nur, wie wunderschön sie ist«, flüsterte Paris. »Das haben Sie ganz toll gemacht!«

Amy schloss ermattet die Augen und ließ sich nun endlich ein Schmerzmittel spritzen.

Um vier Uhr morgens verließen sie den Kreißsaal und kehrten in Amys Zimmer zurück. Es lag ganz am Ende des Flures, weit entfernt vom Säuglingssaal. Die Ärzte und Schwestern wussten, dass Amy ihr Kind zur Adoption freigeben würde, und versuchten, so einfühlsam wie möglich mit der Situation umzugehen.

Eine Schwester nahm das Baby mit in den Säuglingssaal, um es zu säubern und seine Apgar-Werte zu prüfen. Paris blieb bei Amy, die inzwischen vor Erschöpfung eingeschlafen war. Als die Schwester das Baby zurückbrachte, schlief sie noch immer. Das Kleine war in eine rosa Decke gewickelt, trug eine kleine Baumwollmütze und hatte die Augen geöffnet. Die Schwester übergab es schweigend seiner neuen Mutter, und Paris hielt es vorsichtig im Arm und betrachtete sein winziges Gesicht.

»Hallo, meine Kleine …« Der Säugling hatte rosige Pausbäckchen, große, blaue Augen und einen feinen, hellen Flaum auf dem Kopf. Er wirkte so klein und zerbrechlich wie eine Porzellanpuppe. Nach wenigen Minuten schlief

er in Paris' Armen ein, als wüsste er, dass er endlich zu Hause war.
»Wie soll sie heißen?«, flüsterte die Schwester.
»Hope«, erwiderte Paris und blickte lächelnd auf das Baby hinab. Es war der erste Name, der ihr beim Anblick ihrer Tochter eingefallen war. Sie hatte auch einige andere Namen in Erwägung gezogen, aber keiner erschien ihr passender. Hoffnung – genau dies verkörperte Hope für ihre Mutter. Hoffnung auf eine glückliche Zukunft. Die Wunden der Vergangenheit waren mit einem Schlag endgültig verheilt.
»Was für ein schöner Name«, sagte die Krankenschwester lächelnd, während Paris staunend den winzigen Menschen betrachtete, der nun zu ihr gehörte. Ihr wurde klar, dass sie diesen Moment nie erlebt hätte, wenn Peter bei ihr geblieben wäre. Sie hatte es endlich gefunden: das Geschenk, das sie zweieinhalb Jahre lang voller Schmerz und Kummer gesucht hatte. Sie hatte es schließlich doch entdeckt, das Glück im Unglück.
Während sich Amy ausschlief, saß Paris stundenlang mit dem Baby im Arm an ihrem Bett. Schließlich erwachten beide, und die Schwester brachte Paris ein Fläschchen mit Glukoselösung für das Neugeborene. Sie setzte Amy eine Spritze, mit der die Milchbildung unterdrückt werden sollte. Paris leistete Amy noch den ganzen Vormittag lang Gesellschaft. Irgendwann erschien eine Ärztin und untersuchte Hope. Anschließend erklärte sie, Paris könne sie gegen sechs Uhr am Abend mit nach Hause nehmen. Amy würde bis zum folgenden Morgen in der Klinik bleiben, und Paris fand den Gedanken schrecklich, sie allein zu lassen. Nachdem sie das Baby in den Säuglingssaal gebracht

hatte, rief sie über Handy Alice Harper an und berichtete ihr, dass Amy das Kind bekommen habe. Die Anwältin beglückwünschte sie und riet ihr, mit dem Baby nach Hause zu fahren, sobald die Klinik ihr Okay gab.

»Was ist mit Amy?«, fragte Paris besorgt.

»Machen Sie sich keine Sorgen. Die Ärzte und Schwestern werden sich um sie kümmern. Amy weiß genau, was sie tut. Es ist ihr Wille. Machen Sie es ihr nicht noch schwerer.«

Paris hatte verstanden und wollte Alice' Rat befolgen.

Nach dem Gespräch mit der Anwältin meldete sie sich auch bei Bix, der sich trotz seines vorherigen Murrens sehr für sie freute. Und obwohl sie sich dabei ein wenig albern vorkam, wählte sie schließlich auch Andrew Warrens Handynummer. Immerhin hatte er sie zum Krankenhaus kutschiert und sogar ausdrücklich um einen Anruf gebeten. Sie erzählte ihm, wie die Geburt verlaufen war, beschrieb ihm, wie Hope aussah, und stellte irgendwann erstaunt fest, dass sie weinte.

»Hope ist ein wunderschöner Name«, sagte Andrew leise.

»Das finde ich auch«, erwiderte Paris.

»Ich habe Ihren Autoschlüssel am Informationsschalter abgegeben«, erklärte Andrew. »Wann dürfen Sie die Kleine mitnehmen?«

»Heute Abend um sechs.« In ihrer Stimme schwang ehrfürchtiges Erstaunen mit.

»Erlauben Sie mir, dass ich Sie abhole?«

»Würde Ihnen das wirklich nichts ausmachen?« Sie hatte nicht damit gerechnet, dass Andrew sein Angebot erneuern würde.

»Es wäre mir eine Ehre«, verkündete er feierlich. »Ich bin

um halb sechs da, für den Fall, dass man Sie früher gehen lässt.«

»Vielen Dank.« Paris legte mit einem Lächeln auf. Dann rief sie Meg und Wim auf ihren Mobiltelefonen an und überraschte sie mit der guten Nachricht.

Als Paris nach zwanzig Minuten zum Säuglingssaal zurückkehrte, erfuhr sie verblüfft, dass die Schwester Hope zu Amy gebracht hatte. Sie habe darum gebeten. Paris schlug das Herz bis zum Hals – was, wenn Amy ihre Meinung änderte? Sie liebte Hope bereits jetzt von ganzem Herzen und wusste nicht, wie sie diese Enttäuschung verkraften sollte.

Als Paris das Zimmer betrat, hielt Amy Hope in den Armen, blickte ihr ernst in die Augen und sprach leise mit ihr, als habe sie ihr etwas sehr Wichtiges zu sagen. Und plötzlich wusste Paris, dass sie sich einfach nur verabschieden wollte.

Amy wandte sich Paris zu und reichte ihr das Neugeborene, ohne zu zögern.

»Ich habe ihr Lebewohl gesagt«, erklärte sie und drückte mit diesem einen Satz aus, dass sie ihre Tochter endgültig losgelassen hatte.

Paris nahm die Kleine vorsichtig entgegen. Kurz darauf erschien der Sozialarbeiter, in dessen Beisein sie und Amy die erforderlichen Papiere unterzeichneten.

Hope und ihre neue Mutter verschliefen den halben Nachmittag in einem separaten Zimmer, und um fünf Uhr teilte die Kinderärztin Paris mit, dass sie das Baby nun mit nach Hause nehmen dürfe. Paris ging in den Säuglingssaal, um ihrer Tochter die Kleidungsstücke anzuziehen, die sie mitgebracht hatte: ein Unterhemd, einen Strampelanzug und

eine Mütze. Zum Schluss wickelte sie sie in die ebenfalls mitgebrachte warme Decke.
Dann ging sie mit Hope auf den Armen zurück zu Amys Zimmer, damit diese einen letzten Blick auf ihr Kind werfen konnte. Paris war überrascht, wie ruhig und gefasst Amy wirkte.
»Würden Sie sie gern noch einmal halten?«, fragte Paris, doch Amy schüttelte stumm den Kopf. Sie sah das Baby lange und eindringlich an. Dann schaute sie Paris in die Augen.
»Danke«, flüsterte sie heiser.
»Ich danke Ihnen … Gott schütze Sie … Bitte passen Sie auf sich auf.« Amy hatte versprochen, Paris nach dem Umzug sofort ihre neue Adresse mitzuteilen, damit sie ihr die vereinbarten Fotos schicken konnte. Paris wagte kaum zu glauben, dass sie mit dem Kind dieser Frau die Klinik verlassen durfte. Nun war es *ihr* Kind! »Ich werde Sie nicht vergessen!«, stieß sie hervor. Sie drückte kurz Amys Arm.
Amy nickte schweigend.
Paris legte Hope in die Tragetasche und verließ den Raum. Bevor die Tür hinter ihr und Hope ins Schloss fiel, hörte Paris Amy sagen: »Leb wohl, meine Kleine!«
Während Paris in Begleitung einer Krankenschwester den Korridor der Station entlangschritt, strömten ihr Tränen übers Gesicht. Sie fühlte sich wie eine Entführerin, die dieses kleine Bündel Mensch seiner wahren Mutter weggenommen hatte. Doch alle, die ihr begegneten, lächelten sie an und wünschten ihr alles Gute, und das munterte sie ein wenig auf. In der Eingangshalle der Klinik wartete Andrew auf sie.

»Lass dich einmal ansehen«, flüsterte er und blickte in Hopes große Augen, die ihn aufmerksam zu mustern schienen, als frage sie sich, wer er wohl sei.
»Ist sie nicht hinreißend?«, fragte Paris.
»Ja, das ist sie.«
Gemeinsam gingen sie zum Wagen, den Andrew vor dem Haupteingang abgestellt hatte. Während er Paris dabei half, Hope mit der Tragetasche festzuschnallen, erkannte sie, dass auch er sehr berührt war. Achtzehn Stunden zuvor waren sie gemeinsam hierher gekommen, zwei Menschen, die einander kaum kannten. Er war in das Abenteuer mit hineingeraten, und Paris hatte das Gefühl, dass dieses gemeinsame Erlebnis sie einander näher gebracht hatte.
»Ein Wunder.« Paris schaute Andrew an und war sicher, dass er wusste, was sie damit meinte.
Er erwiderte ihren Blick und nickte stumm.
Auf der Heimfahrt wandte sich Paris alle paar Minuten zu ihrer Tochter um und betrachtete sie, erfüllt von Liebe und Dankbarkeit. Sie konnte noch immer nicht fassen, wie viel Glück sie gehabt hatte. Und es würde wohl auch noch eine Zeit lang dauern, bis sie es vollkommen realisiert hatte.

34. Kapitel

Paris wollte am liebsten die ganze Nacht lang aufbleiben und ihre Tochter im Arm halten, wurde jedoch irgendwann dermaßen müde, dass sie Hope in ihre Wiege legen und zu Bett gehen musste. Doch sie stand alle zwei Stunden auf, um nach dem Baby zu sehen, und jedes Mal, wenn sie aus dem Schlaf hochschreckte, fragte sie sich, ob sie das alles womöglich nur geträumt hatte. Andrew war um elf Uhr ins Hotel gefahren, zuvor hatte er ihr geholfen, das Kinderzimmer herzurichten und all ihre Einkäufe zu verstauen. Während sie Hope fütterte, bezog er sogar die Matratze in der Wiege.

»Das machst du ausgezeichnet«, neckte ihn Paris. Im Laufe des Abends waren sie zum Du übergegangen.

»Ich habe ja auch Übung. Es hat mir damals immer Spaß gemacht, meine Töchter zu versorgen.«

Und offenbar machte es ihm auch heute noch Spaß, sich um ein Baby zu kümmern. Er versprach, Paris und Hope am folgenden Tag noch einmal zu besuchen, ehe er nach Los Angeles zurückflog. Der Drehbuchautor hatte sein Werk schließlich doch noch vollendet.

Am Sonntagmorgen kamen Bix und Steven, um das Baby zu bewundern. Paris hatte ihrer Tochter ein gelbes Kleidchen angezogen und sie in eine flauschige Babydecke gehüllt. Bix hatte seinen Fotoapparat dabei, und nach dem ersten Blick auf Hope gab er zu, dass sie einfach hinreißend

sei, und verknipste dann den ganzen Film. Steven verliebte sich auf der Stelle in Hopes Kinn und ihre winzige Nase.
Um vier Uhr nachmittags machte Andrew seine angekündigte Stippvisite. »Ich bin wirklich ein Glückspilz, dass ich dieses ganz besondere Wochenende miterleben durfte«, sagte er bewegt.
»Danke noch mal, dass du mich zum Krankenhaus gefahren und wieder abgeholt hast«, erwiderte Paris. »Und dafür, dass du mir beigestanden hast.«
»Ich komme mir schon vor wie der Storch.«
Beide lachten. Andrew konnte nur wenige Minuten bleiben, und zum Abschied küsste er Hope auf den flaumbedeckten Kopf und schüttelte dann Paris die Hand. Er versprach, sich bald wieder bei ihr zu melden, und diesmal freute sie sich darauf.
Am nächsten Morgen schickte er ihr per Boten einen riesigen Blumenstrauß. Gerührt las sie die Karte: *Alles Gute zur Ankunft von Hope! Liebe Grüße, Andrew.* Wenig später traf ein gigantischer, aus rosafarbenen Rosen gesteckter Teddybär ein, mit den besten Wünschen von Bix. Er hatte Paris zwei freie Tage genehmigt, und ab Mittwoch, wenn sie wieder arbeiten musste, würde sich die Kinderkrankenschwester um Hope kümmern. Sie hatte der jungen Frau ein Bett ins Kinderzimmer gestellt, falls diese bis spätabends oder sogar die ganze Nacht lang bei Hope bleiben musste, und das würde sicher öfter vorkommen.
Als Paris am Mittwochmorgen in die Agentur zurückkehrte, hatte sie alles im Griff. Sie kannte inzwischen den Schlafrhythmus ihrer Tochter und wusste, welche Babymilch sie bevorzugte und in welcher Position sie am

ruhigsten schlief. Und sie hatte volles Vertrauen in die Kinderkrankenschwester.

Bei jeder Feier, die sie und Bix in jener Woche beaufsichtigten – und es waren äußerst viele –, sagte Bix zu den Kunden: »Paris hat letzten Freitag erst ein Baby bekommen, und nun ist sie schon wieder fleißig! Ist sie nicht erstaunlich?« Wenn die Kunden Paris daraufhin mit bewundernden Blicken bedachten, klärte diese sie lachend auf.

Am Freitag türmte sich bereits ein Berg von Geschenken auf ihrem Schreibtisch. Alle Welt hieß Hope willkommen.

Als Andrew am Sonntagmorgen anrief, hatte Paris vier Tage lang beinahe rund um die Uhr gearbeitet. Er berichtete, dass er ebenfalls eine wahnsinnig geschäftige Woche hinter sich habe, und erinnerte sie dann daran, dass Hope nun schon acht Tage alt sei.

»Eigentlich wollte ich gestern anrufen, um ihr zum einwöchigen Geburtstag zu gratulieren, aber leider hatte ich keine Zeit. Einer meiner Drehbuchautoren ist ausgeflippt und hat einfach den Set verlassen. Es hat eine Weile gedauert, bis ich die Wogen glätten konnte.« Sie unterhielten sich einige Minuten lang über ihre anstrengenden Jobs, dann kündigte er an, dass er wahrscheinlich noch vor Weihnachten erneut nach San Francisco kommen und ihr dann gern einen Besuch abstatten würde. Er wollte ihr auf jeden Fall rechtzeitig Bescheid sagen.

Kurz nachdem sich Paris von ihm verabschiedet hatte, rief Meg an und erkundigte sich nach dem Baby. Sie, Richard und Wim würden zusammen mit Paris Weihnachten feiern und Hope bei dieser Gelegenheit zum ersten Mal sehen. Paris konnte es kaum erwarten. Ungeachtet ihrer Bedenken schienen Meg und Wim nun doch sehr gespannt auf ihre Adoptivschwester zu sein, und Paris war davon überzeugt, dass sie sich auf den ersten Blick in Hope verlieben würden. Wer konnte ihr schon widerstehen?

Es war ein unglaublich ereignisreicher, turbulenter Monat für Paris. Sie pendelte unaufhörlich zwischen ihrer Wohnung und der Agentur hin und her und kam sich vor wie bei einem Staffellauf. Nachts kümmerte sie sich meistens allein um Hope, und kurz vor Weihnachten hätte sie vor Erschöpfung im Stehen einschlafen können.

Zwei Tage vor Heiligabend flog Andrew nach San Francisco, um sich mit einem Mandanten zu treffen, und besuchte wie angekündigt bei dieser Gelegenheit auch Hope und Paris.

»Du siehst geschafft aus«, sagte er zur Begrüßung und überreichte Paris einen großen Geschenkkarton, den sie auf der Stelle auspackte. Er enthielt einen Strampelanzug mit passendem Jäckchen, eine Decke und ein Stofftier.

»Du verwöhnst uns viel zu sehr. Und du hast Recht – ich bin geschafft.« Sie freute sich schon darauf, im Januar endlich einmal ausspannen zu können. Jane hatte sich bereit erklärt, Paris für einen Monat zu vertreten. Sie war erneut schwanger, und Bix jammerte, er sei geradezu umzingelt von Frauen, die Kinder bekämen. Paris wusste, dass er es momentan nicht leicht hatte. Stevens Verfassung hatte sich seit Thanksgiving kaum gebessert.

Es verging kein Tag, an dem Paris nicht an Amy dachte. Sie hätte sie gern angerufen und sich erkundigt, wie sie sich fühle, aber Alice Harper hatte sie daran erinnert, dass dies gegen die festgelegten Regeln verstieß, und daher ließ sie den Plan wieder fallen.

Andrew erzählte Paris, dass er noch am selben Abend

zurück nach Los Angeles und am nächsten Tag nach London fliegen würde. Er und seine beiden Töchter wollten die Weihnachtstage dort verbringen und anschließend einen kurzen Skiurlaub in Gstaad machen.

»Ich würde dich gern sehen, wenn ich Anfang Januar zurückkehre. Hope ist dann bestimmt schon wieder ein ganzes Stück gewachsen.«

Sein sanfter Tonfall ließ sie aufhorchen. Sie war alarmiert und wusste nicht, wie sie reagieren sollte.

»Du kannst mich gern besuchen, Andrew«, erwiderte sie schließlich, »wie allen meinen Freunden steht dir mein Haus immer offen.« Sie wollte ihm damit klar machen, dass sie keineswegs eine Liebesbeziehung in Erwägung zog.

»Ich weiß, dass du starke Vorbehalte gegen Dates hast, und ich kann es dir nicht verdenken. Aber einmal angenommen, ich verspreche, dass ich mich äußerst anständig benehme, dir keine Fotos von phallusähnlichen Skulpturen zeige, mich nicht betrinke und auch kein Gericht mit Bohnen bestelle ... meinst du, dass ich dich dann irgendwann einmal zum Abendessen einladen und dies als Verabredung betrachten darf?«

Paris musste wider Willen lachen. »Bin ich wirklich so unmöglich?«

»Nicht unmöglich«, entgegnete er ernst, »nur vorsichtig, und das aus gutem Grund. Ich mache dir keinen Vorwurf daraus, dass du zurückhaltend bist. Und falls dich irgendetwas an mir stört, will ich es wissen.«

»Was soll mich denn an dir stören? Dass du mich durch die Gegend chauffierst, mir Blumen schickst und meine Tochter mit Geschenken überhäufst? Das ist wirklich das Letzte!«

Sie grinsten einander an.
Schließlich sagte Andrew, er müsse sich auf den Weg zum Flughafen machen, und fügte hinzu: »Wenn ich zurück bin, verabreden wir uns, okay? Ganz offiziell, meine ich.«
»Ganz offiziell würde ich sagen: Ja«, antwortete sie lächelnd und begleitete ihn hinaus.
»Ich rufe dich an«, versprach er. »Pass gut auf Hope auf!«
Er küsste sie zum Abschied auf die Wange. Dann stieg er in seinen Mietwagen und brauste davon.
Paris winkte ihm hinterher und fragte sich, worauf sie sich gerade eingelassen hatte und ob sie es womöglich bereuen würde. Sie hatte sich selbst geschworen, dass sie nie wieder zu einem Rendezvous gehen und sich erst recht nicht mehr auf eine Beziehung einlassen würde, und nun war sie auf dem besten Weg dorthin. Andererseits – seit der Trennung von Jean-Pierre waren acht Monate vergangen. Vielleicht hatte diese Zeit genügt, die Enttäuschung zu verarbeiten, vielleicht war sie tatsächlich bereit für einen Neuanfang. Außerdem war Andrew Warren völlig anders als die anderen Männer, die sie bislang kennen gelernt hatte. Er war der Einzige, bei dem sie sich fallen lassen konnte, gleichzeitig respektierte sie ihn und fand ihn überdies durchaus anziehend.
Er meldete sich vom Flughafen aus, später noch einmal aus L.A. und rief an, sobald er am nächsten Tag in London gelandet war. Er war wirklich zuverlässig und vermittelte ihr ein Gefühl von Geborgenheit, wie sie es bei keinem Mann je empfunden hatte.
Inzwischen war auch ihre Familie eingetroffen. Unmittelbar nach ihrer Ankunft stürzte Meg auf die Wiege zu, nahm das Baby aufgeregt auf den Arm und stieß entzückte

Schreie aus. Wim grinste ein wenig verlegen, und Richard holte unverzüglich seine Kamera heraus und knipste Meg mit dem Säugling. Alle drei erklärten einstimmig, Hope sei das hübscheste Baby der Welt, womit sie Paris natürlich nichts Neues erzählten.

Meg legte das kleine Mädchen behutsam zurück in seine Wiege und wandte sich dann mit einem Lächeln an Paris, wie diese es noch nie bei ihrer Tochter gesehen hatte. »Mit Hope kann ich schon einmal üben«, sagte sie und blickte von ihrer Mutter zu Richard und wieder zurück.

»Wieso?«, fragte Paris und kam sich im nächsten Moment unglaublich dumm vor.

»Wir bekommen ein Baby, Mom!«, rief Meg strahlend.

Paris fiel ihr mit Tränen in den Augen um den Hals. »Das ist ja fantastisch! Herzlichen Glückwunsch, ihr beiden! Wann ist es denn so weit?«

»Voraussichtlich am vierten Juli.«

»Wie patriotisch!«, erklärte Paris lachend, küsste ihre Tochter und ihren Schwiegersohn und gratulierte ihnen noch einmal.

Wim sank stöhnend auf die Couch. »Ist hier etwa eine Epidemie ausgebrochen? Auf einmal kriegt jeder ein Kind.«

»Dann pass auf, dass du dich nicht auch noch ansteckst«, warnte Paris ihn, und alle brachen in Gelächter aus.

Nach dem Abendessen saßen sie noch für eine Weile im Wohnzimmer zusammen. Wim hielt vorsichtig das Baby, Meg war neben ihm eingenickt. Richard trank genüsslich seinen Wein, und Paris genoss es, all ihre Lieben bei sich zu haben. Es war das schönste Weihnachtsfest, das sie sich vorstellen konnte.

35. *Kapitel*

Paris nahm sich im Januar tatsächlich Urlaub, und sie genoss ihn in vollen Zügen. Endlich hatte sie genug Zeit, sich ausgiebig dem Baby zu widmen. Sie las viel, ging mit Hope täglich spazieren und ließ es sich nicht nehmen, ab und an bei Bix im Büro vorbeizuschauen – und ihn wegen seiner Arbeitsbelastung zu bemitleiden.

Andrew Warren kehrte der Kanzlei für zwei Wochen den Rücken und besuchte sie in San Francisco. Gemeinsam machten sie zahlreiche Ausflüge ins Napa Valley und schoben Hope im Kinderwagen an der Strandpromenade entlang. Paris kam sich beinahe vor, als sei sie wieder verheiratet. Andrew führte sie ein paar Mal in sehr elegante Restaurants aus und behauptete stets eifrig, dies seien ihre ›offiziellen Verabredungen‹.

»Und als was würdest du unsere anderen Unternehmungen bezeichnen?«, fragte Paris schmunzelnd. Sie hatten eine ungezwungene Beziehung, und Paris gefiel es so.

»In der übrigen Zeit sind wir lediglich gute Freunde«, erklärte er. »Wir haben nur dann ein Rendezvous, wenn wir allein ausgehen. Was hältst du davon?«

»Ich finde, das ist eine hervorragende Idee.«

Nachdem Andrew wieder nach Hause geflogen war, vermisste sie ihn sehr. Sie hatten viel Spaß gehabt und eine schöne Zeit miteinander verbracht, und ohne ihn war das Haus plötzlich seltsam leer. Glücklicherweise konnte

Andrew es an den folgenden Wochenenden stets einrichten, nach San Francisco zu kommen. Dann übernachtete er in der Einliegerwohnung. Paris hatte noch nicht mit ihm geschlafen und fühlte sich vorläufig auch nicht bereit dazu. Doch am Valentinstag fand ihre Keuschheit ein Ende. Paris arbeitete inzwischen wieder und kam an jenem Tag erst um halb neun nach Hause. Andrew wartete bereits auf sie. Sie machte sich ein wenig frisch, dann entführte Andrew sie in ein extravagantes Restaurant, das ein Freund ihm empfohlen hatte. Es war ein wunderschöner Abend, und als sie um Mitternacht zurückkehrten, schenkte Andrew Paris einen herrlichen, mit Diamanten besetzten Armreif. Sie hatte auch etwas für ihn: eine Herrenuhr mit Krokodillederband, die er sofort anlegte. Sie ließen sich im Wohnzimmer nieder und redeten noch stundenlang miteinander. Irgendwann alberten sie ausgelassen herum und fanden sich schließlich in Paris' Schlafzimmer wieder. Auf einmal wurde das, was sie so lange vermieden und gefürchtet hatte, zur natürlichsten Sache der Welt. Sie und Andrew liebten sich – nicht wie Fremde, sondern wie zwei Menschen, die seit Jahren miteinander vertraut waren. Sie musste ihn nicht erst fragen, ob er auch treu sei, und Paris konnte sich vollkommen fallen lassen. Eng umschlungen dösten sie ein, doch es dauerte nicht lange, bis Hope sie weckte. Paris erwärmte ein Fläschchen, und nachdem Andrew das Baby gefüttert hatte, legten sie es ins Bett zwischen sich und schliefen bis zum Morgen. Paris hatte den Eindruck, endlich nach Hause gekommen zu sein. Nach beinahe drei Jahren voller Schmerz, Einsamkeit und Enttäuschungen hatte sie den Richtigen gefunden. Sie hatte längst aufgehört, nach ihm zu suchen, und schon lange nicht mehr daran geglaubt, dass er überhaupt existierte. Und nun hatte sie doch noch die Nadel im Heuhaufen entdeckt und war so glücklich wie nie zuvor.

Paris und Andrew verlebten einen herrlichen Frühling. Sie verbrachten die Wochenenden abwechselnd in San Francisco und L.A., und wann immer es möglich war, packte er seine Manuskripte ein und arbeitete bei ihr und Hope. Wim und Meg mochten ihn sehr, und als im Juni seine beiden Töchter zu Besuch kamen, waren sie und Paris sich auf den ersten Blick sympathisch. Einfach alles passte zusammen, und Paris gelangte zu der Überzeugung, dass sie und Andrew sogar besser harmonierten als sie und Peter. Es war merkwürdig, aber Paris konnte sich kaum noch daran erinnern, wie sie sich in der Ehe mit Peter gefühlt hatte. Es kam ihr vor, als sei sie schon immer mit Andrew zusammen gewesen.

Als Megs errechneter Geburtstermin näher rückte, nahm sich Paris zwei Wochen Urlaub. Bix hatte ihr versichert, er werde schon ohne sie auskommen. Steven fühlte sich inzwischen zur großen Erleichterung aller sehr viel besser, und Bix hatte wieder merklich mehr Energie für sein Geschäft.

Als bei Meg pünktlich am vierten Juli die Wehen einsetzten, waren Paris und Hope gerade bei Andrew. Er bot sofort an, auf Hope aufzupassen, und so fuhr Paris mit Richard und Meg ins Krankenhaus. Zunächst ging es gar nicht voran, und Meg hatte große Schmerzen. Richard kümmerte sich rührend um seine Frau, und Meg hielt sich sehr tapfer. Paris hatte eigentlich nicht die Absicht, bei der Geburt dabei zu sein, doch in letzter Minute bat ihre Tochter sie zu bleiben. Als Megs und Richards Sohn schließlich das Licht der Welt erblickte, konnte Paris die Tränen nicht länger zurückhalten. Ihre Tochter hatte einen überaus niedlichen, gesunden Jungen geboren, und sie und Richard waren überglücklich. Sie nannten ihn Brandon. Nachdem die jungen Eltern ihn eine Zeit lang gehalten hatten, legte Meg ihn Paris in die Arme und blickte ihre Mutter mit einem erschöpften Lächeln an.

»Ich hab dich lieb, Mom … Danke für alles, was du für mich getan hast!«

Paris strahlte ihre Tochter an und betrachtete dann hingerissen ihren Enkel. Das war das schönste Geschenk, das Meg ihr machen konnte, wie Paris Andrew am Abend unter erneuten Tränen erzählte.

Als sie in jener Nacht neben ihm im Bett lag, stieß sie einen tiefen Seufzer aus. Es war wunderschön, von Kindern umgeben zu sein. Noch vor nicht allzu langer Zeit hätte sie sich nicht träumen lassen, dass sie noch einmal ein solches Glück erleben durfte.

»Ich habe nachgedacht«, sagte sie mit einem Gähnen zu Andrew und kuschelte sich in der Dunkelheit an ihn. »Ich glaube, es ist keine gute Idee, Hope als Einzelkind aufwachsen zu lassen. Vielleicht sollte ich noch ein Kind adoptieren.«

Für einen Moment herrschte Schweigen, dann erwiderte er: »Aber Hope kann doch mit ihrem Neffen spielen, schließlich ist er nur acht Monate jünger als sie.«

»Das stimmt. Aber Hope und Brandon wohnen nicht in einer Stadt und werden sich daher nicht allzu oft sehen.«

»Wir könnten auch unser gesamtes Umfeld schockieren und ein eigenes Baby bekommen«, erklärte Andrew.

Paris kicherte, hielt dann jedoch inne und überlegte. Die Idee erschien ihr auf einmal gar nicht mehr so abwegig. Es wäre gewiss mühselig, dank der modernen Wissenschaft und ärztlicher Hilfe jedoch keineswegs unmöglich.
»Aber ich habe noch einen anderen Vorschlag für dich. Mit Kindern hat er allerdings nichts zu tun«, unterbrach er ihren Gedankengang. Er machte eine kleine Pause. »Was hältst du davon, wenn wir heiraten und ein Jahr in Europa verbringen?«
»Ich soll Bix im Stich lassen?«, rief sie bestürzt.
»Es wäre doch nur für ein Jahr! Wenn du willst, kannst du danach ja wieder einsteigen. Aber falls dir die Trennung so schwer fällt, könnten wir Bix natürlich auch mitnehmen«, scherzte er.
»Das wäre ganz nach seinem Geschmack.« Und dann setzte sich Paris im Bett auf, schaltete die Nachttischlampe ein und starrte Andrew an. »Hast du mir etwa gerade einen Heiratsantrag gemacht?« Sie war äußerst überrascht. Damit hatte sie nicht gerechnet.
»Ja«, erwiderte er leise. »Und – was sagst du dazu?«
Paris antwortete mit einem langen, innigen Kuss.
»Ist das ein Ja?«
Sie nickte.
»Könntest du es bitte laut und deutlich aussprechen? Ich möchte mich vergewissern, dass ich nicht träume.«
»Ja«, sagte sie mit einem strahlenden Lächeln. »Ich will dich heiraten! Hast du dir auch gut überlegt, ob du mir treu sein kannst?«, neckte sie ihn. Sie hatte ihm natürlich von dem Reinfall mit Chandler erzählt. In den vergangenen sieben Monaten hatte sie ihr gesamtes Leben vor ihm ausgebreitet, zwischen ihnen gab es keinerlei Geheimnisse.

»O ja, darum musst du dir keine Sorgen machen.« Er küsste sie zärtlich. »Also, *ein* Ja habe ich bereits gehört – und wie denkst du über das Jahr Europa?«
Paris nickte. Auch diese Idee gefiel ihr. Sie konnte Bix dabei helfen, eine Vertretung zu finden und einzuarbeiten. Und wer wusste schon, wie sich die Dinge entwickeln würden, wenn sie erst einmal in Europa waren? Vielleicht blieben sie ja länger dort als geplant. Andrew war neunundfünfzig Jahre alt und hatte ohnehin vor, früher in Rente zu gehen und dann durch die Welt zu reisen. Und solange Hope noch nicht eingeschult war, ließ sich dieser Traum verwirklichen.
»Sollen wir es den Kindern sagen?«, fragte Paris mit glänzenden Augen.
»Aber sicher. Ich finde, wir sollten uns nicht einfach aus dem Staub machen.« Er lachte, legte die Arme um sie und zog sie an sich. »Ich liebe dich, Paris ... Du kannst dir nicht vorstellen, wie sehr ...«
Beide hatten noch nie so tief für einen Menschen empfunden. Ihre Zuneigung war langsam gewachsen, ganz behutsam hatten sie sich einander genähert. Und nun konnten sie es kaum erwarten, den nächsten Schritt zu tun. Sie lagen noch lange wach und unterhielten sich über die Hochzeit. Beide wünschten sich eine schlichte Feier, nur mit ihren Kindern und einigen Freunden. Natürlich wollten sie die Planung Bix überlassen. Und nach der Trauung würden sie nach Europa fliegen und eine Wohnung in Paris oder London mieten ... oder ein Landhaus in Frankreich ... Vielleicht charterten sie für den Sommer eine Jacht und kreuzten auf dem Mittelmeer ... Ihnen standen unzählige Möglichkeiten offen. Und selbst wenn sie

nichts von alldem umsetzten: Solange sie zusammen waren, würden sie glücklich sein.
Am nächsten Morgen teilten sie Meg und Richard ihren Entschluss mit und telefonierten auch mit Wim und Andrews Töchtern. Alle waren begeistert und freuten sich für sie. Danach rief Paris Bix an, und auch er unterstützte sie in ihren Plänen.
»Ich habe dir doch gesagt, dass du eines Tages die Nadel im Heuhaufen finden wirst. War das nicht all die Blinddates wert?«
»Nein«, entgegnete sie lachend. »Schließlich habe ich Andrew nicht durch ein Blinddate kennen gelernt, sondern auf der Hochzeit meiner Tochter.«
»Aber die Verabredungen waren eine gute Übung«, beharrte Bix.
»Eine Übung wofür?«
»Dafür, auch nervtötende Kunden immer nett und zuvorkommend zu behandeln. Und die Agentur zu führen.«
»Willst du etwa aufhören?«, rief Paris fassungslos und fragte sich im selben Moment, wie krank Steven wirklich war.
»Vorläufig noch nicht. Aber sobald du aus Europa zurück bist, werde ich Urlaub nehmen. Steven und ich möchten eine Weltreise machen. Vielleicht sollte ich die Agentur einfach für ein Jahr schließen, ich weiß es noch nicht. Aber eins weiß ich ganz sicher«, sagte er mit fröhlicher Stimme, »das Beste kommt erst noch.«
»Das stimmt«, sagte sie leise und verabschiedete sich.
»Damit hat er vollkommen Recht«, bemerkte Andrew, als sie ihm von dem Gespräch erzählte.
Paris und Andrew vereinbarten, im August zu heiraten

und den USA spätestens im September den Rücken zu kehren. Sie begannen unverzüglich, die Sache in die Wege zu leiten, und hatten eine Woche später bereits drei passende Wohnungen in Paris und ein Haus in London aufgetan. Sie mussten sich nur noch entscheiden.

Als Paris gemeinsam mit Andrew nach San Francisco zurückkehrte, stand ein Päckchen vor ihrer Haustür, auf dem ein kleiner Maiglöckchenstrauß befestigt war. Sie trug es in die Küche, öffnete es vorsichtig und erblickte eine ovale, antike Silberschatulle, in deren Deckel etwas eingraviert war. Paris fiel es nicht leicht, die verschlungene alte Schrift zu entziffern.

»Was steht denn da?«, fragte Andrew neugierig.

Sie hielt ihm die Schatulle lächelnd entgegen. »›Das Beste kommt erst noch.‹« Bix hatte sich wieder einmal selbst übertroffen.

»So ist es«, erklärte er und küsste sie.

Paris zeichnete die Inschrift langsam mit dem Finger nach. Die Vergangenheit hatte ihr unendlich viele wertvolle Erfahrungen beschert, sowohl gute als auch schlechte, und Paris war nun mit allem versöhnt. Erst mit diesem Schatz an Erlebnissen wusste sie die wunderschöne Gegenwart zu schätzen. Was als Nächstes kommen würde, wusste niemand, doch Paris sah zuversichtlich in die Zukunft. Sie glaubte daran, dass das Beste noch vor ihr lag.